從油菜花到罌粟
張慧敏——著
原書名：花腰

關於本書

柳依紅是個充滿魅力的美麗女人。她有著姣好的外貌、詩人的瀟脫和伶俐的口齒。她遊俠一樣行走在當代都市中，對男人有著非同一般的捕獲力，更令男人感到誘惑的是她纖細腰肢上的那一朵嬌豔欲滴的玫瑰。

人前，她是頭頂耀眼光環的著名女詩人；人後，她是在刀尖上舞蹈的黑色玫瑰。她渴望愛情又踐踏愛情，追求理想又玷污理想。她追逐名利，遊戲在幾個男人之間，極力維護著一個巨大的秘密，幾近崩潰，又幾度綻放。滾滾紅塵中，她是個在理想與現實之間掙扎的另類女人，終於有一天，她苦苦維繫的秘密破殼而出……

末日來臨之際，她忍不住捫心自問，這一切究竟是為了什麼？她如同飛蛾撲火般的一生，再次引領我們探尋了人性的高度和深度。

引子

碼了一上午的字，實在是累了、厭了，也餓了。林梅逃離似的從電腦桌前抽身起來，一頭栽進了廚房。她先是摸起一根黃瓜，一掰兩段，左右開弓地啃了幾口。之後又看見灶台上還剩著一個早晨吃剩下的白煮蛋，一把摸過來，飛速剝了皮。一口下去，大半個雞蛋沒了，鼓起的腮幫子頓時活動艱難。

林梅是被人稱為作家的那種人。A省地級市青水文聯的專業作家。

此時的林梅怎麼看怎麼都不像是個作家，更像是個剛從田裡收工回來的餓急了的鄉下娘兒們。

這作家，當得也真是不容易。

忽然，電話響了。

林梅邊走邊努力把雞蛋往肚裡逼，那雞蛋似乎很不情願，卡在嗓子眼裡不肯下去。

林梅拿起電話。

「快看省台一頻道！」

是馮子竹的聲音。子彈般的語速，擊起陣陣聲浪。

不等林梅說話，那頭的馮子竹「咯嚓」一聲掛了電話。

這個馮子竹，到死也改不了她那火爆脾氣。還總經理呢！也不知道她是怎麼當的。

林梅納悶，到底是什麼好節目，能把個省城裡的總經理猴急成這樣。

省台一頻道正在播出「藝術之路」。這個節目以前林梅看過，介紹的都是省裡藝術界的知名人士。只聽此刻那個男主持說：「……您前年獲咱們省詩歌大賽一等獎，今年又榮獲全國李白詩歌獎，在中國詩歌界，您素有黑馬之稱，請問，您下一步有什麼打算？」

林梅納悶這個「您」是誰，鏡頭一晃，柳依紅就出現在了鏡頭裡。

今天的嘉賓原來是柳依紅。

柳依紅，原名柳紅，是林梅和馮子竹的大學同學。

大學指的是作家班，上世紀八〇年代的產物。A省的作家班設在師範大學。

作家班的同學，入學前都是在社會上闖蕩了一番的，三教九流都有。相當一部分還是結了婚生了孩子的。

正因為如此，作家班的故事才更加的豐富和多彩。

柳依紅是馮子竹的情敵。想當年柳依紅橫刀奪愛，馮子竹欲死覓活。為此，畢業前夕馮子竹和柳依紅大打出手，從此結下不解宿怨。個中的恩怨情仇、是非曲直，實在是說不清理還亂。

成為情敵之前，馮子竹和柳依紅是同室密友。打仗之後，學校出面調停，馮子竹搬了出去，林梅搬了進去。戰亂之時，已臨近畢業，林梅和柳依紅只在一起住了兩個月多一點。

柳依紅給林梅的感覺不壞。人愛乾淨，穿著講究。但打扮得有點像男孩子，短頭髮，牛仔褲。給林梅留下深刻印象的是柳依紅的性格，有時文靜，有時粗魯，文靜時鶯鶯細語如依人小鳥，粗魯時說話愛帶髒字似那罵街婆。只是語氣輕柔，面容俏媚，讓人不覺得很髒。柳依紅喜歡吸菸。坐在書桌前，面前放一本海德格爾的詩集，詩集的旁邊是個用紙折成的小船。纖細的手指把菸灰輕輕地彈在紙船裡，眼睛一點一點的，又嫵媚又妖嬈。柳依紅從來都是不用菸灰缸的，「菸灰缸讓人覺得髒」，她說。吸完菸，柳依紅把紙船小心折疊起來，再小心地用紙包好，輕輕地扔進紙簍，樣子像是黛玉葬花。

那時候，柳依紅的詩就有些名氣了。她的詩大多描寫愛情，陰柔、淒美，內含一種隱約的剛烈和固執。有些男同學見了她，會突然吼上一嗓子她的經典詩句：

「豐腴的情感正在走私！」

「你是我不想吐出的魚刺！」

柳依紅羞澀一笑，向後甩一下短髮，喜悅而調侃的說一聲「我拷！」

典型的女詩人氣質。這是柳依紅留給大家的印象，也是林梅對柳依紅的評價。

後來發生了一件事。這件事使林梅對柳依紅的看法打了折扣。這件事與文青有關。文青也是班上的女同學，是班上的一號人物。入學前文青是省婦聯的幹部。一次，文青慷慨宴請全班女生。席間，有個羞澀內向的少數民族女同學怎麼也不肯喝酒。文青喜歡喝酒，也喜歡勸人喝酒。幾年下來，班上的女生都開了戒，只有這個少數民族女同學堡壘堅固，任憑誰也奈何不得。文青不信這個邪，軟硬兼施、威逼利誘。但終究還是沒有用，少數民族女同學把頭勾到胸前，死也不肯就範。文青只好作罷，退回到座位上去。

看著文青一臉的無奈，柳依紅嗖地一下從座位上彈起。她把一杯二鍋頭端到那個女同學面前，另一隻手揪起她腦後的獨辮，厲聲問：「妳喝不喝？」

少數民族女同學的頭被迫抬了起來，哀求著說：「我真的是不會喝酒！」

「少廢話，到底喝還是不喝？」柳依紅的眼裡閃著惡毒的小獸般的光芒。

見那女同學還是一副抗拒的神情，柳依紅乾脆一下把那杯酒順著她的脖子倒了進去。當時，在場的人都傻了。只見少數民族女同學的胸前從裡向外滲著濕。正是寒冷的冬季，那濕在一圈一圈的擴大。後來，那女同學就驟然起身哭著走了。

柳依紅一連喝了三杯二鍋頭，說：「拷，我是不是做過分了！」

大家都不說話。

柳依紅又兀自喝了一杯酒，「我就看不慣她的這種矯情勁！有什麼呀！不就是讓她喝杯酒嗎？活著造，死就算！來，咱們喝！」

後來，馮子竹說這是柳依紅故意在文青面前顯示她的豪氣和仗義，是做給文青看的。馮子竹還說，柳依紅在所有女同學中，就只巴結文青。原因很簡單，一方面因為文青是個爽快人，好相處，還有一個重要原因，文青在省城是個有些背景的女人，能幫她。

馮子竹和柳依紅是情敵，當然不會說柳依紅的好話。這是林梅的判斷。但對於柳依紅，林梅也的確是捉摸不透。畢業前夕，關於柳依紅的風言風語漸漸多起來。竟有傳聞，說她的詩根本就不是她自己寫的，真正的作者是馮子竹的前男友省刊的一個主編。那個叫韓同軒的主編林梅也認識。很儒雅的一個人，聲音輕且柔，說話愛停頓，有一部分聲音是從鼻孔裡發出來的。有點嗲。北方男人中少有的嗲。韓同軒說話停頓的空檔，喜歡用一雙圓溜溜的貓眼又溫情又火熱地盯著對方。此人也寫詩。單從氣場上分析，柳依紅的那些詩倒也符合他的氣質。

好在只是傳聞，並沒有引起太大的風波。不久就畢業了，同學們各做鳥獸散，一些是是非非自然也就不了了之。

十多年彈指一揮間。想不到現如今柳依紅一躍成了省裡的名人，銀裝素裹、閃亮登場，上了省台一頻道的「藝術之路」。

此刻，柳依紅調皮地一笑，對著主持人說：「以後的事情，我從不去想，我很宿命，等會兒一出攝影棚讓汽車一下撞死也說不定，我只管今天，不想明天。」

這番話如果要是讓個普通話極好的播音員一說。完了，一定得罪人。可是打柳依紅的嘴裡說出來就不一樣了。頑皮、灑脫、率真，還帶點女詩人的癲狂和無所顧忌。

這就是魅力。柳依紅所獨有的魅力。她能運用語氣、體態甚至眼神來篡改文字字面上的意思。柳依紅還是那麼的富有吸引力。一顰一笑，一舉手一投足，無不散發著她獨有的氣質與魅力。

文青、柳依紅、馮子竹和林梅原先十分要好，有「四人幫」之稱。那件事情發生之後，四個人之間的關係就分化了，文青和林梅成了柳依紅和馮子竹之間的中間派。

在林梅面前，柳依紅從不提及馮子竹，而馮子竹一逮到機會就把柳依紅罵得一無是處。

時間一長，林梅也覺得馮子竹有些過分。

文青更是對馮子竹有看法，心底裡覺得她是個潑婦。心說，妳和那離異鰥夫韓同軒不也就是個非法同居的關係嗎？別人怎麼就碰不得了？別說你們之間還沒有登記結婚，這年頭就是結了婚生了孩子還不是照樣可以離婚嗎？有必要這麼抓住柳依紅不依不饒嗎？

文青和馮子竹漸漸疏遠起來，和柳依紅卻越走越近。

畢業之後，柳依紅如願留在了省城。她一直沒成家，把文青的家當成了她的半個家。

此刻，林梅看著螢幕上的柳依紅，往日那些雜七雜八的事情一一劃過腦際。

男主持人和柳依紅剛從螢幕上一消失，電話就又響了。

不用想，林梅就知道還是馮子竹。

「妳看這個不要臉的，還真把文學當生意給做了！」

「又怎麼了，子竹？柳依紅的文學生意我沒看到，倒是聽出了妳的狐狸腔調。」

「林梅，就妳整天這樣窩在家裡傻寫，還趕不上人家和男人睡一覺的成績大，妳說妳笨不笨？」

林梅不喜歡馮子竹的這種腔調，心說，我傻寫，那是我願意！她不想再聽馮子竹的這些粗俗之語，企圖把話題叉開，「我看妳還是回頭寫小說吧！要不，這麼生動的語言豈不白白浪費了？」

馮子竹對文學沒興趣，接著罵，「我看這文壇算是完了，就這麼個把文學當皮肉生意來做的爛貨竟然連連獲獎，還都是大獎，我還是歇著吧！眼不見為淨！」

林梅順口說：「哪是，一分耕耘一分收穫！」

馮子竹哈哈大笑，「妳說的很對，不過，柳依紅在文壇上耕耘的是男人林。」說完，又是一陣大笑。

見馮子竹罵的如此出格，林梅實在聽不下去，就說：「子竹，妳是不是對那韓同軒還是放不下啊！」

話筒那邊的馮子竹頓時沉默。林梅想，看來馮子竹是被自己言中了。林梅有些吃驚，又有些後悔。馮子竹外表大大咧咧，說話無所顧忌。其實，卻有著一顆格外脆弱敏感的心。林梅想不通，已經在商海摸爬滾打了這麼多年、閱人無數的馮子竹怎麼還會對韓同軒如此有感覺？也想不出那娘娘腔十足的韓同軒到底有什麼好？

情人眼裡出西施，世界上沒有無緣無故的愛，也沒有無緣無故的恨。林梅再次為馮子竹對柳依紅的恨找了答案。

大概是因為想起了韓同軒負心的傷心事，馮子竹的談興頓時銳減，草草說了幾句就收場了。

臨了，馮子竹還沒忘了再把柳依紅又罵上一通，「這個婊子，瞞天過海，撒下彌天大謊，真是中國文壇上的奇恥大辱，妳就等著看她的好戲吧！我就不信她沒有敗露的那一天！」

過了幾天，林梅又接到了文青打來的電話。

林梅和文青之間是經常通電話的。文青已經當上了省婦聯的宣傳部長，有了自己的辦公室。她們之間的聊天很隨意，常常是扯到哪算哪。

這次通話卻有些和往常不同。文青先是和林梅扯了些最近看的小說，接著就輕描淡寫地把話題扯到了柳依紅身上。文青的語氣絕對是輕描淡寫，但卻輕描淡寫的有些刻意。

文青問：「妳們倆一起住那麼久，妳見她單獨寫過詩嗎？」

林梅問：「怎麼了，發生了什麼事嗎？」

文青和馮子竹不一樣，雖然外表上也是一副大大咧咧的性格，平時胡說八道時無所顧忌，但一牽扯到具體的人和事就出言謹慎。

「沒什麼，閒聊唄，妳知道吧！柳依紅獲全國獎了！」

林梅說：「知道，我看了她的電視訪談。真是值得祝賀啊！」

文青輕描淡寫但卻執著地又把話題轉回來，問林梅到底是否看到過柳依紅單獨寫過詩。

看來問題嚴重了。林梅想。

林梅迅速地回憶著。但很快她就發現，這是個無法回答的問題。於是，林梅笑著說：「妳也不想想，誰寫詩之前會煞有其事的跟別人通報一聲，哎，現在我開始寫詩了，寫完之後再聲明一次，哎，我的詩寫完了。那不成神經病了嗎？再說了，當時宿舍裡也都是隔了布簾的。」

文青在那頭輕笑，說：「也是，寫詩又不是寫長篇。」

透過文青的話，林梅還是能感覺到一種朦朦朧朧的疑惑。

「到底怎麼了？」林梅又問。

「真的沒什麼，我瞎問問。」文青說。

林梅怎麼肯相信？她心裡暗自嘀咕：在柳依紅身上，到底隱藏著怎樣的故事呢？

這樣想著，柳依紅也就越發的神秘了。猶如一隻撲朔迷離的、光滑的狐。

1

後來仔細想來，事情最初的變化是從樓房坍塌那天開始的。

那天是年初八，年後上班的頭一天。

吃過午飯以後，韓同軒就讓編輯部裡的幾個年輕人先走了。他自己還要在辦公室裡呆一會兒。柳依紅坐的火車四點到，他打算從這裡直接去火車站接她。

走廊裡很靜。韓同軒一個人關上門坐在主編室裡寫詩。一首詩寫到一半的時候，腰裡的呼機響了，一看，是前妻吳爽的簡訊。離婚之後，吳爽就又恢復了做姑娘時的直爽，就事論事，直撲目標，從不和他多囉嗦。此時呼機上顯示著這樣一行字：本月凱凱的撫養費尚未到帳，請速辦理。

凱凱是韓同軒與前妻吳爽的兒子，如今已經讀中學了。

幽雅的詩境瞬間遁去，令人煩惱的現實生活撲面而來。韓同軒煩躁地把呼機一下甩到桌上，看著電腦螢幕上閃爍著的半首詩發起呆來。

剛把雙手放到鍵盤上，又觸電般的縮了回來。韓同軒拿起電話，也給吳爽發了個公文般簡潔制式的簡訊：昨日已辦理，請耐心等待。

這麼來回一折騰，韓同軒怎麼也進入不了情況了，索性在電腦上玩起了撲克牌。

四十五歲上下的韓同軒已經現出一些老態來。微微隆起的肚子，蒼白鬆弛的下眼袋，不再緊湊結實的身材。這是多年來沒有規律的生活習慣的結果。從內心，韓同軒開始渴望過一種平靜的日子，和一個女人穩定的生活在一起。當然，這個女人要有些姿色，有些情趣，對他又依賴、又愛惜。

眼前，在韓同軒心目中，這個女人的最佳人選應該是現年三十五歲的柳依紅。選擇柳依紅，除了一些至今仍不為人知的隱秘因素之外，主要原因是他吃驚地發現自己已經離不開這個女人了。和吳爽離婚後，韓同軒一直把握著一個原則，只談戀愛，絕不輕言結婚。光是這個柳依紅，就先後三次用明白的話語表示過要和他結婚，但都被他一一婉言回絕了。韓同軒有點花心，但卻不失善良，面對女人的種種要求，即便是不能一一滿足，也能婉轉的處理，給人家面子。

想不到，一心要無牽無掛瀟灑地過單身男人生活的他如今已經厭煩了這種生活。他需要找個女人結婚。他發現自己已經無可救藥地，又清醒又糊塗地愛上了柳依紅。

他清楚，這個女人身上的毛病實在是太多了，可是他依然迷戀她。至於自己怎麼會越來越迷戀她，卻

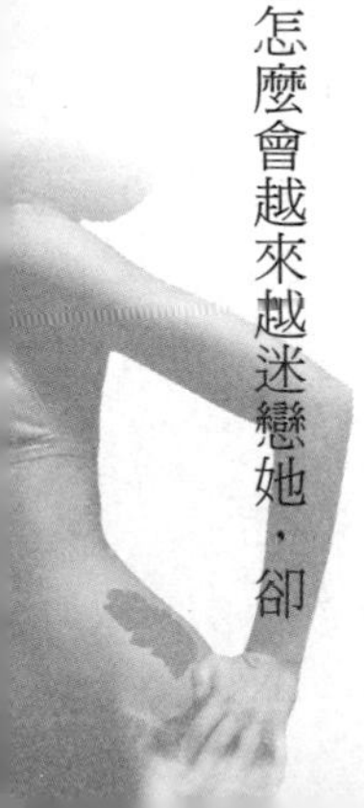

是個連他自己也說不清楚的問題。

驀地，韓同軒的心裡泛起一陣莫名的惶恐。柳依紅最後一次含蓄地向他求婚的時間距今已經五年，她現在還有這樣的想法嗎？

柳依紅已經是半個名人，不斷的獲獎，不斷的出成績，又正值女人的風華正茂時節。而他，只不過是個破落文學期刊的破落主編，偶爾發表些詩歌，也沒有什麼影響力。

如今，柳依紅還會看好他嗎？

想到這裡，韓同軒當即決定，今天接了柳依紅就帶她去個像樣的飯店，送她一束玫瑰，然後，正式向她求婚。

三點過一刻，韓同軒打算出門去火車站接柳依紅。

關門的一瞬間，辦公桌上的電話響了。

猶豫再三，韓同軒還是回來接了。

「韓主編，你家的樓快塌了，你趕快回來吧！」是住在同個院裡的編輯部小王的聲音。

「你說什麼？」

「院牆外面一棟樓今天爆破拆除，把你們的樓也給連累了！」

韓同軒這才反應過來，扔下電話就下樓搭車往家裡趕。

坐在車上，韓同軒告訴司機說家裡樓快塌了，讓她開快點。司機是個女的，以為韓同軒是在和她調情，一個勁的說韓同軒幽默。韓同軒很著急，他臉色青紫，說話結巴，雙手顫抖。見此情景，女司機這才相信了，把車開得飛快。

老遠，就看見那樓像是變成了個醉漢，歪歪扭扭地杵在那裡。

韓同軒一下子沒了勁，蹲到了地上。

這樓是沒救了，恐怕是再也站不直了。一些惦記著屋子裡財物的戶主，站在門洞前猶豫著要不要冒險進去把值錢的東西搶出來。幾個員警上前制止了他們。

事情驚動了省裡。剛過完年，大冷的天，總得給大樓的居民先安排個住的地方。

因禍得福，大樓的居民就被臨時安排住進了省委新蓋的家屬樓裡。

幾天後傳來消息，說是樓房已成危樓，無法修復。看來這新樓要一直住下去了，因禍得福已成定局。

屋子裡的東西在專業人員的幫助下也都取了出來，除了把書弄髒了之外，韓同軒經濟上的損失並不大。

幾天的驚魂未定之後是雙喜臨門。一是住進了新房，二是韓同軒要把新房佈置成真正意義上的新房。

韓同軒決定，新房的風格佈置，統統都聽柳依紅的。

出事那天，韓同軒正六神無主蹲在地上的時候，柳依紅來到了他的身邊。柳依紅什麼也沒說，只是把一隻柔軟的手搭在韓同軒肩上。那靈動的手指帶著詢問，帶著安慰，還帶著一種隱隱的色情。

韓同軒頓時吃了定心丸，感動的雙眼都濕潤了。

「妳回來了？」韓同軒的鼻音似乎更重了。

柳依紅不回答，只是用柔軟的手在韓同軒肩上輕輕地捏了捏，充滿關切地。

韓同軒覺得，他身上的某根筋頓時鼓脹起來。

這個讓他欲罷不能的女人啊！他發現自己徹底完了。

剛把一張一米八乘兩米的席夢思大床墊買回來，一個週六的下午，韓同軒就把柳依紅約到了新房子裡。

他們在新房子裡做了第一次愛。完事之後，柳依紅穿著內衣、內褲，面帶欣喜表情，休閒地漫步在各個房間。

韓同軒知道，該是表白的時候了。他顧不上房事過後襲來的巨大疲憊，走下席夢思，跟著柳依紅來到了陽台。

他從後面抱住了柳依紅。

「這次裝修，全聽你的！」

韓同軒覺得，柳依紅柔軟的身子一僵，片刻，又柔軟過來。

柳依紅回過頭，雙眉上翹，一雙鳳眼帶著火花，「好啊！我最善於給別人出裝修的點子了。」

韓同軒撲了個空，心裡頓時沒了著落。他像是要抓住什麼似的接著說：「我的意思是，妳說怎麼裝，咱就怎麼裝，將來讓妳住著舒心。」

柳依紅的身子又是一僵，但緊接著她便笑了起來。

「你放心，你的事就是我的事，我能撒手不管嗎？」說著，柳依紅就用蛇一樣柔軟的身體，貼緊了韓同軒。

韓同軒似乎感到了什麼地方不對勁，對這個小他十歲的女人，他有些摸不透了。他覺得，這個女人越來越和以前不一樣了。

隔著薄薄的睡衣，韓同軒的手觸到了柳依紅右側肋下的那條長長的條索形傷疤。

十二年前的那個晚上，當柳依紅在他家床上朦朧的燈光下，第一次橫陳在他的面前，他曾經被這傷疤嚇了一跳。當時，他甚至失去了男人的激情，裝作口渴哆嗦著爬起來去客廳喝水。並不渴的唇碰到冰冷的水杯的那個瞬間，他就預測到和這個女人之間不會有太多的故事。他害怕傷疤。那傷疤讓他覺得自己是在做壞事。好像是他用什麼利器造成的那道傷疤一樣。看著這傷疤，他心裡會有一種痛，愉悅的感覺瞬間蕩然無存。可是現在，他卻完全的接受了這個女人，和這個女人身上的傷疤。

此時，輕拂著這個右側肋下有著一道長條狀傷疤的女人，他內心翻滾著複雜的情素。迷戀，憐惜，怨恨，甚至有一種要毀滅掉她的歹毒。他恨恨地想，如果她要離開他，他就要把她毀滅掉。絕不心慈手軟。他自信他有這個權利。是的，他有這個權利，有權利毀掉這個已經沒了膽的女人。

妳沒有了膽，難道也沒有了心嗎？他暗自在心中指責她。

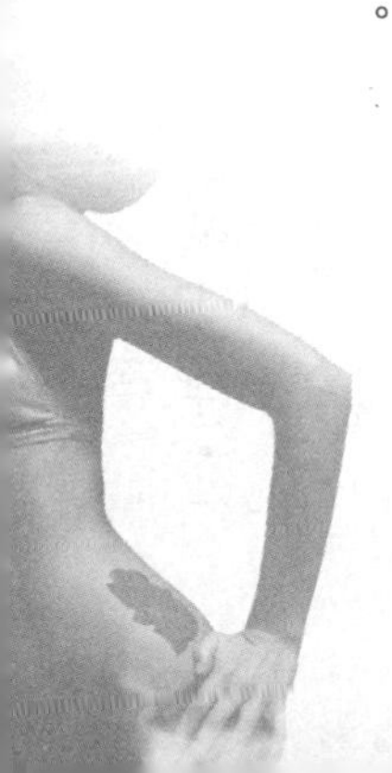

柳依紅猛然回過頭，對韓同軒嫣然一笑，「同軒，去屋裡吧！這裡冷，我做飯，你再躺一會兒。」

也許一切都是庸人自擾，看著眼裡充滿溫情眼波的柳依紅，韓同軒暗自揣摩。

柳依紅把韓同軒擁進了屋子，又把他一直送到了席夢思床墊上，給他蓋上被子。

半個多小時以後，柳依紅來到韓同軒面前，輕喚他的名字，讓他起來吃飯。

一個西芹百合，一個爆炒鱔段，一個紫菜酸湯。都是韓同軒平時喜歡的口味。米飯也軟硬合適，在柔和的燈光下閃著晶瑩誘人的光。

又累又餓，韓同軒狼吞虎嚥地大吃起來。

柳依紅只是象徵性地吃了一點，就給自己點上了一根菸。

她輕輕地吐出一口菸，含情脈脈地看著韓同軒。柳依紅腰裡的圍裙還沒有解下來，紮著圍裙的她纖腰畢現，風情萬種。眼看菸灰就要掉下來，柳依紅趿拉著腳上的拖鞋，動作突兀地起身從一旁摸過一個小的盤子，做了菸灰缸。

柳依紅的動作是粗魯的，但於這粗魯之中卻夾雜著一種令人沉醉的風情和魅力。

看見韓同軒碗裡的飯快吃完了，她把菸含在嘴裡，上前接過韓同軒手裡的碗，又給他續了大半碗。盛米飯的時候，她把頭使勁向後仰著，歪著，以免菸灰落進碗裡。此時，她的樣子頑皮而純真。

見韓同軒吃完了飯，柳依紅就又從菸盒裡抽出一根菸，用自己手裡的那根菸點上遞給了他。

柳依紅滅了自己手裡剩下的那半截菸，開始洗碗。她洗得很認真。纖細的充滿藝術特質的手指在水池中揮來舞去。洗完之後，她把碗放在台子上，又開始用毛巾一個一個的仔細擦拭。

把最後一個碗擦乾淨的時候，柳依紅像是無意中突然想起什麼似的說：「哎，同軒，上次給你說的省委宣傳部那活，我到底是接還是不接？」

正低頭彈著菸灰的韓同軒抬頭看了一眼柳依紅。柳依紅一對放電的眼也正霹靂啪啦火花四射地看著他。

韓同軒囔著重重的鼻音，說：「當然接了，給政府幹活，虧不了的，不接就傻了！」

柳依紅說：「我是覺得，你最近裝修，太忙，顧不上這事。」

韓同軒說：「那點活插科打諢的工夫就幹了，不就十萬字嘛！再說，這種稿子好寫，資料性的東西就能佔去大半的字數。」

柳依紅嘿嘿一笑，「正好掙點錢補貼裝修。」

韓同軒把頭轉到一旁，「這倒是次要的。」

每次掙了稿費，柳依紅都是如數交給韓同軒。這次，她也不打算例外。

「那我可就接了？」

「接吧！」

「好嘞！」柳依紅一個轉身，嘴裡哼著曲子，踏著樂點把碗放到了壁櫥裡。

一切收拾妥當，柳依紅又給自己點了一根菸。菸吸了一半，她忽然站起身，猛吸一口，說：「拷，我

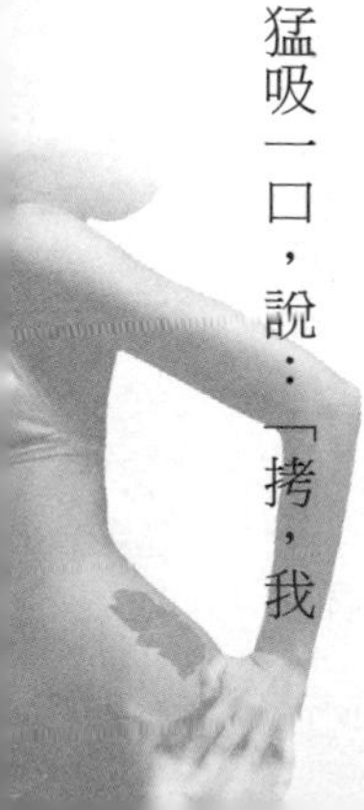

得走了，劇院裡一個歌手晚上錄音，讓我去聽聽。」

送柳依紅出了門，韓同軒坐下去接著吸菸。剛吸了一口，他就痙攣般地站起來，跑到窗前。樓下，柳依紅剛出了樓洞。他看到柳依紅從包包裡掏出手機，不知在給誰打電話。

她會是給誰打電話呢？這個謊話連篇的女人，這個讓他越來越放不下的女人。

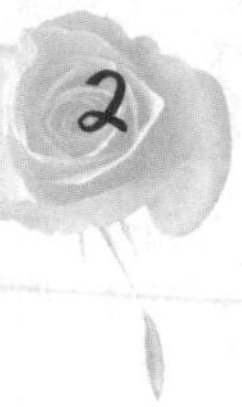

柳依紅的確是要趕回歌劇院聽一個歌手的錄音，歌手叫苗泉。下樓的時候，一看時間晚了，她就想先給苗泉打通電話，讓他別著急。

唱歌之前，苗泉是學舞蹈的。所以，苗泉的氣質就和那些一般的歌手不太一樣，身上有一種舞者的健美和妖嬈。吸引柳依紅的，正是苗泉的這一特質。

苗泉是不久前歌劇院從央視青歌賽上選來的獲獎歌手，劇院上上下下對他都有些嬌寵。舞蹈隊有幾個身段極好的女孩子對他有興趣，隔三叉五地來找他。學舞蹈的女孩子是怎麼回事，苗泉太瞭解了。他不喜歡腹中空空的漂亮女孩子，唯獨鍾情於創作室寫歌詞的女詩人柳依紅。雖然柳依紅比他大了好幾歲，可是他不在乎。

「泉子，我去火車站送一個女同學，現在正在往回趕，你等我一會兒，別著急！」

「好的，柳姐，我買了荔枝，等妳回來一起吃！」

柳依紅想，這孩子什麼都好，就是有些太當真。

柳依紅應了，來到馬路上招手搭車。

剛上車，包包裡的手機便響了。

這手機是柳依紅上週花七千多元買的，諾基亞的牌子，樣子小巧玲瓏，精緻美觀，市面上用的人極少。

柳依紅喜歡使用新潮時尚的生活用品。這一點，和節儉的韓同軒有著極大的不同。

打開一看，是個本市的一個陌生號碼。

柳依紅有些遲疑的接了。

想不到竟然是劉家正。

「是哪陣風把您給吹來了！上午您不是還在黃島嗎？」

黃島是A省靠海邊的一個地級市。雖不是省城，但在全國的名氣比省城的知名度要高得多。

「還不是柳大詩人的吸引力大！妳就像塊磁鐵，把我這塊黑鐵疙瘩一下就給吸過來了！」

柳依紅哈哈大笑，帶著一種沒心沒肺的空洞。面對這種直撲魚鉤的傻魚、呆魚，她要學會矜持。這樣才能讓對方覺得有足夠的神秘和難度，進而激發出明知山有虎偏向虎山行的決心。

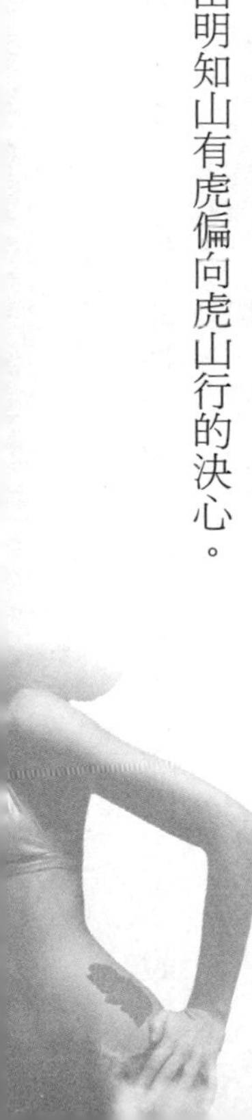

劉家正忙解釋，「是這樣，有點急事，中午就飛過來了，現在剛辦完事，我就把秘書打發出去了，說是要去看個老朋友！」

「你是說你馬上就要出去嗎？」柳依紅心裡儘管明鏡似的，但還是裝作很認真地問。

「那個老朋友就是妳啊！」劉家正恨自己的話說得不夠明白。

柳依紅停頓片刻，語調羞澀地說：「我哪裡敢當？」

這回輪到劉家正大笑了。這笑聲有點傻、有點愣，還有一點沒氣質。柳依紅皺眉，忍不住把手機移遠了些。

柳依紅嘴裡的語氣和臉上的表情完全不一致，她輕柔低語道，「你還沒吃飯吧！快去給自己弄點吃的，你不是胃不好嗎？也不知道自己注意點？」

「人家想和妳一起吃！」劉家正竟然撒起了嬌。

柳依紅稍一思忖，十分仗義的說：「好的，我現在就過去，你在哪裡？」

劉家正想讓柳依紅直接去飯店，柳依紅婉言回絕了。柳依紅說了個飯店的名字，說一會兒兩個人在那裡見面。劉家正摸不透柳依紅的底，也不好強求，就同意了。

柳依紅暗罵，難不成把我當成站大街的小姐了，一招手就上門服務？

飯店叫「粥舖」。不是一般的「粥」，也不是一般的「舖」。是各式各樣的煲湯，時尚的叫法是「靚湯」。環境也好，既清幽古樸，又典雅時尚。兩個人，隨便的一吃一喝，怎麼著也得個千把塊錢，也算是符合身分。把劉家正約到這裡來，柳依紅自然有自己的考量。她料定這種風格的飯店，不是酒囊飯袋模樣的劉家正所經常光顧的。有些時候，冷門就是熱點，這個道理柳依紅懂。

司機調頭的時候，柳依紅又給苗泉打了通電話。這回，她裝作很著急很抱歉的樣子說：「泉子，煩死了，實在是對不起了，我現在回不去，我的一個女友肚子痛，就是上次我給你說的那個寫小說的，她讓我陪她去醫院。」

那頭的苗泉還想囉嗦幾句，柳依紅裝作信號不好，「喂喂」了幾聲就把線給掛了。

馬上就要去見黃島市常務副市長了，她要好好的理一理思路。

對劉家正這個人本身，柳依紅是一點興趣都提不起來的。感興趣的，只是他的身分。雖然她一時也說不上這身分到頭來能幫上她什麼忙，但在一種朦朧隱約之中，她能準確、迅速而敏捷地捕捉到這身分的意義。對柳依紅而言，這幾乎是一種本能。也可以說是一種頑強的遺傳基因，在她身上的神奇延續。

算起來，這是柳依紅第二次見劉家正。

第一次見劉家正是在兩個月前。那天，是文青的老公周一偉請客。周一偉原先是省委書記的秘書，現在是辦公廳的秘書長。周一偉是黃島人，宴請劉家正是情理之中的事情。一般私人宴請，周一偉都會帶上老婆文青。而文青，又會帶上柳依紅。文青帶上柳依紅，一方面是因為她們之間關係好，另一方面是由於柳依紅在飯桌上的千姿百態。飯桌上的柳依紅，又潑辣又俏皮，又喝酒又唱歌。眼睛一點一點的，嘴裡的

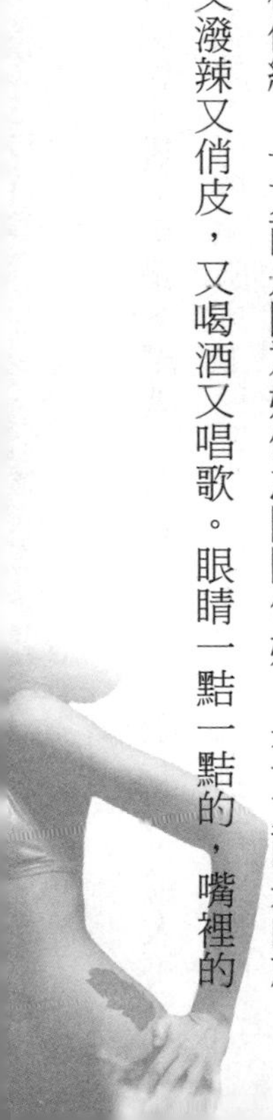

段子一個接著一個。照說，這都是些風塵女人的特徵和才質。可是，讓著名女詩人這個光環一罩，就大不一樣了，出味道了，上擋次了。那叫女詩人氣質，女詩人風格。飯桌上只要有了柳依紅，就省去了文青兩口子很多事。

想當年，柳依紅從作家班畢業，進省歌劇院的工作是文青催促周一偉一手辦理的。那時，周一偉和文青都沒有預見到柳依紅後來所表現出的這種非凡實力，交際上的、文學上的、風情上的。這個柳依紅可是了得。飯桌上，柳依紅成了文青傾情推出的重磅炸彈，殺傷力極強。

那次，文青在電話裡給柳依紅介紹劉家正時，稱呼他是「劉鄉長」。正在柳依紅納悶之際，文青哈哈大笑，說：「人家現在是副市長，以前做過鄉長，那可是踏踏實實，一步一腳印走出來的。」

飯桌上一見劉家正，果然有些「鄉長」遺跡，大黑臉龐，將軍肥肚，說話時又摳耳朵又剔牙，吃飯時不光呱嗒嘴，厚嘴唇裡還往外噴飯渣。即便是這樣，柳依紅也還是帶著火熱的工作熱情上場了。不用說，劉家正很高興，這位女詩人給他留下了深刻的印象。劉家正沒有太多的知識，可是他卻嚮往有知識的女人。在他眼裡，柳依紅就是那種有知識的女人。這種女人身上如同有一種神奇的磁性，一下就把他給吸引住了。後來，趁著酒勁，劉家正下樓的時候捏了一下柳依紅的手，雖然是沒有回應，但也沒有遭到抵抗。一週以後，劉家正裝作找文青找不到，打電話給柳依紅打聽文青的手機號碼。電話裡，一聊竟聊了半個多小時。後來，電話就多了起來。都是劉家正打給柳依紅。柳依紅住在歌劇院筒子樓的單人宿舍裡，就一個人，晚上躺在床上泡電話煲很方便。電話裡，劉家正給柳依紅講的大多是他的仕途經歷。柳依紅暗自在心裡給他總結了八個字：苦大仇深，忍辱負重。憑心而論，初中程度的劉家正能走到今天真是不容易，除了機遇和肯吃苦，他身上還有一種農民的質樸和狡黠。畢竟已經不是昔日的一介鄉黨，話語中也時時透著一個地級市長應有的素質和高瞻遠矚。一般情況下，柳依紅是聽得多，說得少。後來，在劉家正的再三懇求下，柳依紅開始在電話裡給他「背誦」自己的詩句。

劉家正第一次向她提出這個要求時，還真是給柳依紅來了個措手不及。好在她急中生智，一旁讓劉家正稍等，說是要先喝一口水，潤潤嗓子，一旁迅速從床頭的書架上抽出了自己剛出版不久的詩集。詩集把一本大書同時帶了下來，正好砸在了她的臉上，柳依紅忍著疼痛不敢出聲，飛速翻到了目錄那一頁。

柳依紅如釋重負。這些詩她是背不下來的。

柳依紅給劉家正讀的第一首詩叫《我因為愛你而成為女人》：

為什麼不和我一起誕生
我如此美妙地對你微笑
使你沐浴酸楚和隱痛
我是秋天的女人
生來和季節一樣成熟
……

我願意和你一起聽月亮穿雲的聲音
我願意和你一起聽太陽出土的聲音
……
我要始終微笑
以微笑的魅力屠殺黑夜
世界啊！我因為愛你而成為女人

柳依紅有著極好的朗誦天賦。此時，她很癡迷地陶醉其中，彷彿，那憂傷淒美的詩句正是她隱秘心緒的吐露。她被這些詩句感動了，也被她自己的聲音感動了。她的眼睛在不經意間濕潤了。她一首接著一首地朗誦著，挑選的都是那些淒美的愛情詩。終於，她讀不下去了，她哭了，心靈的堡壘在瞬間被這些愛情詩句擊垮。她完全深陷到了一種境界裡，無法自拔。

劉家正也像是被感染了，在電話那端半天沉默著不說話。

兩個月轉眼過去，雖然現實中他們只見過那麼一面，但在感覺上儼然已經是很熟悉的老朋友了。

粥舖一如既往的幽靜、典雅著。柳依紅剛一走進去，就看到劉家正正站在一個包廂門口，對著她傻笑。

好不容易在電話裡培養出來的一點好感，瞬間就溜走了。柳依紅很沮喪。

「你好快！」柳依紅邁著細碎輕捷的步子，走到劉家正面前，輕輕彎腰笑說。

「晉見著名女詩人，在下豈敢遲到？」劉家正轉身回到包廂，一激動，大肚子撞到了門框上。他迅速收腹挺胸，昂首走到位子上。

柳依紅駕輕就熟的點了些東西，之後，上下打量劉家正，猛不丁地對他燦然一笑，用驚訝的語氣說：「想不到，你今天會來！」

劉家正嘿嘿傻笑。電話中曾給柳依紅講過無數黃段子的他，竟然露出幾分難得的羞澀。

沒話找話，劉家正問：「妳最近在忙些什麼？」

「瞎忙，跟個無頭蒼蠅似的。」

劉家正又嘿嘿傻笑了幾聲。

柳依紅接著說：「我現在是分身乏術啊！劇院接了一台晚會，要我寫歌詞，省委宣傳部要辦一套青年讀物叢書，讓我寫其中的一本，還有幾個詩歌雜誌的約稿，想想頭都大了。」

「那是好事啊！」劉家正說。

「好什麼好？你是無法體會到幹我們這一行的壓力和苦衷。」

「有什麼困難妳就儘管說，」說到這兒，劉家正力所能及的想到了作家的苦衷之一——賣書，於是接著說：「如果有書，就說，多少都沒關係，多多益善，那是傳播知識，光榮！」

柳依紅輕鬆一笑，「感謝市長關懷，不存在這個問題。」笑瞇瞇地看著劉家正，柳依紅心想，找你個市長就為賣幾本破書，那不是高射炮打蚊子，大才小用了嗎？

「那是那是，柳大詩人的書可是緊缺的精神食糧，哪輪到讓我們推銷的份兒？」一不小心還是說出了庸俗的「推銷」二字，劉家正心中暗自告誡自己一定要注意言詞。

柳依紅嘻嘻一笑，說：「劉副市長抬舉我了！」

兩個人正吃著，柳依紅的手機不識時務地響了。一看，竟然是文青，柳依紅心裡一個激靈。和劉家正的來往，她隻字未跟文青提起過。此刻，她有一種做賊的感覺。

見劉家正正看著自己，不接顯然不好。再說了，別人的電話可以不接，文青的電話她從來就沒有不接過。

柳依紅接了。想不到，文青一下就問：「妳知道劉家正的號碼嗎？我有事找他，現在周一偉聯繫不上！」

劉家正的號碼，柳依紅早就背得滾瓜爛熟了，可是她一猶豫，還是說：「有倒是有，但不在身上，在家裡。」

文青說：「妳在外面？和誰在一起啊？」

柳依紅說：「我在外面隨便吃點東西，回去查了告訴妳。」

「好的，周一偉老家的親戚來辦事，我帶他們出來吃飯，回頭聯繫吧！」

兩個人接著吃。吃了幾口，柳依紅突然瞪了劉家正一眼，說：「知道剛才是誰嗎？」

「誰？」

柳依紅說：「文青。」

劉家正一愣。

柳依紅又說：「我可沒對她說和你有聯繫！」

劉家正哈哈大笑，說：「好，小柳，妳很懂規矩！」

無意中，露出了自己心裡的某種不光明，柳依紅後悔不已。

「小柳，回去可別忘了告訴文青我的電話號碼！」劉家正故作幽默。

像是看透了柳依紅的內心，劉家正這下才徹底放開了。他伸過一隻手，摸著柳依紅的手背，問：「小柳，想和妳好好說會兒話，去妳那裡方便嗎？」

柳依紅順口說：「我就一間屋子，還是筒子樓，哪敢請你大駕光臨！」

話的確是順口說的，可是出了口的話又反彈回來，給了柳依紅一個醍醐灌頂般的啟示。她如夢中突然警醒，終於尋找到了眼前這個市長對她的偉大意義。

房子，房子！原來就是房子！

「沒辦法，公司窮，混了半輩子，還住在筒子樓裡。」語氣雖然是淡淡的，但卻是刻意說出來的。說

完，柳依紅就用放電的眼睛盯著劉家正看。

劉家正沒有順著柳依紅的房子話題往下說，而是提議，「那就去我住的飯店吧！」

「我不喜歡飯店裡的感覺，不自在！」柳依紅語氣斷然，目光鑿鑿。

「那我們就在這裡多聊會兒，反正在哪裡說話都是一樣！」

「就是！」柳依紅附和。

兩個人像是又都恢復了先前的正派和坦蕩。

「再給我背幾首妳的詩吧！」

柳依紅淘氣的一笑，說：「傻不傻呀！我才不背哪！」

兩個人又閒聊了一個多小時，方起身離開。穿過大廳時，門童對他們微笑道別。劉家正用鼻孔應了一聲，柳依紅則微笑著點了點頭。

一隻腳剛跨下台階，柳依紅就聽到門外響起一陣熟悉的爽朗笑聲。柳依紅臉上立刻露出惶恐表情。她顧不上保持淑女形象，一把揪住劉家正的衣袖，把他拉回了大廳。

劉家正在納悶之際，柳依紅用手指了指窗外。

原來是文青在外面。劉家正也倒吸了一口氣。

文青正在和幾個客人告別，看著那幾個人上了計程車之後，她就一個人朝停車場的方向去了。

這個地方最初是文青帶柳依紅來的，她怎麼就忘了這個呢？真是腦子進水了！要是讓文青看到她和劉家正在一起，那該是多麼的尷尬，再加上之前的那通電話，真是讓人想都不敢想了。

文青對自己那麼好，柳依紅可不想失去這個親人般的朋友，也不想給她留下任何不好的印象。

看著文青的Nissan駛入馬路上閃爍的車燈河流，柳依紅長出了一口氣。

劉家正也長嘆了一聲。劉家正怕的是讓周一偉知道。他還想升官，周秘書長是個堅實的台階，自己身上的疤瘌痲子絕不能露給他。

雖然什麼也沒做，兩個人卻都有些驚魂未定。出了門，寒暄幾句就各自分手了。

先說劉家正。他搭車回到飯店，剛一進大廳就覺得氣氛有些不對。吧台後面的女服務員臉上有種惶恐，不時地向電梯口那邊張望。幾個保安心神不定地在大廳裡晃來晃去。連大廳裡的空氣也透著一種爆發前的冷寂。

忽然，兩個電梯的門同時開了，裡面湧出來一幫人，其中，有幾個身穿制服的員警，幾個低頭抱著臉的女子，還有幾個焉頭耷拉腦的沮喪男人。

劉家正馬上意識到，電視上常見到的那一幕，在現實中又重演了。

想起自己剛才曾兩次約柳依紅到飯店裡來的事情，他又是一身的冷汗。看來，不是在自己的地盤上，辦事還真的是要謹慎小心。

看著一群尷尬狼狽之人被員警押出大廳，劉家正鑽進了電梯。

電梯上升的時候，他腦子裡冒出了一個念頭：要是在這裡買上間小房子，可就方便多了。

再說柳依紅。她回到劇院時已經快十一點了。剛走進宿舍樓，就看見苗泉從一樓靠樓梯的傳達室裡跑了出來。

「柳姐，妳可回來了，我還等著妳聽我的錄音呢！」

柳依紅的目光沒有在苗泉的臉上停留，隔著玻璃窗，她看到了看門的李大媽朝她走了過來。

柳依紅厲聲對苗泉說：「都什麼時候了，明天再說吧！」

李大媽走出來，把兩張稿費單子遞給柳依紅，「小柳，妳的稿費。」

柳依紅接過來，謝了李大媽就上了樓。苗泉也緊跟著上去了，他邊走邊說：「柳姐，這是妳喜歡吃的荔枝！」

進了門，苗泉就用腳把門踢上了，把那包荔枝扔到桌子上，從身後抱緊了柳依紅。

「姐，我想妳！」

說著，就把柳依紅往床上擁。柳依紅今天心裡不平靜，沒心思。她身子一繃，把苗泉甩開，「你煩不煩呀！一旁坐好！」

「姐，妳今天是怎麼了？」

「沒什麼。」柳依紅淡淡地說。自從和苗泉有了這層關係，柳依紅還沒對他發過火。但她越來越覺得這是個錯誤，因為苗泉越來越不注意了。他的隨意和灑脫，讓她無法接受。

「姐，妳真生我的氣了？」

柳依紅壓低了聲音狠狠地說：「你這麼不注意，我能不生氣嗎？你可以什麼都不怕，我可丟不起這個人！」

「我們是在談戀愛，有什麼丟人的？」苗泉高聲說。

柳依紅恨不能上前用手去捂他的嘴，「你吵什麼，生怕人家不知道是吧？告訴你，我可從來沒說是和你談戀愛。」

苗泉的眼睛一下瞪大了。他呆呆地看著柳依紅。

柳依紅趕忙說：「我是說，我比你大那麼多，我們結婚不合適，將來，總有一天你會厭煩我的。」

在心裡，柳依紅卻說，別說是你——一個小戲子，就是比你好上十倍的男人向我求婚，我也是不會答應的。柳依紅自信，對男人，她已經看透了。這世上，男女之間原本就沒有什麼情，有的只是骯髒的交易和利用。這些她早就明白了，自從遙遠的過去，那個叫郭雄的男人離開她的那一天起。

柳依紅用一雙貌似坦誠的眼睛看著苗泉。

苗泉放心地笑了，「才不會哪，我就是喜歡妳！」

看見苗泉又要纏她，柳依紅裝作很疲憊的樣子，說：「泉子，我累了，你也累了，錄音的事情明天再說吧！」

苗泉答應了。他站起來，給柳依紅把那包荔枝拿過來，又替她剝了一個，放進她的嘴裡。出門的時候，他又回過頭對柳依紅說：「姐，我就喜歡唱妳寫的歌，有味，夠勁！」

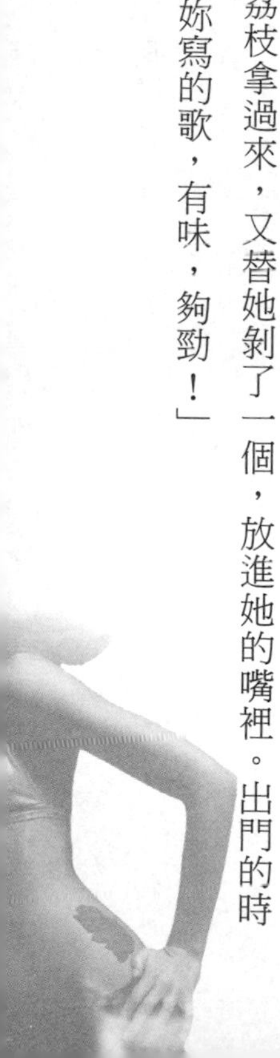

柳依紅嘴裡含著荔枝，笑了一下，緩緩關上了房門。

3

出了城，向南行三十公里，是一片連綿不斷的山。山，是有特色的山，既含婀娜之美，又具陡峭之險。可貴的是，這片山裡還有水——豐沛的水。散在的瀑布，四處皆是，歡愉的如奔跑之鹿。繞膝之小溪，猶如雲霧跌落在地，柔美蜿蜒。青山綠水，動靜搭配，宛如仙境一般。

省委宣傳部《豆蔻年華》叢書的第一次作者見面會，就在這片山裡一個叫「野山坡」的度假村裡如期召開。

最初，出版這套書的動議是省裡領導的意思。都說現在好書少，適合青少年讀的好書就更少。一些青少年，由於閱讀不良書籍走上了犯罪道路，令人痛心，更值得反思。無產階級的領地，你不去佔領，資產階級就要去佔領。於是，就有了出一套傳統美德叢書的動意。有了好的想法，還要有好的運作，宣傳部副部長張志受命親自主辦這件事。

張志是個明白人，當下就聯繫了省文聯主席高亞寧。讓高亞寧幫他篩選推薦十個優秀作家。為了保證品質，張志誇下海口，稿酬從優，並許願給作者一定的榮譽。高亞寧放下電話就開始在紙上列了十個作者名單。

說來也是湊巧，正在高亞寧列名單的時候，文青進來了。文青早先熱衷於文學那些年，就和高亞寧混熟了。高亞寧平時寫些評論，人很厚道，文青一直和他處得不錯。

文青看見了紙上的那串名單，就問：「老高，你在列什麼黑名單？」

「送十個弟兄上刑場，劊子手是那宣傳部。」高亞寧平時不怎麼開玩笑，可是一碰到文青，就忍不住要跟著她的話語風格走。

「別瞞我了，快坦白又要組織作家去哪裡腐敗？」

「什麼腐敗，是宣傳部抓公差，組織人寫一套適合青少年讀的叢書，這是十本書的十個作者。」

文青瞄了一眼，說：「你可真夠重男輕女的，青一色的爺兒們，你就不明白一個道理，男女搭配，幹活不累。」

高亞寧看著文青，「怎麼，妳有興趣？」

「不是我有興趣，我是建議你換上幾個女作家，真的，女人文筆細膩優美，寫出來的文章青少年喜歡看。」

「好好，就聽妳的。」說著，高亞寧就把一個名字劃掉了，寫上了文青的名字。

文青一愣，接著笑了，「你誤解了，我可幹不了這活，一是沒這個心思，二是沒這個才華，三是也沒時間，光是婦女工作就把我累個半死。」

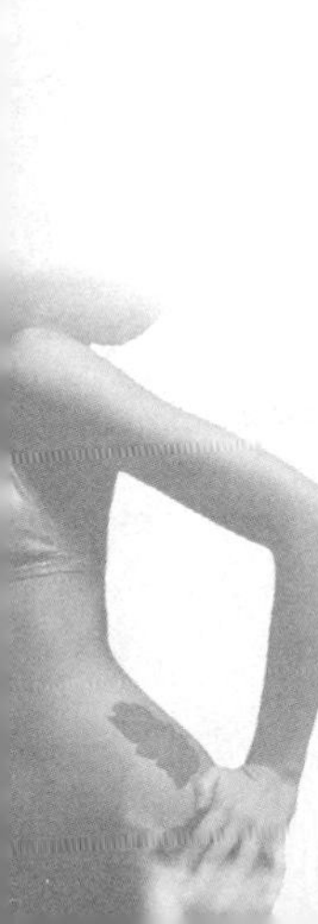

文青從高亞寧手裡拿過筆，把自己的名字給劃掉了。

高亞寧不明白文青的意思了。

這時，文青接著說：「我給你推薦兩位女作家，保證按質按量把活幹好。」

「妳說吧！哪兩位？」

「詩人柳依紅，小說家林梅。」

「有印象。柳依紅是獲省詩歌大獎的那個吧？聽說能喝酒。林梅的小說上過排行榜，人很樸實，擅長寫民工打工妹題材。」

「就是她們倆，趕明兒掙了稿費讓她倆請你喝酒！」

「聽說妳們是『三劍客』，我可不敢接這個招，還是饒了我吧！」

說著，高亞寧就又劃掉了一個名字，加上了柳依紅和林梅。

當高亞寧把柳依紅三個字寫在紙上的時候，他和文青都沒有料想到這一寫竟然促成了一段姻緣。

文青說服高亞寧加上柳依紅和林梅的名字，是有私心的。她想藉著《豆蔻年華》的光，給包括自己在內的「三劍客」提供一次聚會的機會。

作者碰頭會的前一天，林梅來省城了，「三劍客」再度聚首。

三個女人在柳依紅的宿舍裡長談到深夜。話題聚聚分分，到最後還是集中到了情感——這個她們聊得最多的話題。

住在青水的林梅平時根本找不到合適的人和她聊這種話題，三兩下就把話題扯到了婚外情上。

林梅是個保守的女人。人雖保守，但卻思想活躍，總是能亮出一些驚世駭俗的觀點。她認為婚外情是人類追求完美情感生活的正常反應，沒有哪個人可以在婚姻內一輩子都不出軌的。林梅喜歡看一些情感類的雜誌，常常把那上面的觀點和有意思的故事搬過來與大家共用。

林梅說：「我很欣賞這樣的女人，對一個人好完全是從情感出發，有感覺了就好，沒感覺了就散，並不功利之心。」

文青說：「妳說的這種女人必須是獨立的，不僅精神上獨立，經濟上也要獨立，如果一個女人要靠依附男人生活，吃嗟來之食，又何嘗談得上沒有功利的愛？再說了，情感問題總是受社會道德觀念的制約，要是像妳說的這樣見一個愛一個，這社會還不亂了？」

林梅笑說：「文青，妳這純粹是婦聯幹部腔調，我就不信除了周一偉之外妳想都沒想過別的男人，要是那樣，妳就成了仙了。」

文青調侃說：「那我把握時間趕緊想，爭取在四十歲以前給自己想出來一個。」

「幹嘛要等到四十歲，遇到了好男人就不要錯過，機緣來了，躲都躲不掉的！」林梅說。

林梅的話讓文青猛然想到了一個人。那個人他已經很久沒有見過了。她不知道如果按照林梅的說法那個男人算不算是那種特殊意義上的「好男人」。

那個「好男人」是文青在十幾年前的一個夏天碰上的。那時，已經和周一偉談了三年戀愛的文青正打算結婚，而那個「好男人」的妻子也已經替他剛剛生下兒子。他們是在偶然的一次文友聚會上認識的。像是觸電似的，看到對方的同時他們彼此都被一種無形的東西擊了一下。莫名的好感無端地就產生了，說不清道不明的。他們兩個人聚過幾次，最後一次還都喝了酒。酒後的文青甚至在恍惚中考慮著要不要延遲和周一偉的婚期，嫁給眼前這個更能令她心動的男子。那時，文青還不知道「好男人」已經娶妻生子的事情。他比文青小一歲，看起來又很年輕，文青一廂情願地認為他是個未婚的男人。

兩個人都有些動情，特別是「好男人」，他有幾次擁抱了文青並吻了她的額頭。是在公園的長廊上，很靜謐多情的夜晚。文青的心是激情的，身體卻是被動的。不過文青孤注一擲地想，不管「好男人」此時要把她帶向何方，她都會毫不含糊。她的確是想好了，而且不是一時的心血來潮。「好男人」再次被情慾所折磨，再次親吻她的額頭。

最後的結局是文青意想不到的。在最激蕩人心的時候，「好男人」俯在她的額頭用顫抖的聲音說了一句話，之後就毅然抽身走了，義無反顧。從那以後，他們再也沒有見過面。

「好男人」的那句話是，「對不起，我不能這樣！不能夠！」

這麼多年以來，這句話有時會無端地回蕩在文青的耳邊。文青沒有對任何人說起過這個人，有時覺得他彷彿是個虛幻之人。

他已經不在這座城市裡生活了，也沒了他的電話聯繫方式，唯一有的就是每年新年收到的一張由他寄來的用手寫的賀卡。那上面有他的氣息，卻沒有他的地址。這彷彿是件令人遺憾的事情，同時又令人欣慰。

這麼多年以來，文青一直沒有換手機號碼。潛意識裡，就是希望他能在某一天裡突然回來找她。她也不知道兩個人見了面之後究竟會是怎樣的心態，但還是在心裡隱隱地期待著。

見文青一副愣神的樣子，林梅緊追不捨，「是不是已經想出來一個了？快坦白！」

文青這才清醒過來，大聲說：「想出來個鬼！」

三個女人在深夜裡發出一陣大笑。柳依紅趕緊把手指放在嘴唇上「噓」了一聲。

律師齊魯南是宣傳部請來的嘉賓。為了辦好這套書，宣傳部真是動了不少的心思。想到要引經據典，增加知識性和深度，就給每個作者發了1000塊錢買參考書。又想到有反面事例才更有說服力，就到法院找來了一摞摞的判決書。光這還不算，還請來了兩部「活法典」，律師齊魯南和法官鄭鎮鐸。

第一次碰頭會，作家們和兩位法律工作者分坐在長桌的兩邊，形成了界限分明的兩個陣營。雖然是以二對十的絕對劣勢，但兩位法律工作者的眼神卻絲毫也不示弱。他們用尖銳的眼神在十個作家的臉上來回掃射，最後停留在了三個女作家身上。除了柳依紅和林梅，高亞寧還請了另外一位女作家裘璞。裘璞是師大的教授。寫歷史小說的她，言行舉止中有一種學者的端莊和風儀。

掃射了幾個來回，面無表情的齊魯南在心裡按自己的嗜好悄悄給三位女作家定了個位。裘璞有點老，

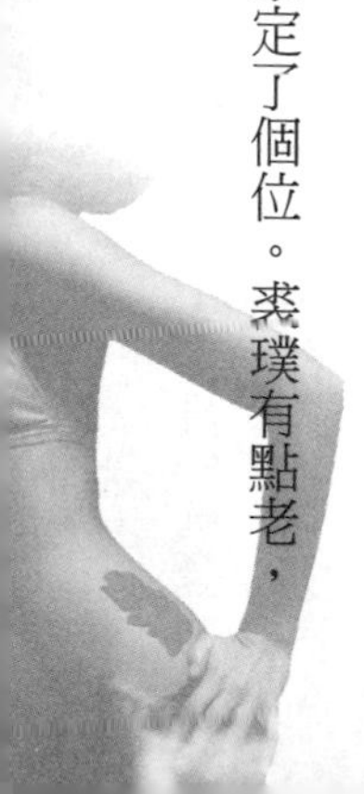

林梅有點土，算來算去，就那個正在微眯著眼吸菸的柳依紅看起來有幾分可人。另類的可人，別具一種誘惑。當時，齊魯南還不知道柳依紅叫柳依紅，當他聽了張志的介紹，知道眼前的這個賞心悅目的女人就是柳依紅時，心中更是偷偷激動了一下。齊魯南曾經是個文學愛好者，柳依紅的詩他有印象。

十位作家也在打量坐在對面的兩位法律工作者。柳依紅儘管是歪著頭，微眯著雙眼，但只一眼就把坐在對面的兩個男人看清楚了。鄭法官禿頭，微胖的身材，據說是個副庭長，臉上堆著一副想當然的自負神情，習慣性的把誰都看成被告。

齊魯南是個美男子。可是他究竟是個什麼脾性的人，柳依紅還一時不好定論。但有一點柳依紅是可以肯定的，在女人眼裡，齊魯南應該是個「搶手貨」。按照慣例，凡是「搶手貨」，都不會成為積壓產品。柳依紅暗想，不知眼前的這個「搶手貨」已經花落誰家。

晚上的飯桌上出了點小故事。不知在誰的提議下，大家講起了段子。一開始是幽默段子，後來就加了點顏色，成了黃段子。酒是越喝越盡興，段子的顏色也越來越深。兩位法律工作者一開始還有點矜持，後來就和作家們打成了一片。鄭法官笑得前仰後合，連腦門的亮度也增加了幾個百分點。齊律師也笑，但有些拘謹。大家攛掇著鄭法官講個段子，他欣然應允。剛要開口，像是忽然想起了什麼，轉頭定睛看著齊律師說：「未婚者不宜！」

柳依紅看到，齊律師的臉一下紅了。竟然是個羞澀的男人，真是難能可貴。

柳依紅出神之際，忽見一個叫李一悅的男作家也用眼睛盯著她，笑說：「聽到了嗎？未婚者不宜，不是一個，是兩個！」

李一悅是省報的主任記者，擅長寫報告文學和通訊的他同時也善於講段子，人稱「李一黃」。李一悅不光善於講段子，還善於在生活中挖掘段子。條條大路通羅馬，好多話經他一重複就變了味，引得眾人陣陣大笑。

這句話像是一根帶刺的針，不知把齊律師的那根神經給刺了一下，他全身一顫，飛速地瞟了一眼柳依紅。想不到，柳依紅也正在看他。兩人眼神交會的瞬間，心中都有一種怪怪的感覺。

見大家都在盯著自己這個未婚者，柳依紅有些不自在，她點燃一根菸，用嘴角吸了一口，黠著眼，笑瞇瞇的說：「未婚怎麼了，未婚就一定比你們的見識少嗎？」

說完，柳依紅率先把酒一口喝了下去，動作輕鬆、調皮、瀟脫。

大家先是一愣，繼之大笑，幾個男人紛紛給柳依紅敬酒，誇她豪爽直率。

林梅和裘璞也覺得柳依紅的直率很可愛。

柳依紅接著說：「現在都什麼年代了，還能找到三十五歲的未婚處女嗎？那不是擺明著罵人嗎？」

大家又是一陣歡呼。柳依紅舉杯四處敬酒。敬到齊律師那裡，大家又一齊起鬨。

張志說：「你們兩個單身，只喝一杯恐怕說不過去吧？我提議你們再喝一杯單身酒！」

大家一齊叫好。

齊律師尷尬地笑著，有些束手無策。

柳依紅把菸插在一旁的菸灰缸裡，含笑站起來，環視一圈四周，最後把目光定格在齊律師臉上，說：「乾脆，我們來個交杯酒吧！」

大家又是一陣起鬨，那齊魯南臉上更加的羞澀和尷尬，不過，在這種羞澀和尷尬之中，眼裡卻閃爍著一種激動和興奮的光。

房間裡的電視當然趕不上外面四月的風景更有吸引力。吃過了飯，人們三三兩兩地結伴出去了。在一處樹林旁邊的溪水邊，女隊和男隊相遇了。男隊裡有那齊律師。突然，男隊裡有人怪叫了一嗓子，接著，就有人把齊律師推出了人群。

女隊也似乎一下明白過來這微妙的暗示，裘璞和林梅同時都向後退了幾步，臉上帶著詭秘的笑。起初，柳依紅也跟著往後退，但裘璞、林梅躲得比她退的還要快。柳依紅索性不退了，笑吟吟地看著兩邊的人們。

男隊裡又有人把齊律師往前推了一把，說：「瞧，人家都那麼大方，你也不能裝熊！」

說完，男隊呼啦一下就撤了。裘璞和林梅也趁機跟了過去，和男隊會合了，說說笑笑地去了。

見人都走了，小溪邊的兩個人並沒有多少真正的尷尬和不好意思。相反，心裡倒是有幾分將計就計的竊喜。

這是柳依紅和齊律師的第一次約會。一群男女用惡作劇促成的約會。

在美如仙境的山水間閒逛了兩個多小時，兩個人對彼此都有了個大概的瞭解。柳依紅知道齊律師一直沒成婚是因為「高不成，低不就」，而齊律師也知道柳依紅一直沒成婚的原因是「怕自己太懶，不適應家庭生活。」

除此之外，柳依紅還有兩個重要發現。一是齊律師的收入不菲，二是齊律師並不像她想像的那麼羞澀，幾處過小溪的時候，都趁機用他優雅靈活的手表達了許多情感。兩個發現，一個讓人喜，一個讓人憂。其實，想開了，也沒什麼，不就是花了一點嗎？男人的通病，像韓同軒那樣的傻子又有幾個？又不打算嫁給他，操那份心幹嘛？

齊律師身上，還有一個讓柳依紅十分滿意的優點，會體貼人，而且方式優雅是個典型的紳士，不像韓同軒那個老土，除了寫詩沒有一點浪漫情調。比如，過小溪的時候，齊律師會先過去，然後伸出一隻有力的手，溫情地看著柳依紅，把她拉過去。那手也是柳依紅欣賞的類型，白皙、修長，象徵著文明和教養，能撩撥起她心中最隱秘的情懷。看見一片不知名的美麗野花，齊律師會很動情的衝過去採摘一些，編出一個花環，輕輕套在柳依紅頭上。一股久違的浪漫情懷溢於心中，柳依紅覺得自己一下變成了茜茜公主。

還有一點，也讓柳依紅對齊律師刮目相看。齊律師是有思想的。

說起飯桌上的調侃氣氛，齊律師說：「想不到，如今在你們作家身上也找不到一點莊重的感覺，泱泱一個大國，真是可悲。」

「莊重？」柳依紅覺得這個詞此時有些刺耳。

「是啊！生活中很難會有莊重的體驗，到處都是低級趣味的笑話和赤裸裸的段子。」

想到自己在飯桌上的大膽和反諷，柳依紅雙頰一陣發燙。

「不過，妳和他們不一樣。」

柳依紅不解地看著齊律師。

齊律師說：「你是徹底的坦率和大膽的真誠，勇於面對真實的人性。」

柳依紅羞澀地笑了。她希望達到的效果在齊律師這裡如期實現了。

感覺的確是不錯。不錯是不錯，但柳依紅心裡明白，這是過眼雲菸的東西。眼前的這個迷人的律師和傻子一般癡情的韓同軒不一樣，也和情竇初開的美少年苗泉不一樣。想明白了，就沒有失落和遺憾。對齊律師這樣的男人，柳依紅要的就是現在和此刻。男人和男人是不一樣的。因此，男人和男人的用途也就不一樣。在柳依紅眼裡，齊律師這樣的男人，就是用來愛的。哪怕是一時一地的愛。山水輪迴轉，好東西，不能一個人獨吞，柳依紅明白這個道理。再說了，對男人，她也沒有獨吞的興趣，時間久了，會覺得累。

遺憾的是，柳依紅還沒來得及真正和齊律師交往，會就散了。一頓饕餮大餐，還沒動筷子，只是聞了聞味道，柳依紅豈肯甘心？

散會的時候，宣傳部來了三台小車，把一行人送回城裡。上車的時候，柳依紅「碰巧」和齊律師坐到了同一輛車裡。車裡除了他們倆之外還有鄭法官和林梅。有了鄭法官的那張嘴，自然省了柳依紅的許多事。若在平時，柳依紅肯定煩死這個趣味低下的鄭法官。可是這會兒她卻對鄭法官的那張破鑼嘴，心存了成千上萬個感激。

無疑，鄭法官又強化了柳依紅和齊律師之間的那種尚還不存在的「特殊」關係。

下車的時候，大家都相互說了「多聯繫」。柳依紅不知道齊律師的話是不是純屬客套。

她只有耐心等待著。

4

馮子竹坐在辦公室裡等待著林梅的到來。生活中的許多事情，都能誘發馮子竹回憶起十多年前的那段情仇。

畢業十多年了，馮子竹一直和林梅保持著密切的聯繫。表面上看，這是一種同學之間的友情，可是往深裡一想，馮子竹自己都覺得可怕。是那段情仇密切了她和林梅的關係，因為她需要從林梅從那裡瞭解一些柳依紅的情況。聽說柳依紅遭殃了，她會高興；知道柳依紅一帆風順了，她會不舒服。

只要一想起柳依紅，她就有一種咬牙切齒的痛和恨。柳依紅一天不原形畢露，她就一天不能徹底忘記這仇恨。讓柳依紅的事情大白於天下，是馮子竹的夢寐以求。

她非常奇怪，憑柳依紅那些拙劣的招數，怎麼能夠支撐到今天。她感嘆，這個世界上的男人面對女人的把戲，真的是太弱智了。

馮子竹款款走到窗前，向外看去。只一眼，她就在樓群中找到了她要找的那個目標。

馮子竹的公司總部在市中心天龍大廈的18樓。天龍大廈是五年前竣工招租的。當時，一看到招租廣告，馮子竹就對丈夫李曉陽說了要把總部遷到這裡的打算。

李曉陽說：「妳瘋了嗎？這裡的房租一年就要幾百萬，三五年下來，光是這筆房租就可以在郊外再蓋一座天龍了。」

「就是蓋兩座天龍，那也是在郊外，和在這裡的感覺完全是兩碼事。」

李曉陽又說：「我們經營的是化工原料，又不是百貨，總部完全沒有必要設在這麼繁華的地界。」

「別囉嗦了，這件事就這麼定了！」馮子竹一錘定音。

李曉陽和馮子竹結婚的時候，馮子竹的生意已經做的紅紅火火。雖然他自己也是個生意人，但在馮子竹這裡，卻常常插不上嘴。好在李曉陽不太計較這些，否則，兩口子就有仗打了。

記得，頭一回來看房的時候，馮子竹煞是興奮。

那是個秋季裡的雨天，隔著水濛濛的玻璃牆，她圍著整個樓層轉了個遍，在各個角度俯瞰下面的城市。

臨了，馮子竹的目光像是不經意的停在了一個地方。停了大概有幾秒鐘，她才忽然意識到那個方向是韓同軒上班的地方。那是一片老市區，她仔細的在樓群裡辨認著那棟破舊的紅磚三層小樓，眼睛都累瘦了，才總算是找到了。看著那被梧桐樹圍繞著的破舊小樓，馮子竹長出了一口氣。

想起了韓同軒，也就想起了柳依紅。積壓在心頭的那股仇恨再次湧上心頭。

這些年來，馮子竹發了財，也結了婚。丈夫李曉陽雖說是個生意人，但外表、氣質、談吐都不遜色於那韓同軒。

可是，即便是這樣，馮子竹也沒有忘記當年柳依紅的奪愛之仇。

林梅曾不只一次說過，這是因為她還沒有放下韓同軒的緣故。其實，林梅說錯了。對那娘娘腔的韓同軒，馮子竹早就沒什麼感覺了。現在再回過頭看當年的事情，韓同軒完全是個沒什麼氣質的男人。他脆弱、敏感，容易被矇蔽和誘惑，同時又很花心，缺乏男人應有的穩重和力度。

之所以自己還時時想起韓同軒，完全是由於對柳依紅的恨。馮子竹恨一個人，從來不像恨柳依紅這樣專注、執著和深刻。那份仇恨已經深深地刻在了心上，光靠時間是無法抹去的。

那件事沒發生之前，馮子竹和柳依紅的關係很密切。

那時候，再過幾個月就要畢業了，同學們為了留省城的事成天神神秘秘的往外跑。平時辦事粗略拉拉，說話大聲大氣的馮子竹一下變得溫柔細緻起來。她正沉浸在和韓同軒的愛情之中，整天關心的不是韓同軒那消化不良的胃就是他那經常失眠的神經。

兩個人的宿舍，一個深陷於愛情，一個整日為前途奔波，屋子經常處於「空城」狀態。

春天裡，一個懶洋洋的週日，兩個人終於碰巧了都在宿舍沒出去。前一天晚上喝了不少酒的柳依紅病

懨懨的躺在床上，馮子竹則坐在書桌前正在翻閱著一本食譜。

馮子竹看了一眼柳依紅，說：「告訴妳，妳偏不聽，膽囊切除的人是不能喝酒的！」

柳依紅說：「王八蛋才會覺得酒好喝，可是，不喝又怎麼能辦成事？」

「妳那事怎麼樣了？」馮子竹問。

柳依紅被切除的膽囊的殘端像是又痛了，她一隻手按著右側的肚子，說：「現在這年頭，哪裡都不缺人，想留下，實在是很難。」

柳依紅是辭了老家的正式工作來上這個學的，來的有點孤注一擲和不顧一切。馮子竹勸她，「妳也不用發愁，車到山前必有路。」

柳依紅坐起來，苦笑一下，反問馮子竹，「妳的戀愛談得怎麼樣了？」

馮子竹的雙頰一下紅了，「還能怎樣？他身體不好，整天就知道寫詩。」

柳依紅又說：「哪天得讓韓老師請客，想當初筆會上他還幫我看過詩呢！」

馮子竹趕忙問：「真的？什麼時候的筆會啊？」

「好幾年前的事了，那時候我剛從中師畢業，在老家的小學裡教書。」

馮子竹看著柳依紅，一下反應過來，「是人家給妳看詩，應該妳請客才是。」

柳依紅咯咯的笑，「誰讓他是老師呢？」

在馮子竹的印象中，這是她和柳依紅唯一的一次在一起議論韓同軒。之後不久，柳依紅就開始瘋狂的寫起詩來。說是聯繫了一家公司，用人公司要她拿出一本個人詩集，說這樣才好向上級主管公司開口要人。後來，馮子竹突然發現柳依紅又不寫詩了，問她是不是寫好了，柳依紅的語氣有些支吾。

但是，這支吾，並沒有讓馮子竹將柳依紅與韓同軒聯繫起來。直到後來有一天，她親眼目睹了韓同軒和柳依紅躺在同一張床上的情景，才恍然大悟。

意外的發現是因為馮子竹要去上海。馮子竹的姐姐在上海做服裝生意。姐姐在上海談了筆生意，來信讓馮子竹利用「五一」假期去給她長長眼。馮子竹責無旁貸，當下就回信答應了姐姐。把信塞進學校餐廳門口的郵筒裡之後，馮子竹忽然意識到忘了一件非常重要的事情。她沒有把韓同軒的事情告訴姐姐。繼又一想，反正「五一」韓同軒也是要放假的，約他一起去上海豈不是更好？

馮子竹決定就這麼做了，她興沖沖地去找韓同軒。

是個下午，韓同軒還沒有下班。打開門，進到屋裡，馮子竹就像往常一樣開始打掃環境。打掃完，又開始準備晚上的飯菜。等這一切都做完了，馮子竹就坐到電腦前，打開電腦，看韓同軒最近寫的詩。馮子竹發現，韓同軒最近寫了不少詩。以前，韓同軒寫了詩都會忙不迭的告訴她，激動的時候還會給她朗誦上一段。可是這回卻不知怎麼了，寫了這麼多詩卻悄無聲息。粗略翻了一下，馮子竹發現韓同軒寫得都是些愛情詩。

看著看著，馮子竹就感到有些奇怪，因為這些詩都是以女人的視角寫的。韓同軒以前的詩不是這樣的。雖然也是充滿了陰柔和惆悵，但卻完全是一種男人的視角和心緒。

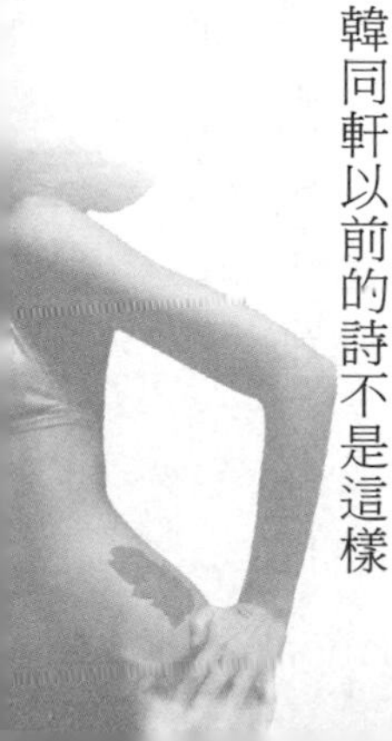

廚房裡的快鍋忽然尖叫起來，這尖叫打斷了馮子竹的疑惑，她飛奔到廚房裡把火調小了。

回到電腦前，馮子竹又看了幾首，還是和剛才的感覺一樣。馮子竹想，等韓同軒回來了，她一定要問問他這是怎麼回事。

鑰匙插進鎖孔的開門聲響起來的時候，馮子竹剛把電腦關上。

「咱們『五一』去上海怎麼樣？」一看到韓同軒，馮子竹的心思一下就跳到去上海的事情上了。

「去上海幹嘛？」韓同軒轉動著眼睛問。

「去我姐那裡，看看她的男朋友，另外也讓我姐看看你。」

「我有什麼好看的。」韓同軒的口氣生硬，像是有些不高興。

自從和韓同軒在一起之後，韓同軒第一次對她這樣無禮。想想自己一下午的忙碌，馮子竹就有些傷心。

「瞧你這口氣，讓你去和我姐見個面有什麼不好的？早晚不都得見嗎？」

「不是我不想去見，是我『五一』有事情要做，答應了人家的。」

「不去算了，我自己去。」雖然韓同軒沒有答應和她一起去上海，但語氣卻軟了下來。馮子竹也就不再糾纏，去廚房接著忙晚飯去了。

之前的談話有了些疙瘩，吃飯的時候馮子竹也就沒有興致再去提詩歌的事情。

一個老套的故事，第二天馮子竹因故沒有去上海，當她來到韓同軒家推開臥室的門時，卻看到了令她驚訝、氣憤不已的一幕。

韓同軒正和柳依紅雙雙躺在那張她曾躺過無數次的大床上。

看得出，床上的兩位對馮子竹的突然造訪也是深感意外和驚慌。

馮子竹內心更是翻江倒海般起著波瀾，但她的人卻被一種來自心底的，深深的劇痛遏制住了，動彈叫喚不得。她大睜著眼睛一眨也不眨地盯著他們看了半天。床上兩個人的神情都很惶恐，但卻有一種無法掩飾的疲憊和鬆弛。馮子竹想，他們一定正處於激情過後的倦怠裡。這讓馮子竹聯想到，剛才他們情慾得到滿足時的癲狂和陶醉。

馮子竹心裡翻騰的更加厲害，她拎著包包狂奔出去。

跑到樓下的冬青樹旁，馮子竹大吐起來。那一刻，她覺得自己也很髒。

吐徹底了，馮子竹就拎著包走了。從那以後，她就再也沒有踏進過韓同軒的家門。

事情發生的第二天，馮子竹在宿舍裡碰到了柳依紅。不等馮子竹開口，柳依紅就先發話了，「照說事情是該有個先來後到，但妳也沒有必要覺得韓同軒就是妳自己的，如果那樣就是妳自己尋不白在了。」

這話比昨晚的現場目睹更讓馮子竹吃驚。不過這次馮子竹沒有選擇離開，而是罵了一句「婊子」就狠撲了上去，和柳依紅撕打起來。

這期間，馮子竹一直沒有收到來自韓同軒的任何消息。就好像他們之間根本就不曾相識一樣。

最讓馮子竹驚訝的事情，發生在一個月後。一天早晨，馮子竹來到教室，看到臨座一個男生桌子上放

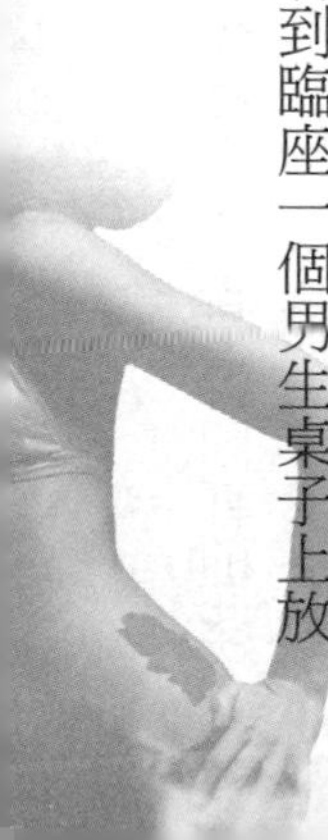

了一本打開的詩集，就順手拿過來看了幾眼。這一看不打緊，馮子竹頓時心慌氣短起來。正是韓同軒前些天寫的那些詩。一想起韓同軒，馮子竹就不能平靜，把詩集扔了回去。這時，打開的詩集自動合上了，馮子竹看到了封面上的作者名字。

馮子竹的眼珠子都快瞪出來了，上面赫然印著「柳依紅」三個字。

馮子竹的腦子頓時亂了頭緒，所有的細節一齊湧上心頭，洞悉事情的前緣後尾，她終於明白了一個事實，柳依紅是在利用韓同軒。她又覺得一陣噁心，再也不肯去看那本詩集半眼。

後來，柳依紅又陸陸續續的出了些東西。馮子竹一眼就知道那些東西都是出自韓同軒之手。就是嗅一嗅，馮子竹也能嗅出一股韓同軒的味道來。

這是一種赤裸裸的交易。

馮子竹對柳依紅更加蔑視和憎惡，甚至找不出合適的辭彙來形容她的這種無恥行為。從那以後，馮子竹內心就打定了主意，她要復仇，她要報復這個不知廉恥的女人。她不能容忍這樣一個女人帶著虛偽的「女詩人」光環，繼續招搖過市下去。

「馮老闆在俯瞰眾生啊！」林梅推開門說。

馮子竹回過頭，「妳還知道來啊！要是我不找妳，是不是妳就不辭而別了？」

「妳還別說，要是妳不給我發簡訊，我還真的就不辭而別了，妳不知道宣傳部那稿子催得有多急？十萬字要一個月拿出來。」

「一個月寫十萬字是夠緊張的。」馮子竹說。

「是啊！反正過一個月還要再來，那時來看妳就輕鬆多了。」

「好了，既來之則安之，現在就別想那麼多了，咱們先好好去吃一頓。」

馮子竹開的是輛白色的寶馬，車子裡瀰漫著一股淡淡的檸檬香味，薩克斯《回家》像一帖速效的膏藥溫潤著人的心靈。

「到底是生活品質不一樣啊！看來有錢就是好！」林梅說。

「咱們去吃自助海鮮吧！剛開業的一個地方，挺不錯的。」馮子竹說。

林梅說：「今天我請妳，每次都是妳請我，我都快成白癡了。」

「得了，在這裡我是主你是客，我請妳是應該的，等什麼時候去妳們青水，妳再請我。」

「就我們那兔子不拉屎的地方，這輩子妳都不見得會去一次。」

「也是，妳也不想辦法活動活動，進個省作協什麼的，妳看人家柳依紅多有能耐，一畢業就留下了。」

話題還是又扯到了柳依紅身上。

「人家詩寫得好，比我有名氣。」林梅說。

馮子竹猛一打輪，說：「那都是韓同軒寫的，根妳說了多少遍了，妳怎麼就硬是不相信呢？」

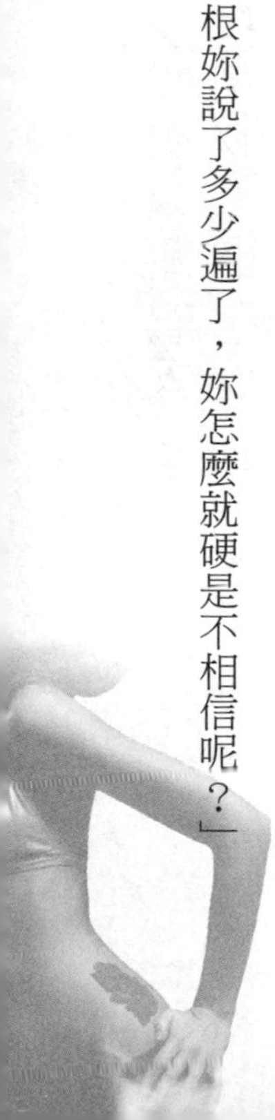

「不是我不相信，是根本就不可能，妳想啊！誰幫一個人能幫這麼久？」

「這更說明了柳依紅有手腕，韓同軒完全被她玩弄於股掌之中。」

「妳還說，聽說柳依紅最近就要和韓同軒結婚了，新房都裝修好了。」

馮子竹的車子一下就熄了火。

上樓的時候，一個兩歲多的小女孩跌跌撞撞地從樓上往下跑。小女孩穿著粉色的衣服，樣子很可愛。樓梯很滑，小女孩不管不顧的樣子讓人替她捏著一把汗。當小女孩跑到馮子竹面前時，趔趄了一下，馮子竹一下把她抱了起來。

「妳媽媽哪？」馮子竹問小女孩。

小女孩伸出一根手指往外指。

馮子竹抱著小女孩走下樓梯，一直把她送到外面。

來到自助大廳，當兩個人坐到飯桌上的時候，林梅就說：「妳該要個孩子了。」

馮子竹說：「不要，太麻煩！」

「怎麼，妳也想當頂客族？」

「以後要不要不敢說，反正現在還沒有這個想法。」

說完了孩子，兩個人又把話題扯到了林梅眼前的這套叢書上。

聽說林梅寫助人為樂，馮子竹便說：「這個好寫，古今中外，那麼多例子。」

「其實也不好寫，例子都太溫，寫出來的東西沒稜角。」

馮子竹說：「那妳就往溫裡寫，助人為樂不就是讓人感到人世間的一種溫暖嗎？」

林梅把一片三文魚片塞進嘴裡，說：「還是柳依紅的『勤奮勞動』好寫。」

馮子竹的眼睛頓時瞪大了，「怎麼，柳依紅也參與了這套叢書？」

林梅說：「是啊！她寫勤奮勞動篇。」

馮子竹把手裡的紅酒杯猛地往桌子上一放，說：「讓個不勞而獲的超級女騙子去寫勤奮勞動，真是太諷刺了。不過，那只不過是署著她的名字的一本書而已，真正的作者是韓同軒。」

5

從南山度假村回來的第二天，一大清早，柳依紅的手機就響了。

柳依紅猛地翻身起來，從枕頭底下摸出手機。柳依紅內心有種隱隱的期盼，她希望打來這通電話的是齊魯南。

令人失望，來電話的是韓同軒，目前她最不想見又不得不見的人。

對韓同軒這個男人，柳依紅早就厭煩了。煩他的樣子、煩他的神態，甚至連他做愛時發出的聲音都

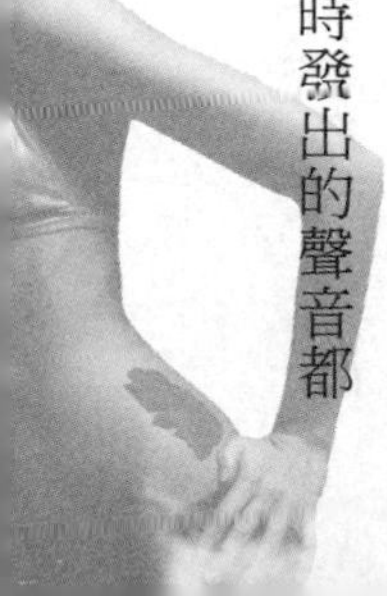

煩。要不是因為稿子的事情，她也許早就和他徹底分手了。

柳依紅內心承認，這些年來，韓同軒的確是幫了她的大忙，所有以她的名義發表的那些作品皆是出自韓同軒之手。這些文字，給她帶來過或多或少的榮譽，幫她度過了種種難關。柳依紅也承認，最初和韓同軒的交往，完全是處於功利。在最初的幾年裡，她的確有過和韓同軒結婚的打算，有幾次，她甚至很明白的把這種想法說了出來。當然，這並不是因為愛，目的很明確，她留戀女詩人的光環，離開韓同軒，就意味著摘掉了她的女詩人光環，而女詩人的光環對她而言幾乎是她生命價值存在的全部。向韓同軒求婚的時候，柳依紅心裡是有些委屈的，覺得是自己吃了虧。她用的是生理比較法，一個男人和一女人純生理意義上的比較。她覺得，和韓同軒相比，她是鮮活的、年輕的，而韓同軒則是灰暗的、老邁的。有得就有失，捨不得孩子打不著狼，這一點，柳依紅想得開。但萬沒料到，灰暗、老邁的韓同軒竟然拒絕了她，柳依紅的自尊心受到了嚴重的傷害，在心裡悄悄地給他記了一筆。但是，恨歸恨，怨歸怨，柳依紅表面上對韓同軒還是一如既往的溫柔和體貼。為了保住女詩人的光環，她只能這樣委曲求全。內心深處，她一直有種隱隱的擔心，害怕這件事情會敗露，有時，甚至會從睡夢中驚醒。後來，隨著柳依紅的名氣越來越大，她的想法也就發生了改變，她認為以前的那種擔憂和害怕完全是杞人憂天。現在，她已全無顧慮，因為她在詩歌界的地位遠遠高於韓同軒，就是韓同軒站出來說那些東西是他的，也沒人會相信。她也不怕韓同軒撒手不幹，因為人總不能在一棵樹上吊死。退一萬步說，就是找不到合適的人繼續為她代筆，從此封筆不寫也純屬正常，她的名聲已經夠了。當然，這只是假設，如果想找，她不相信就找不到個替身。柳依紅自認為，對男人，她已經摸透了，完全有能力把任何一個男人玩弄於鼓掌之中。男詩人又是男人中的弱智，對付他們，就更加的穩操勝券。有時候，柳依紅內心也會劃過絲絲的自責，那就是她越來越掩飾不住對韓同軒的厭煩了。她在內心告誡過自己，這樣做是不可以的，畢竟人家任勞任怨了這麼多年，功勞、苦勞都有，就是湊合也要和他湊合上一輩子。但這種告誡和反思是短暫的，杯水車薪，稍縱即逝，離開韓同軒的想法在她腦子裡已經根深蒂固。這個男人從裡到外都讓她看清楚了，在她面前，他早已毫無魅力。他的懦弱、他的優柔，甚至是他的善良，他的一切都讓她厭煩至極。與此同時，柳依紅奇怪的發現，韓同軒卻變得越來越離不開她了，不停地暗示她，要和她結婚，這又給她憑添煩惱。柳依紅打算和韓同軒好聚好散，不想和他鬧翻天。早在韓同軒分了房，纏著她一起裝修房子時，她就有和他攤牌的打算，但事不湊巧，正趕上宣傳部的工作找上門，一時找人來不及，她又不甘心不接，分手的事情也就只好先放一段時間。

想不到韓同軒對她的事情這麼關心，她還沒來得及找他，他就主動找她了。

又是內疚，又是厭惡，柳依紅帶著這種複雜的心情接了韓同軒的電話。

「怎麼，還沒起床啊？」韓同軒問。

柳依紅伸著懶腰，打著哈欠說：「還沒，昨天睡得晚。」

「聽文青說妳回來了，傳達傳達精神，我好動筆。」

「我記了筆記，還拿回來不少資料，回頭妳看看就明白了。」

「到我這裡來吧！今天我不去辦公室。」韓同軒說。

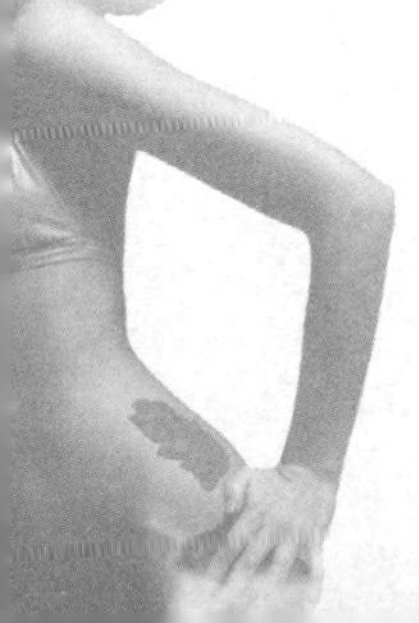

柳依紅皺著眉，躊躇了一下，說：「好吧！我買些菜帶過去，好好犒勞犒勞你。」

韓同軒立刻高興了，「是該好好犒勞犒勞我，這些天，我一個人在家裡跑裝修，累慘了。」

柳依紅說：「就先這樣吧！我十點多過去，現在我要起床去劇院點個卯。」

掛了電話，柳依紅並沒有起床，而是躺下來想接著睡。睡不著，就開始想那個齊魯南。她發現，自己完了，真的被那個齊魯南給迷住了。

心裡想的是齊魯南，中午卻還要去應付韓同軒，柳依紅覺得很煩很分裂。但是，如同是進入了一個預設的軌道，她必須這樣走下去，至少要堅持到這本書完工之後。

有人敲門，柳依紅開門一看是李大媽來給她送乾洗的衣服。

「謝謝妳，李大媽。」柳依紅說。

「應該是我謝妳，老照顧我閨女的乾洗店。」

柳依紅接了衣服，掛到門後，就回身去給李大媽找零錢，她邊找錢邊對李大媽說：「李大媽，屋裡有椅子，妳先進來坐一下。」

李大媽怕弄髒了柳依紅屋裡的地毯，就站在門口彎著腰，向裡看柳依紅書架上的書。

李大媽說：「還是你們有知識的人好，動動筆就能來錢。」

柳依紅說：「我們也要費腦子的，這個活也不好幹。」

李大媽站在那裡一個勁的笑，「那也比我那閨女強多了，整天起早貪黑的，和妳同年生的，看起來至少要比妳大個七、八歲。」

本來洗一套衣服是十五塊，柳依紅塞給了李大媽二十塊，李大媽要找，柳依紅硬是把李大媽推走了。

快十一點的時候，柳依紅大包小包的拎了些吃的，急匆匆走進了韓同軒家的樓洞。柳依紅的急匆匆不是為了趕時間，而是要避人耳目。這裡，不同於韓同軒以前的那個住處，熟人太多，張志、高亞寧和文青都住在這個院。更要命的是，他們都住在前幾年竣工的靠近大門的那幾棟樓房裡，是通往韓同軒這棟樓的必經之路。從一進大門，柳依紅就開始緊張，她低著頭，步伐邁得飛快，恨不能一步跨到韓同軒家裡。柳依紅倒不是怕人家說些男男女女的閒話，她是擔心那個維繫了十多年的秘密被人知曉，在公眾面前，她對韓同軒有一種本能的迴避。

韓同軒在四樓，剛上了二樓，就聽到樓上誰家有個女人在大吵大鬧。上到四樓，柳依紅樂了，原來女人的吵鬧聲是從韓同軒家裡發出來的，看來這個韓同軒又在外面招惹女人了。前些天，韓同軒給了她一把鑰匙，她一次也沒有用過，每次來都是敲門，今天她本來也是不打算用的，但這個正在裡面吵吵鬧鬧的女人讓她改變了主意。

柳依紅帶著一種幸災樂禍和唯恐天下不亂的心情打開了房門。然而，房門剛打開，柳依紅就呆住了。屋子裡的女人原來是韓同軒的前妻吳爽。柳依紅曾經在韓同軒的影集裡見過她。

韓同軒的兒子凱凱也來了。此刻，凱凱正耷拉著腦袋坐在廳裡的一張椅子上。幾年前，有一次柳依紅

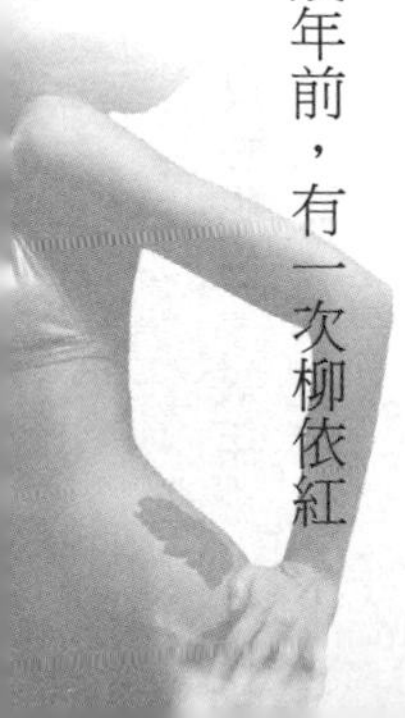

曾經和韓同軒一起去學校看他，那時的凱凱上小學，瘦弱內向的他眼睛裡流露出的是無助和膽怯。幾年不見，凱凱長大了，高大結實的他臉上帶著冷漠和仇視。

看著柳依紅和她手裡拎著的菜，正插腰站在客廳裡的吳爽住了嘴。她上下打量著柳依紅，之後冷笑一聲，說：「妳是這裡的女主人吧！妳來的正是時候，咱們一起商量商量凱凱的出國費用問題。」

柳依紅說：「你辦錯了，我不是這裡的什麼女主人，我只是老韓的一個普通朋友。」

一直閉目仰在沙發上的韓同軒，此時把身子直了起來，他看了一眼柳依紅，嘆口氣，沒說話。

吳爽盯著柳依紅手裡的菜看了半天，說：「買了這麼多好吃的，妳這個普通朋友也真是夠意思，既然這麼夠意思，就替我來評評這個理！」

柳依紅拎著菜就要去廚房，她邊走邊說：「那是你們的家務事，我插不上嘴！」

吳爽緊走兩步，橫在了柳依紅面前，高大肥壯的她低著頭，用硬硬的眼神對視著柳依紅，語氣生硬地說：「既然妳是韓同軒的朋友，今天又正好趕上了，就有義務來做這個裁判！」

柳依紅執意不肯停下來，硬著身子往廚房裡衝，「我說了，那是你們的事，我管不著！」

吳爽也緊跟著衝進廚房，一腳踢散了柳依紅剛放到地上的塑膠袋，一條魚蹦著竄到了櫥櫃一旁，金黃色的豆芽飛得四處皆是。

柳依紅一下竄了起來，神色衝動地說：「妳這個潑婦，都離了婚了，還到這裡撒什麼野？」

吳爽更不示弱，她一下揪住柳依紅的衣領，罵道，「妳這個小狐狸精，還給我裝正經，一進門我就看出來妳不是個好東西，妳和韓同軒那點破事我早就知道了，」吳爽邊罵邊對客廳喊，「姓韓的，告訴我，你是不是就是要和這個小婊子結婚？告訴你，今天不給我拿出來十萬塊錢，我就打死這個小婊子！」

韓同軒跑了過來，但是，面對眼前這兩個撕扯成一團的女人，他感到束手無策。

「住手，妳給我住手！」韓同軒搖擺著雙手，帶著重重的鼻音喊。

吳爽帶著粗重的鼻息吼著，「怎麼，你心疼了，心疼了就痛痛快快的把錢給我拿出來！」

兩個女人繼續打成一團，一個高大，一個瘦小，但都抱定了決戰的信心。客廳裡的凱凱從椅子上站了起來，對著兩個女人看了一會兒又頹然坐了下去，他的眼睛死盯著地板，很專注的樣子。

「住手，妳們都住手好嗎？」韓同軒又喊，然而卻無濟於事，兩個女人的戰術更加熟練，吳爽掄起胳膊給了柳依紅一個耳光，柳依紅趁勢抱住吳爽的胳膊狠咬了一口。

兩個女人都不肯住手，愈打愈烈。吳爽心裡一方面嫉恨和韓同軒交往的這個女人，固執地認為韓同軒的錢都讓這個女人給花了，該打，另一方面是想給韓同軒點顏色看看，逼迫他交出錢來。柳依紅則想著以這次打鬥為契機，找到一個離開韓同軒的藉口，還有，她也不是個吃虧的人，這個女人太囂張，她絕不能忍氣吞聲地任她撒野。

使兩個搏鬥中的女人最終停下來的，是韓同軒的哭泣聲。充滿激動和動亂氣息的空氣中，突然出現了一個粗略的長音。這長音把柳依紅嚇了一跳，定睛一看，韓同軒已經蹲到了地上。韓同軒哭了，放長聲的那種哭，很悲，很痛，也很真。

柳依紅愣了，吳爽卻笑了，兩個女人就這麼同時鬆了手。

臉上帶著幾道血痕的吳爽走到客廳的沙發上坐了下來，她像是累了，把頭倚在靠背上喘粗氣。片刻工夫，她又把頭直起來，說：「韓同軒，你這個窩囊廢，別以為哭就能把十萬塊錢的責任哭掉，孩子又不是我一個人的，這十萬塊錢你是賴不掉的！」

柳依紅的鼻子流了血，她趴在廚房的水槽上沖了半天，血止住了，她用衛生紙塞上，走了出來。

柳依紅擺出一副精神抖擻的好鬥神色，說：「對孩子，老韓只有每月付一定基本撫養費的義務，至於想送他出國，那是妳自己的事情，老韓沒有義務承擔這部分責任，有本事妳去法院告他，看看法院是不是支持妳？」

吳爽的腰板挺直了，「妳個小婊子，還想挨揍是不是？我是向韓同軒要錢，關妳什麼事？」

柳依紅用手指著吳爽，說：「剛才是哪個母夜叉要我評理來著？我看妳不光長了一副豬相，還有一副豬腦子！」

吳爽又站了起來，她全身抖動著，「妳個小婊子，那是我在逗妳玩，你還真當真了？」

柳依紅哈哈一笑，說：「怪不得老韓甩了妳，妳不光是一副豬頭豬腦，還是個潑婦無賴！」

吳爽也哈哈大笑，說：「妳問問韓同軒究竟是誰把誰甩了？妳再問問他當初在化肥廠是怎麼上的大學？他個農村來的小臨時工，要不是我家老頭子瞎了眼，一門心思看上他，上大學的名額就是輪一百遍也輪不到他，早回鄉下種田去了！可惜，他是個扶不起來的窩囊廢，成天到晚除了鼓搗幾個蒼蠅爪子什麼也做不了，和他在一起多待一天，我就多折一天的壽，也只有妳這樣酸鹽假醋的傻逼，才會稀罕他！」

柳依紅臉上生氣，心裡卻想笑。無疑，這又給她和韓同軒的分手提供了一個理由。

就在這時，一直耷拉著腦袋坐在椅子上的凱凱站了起來。

凱凱說：「媽，走吧！都快一點了。」

吳爽看了一眼牆上的鐘，說：「姓韓的，要不是我要帶孩子去上課，今天和你沒完，十萬塊錢十天內給我準備好了，休想給我賴帳！」又看了一眼柳依紅，吳爽接著說：「還有妳這個小婊子，小心著點，別淨給韓同軒出餿點子。」

凱凱已經走到門口，開了門出去，吳爽也跟了出去。

就在吳爽剛走出去還沒來得及關門的當兒，柳依紅一個箭步衝過去，端起桌子上的一杯水迎頭向吳爽潑去，沒等吳爽反應過來，柳依紅就把防盜門喀嚓一聲關了。

吳爽在外面咆哮起來，她捶著房門，一會罵柳依紅，一會罵韓同軒。

外面不時傳來踢打防盜門的聲音，站在柳依紅身旁的韓同軒說「妳這不是找事嗎？」

吳爽還在砸門，大叫著讓韓同軒開門，韓同軒左右為難。

柳依紅瞪了一眼韓同軒，說：「今天你要是開了這個門，我就從樓上跳下去。」

說完，柳依紅就進了房間。

吳爽在外頭折騰了半個多小時才走。

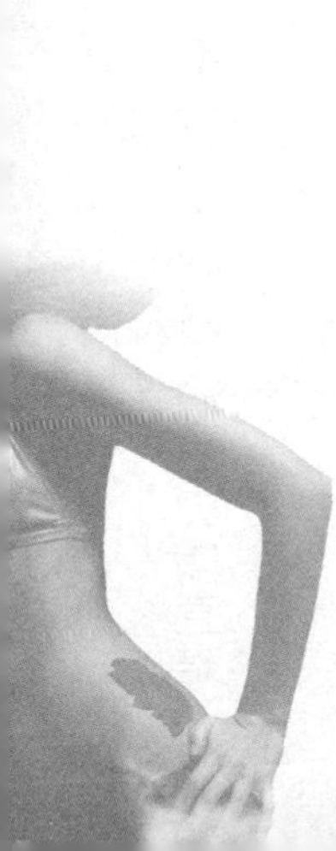

外面沒了動靜，在床上小睡了一覺的柳依紅起來見韓同軒還蹲在那裡。那一刻，她對這個男人簡直是蔑視到了極點。

柳依紅把鼻孔裡的衛生紙抽出來，又把包包裡的那個在南山度假村記的筆記本和一疊資料拿出來扔到桌上，然後開門走了。

6

想當初，畢業前夕，柳依紅第一次去找韓同軒，是帶了一種敬畏的心情的。

那時，柳依紅是把韓同軒當成了一根救命的稻草。這根救命的稻草是她在一念之間想起來的。

事情的起因要從文青帶著柳依紅去了一次歌劇院說起。

聯繫歌劇院之前，文青已經催促著周一偉給柳依紅聯繫了好幾家公司，但都沒成。歌劇院是自己找上門的，一天，歌劇院沈院長為了申請演出經費的事情請周一偉兩口子吃飯。席間，聊著聊著，知道歌劇院有個創作室，文青就插了句嘴。

「你們創作室要人嗎？」

沈院長是個機靈人，忙問：「弟妹，有什麼事需要大哥幫忙儘管說。」

周一偉覺得，這個時候和人家沈院長提柳依紅的事情有些不合時宜。但已經來不及制止。文青把柳依紅說成是自己的表妹，說她會寫詩，藝術感是一流的好。

沈院長正急著劇院揭經費的事，一心想透過周一偉給省裡領導傳個話，給院裡撥點錢。他正愁不知怎麼討好周一偉，一聽這話，立刻眉飛色舞起來，他當即表態，改天讓柳依紅帶著自己的作品到劇院面試。

回家的路上，周一偉說了文青，嫌她管得太寬，又對她這樣幫柳依紅表示不理解。

文青哈哈一笑，說這是女人與女人之間的友誼。

文青是個注重義氣的女人，她看重的正是柳依紅身上的義氣。在文青的心目中，柳依紅是率真而注重義氣的。

有一件事，給文青留下了深刻的印象。那件事情深深地印在文青的腦海裡。她從不敢在林梅面前提起，怕不小心會傷了林梅。

畢業前夕的一天，文青和柳依紅跟幾個男同學在學校門口的飯店裡吃飯。同學聚會，容易酒多。似多非多之際，有個男同學忽然看見學校教務處的一個老師從包廂的門前經過，就大著膽子把他叫了進來。

這個老師叫李志來，是上一屆作家班留校的。沾著一層師兄的來頭，同學們平時就和他不怎麼見外，此時喝了些酒，就更是沒大沒小了。李志來曾經到作家班辦過一次講座，講得不錯，給大家留下了比較深刻的印象。由於李志來沒什麼架子，作家班的許多同學就把他當成了朋友，和他打的火熱，班上沒和他一起喝過酒的人不多。柳依紅也和李志來熟悉，但這會兒喝多了些酒的她卻一直板著個臉。

「柳紅，我們倆喝一杯！」李志來叫的是柳依紅的原名。沒上作家班之前，柳依紅叫柳紅。那個時候，李來志就和柳依紅認識了。李志來認識柳依紅，是因為她是郭雄的女朋友。李志來和郭雄是朋友。為此，柳依紅入學後，他還專門請過她。其實，李志來是只知其一，不知其二，不曉得那郭雄早就把柳依紅給甩了。要不是這樣，柳依紅也不會辭了老家的工作來上這個學。柳依紅覺得沒面子，也就懶的和李志來扯起那段傷心事。後來李志來像是悟到了什麼，在柳依紅面前也就不再提及郭雄。但他卻依舊把柳依紅叫做柳紅。

面對李志來的熱情，柳依紅還是板著臉。

「來，老哥敬妳一杯！」李志來又說。

出乎所有人的意料，柳依紅不僅沒有喝酒，還猛地把滿滿的一杯酒迎頭潑到了李志來的臉上。大家一下子愣住了，柳依紅也愣住了。剛才，她滿腦子想的都是那負心的郭雄。一個瞬間，恍惚之中的她竟然把眼前的這個喋喋不休的李志來當成了郭雄。

挨著李志來坐的兩個男生，趕緊拿起餐巾紙給李志來擦臉。大家都用指責的眼神盯著柳依紅，等待著她為自己的魯莽行為做出一個合理的解釋。

柳依紅瞪著李志來，說不出話來，後來就起身疾步走了。

對柳依紅的反常舉動，文青也感到莫名其妙。

第二天課堂上，文青再見到柳依紅的時候，就問她昨天為什麼要用酒潑李志來。柳依紅很神秘的用眼睛的餘光，瞟了一眼林梅，之後很猶豫的對文青說：「沒什麼，是我不對，算了算了還是別說了。」

文青知道這事一定跟林梅有關，更加納悶，還在緊追著問。

柳依紅為難地又看了一眼旁邊的林梅，很不情願地說：「回頭再跟你說吧！」

課間的時候，柳依紅終於給文青講了自己為什麼用酒潑李志來的原因。

「妳不知道這個李志來有多無恥，我都不好意思說。」

「到底怎麼了？」文青急忙問。

「妳知道嗎？李來志帶著兩個外面的人請林梅出去喝酒，給她灌了迷魂藥，把她給——」

「給怎麼了？」

「妳就想唄，還能怎麼了？哎！我都替林梅覺得窩囊。」

「真的？」文青大驚。

「這還有假，她親口對我說的。」柳依紅表現出的是無限的惋惜和遺憾。

婦聯幹部出身的文青心中忽生一種法律保護意識，「她怎麼不報警？讓她報警！」

柳依紅臉色瞬間無奈起來，「我也跟她這麼說了，可是她哭著求我千萬不要這樣。」

「為什麼？」

「怕丟人唄！」

「那豈不便宜了那個李志來？」

「只能這樣了，林梅說了，要是這事傳出去，她就不打算活了，她老家有個男朋友，害怕讓他知道了。」

聽柳依紅這麼一說，文青雖是滿腔的憤怒，但也不好發作。林梅的顧忌也不是沒有道理，但也不能就這樣便宜了李志來這個流氓。

「潑他一杯酒，真是太便宜他了。」文青說。

「我那天就是想罵他，可是又開不了口，後來就只好用酒潑了他。」柳依紅的眼睛裡閃爍著憤怒和仇恨。

這件事，讓文青覺得柳依紅這個人夠朋友。後來，她幾次想去安慰林梅，都被柳依紅制止了。柳依紅說：「妳千萬別去，她說這事只告訴我一個人，她不想讓別人知道，告訴妳就已經是我不講信用了。」

文青理解柳依紅和林梅的心情，也就沒去找林梅。

這件事，讓文青對柳依紅有了全新的看法，覺得她講義氣、率真，是個可以做朋友的人。正是這件事情，堅定了文青一定要想方設法把柳依紅留在省城的想法。身邊有這樣一個講義氣的朋友，她覺得踏實。

和沈院長吃過飯的第三天，文青就約柳依紅一起去了歌劇院。一切都很順利。為了能過省文聯那一關，沈院長還親自為柳依紅出謀劃策。

「妳出過詩集嗎？」沈院長問。

「沒有。」柳依紅說。

看見沈院長皺了皺眉，文青忙說：「她發表了很多詩，都是在一些很有影響的刊物發的。」

沈院長說：「發的再多，也不如有一本詩集更直觀，我去文聯，總不能抱著一摞雜誌去吧！有一本詩集就不一樣了。」

文青說：「那好，沈院長，我們最近把握時間出一本詩集，反正詩歌都是現成的，想出書也快。」

一出了歌劇院的大門，柳依紅就把文青拉住了，「哥兒們，剛才妳沒說夢話吧！妳知道，我發的詩根本不夠一個詩集。」

「那妳就把握時間寫唄！」文青倒是一副胸有成竹的樣子。

「我拷！妳說的容易，哪有那麼快啊！」

文青板著臉，說：「柳依紅，我可告訴妳，這可是個機會，結果怎麼樣，完全看妳是不是能拿出一本詩集來，妳就自己衡量著辦吧！」

見柳依紅的臉板得比自己還嚴肅，文青就又苦口婆心起來，「妳就關起門來，辛苦上一陣子，咱們班不是還有人半個月寫出部長篇的嗎？」

柳依紅說：「關鍵是現在心裡亂亂的，一點感覺也沒有。」

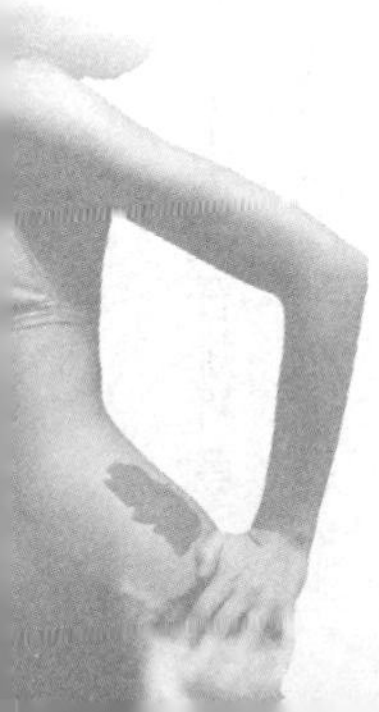

文青又說：「什麼感覺不感覺的，人家沈院長可沒說什麼標準，我看，只要有那麼一本書擺在那裡就行，出本詩集比出部長篇容易多了，有那麼多的空行和標點，妳就靜靜心趕快動手吧！機會難得，過了這個村沒有這個店，這一點妳可要想明白！」

一種緊迫感陡然而生，告別了文青，柳依紅就到書店一口氣買了十幾本詩集。她要找感覺。說實在的，自從來上學之後，柳依紅就很少在詩歌上下功夫了，大部分時間都用在了交際上，發表的不多的幾首詩還是以前在荷丘時郭雄給加工過的。

現在，為了前途，她必須要用功。拿不出詩集，就意味著要回荷丘，就意味著人生的失敗。想到這裡，柳依紅感到渾身是勁，腳底生風。走到學校大門口，她一頭鑽進小賣部，扛了一箱速食麵出來。從即日起，她要閉門寫作，絕不能讓上餐廳這樣的小事打斷了她的思路。

柳依紅把自己關了整整一個星期。這一個星期，她不去上課，也不去食堂吃飯，整日蓬頭垢面，嘴裡菸捲不斷，不是看詩就是寫詩，把自己辦得跟個鬼一樣。

一週後，文青來問她寫的怎麼樣了。柳依紅用纖細的手指把菸灰彈進菸灰缸裡，平靜地說：「還在進行之中。」

但是，文青剛走，柳依紅就把手中的筆砸到了牆上。剛才的平靜是自己硬裝出來的。她心裡清楚，一週來寫的那些詩簡直狗屁不通，再寫下去就要發瘋了。也許是因為太急功近利，完全沒有感覺，那些詩句就像些沒有靈魂的無頭蒼蠅，在紙上胡蹦亂跳，讓人覺得莫名其妙。柳依紅是個追求完美的人，應付公事絕不是她的性格。她不能讓這樣的臭詩署著她的名字招搖過市，她丟不起這個人。

柳依紅的眼睛盯著牆上的一個地方發愣，身體裡的另一個她在絞盡腦汁地想主意。身體裡的那個她大聲說：妳必須闖過這一關，畢業後絕不能再回到荷丘去，不能讓該死的郭雄看笑話！

一個猶如一隻藍色精靈般的念頭飄然而至，柳依紅呆滯的雙眼一下亮了。她跳起來，從床底下抽出臉盆，跑到洗手間洗漱去了。

她有了一個主意，必須馬上實施，形勢緊迫，時不待人，不能再這樣耗下去了，要立即尋找外援。

柳依紅想要找的外援就是韓同軒。

就在幾天前，她和馮子竹還在宿舍裡聊起過韓同軒。那時，柳依紅一點也沒有要接近韓同軒的意思。和馮子竹的那番對話，只是女人之間的閒扯篇而已。

但是，現在不同了，韓同軒有了全新的意義。柳依紅飛快地把自己打扮妥當，又把這些天來她寫的那些詩稿裝進一個塑膠袋，拎著出了門。

路過教學樓的時候，柳依紅悄悄來到教室窗外朝裡掃了一眼。還好，馮子竹正在裡面聽課，她擔心在韓同軒家裡和馮子竹碰面。從馮子竹那裡知道，韓同軒通常下午不上班，現在已是下午，所以去辦公室是找不到他的。柳依紅並不知道韓同軒的家住在哪裡，她站在教學樓的樓梯口猶豫著要不要等下課後去問問馮子竹。但最後，她還是在下課鈴聲響起的瞬間跑開了。

找韓同軒幫忙的事情，不能讓馮子竹知道。柳依紅斷然想。

柳依紅又折回了宿舍。她在馮子竹桌子上的電話本上找到了韓同軒家裡的號碼。她帶著興奮的心情，迅速地把電話號碼抄到了手掌上。原子筆尖劃過掌心上的皮膚，她感到一種從未有過的快感。

柳依紅是在大街上的公共話亭裡，給韓同軒打的電話。她的語氣完全是個處於困境之中向人求救的可憐女人。

「韓老師，我是柳依紅，您還記得我嗎？」

「記得。」韓同軒有些遲疑的說。

「那年您給我改過詩，發表在你們的刊物上。」

「妳下午沒上課嗎？」

「韓老師，我有急事，要找您幫忙，很重要的事情，您有時間嗎？」

「什麼事？」

「反正是很重要的事情，關係到我的一切，您能抽出一點時間見個面嗎？」

「妳是說現在？」

「是的，韓老師，求您了，只有您能幫得了我，否則我就死定了。」

「到底是什麼事？」

「一言難盡，見了面我會對您說的。」

韓同軒猶豫了片刻，說：「那妳過來吧！」

柳依紅破例沒有坐公車，搭了輛車直奔韓同軒的家。

然而，事情進展的並不順利。當柳依紅把自己那一摞亂七八糟的詩稿，擺放在韓同軒家的茶几上並說明來意後，韓同軒的臉陰沉了下來。

「詩歌是沒有辦法修改的，這個忙，我幫不上。」他說。

想不到，韓同軒會回絕的這麼徹底，柳依紅傻了。她看著韓同軒，眼睛裡一下溢滿了淚水。

韓同軒有些無措，他趕忙從紙盒裡抽出幾張紙巾塞給了柳依紅。

接過紙的瞬間，柳依紅再也忍不住了，眼淚劈裡啪啦地落了下來。像是平生萬般委屈一齊湧上心頭，任憑怎麼努力，再也遏制不住，一時間哭出了聲。

韓同軒最見不得女人的哭，一下慌了，心也軟了，忙說：「別哭了，別哭了。」

柳依紅還是止不住的哭。她不是裝的，打心裡就是想哭，哭得連一句話也說不出來。

韓同軒實在是看不下去，就說：「別哭了，我幫妳改還不行嗎？」

聽韓同軒答應改稿，柳依紅哭得輕多了，邊哭邊哽咽著說：「人家覺得，就你能幫上忙，你又偏不肯幫，人家能不傷心嗎？」

韓同軒無奈地說：「這不是答應幫妳了嗎？」

「韓老師，你真是太偉大、太可愛了！」柳依紅破涕為笑，站起來在他額頭上親了一下。

韓同軒驚愕的打了一個激靈。柳依紅頓時羞澀起來說：「韓老師，都怪我太激動了。」

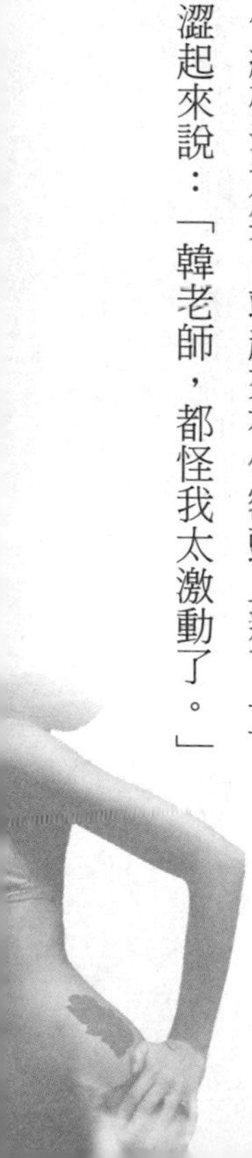

韓同軒什麼也沒說，拿起詩稿坐到了書桌前。

韓同軒改稿的時候，柳依紅並沒有走。她在旁邊端茶倒水，還不時的在書桌面前站上一會兒。

「小柳，妳看這首詩這麼改怎麼樣。」

柳依紅過去一看，實在是太好了，這哪裡叫什麼「改」，除了用了柳依紅原來的幾個詞外，簡直就是重寫。一想到這樣好的詩，將來要署上自己的名字發出來，柳依紅就激動的心裡怦怦跳。

「韓老師，你簡直是太神奇了！」柳依紅抬起頭緊盯著韓同軒，由衷地讚嘆。

韓同軒低下頭，繼續改詩。

像是做為一種交換，柳依紅也不好意思閒著，她開始收拾屋子。

聽見動靜，韓同軒轉過身來，「妳休息吧！一會兒小馮會來打掃的。」

柳依紅沒有一點尷尬，說：「反正閒著也是閒著，我打掃了就省了她的事了。」

韓同軒覺得柳依紅是個自來熟，有點有心沒肺，也就不去管她了。

得到了韓同軒的默許，柳依紅索性給韓同軒家裡來了次大掃除。柳依紅愛乾淨，環境打掃得很徹底，幾乎所有的犄角旮旯都清理了。往垃圾桶裡倒垃圾的時候，柳依紅發現垃圾桶裡有個用完了的保險套。柳依紅噁心的差點吐了，但她還是不動聲色地忍住了。

這個保險套讓柳依紅想起了馮子竹。昨晚馮子竹沒有回宿舍，看來是來這裡了。

聽韓同軒的口氣，馮子竹一會兒還要來。不行，不能讓馮子竹來。馮子竹要是來了，韓同軒哪裡還有心思給她改稿。

想到這裡，柳依紅就大著膽子走到韓同軒面前，說：「韓老師，為了我，你就犧牲一點你的寶貴愛情時光，怎麼樣？」

韓同軒看了一眼柳依紅，說：「妳這話什麼意思？」

「這幾天你就別讓馮子竹過來了，一切家事由我來做，你專心幫我改稿，馬上就快畢業了，晚了就來不及了。」

「那是我的私事，不用妳管，妳先回去吧！我會把握時間的，改完了我通知妳。」

想不到韓同軒這麼不給面子，柳依紅心裡訕訕的。

但柳依紅的臉上並沒有表露出來，她又著急又真誠地說：「韓老師，你可要救我啊！你不能見死不救啊！」

說完，柳依紅就用一雙眼睛盯著韓同軒看。韓同軒最終敗下陣來，又低了頭去改詩。

半個小時之後，牆上的掛鐘響了四下。正是學校裡的下課時間，也許再過一會兒馮子竹就要來了。柳依紅猶豫著自己走不走，正在這時，她聽到韓同軒拿起電話在給馮子竹打電話。

「小馮，這幾天我去郊外開會，妳就不用過來了，在宿舍裡好好休息，多看點書。」

「妳不用過來，我馬上就走，等會議結束了，我和妳聯繫，妳就放心吧！」

韓同軒放下電話，柳依紅已經站到了他的面前，「韓老師，太謝謝你了，我去給你做飯吧！」

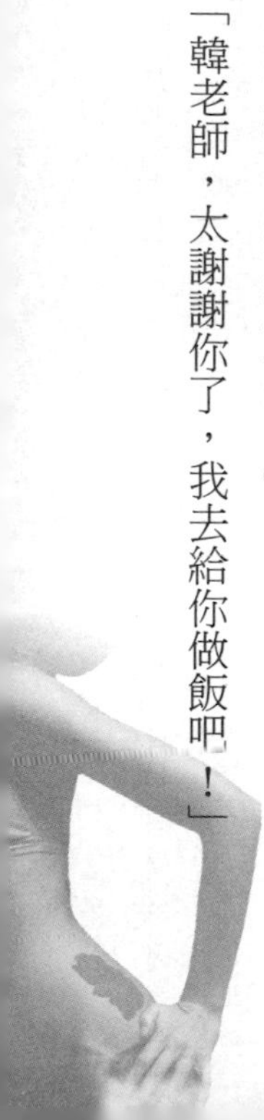

韓同軒站起來，說：「不用了，我這就出門，文聯有個會在郊外，五點在文聯院裡集合出發，本來不想去的，現在想來還是去吧！在那裡改稿子，清靜，效率高。」

「韓老師，那太不好意思了。」柳依紅說。

「小柳，妳放心回去吧！這個忙說了幫妳就幫妳。」

一週以後，柳依紅接到韓同軒的電話，讓她去取稿子。柳依紅對稿子十分滿意，說了些千恩萬謝的話。柳依紅要請韓同軒喝酒，被韓同軒謝絕。

柳依紅心裡惦記著出書的事情，也沒有再強求韓同軒，客氣一番就抱著稿子走了。

半個多月後，詩集出來了，詩集的名字叫《偶然》。看著《偶然》，柳依紅心裡一塊石頭落了地。她和文青一起去給沈院長送書。路上，文青翻閱著散發著墨香的《偶然》，一個勁地說好。見到沈院長，想不到麻煩又來了，沈院長讓她再寫兩首歌詞，說這是劇院的規矩，算是進院的一個小小測試。柳依紅本來是不想再麻煩韓同軒的，可是在宿舍憋了三天，依然是沒有任何收穫，最後只得再次求助韓同軒。

柳依紅是以感謝韓同軒的名義去找的他，買了些水果和滋補品，見到韓同軒，又是一番千恩萬謝。臨了，柳依紅提出請韓同軒出去吃飯。韓同軒本來也是想拒絕的，但敵不住柳依紅的軟磨硬泡，還是去了。

那一次飯，柳依紅表現的很瀟脫，她不停的喝酒，且也勸韓同軒喝，到最後，他們都有些醉了。那個晚上，貌似喝醉了的柳依紅和韓同軒相互攙扶著回到了韓同軒的家，在一種貌似酒醉的驅動下，他們回歸人性的本能上了床，但是，韓同軒很快就下床去了客廳。柳依紅知道，他是被自己身上的刀疤給嚇住了。

等韓同軒從客廳裡回來之後，她就含淚跟他講了自己動手術時在生死線上的神奇輪迴。韓同軒被深深地打動了，最後，他在一種深深的肅穆、陰鬱和憂傷的心情之中小心而固執地進入了她，感覺竟然是出奇的好。

那個夜晚過去後的第三天，柳依紅說出了兩首歌詞的事情。韓同軒這回沒有推辭，只兩天工夫就把歌詞交到了柳依紅手上。柳依紅又約韓同軒出去喝酒，故技重施，只是有些不湊巧，他們在床上被馮子竹碰上了。

柳依紅對馮子竹沒有內疚，倒是覺得這樣的結果很好。因為她很看中韓同軒的實力，以後少不了要麻煩他，有個馮子竹在中間夾著，多有不便。那馮子竹的做法也正合了柳依紅的心意，她氣性很大，對他們兩人恨之入骨，且從此一去不復返。

從那以後，韓同軒就成了柳依紅的枴杖，成了一個名副其實的幕後英雄。

兩個人在一起的時候，韓同軒常詼諧地以無名英雄自詡。對這種說法，柳依紅不完全苟同，她認為，出自於韓同軒之手署名為柳依紅的作品，也融入了她的功勞和心血。如同一個品牌，產品品質固然重要，但不講究宣傳和廣告效應也是萬萬不可以的。柳依紅的詩歌品牌就融入了一定的宣傳和廣告效應，這部分效應，看似無形，卻是名牌效應不可或缺的組成部分。柳依紅在韓同軒面前自豪地、毫不隱諱地認為，這部分效應，是她費盡百般心計辛辛苦苦打造的。有一次，他們為這事爭執起來。柳依紅提議打個賭，以此證明自己的觀點正確。聽完柳依紅說的打賭方法，韓同軒很有自信地欣然同意。當下，韓同軒就把自己寫

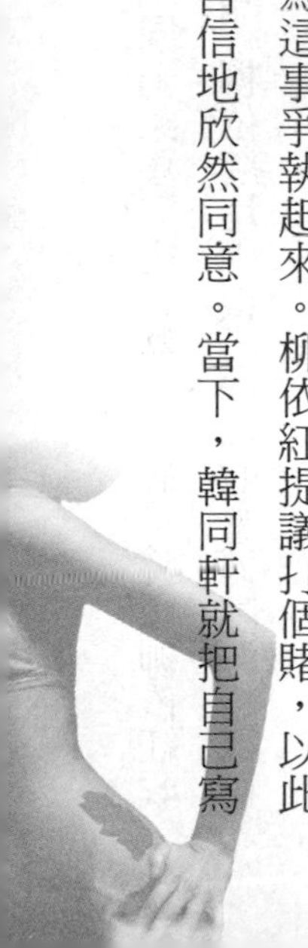

的十首詩隨意分成了兩組，分別署上了他們兩個人的名字寄給了同一家國家級刊物。半個月後，柳依紅收到了熱情洋溢的用稿信，韓同軒的退稿信卻在兩個月之後才寄到。柳依紅用兩根手指提溜著韓同軒的退稿信，說：「怎麼樣，這回你信了吧？」

韓同軒心裡不服，但在鐵的事實面前，卻什麼也說不出來。

在文壇，柳依紅和韓同軒的區別就是這樣，一個是全國知名詩人，一個是省內詩歌作者，典型的大巫和小巫的關係，只有兩個人關起門來，才能領略到大巫和小巫之間關係的那份微妙和複雜。

這份微妙和複雜讓柳依紅獲得了自信，讓韓同軒變得沮喪。

粗略統計，這些年來，以柳依紅名義發表的作品，只佔韓同軒發表作品總數的四分之一，但柳依紅的名氣卻遠遠大於韓同軒。韓同軒給柳依紅的詩通常分為兩類，一類是女人視角的愛情詩，一類是他認為寫的不怎麼好，怕發表有困難的。韓同軒給柳依紅寫女性視角的愛情詩有兩個考量，一是怕人家懷疑到其中的隱情，藉此引開人們的視線；二是他越來越感到，在以女性視角寫愛情詩的過程中，他已被深深地誘惑和陶醉了。

一次，一桌子的人一起吃飯，柳依紅和韓同軒都在。席間，一個發表了不少詩歌的朋友搭著韓同軒的肩膀，對柳依紅說：「柳老師，妳小小年紀，在詩歌方面卻是我倆的老師，請多多指點。」

柳依紅哈哈大笑，向後猛甩一下頭髮，說：「文不在多，少則精，精則達。」

那個寫詩的朋友一再說柳依紅所言極是，一旁的韓同軒卻不知道把自己的眼神往哪兒擱了。轉了一圈，他的眼神還是又停留在了柳依紅的臉上。

那天，柳依紅穿了身黑色的衣服，韓同軒覺得她身上散發著一股魅惑之氣，讓人欲罷不能。

7

坐在天龍大廈樓辦公室裡的老闆桌後面，馮子竹會時時想起柳依紅這個人，每當想起這個人，都抑制不住心中的憤怒。

但是，偶爾，馮子竹也會從事情的另一個角度去認識這個問題。那就是，今日她事業的成功和得意，都離不開當年那次失意旅行途中的一次邂逅。這個時候，馮子竹對柳依紅和韓同軒，在仇恨之餘帶了一種充滿宿命色彩的感念。

失戀之後，馮子竹心灰意冷地去了趟上海。已經畢業的她，既不想再在文學的道路上徒勞地磨蹭下去，也不想找個公司去過那種按部就班的日子。她晃晃蕩蕩地來到了上海。姐姐的生意做得不錯，又有愛情滋潤著，所以，亢奮之中的她沒察覺到馮子竹內心的失意。馮子竹是個要強的人。既然姐姐沒有看出來，她也就沒有把自己的事情向姐姐傾訴。在上海晃了幾天，覺得無趣，就買了張票打算晃回去。

就是這次旅途中的一次邂逅，成就了後來馮子竹的事業。

火車路過常州，馮子竹身邊坐過來一個農民模樣的人。這人四十上下，笑眯眯的，說一口江南普通話。他沒敢和學生模樣的馮子竹搭訕，先和旁邊的一個小夥子攀談起來。馮子竹原本沒有一點聊天的興致，無奈，卻無法堵住自己的耳朵。斷斷續續的，馮子竹知道這個農民模樣的人姓王，在常州本地一家鎮辦化工企業裡跑供銷。他這次去北方，就是去推銷一種化工原料。說到這種化工原料，王供銷給予了一種中肯而樂觀的評價。

「你想呀！只要是要蓋樓，就少不了要用混凝土，用混凝土，就少不了要用添加劑，市場是絕對不成問題的，所以賺鈔票也是絕對不成問題的！」

馮子竹聽明白了，王供銷在推銷一種混凝土添加劑。

聽王供銷侃侃而談的小夥子似乎對這些不感興趣，他只聽不說，還不時地對王供銷勉強地笑一下算是回應。

「你們的供銷管道怎麼走？」馮子竹突然問。

王供銷來了興致，把頭轉過來滔滔不絕地對馮子竹說起來。

「我們廠現在是創業階段，剛開始開發北方市場，有很多優惠的哇！」

「怎麼個優惠法？」

「這麼說吧！妳要是有心做這個生意，只管準備一下兩間庫房就好了，我們負責送貨，等妳之後再給我們付款。」

「這東西好賣嗎？」

「剛才說了的哇，只要蓋樓，就有我們的生意可做。」

「那你們的品質能保證嗎？」

「別看我們工廠不大，品質是沒有問題的，我們的專家都是從南京請的，所有指標都達標，絕對沒的問題。」

「那妳給我留張名片吧！說不定我以後會和你聯繫。」

王供銷半信半疑地從手提包裡抽出了一張名片。那名片是和一遝產品介紹放在一塊兒的，一不小心帶出來一張，王供銷也順手一起都給了馮子竹。

坐在顛簸的火車上，馮子竹像看韓同軒的詩一樣，認真地看著眼前的這張產品介紹宣傳單。直到這時，她才知道那灰突突的混凝土裡，需要加這麼多稀奇古怪化學名稱的東西，才能變得那麼堅固。

一回到家，馮子竹就去找在省建築公司當總經理的表哥。她長了個心眼，沒有把那張產品宣傳單直接交給表哥，而是把產品名稱和經她向上浮動了的價格寫下來拿給他看。

想不到，竟然成交了，而且批量極大。粗略一算，自己可以拿到兩萬多元。

離開表哥，馮子竹就跑到大街上的公共話亭裡去給王供銷打電話。電話裡，馮子竹的聲音都有些異樣了。她簡直是太激動了。兩萬元，韓同軒寫三年詩也不可能掙出來的。馮子竹簡直是太有成就感了。

一週後，馮子竹拿到了這筆錢。她一個人跑到城裡最昂貴的一家飯店裡大吃了一頓。當沾著芥末的深海魚片把她辣出眼淚的時候，她想，一定要把生意繼續做下去。她要讓自己成為一個有錢人，在將來的某一天，她要用一種有錢人的眼神去和柳依紅和韓同軒對視。

馮子竹一步一步的在向她期望的目標發展。到如今，她早已不再是那個靠著一次意外邂逅撈了第一桶金的小商販了。她的「悅達」公司在省城的化工行業有著舉足輕重的位置。

公司大了，生意好了，知名度高了，與外界的交往也就多了。有時，你不找人家，人家會來主動找你。這種找上門的事情，通常是好事不多。有的是空口白牙來和你談合作的，有的則是有條件的來請你上電視，有的隨便打著個什麼幌子乾脆就是要錢。對所有這些來客的心思，馮子竹心裡摸得明鏡似的，她都會給予得體合理的答覆，做到既不傷人又不損己。

照說這些事情，馮子竹完全可以交給下面的人去做。可是由於某種不便於明說的原因，這麼多年來，她一直堅持自己處理。

在一種有意無意之中，她似乎一直在等待捕捉著什麼。一個資訊、一個契機，抑或是一縷含有某種特有氣息的空氣。

這天早晨，馮子竹剛在老闆桌前坐下，女秘書馮藝就來通報說省棉紡廠來了個姓張的副總要談合作的事情。單是一聽「棉紡廠」三個字，馮子竹就知道該怎麼處理這件事了。這年頭，「棉紡廠」十之八九吃不飽，效益就更談不上，和他們合作，那不是瘋了嗎？

「妳去告訴這個張副總，就說我今天很忙，過幾天我有時間了再聯繫他。」

「好的。」馮藝答應了就要出去。

然而，就在馮藝要出門的時候，馮子竹的腦海裡突然閃過一絲隱隱約約的回憶。

「等一下。」

馮藝回過頭，有些不解地看著馮子竹。

「妳讓張副總進來吧！」

馮藝遲疑了一下，說：「好。」

張副總原來也是位女性。看起來要比馮子竹大個幾歲。

一看張副總的那雙手，馮子竹就知道她是從巢絲工廠裡出來的。一個做到副總的女工，不容易！馮子竹的母親就曾經是這樣的一個女工。在世的時候，雖然退休好些年了，但那雙被鹼水泡了幾十年的手卻一直沒有恢復到正常的顏色。眼前的張副總也有著一雙那樣的手。這雙手蒼白、粗糙、有著明顯的皸裂。馮子竹頓時對這雙手肅然起敬起來。

一問，張副總果然是從巢絲工廠出來的，再一問，張副總竟然對馮子竹的母親有印象。

兩個人的感情一下近乎了許多。

張副總七拐八拐，終於把話題扯到了合作的事情上來。俗話說隔行如隔山，她馮子竹經營的化工原料和棉紡廠根本就不搭界，其實，說白了，張副總就是想讓馮子竹支援支援他們棉紡廠，因為他們眼看就

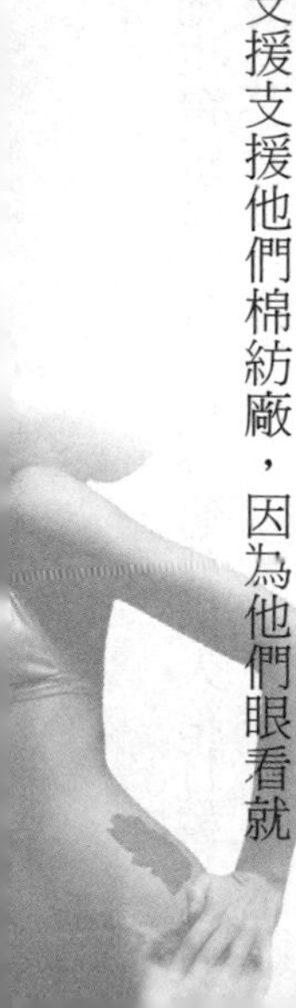

發不出工資了。要是在平時，馮子竹的話都是現成的，對方哭窮，她也會跟著叫貧，幾分鐘就把人給打發了。

可是這次不同，馮子竹竟然和張副總聊起了天。

「說起來，你們棉紡廠也有輝煌的時期啊！」

「可不是嗎？不過那是十多年前的事了，那時，我還在工廠裡，不算工資，光一個月的獎金就一千多，比當時的省長拿的還要多！」

馮子竹似乎是不經意的說：「記得有一次，我媽帶我去棉紡廠看演出，省裡的許多大腕都去了。」

「是啊！那時我們和省歌劇院是合作公司，他們經常去給我們辦演出。」

「那你們現在已經不是合作公司了嗎？」馮子竹的語氣很迫切，她似乎很關心這個問題。

「雖然還是合作公司，但已經是名不副實的了。」張副總幽幽地說。

馮子竹像是鬆了一口氣，不緊不慢地問：「這話怎講？」

「我們窮了，也就請不起歌劇院來演出了，日子久了不走動，那層老關係可不就是個虛的了嗎？」

馮子竹點頭表示理解。

張副總又把話題給繞回到了合作的事情上來，這回馮子竹沒有迴避，她痛痛快快地答應了張副總。她答應先投資五十萬給棉紡廠，做為起死回生的頭一副良藥，等棉紡廠的生意好了，再從利潤中扣除。事情這麼順利，讓張副總有些不敢相信。她一個勁的向馮子竹表示感謝。

張副總臨走的時候，馮子竹輕描淡寫地說了句這樣的話，「等過些天，把歌劇院請回去演一場，先把企業的人氣提起來！」

張副總滿口答應，她想起什麼似的說：「到時，一定邀請妳家裡的老人家也來看節目。」

「她已經去世了。」馮子竹幽幽地說。

「不過，老人家在九泉之下，也會為有妳這樣一個女兒而高興的。」

馮子竹笑笑，和張副總道了別。

張副總剛走，一旁的馮藝就向馮子竹發話了，「馮總，我對這次合作不能理解，給棉紡廠投資，這不是擺明了肉包子打狗嗎？」

女秘書是馮子竹的表妹，和她說話很隨便。

馮子竹輕輕笑了笑，對剛大學畢業不久的她說：「妳當然是不會理解的。」

半個月後，棉紡廠把省歌劇院的舞台搬到了工廠裡。剛拿到補發的工資的工人們，歡天喜地地看了一場大戲。馮子竹也去了棉紡廠和工人們一起同樂，演出之前，張副總特地邀請馮子竹在工人們面前發個言，被馮子竹婉言謝絕了。

吃飯的時候，棉紡廠的所有主管都到場了，歌劇院的沈院長也在。棉紡廠的老闆和沈院長都誇獎馮子竹有魄力、有膽識、有善心，救了瀕臨破產的棉紡廠一命。馮子竹淺淺地笑著，並無太多豪言壯語。飯吃

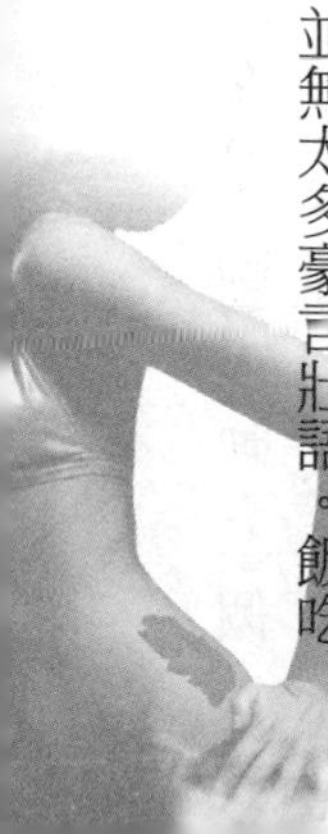

到一半，說到了棉紡廠今後的發展，馮子竹建議性地說：「以後呀！你們兩家要多多辦些聯誼活動，一個企業，沒有活力是不行的。」

「就是就是。」棉紡廠的老闆和沈院長都齊聲附和。

「不光是要辦些普通的演出，還可以發動你們歌劇院的筆桿子專門給棉紡廠寫些節目，要提高企業知名度，就要走這個路子。」

大家面面相覷，有些不敢相信自己的耳朵。一個不知名的小棉紡廠，有必要這麼折騰嗎？他們眼睛直直地看著馮子竹，心想她是不是吃錯了什麼藥，有錢沒地方花了。但轉念一想，有人出錢折騰還不好嗎？只要是有人出錢，想幹什麼都成。

天下沒有免費的午餐，誰都明白這個道理。正在大家暗自揣摩馮子竹真正動機的時候，張副總替人說出了謎底。原來，馮子竹已故的母親是這個廠的工人，她是為了念舊才做出此舉的。人們一方面感慨馮子竹的仗義和慈悲，一方面又覺得這個理由有些站不住腳。但不管怎麼說，總算是有了個理由，大家也就樂得相信這個理由了。

馮子竹最後說：「如果資金上有問題，我們公司會鼎力相助，這樣吧！為了把企業知識辦活躍，我們公司再撥二十萬過來，但要專款專用，一個月後，我可是要看節目的。」

8

剛和吳爽打完架的那幾天，柳依紅有一種不安和惶恐。她擔心吳爽會突然找上門來。因此，無論是誰敲門，她總要問明白了是誰。一個週日的中午，剛從餐廳打了飯的苗泉邊吃邊在外面敲門，柳依紅悄悄躲在門後，問了幾遍是誰見沒回答心裡就有些慌。她手裡拿上拖把準備應戰，這時苗泉在外面小聲說：「柳姐，是我！」

門開了，苗泉端著飯盒笑嘻嘻地站在那裡。苗泉的腋下夾著幾份雜誌和報紙，那是柳依紅訂的，她趕緊接了過來。

「柳姐，大白天的妳這是怎麼了？疑神疑鬼的！」

「沒什麼，擔心是某些無聊的人。」

柳依紅的話，頓時把苗泉引到了另一個思路上，「誰？告訴我，我去收拾他！」

柳依紅一笑，「這不關你的事，好好吃你的飯吧！」

「妳的事就是我的事，誰敢欺負妳，我一定饒不了他。」

「你是你，我是我，大人的事情，你別跟著瞎攪和。」

苗泉盯著柳依紅，噗哧一聲笑了，「妳說我是小孩？」

「在我眼裡，你就是個小孩。」柳依紅說。

「天哪，我不小了，已經快30歲了。」苗泉很失望，聲音有些聲嘶力竭。

把苗泉說成是小孩，是柳依紅和平地疏遠苗泉的最好辦法。她早就後悔與苗泉的那段交往了。苗泉吃完飯，還想與柳依紅溫存一番，柳依紅擺出一副大人腔調，拒絕了。

苗泉只得失落而歸。

躺在床上，柳依紅同時想起了兩個男人，劉家正和齊魯南。齊魯南是不能主動打電話給他的，再想也不能打，一旦打了，她的魅力便會打折。劉家正倒是可以打，可是，最近他老也不在辦公室。

柳依紅摸起桌上的電話，想試試。

還真的是在。只是劉家正的語氣不對勁，正式而客氣，像是旁邊有人，問他，又說沒人。柳依紅幾次和他貧，都沒能把他貧回到過去的那種感覺裡。柳依紅心中暗自納悶，幹說了幾句，結束通話。

柳依紅對劉家正的變化感到不解。

看來這當官的男人是不可靠的。

柳依紅心裡泛起陣陣失落，感嘆自己容顏漸逝和魅力的日漸衰退。在這失落、哀怨之中，她分明又感到一種不甘和抗爭。抓過鏡子，她反覆端詳打量著鏡子裡的自己，一種幾乎讓自己裂開了的矛盾、複雜心緒湧上心頭。

對眼前自己的處境柳依紅是不滿意的，她環視屋子裡的簡陋擺設，臉上露出猙獰憤恨之色。柳依紅把鏡子狠狠地扔到被子上，重重地把自己甩到了床上。

那幾份報紙和雜誌被壓到了身子底下，柳依紅忿忿地把它們抽出來。當那份《文壇簡訊》的報紙晃過眼前時，柳依紅看到了一行令她怦然心動的文字：全國李白詩歌獎評選通知。

通知上說，這次評獎，採取的是每個省推薦五部詩集的做法，全國評獎將在7月份進行，屆時將邀請召集全國十大評審聚集北京，最終評出一、二、三等獎。獲獎作者按獲獎等級分別將獲得五萬、三萬和一萬元的獎金。

獎金固然富有吸引力，但更吸引柳依紅的是這次全國獎的檔次和級別。如果能獲得李白詩歌獎，無疑奠定了她在詩歌界的地位。有了這個名分，就等於是有了個金字招牌。李白詩歌獎四年一屆，機不可失，失不再來。

想到這裡，柳依紅忙看截止日期，不好，省裡的推薦截止日期只剩下了三天，再一看報紙，是半個月前的，最近李大媽老糊塗了，報紙經常一壓好幾天，差點誤了大事。

柳依紅咕嚕一下從床上爬起來，在書櫃上抽出了自己的那本詩集《尋找輝煌》。

《尋找輝煌》是柳依紅的第二本詩集，去年出的，雖然詩不多，但裝訂環襯都做得不錯，封面也有特色，簡約大方，典雅優美，看起來很像那麼回事。這個詩集是為了晉職創作的，當時，韓同軒還有些不高興。因此，這回報名的事情，柳依紅打算先不告訴韓同軒。

省裡這一關，關鍵的人物是高亞寧。但是，柳依紅和高亞寧不熟，僅僅是認識而已。但文青和高亞寧是再熟悉不過的朋友。柳依紅打算馬上找文青。

剛要給文青打電話，桌子上的電話響了。真是心有靈犀，來電話的正是文青。

「正要給妳打電話，有件急事找妳。」柳依紅說。

文青也說：「我也有急事找你。」

「什麼事？」

「來了就知道了，妳快搭車過來。」

出門之前，柳依紅往包包裡塞了兩本《尋找輝煌》。正急匆匆地往大門外走，聽到沈院長在身後叫她。

「小柳，我有重要的事找妳。」

「什麼事？」

「到我辦公室說吧！這事一句話說不完。」

「就在這說吧！我還要出去。」

「小柳，我可告訴妳，咱們劇院有演出任務了，妳可不能再到處瞎逛了。」

「怎麼是瞎逛呢？我在給宣傳部寫書，正要去圖書大廈查點資料。」

「宣傳部的書要寫，咱們劇院的活更不能耽誤，全院人可都指著這台節目吃飯了。」

「什麼節目？」

「妳瞧瞧，連這台節目是什麼妳都不知道，這怎麼行？」

「院長，你說吧！需要我來做什麼？」

「寫兩首讚美紡織女工的歌詞。」

「讚美紡織女工？」

「是的，越深情越動人越好。」

「好的，我知道了，我會把握時間寫的。」

說著，柳依紅就要朝外走。

沈院長攔住她說：「時間很緊迫的，一週內務必拿出來。」

柳依紅接著往外走，嘴裡說：「知道了，你就放心吧！」

看著柳依紅急匆匆的背影，沈院長一個勁的搖著頭。

出了大門，柳依紅搭上車後就開始給韓同軒打電話，讓他幫著寫兩首讚美紡織女工的歌。也許是因為那天柳依紅挨了吳爽的揍，有些內疚的韓同軒表現得很積極，他說：「知道了，後天來取吧！」

說完了歌詞的事，韓同軒就把話題往結婚的事情上引，說要帶她去看床上用品。柳依紅並沒有表現出明顯的不耐煩，只是說最近有些忙，讓他自己看著買。

關了手機，柳依紅看著窗外發起了呆。她不知道，最後究竟怎樣才能了結掉她和韓同軒之間的事情。和他結婚，她不情願，但如果真沒的有這個人待在身邊，還真是應付不了一些突如其來的情況。

9

文青找柳依紅是因為馬雲莉。

這個星期天，四十六歲的馬雲莉感到無所事事。兒子去外地讀大學，又加上老公出差，家裡的活物除了水池子裡養的一隻金錢龜，剩下的就是她自己了。

馬雲莉寂寞。

在一家事業公司當會計的馬雲莉是個傳統型的女人，除了丈夫之外，她幾乎和別的男性沒有交往。她也不會上網，下了班回到家不是做飯就是打掃環境。這些年來，她一直覺得自己很充實。兒子上了大學，情況就發生了變化。馬雲莉覺得自己太清閒了，清閒得讓她受不了。

不管有灰沒灰，吃過早飯，馬雲莉還是把家裡打掃了一遍。她打掃得很仔細，任何一個死角都不放過。打掃到洗手間的時候，她還專門和那隻小龜說了幾句話，無奈小龜聽不明白她的意思，仍舊像塊石頭一樣趴在那裡一動也不動。就是這樣的仔細和認真，也還是不到九點就打掃完了。沒有事幹，馬雲莉就坐在沙發上發呆。

突然，馬雲莉就想到了住在她家樓上的文青。

馬雲莉和文青是在走廊裡認識的。那天，馬雲莉正在開自家的門，文青帶著兒子上樓。文青一旁上樓一旁和兒子聊天。馬雲莉聽出了文青的威海腔，備感親切地和她打招呼。兩個威海女人就這麼認識了。

兩個女人真正的熟悉起來是因為文青的一次內急。

一天，馬雲莉正在家裡忙著，忽然聽到外面有人敲門。急忙奔過去，打開門一看，是文青。文青一臉內急的痛苦狀，進了門就說：「借你們家洗手間用用。」

等文青進了洗手間，馬雲莉就一個人在客廳裡笑。她覺得這個女人實在，和她不見外。

馬雲莉的老公被敲門聲從臥室裡驚了出來。他問馬雲莉家裡來了什麼人。馬雲莉說借東西的。老公又問借什麼的，馬雲莉就對洗手間噥了噥嘴說借洗手間的。馬雲莉的老公不相信，要去洗手間看個究竟。馬雲莉正要上前阻攔，文青一臉輕鬆地從洗手間裡走了出來。

看著眼前的文青，馬雲莉的老公驚訝的說不出話來。

文青卻不在乎地說：「我那狗兒子便秘，蹲了快一個小時了，把我都快給憋死了。」

雖然沒在一個鍋裡摸過勺子，但自從有了一個茅坑裡拉屎的經歷，兩家的來往就多了起來，你給我送盤餃子，我給你送個西瓜。一個週末的晚上，文青突然打來電話，讓馬雲莉上去一趟。馬雲莉忙放下手裡的活跑了上去。想不到，文青叫她去是打麻將，三缺一，著急得不行。麻將，馬雲莉會一些，但一直興致不大。三缺一，救急的事，也就不得不上了。

馬雲莉是在文青家的麻將桌上認識了柳依紅。馬雲莉除了看不慣柳依紅吸菸，對柳依紅的大致印象還可以，覺得她是個漂亮瀟灑的知識女性。馬雲莉湊數性質的在文青家打了幾次麻將，文青見她興致不大，後來也就不好意思再叫她。

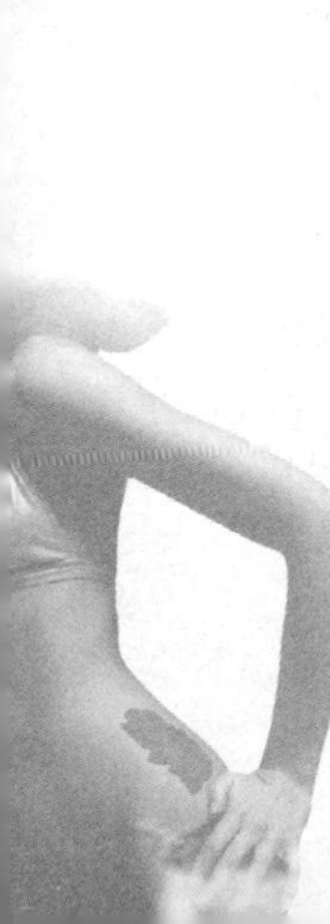

就打麻將，坐在沙發上的馬雲莉此時突然冒出了這個念頭。

馬雲莉迫不及待地撥了文青家的號碼，給文青說了自己的打算。想不到文青也是一個人在家，兩個人一拍即合。

文青想打一把女人牌，就打算把柳依紅和另外一個女牌友叫來，不曾想，那個女牌友正和老公、孩子一起郊遊，回不來。文青又找了一圈，最終也還是沒能找到一個女閒人，最後只得把圈子擴大到男性公民，找來了一個不是特別熟悉的叫黃良民的人。文青和黃良民是在一次牌桌上認識的，隱約記得他是做房地產的，其他的就不是太清楚了。

柳依紅比黃良民先到，聽說叫她來是為了打牌，簡直是哭笑不得。她把文青拉到一旁，焦急地說了自己的事情。文青一聽，滿不在乎地說：「多大點事呀！把妳急成這樣，不是還有三天時間嗎？包在我身上了還不行，等打完這場牌，我陪妳去找高亞寧。」

柳依紅踏實了，快快樂樂地坐到了牌桌上。她知道文青不光是個有辦事能力的人，還是個說到做到的人。

二十分鐘之後，三女一男的牌局正式拉開戰幕。

牌局設在馬雲莉家的客廳裡，光線充足，景致怡人，四個人的心情都不錯。

黃良民只和文青認識，就親切地叫她文姐，等知道了柳依紅和馬雲莉的名字，就很自然地把柳依紅稱作小柳，把馬雲莉稱作馬大姐。

聽到黃良民稱呼自己小柳，柳依紅說：「啐，就你個小毛頭，敢在我面前賣老！」

「我一定比妳大，妳說妳是哪年的？」黃良民緊追著問。

「比我大，那是不可能的。」柳依紅不屑地對坐在她對面的黃良民說。

文青笑著對黃良民說：「小黃，你說你哪年的？」

「我六二年的。」黃良民說。

文青看了一眼柳依紅，說：「妳也別不服氣，人家就是比妳大兩歲。」

柳依紅一臉的不服氣，樣子看起來卻更加嫵媚動人。

坐在柳依紅對面的黃良民則得意洋洋地笑著。

黃良民給柳依紅的第一印象不好。但柳依紅卻能臉上帶著笑，把這種感覺不動聲色地裝在心裡。柳依紅發現，黃良民一進門就用x光線般穿透力極強的眼神把她上下掃了個遍。這種人柳依紅見多了，她完全能遊刃有餘的應對。

柳依紅也不喜歡黃良民的長相和穿戴。黃良民瘦高瘦高的，身子向前傾著，像根黑麻杆，一臉的獐頭鼠目和圓滑和世故。對黃良民的樣子，柳依紅有一種本能的生理性的厭惡。但當與良民說笑的時候，柳依紅完全可以把那種生理性的厭惡小心地拋到一旁，用讚許欣賞的眼光看著黃良民。

黃良民對女人的身體有著超強的洞察力，但對女人心思的瞭解卻只是停留在表面上。

黃良民被柳依紅誘惑了，而且他還想當然地認為，柳依紅也同樣被他誘惑了。黃良民的興致很高，他

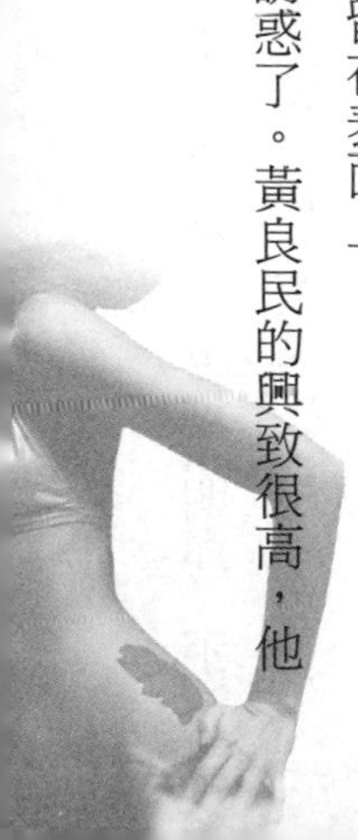

不停地輸牌，想盡辦法的成全柳依紅。幾局下來，柳依紅眼前的錢就很可觀了。又一想，這樣太明顯，不好，於是就又開始成全文青。後來一想，這樣也不好，太冷落人家馬大姐了，就這樣，黃良民當起了冤大頭，成全了這個又成全那個，把三個女人哄得十分高興。

黃良民雖然是故意輸的，但卻輸的十分逼真。他忽而捶胸叫冤，忽而又說運氣不好。隨著他煞有其事的抱怨，錢包裡的兩萬多塊錢眼看就快沒有了。

文青看一眼黃良民，說：「誰要是沒錢了可以叫停啊！條件是要請客。」

黃良民抬頭看一圈四周，說：「誰沒錢了？我可以借給她點！」

說著，黃良民站起來向門口旁邊的鞋架走去。黃良民進門的時候，把一個市場上裝活魚的黑色塑膠袋扔在了鞋架上，此時，他把那個黑色塑膠袋拿過來，從裡面摸出了兩遝錢拍在桌子上。

黃良民把黑塑膠袋扔在腳下，說：「接著來，接著來。」

文青一下把馬雲莉理好的牌呼嚕亂了，「算了，不打了，我餓了。」

黃良民說：「這可是妳叫停的，請客吧！」

文青數著眼前的錢，笑瞇瞇地說：「我請客！你們說去哪？」

馬雲莉說：「真不打了？我可是難得有這麼好的手氣，再打幾輪吧！」

黃良民到陽台上點燃了一根菸，文青趁機小聲對馬雲莉說：「妳傻啊？妳沒看出來他是故意輸的嗎？」

馬雲莉一愣，像是有些不明白文青的意思。

柳依紅說：「那他是活該！」

文青說：「還不都是因為妳！」

柳依紅接著說：「那就更活該！」

馬雲莉有點明白了，她大聲說：「走吧！吃飯去，我也餓了。」

黃良民從陽台上走過來，「真不打了？」

「不打了，去吃飯。」三個女人一起說。

吃飯的單是黃良民搶著買的，是一家地下的餐廳，樓上是世紀百貨。吃完飯上到一樓的時候，馬雲莉看見外面刺眼的陽光，條件反射似的說了句忘了戴眼鏡了。

黃良民對三個女人說了聲等我一下，就朝標有洗手間字樣的地方走了過去。轉眼的工夫，黃良民手裡就拎回來三副一模一樣的太陽眼鏡，顏色、款式都是絕對的時尚。

「三位女士，請戴眼鏡。」黃良民說。

文青驚訝地看著黃良民手裡的太陽眼鏡，說：「你這是幹嘛？批發啊？」

「遮擋陽光唄！」說著，黃良民就把手裡的太陽眼鏡發給三位女士。黃良民的發放順序是馬雲莉、文青、柳依紅。見馬雲莉和文青都收下了，柳依紅也就接了。眼鏡片上貼著標價，1800元。柳依紅用小拇指小心地把鏡片上的標籤撕起了，輕輕戴上，說：「色彩很舒服。」

文青說：「這是我平生戴的最昂貴的一副太陽眼鏡，太奢侈了。」

黃良民不在乎地說：「這算什麼，文姐高興就成。」

「恐怕不光單是為了讓我高興吧？」文青直視著黃良民。

黃良民瞟一眼柳依紅，並不掩飾自己的心思，笑嘻嘻地說：「還是文姐最瞭解我。」

戴著太陽眼鏡，柳依紅盯著黃良民看了一會兒。她覺得，隔著鏡片，黃良民看起來順眼多了。

黃良民提議回去接著打，但被文青堅決拒絕了。柳依紅也堅持不打了。

回去的路上，三個女人談起了黃良民。

馬雲莉問文青，「這個黃良民是單身嗎？」

文青說：「好像是，聽說是離婚的。」

馬雲莉說：「小柳，既然他對妳有意思，妳可以考慮考慮，我看這個人挺仗義的。」

柳依紅冷笑一下，說：「考慮他？」

馬雲莉說：「是啊！看起來他經濟條件不錯，年齡也相當，我看你們合適。要是你們成了，我和文青就是你們的半個紅娘。」

柳依紅訕笑一下，說：「這個紅娘妳肯定是當不成的。」

文青說：「馬雲莉，妳別跟著瞎攪和，人家柳依紅早就名花有主了。」

馬雲莉很驚訝，「真的嗎？那人是誰？」

文青看了一眼副駕駛上的柳依紅，問：「哎，妳和韓同軒什麼時候辦喜事？那天碰到他，他說新房都裝修好了，就欠妳的東風了。」

柳依紅打開車窗，把手伸出去，像個孩子似的傻笑。

文青說：「妳家韓同軒可真是老了，臉上的皮都耷拉了，妳就別讓人家再死等了。」

柳依紅反擊說：「妳家老韓！」

文青笑說：「好好好，我家老韓，妳就別再折磨我家老韓了，快把喜事辦了吧！」

柳依紅關上窗戶，說：「我又沒讓他等！」

文青說：「妳這個沒良心的。」

柳依紅又傻笑起來，眉宇間閃爍著幾分俏皮。

柳依紅心裡一直裝著評獎的事，提議讓文青約高亞寧晚上一起吃個飯。文青說不行，周一偉出差回來，晚上七點多下飛機，她要接他。不過文青用一隻手拿出手機當場就和高亞寧聯繫了，邊開車邊把柳依紅的事情對他講了。聽口氣，高亞寧那邊的態度不錯，柳依紅在旁邊一個勁的用手比劃著要請高亞寧喝酒的動作。文青把這個意思對高亞寧說了，接著就是文青朗朗的笑聲。柳依紅知道，事情差不多了。

文青放下手機，說：「基本辦定。」

柳依紅說：「哇　，這麼容易！」

文青轉頭看了眼柳依紅，「這只是第一步，他說，他只負責上報，結果怎麼樣，可就不是他能說了算

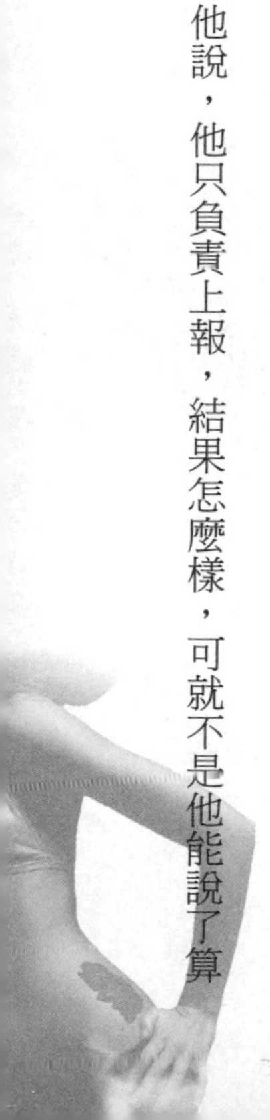

的了。」

這也正是柳依紅考慮的問題。

柳依紅說：「我明白。」

文青說：「妳要是覺得這個獎可有可無，就聽天由命隨它去，要是覺得這個獎很重要，那就抽時間約高亞寧出來坐坐，聽他講講內幕，向他取取經，要知道他也是十大評審之一。」

柳依紅差點從座位上站起來，「啊！他也是評審？」

文青說：「是啊！每次評全國獎，他都是評審，這並不是什麼新聞。」

「那他也一定認識其他評審。」柳依紅說。

文青會意地一笑，「那還用說嘛？」

兩人當下商定，抽時間約高亞寧一次。有了文青的這些主意，柳依紅心裡踏實了許多。

柳依紅又強調了這個獎對她的重要性，她說：「劇院另外幾個寫歌詞的，都有傳唱的代表作，就我沒有，說實在的，對歌詞那玩意兒，我是怎麼也進入不了狀態，這麼多年來都是瞎應付，在詩歌上再不有點成績，怕是不好交差。無論是歌詞，還是詩歌，只要是獲了獎，就算是劇院的成績，在那裡待著也就不會覺得心需。」

文青說：「妳覺得心需，那些不學無術的人還不得都去自殺？放心吧！就妳那詩歌，本來就夠水準，再活動活動，一定沒問題。」

馬雲莉剛才一直坐在後排不說話，聽到這裡，一驚一乍地說：「原來你們作家圈裡也辦不正之風啊！真讓人受不了。」

柳依紅和文青互看了一眼，兩人一同哈哈大笑。

10

三天後，文青拉著柳依紅和高亞寧在一家茶樓裡見了面。本來說好晚上一起吃飯的，但由於高亞寧晚上有應酬，只好臨時改成了喝下午茶。

柳依紅發現，高亞寧這個男人很老實，也許是由於和她不熟悉的原因，說話的時候眼睛都不好意思和她對視。關於評獎的事情是文青和高亞寧談的，柳依紅只是坐在旁邊扮淑女，她淺淺地有節制地微笑著，還不時地給大家續續水。文青直奔主題，問了除高亞寧之外的其他九個評審的情況。高亞寧是個實在人，坐下沒多久就把自己瞭解到的情況全說了。

「這九個評審，有七個和我有些來往，我可以和他們打打招呼，或多或少會起些作用，有兩個評審是說不上話的，但這兩個評審對評獎結果卻起著舉足輕重的作用。」

「是兩個什麼人？這麼神！」文青很好奇。

「一個是宣傳部門的官員，副部級，和我是一家子，叫高大江，寫詩的，另一個是老學者，北大的博導，姓白，人稱白老，這兩人都是屬於油鹽不進的那種，完全靠自己的感覺投票。」

文青一笑，說：「我倒是覺得這兩人挺可愛的，瞧人家多公道。」

高亞寧也一笑，說：「公道也要有公道的本錢，他們倆一個是官員，一個是學者，都可以不買作者的帳，我就不行，妳們一來找我，還不是就不公道了嗎？」

文青玩笑說：「是我們辱沒了你的清白，實在是對不住了。」

一直沒怎麼說話的柳依紅，這時笑嘻嘻地說：「我的詩也不至於那麼糟，不會辱沒你的清白的。」說著，柳依紅就從包包裡拿出了自己的那本《尋找輝煌》，雙手遞給了高亞寧。

高亞寧趕忙雙手接過，說：「一定拜讀！」

文青又玩笑說：「看看究竟會不會辱沒你的清白。」

高亞寧笑笑，說：「辱沒清白是言重了，其實，現在的事，也談不上什麼公道不公道，作品大多都在那個水平線上，如果碰不上什麼頂尖的作品，評獎有時靠的就是個人緣。」

文青說：「我看那兩個油鹽不進的評審，也未必真的就是油鹽不進。」

高亞寧說：「那是當然，我說的油鹽不進是相較於一般人而言，如果找到他們的穴道，或許也是能進的。」

文青大笑，「你說，這個穴道藏在何處？」

高亞寧故做一本正經地說：「那我可就不知道了。」

三個人一齊大笑，轉了話題，扯了半天，就扯到了喝酒上，文青對高亞寧說，等有空和柳依紅一起好好請他喝一場酒。

高亞寧看了一眼柳依紅，說：「我看人家小柳很矜持，不像是個能喝酒的人。」

文青說：「她瘋著哪，今天是在領導面前裝的。」

高亞寧說：「我又不是什麼領導。」

這時，柳依紅眉毛一挑，既放浪又羞澀的一笑，說：「你是大領導，我豈敢造次！」

柳依紅的這一笑，讓高亞寧摸不著頭緒了。他覺得這個女人有些神秘。

像是被一股莫名的風吹著，從茶館出來之後，柳依紅就直接去火車站買了晚上去北京的車票。見離火車發車還有三個多小時，柳依紅就回公司拿了些簡單的出差用品。想到要失蹤好幾天，柳依紅又跑去給沈院長請了假。柳依紅說她媽出了車禍，腿被撞骨折了，她要回家看看。說這話的時候，柳依紅一副著急擔憂的神色，幾次紅了眼圈。辦得沈院長一個勁的勸她不要著急。應付完了沈院長，柳依紅覺得也應該告訴文青一聲。柳依紅是在電話跟文青說的，語氣比較緩和，她說剛才母親來電話說不小心被車撞了一下，又趕上母親的生日，劇院裡沒事，她想回去待幾天。

撒了一圈謊，柳依紅覺得該和母親統一一下口徑，預防萬一，於是就順手又給母親打了通電話。

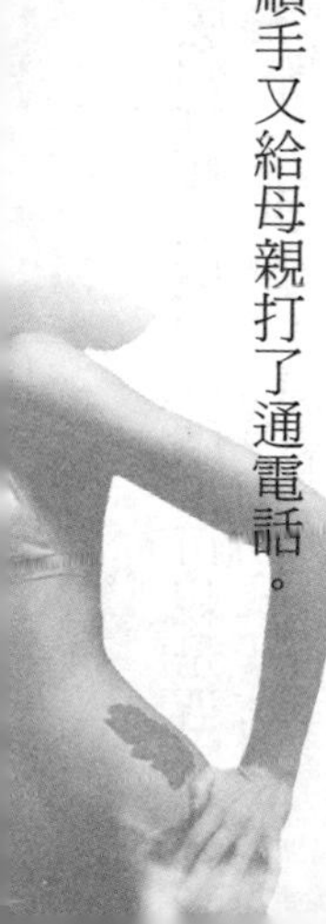

母親的聲音很衰弱。聽著這聲音，柳依紅似乎看到了母親蒼白多皺的臉和骨瘦如柴的四肢。母親是五年前診斷出來的子宮癌。知道診斷的那個瞬間，柳依紅的第一反應是，母親早年的齷齪經歷終於得到了報應。她沒有感到任何的傷心和難過，只是感到一種解脫後的沉悶和失重。然而母親卻沒有像其他癌症病人那樣馬上離開人世，她帶著這個似乎隱約可以昭示她早年那段齷齪經歷的子宮癌，遲遲不肯撒手人寰。五年裡，柳依紅很少回去，已經移居加拿大的哥哥更是一次也沒有回來過。他們兄妹兩個都為有一個這樣出身的母親而感到恥辱，自從父親去世後他們就全當沒有這個家了。

柳依紅感覺得到，母親聽到她的聲音後很意外和激動。但柳依紅沒有讓母親的這種意外和激動持續下去。沒有任何的鋪墊和問候性的語言，她就說出了自己這次打電話的目的。

「有件事告訴妳一下，這幾天如果有人打電話來，妳別接，因為我說妳骨折住院了。」

那頭的母親沉默了，半天才有些擔憂地說：「小紅，妳要去哪裡？」

條件反射似的，柳依紅的心裡馬上升騰起一股怒火，「那是我的事情，不用妳管！」

母親又沉默了半天，之後叮囑，「無論做什麼事情，妳要小心，在外面別闖禍，要保護好自己。」

柳依紅不想聽這些話，「妳還是管好妳自己吧！沒什麼事就這樣吧！我還有事。」

柳依紅果斷地掛了電話。屋子裡一下靜了下來。在這寂靜之中，柳依紅感到一種內疚和不忍漸漸爬上心頭。她覺得自己很殘酷，可是又實在是改變不了自己。她很煩，像是要分裂了一般。

看到放在桌子一角的那張火車票，柳依紅心裡又是一陣夾雜著慾望的煩亂。在北京，除了認識幾個刊物的詩歌編輯外，幾乎不認識什麼人，如何和高大江接上頭，還是一片迷茫的未知。

突然，柳依紅想到了一個人。一個女人，一個年紀在七十歲左右的知名女作家——章顯。

還是在柳依紅童年的時候，章顯曾經到荷丘勞動改造過，和柳依紅家住隔壁。在柳依紅的母親遭受到種種非議的時候，這個政治上不得志的女人卻因為她的女作家身分收穫著人們廣泛的敬意。章顯是個獨身女人，身邊沒有孩子。在荷丘的那幾年裡，她把母愛都釋放到了柳依紅身上。她給柳依紅好吃的，還給柳依紅講故事，柳依紅在她那裡待的時間比在自己家裡多。剛上小學的柳依紅在收穫著章顯帶給她母愛的同時，還目睹了人們對一個知識女人的理解和敬重。那時的她就暗自發誓，將來一定要做個像章顯這樣的人，後來她學著寫詩也是由於這個原因。從一定意義上說，是章顯把她引領到文學這條道路上來的。

章顯在荷丘待了兩年就走了。最初的幾年，章顯也曾給柳依紅寄過信和兒童書，但柳依紅那時還小，每次都是讓父親代筆回信，日子久了，也就斷了音訊。後來，上了初中之後，柳依紅才漸漸知道了章顯的名氣之大。不過，那時，她已經是個羞澀的少女了，所以也就一直沒有和章顯聯繫。在後來的日子裡，柳依紅也曾時時想起章顯，出了詩集之後甚至有給她寄書的念頭，但每次總是讓些雜七雜八的念頭給阻斷了。在很多的時候裡，柳依紅從內心裡感到，署著她的姓名的詩集裡的那些詩就是她寫的，是從她的心裡流淌出來的思緒，只要讀過一遍就沾染上了她的心理印痕。只有當她要把詩集寄給章顯的時候，才會覺得心頭一震，不敢往信封裡裝了。

此時的柳依紅，像是一下跨過了許多障礙，她打定了主意，到北京就去找章顯，透過她再聯繫高大江

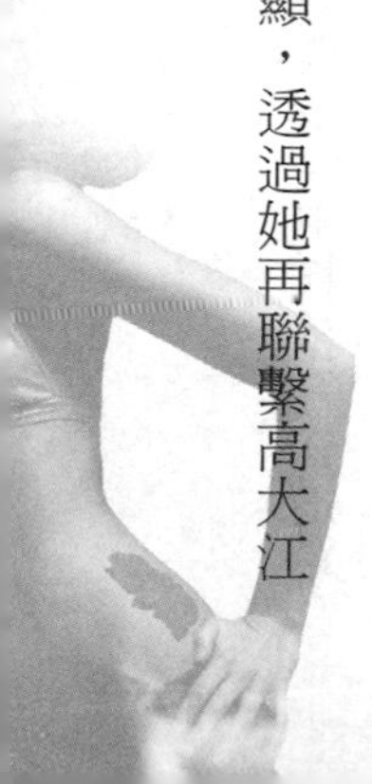

和那個姓白的老學究。

早晨八點多到了北京，一出站柳依紅就搭車直奔文研所去了。雖然和章顯沒有聯繫，但柳依紅知道章顯在文研所工作，這是從她發表作品的後面看到的。終究是北京的大公司，管得嚴，門衛不讓進，讓柳依紅到一旁的值班室先填個單子。柳依紅規規矩矩地填了單子交給值班員。值班員看了一眼單子，抬起頭對柳依紅說：「章老師去世了，妳不知道？」

「啊？不知道，我是從外地剛趕來找她的。」

那值班員又說：「章老師前天心臟病突然發作，已經去世了，不過，妳還可以趕上參加她的告別式，明天上午九點，八寶山第一遺體告別室。」

說完，那值班員就接待別人去了。

柳依紅昏昏沉沉地來到大街上。開始的半小時裡，她非常難過，覺得深藏在自己內心的一個精神支柱坍塌了。雖然這些年來她一直和章顯沒有聯繫，但對她卻有著很深的感情，像是失去了自己的親生母親。但是，過了一會兒，柳依紅就想到了自己這次來北京的目的，她擦乾了不留意間流淌在臉上的眼淚，找了家招待所住下。

躺在招待所的床上，柳依紅冥思苦想著怎麼樣才能接觸到這個傲慢的高大江。柳依紅感慨，章顯去世的可真不是時候，像是專門為了躲避她似的。柳依紅想到了小時候的一個細節。一次，柳依紅到章顯那裡去。她明明看到章顯是進了門的，可是當她叫她的時候，章顯的屋子裡卻沒有回應。柳依紅知道章顯是藏起來了，和她開玩笑。柳依紅找了幾處沒找到，就不再找了，一個人在屋子裡玩。後來，是章顯自己出來的。她從大衣櫥裡推門出來，手裡舉著一個剛買回來的金黃色的蝴蝶結。那是柳依紅一直渴望的東西。

現在柳依紅渴望的東西是全國獎，章顯卻一去不復返了，像是一個隱含了禪意的宿命。

帶著一種混沌、混亂的思緒，柳依紅騰地從床上彈起來，赤著腳跑到牆邊的一排櫥櫃前把所有的門都打開了。屋子裡很靜，櫥櫃裡除了有兩床雪白的被子躺在那裡外，什麼也沒有。櫥櫃上嵌著的玻璃鏡門上映照著她的各個側面。柳依紅做出各種姿勢從各個側面端詳打量著自己，臉上一會兒露出猙獰兇相，一會兒又露出甜蜜微笑，最後，她把自己固定在了一種冷漠淡然的表情上。她盯著鏡子裡那個冷漠淡然的自己，腦海一下切入到深刻的思索裡去了。過了許久，柳依紅像是悟透了一個難題，她緩緩地把自己的表情調整到正常的狀態，活動活動一直交叉放在胸前的手腕，緩步去了洗手間。

柳依紅剛走進洗手間，服務員就推門來送水，見到大開著的櫃門，服務員驚訝地看著從洗手間裡探出頭來的柳依紅。臉上帶著洗面乳的柳依紅，莞爾一笑說：「櫥子裡好像有老鼠！」

半個小時後，柳依紅來到了高大江的辦公大樓前，她一身素裝，胳膊上十分顯眼地戴著個黑袖箍。門口的值班員照例問了些「妳是誰」、「要找誰」之類的問題。柳依紅在說了自己的身分和名字外，還說了自己的另一個身分——章顯在荷丘的乾女兒。值班員把電話打到了高大江的辦公室，小聲嘀咕了幾句後就放了行。

高大江在十樓辦公，電梯裡，柳依紅又把她剛買的那本高大江的詩集拿出來掃了幾眼，對簡歷上的那幾行小字看的格外仔細。

高大江竟然對柳依紅十分的熱情，她一進門，他就忙從椅子上站起來招呼她。

軍人出身的高大江有著一副魁梧的身材，但長期的機關生活又讓他露出幾分臃腫。

看到了柳依紅胳膊上的黑袖箍，高大江神色沉重地說：「章老師走得太突然了。」

柳依紅的眼圈立刻就紅了，她沉默了片刻說：「是的，她前幾天還給我打電話來著，讓我到北京玩，想不到……」

兩人都沉默起來。

過了一會兒，高大江說：「以前我沒聽章老師說起過妳，妳老家是在荷丘嗎？」

柳依紅說：「是的，章老師七〇年代下放勞改的時候和我家是鄰居，她待人真誠善良，我之所以後來走上文學道路，就是因為受了章老師的影響。」

高大江沉思片刻，也說：「章老師的確是個好人，我85年從部隊轉業，那時我剛學著寫東西，文研所辦了個作家班，要不是章老師鼎力推薦，我是去不了的。」

柳依紅又說：「去年，我在章老師家裡看到了你出版的詩集《光榮之旅》，又大器又有文采，當時我還想讓章老師帶著我去拜訪你，她說你到歐洲考察去了。本來我想這次來北京看章老師時再拜訪你，想不到……」

柳依紅又說不下去了。

高大江去歐洲考察的消息，是她昨天出門時從網上隨便搜索到的，想不到此時卻派上了用場。

「是的，那次我也邀請了章老師，可是她由於身體的原因卻沒有成行。」

高大江的話，讓柳依紅出了一身的冷汗。

柳依紅面帶沉重神情地把手伸進了包包裡，包包裡一共有三本詩集，兩本是她自己的《尋找輝煌》，另外一本是高大江的《光榮之旅》，她仔細地確認了被她做了記號要送給高大江的那本，小心地把它抽出來，雙手送到高大江面前。

「這是我的詩集，請高老師有時間的時候指正！」

高大江拿過書，翻閱著，謙遜地說：「是學習，向你們年輕人學習。」

柳依紅想笑，又覺得不妥，就說：「我應該向您學習，我一直特別喜歡您的詩。」

高大江面露喜悅之色，繼續翻閱著柳依紅的詩集。

這時，柳依紅看了一下錶，說：「高老師，今天中午我請您出去吃個飯吧！順便向您討教。」

高大江躊躇了一下，之後說：「好吧！不過要我請客才行。」

柳依紅羞澀地說：「那多不好。」

出去的時候，正趕上午飯時間，電梯裡人很多，高大江很大方的向人介紹著柳依紅，說她是章顯老師的乾女兒，帶她出去吃個飯。

柳依紅心裡想，這個高大江還真是個正統人，實在是難得。對付這種正統人，應該說比對付那種好色

之徒有難度。

吃飯的時候，是高大江主動對柳依紅提及到評獎的事情。柳依紅當時是一臉的淡然，她不在意地對高大江說：「聽說省裡給我報名了，不過我對這件事沒什麼想法，我還年輕，這次評不上還有下一次。」說完，柳依紅就給高大江夾了一隻大蝦，臉上一副對評獎漠不關心的樣子。

飯桌上閒聊的時候，高大江提及到了韓同軒，柳依紅的心裡在所難免地咯噔了一下。不過還好，看來高大江就是閒聊，一個站在全國文壇高度的官員對A省詩歌的飯間閒聊。

他說：「你們省的韓同軒妳認識嗎？」

「認識，但不是特別的熟悉。」柳依紅斟酌著說。

「他可是你們省的老詩人了，這麼多年來一直很執著。」

「是的，他是我們省很有影響力的詩人。」

「每次的全國獎他都參評，但每次卻都沒有結果。」

「是嗎？不知韓老師這次報名沒？要是他報了，我就更沒戲唱了。」柳依紅說。

「那可不一定，他的詩太娘娘腔，男人寫這種詩是沒有出路的。」

「是的，男人寫詩應該向您學習，大器磅礴，激揚文字。」

高大江和顏悅色地笑了。

柳依紅又說：「我也應該向您學習，買了您的好幾本詩集，沒事的時候就拿出來看一看。」

「小柳，我回去也會好好看妳的詩的。」

第二天，柳依紅眼圈紅紅地出現在了章顯的葬禮上。葬禮開始之前，前來參加葬禮的高大江，在休息室裡把柳依紅介紹給了白老。白老走路已經有些不穩，柳依紅就自始至終的攙扶著他。葬禮結束的時候，柳依紅避開高大江的視線，把自己的另一本詩集塞到了白老的布兜裡。

11

坐了一夜的火車從北京回來，剛上樓，柳依紅就看見一個身姿挺拔的男人，懷抱一大束玫瑰花站在她的門口。

是齊魯南。柳依紅感到全身的血一下湧到了頭上。

難道這個齊律師比她還要當真嗎？

聽到聲音，齊魯南轉過身來。眼神交會的瞬間，齊律師的眼睛裡還是帶著些羞澀，這羞澀讓柳依紅感到格外的心動。

把齊魯南讓進屋，柳依紅自己先不好意思起來，屋子的簡陋狹小讓她不好意思，和齊魯南單獨待在這

個狹小的空間裡也讓她不好意思。

齊魯南感覺到了柳依紅的不好意思，但他自信地以為柳依紅的不好意思純粹是因為看到了他。看著柳依紅剛剛放下的小手提箱，齊魯南問：「妳出差了？」

「是的，我到北京參加了一個詩歌筆會。」

「坐了一夜火車，一定很累，我今天來的不是時候。」

「沒事，我在火車上睡過了。」

柳依紅去洗手間洗漱的時候，齊魯南從書架上抽出了柳依紅的《尋找輝煌》翻閱。柳依紅回來的時候，齊魯南說：「我可是妳的老讀者了，送我一本妳的新詩集吧！」

「老讀者？」柳依紅用不相信的眼光看著齊魯南。

「是啊！妳的《偶然》我看過，當時裡面的好幾首都能背下來。」

柳依紅頭一歪，眼睛睜得更大了，像是不相信齊魯南的話。

齊魯南把《尋找輝煌》合上，就開始背詩，都是《偶然》裡的。背到第三首的時候，柳依紅把他打斷了。「好了，好了，別背了，累不累啊！那破詩還值得一背？」

齊魯南停住了，說：「詩的確是些好詩，不過這麼多年也忘得差不多了，我是這幾天又把握時間又複習了複習。」

「複習？這有什麼值得複習的？」柳依紅說。

「認識了寫出這麼好詩歌的女詩人，一則慶幸，二則激動，想不溫故知新都難！」

柳依紅大笑，眼波閃閃地看著齊魯南。齊魯南起初也是和柳依紅對視著，但終究抵抗不住，把目光移到了別處。

「想不到許多年前，就能寫出那麼好的愛情詩來的著名女詩人竟然還是個單身。」

「又醜又懶，沒人要唄。」柳依紅說。

「我看妳是曲高和寡。」齊魯南突然說。說完，就大著膽子盯著柳依紅看。到後來看得柳依紅有些不好意思，笑嘻嘻地說：「怎麼說起了這個，都快餓死我了。」說著，柳依紅就拉開抽屜找吃的。

看到柳依紅拿出了一包速食麵，齊魯南一把搶過來扔到了一旁，「坐了一夜火車怎麼能吃這個，妳等著，我去幫妳買些吃的回來。」

半個小時後，齊魯南幫柳依紅帶回來一頓樸實、簡約而又充滿溫馨情調的早餐，用保溫瓶盛著的熱騰騰的小米粥、兩個晶瑩白淨的豆沙包、四個蒸餃、一個茶葉蛋，還有小心地放在一個小碟子裡的冒著香油味道的鹹菜絲。

對著窗外碧綠的樹葉，嗅著桌子上玫瑰花的芬芳，柳依紅在齊魯南的注視下享受著這頓別具意義的早餐。

和齊魯南處了一段時間之後，柳依紅才知道齊魯南和她在南山時想像的不一樣。齊魯南非但不像她

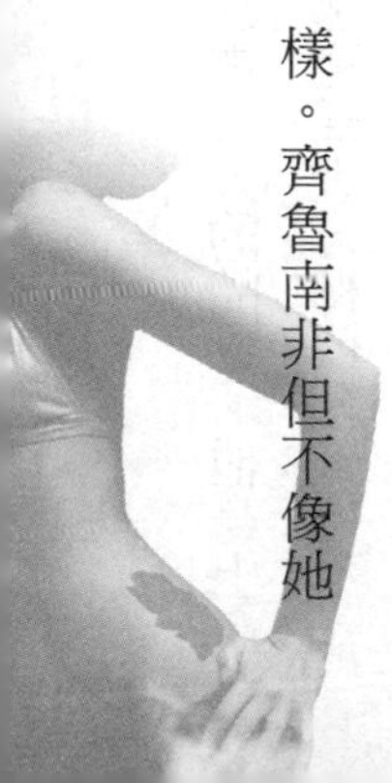

想像的那麼花，相反，在男女關係上，他表現得很傳統。他看重女人的才華，又注重女人的品德。他身上有一種和這個時代不相協調的紳士風範，專注的有些固執，正統的有些偏執。有那麼幾天，柳依紅覺得不敢和他來往了，隱約覺得和他交往下去不會有什麼好結果。但最終，柳依紅還是沒能抗拒得了齊魯南的魅力。齊魯南很浪漫，而且很愛她。齊魯南喜歡欣賞高雅藝術。他常常能做出一些讓常人意想不到的事情。

一個下午，齊魯南打來電話，問柳依紅有沒有事情。柳依紅如實說沒有。齊魯南說帶柳依紅出去走走。柳依紅問去哪裡，他說去了就知道了。

齊魯南沒有開車來。出了門，他就搭了個車，對司機說去機場。

柳依紅以為是去接人，就問：「去接誰啊？」

齊魯南還是說：「去了就知道了。」

到了機場，齊魯南拉著柳依紅的手直奔換票服務台。

「你走錯了。」柳依紅停下腳步說。

齊魯南說：「沒錯，快點吧！要不就要誤點了。」

「你要去哪裡？」柳依紅站住問。

「去北京。」

「去北京？去北京幹什麼？又沒有準備，再說也沒有事情要辦。」

「去人藝看話劇，新版的《茶館》，不看會後悔的。」

柳依紅驚訝的說不出話來。就為看個話劇，專門坐飛機跑趟北京，這在她是不可想像的事情。齊魯南又說：「我以前也常這樣，只要是人藝新排的話劇，我都會去看，我認為話劇是舞台藝術中距離文學最近的東西，我這個文學愛好者尚能如此，況且妳這個寫詩的？」

廣播裡傳來去北京的航班已經開始登機，齊魯南拉著柳依紅就跑。

像是被某種氣氛感染了，柳依紅也跟著奔跑起來。她一旁奔跑，一旁大笑。吃驚和意外的同時，對眼前的這個看起來風流倜儻的男人充滿了一種全新的愛意。

到了北京，見離話劇演出時間還早，齊魯南就先帶柳依紅去了他先前已經預定的飯店。又是一個想不到，齊魯南竟然訂了兩間單人房。在飛機上，對著萬里白雲，柳依紅腦海裡曾經有個閃念，說不定這小子是想找個機會和她辦那事。柳依紅當時想，如果真是那樣，她也就將計就計算了，畢竟人家費了那麼多心思，再說了，這也是她看中的人，實在是水到渠成、瓜熟蒂落的事情。萬萬沒想到，齊魯南竟然不是這個意思。柳依紅有些意外、有些失落，還有一些對齊魯南的重新認識和刮目相看。

在飯店的自助餐廳裡吃了晚飯，離演出還有半小時，他們下樓來到了人藝門口。他們在人藝門口的海報櫥窗前看了半天海報，像是兩個心情恬淡的純粹的藝術欣賞者。

人藝的話劇就是好看，老道醇厚，像一罈陳年的老酒，凜冽之中映射出世間人生百態。

看完話劇，時間還早，兩個人就到王府井大街上走了一會兒。齊魯南拉著柳依紅的手，他的手指向她傳遞著愛的情愫。柳依紅也適當地回應著。她很節制，不敢過於大膽和熱烈，怕由於她的過於熱烈和大膽損壞了在他心目中的形象。

果真如此，齊魯南對愛的表達到目前為止還是停留在兩個人手指的糾結和交融上。到了飯店，齊魯南在柳依紅的房間裡待了一會兒就離開了。

雖然和飛機上設想的不一樣，雖然沒有久已盼望的和這個美男之間的性，但柳依紅的心裡仍然是甜蜜的。她已經多年沒有感受到這種情感了，因此很珍惜，同時也很累。她想逃避，又欲罷不能。她的感覺像是不經意間得了一件寶物，雖然昂貴，但很易碎。她時刻地小心著，既提心吊膽又心存感念。

第二天，柳依紅沒有同意直接坐飛機回去。她提議再多待一天，去國家圖書館看看。去國家圖書館，不是柳依紅的矯情之舉，她的確是想到全國收藏圖書最多的圖書館看一看，感受享受一下那裡的氛圍。

柳依紅在圖書的走道裡行走著，她的手指劃過一排排的書脊，臉上帶著癡迷的神情。恍惚之間，她似乎是回到了童年，第一次看到章顯家裡那滿滿的一大箱子圖書的情形。

與此同時，齊魯南找到了柳依紅的兩本詩集。拿著柳依紅的兩本已經沾染上國家圖書館氣息的詩集，齊魯南臉上綻放出了燦爛的笑容。

「想不到，妳也是留垂青史之人了。」齊魯南小聲說。

柳依紅極其的不好意思，看了一眼旁邊的一個正在翻閱資料的花白頭髮的老者，做了個讓齊魯南打住的手勢。

一個雨後的下午，齊魯南帶著柳依紅去看他媽媽。柳依紅很在意地做了準備。她穿了一套米白色的套裝。這套衣服很少穿，因為她覺得太古板，這會兒反而覺得這衣服適合這個場合穿。

在衣櫃後面換完衣服，她走出來問齊魯南：「你看，這身怎麼樣？」

齊魯南說：「很好，我媽媽肯定會喜歡的，她年輕的時候就特別喜歡穿白色的衣服。」

上了車，柳依紅想起什麼的說：「對了，你找個地方停一下，第一次見面，我要給伯母買點禮物。」

齊魯南向後座指了指，說：「不用，我已經買了。」

汽車出了市區又走了一段高速，在一個叫西苑的地方下了路。來到西苑鎮上，齊魯南把汽車開到了一個敬老院的院子裡。敬老院門口掛的是省民政局的牌子。雖然是坐落在鎮子裡，但看起來檔次不低。十幾棟一色的淡藍色六層樓房，樓間距充足，院子裡到處是鮮花和草地。

齊魯南把車停下來的時候，柳依紅問：「伯母也住在這裡嗎？」

「是的，她在這裡住了許多年了。」

像是從陽光下，突然進入到了一個充滿隱秘色彩的陰濕地帶，柳依紅感到一種異樣。

「伯母她不能自理嗎？」

「是的，她需要有人照顧，而我又時常沒有時間。」

齊魯南打開車門，把後座的東西一一拿出來。站在一旁的柳依紅順手接過去兩包，她驚訝的發現，左手袋子裡裝的是滿滿一袋的紙尿褲，右手的袋子裡則全是些兒童食品。

柳依紅把許多的疑問都壓在了心裡，她默默地跟在齊魯南身後向後面的一棟樓走去。顯然，齊魯南在這裡人緣很好，一路上，很多人和他打招呼。柳依紅儘管心裡揣著許多的疑問，臉上卻帶著溫和的微笑。她覺得，她應該這麼做，為了給齊魯南面子，也為了體現她自己的善良。

他們走到一棟樓房的盡頭，走在前面的齊魯南用胳膊肘推開了一樓的一個房門。

輪椅上坐著一個笑嘻嘻瘦巴巴的老太太，她的眉眼酷似齊魯南。老太太旁邊站著個二十出頭的女看護，她手裡端著飯，正在餵老太太。看見齊魯南進來，她並沒有停下自己的工作。

「來，咱們再吃一口，再吃一口就出去找阿迪。」

老太太用手指著門外，「找阿迪，找阿迪。」

「媽，先吃飯，吃了飯，我帶妳去找阿迪。」齊魯南把看護手裡的碗接過去。

聽到齊魯南的聲音，老太太像是不認識他一樣，用充滿質疑的眼神打量著他。

「媽，我是南南，這個雞蛋羹很好吃的，快吃一點，吃完了我們出去找阿迪。」

老太太像是突然明白過來，臉上立刻堆著慈母般的笑，說「哦，南南啊！你今天休息嗎？」

突然，老太太發現了一直站在一旁的柳依紅，她板起面孔，嚴肅地注視著柳依紅看了半天，之後警覺地問：「妳是誰？」

面對著老太太幽深的眼睛，柳依紅忽然心中充滿了恐怖，覺得全身發冷，但她鎮定了片刻，面帶微笑地說：「我叫柳依紅，今天專程來看望您老人家。」

齊魯南把碗遞給看護，用一隻手拉著老太太的手，又用另一隻手拉過柳依紅的手，說：「媽，她是我的女朋友，我給你找的媳婦！你看她好看嗎？」

柳依紅心頭一顫，想不到齊魯南的求婚方式竟然是這樣的，一下子，她不知道是喜是怒，但已來不及多想，只得用一張羞澀的臉對著老太太傻笑。

老太太像是一下子恢復了理智，她用極其正常和慈祥的目光看了柳依紅一會兒，之後說：「真是個好閨女，又漂亮，又有氣質，南南，你還真是有眼光。」

柳依紅心裡鬆了一口氣，但對齊魯南卻是充滿了一肚子的怨氣。她覺得，他應該事先把老太太的情況告訴她，不該這麼讓她感到一驚一乍的。

好不容易哄著老太太吃完了碗裡的雞蛋羹，老太太就又吵著要出去找阿迪。齊魯南給老太太換上了個紙尿褲，就推著老太太到了院子裡。

柳依紅小聲問齊魯南阿迪是誰，齊魯南說：「是我們家的一隻狗，被汽車給輾死了，我媽老是想著牠。」

阿迪自然是不會找到的，齊魯南卻推著老太太在院子裡玩了一下午。柳依紅對齊魯南事先不告訴她事情真相而感到惱火，但她還是被齊魯南的孝順所感動。

一個對母親這麼好的男人，對妻子也不會差的。

伺候著老太太吃了晚飯，齊魯南就和柳依紅一起離開了敬老院。

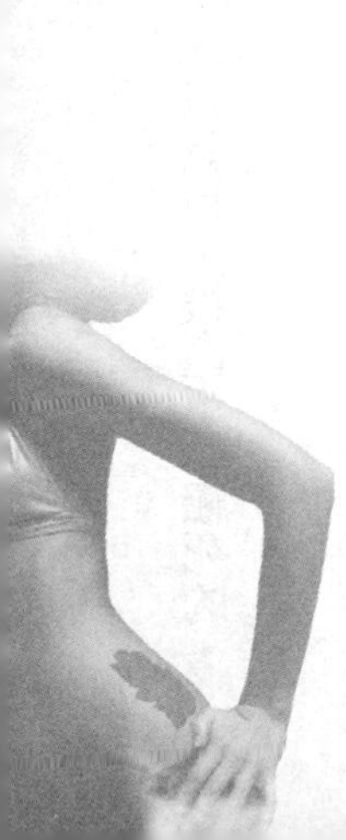

回去的路上，柳依紅問齊魯南，他媽媽是怎麼變成這樣的，齊魯南說：「爸爸也是被汽車給輾死的，和那隻狗一起，從那以後，她就變成這樣了。」

柳依紅唏噓不已，感慨女人的癡情。

回到市裡，齊魯南把柳依紅拉到了一家西餐館。在《致愛麗絲》的伴奏下，他正式向柳依紅求了婚。

然而，柳依紅的反應卻很含蓄，她只是羞澀地微笑著，自始至終都沒有一個明確的回答。

雖然是沒有當場就給齊魯南一個明確的答覆，但柳依紅的心裡卻是異常的甜蜜和溫馨。她特別渴望這個晚上，齊魯南能邀請她到他那裡去，或者是他主動提出來今晚就住到她簡陋的房子裡不走了。她想和他獨處在一起，聽躺在床上的他給她講他憂傷的童年和往事。透過今天去敬老院的經歷，她認定了齊魯南是個骨子裡充滿憂傷的男人。她對憂傷的男人總是充滿了莫名的愛意。

但齊魯南還是把她送了回去，因為天色太晚，他沒有上樓，只是在車子裡吻了一下她的手背。

站在歌劇院門口的馬路邊上，看著齊魯南的車子緩緩駛去，柳依紅的心裡泛起陣陣情感的波濤。她內心既傷感又甜蜜，既怨恨又珍惜，眼淚不知不覺地流了出來。

「小柳，妳站在這裡發什麼愣？我都找了妳一天了。」

柳依紅從夢幻中突然驚醒，眼前站著的是沈院長。

「院長，有事嗎？」柳依紅的聲音也如夢幻中人。

「當然有事了，一天到晚見不著妳的人，這樣怎麼行？」

「我一個朋友的母親去世了，我剛參加完葬禮回來。」

「怪不得站在這裡發呆，我還以為妳有什麼想不開的事。」

柳依紅揉了揉眼睛，勉強笑了笑。

「生老病死，人之常情，《紅樓夢》裡不是有句話嗎？『縱使前年鐵門檻，終需一個土饅頭』，誰都躲不過的，所以啊！碰上這種事，也無需太難過，人生就是一個過程。」

柳依紅像是更傷心了，眼淚嘩嘩的往下流。

「小柳啊！妳可真敏感，去了一次火葬場回來了就這樣。」

「院長，找我有什麼事？」柳依紅問。

「妳那兩首歌正在排著，演員說有兩個地方唱著不順，抽空妳去看看。」

「好的，我明天就去排練廳找他們。」

第二天，柳依紅氣沖沖地去了排練廳。一進門，苗泉就喜不自禁地迎了上來。

「哪兒唱不順了，說吧！」柳依紅把歌詞舉在手裡，問。

苗泉笑著說：「柳姐，妳總算是露面了，好幾天見不著妳，幹嘛去了？」

柳依紅接著問：「說，哪兒唱著不順，說了我好改！」

「瞧妳，柳姐，妳怎麼還當真了，人家不就是好幾天見不著妳，想妳了嗎？」說著，苗泉就膩膩地對

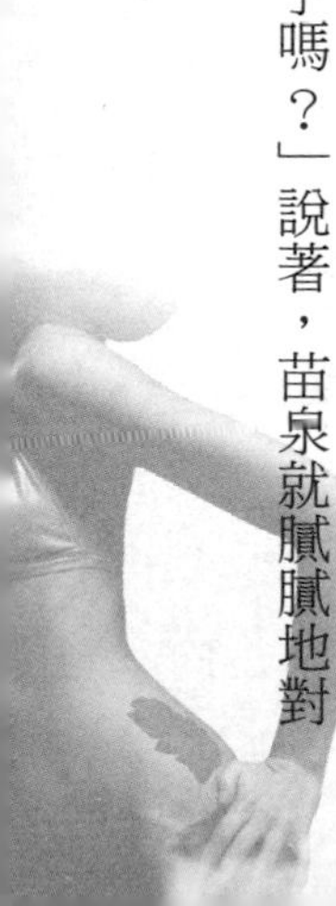

著柳依紅笑。

柳依紅板著臉，見四周無人，便小聲對苗泉說：「告訴你，苗泉，咱倆的事是咱倆的事，別和公事攪和在一起，再這樣，我可就不客氣了。」

苗泉的臉一下僵住了，神色尷尬。

「柳姐，妳別這麼嚴肅好不好，妳這麼嚴肅，我都害怕了，人家下不為例還不行嗎？」

「我也希望你能下不為例。」柳依紅把歌詞收起來，語氣緩和了一些。

苗泉臉上重又綻放出笑容，一溜煙跑到窗台前拿過來一個塑膠飯盒，「柳姐，這是我專門為妳買的荔枝，妳吃吧！」

「你怎麼又買荔枝了，不是跟你說了嗎？我已經不想吃了。」

「柳姐，我知道，妳喜歡吃，那天我看見妳拎了荔枝回來。」

「那也不用你幫我買。」

苗泉笑了，說：「一個男人，這點小愛好我還滿足不了妳嗎？放心吧！等以後結了婚，我會天天幫妳買的。」

柳依紅臉上的兇相又出來了，她奪過苗泉手裡的飯盒，一下扔到了地上，頓時，荔枝滾了一地。陽光透過窗戶照進來，那些荔枝在地上雀躍蹦跳著，像一個個古怪的小精靈。

「我早就對你說了，那是不可能的。」柳依紅說。

苗泉看著柳依紅，臉上充滿了絕望。

「哎呀！這是誰呀！怎麼把荔枝都扔到了地上？」隨著話音，和苗泉一起唱二重唱的女歌手孫麗走了進來。

「瞧妳說的，這麼好的荔枝，誰捨得扔呀！是小苗不小心掉到了地上。」柳依紅說。

孫麗彎腰去撿地上滾落的荔枝，柳依紅說：「不耽誤你們了，你們練吧！我走了。」

出門的時候，柳依紅看了苗泉一眼，苗泉的眼睛裡竟然隱隱地含了淚。

柳依紅的心顫了一下。她知道，自己捅漏子了。只是她還琢磨不透，在這隱隱的眼淚後面，這癡情少年會演繹出怎樣的情仇恩怨。

12

陸天川來的那天，韓同軒替柳依紅寫的宣傳部的稿子剛剛完成。

陸天川黝黑、瘦高，穿一身黑絲綢中式衣褲，留著光頭。早些年，陸天川是A省有名的先鋒詩人。

那時候，陸天川喜歡穿牛仔，喝紮啤，常和韓同軒攪在一起討論詩歌。搖滾音樂流行的那幾年裡，陸天川的幾首先鋒詩被譜了曲子，流行很廣，其中有一首《上天入地愛死你》，更是成為年輕人的最愛。後來，陸天川突然失蹤了。等韓同軒再接到他電話的時候，他已經是一個常住深圳的流浪詩人了。陸天川去深圳之前是A省工商管理局的公務員，有著很好的待遇和月供，韓同軒在電話裡批評陸天川太草率，陸天川卻說：「老韓，人生總共沒有幾十年，還是自由自在些好。」

此時，看著站在門口的陸天川，韓同軒笑得格外開心和輕鬆。四十上下的陸天川臉上雖然有些滄桑，但眼神裡仍然透著一股年輕人的派頭。

韓同軒把陸天川請進門，說：「剛趕完一樣東西，正想放鬆一下，你來的正是時候，一會兒咱們出去喝酒。」

剛裝修的房子顯得富麗堂皇，陸天川說：「行啊！老韓，夠奢侈的。」說著，陸天川就開始挨屋參觀起來。

趁著陸天川參觀的空檔，韓同軒趕緊把稿子列印出來。事先說好了，柳依紅一會兒來取稿，他要準備妥當才好。

「品味不錯，像個新房。」陸天川參觀了一圈，最後來到書房。

韓同軒一旁裝訂一旁說：「本來就是新房嘛！」

「老韓，你要結婚了？」

「是啊！就最近吧！」

「真的，她是誰？」

「一會兒就過來，來了你就知道了。」

「我倒是想見識見識這位嫂夫人，看看她究竟有什麼超凡魅力，能把你再次拉進圍城。」

「柳依紅，你應該聽說過的。」韓同軒還是忍不住說了。

「聽說過，也看過她的詩。」陸天川說。

「是嘛？」韓同軒刻意地看了陸天川一眼。

「她的詩風和你有異曲同工之處，不是一家人不進一家門。」

韓同軒嘿嘿地笑。

陸天川把韓同軒手裡剛裝訂好的列印稿拿過去，問：「這是你的新詩？」

「不是，臨時趕了個東西，應付差使的。」

「『勞動是一種生命的狀態』，這題目夠沉重的。」陸天川說。

一不小心，陸天川的手觸到了剛列印的油墨，紙上出現了一抹淡淡的黑。陸天川翻閱了一下裡面的內容，笑著說：「行啊！老韓，當起人生教化先生了。」

韓同軒趕緊把書稿抽回去，「瞎鬧著玩的，這東西，不值得一看。」

兩個人回到客廳又閒扯了些別的，柳依紅就來了。看到柳依紅的第一眼，陸天川眼前一亮，覺得這個柳依紅的確是有些姿色。但陸天川覺得柳依紅的眼神有些不對勁，裡面似乎藏著些什麼說不清楚的東西。

韓同軒提議出去吃飯，三個人剛要出門，柳依紅忽然想起什麼事情似的把韓同軒拉到了書房。等他們

出來的時候，陸天川就開他們的玩笑，說真會把握時間的，這點機會都不肯錯過。柳依紅給了陸天川後背一拳，警告他說：「你這傢伙，瞎說些什麼。」陸天川嘿嘿的笑，眼神和柳依紅相碰的時候，再一次感到了某種異樣。

三個人進了一家小飯館，點了幾個小菜、燒烤和紮啤。一開始，柳依紅說不喝，但經不住陸天川的勸，幾口就把杯子裡的啤酒喝乾了。

陸天川又給柳依紅倒了一杯，說：「老韓，嫂子比你厲害！」

柳依紅說：「喝，誰怕誰啊？」

「一看，嫂子就是個爽快人，不矯情。」

柳依紅眉毛一挑，說：「你別老是嫂子嫂子的，誰是你嫂子？本姑娘尚是未婚。」

陸天川看著韓同軒，說：「老韓，聽到了嗎？你可要當心了。」

韓同軒看著柳依紅，說：「少喝點吧！喝多了又要難受了。」

「老韓心細，會關心人，嫂子，嫁給老韓是妳的福氣。」

柳依紅不說話，只是笑和喝酒。

三個人談起了詩歌。陸天川說這年頭寫詩的，就像是妓院裡的最後一個不願意賣身的妓女，進退兩難，堅守則更難。

柳依紅一下笑出了聲，說：「你這是什麼比喻，難道說人家寫小說、寫電視劇的都是失了身的妓女不成？」

陸天川說：「從一定意義上說，就是這麼回事，因為他們當中許多人看重的僅僅是一個錢字，寫小說為的是賣版權，寫電視劇為的是賣故事，這一賣，可不就是那麼回事了嗎？」

韓同軒說：「你啊！還是那麼不識人間菸火，和你比，我乃凡夫俗子一個。」

「老韓，還是你想得開。」

韓同軒知道陸天川指的是剛才他看到的「勞動是一種生命的狀態」，就說：「人總得生活，光靠寫詩，怕是連啤酒也喝不起的。」

「嫂子除了寫詩，還寫別的嗎？」陸天川問。

柳依紅頓了一下，笑著說：「我啊？我什麼都做，我可不像你那麼清高，但是，我佩服你這種不被塵世所誘惑，一心關起門來寫詩的人。」

「嫂子是在諷刺我。」

「才不是呢！」趁韓同軒倒酒的工夫，柳依紅用眉眼勾了一下陸天川。

「來，喝酒！」韓同軒端起酒杯。

不知牽動了哪根神經，陸天川又說起了評獎的事情。「老韓，今年的全國獎你報作品了嗎？」

本來有些心不在焉的柳依紅，精力一下集中起來。她看到韓同軒飛速地看了她一眼，很不情願地說：

「瞎報了一個詩集，鬧著玩唄！」

陸天川說：「老韓，如果你今年再獲不了獎，那真是天理難容！」

柳依紅不經意地笑了一下，對韓同軒充滿了鄙夷，內心裡說：「裝得一副大公無私的樣子，還不是暗地裡偷偷摸摸地去報獎？」

三個人又海闊天空一番，旁邊的啤酒瓶排成了長長的一排，等到出飯館的時候，神態都有了幾分醉意。

六月的夜晚，空氣中瀰漫著一種莫名的誘惑。韓同軒提議走走，可是剛走了沒幾步，他就堅持不住，跑到路邊的小樹林後面方便去了。

韓同軒剛消失在小樹林裡，柳依紅的頭就歪倒在了陸天川的肩上，「我喝多了，難受死了。」

藉著酒勁，陸天川也沒露出太多的尷尬，他輕輕把柳依紅的頭扶起來，說：「那就不散步了，等老韓回來你們就回去吧！」

柳依紅眼睛一瞪，說：「他的話，你還真當真了，我要回我自己的家，你住哪兒，說不定咱們同路。」

陸天川說：「我住在洋橋。」

柳依紅說：「還真是巧，我也是在那個方向，等會兒咱們一塊兒搭車走。」

陸天川有些摸不著頭腦，正在這時，韓同軒從小樹林裡出來了。

「我要回去了。」柳依紅說。

月色下，韓同軒至身流露出一種失落。過了足足好幾秒鐘，他叮囑柳依紅，「走吧！小心點，回去多喝點水。」

柳依紅剛要走，韓同軒又在後面說：「哎，陽台上的窗紗取回來了，妳要不要回去看看？」

「以後吧！」柳依紅一旁說，一旁伸手去攔計程車。

車子停住了，柳依紅招呼陸天川，「咱們不是同路嗎？快上車吧！」

陸天川遲疑了一下上了車。車子啟動的時候，陸天川和柳依紅同時向車外的韓同軒招了招手。

車子開出去之後，柳依紅在座位上剛坐好就說：「這個老韓，什麼都好，就是在有些事情上太喜歡一廂情願。」

陸天川說：「是嗎？他怎麼一廂情願了？」

柳依紅用胳膊肘一頂陸天川，「別裝了，難道你還看不出來？」

「看不出來。」

「看不出來，還叫我嫂子？」

「怎麼，難道你們不是快要結婚了嗎？」

「我和他？這怎麼可能！」

「妳沒有這個打算？」

「負責任的說，沒有，我對他沒感覺，這個男人太軟弱，只適合做朋友。」

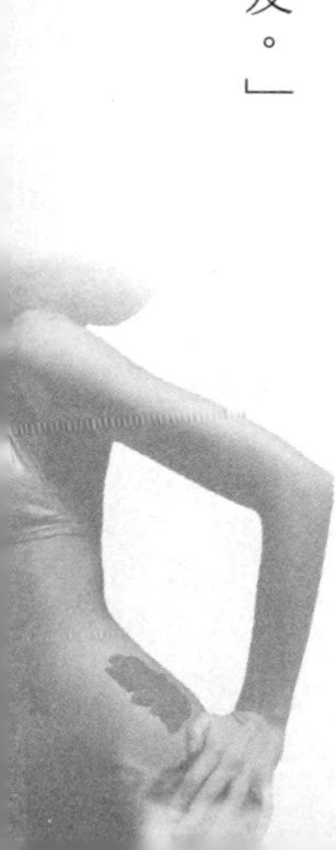

「哦，那看來是我辨錯了。」

「我看你是亂點鴛鴦譜。」

「不光是我辨錯了，關鍵是老韓他自己也辨錯了。」

「呵呵，陸大哥你很幽默！」

柳依紅忽然又不舒服起來，幾次想吐都沒吐出來，快到洋橋，她提議下來走一程。

下了車，柳依紅說舒服多了。他們一起並肩走在馬路上。路燈下的柳依紅顯得嫵媚多情，不停地向陸天川拋著眉眼。對這個柳依紅，陸天川真是徹底摸不透了。一半是出於好奇，一半是出於情慾，當走到他的住處附近時，他說：「到我那裡坐坐如何？」

柳依紅昂著頭，爽快地說：「好啊！」

陸天川是借住在一個朋友的家裡，朋友出國多時，屋子裡到處積滿了灰塵。陸天川也不是個勤快人，把床周圍那塊地方撥拉乾淨，有個睡覺的地方就算是可以了。

陸天川把一張報紙鋪在椅子上，讓柳依紅坐下，之後又用保溫杯給柳依紅倒了一杯水。

「在這裡，你沒有自己的家嗎？」柳依紅環視四周問。

「有，她和孩子一起住。」

「回來也不和她們一起住？」

「我們早就離了。」

陸天川自嘲地笑笑，「我這人，毛病太多。」

柳依紅用火辣辣的眼神直視著陸天川，說：「你活得很真實，也很瀟灑，我喜歡。」

面對如此直率的表白，陸天川有些不好意思。

「能不能看看你寫的詩。」柳依紅適時轉了話題。

陸天川走到書架前，「最近寫的沒有帶回來，朋友這裡應該有我以前的詩集。」

站在書架前找了半天，陸天川從書架上抽出一本來。柳依紅接過去，慢慢翻閱著。

「你的詩硬朗、怪異，有一種神秘的氣息，我喜歡。」

「你的評價很準確，但這種詩並不怎麼受歡迎。」

柳依紅不好意思地笑笑，「以後，你能經常幫我看詩嗎？我要好好向你學習。」

「你的詩也很好，和老韓的詩路很相像，你們應該談得來。」

「說實在的，對這種詩我已經煩了，我想換個路子。」

「換路子很難的。」

「所以才要你幫忙啊！」

「幫忙？」

「是啊！我寫了詩，你幫我修改。」

「呵呵，最多再住一週，我就又要去南方了。」

「那也沒關係，我們可以互發電子郵件，」柳依紅眼神裡的電力更足了，「週末的時候，我也可以坐飛機去看你。」

陸天川看著柳依紅，一時不知該怎麼接話了，半天才說：「妳寫的詩帶了嗎？」

「還沒有寫啊！和你一起寫，不好嗎？」

陸天川的腦海裡像是突然出現了一個洞，突如其來的詫異和驚愕像一股股黑色的泉水從裡面不停地湧出來。

像是被一種隱約的感覺所指引，陸天川接著問：「那妳最近寫什麼了。」

「應付差使的一個東西，沒什麼意思。」柳依紅淡淡地說。

柳依紅從黑色金利來馬糞包裡抽出一份列印稿，「省委宣傳部發行了一套青年叢書，昨天剛完工，本來今天下午要去交差的，一喝酒又給耽誤了。」

陸天川忽地覺得自己的腦海裡又出現了一個飛速旋轉著的小白點，那是某種還沒有得到確認的懷疑，他忙說：「我可以看看嗎？」

「可以啊！不過，這種四不像的破東西的確不值得一看。」

陸天川幾乎是搶一般把那份列印稿拿了過來。

果然是那份被他不小心用手指摸了一抹黑的列印稿。他的直覺沒有錯。陸天川眼前晃過離開韓同軒家時，柳依紅藉故把韓同軒叫進書房的情形。陸天川恍然大悟。

眼前的這個女人，在陸天川的心目中一下複雜起來，不過，這是一種塵世風塵女子的複雜，也是一種讓人鄙視的複雜。

有一個瞬間，陸天川想戳穿眼前的這個女人，但想了想，還是忍住了，他想看看這個女人究竟會無恥到什麼地步。要是戳穿了，戲就沒法往下進行了。想到這兒，陸天川就笑著說：「寫得不錯嘛！」

柳依紅卻說：「不錯個屁，瞎湊合吧！這種破東西看似簡單，其實也是很折磨人的。」

陸天川說：「真不簡單。」

柳依紅一下把稿子奪過去，扔到一旁，說：「別看了，這種東西有什麼值得看的。」

陸天川看了一眼門，柳依紅像是捕捉到了他的心思，忙說：「我該走了，不早了。」

想不到，陸天川卻說：「好，我送妳。」

柳依紅把稿子塞進包包裡，往外走，陸天川在後面跟著。

走到門口的時候，柳依紅忽然轉過身，撲進了陸天川的懷裡。「你這個傻瓜，難道你看不出來，我喜歡你！」說著，柳依紅的嘴巴和雙手就開始動作起來。的確是訓練有素，陸天川很快就有些受不了了。

但是，陸天川並不是個很隨便的男人。此時，看起來呆若木雞的他內心在激烈地矛盾著。他知道，柳依紅肯和他睡是在利用他，利用他給她寫詩，像韓同軒那樣成為她的工具。眼前，有四種情況可供他選擇。一是不睡不寫，二是寫了不睡，三是睡了不寫，四是既睡又寫。有一點陸天川是認定了的，他不會給柳依紅寫詩，絕對不會！作家本身已經很不容易，這個女人冒充什麼不好，偏要冒充作家，拿別人當枴杖踩著人

家的肩膀往上爬，他不能助紂為虐，對這樣的女人他除了蔑視還是蔑視。說實在的，在陸天川眼裡，這樣的女人還不如妓女可愛，人家妓女是明買明賣，相較之下比她光明磊落得多。這種女人內心原本是一片荒蕪，卻採用妓女的伎倆換來個作家的花環戴上，想想都覺得噁心。既然打定注意不寫，就自動排除了兩種情況，剩下的兩種情況一種是不睡不寫，一種是睡了不寫。若在平時，依陸天川的個性，他肯定會選擇不睡不寫的。但這個夜晚不同，他喝酒了。不光是喝了酒，還對這個女人充滿了蔑視和仇恨。誰說性只是代表了愛和喜歡？陸天川就不這麼認為，性在代表愛和喜歡的同時，也能代表憎恨和報復。既然這個女人喜歡玩弄作家，那作家怎麼就不能也玩弄玩弄她？還有一個原因也促成了陸天川的這種選擇，那就是柳依紅的姿色和風騷。想到這裡，先前一直保持著靜止狀態的陸天川開始復甦。用一句時尚的話形容，他的動作很生猛。柳依紅以為是自己的魔法所致，更是竭盡風流之能事。兩個人很快就滾打到了床上，關鍵時候，陸天川停下來說：「還是戴上保險套吧！」柳依紅也瞬間平靜下來，「就是，還是戴上好。」陸天川動作俐落地戴了保險套，兩個人又像一對仇人一樣打鬥到了一起。非常時刻到來之際，陸天川一旁盡情發洩，一旁擔心著朋友抽屜裡那過了期的保險套可千萬不要出了問題。

酒醉的陸天川是在完事後發現柳依紅腰上的那條疤痕的。看到那條醜陋的蚯蚓般的疤痕，他沒有絲毫感覺。是啊！這與自己又有什麼關係呢？因為他知道，他不會第二次再碰這個女人了。一定的。

他們一直睡到第二天上午九點多。起床之後，兩個人都沒有什麼溫存的表示。柳依紅臨走的時候只扔下一句話，「這兩天有時間我過來找你，咱們一起寫詩。」

陸天川臉上帶著十足的樂意，說：「好，我等妳。」

說完，柳依紅就背著她的黑色金利來馬糞包走了，裡面裝著韓同軒給她寫的那份列印稿。

柳依紅離開十分鐘，陸天川撥通了韓同軒的電話。

陸天川開口就說：「老韓，昨晚睡得好嗎？」

「還可以，你睡得怎麼樣？」韓同軒說。

「我和柳依紅一起睡的，也還可以。」

「你說什麼？」韓同軒的聲音一下提高了八度，連重重的鼻音都被沖淡了。

「我是說，我是和柳依紅一起睡的，感覺還可以，她技術不錯。」陸天川不緊不慢的說。

「你——你什麼意思？」那頭的韓同軒顯然是懵了。

「老韓，我沒有說謊，也沒有要侮辱你的意思，我說的都是實話，給你打這通電話，就是要告訴你，不要娶這個女人，她配不上你，她是個連婊子都不如的下三濫！」

「你——你混蛋！」韓同軒呼吸急促，慌不擇言地罵道。

「老韓，我是為了你好才打的這通電話，昨天你列印的那份東西，一轉眼她就說是她寫的，而且樣子很不屑，她完全是在利用你，以前的詩也都是你幫她寫的吧！以我的直覺，柳依紅是寫不出任何東西來的。她找上門來和我睡，也是想讓我成為她的工具，聽她的口氣，她已經對你厭煩了，什麼原因我不知道。總之，我勸你，千萬不要糊塗，她對你已經沒有絲毫真情，你不要自取其辱！」

那頭的韓同軒已經說不出話來，陸天川又說：「老韓，我打算坐晚上的飛機回深圳，就不和你告別了，你不要生我的氣，也不要對這個女人心存絲毫惋惜，就當咱哥兒倆不小心找了同一個雞而已。」

說完，陸天川就掛了電話。說出這番話後，他覺得心裡很痛快。

柳依紅的出現，加速了陸天川的行程。坐在床邊發了半天呆，他便開始收拾行李。在床前，他發現了昨晚使用過的那個保險套。他用床頭櫃上的一把鑷子小心夾了拿到洗手間，扔進馬桶，沖了。第一次沒有沖下去，他耐心地站在那裡等水箱裡的水滿了又沖一次，終於，那個過期的保險套旋轉著在馬桶裡消失了。

陸天川如釋重負，從洗手間裡走了出來。

正在這時，有人敲門。

陸天川走過去，把門打開。站在門口的是氣喘吁吁的韓同軒。

韓同軒什麼也不說，瞪著眼睛走進屋子。陸天川一時也不知道說什麼好，把那把昨天晚上柳依紅坐過的椅子推到韓同軒面前。

韓同軒看了看布滿灰塵，到處蓋著報紙的屋子，說：「出去找個地方坐坐吧！」

陸天川把韓同軒帶到了門口附近的一家茶館。在音樂的伴奏下，韓同軒終於鼓足勇氣又提到了那個話題。

「你電話裡說的事情，到底是怎麼回事？」

「就是那麼回事，老韓，我絕沒有要侮辱你的意思，更不是和你開玩笑，一切都是真的。」

韓同軒低著頭，使勁握著手裡的杯子。過了好一會兒，韓同軒抬起頭，瞪著陸天川，說：「你在撒謊，她不會那麼做的！」

陸天川說：「她的確是那麼做了。」

「這不可能！」韓同軒大吼。陸天川看見，韓同軒的眼睛裡布滿了血絲。

「老韓，我說的一切都是真的，這個女人不值得你這樣。」

「你放屁，你在撒謊！」韓同軒的聲音更大了，一個小姐走過來提醒他聲音小點。

「她的右側腹部有一道很長的疤痕，左側乳房上有一顆黃豆大小的紅痣，她的肌膚很涼，像蛇，另外，她睡覺時愛向左側趴著。」

韓同軒不說話了，只是定定地瞪視著陸天川。

陸天川給韓同軒的杯子裡續了些水，說：「老韓，喝水。」

韓同軒如同是沒有聽見，兀自站起身走了。

13

宣傳部的稿子把林梅折磨的夠嗆，這一點是她事先沒有想到的。一開始，她還沒把這個稿子當回事。不就是講十萬字的故事嗎？無非是個力氣活。林梅又是從來不怕吃苦的，有一次，寫一個長篇，出版社催得緊，一天能寫八千字。算下來，十萬字也就是個十天半月的事。這麼一想，林梅就不著急了。她先是把前些天沒完工的一個中篇寫完了，見時間還富裕，就見縫插針地又寫了個短篇。

林梅對寫小說有興趣，對宣傳部的這種稿子有著一種本能的排斥。離交稿日期還有半個月的時候，林梅開始動筆了，這一動不打緊，她覺得自己像是一下子進入到了一個迷魂陣，找不到北了。友情的故事很多，但友情的道理難講，一講到故事，就長篇大論，一說到道理，就金口難開。失重了，迷糊了，頭痛了。折騰了好幾天，林梅也沒找到順暢的感覺，她徹底慌了手腳。眼看交稿時間已到，到時拿不出，豈不是要丟人現眼？

林梅給柳依紅去電話，想問問她的情況怎麼樣。還好，柳依紅那邊也是一副焦頭爛額的樣子。

柳依紅說：「煩死了，我都快跳樓了，這玩意兒實在不好寫。」

林梅說：「就是，我還以為只有我笨呢！」

林梅又問柳依紅寫了多少了，柳依紅說剛寫了一半，但感覺一塌糊塗，不知道能不能過關。林梅心裡總算是踏實些了。柳依紅告訴林梅，說李一悅寫這種東西有一套，可以請教一下他。放下柳依紅的電話，林梅就撥通了李一悅的辦公室。

其實，接到林梅電話的時候，柳依紅眼前就放著幾天前從韓同軒那裡取來的稿子。柳依紅粗略翻了一遍，寫的不錯。書名也取得好，《勞動是一種生命的狀態》。儘管自己寫不了東西，但柳依紅從來就不缺乏鑑賞力。好東西就是好東西，一眼就能看得出來的。有了這樣的好東西，宣傳部的這個差就算是交了。

一想到這也許是韓同軒最後一次給她寫東西了，柳依紅心裡忍不住有些遺憾，那種一直糾纏著她的複雜情感又襲上心頭。她很自責，自責自己不能說服自己和韓同軒結婚，自責自己的缺乏道義，自責自己的喜新厭舊。但她實在是不想和韓同軒繼續處下去了，她必須離開，離開就要捨棄。她猶豫過，矛盾過，但終究還是選擇了捨棄。

如同一個如履薄冰的人，已經走到了冰層的邊緣，柳依紅懼怕那最後時刻到來時的崩潰和坍塌，但同時她又對未來心懷期待，不求死，何談生，這一關終究是躲不過的。她在靜靜的等待一個契機，哪怕是一縷清風，一抹雲菸，都會助她一臂之力，把她推向那個尚不明晰的未來。

齊魯南終於給了她一個契機，帶著他的風流倜儻，帶著他的浪漫純情。他既不是一縷清風，也不是一抹雲菸，簡直就是一顆重量級的炸彈。

柳依紅顧不了那麼多了，她打算義無反顧地向前猛踏一步，臉上帶著視死如歸的凜然和果決。

從陸天川那裡回來的頭幾天，她有意地躲著韓同軒，怕見到他的人，也怕聽到他的聲音。但後來，柳依紅又不躲了。她想明白了，躲是躲不過的，這件事遲早要面對。柳依紅拿定了主意，只要韓同軒一和她聯繫，她就把自己的打算和盤托出。

在這種等待裡，一個晚上，柳依紅背著她剛買的超薄型IBM筆記型電腦去洋橋找了一次陸天川，無奈已經是人去樓空。

站在幾天前她曾經留下過一夜風流的屋子前，柳依紅不相信這個陸天川會真的已經離去。她坐在門口旁邊的一截枯樹幹上，給陸天川打電話。電話裡，陸天川先是一陣哈哈大笑，接著便說他因有急事已經飛回了深圳。

如同一個放了高利貸，卻沒有得到應有回報的債主一樣，柳依紅的失落和惱怒顯而易見，她有些不甘心，耐著性子問：「那你什麼時候再回來？」

陸天川又是一陣哈哈大笑，說：「這可就說不定了。」

柳依紅又緊追一句，「那我有空去看你，好嗎？」

陸天川說：「不必了，過幾天，我就要去西藏，什麼時候回來還不知道。」

柳依紅知道自己這回是遇上高人了，她把滿腔的怒火壓在心頭，輕輕一笑，說：「陸大詩人，祝賀你在喜馬拉雅山頂摘一片西藏的雲彩，寫出更好的詩歌，不過，要注意安全，不要掉下來摔著。」

陸天川當仁不讓，說：「謝謝提醒，請放心，我最多也就是個缺氧，倒是妳要小心，穿了那麼高的高跟鞋，別扭到腳。」

柳依紅對著話筒發出一陣乾澀的笑，什麼話也說不出來。她落寞地離開了那間房子。走出老遠，她又回頭仔細地張望了一眼那房子。那個晚上，她沒有看清楚這房子就進去了，像是此刻要把這房子的模樣印在心裡。

一連好幾天過去了，韓同軒一直沒有消息。柳依紅耐心地等待著，她不好主動去說，有點不忍心。和陸天川相比，韓同軒不知道要善良了多少倍。韓同軒真是個好人，但好人卻不一定可愛。悖論、撕裂，柳依紅懶得再想了。

一個下午，齊魯南又來了，要帶她去他的家看看。被吊了許久胃口的她，突然聞到了誘餌的香味。她斷定，齊魯南的前戲做夠了，要收網了。男人啊！不過就是如此，看來齊魯南也和一般男人並無太大不同，只是耐性稍稍好了一點罷了。

「好啊！」柳依紅用盈盈眼波望著齊魯南回答。

這個男人和劉家正、黃良民不一樣，算得上是男人中的極品，有耐心把胃口吊到這個節骨眼上，已經不容易了，她不打算對他有更高的期望。

柳依紅猜測，齊魯南肯定會吃完飯再去看房的，因為，看完房就不用出來了。於是，剛上車她就說：

「今天我請客，你說去哪裡？」

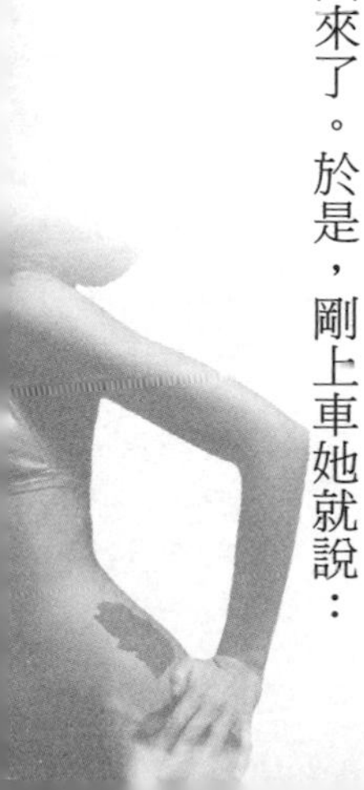

「時間還早，還是看完房再去吃飯吧！」

還不到四點，吃飯是早了點，柳依紅就答應了先去看房。

沒錯，時間是還早，看完房吃完飯再回去也不會太晚。

「那好吧！今天一切都聽你的，你做主。」柳依紅意味深長地看了一眼齊魯南。

齊魯南臉上露出了滿意的笑，他把車開得像泥鰍一樣順滑，「真的？」

「當然是真的了。」柳依紅打開音響，兩人世界裡頓時縈繞上了小提琴《化蝶》的纏綿和繾綣。

齊魯南的房是紫蘆社區裡的一座豪華別墅。說是兩層，其實加上閣樓和地下室一共是四層，加起來有四百多平米。進了門，一個女傭模樣的年輕女子就迎上來招呼他們。柳依紅覺得年輕女子有些面熟，仔細一想，原來就是前些天在敬老院裡照顧老太太的那個看護。

柳依紅環視了一下一樓整個屋子的布局，廳大概有六十多平米，旁邊有兩個臥室、一個洗手間和一個很大的廚房。整個裝修風格典雅華貴，既簡約又有品味。

「一樓是客廳，最大眾化品味的裝修，沒什麼好看的。」齊魯南說。

「眼光不錯。」柳依紅說。

齊魯南說：「我最滿意的是地下室，走，下去看看吧！」

螺旋型樓梯是用類似漢白玉顏色的一種進口材料做成的，堅硬，但卻光滑油潤，沒有漢白玉的涼意，手扶在上面，感到十分舒適。

「剛拖了地，有點滑，小心點，」齊魯南說：「我平時不住在這裡，小美每兩個星期過來幫我媽取些東西，順便打掃一下。」

「那你平時住在哪裡？」柳依紅問。

「住在我們家以前的房子裡，是間平房，在老市區那邊。」

「這房子，你買了幾年了？」

「快三年了。」

柳依紅暗暗感嘆，這麼好的房子，竟然閒置了三年，簡直是太沒有經濟頭腦了，太浪費資源了，就是租出去也比這麼閒置著強啊！

地下室半排窗戶是開在地上的，因此屋子裡並不是顯得特別暗，只是有點朦朧和曖昧的感覺。一眼看得見的是個風格有些西化的樂池和舞台，樂池裡的樂器竟然很全，完全是個專業的小型樂隊水準，吉他類、鍵盤類、管樂類、弦樂類、打擊類、民樂類的樂器都有。在靠牆的一把椅子上，竟然還放著幾個非洲手鼓。

柳依紅大驚，說：「你原來這麼喜歡音樂？」

齊魯南笑而不答，帶著柳依紅去了旁邊的一間屋子。竟然是個小型的酒吧！裝修成古樸的風格。中間是一排長長的暗棕色磚頭砌成的壁櫥，壁櫥裡放著各式各樣的酒，兩邊齊腰高的地方延伸出大半米寬的吧台，每一側都放了十多把酒吧裡專用的那種高腳椅。

「這麼大的地方，可以在家裡開party了。」柳依紅驚嘆道。

「妳喜歡嗎？」齊魯南問，一隻手輕柔地搭在了她的肩上。

「喜歡。」柳依紅說。

齊魯南把兩隻手都搭在了她的肩上，說：「地下室是我剛裝修的，為了妳，我想妳應該會喜歡的，」柳依紅的心狂跳著，一股熱流湧遍全身，這時，她聽到齊魯南在她耳邊輕語，「其實，三年前，我就想好了，地下室的裝修要按照女主人的喜好來，三年後，我終於等到了妳。」

柳依紅不能自制，她感到一陣暈眩，把頭靠到了齊魯南的肩上。她已經多年沒有感受過這種因愛情而產生的暈眩了。她在這種暈眩中等待著，等待著更大一輪強度的暈眩。

但是，那新一輪的暈眩卻遲遲沒有來，準確地說是柳依紅預料的齊魯南製造新一輪暈眩的動作沒有來。

「我們上去吧！」齊魯南抬起頭輕語。

這就算完了？！柳依紅在心中納悶地質問。她對這個男人越來越摸不透了，也對自己越來越琢磨不透了。她覺得自己很髒，這個男人很純。帶著一絲失落和更大程度上的安慰他們一起上了樓。他們又一起參觀了二樓和閣樓。真的是一套格調高雅的別墅，柳依紅一時不能相信這是自己未來的家。那暈眩的餘波一陣陣激蕩著她，感到自己是這個世界上最幸福的人。

從閣樓上下來的是時候，小美正從一間臥室裡出來。小美的手裡拎著一袋東西。

「齊哥，我回敬老院了。」

「好的，路過糕點舖，別忘了買點年糕，老太太喜歡吃。」

「我知道。」小美說。小美用眼睛飛快地看了一眼柳依紅，臉上露出羞澀的表情。

柳依紅發現，這個小美除了身上帶了點鄉間的土氣之外，稱得上是個好看的女孩，勻稱的身材，飽滿端莊又不失秀美的臉龐，清純而充滿活力的眼神。

「路上小心點。」齊魯南叮囑。

「我知道。」小美說著就下了樓。

「這個女孩很不錯。」柳依紅說。

「是的，很盡職的一個保母，人也厚道，打電話從保母市場找的，運氣不錯。」

小美走了，這座大房子裡此刻只剩下他們兩個了。柳依紅猜想著接下來會發生什麼。不過，她已經不敢再貿然預測了，這個男人遠比她想像的要出色和優秀。

果然，齊魯南說：「走吧！咱們出去吃飯。」

「好吧！」柳依紅說，淡淡失落的同時，內心充滿了愉悅和信賴。

14

在結婚方式這個問題上，齊魯南和柳依紅的意見發生了分歧。齊魯南打算請來雙方的親朋好友，包個酒樓，好好辦一下。柳依紅則不是這樣想的。她想低調處理，兩個人外出旅遊一趟算是了事。齊魯南死也不同意，一輩子就結一次婚，他覺得這樣做太對不起柳依紅。

齊魯南以為柳依紅這樣做是處於節制的角度考量，就勸她，「不用害怕花錢，我沒有負債，好不容易結個婚，不好好辦一下，怎麼對得起自己？」

柳依紅說：「我就喜歡這樣的方式，婚禮太吵，我不喜歡。」

「為什麼，熱鬧點不好嗎？」

「與熱鬧相比，我更喜歡我們兩個人在一起的寧靜。」柳依紅的神色很認真，不像是玩笑。

「不辦個像樣的婚禮，我怕妳將來想起來，會覺得委屈。」齊魯南讓步了。

柳依紅嫣然一笑，「不會，我真的是喜歡這樣。」

齊魯南不再堅持。他覺得，這個女人實在不是凡俗之人，不虛榮，有個性，心裡對她更加的看重和珍愛。

柳依紅當然不是因為害怕熱鬧才堅持旅遊結婚的，她真正害怕的是韓同軒。婚禮是強刺激，她怕他會控制不住，鬧到婚禮上。所以，她必須低調處理，找個機會和韓同軒談開，給他一個緩衝憤怒的環境和時間。這些心思當然是悄悄埋在心裡的，不能說出口。

兩個人商量好了八月初登記，然後外出旅遊。在剩下的半個多月時間裡，各自處理一下手頭的事情，以便出去度一個沒有牽掛的蜜月。

齊魯南是一家著名律師事務所的主任律師，他把手頭的幾個案子都交給了手下的幾個律師，新來的案子也不接了，都分到了別人名下。

一天，齊魯南問柳依紅，什麼時候去荷丘看看。他已經知道了柳依紅的家庭情況，知道柳依紅家裡還有個老母親。

「忘了告訴你了，我媽去加拿大看我哥了，恐怕一時回不來。」柳依紅說。

齊魯南臉上露出沮喪的神情，柳依紅勸他，「等她回來了，我們再去看她也是一樣的。」

「也好。」齊魯南說。

柳依紅劇院裡的事情卻有些棘手。

那台以歌頌紡織女工為主題的節目上週演出了，柳依紅的兩首歌也唱了，談不上好，也談不上不好。節目演出那天，馮子竹去了。馮子竹是在得知柳依紅沒有到現場後，才在舞台前露的面。聽著那兩首歌，馮子竹心裡有種不鹹不淡的失落感。她沒有達到目的，本來想為難一下柳依紅的，卻沒有為難成。雖然是談太不上怎麼好，卻也沒有壞到哪裡去。馮子竹的感覺，正如一個卯足了勁伸出拳頭要給人致命的一擊，拳頭打出去才發現是打在了一堆棉花上。

馮子竹不甘心。

沈院長和棉紡廠的主管們當然猜不到馮子竹的這些心思，他們以功自居，問她對節目的看法。由於說不出節目的不好，馮子竹只好不鹹不淡的客套了幾句。

投資了70萬，馮子竹當然不甘心這樣收兵。好在機會很快就來了。幾天後，全國紡織協會來了個通知，說是八月份要在北京辦一次紡織行業的文藝調演，參加的節目一律要以紡織行業為題材的歌劇。張副總來找馮子竹，問她參加不參加。

「這麼好的機會，當然不能錯過。」馮子竹說。

馮子竹想，歌詞你可以找韓同軒幫忙，歌劇可不是想幫就能幫的了的。

在柳依紅滿心歡喜的準備著結婚的時候，沈院長為歌劇的事情又把她叫到了辦公室。

一聽沈院長的話，柳依紅的頭都大了，但又不好發作，就只好耍賴，看能不能把這個該死的差使推掉。

「院長，我都寫了兩首歌詞了，這回怎麼著也該換換人了吧！創作室又不是只有我一個人。」

沈院長說：「妳讓我怎麼辦？是不只妳一個人，可是妳看看那兩個人能幹活嗎？老李得癌症好幾年了，雖說病情比較穩定，但怎麼著也是癌症，我怎麼好意思給人家派活？還有小李，自從她家孩子去年出了車禍，她就癡癡傻傻的了，說是得了憂鬱症，就是她想寫，我還不放心呢！耽誤了事怎麼辦？」

「你不試，怎麼就知道她寫不好？」

「別的可以試，這台節目我可不敢試，一是沒有試的時間，二是這台戲是要上北京調演的，出了問題誰負責？」

「我寫就不會出問題？」柳依紅問。

沈院長說：「不管怎麼說，妳寫我還是更放心一些，再說了，妳也是人家點名要的編劇。」

厭煩的同時，柳依紅又感到一種被認可的滿足。有一個瞬間，她甚至想把活接了算了，但一想，目前和韓同軒的這種關係，話到嘴邊又打住了。

「我真的不行，最近我事情很多。」柳依紅說。

「小柳，我可告訴妳，這可是劇院裡的重要工作，為了這台節目，人家贊助公司又給咱撥了60萬，這是咱們劇院下半年的飯碗了，妳就看著辦吧！」

「我真的是有事。」

「什麼事能比公司的事重要？」

「我要——」柳依紅想把結婚的事情告訴給沈院長，但說了一半又打住了。沒正式結婚之前，她不想讓別人知道這件事。

「妳要幹什麼？」

「我要回菏丘看我媽，她最近情況不太好。」

「就六十分鐘的歌劇，萬把字的事，就妳的水準，三天就能拿出來，拿出來了，我放妳一個月的

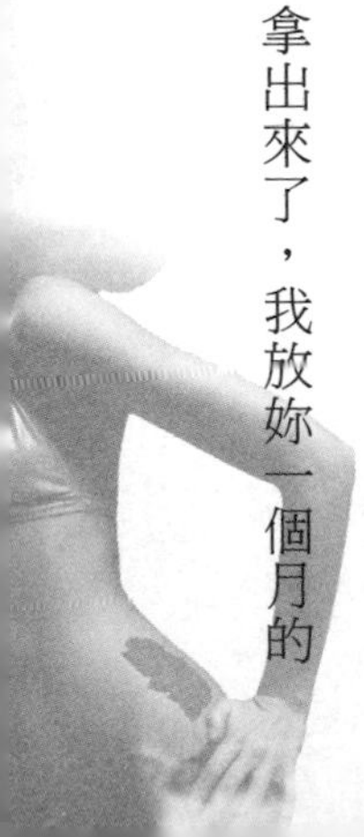

假。」

柳依紅在內心權衡著，該不該接這個活，接了會怎麼樣，不接又會怎麼樣。

沈院長又說：「這回可不是無償勞動，所有演創人員，都有報酬，院裡商量給妳的編劇費是兩萬，幾天工夫，掙兩萬塊錢不算少！」

「這不是錢不錢的問題。」柳依紅嘴上說。

「不管怎麼說，這活妳都得接，小姑奶奶，算是我求妳了還不行？」沈院長哀求道。

柳依紅笑說：「快別說了，折煞我了，我接還不行嗎？」

沈院長轉憂為喜，「小柳是個好同事，關鍵的時候總能挺身而出。」

開門的是個四十多歲的女人。女人病懨懨的，頭髮蓬亂，臉色蒼白。

「這是周炳言家嗎？」柳依紅站在門外，小聲問。

「是的。」女人說。

柳依紅進了門。屋子裡的樣子很破舊，一眼看去，灰濛濛的，沒有什麼值錢的家當，只有一台正在開著的21英寸電視畫面還算得上是光鮮。

「周老師在嗎？」柳依紅朝裡屋看了一眼問。

「他不在，妳坐。」女人抬起慘白的手指，指了指牆角的一排油漬麻花的沙發。

柳依紅沒有坐，「周老師去哪裡了？」

「妳找他做什麼？」女人問。

「有個劇本，想和周老師合作，問問他有沒有興趣。」

「他替朋友看攤，還要等一會兒才能回來。」

「他的攤在哪裡？」

「出了門，向右轉第二個胡同。」

「好的，那我去找他。」柳依紅說著就往門口走。

出了省歌舞團宿舍的院子，柳依紅找到了右邊的第二個胡同。胡同口一棵貼滿了「一針靈」小廣告的電線桿上掛著塊褪了色的藍色鐵牌，上面寫著「帽兒胡同」

黃昏時節，帽兒胡同分外熱鬧。這裡是集貿市場兼小吃一條街，兩邊到處是小商販們的吆喝聲，四處站著吃東西的人們。男人普遍光著膀子，女人普遍趿拉著拖鞋。一個推著自行車的健壯女人撞到了柳依紅，不等柳依紅說什麼，那女人就搶先說，眼瞎了嗎？柳依紅沒敢理她，趕緊走了。漢臭味夾雜著各種飯菜味迎面撲來，柳依紅提著嗓子，節制著呼吸，一個攤位接一個攤位地找下去。

在一個賣保健品的攤位後面，柳依紅發現了周炳言。一個老年女人正站在攤位前面，手裡拿著一瓶什麼藥在看，很躊躇的樣子。

周炳言說：「吃了不管用，回來找我，這是國家醫藥專利局認可的，絕對有效果。」

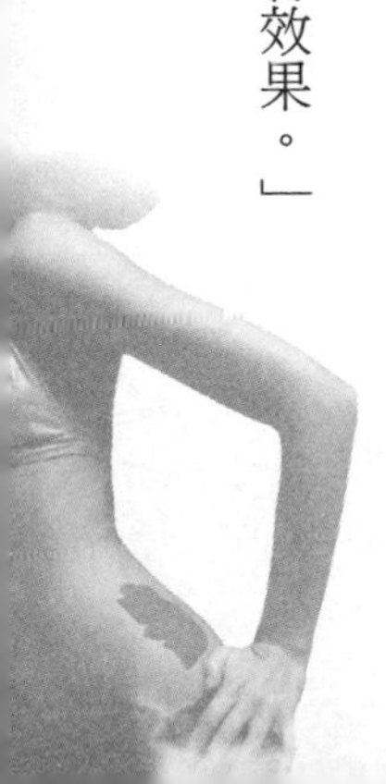

老太太不再猶豫，拿出錢交給周炳言，拿著藥走了。

「我怎麼就不知道有個國家醫藥專利局，這個局在哪？」正數錢的周炳言忙抬頭一看是柳依紅，愣了一下。

「小柳是妳呀！妳怎麼到這裡來了？」

「找你呀！」柳依紅說。

「找我幹什麼？」周炳言問。

「你個大劇作家，怎麼到這裡擺起攤來了？」

周炳言把錢扔進裡面的一個舊鞋盒裡，嘆口氣說：「嗨！還不都是讓錢給鬧的，歌舞團蕭條，好幾年都沒上像樣的戲了，光靠那兩個死工資，根本就無法活，家裡再加上個病人，就更不用說了。」

「有個掙錢的活你接不接？」柳依紅問。

「掙錢的活？掙錢的活還能輪到我頭上？」

「怎麼就不能了？你堂堂一個大編劇，動動腦子錢不就來了，還用得著在這裡擺攤？」

「妳就別嘲笑我了，一提這事，我就來氣。」

「怎麼了？」

「我有個同學，戲劇學院時候的同桌，叫高勇，現在在一家北京的影視公司當製片。去年，高勇急匆匆地在電話裡找到我，說是要我給他寫個電視劇，二十集，一集一萬。我什麼也沒說，興沖沖地就動手了。幾個朋友叮囑我，讓我和他簽了合約再動筆，別被他騙了。我哪裡聽得進去，一再說這是我同桌，騙誰也不會騙我的。我用了三個月的時間把提綱拿了出來。辦電視的都知道，提綱一出來就等於是電視劇出來了。高勇原來說，等提綱一出來，就和我簽合約。就在我把提綱發給他的一週後，高勇來電話了，說資金不到位，電視劇做不成了。既然是資金不到位，我的稿費也就泡湯了。想想自己起五更睡半夜的白折騰了三個月，我就火不打一處來，想找高勇討個說明，誰知，這小子也是不開機了。更生氣的是，聽人說，高勇並沒有停下來，他找了個槍手，按照我的故事大綱寫，兩千一集，現在已經開拍了。一個朋友讓我打官司，一諮詢，才知道根本就贏不了，一沒有合約，二沒有證據，都是電腦打的字根本就不能證明那是你的東西，只好自認倒楣。」

「真的，還有這樣的事情？」柳依紅感到很吃驚。

「看我像在寫小說嗎？告訴妳，這樣的傻事我是再也不幹了，還不如在這裡替朋友看攤呢！怎麼樣一天也能掙個三十、五十的。」周炳言說。

「這個活是先付定金的，你要相信我。」

「我誰也不相信。」周炳言說。

柳依紅把包包打開，拿出一個信封，她把信封輕輕甩了甩，裡面露出了一遝錢的邊緣。

周炳言的眼睛亮了一下，問：「妳說的是個什麼活？」

柳依紅向四周看了看，說：「找個地方仔細說吧！這裡說話不方便。」

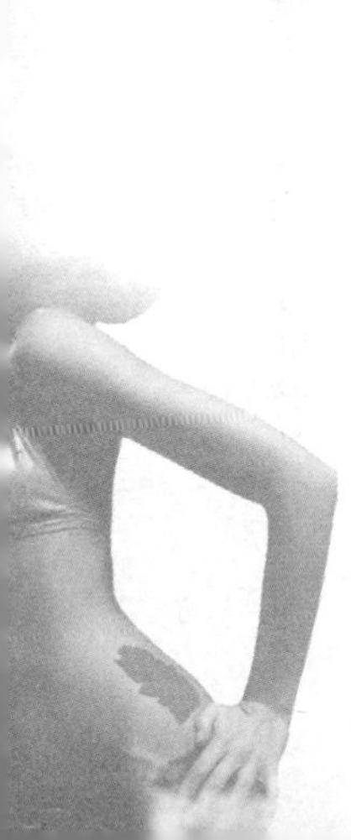

「好。」周炳言收了攤位，鎖上門，跟著柳依紅走了。

柳依紅把周炳言請進了一家不大不小的飯館。點了菜，服務生剛轉身離去，柳依紅就把裝著五千塊錢的信封拿出來，推到周炳言的眼前。

「總共的稿費是一萬，這是五千，剩下的五千等稿子寫完後再給你。」

「寫什麼？」周炳言迫不及待地問。

柳依紅一五一十地把事情的來龍去脈說了。說到她為什麼不能親自操刀的時候，她是這樣解釋的，「但凡有一點時間，我也不會讓別人寫的，無奈我的婚期已定，客人也都通知了，許多事情等著我做，根本安不下心來。」

六十分鐘的歌劇，給一萬塊錢，這對周炳言來說，是天大的好事。退一萬步說，就是剩下的五千不給了，也是撿了個大便宜。周炳言生怕柳依紅反悔，忙說：「理解理解，結婚是人生頭等大事，馬虎不得！」說著，就把那信封拿到了自己面前。

菜上齊了，柳依紅輕鬆一笑，「周老師，咱們吃飯。」

吃飯的時候，柳依紅又說出了自己的第二個要求，歌劇將來不能署周炳言的名字，要署她的名字。她說：「這是院裡給我下達的任務，必須署我的名，否則我就不好交差了。」

周炳言沒有說話。

柳依紅看了一眼被周炳言拿到自己面前的信封，說：「你要是覺得不能接受，那就算了，我再找別人。」

周炳言笑了，說：「就聽你的，其實，這種破東西署不署名都一個樣，算起來，我已經寫了幾十部戲了，不還是這樣嗎？」

柳依紅暗鬆了一口氣，笑說：「周老師，這事就這麼說定了，來，咱們繼續吃飯。」

15

一波未平，一波又起。宣傳部的書稿，柳依紅如期交了。稿子是直接交給的張志，想不到張志卻給她出了個難題，向她要盤。韓同軒只是給了書稿，並沒有拷貝。

「哎呀！忘了帶了。」柳依紅說。

「沒關係，出版社看完了之後，作者還要再碰頭，下次記得帶來就行。」

「那好吧！」柳依紅故作輕鬆地說。

碰頭會訂在三天之後。柳依紅一回到家就開始玩命似地打稿子，多虧送稿之前複印了一份，否則事情就麻煩了。平時不怎麼練，柳依紅的打字速度很慢。一個下午才打了兩千多字。按這個速度算，十萬字打出來怎麼也得十天半月的。柳依紅把電腦向前一推，不打了。她伸了伸已經發麻的十指，開始想辦法。

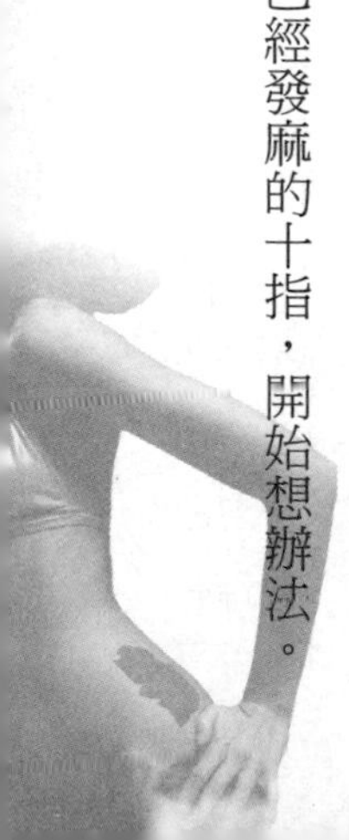

韓同軒是不能找了，只能想別的辦法。她想到了打字社，於是趕忙拿上書稿去了街上。進到一家打字社一問，竟然要收一千塊錢。照說，一千塊錢對柳依紅來說，也不是個大錢，但她還是覺得這錢花得冤。就在打字小姐問她打不打時，她轉身走了。柳依紅有辦法了，她要去韓同軒家裡拷貝，因為她有韓同軒家的鑰匙。

第二天上午九點多，柳依紅來到韓同軒家附近的公共話亭，給韓同軒的辦公室打了一通電話。果然，韓同軒在辦公室。他的鼻音仍然很重，一連喂了幾聲。柳依紅當然是沒有說話的，她扣上電話，就直奔韓同軒的家。真的是有一種做賊的感覺，開門的瞬間，她非常害怕韓同軒會出其不意地出現在屋子裡。一切還好，屋子裡悄無聲息，韓同軒不在。柳依紅又迅速又緊張地開了電腦。就在她等待電腦啟動的時候，突然，一扇門吱呀一聲開了。柳依紅大驚，一下張大了嘴巴。她驚恐地回過頭，原來是一隻貓。這是一隻雪白的小貓，很嫵媚、很嬌柔，也很柔弱。牠像是剛睡醒的樣子，對著陌生的柳依紅盯著看。看了一會兒，牠就一下跳上書桌，對著柳依紅柔情地叫了一聲。

這個該死的韓同軒，什麼時候養了一隻貓。

柳依紅瞪了一眼小貓，沒有理會牠，趕緊開始拷貝稿子。

拷貝完之後，她把電腦關了，把一切收拾成原來的樣子，立刻開門下了樓。

想不到的是，柳依紅出大門時迎頭碰上了開車進來的文青。柳依紅的心怦怦跳著。

文青搖下車窗說：「來收拾新房啊？」

柳依紅說：「不是。」

文青說：「前幾天，碰到韓同軒，他好像是病了，無精打采的。」

「他就那樣。」柳依紅說。

「最近忙什麼？怎麼沒動靜了？」文青問。

「還不是忙宣傳部那破稿子，院裡又交給我一個歌劇，都快煩死了。」

「等妳忙完這一陣，找時間聚一下。」

「好的，估計還得一段時間，到時我找你。」

文青說：「好吧！我最近也很忙，越忙越出錯，早晨走的時候把一份要上報的資料忘在家裡了，這會兒回來取。」

文青的車子開走了，柳依紅鬆了一口氣。這些天，一直被許多事情攪擾著，和文青少有來往，猛地遇見她，許多事情還真是不好對她說。

柳依紅邊走邊想該怎麼對文青說她和韓同軒之間的事情，又該怎麼對她說起和齊魯南即將到來的閃電式的結婚。

其實，文青是見過齊魯南一面的。前些日子，李一悅受宣傳部委託，聯繫住在省城的幾位作者在一起侃書稿。那天，李一悅把齊魯南也叫去了。當時，柳依紅和齊魯南剛從北京看話劇回來，兩個人已經很甜蜜了。但不知為什麼，在大家面前，他們竟然裝作什麼也沒發生一樣。討論完稿子，大家一起出去吃飯，

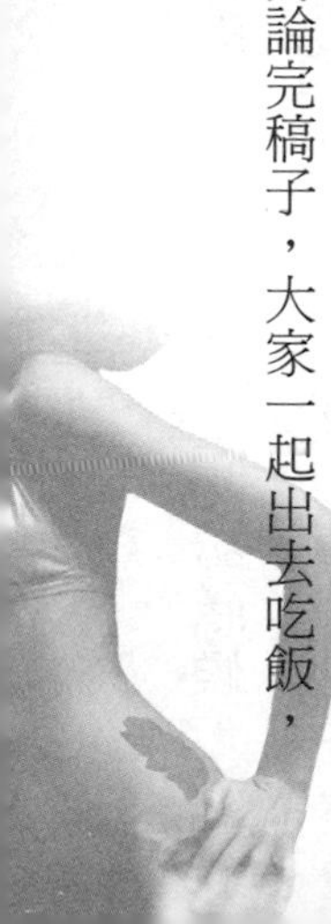

正在這時，文青給柳依紅打電話。李一悅認識文青，就死活讓她來。文青敵不過，就來了。吃飯的時候，文青開了不少齊魯南的玩笑，就連他的風度翩翩也受到了文青的無情調侃，稱他是「小白臉」。

本來，柳依紅是想事後問問文青，對齊魯南的印象怎麼樣的，因為這些玩笑，也就不好意思開口問。隔著皮包，柳依紅用手摸著裡面的三寸光碟，暗暗想定了主意，她要等到和齊魯南結婚之後，再把這件事告訴文青。

三天後，所有的作者都聚齊了。出版社也給出了意見。柳依紅和李一悅以及裘璞一稿透過，還有幾個人要重新修改。最慘的是林梅，她的稿子修改意見最多，幾乎要推倒重來。

當柳依紅把光碟交給張志時，他把柳依紅好好表揚了一番，「瞧，人家小柳說歸說，玩歸玩，不當回事就把活幹得這麼好，這就叫水準！」

柳依紅像是不把張志的表揚當回事，和張志調侃著，「還不當回事？你有沒有良心呀？我的頭髮都快熬白了，肉都掉了好幾斤。」

林梅的樣子有些尷尬，心裡更是著急上火，盤算著快點回去用功，別再丟這個人。

林梅不得不承認，人家柳依紅的確是有兩下子。

16

登記的前一天，發生了一件事。這件事引發了柳依紅對自己的過去和未來，進行了一次徹底的反思和思考。

下午，柳依紅到劇院把周炳言剛剛完成的劇本交給了沈院長。看到柳依紅如期完成了劇本，沈院長很高興。柳依紅提到了休假的事情，沈院長立刻答應了她。

沈院長承諾的稿費也兌現了，柳依紅到財務部領了兩萬塊錢。想到自己投資一萬，不僅換來了劇本，還剩餘了一萬，柳依紅有些得意。但轉念一想，柳依紅又覺得這一萬塊錢自己不該得，應該都給周炳言才是。又一想，也用不著，因為周炳言得了一萬就已經滿足的不得了。既然一萬塊錢能辦成的事，何必要花兩萬？商品社會，願買願賣，沒有誰強迫誰，雙方都是你情我願的事情，同情、施捨、憐憫全都一旁去。這樣一想，柳依紅就釋然了，把錢像扔磚頭一樣扔進了自己的包包裡。

稿子是上午從周炳言那裡取來的。他們還是從帽兒胡同裡見的面。柳依紅很守信用，一手交貨，一手付錢。成交的時候，柳依紅感到的是一種踏實和解脫，周炳言則是一種溢於言表的驚訝和喜悅。

分手的時候，周炳言一再說：「小柳，以後有忙不過來的活，別忘了找我！」

從院長辦公室走出來，柳依紅覺得四周的一切似乎和以前不一樣了。她知道是自己的心緒變了。隱約覺得，從這個瞬間，她要選擇一種新的人生。

回到筒子樓自己的宿舍裡，柳依紅就開始整理旅遊結婚要帶的東西。齊魯南為她準備的那個巨大的結婚旅行箱放在床上，裡面放滿了她的衣服。柳依紅喜歡穿高檔衣服，以前錢少的她常常把自己弄的捉襟見肘。記得有一次，她看上了一件短款的卡腰小西服，「肯佐」牌，深藍色的底，手繡的暗紅色大花，很現代，又很古典。一試，果然效果不一樣，柳依紅喜歡得愛不釋手。一問，價格不菲，九千八，柳依紅頓時心涼了半截，看了半天，最終也沒捨得買。過了近一個月，有點過季了，柳依紅又去，打折了，是對折，四千九。這回她是和韓同軒一起去的，她希望韓同軒主動幫她把這件衣服買了。想不到，韓同軒一看那價碼就被嚇得伸出了舌頭，他對營業員說：「妳們也太宰人了，就這麼件小衣服，怎麼能這麼漫天的要價？」那粉白臉色的女營業員就笑，把韓同軒當成個土包子看。柳依紅一咬牙還是買了，自己掏的腰包，一是確實喜歡，二是為了和韓同軒賭氣。

旅行箱裡裝的是柳依紅精心挑選的衣服，每一件都是她的最愛。這些衣服都是齊魯南和她一起去挑選的。齊魯南不光有錢，能滿足她的消費慾望，而且齊魯南還有眼光，挑選衣服的審美觀往往和她不謀而合。

做出和齊魯南結婚的決定，她真的是無怨無悔。

柳依紅的心情格外好。她哼著小曲，從箱子裡拿出了一件衣服。這是一件白色的圓領無袖連身裙，日本版型，看似簡單，實則精妙，穿到身上方能體現出非凡的效果，把人顯得清純、俏麗，別有一番典雅淑女氣質。當時，她和齊魯南都一眼就看上了這件衣服，問都沒問價錢就開了票。

商量好了晚上要和齊魯南一起去看個朋友，柳依紅覺得穿這件衣服比較合適。三兩下，她就把身上的衣服脫了，換上了這件白色連身裙。柳依紅站在鏡子前，仔細地打量著自己，她很滿意，覺得自己很漂亮。剛燙的頭髮，散發著嫵媚和俏麗，用手挑動幾下，更加的嫵媚和俏麗。

她對著鏡子微笑。

突然，放在床上的手機響了，是則簡訊。打開一看，上面寫著：有時間嗎？四點鐘五洲大酒店二樓咖啡廳一座，有事情和妳談。

柳依紅的第一個反應是韓同軒來的簡訊。

她盯著手機看了一會兒，更加堅定了這個想法。他終於露面了，在她結婚的前一天。她覺得如果是他，還是應該和他談開較好，長痛不如短痛，反正早晚都要過這一關的。

想到這，柳依紅馬上發過去一則簡訊：你是誰？

她還不能肯定一定就是韓同軒，因為這是個陌生的手機號碼。也正因為這是個陌生的號碼，她才斷定這人是韓同軒。韓同軒前些天說要買個手機，估計已經買了，如果是別的熟人，她應該知道號碼。

對方沒有回音。柳依紅索性把電話打了過去。竟然不接。一會又來了則簡訊：我已到，妳來了就知道我是誰了。

看來是韓同軒無疑。柳依紅堅信。

晚上六點半齊魯南來接她，時間倒是來得及。究竟去不去呢？柳依紅在猶豫。她渴望和韓同軒早點結

束，又怕節外生枝。躊躇了十多分鐘，最後，柳依紅還是選擇了去。出門的時候，她抓了一把鹽放到塑膠袋，裝進包包裡。這是她從電視上看到的對付歹徒的做法，她想，萬一韓同軒和她動粗，她就把鹽撒進他的眼睛裡。

五洲大酒店眼看就要到了，柳依紅的心咚咚地跳著。她覺得自己四肢冰涼，嘴唇發乾，像是要上刑場一樣。

旋轉門把柳依紅捲進了大廳，只見四處金碧輝煌，柳依紅更感到一種壓抑和惶恐。她上了手扶梯，在緩緩上升的手扶梯上，她的眼睛只是看著腳下，彷彿一抬頭就能引來橫天大禍似的。

「嗨！」突然有人在她身旁叫了一聲。

柳依紅大驚。站在電梯一旁的竟然是黃良民。

「有病吧你？」柳依紅惱羞成怒。

黃良民一副嘻皮笑臉的樣子，說：「哎呀！請原諒！」

「原諒個屁！」柳依紅轉身要走。

黃良民上前一把她拉住了，「坐一會兒再走，別這麼不給面子，求妳了。」

穿著制服的服務生走了過來，對他們說：「兩位請！」

柳依紅不好再說什麼，向臨窗的咖啡座走去，黃良民點頭哈腰的跟在她旁邊。

坐到座位上之後，黃良民問柳依紅需要些什麼，柳依紅不耐煩地說：「隨便！」

黃良民自作主張地給柳依紅要了一杯椰奶咖啡，又點了些甜點。

「說吧！找我來有什麼事情？」柳依紅抱著胳膊問。

「柳大詩人，妳能不能把包包放下來，咱們好好聊會兒天，瞧你這架勢，隨時要走似的，弄的我心裡不踏實。」

「我就是馬上要走，我還有事。」

「有事也要等吃了飯再走，什麼事能比吃飯重要？」

「別囉嗦了，有什麼事快說，說完我好走。」

「其實，也沒什麼事，一是想和妳聊聊天，二是前些天去美國，給妳帶回來個小禮物？」

「禮物？」

「是啊！不知道你喜歡不喜歡。」說著，黃良民就打開包包，取出了個精美的金色首飾盒。

黃良民把首飾盒打開，裡面是一枚熠熠生輝的鑽戒。

柳依紅平靜下來。她帶著一種輕鬆、愉悅、玩味、欣賞的目光打量著這枚鑽戒。就在昨大，齊魯南帶著她去省城最大的首飾行也買了一枚鑽戒。這之前柳依紅是沒有鑽戒的。儘管是沒有鑽戒，但並不說明柳依紅對鑽戒沒有研究。由於她一直渴望擁有一枚鑽戒，所以對鑽戒的成色和價值，總是格外關注和留意。

平心而論，這是一顆成色不錯的鑲嵌式鑽戒，份量足有五克拉，深沉的寶石藍色閃爍著夜空中星星般的光芒，用手摸上去也是一種象徵著真品的黏性的感覺，與肌膚有著極好的親和力。

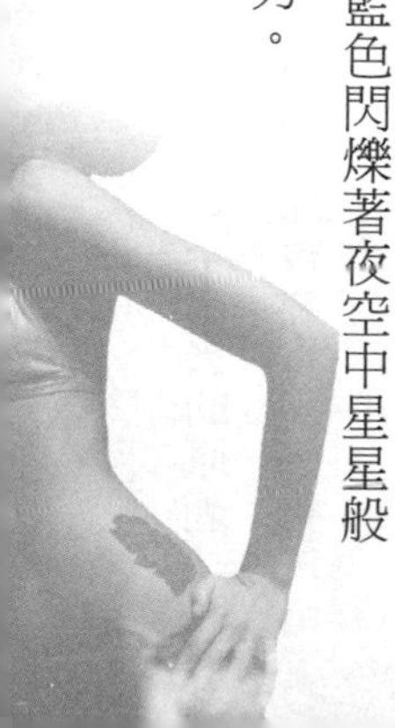

這樣的鑽戒，在省城的首飾行裡是不可能買到的，買不到的原因是因為賣不出去，賣不出去的原因是由於太貴。柳依紅暗自衡量，這枚鑽戒少說也要價值一百萬人民幣，比齊魯南給她買的那枚要貴出好幾倍。

「個頭、成色都不錯！」半天，柳依紅把目光從鑽戒上移開，對黃良民說。

黃良民把鑽戒往柳依紅眼前一送，「不錯，就拿去。」

柳依紅一笑，把鑽戒拿了過來。她把鑽戒捏在兩根手指裡，左右轉動把玩著，臉上帶了癡迷的笑。

「是個好東西！」柳依紅像是自言自語。

猛地，她把頭抬起來，問黃良民，「除了要送給我這枚鑽戒，找我還有什麼事？」

黃良民一下不好意思起來，他撓了撓頭，說：「我在上面包了個房間，如果需要，可以把按摩小姐叫到屋子裡服務，是個休閒的好去處，想請妳去放鬆一下。」

「好啊！」柳依紅說。

黃良民喜形於色，忙不迭從座位上站起來。

黃良民開門的時候，柳依紅彷彿從他的動作中嗅到了一絲詭秘的曖昧氣息。柳依紅反而很坦然，她像欣賞一場戲一樣，欣賞著眼前的劇情進展。她覺得在這場戲裡，她既是演員又是導演，她急於看到劇情的跌宕和高潮，同時又告誡自己要有耐心。

是個大套房，裡面是一張巨大的床，外面是個大客廳。再一看，有兩個洗手間，兩個洗手間中間有道磨砂玻璃門，既可以隔，又可以通。奢侈，曖昧的奢侈。

沒話找話說似的，黃良民問：「要不要現在叫按摩小姐過來？」

「隨便，聽你的。」柳依紅說。

「要不等會兒，我們先休息一下？」

「也好。」柳依紅說。

像是得到了某種許可，黃良民向大床走了過去，他邊走邊回頭向柳依紅招手。見柳依紅走得有些遲疑，就過來把她拉了過去。

站在床前的柳依紅沒有上床，她把那個一直拿在手裡的鑽戒突然舉到黃良民眼前，用玩味的眼神看著他，問：「你是打算娶我？還是打算讓我做你的情人？」

黃良民一愣，馬上打著哈哈說：「怎麼樣都行，只要妳高興就好。」

說著，黃良民已經坐到了床上。他把那個空首飾盒扔到了一旁，開始解自己的上衣鈕釦。

柳依紅一下按住了他的手，說：「別忙，別忙，我的話還沒說完呢！」

黃良民只好停下來。

柳依紅用兩根手指捏著那枚鑽戒，不緊不慢地說：「我要告訴你的是：如果你是打算娶我的話，那我告訴你，已經來不及了，因為我明天就要結婚了。如果你是想讓我給你當情人的話，那我也告訴你，也是萬萬不可能的，因為我很愛我的丈夫。」

說完，柳依紅就把那個枚值一百萬的鑽戒輕輕地扔到床上，轉身走了。

黃良民沒有料到事情的結局會是這樣，他看一眼床上的鑽戒，又看一眼破門而出的柳依紅，驚訝的一句話也說不出來。

剛出門，柳依紅就迎頭撞上了一個女服務員。大概是女服務員想不到柳依紅會這麼快的出來，臉上的表情有些驚訝和尷尬。柳依紅馬上明白，這個女服務員是在門外偷聽的。柳依紅對女服務員一笑，說：「不好意思，讓妳失望了。」

柳依紅心中大快，昂首挺身而去。

回去的路上，那鑽戒的光芒不停地在柳依紅腦海中閃爍。想想自己以往的所作所為，她也不明白今天自己怎麼就這麼堅決地抵抗住了誘惑。想來想去是愛情的力量。是和齊魯南之間的愛情淨化了她。柳依紅心中湧上一種感動和聖潔。她發誓，在未來的日子裡，她要徹底拋棄以前的那種生活，做個感情專一的好妻子。至於寫作，她也想好了。她要放棄，為了愛情而放棄。也許，她會在未來的日子裡，把寫詩歌當成一種高雅的愛好來對待，發不發並不重要。院裡的工作她也想好了，能幹成什麼樣就幹成什麼樣，是好是壞隨它去。

柳依紅一點也沒有覺得遺憾和失落，內心反而感到踏實和充實。她穿梭在熙攘的人潮中，臉上帶著少有的淡定和自信。

17

旅遊結婚定下來去四川。這是新開通的一條旅遊熱線，據說人不多，風景很好。齊魯南一說出這個打算，柳依紅就表示贊同。

出發的前一個晚上，他們一起去了敬老院。老太太這回自始至終都沒有想起來齊魯南是誰。至於柳依紅，就更不用說了，一個勁的稱呼她是大夫。儘管這樣，齊魯南還是拉著柳依紅的手，不厭其煩地把自己要結婚的事情對她說了。

出門的時候，齊魯南把小美叫出來塞給了她一千塊錢，叮囑她給老太太買些吃的。和柳依紅目光相對的瞬間，她發現這個有點土氣的鄉下丫頭眼睛裡閃過一絲異樣。柳依紅想，這一千塊錢，能花到老太太身上五百就不錯了，那眼神不是做賊心虛才怪？柳依紅現在不好說什麼，以後她是一定要管一管的。

第二天一大早，齊魯南就來接柳依紅。他們打算，上午去辦理結婚登記手續，下午兩點跟旅行團的航班飛成都。

去婚姻登記處的路上，柳依紅突然想起了一件事，給登記處工作人員準備的喜糖忘記帶了。回去拿太麻煩，她建議齊魯南找個超市進去買一點。

柳依紅本來是想一個人進去的，可是齊魯南偏要跟她一起進去。

是家不大的超市，進了門不遠處就是糖果櫃。他們快步奔了過去。

突然，柳依紅的心一下提到了嗓子眼上，她停下腳步不敢往前走了。齊魯南用問尋的眼神看著她。柳依紅用手捂著頭，說：「不知是怎麼了，我的頭有點暈，你去買，我出去等你好嗎？」

「好，妳快出去休息一下。」齊魯南說。

柳依紅看了一眼旁邊的一個背對著她，在挑選商品的背影，轉身既快速又平穩地溜了出去。那是韓同軒的背影。一個揮之不去的陰影。想不到，這個陰影在這個時候，又來煩擾她了。柳依紅不能把這種陰影帶給齊魯南。

等齊魯南回到車上的時候，她已經恢復了平靜。

齊魯南問她怎麼樣了，柳依紅說：「好多了，我想是超市裡太悶，一時缺氧造成的。」

齊魯南趕忙打開了冷氣。

想不到結婚登記如此簡單，進去不到十分鐘，他們就出來了。出了門，齊魯南一直把兩本結婚證本敞開了拿在手裡，怕弄亂了上面的墨跡。見乾的差不多了，才精心收起來，放進包包裡。

恍惚之間，柳依紅覺得這天空、這大地、這大街、這人潮，所有的一切都變得不真實了，如同她的心一樣飄了起來。她知道，這一刻的她已經和十多分鐘之前的她不一樣了。她結婚了，是個有夫之婦了，她所有的一切都和眼前的這個人聯繫在一起了。

到了成都，已經是五點多鐘。按旅行團的日程表，晚上在飯店的招待所裡吃飯，然後去參觀夜景。兩個人都覺得這樣的安排太過程式化，於是就跟導遊請了假單獨活動。

他們打算先去春熙路吃小吃，再去武侯祠看川劇。

來到春熙路，他們進了一家門面很大的小吃店。兩個人找了一間包廂坐下來，就有一個小夥計跑來給他們點單，小夥計一口氣向他們說了36種小吃，推薦他們一人點一套，說這樣基本上就可以把有名的成都小吃全品嚐到了。柳依紅看著這個瘦巴巴的小夥子，以為是碰上了肥羊的，就問他如果點兩套，一共要多少錢。

「不到一百塊錢。」小夥計說。

沒有想到這麼便宜，柳依紅答應了。

不一會兒，一道道的小吃就開始上了，碗、盤不一樣，內容也不一樣，很精緻，很好吃。吃到二十種上下的時候，柳依紅怎麼也吃不下去了，齊魯南鼓勵她多吃點，於是只好每種少吃上一點點，算是品嚐了。

吃完小吃，他們就去武侯祠看川劇。幾個劇碼輪流轉的，進去的時候正趕上台上在演變臉。看著演員的神奇百變，柳依紅突然想到了自己。她覺得自己也是個變臉專家。她禁不住內心一陣得意和懼怕。她想，她的變臉到此為止了。從今以後，她就只以一種模樣生活著，不變了。她對自己的現狀很滿意，無需再變。

想到這裡，柳依紅偷偷地打量了一眼齊魯南，齊魯南也正在打量她。柳依紅臉上露出了一絲羞澀，齊

魯南也極為不好意思地把目光轉向了舞台。

柳依紅猜測，齊魯南是為即將到來的新婚之夜而感到不好意思。

在男女床第之事這個問題上，柳依紅一直摸不透齊魯南究竟處於什麼狀況。至今為止，他們兩人沒有發生過性愛關係。但齊魯南和別人究竟有沒有過這種關係，她的確是拿不准的。柳依紅一直是在「有過」和「沒有過」這兩種情況之間揣測徘徊。說有過，是有理由的，在如今這樣一個社會裡，你能想像一個條件優異英俊風度的男人活到35歲還沒有性嗎？說沒有過，也是有原因的，齊魯南看似新潮實則保守，看似現代實則傳統，是個很看重倫理道德的君子。

柳依紅在這兩者之間一直遊移徘徊不定，因此，齊魯南也就更加的難以捉摸了。

然而，最後的檢驗時刻終於到來了。

從回到飯店的那一刻起，柳依紅就時刻提醒自己，節制著來。她要節制的是自己的情慾。她已經好久沒有釋放自己了，齊魯南又是她喜歡的男人，照說她應該好好和他歡愉一番。但柳依紅是這樣想的，她不能太狂，免得齊魯南會根據她的狂，窺視出她以前的淫蕩來。她不能為了這一個晚上，毀了一生的幸福，要悠著點，節制著點，這樣才能長久和恒遠。

齊魯南的確是個處男。躺下很久以後，說了不少的話，他才哆哆嗦嗦地爬了上來。他呼吸急促，哆嗦的手腳都是冰涼的，沒有一點章法可言。但是，和混沌一片的韓同軒相比，齊魯南又是堅挺的，只是這種堅挺維持了很短一段時間就崩潰了。柳依紅幾乎沒有什麼感覺。沒有感覺歸沒有感覺，但柳依紅內心還是感到高興。在男女關係問題上，齊魯南是個沒有過去的人，這樣的人單純，不會拿她和別的女人比。柳依紅高興的另一個原因是齊魯南的堅挺，堅挺是不可替代的硬體，有了硬體，軟體還會愁嗎？

正在柳依紅胡思亂想著的時候，燈突然開了。只見齊魯南從床上猛地一下坐了起來，他把柳依紅推到一旁，又揭開被單，眼睛對著床上看。雪白的毛巾上除了一攤黏乎乎的東西外，並沒有他想看到的東西。

柳依紅沒有料到會有這一幕，她坐起來，呆住了。

那一刻，屋子裡很靜。

愣了大概有大半分鐘，齊魯南把毛巾扯出來扔到了床下。他拿被單把自己和柳依紅蓋了，兩個人並肩坐到了床上。

柳依紅還在呆著，腦子很亂。她想發火，想對齊魯南吼，你有病吧？想找處女就到中學裡去！或是去小學裡找！想找35歲的處女？做夢去吧！

但她卻沒有這樣吼，她知道這樣不行，因為這個男人是她丈夫，不是一夜之情的那種男人，她不能惹怒了他。不能發火，又沒有什麼好話可說，所以就只好沉默著。

齊魯南終於開口了，他拉過柳依紅的手，說：「以前的事，就不去想它了，我也不想，妳也不要想，但以後可就不一樣了，我是妳的，妳是我的，再也不能發生別的事情了。」

說完，齊魯南就專注地看著柳依紅。

一直呆著的柳依紅噗嗤一聲笑了，她撒嬌地說：「你這不是廢話嗎？有了你，我能再和別人好嗎？」

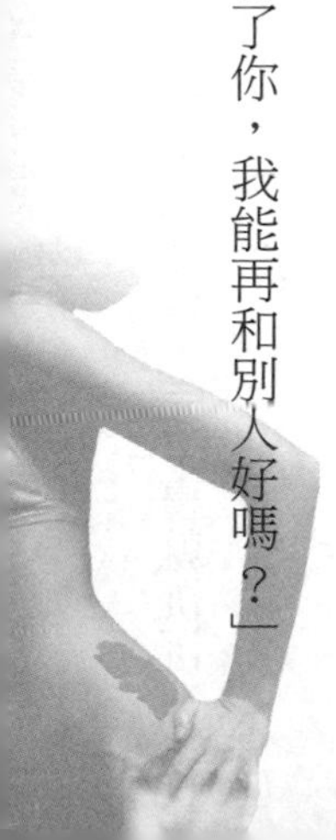

兩個人又相擁著躺下，沒有關燈，只是把燈光調暗了些。齊魯南沒有像一般男人那樣，完了事就沉沉睡去，他們開始聊天。柳依紅以為，齊魯南會把話題轉到她以前的情感經歷上去，但沒有。

一個多小時後，他們又進行了一次。柳依紅感到，這次齊魯南舒展自如多了，感覺不錯。但柳依紅也清晰地意識到，齊魯南在性事上的風格是淡然和從容的，沒有太多的癲狂和瘋魔。

這也許是君子風範吧！柳依紅自嘲地暗想。第二天一早，旅行團包的大巴就出發了，目的地是兩百多公里外的四姑娘山。到達四姑娘山已經下午，匆匆吃了點飯就換乘景點內的中巴去了一個叫雙橋溝的景點。據說，這雙橋溝是四姑娘山景區內三條溝裡唯一能全程通車的一條溝，景點又最為齊全，因此是條熱線。說是熱線，其實也沒有多少人，這是齊魯南和柳依紅最為看重的一點。

雙橋溝的美景真是美不勝收。正是盛夏季節，兩側的山巒上卻依次出現了各個季節的植被顏色，遼闊的鮮花和草地，秋天楓葉般火紅的樹海，大片大片的枯木和乾瘦的樹枝，更為神奇的是，站在腳下滿是綠草和鮮花的地方，竟然可以清晰地看到不遠處山巒之上潔白的冰雪。所有這一切，對長期生活在城市裡的人們的觸動可想而知。中巴車一站接一站地停下來，人們不停地歡叫拍照，像是要把這一切珍藏起來帶回去。

離開雙橋溝時天色已經開始發暗。中巴車剛出了溝，柳依紅就把手機打開了。自從出來之後，她就把手機關了，一天只是打開幾次，看看有沒有簡訊。此時，她既有所盼望，又有所擔憂地看了一會兒手機螢幕，還好，沒有什麼人給她發簡訊，一切都很平靜。

覺察到齊魯南在看她，柳依紅就輕鬆一笑說：「還好，我們沈院長竟然沒有找我。」

齊魯南說：「這說明排練一切正常，妳的劇本過關了。」

柳依紅看著窗外，說：「應該是，否則早找我了。」

齊魯南把柳依紅的頭往自己懷裡一攬，說：「還是我老婆有能耐，又一個一稿透過。」

柳依紅說：「以後啊！我就安心給你當老婆算了，懶得再去費腦子寫東西。」

「此話當真？」

「當然了，辛苦夠了，現在就想做個小女人。」

齊魯南說：「那敢情好，我還怕妳要做那種女強人呢！整天忙得不在家。」

柳依紅趴在齊魯南耳邊低語，「說好了，從今以後，我就做個專職太太了。」

齊魯南的手機響了。是事務所的小王，剛打了個招呼，信號不好，又斷了。

齊魯南說：「這小王，告訴他沒什麼急事不用打電話，怎麼又打電話了？」

「大概是有什麼急事吧！」柳依紅說。

飯店到了，剛下車，齊魯南的手機就又響了。還是小王。只聽齊魯南說：「小王，怎麼辦的，就這麼點事還要找我，不是跟你說了嗎？凡是找我的案子都分給其他人，哥兒們，你結婚的時候，我可是一個月都沒打擾你，我昨天剛出來，你今天就追著找我，夠意思嗎？」

那頭小王大概在問齊魯南在哪裡，只聽他又說：「我們在四姑娘山，明天去小金，後天去海螺溝，總

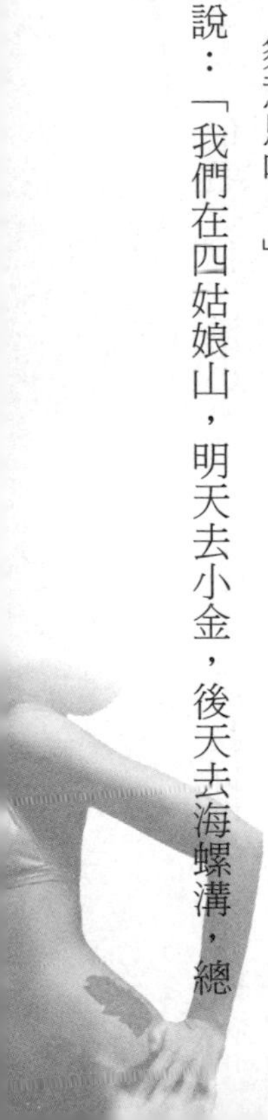

之，離回去的日子還遠著呢！所裡的事情你就看著辦吧！」

齊魯南掛了手機，說：「下午所裡來了個當事人，指名找我，這小王就沉不住了，給我打電話，妳說這傢伙不是存心添亂嗎？」

「人家還不是看你辦案英明才找你，你應該自豪才是。」

「那也應該看看是什麼時候，你說那當事人不知道也就罷了，小王還不知道嗎？」

晚飯後大家聚集在院子裡跳鍋莊，柳依紅和齊魯南也加入了進去。伴隨著歌手古樸原始的歌唱，本地身穿民族服裝的藏族姑娘兒們和遊客們一起舞蹈歡歌。突然，齊魯南拉著柳依紅的手鬆開了，他的手機又響起來。齊魯南擠出人群。等了半天見齊魯南沒回來，柳依紅也跟了出去。

齊魯南已經接完了電話，他對柳依紅說：「還真碰上了個較真的，小王說那個當事人一直待在事務所裡不肯走，非要和我通話不成。」

「通了嗎？」柳依紅問。

「我說我在四姑娘山，要通話就讓他到這裡來。」

齊魯南拉著柳依紅向遠處的人群走去。那裡歌正濃，情正酣。

他們是第二天上午到的小金。到了小金，柳依紅才知道這裡就是歷史書上常說到的懋功，一、四方面軍會師的地方。小金是個縣，縣城很小，從東頭走到西頭不到五分鐘。縣城的四周被群山包圍著。旅行團就住在縣委招待所裡。招待所的後面，是一個陡峭的懸崖，懸崖下面是滾滾的小金河。河那邊，是更加陡峭的看不見山頂的山崖，如斧鑿，似刀削。看著這山崖，忍不住會慨嘆造物主的神奇。招待所前面，就是歷史上有名的會師遺志和後來修建的會師紀念碑。

下午轉了縣城附近的幾個景點，就又回到了招待所，見離開飯還有一段時間，齊魯南就和柳依紅一起蹓躂到了紀念碑前。

縣城太小，平地奇缺，人們更願意把紀念碑四周的空地當成一個活動的場所。

他們是在紀念碑前的石街上碰到那個老婆婆的。老婆婆的年齡已經不好估算，她頭髮完全花白，花白的頭髮垂下來遮住了半張滿是皺紋的鬆弛的臉。老婆婆的眼睛被頭髮遮住了，只能看見她的一張嘴幾乎是不出聲地叨咕著什麼。

柳依紅和齊魯南好奇地看著老婆婆。旁邊的一個中年婦女對他們說：「老太太是在回想過去的事情。」

「回想過去？」柳依紅和齊魯南感到更加好奇。

中年婦女告訴他們，這個老婆婆是當年的南下幹部，天津人，她丈夫和她是同個部隊的戰友，打到小金後他們受組織委派留下來辦建設，從那以後就再也沒有離開過這裡，兩個孩子長大後都去了北方工作。

看一眼四周的大山，柳依紅趴在老婆婆耳邊大聲問：「大媽，妳不想回老家嗎？」

一直沉浸在某種回憶之中的老婆婆像是被喚回了現實當中，她喃喃地笑著說：「不回了，我要在這裡陪著老頭子！」

柳依紅又說：「那你們可以一起回啊！反正早就退休了。」

旁邊的中年婦女扯了扯柳依紅的衣襟，小聲對她說：「她先生去世很多年了，就埋在那邊的山上。」

老婆婆把臉上的頭髮撩了撩，看著柳依紅說：「我得在這裡和他做伴，要不他一個人太孤單了。」

儘管眼睛也被衰老的皺紋無情地包圍了，但透過那眼神依然可以看到老婆婆當年的風采。看著這眼神，柳依紅心中無限感慨。

柳依紅驚訝地發現，一直沉默不語站在旁邊的齊魯南，此時竟然滿臉掛滿了淚珠。

離開老婆婆好一段，齊魯南還沒有止住淚水，柳依紅把一張紙巾遞給他。

「這個老婆婆對愛情的堅貞真是太讓我感動了。」齊魯南說。

堅貞？柳依紅心裡咯噔了一下，反覆思忖著這個詞。

18

第三天，他們一路西行到了海螺溝。山上是一個連著一個的溫泉，騰騰熱霧中瀰漫著一股淡淡的硫磺味。這味道和山裡的古樹、野草、花香交織在一起，別有一番大自然的古樸。客人住在分布在山上的一個個小木屋裡，景色奇美。照計畫，旅行團要在這裡活動三天，因此大家表現的都很休閒，泡一會兒溫泉，到山裡轉轉，再泡一會兒溫泉，再到山裡轉轉，那份愜意，真是無法形容。

幾天的磨合，柳依紅和齊魯南正式進入到蜜月狀態，此時，他們真正稱得上是如膠似漆。對女人沒有經驗的齊魯南在泡溫泉的時候，才發現了柳依紅身上的那條刀口疤痕。那疤痕不僅沒有嚇著他，反而引得他對柳依紅更加憐愛。齊魯南用兩根手指輕輕地撫摸著那條長長的疤痕，「讓妳受罪了。」他輕語道。柳依紅的眼圈一下就紅了。

在柳依紅的記憶裡，齊魯南是唯一一個看見她的傷疤流露出這種憐惜之情的男人。她的醜陋的疤痕，竟能讓他心生憐惜。這樣的男人，世上怕是再也不會有第二個了。柳依紅暗自給自己立下誓言，對這個男人，她也會萬般珍惜的。

他們總是喜歡跑很遠的路，找到一個只有他們兩個人的小池子泡溫泉。山裡沒有信號，他們索性就把手機鎖進了箱子。他們喜歡陶醉在兩人世界之中，不被任何人所打擾。

飯店的大廳和餐廳在下面的半山坡上，吃飯的時候服務員會把電話打到房間裡來。第二天一大早，吃飯時間還沒到，房間裡的電話就響了，很刺耳的感覺。

柳依紅順手拿起了電話，話筒聲音很大，「請問，齊魯南先生在嗎？」

「找你的？」柳依紅把話筒遞給齊魯南。

「找我？」齊魯南感到十分納悶。

「我是齊魯南，請問你是？」

「這是大廳，這裡有位先生要找你，讓他過去還是你下來？」

「真是找我的？」齊魯南還是不敢相信。

「是的，他說是找A省的齊魯南律師。」

十分鐘之後，齊魯南和柳依紅一起趕到了飯店的大廳。

一個男人正抱著頭歪靠在木椅上。也許是因為外面山澗裡的流水聲太吵，也許是因為過於疲勞，這個男人並沒有聽到齊魯南和柳依紅進來時的腳步聲。

看見齊魯南，服務生問：「你是齊先生嗎？」

齊魯南點了點頭。那服務生用手指了指那男人，說：「就是他找你，凌晨三點就趕到了這裡。」

男人還歪在那裡沒有醒過來。

齊魯南走近男人，用手扯了扯他的衣襟，「是你要找我嗎？」

男人突然醒了過來，一下從椅子上彈起來，他惺忪著眼睛說：「你就是齊律師吧！找你找的好苦！」

「有什麼事嗎？」

「我前天下午到事務所找你，昨天上午坐飛機趕到成都，到了成都就雇了一輛車一直追你到這裡。」

齊魯南想到了小王的那通電話。一時間，他的心情有些複雜，既惱火又感動，更多的是驚訝和意想不到。

「其實，案子交給誰辦都是一樣的，你根本用不著跑這麼大老遠的來找我。」齊魯南語氣硬硬地說。

那男人著急了，「齊律師，你可不能這麼說，我來都來了，你怎麼樣也得聽我把話說完。」

齊魯南說：「真的是沒有必要，我們所裡的案子大家會一起商量的，我過些天就回去了，你可以讓其他人先辦著。」

想不到，男人竟然哭了，他哽咽地說：「齊律師，我這案子複雜，別人辦不了，實話跟你說吧！前些天警方也介入了，到後來還是不了了之了。」

齊魯南更加的不耐煩，他說：「警方都辦不了，我就更沒轍了，你還是先回去吧！等過些天我回去了咱們再談。」

男人這回哭出了聲，他嗚咽著說：「等你回去就晚了，我問了，銀行的監視錄影還有三天就要銷毀，這是唯一的一點線索，如果這個線索斷了，我就徹底讓這個臭女人耍了。」

「什麼銀行監視錄影，什麼臭女人？」齊魯南警覺地問。

男人說：「我碰上了個妖精，她跟一個小白臉跑了，光這還不算，還把我的錢全捲走了，如果抓不到她，我實在是嚥不下這口氣！」

齊魯南體內的某根神經被提了起來，他把男人拉回到椅子上坐下，讓他慢慢說。

柳依紅也覺得這事稀奇，站在一旁專心地聽著那男人的訴說。

男人叫李萬慶，是個私企老闆。李萬慶今年五十歲，四十三歲那年和他一起創業的老婆得肝癌死了。由於和老婆感情深厚，一連好幾年他都拒絕了別人的好心撮合，一個人帶著兩個孩子過。幾年前，兩個孩

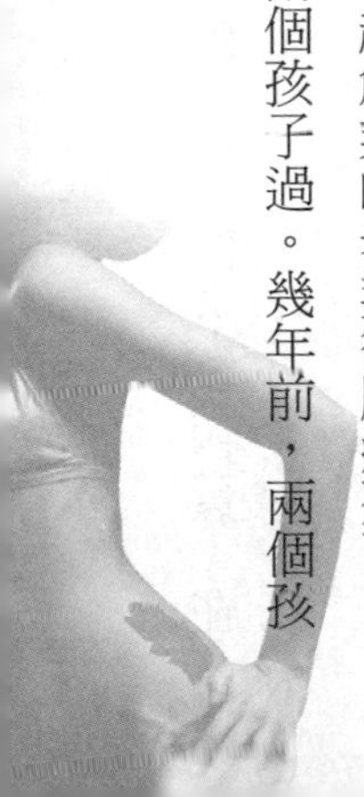

子先後考上大學了，家裡的日子日漸冷清起來。在幾個親戚的勸說下，李萬慶動了再找個女人的打算。在別人介紹的幾個女人中，李萬慶選擇了最年輕、最漂亮的杜玉嬌。

杜玉嬌那年二十九歲，在一個公司裡當會計。杜玉嬌學過舞蹈，沒舞出名堂才進公司當了會計。她講究吃穿，又會擺譜，因此高不成低不就，婚事也就拖了下來。兩人一見面，李萬慶是一百個的同意，杜玉嬌也沒反對，因此很快就結了婚。典型的老夫少妻，又加上杜玉嬌沒有婚史，因此她在李萬慶面前格外的會撒嬌。起初，日子過得也還算和睦，杜玉嬌滿足了李萬慶的情慾和面子，李萬慶則滿足了杜玉嬌的消費和虛榮。兩人可謂相得益彰，各得其所。

事情發生變化，是因為一個南方做服裝生意的小白臉。大概結婚一年之後，有一次去買衣服，杜玉嬌認識了這個小白臉，他們很快就勾搭上了。一次，被出差回來的李萬慶撞個正著，他和杜玉嬌長談了一次。杜玉嬌哭泣抹淚，下決心改邪歸正。李萬慶是個老實人，見老婆要改，也就沒再追究。

就這樣，日子又過去了一年多。半年前，終於出事了。一天晚上，李萬慶回家後見杜玉嬌不在，打手機關機。等到半夜還不見她的蹤影，李萬慶這才著急了。他急忙跑到臥室打開保險箱，完了，不光200多萬的現金不見了，所有的存摺也都不翼而飛，連同他的身分證一起。他如同熱鍋上的螞蟻，在水深火熱中過了一夜，第二天一大早就報了警。上班後，又趕到銀行掛失。但已經晚了，除了一張還沒到期的100萬定期存款領取外，其餘存款前一天已被全部領走。銀行監視錄影顯示，領錢的人正是杜玉嬌。儘管她當時戴著帽子圍著圍巾，可是他還是一眼認出了她。那是李萬慶一輩子的所有積蓄，加起來一共是600多萬。

攜款外逃之後，杜玉嬌就彷彿從這個世界上消失了一般，任憑警方怎麼追查也沒有絲毫線索。

按照慣例，李萬慶可以到銀行申請那100萬定期存款的凍結，但他卻沒有去。因為警方透露，那可能是找到杜玉嬌的最後一條線索。他寧肯丟掉這100萬，也不願意失去一個可以找到杜玉嬌的機會。他對這個女人恨透了，就是變成窮光蛋也要把她抓起來。李萬慶等待著，他靠變賣一些實體維持生計。

機會終於來了，二十多天前，銀行通知李萬慶他的已經到期的100萬定期存款被人從杭州領走。李萬慶如獲至寶，趕忙把這個消息報告給警方。警方火速和李萬慶一起趕到杭州，和當地警方取得聯繫，調出銀行監視錄影進行辨認。領款者是個陌生女子，壓根兒就不是杜玉嬌。警方對這個陌生女子在杭州市範圍內進行了戶籍查詢，沒有結果。再加上圖像模糊，不好辨認，線索又中斷了。

本來想靠這100萬把杜玉嬌引出來，沒料到，不光沒有達到目的反而把最後的一點積蓄也賠了進去。

李萬慶雖然是個大老粗，但他知道如果這次破不了案，以後就更是難上加難。聽說銀行監視錄影只保留一個月，又想到時間長了那陌生的領款女子更是去向難料，心中的那份焦躁難以形容。從杭州回來，他一連跑了好趟公安局，都沒有什麼結果。

萬般無奈，他想到了請私家偵探。就在這個時候，有人向他介紹了律師齊魯南，說他雖是律師卻比那私家偵探更神，還特別強調了齊魯南對付這樣的壞女人絕對是有一套，且舉例若干為證。

一口氣把自己的遭遇說完了，李萬慶撲通一聲給齊魯南跪下了，「齊律師，我就靠你了，今天你要是不答應幫我，我也就不打算回去了，找個山崖跳下去，一了百了算了。」

不知什麼時候，齊魯南已經變了神情，臉上原本的不耐煩變成了憤怒和憎恨，眉宇間湧動著一絲猙獰。把李萬慶拉起來的同時，只聽他說：「我會幫你的，一定會把這個壞女人給揪出來。」

李萬慶千恩萬謝的從地上站了起來，他說：「齊律師，只要能把這個妖精給抓起來，就是傾家蕩產我也認了，你蜜月中替我跑案子，這輩子我都忘不了你的大恩大德，將來我是絕對不會虧待你的。」

齊魯南揮揮手，說：「你只要按規定繳律師費就行了，多餘的錢我不要。」

李萬慶又是一番發自肺腑的感激之言，齊魯南已無心再聽，大步走到服務台前找服務生聯繫導遊退了團。那一刻，他彷彿完全忘記了柳依紅的存在。

半小時後，他們三人乘坐著李萬慶來時包的那輛捷達返回成都。

天黑的時候，汽車駛近成都市區。他們沒有進城，直接從城外繞到了機場。

在候機室候機的時候，柳依紅打開了她手機。剛進入服務區，韓同軒家裡的號碼就跳躍著閃現在了螢幕上。柳依紅坦然地按了接聽鍵。

「妳在哪裡？」韓同軒沙啞著嗓子問。

「我在四川。」

「在四川幹嘛？」

「我在度蜜月。」

「妳——說什麼？」

「我是說我在度蜜月！」

「和——和誰？」

「當然是和我丈夫了！」

「小紅，別開這種玩笑好不好？」

「我沒有和你開玩笑，是真的。」

「妳——」那頭的韓同軒說不下去了。

「抱歉，時間緊迫，沒來得及告訴你，回去見面再說吧！你自己要多保重。」

見齊魯南拿著一袋水果從大廳那端走過來，柳依紅果斷掛了手機。

「院長的電話？」齊魯南問。

柳依紅說：「不是院長，是一個演員問台詞。」

19

韓同軒又是一夜未眠。他的眼圈很黑，人也變得更瘦更鬆弛，走起路來，身上的皮囊像是在打晃。

好不容易熬到了八點，他搖晃著身子來到了電話旁邊。

他撥了114，查詢到了結婚登記處的號碼。

看著那號碼，韓同軒猶豫著打還是不打。

這時，他耳旁又響起了昨天柳依紅的聲音，「我在度蜜月」、「我是說我在度蜜月」、「當然是和我丈夫了」……

韓同軒的臉有些扭曲，他抓起了話筒，飛速撥了那個號碼。

「我想查一個人的結婚登記紀錄，她叫柳依紅。」

對方回答，「這是個人隱私，我們不便透露。」

「是這樣，我是新娘的哥哥，從國外剛回來，一直和她聯繫不上，我想知道我妹妹結婚了沒有，我想她應該是去度蜜月了，如果是這樣，我應該給她一個驚喜妳說對嗎？」

「稍等。」對方說。

韓同軒焦急地等待著。

「是的，你妹妹已經登記了，和一個叫齊魯南的男士，五天前辦的手續。」

「是叫柳依紅嗎？」韓同軒急忙又問。

「是的，柳樹的柳，依然的依，東方紅的紅，請問還有什麼問題嗎？」

「沒有了，謝謝！」韓同軒慢慢掛了電話，又慢慢地離開了電話機。他如同一個衰老的老人一樣動作遲緩。來到電腦旁邊，他下意識地打開了電腦。給柳依紅寫的稿子，都裝在一個檔案夾裡。此時，他把那些稿子一一打開又看了一遍。看完稿子，他又下意識地打開了放照片的一個檔。和柳依紅一起出去遊玩時的照片一一呈現在螢幕上。看著照片上柳依紅的千姿百態，韓同軒體內冰冷的血開始升溫。這是憤怒的升溫，也是復仇的升溫。那隻被韓同軒收留的流浪貓似乎也嗅到了某種氣息，牠跳上書桌問尋地對他叫了一聲。韓同軒沒有理牠，倏地一下從椅子上站了起來。他一把抓過旁邊書櫃上的一個花瓶，猛地摔到了地上。花瓶頓時碎了，瓷片四處飛濺。小貓驚叫一聲，噌地一下溜走了。韓同軒並沒有停止下來，他繼續摔打著屋子裡的東西，直到筋疲力盡地匍匐在地。

韓同軒的惱羞成怒已經無以復加，他再也忍受不下去了。這個女人實在是欺人太甚，連最後的一點希望也不肯給他。

一個多月之前，和陸天川在茶館裡見面之後，韓同軒大病了一場。當時，一出了茶館的門，他就搭車去了歌劇院。他要找柳依紅算帳，向她討個說明，問她這麼做究竟算怎麼回事？但柳依紅不在，手機也沒開。回到家，他就病了，躺在床上一病不起。他發誓，一定不能饒了柳依紅，要把她的醜聞暴露於天下，讓她從此身敗名裂。他一遍又一遍地撥打著柳依紅的手機，到後來彷彿成了一個機械的動作。然而，柳依紅始終沒有開機，他在焦灼與憤恨中沉沉睡去。睡也睡不熟，突然地就驚醒了，又惱怒憤恨起來，用手拍打著床，嘴裡罵著些詛咒的話。

在這種暗無天日的日子裡，一個下午，他的前妻吳爽來了。吳爽還是為那十萬塊錢的事而來。這回，韓同軒沒有推辭，他把一本十萬塊錢的存摺給了吳爽。裝修完房子之後，這十萬塊錢幾乎是韓同軒的所有積蓄，但他並沒有因此而捨不得。看著眼角已經有了許多魚尾紋的吳爽，他忽然感到一種內疚。

大概是韓同軒的慷慨超出了吳爽的想像，突然拿到存摺的她感到有些不敢相信。

看著韓同軒的病態，吳爽問：「怎麼，那小妖精把你給甩了？」

韓同軒一頓猛咳，蠟黃的臉憋紫了，「妳別瞎猜了，沒什麼事就回去吧！」

吳爽沒有回去，她到廚房給韓同軒做了一頓飯。把飯放到桌子上之後，吳爽走了。臨走的時候，她對韓同軒說：「你小心著點，那個小妖精眼珠子咕嚕咕嚕的，我看不是個好東西。」

韓同軒不說話，躺在床上直喘氣。

半個月後，韓同軒出門了。他是被吳爽叫出去的，到機場給凱凱送行。凱凱臨走進安檢門的時候，回頭對他陰鬱地笑了一笑。從機場回來的路上，吳爽就又一口一個小妖精地嘮叨起柳依紅來。

韓同軒不耐煩地說：「別嘮叨了好不好，妳知道什麼？」

好心沒得到好報，吳爽說：「算我是狗拿耗子，行了吧？」

到了一個公車站，吳爽就下了計程車。

看著吳爽遠去的背影，韓同軒開始反思自己。他不明白為什麼吳爽一說柳依紅的壞話，他就會生氣，難道他被柳依紅玩弄的還不夠嗎？還要去替她說話，自己真是好歹不分了嗎？韓同軒想到了一個成語，

「以德報怨」，他覺得自己對待柳依紅的態度就是「以德報怨」。無奈，柳依紅怎麼就不明白他的一番苦心呢？一而再、再而三的這樣傷害他！

在腦子裡，他一遍遍的回想著柳依紅的所作所為，試圖替她開脫。他想，柳依紅那天晚上和陸天川睡是因為喝多了，並不是一貫的淫蕩成性。他又想，柳依紅就是一時性起，和陸天川遊戲一番而已，如同自己年輕時一樣，既然男人可以遊戲，女人怎麼就不可以了？

所有的設想都是在替柳依紅開脫。他為自己有這樣的想法而感到惱火、窩囊和無奈。這時，陸天川的話又在耳邊回蕩，他立刻告誡自己，不要再去想這個性事混亂的女人了，不值得！他下定決心要把她忘記，重新開始自己的生活。

一連幾天，他強迫自己不去想她。為了徹底的遺忘，他甚至去找了一次小姐。去了一家星級飯店，他破費不小。傳說中越是星級飯店越安全，越是星級飯店的小姐越漂亮。小姐很年輕，也的確是很漂亮，應該說是物有所值。但韓同軒卻怎麼也找不到感覺，一點也提不起興致來。最後，他完全是靠著對柳依紅的冥想才完成了那次花費巨大的性事。當小姐向他伸手要錢的時候，他嘔吐了，心裡卻在呼喚著柳依紅的名字。

還真是好歹不分了，柳依紅又鑽進了他的腦海，帶著往日的萬般柔情和風騷。在痛恨的同時，他又開始了思念。

韓同軒發現自己完了，著魔了。他發覺自己明顯地瘦了，這是內心撕裂的緣故。他不能老是這樣撕裂

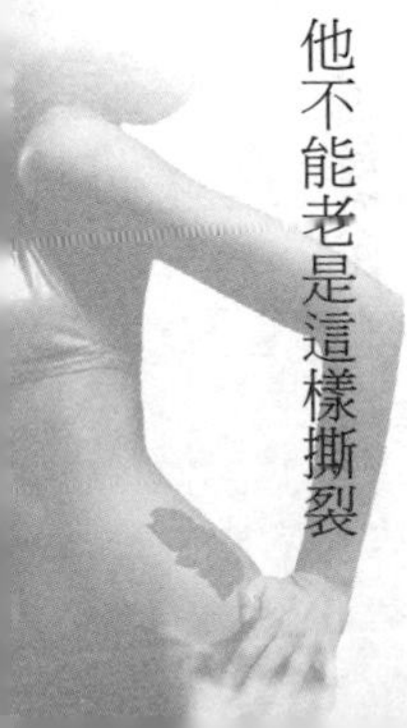

下去了，他要給自己一個選擇。嘴上說要選擇憎恨，心裡卻早已開始了思念。

他在思念，因此，他再次放棄了憎恨。在一個菸雨濛濛的黃昏，他站在陽台上，下了幾次決心，終於撥通了柳依紅的電話。他想好了，他要再次向她求婚。不計前嫌，從頭開始。

然而，柳依紅卻告訴他，她已經結婚了。他愣住了，後來又以為她是在和他開玩笑，想想不對，輾轉反側，又是一個無眠之夜。

如今，終於證實了，柳依紅的確是結婚了。

他徹底崩潰了，也徹底憤怒了。

現在，他唯一的想法就是懲罰這個女人，不惜一切代價的懲罰她！

在地上不知躺了多久，韓同軒睜開眼睛爬了起來。恍然之間，他感到不再疲勞和衰弱，全身充滿了活力和熱情。這活力和熱情來自於復仇的熊熊怒火。

第一個要找的人是文青。他把電話打到了文青的辦公室。

一聽是韓同軒，文青朗朗地笑著說：「韓主編，你老婆呢？想向她報喜都找不到人。」

「她才不是我老婆呢！」韓同軒氣乎乎地說。

文青以為韓同軒是因為找不到柳依紅在生她的氣，就接著說：「找不到她，告訴你也是一樣的，你老婆獲大獎了，作協高主席告訴我說，你老婆獲了李白詩歌一等獎，這回你兩口子該請客了。」

韓同軒眼前一黑，像是要氣昏過去一般。他內心原本就燃燒著一股熊熊怒火，這消息又像一股嫉妒的狂風。狂風穿梭在憤怒的火焰之中，推波助瀾，火勢欲高欲猛，把他整個人像是要燒焦了。

韓同軒一時找不到合適的話說，對著話筒冷笑了兩聲。

文青哪裡知道韓同軒的複雜心情，又說：「怎麼，你老婆獲大獎你不高興嗎？告訴你，聽高主席說，光獎金就好幾萬呢！」

韓同軒實在是無法忍受了，只聽他歇斯底里地大喊，「這個婊子不是我老婆！」

文青這才意識到韓同軒的不對勁，忙問：「老韓，你怎麼了？」

「文青，我要找妳談談，現在、立刻、馬上！」韓同軒一聲比一聲高的大嚷。

那頭的文青似乎也意識到了事情的嚴重性。

20

推開通向陽台的門，眼前就是傳說中的如畫的西湖。站在陽台上，看著不遠處的西湖，柳依紅伸了個長長的懶腰。

齊魯南從洗手間走了過來，剛刮完鬍子的他顯得越加英俊和精神，昨天的奔波和晚睡沒有在他身上留

下任何痕跡。他走到柳依紅身後，輕輕把她擁住，說：「妳要是累，就在房間休息，等會兒別跟著我出去跑了。」

「我不累。」柳依紅回過頭說。她嬌小的身體在齊魯南的懷抱中像條柔滑的美人魚。

齊魯南逗她說：「是不想離開我吧？」

柳依紅嗔笑道，「美的你，我是想看看你是怎麼辦案的。」

一提到案子，齊魯南的臉倏地一下沉了下來，狠狠地說：「我會抓住她的。」

門鈴響了，李萬慶推門走了進來。

李萬慶兩眼腫脹，臉色疲倦。他走到齊魯南面前，說：「我已經和杭州警方聯繫了，他們同意再次帶我們去銀行看監視錄影。」

吃飯的時候，李萬慶什麼也吃不下去，只是坐在那裡喝湯。柳依紅這時才發現李萬慶長了滿嘴的水泡。她勸李萬慶吃點東西，別上火，事情總會有所轉機的。李萬慶很感動，一再誇柳依紅是個好女人。

齊魯南卻從始至終都皺著眉頭，柳依紅知道他又陷入了案子裡。

監視錄影的確很不清晰。隱約看到那是個小個子的尖臉女人，和李萬慶提供的杜玉嬌的照片根本就不是同個人。臉上的五官很模糊，只能看個大概的輪廓。

在齊魯南的請求下，銀行同意他用數位相機拍了幾張照片。照片比錄影還要模糊。看著那照片，幾個人的神色都很凝重。

李萬慶用眼睛盯著齊魯南，想看看他心裡有沒有底。齊魯南皺著眉，顯得一籌莫展。

帶他們來的杭州警方的王警官對李萬慶說：「告訴你，你還不信，以為我們是在糊弄你，但凡有一點線索，我們能輕易放棄嗎？」

李萬慶給王警官遞了一根菸，陪著笑，說：「再看看，再看看。」

齊魯南又前前後後地看了幾遍錄影，臉上依然是一副一籌莫展的樣子。李萬慶生怕王警官不耐煩，一直陪著笑臉說他好心腸，求他別催齊魯南。

最後，是齊魯南自己要走的，他突然從椅子上站起來，說：「就看到這裡吧！」

李萬慶問：「有線索了嗎？」

齊魯南搖搖頭，「沒有。」

李萬慶的臉瞬間陰鬱起來，絕望到了極點。

一行人從銀行裡走出來，已經到了吃飯的時間，李萬慶要拉著王警官去和他們一起吃飯，王警官拒絕了。臨分手的時候，王警官對李萬慶說：「老李，你也太別著急，有了新線索，及時和我們聯繫，我們會及時出警的。」

李萬慶道了謝，看著王警官走遠了。

吃完飯回到飯店，齊魯南就拉上窗簾，打開電視連上數位相機開始反覆地看那幾張照片。

他躺在光線昏暗的床上，完全忘記了一旁的柳依紅，手裡的遙控器來回變換著，螢幕閃爍。幾張照片沒有什麼區別，都是一片朦朧，根本就看不出什麼來。齊魯南微瞇著眼睛，像是進入到一種半睡眠狀態之中。

柳依紅剝了幾個新鮮的荔枝，用小盤盛了端到齊魯南面前。齊魯南揮揮手，擋開了。

柳依紅小聲說：「實在看不出什麼來，也別強求自己，誰也沒答應他一定就能破了這案子。」

齊魯南還是沒有說話，又揮了揮手，把她擋開了。柳依紅覺得無趣，開門出去了。

李萬慶正抱頭坐在走廊的椅子上，看見柳依紅開門出來，忙招呼她過去坐。

「你也別太著急，這種事總得慢慢來。」柳依紅說。

「是的，我知道。」李萬慶說。

突然，齊魯南開門出來了。他臉上帶著一絲興奮和激動，但更多的卻是沉穩和老練。

「老李，你來一下。」

李萬慶趕忙站起來跑了過去。

螢幕上的照片依然朦朧模糊，李萬慶和柳依紅不明白齊魯南的這份興奮和激動從何而來。

「看她的頭髮！」齊魯南說。

頭髮？柳依紅和李萬慶都把目光集中到了領款女子的頭髮上。領款女子是長髮，兩邊垂下來的頭髮把臉遮住了大半。柳依紅和李萬慶都沒有看出什麼來。「看她的頭頂。」齊魯南又說。

頭頂也沒有什麼好看的，上面捲著幾個髮捲，早就看到了，很多女人都會這麼做。

柳依紅和李萬慶不解地看著齊魯南。

齊魯南像是從剛才的冥思苦想中掙脫出來，朗朗地說：「這幾個髮捲就是線索。」

李萬慶急忙問：「怎麼講？」

「這個女人的領款時間是下午三點。這個時間是一般公司的上班時間。在一般公司上班的女人是不可以頭上戴著髮捲的。也就是說，這個女人從事的是一種可以帶著髮捲上班的工作或者是沒有工作。沒有工作的可能性可以基本排除，因為杜玉嬌是外地人，結識這種女人的機會不大。這樣想來，那就剩下一種情況，這個女人從事的是一種可以帶著髮捲上班的工作……」

「這是個髮廊女？」柳依紅眼睛一亮，搶著說。

齊魯南笑說：「是的，她很可能是個髮廊女，你們再看，她穿的短裙，是不是更像是髮廊裡的工作服？」

「沒錯，很像。」

李萬慶恍然大悟，「怪不得上次查戶籍查不到她，髮廊女通常都是外地打工的。」

「正是這樣。」齊魯南說。

「整個杭州髮廊可就多了，找到這個人無疑是大海撈針。」

齊魯南一笑說：「離那家銀行肯定不會太遠。」

「是啊！我怎麼就沒想到呢？」柳依紅一拍自己的腦門，說。

齊魯南提起放在床上的衣服，「走吧！還等什麼？」

竟然出奇的順利，找到那家銀行附近的第二家髮廊，就看到了那個尖臉女子。發現尖臉女子的瞬間，三個人心頭都猛地一震。尖臉女子的頭上還捲著幾個髮捲，看來這是她的老習慣了。齊魯南向女子出示了律師證，開始向她詢問一些問題。女子叫劉晶，髮廊裡的其他人都稱呼她阿晶。阿晶並沒有否認前些天她曾經替人領過錢這件事，她說那人是她的顧客。這一點髮廊裡的幾個姐妹可以替她作證。

「妳知道她叫什麼？有她的聯繫方式嗎？」齊魯南問。

阿晶搖搖頭。

「她是做什麼的，家住哪裡知道嗎？」

阿晶又搖了搖頭。

「那妳說說那天的情況。」

阿晶摸著頭上的髮捲，笑嘻嘻地說：「那天，那個漂亮姐姐來做頭髮，她以前也來過的，是我的顧客，我替她辦過一張3000塊錢的卡，很有錢的樣子。那天，她剛來就說很累，要做皮膚營養護理，還要做頭髮。我在裡屋給她皮膚營養護理的時候，她突然說讓我幫她一個忙，到那邊的銀行幫她領點錢，」說到這裡，阿晶看了一眼旁邊的一個染著紅頭髮的女孩，接著說：「那天阿秀也知道這件事，對吧？」

阿秀說：「是的，我進去的時候，阿晶正在給客人臉上塗營養膠，那位客人是說要讓阿晶幫她領錢來著。」

「後來呢？」齊魯南問。

阿晶說：「給她抹完營養膠，要等半小時才可以取下來，我就利用這段時間去了銀行。臨走的時候，她躺在床上從包包裡拿出銀行卡和一張身分證交到我手上，她說那身分證是她老公的。另外，她還從她的包包裡抽出了一個蛇皮袋子塞到我手裡，說用這東西裝錢安全。說實在的，當時，我還覺得奇怪，心想她怎麼會用這麼大個蛇皮袋去裝錢。我問她領多少，她說把卡上的錢都領出來，特意叮囑我就是再多也要都領出來，並且說她已經和銀行聯繫好了，錢已經準備好了。我到了銀行辦理業務，簡直把我嚇了一大跳，竟然是整整100萬。要不是那個漂亮姐姐叮囑過我就是再多也要都領出來，我還真不敢領了。最後，我把錢都取了出來，放到那個蛇皮袋子裡。怪不得那個漂亮姐姐要塞給我這個蛇皮袋子，它還真是派上了用場，裝了滿滿一袋子。我從來沒見過這麼多的錢，出門的時候生怕被人給搶了。誰知，剛一出門，還真有一個人衝我過來了，他自稱是那個漂亮姐姐的朋友，過來就要幫我扛那個錢袋，我死也不同意，不讓他靠近，他就笑著跟著我。好不容易走到了髮廊，我嚇出了一身的冷汗。我像拎磚頭一樣把那100萬的錢袋拎進了裡屋。那漂亮姐姐還躺在美容床上，看見我回來，對我笑了一下，說了聲謝謝。」

阿晶說完了，對旁邊的阿秀吐了吐舌頭。

「就這些？」齊魯南問。

旁邊的阿秀搶著說：「她還給了妳1000塊錢。」

阿晶有些不好意思，說：「是的，她走的時候，給了我1000元錢，讓我去買件漂亮衣服，我覺得這錢來的太容易，就請姐妹們出去吃了一頓。」

「她是怎麼把那些錢拿走的呢？」齊魯南問。

「其實，那個男的一直在外面等著，她剛一出門，他就幫她接了過去，他們是一起搭車走的。」

「車號記得嗎？」

「不記得。」

「妳再想想，她還說了些什麼？」

「就這些，沒有什麼了。」

「她以前來過幾次？」

「以前就來過一次。」

「什麼時間？」

「大概兩個月以前，對，剛過完『五一』的時候。」

「那次她說過什麼？」

阿晶想都不想的說：「說過什麼早就不記得了。」

「她後來又來過嗎？」

「沒有。」

齊魯南從包包裡取出一張照片，拿到阿晶面前，問：「妳說的那個漂亮姐姐是這個人嗎？」

那是杜玉嬌的照片。

阿晶看了一眼，說：「不是，漂亮姐姐比這個人要漂亮許多。」

齊魯南和李萬慶面面相覷，不知道究竟發生了什麼事情。

「妳再好好看看。」柳依紅問。

阿晶說：「不用看，不是她。」

阿秀湊過來，也說：「真的不是她，一點都不像。」

「那她是什麼樣子的？」齊魯南問。

「她瓜子臉、高鼻子、大眼睛、柳葉眉、櫻桃嘴……」阿晶一口氣說出了一大串形容美女的詞兒。

李萬慶呆了，儘管杜玉嬌長得不難看，但也沒漂亮到這個地步。幾個人如墜入霧中，不知道這個神秘的漂亮女子究竟是何方神聖。

臨走的時候，齊魯南叮囑阿晶，讓她再想想那個女子還說過些什麼，如果想起來，就給他打電話。

阿晶又摸了摸頭上的髮捲，說：「怕是想不起來了，我很忙的，哪有時間老想這事。」

李萬慶明白了阿晶的意思，忙從口袋裡掏出一遝錢數給阿晶一千。

阿晶嘴上說著不要，手卻趕忙接了，笑著說：「如果想起來，我一定會和你們聯繫的。」

旁邊的阿秀用手扯著阿晶的衣角，小聲說：「發財了，發財了！」

阿晶笑著踢她一腳，「請客還能少了妳？」

臨出門的時候，齊魯南對阿晶說：「如果能再提供出有價值的資訊，還會給你錢的。」

阿晶的臉上樂開了懷，頭上的髮捲笑得一顫一顫的。

回到飯店不久，齊魯南就接到了阿晶打過來的電話。阿晶說她想起了一件事，不知道有用沒用。齊魯南問她想起了什麼事，阿晶卻說要等見面再談。齊魯南笑笑答應了。齊魯南問在哪裡見面，阿晶把見面地點訂了在她們髮廊附近的一個飯店。齊魯南笑笑，又答應了。

齊魯南一行三人趕到那家飯店的時候，阿晶帶了六、七個姐妹已經等在了那裡。這家飯店是那種看樣品點菜的飯店。一看到齊魯南，幾個女孩就像麻雀一樣歡愉地蹦跳著飛向大廳裡擺滿了菜品的櫥櫃。

一通忙亂之後，大家終於坐到了一起。看著滿滿一大桌子菜，齊魯南微笑著等待阿晶開口。李萬慶早已急得頭上冒汗，此時再也裝不成紳士，著急地問：「阿晶姑娘，妳又想起什麼來了？」

阿晶只是笑，端起水杯輕抿了一口，又笑，很含蓄的樣子。

李萬慶終於明白過來，掏出錢包又數給她一千。

阿晶不客氣地收了，臉上綻放出燦爛笑容。那燦爛中，似乎還殘存著一絲羞澀。

見阿晶收了錢，幾個小姐妹像一群接到開飯指令的歡愉的麻雀一樣，紛紛撲向桌子。

「大家且慢！」齊魯南聲音不高但卻極具威懾力的說，他又把頭轉向阿晶，「妳想起了什麼？」

「她第一次到這裡做美容的時候，曾經接過一通電話。」阿晶的眼神有些遊移，大概她是在擔心這通電話的內容值不值一千塊錢和這頓飯錢。

齊魯南鼓勵她，「電話說了什麼？」

「好像對方告訴她，說她的營業執照批下來了，她聽了之後很高興，說馬上就去工商局領取。」

「是什麼營業執照知道嗎？」

「不知道，但聽她在電話裡告訴對方，領取了營業執照後要馬上去上海聘幾個服裝設計師。」

齊魯南的眼睛一亮，「妳說的這些都是真的嗎？」

「絕對是真的！」

「那妳剛才為什麼不說？」

「剛才沒有想起來。」阿晶臉上的羞澀又浮現出來。

齊魯南忙抬腕看錶，五點過一刻，他忙從桌前站起來，「妳們慢慢吃吧！我們先走了。」

三個人搭車趕到工商局，正趕上下班。慌裡慌張找到負責登記註冊的辦公室，見一個三十出頭的男人正背著包包要出來。齊魯南和李萬慶上前說了來這裡的目的，請求那人晚下一會兒班幫他們查查最近註冊的服裝公司。那人看一眼牆上的掛鐘，不耐煩地說：「明天再來吧！已經到下班時間了。」

「先生，你就幫幫忙吧！也用不了幾分鐘的，我們是從外地趕來的，事情很急。」

那人不耐煩，剛要開口說什麼，一個年紀大一些的中年男人從外面走了進來。

中年男人說：「小王，還不走啊？」

中年男人又看了眼齊魯南他們，問：「你們有事嗎？」

李萬慶忙說：「我們要麻煩這位先生幫忙查個東西。」

小王看一眼中年男人，說：「科長你先走，我幫他們查個東西。」

四、五兩個月共有五家服裝公司註冊，法人代表中沒有杜玉嬌這個名字。齊魯南把這幾個公司的地址以及法人代表的名字、年齡及性別都記下來。有兩家公司可以基本排除，因為法人代表一個是台灣人，一個是香港人，且皆為男性。剩下的三家公司的法人代表都是女的，其中有一家也可以排除，因為年齡一欄寫著五十七歲。剩下的兩家公司一家叫「紅葉」，一家叫「麗蒙」。「紅葉」公司的法人代表叫葉舒，今年三十一歲，比杜玉嬌小一歲。「麗蒙」公司的法人代表叫季小雨，今年三十三歲，比杜玉嬌大一歲。

出了工商局，齊魯南就對李萬慶說：「這杜玉嬌不是葉舒就是季小雨，究竟哪一個是我們要找的人，明天就可以見分曉了。」

李萬慶不相信似的看著齊魯南，說：「真的能找到她嗎？我怎麼就跟做夢一樣呢？」

「是的，肯定跑不了的。」齊魯南狠狠地說。

「齊律師，你可真是太神奇了，怪不得我那朋友說你比神探還神呢！」

柳依紅也覺得齊魯南很神奇。從早晨到現在，這十多個小時經歷的事情，環環相扣，竟然沒有一環是無用功。

李萬慶說：「今天晚上咱們出去好好慶賀一下吧！」

齊魯南攬了一下柳依紅的肩膀，說：「不了，今晚咱們分頭行動，我們倆想去西湖看看。」

李萬慶忙說：「那好，那好。」

回到房間，剛洗完澡從洗手間出來的齊魯南問柳依紅，「妳還記得蘇軾在杭州當官時寫的那首描寫西湖的詞嗎？裡面有兩句很經典。」

柳依紅馬上說：「欲把西湖比西子，淡妝濃抹總相宜。」

「正是。」齊魯南說。

「妳知道嗎？在我心目中，妳也是這樣一個淡妝濃抹總相宜的美人。」

「去你的。」柳依紅不好意思起來。

齊魯南上前把她抱到了床上。

「麗蒙」公司八點半上班，齊魯南和柳依紅準時來到了公司。來到大廳，齊魯南找到一個管事的，說要和他們總經理談一筆業務。那人說總經理還沒來，請他們再等一會兒。

等待的過程中，他們去參觀了一樓的展出櫃檯，櫃檯旁邊的牆壁上掛了幾張照片，每張照片上都有一個胖胖的矮矮的三十歲出頭的女人。

「這是你們季總經理吧？」齊魯南指著照片上的那個女人問旁邊的一個員工。齊魯南的口音有點南腔北調，已經聽不出他是個北方人。

員工的回答證實了齊魯南的猜測。

「走吧！這個季小雨不可能是杜玉嬌，她的身高恐怕不到一米六，那杜玉嬌可是個一米七二的大個子。」

兩個人剛出門，一輛奧迪停在了公司門口，車上走下來的正是季小雨。季小雨比他們想像的還要矮，人比照片上還要胖，走起路來一歪一歪的。

齊魯南和柳依紅對視了一下，更加堅定了這人不是杜玉嬌。

「紅葉」公司在郊區，趕到那裡已經十點多了。

齊魯南單刀直入，說要找總經理訂製一批制服。一聽數量極大，接待小姐趕忙就把他們帶進了總經理辦公室。齊魯南和柳依紅說話的時候，使用的是那種南不南北不北的怪腔怪調。

葉舒很熱情，也很漂亮，但卻和李萬慶提供的照片上的那個人絕對不是同個人。身高倒是有些相似，都是一米七出頭的個子，很苗條、很性感。

業務談得很順利，是一大單生意，兩廂情願，很快就確定了數量和價位。當葉舒提出來要簽合約的時候，齊魯南說要等到下午，因為他想把總經理請過來再過過目。

齊魯南說：「我們總經理通常都非常尊重我的建議，不過，我們在底下做事的，也要尊重總經理不是嗎？」

葉舒款款的笑，誇齊魯南會做事。

齊魯南看著葉舒，讚美道，「我看葉總經理才是那種會做事的女人，小柳，妳以後要多向葉總學習。」

柳依紅說：「好的，齊副總。」

葉舒轉過身，莞爾一笑，「齊副總，你看這樣好不好，現在也快到了吃飯的時間，你把你們總經理叫過來，咱們一起吃個便飯怎麼樣？順便也把事情一併談了。」

「葉總是個爽快人，辦事講求效率，這點咱倆一樣。」

「做事情就要這樣，我不喜歡拖泥帶水。」

「吃飯、工作兩不誤？好主意，」齊魯南把頭轉向柳依紅，「小柳，我和葉總先聊著，妳去給咱們李總打通電話，請他把握時間趕過來。」

「好的。」柳依紅說著就出去了。

齊魯南又想起什麼似的追了出去，他在走廊裡和柳依紅嘀咕了幾句又回來了。他對葉舒說：「我讓小柳告訴李總給我帶點胃藥，今天中午我要陪葉總好好喝一點酒。」

「怎麼，你的胃不好嗎？」葉舒關切地問。

齊魯南笑著說：「沒關係，只是偶爾的。」

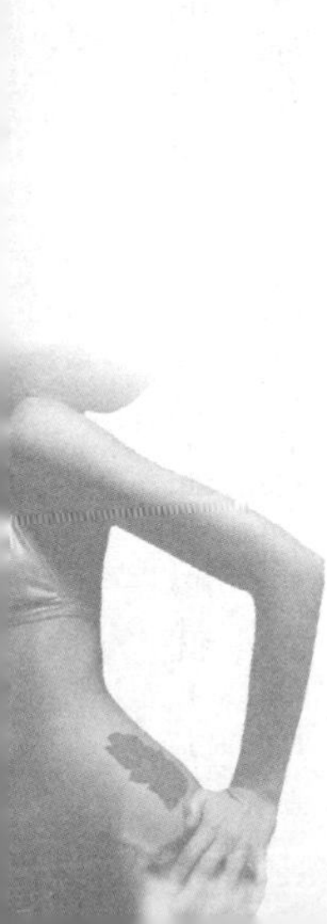

給李萬慶打完電話，柳依紅就跑到離紅葉公司有一段距離的一個地方等他。不一會兒，李萬慶就下了計程車。柳依紅按照事先齊魯南的交代，把他拉到了一個僻靜的地方。她從齊魯南剛才在走廊裡塞給她的包包裡掏出一個假頭套給李萬慶帶上，又給他沾上了假鬍子，臨了，把一副墨鏡戴到他臉上。只一會兒工夫，李萬慶就完全變了樣。

做這一切的時候，柳依紅覺得自己像是在演戲，跟驚險電影裡似的，很刺激，很好玩。

「這是幹什麼？」李萬慶看著鏡子裡的自己，不解地問。

柳依紅說：「我也不知道，齊魯南讓你這麼做的，他說讓你去看看那個女人是不是杜玉嬌，無論是還是不是你都不要太衝動，少說話，多點頭，說話的時候最好要南腔北調一點，總之，不要讓她聽出來你是你。對了還有，你是老總，我和齊魯南都是你的下屬，我們稱呼你李總。」

一番折騰，懵懵懂懂的李萬慶跟著柳依紅來到了紅葉公司。

剛進公司，就見葉舒和齊魯南一起在公司樓前等候他們。

齊魯南介紹說：「這是我們李總，」又一指旁邊的葉舒，「這是紅葉服裝公司的葉總。」

葉舒微微笑著，伸手示意大家向樓東邊的餐廳方向走。李萬慶也點頭微笑，伸手讓葉舒先走。葉舒不肯，謙讓著讓李萬慶先走。

齊魯南一下把葉舒輕推到前面，「客隨主便，還是葉總先走。」

葉舒微笑著向前走去。

和李萬慶並肩走著的柳依紅看了他一眼，用眼神問他這個女人是不是杜玉嬌，李萬慶搖了搖頭。

這時，走在杜玉嬌身後的齊魯南問：「葉總是哪裡人？」

「我是北方人。」葉舒說。

聽到葉舒的這句話，李萬慶猛然站住了，只見他一下跑到杜玉嬌面前叫道，「玉嬌！」

杜玉嬌沒有反應過來，竟然下意識地答應了一聲。

然而，她馬上就後悔了，變了臉色，立刻改口說：「我不叫這個名字！」

「玉嬌，我找妳找的好苦，快跟我回去吧！」李萬慶用他自己的聲音苦口婆心地說。

已經改名叫葉舒的杜玉嬌，這時開始仔細地打量起眼前的這個樣子有些怪異的男人，她終於明白眼前發生了什麼事情，轉身就跑。然而一切已經晚了，齊魯南上前一把就抓牢了她，並讓柳依紅迅速報了警。

杜玉嬌大嚷大叫，罵齊魯南他們是流氓、強盜，讓員工們出來救她。員工們迅速圍了過來，有幾個人甚至還抄起了傢伙。情況萬分火急。

齊魯南向他們講清事實，告訴他們說這個女人是個涉案六百餘萬元的大騙子。杜玉嬌大叫冤枉，說齊魯南等人是綁匪，要綁架她。員工們又紛紛圍上來，雙方甚至撕打起來。

齊魯南的臉被一個小夥子打了一拳，流血了，但他還是死死地抓著杜玉嬌。柳依紅見狀衝上去，對著那個小夥子就是一個耳光，小夥子一把把她推到了地上。

來不及擦血，齊魯南說：「我們已經報了警，員警來了自然一切就都明白了，如果誰現在把她放走

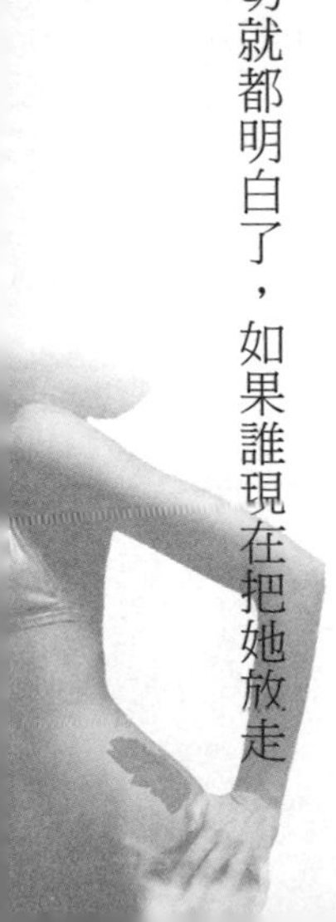

了，是要負法律責任的！」

杜玉嬌大喊，「聽他放屁，他根本就是個綁匪！把他拉到一旁去！」

齊魯南說：「大家看看誰更怕員警來？就知道誰是真正的犯人了！」

員工們想想，覺得齊魯南說得對，就停下手來。

杜玉嬌絕望的大罵。就在這時，傳來了呼嘯的警車聲。

一件意想不到的事情發生了。一直愣在一旁的李萬慶突然摘掉墨鏡衝到杜玉嬌面前，對她說：「玉嬌，只要妳肯答應跟我回去，我就讓他們走，這是我們的家務事，我們自己處理。」

被齊魯南牢牢抓住手腕的杜玉嬌抬起頭，她的頭髮已經亂了，嘴角上流出了一絲鮮血。她定定地看著李萬慶，一字一頓地說：「對不起，你就死了這個心吧！」

「玉嬌，妳怎麼就這麼死心眼呢？現在跟我回去還來得及！」李萬慶的假髮已經掉到了肩上，鬍子也錯了位，樣子看起來有些滑稽。

杜玉嬌像是累了，她閉上眼，說：「我情願去坐牢，也不會跟你回去的，我們的緣分盡了，你就死心吧！」

李萬慶百感焦急，一下蹲到了地上。

這一幕，給了柳依紅很深的震撼。從這一刻開始，她不再覺得杜玉嬌是個因為逃避罪責而不惜去做整容的女騙子。相反，她忽然不知原由的，對杜玉嬌生出一種隱約的同情和憐憫。

齊魯南還是一隻手死死地攥住杜玉嬌的手腕，另一隻手卡著她的脖子，嘴上不停地指責李萬慶，「老李，你這是幹什麼？她這是罪有應得！」

又發生了一件意想不到的事情。

樓東邊餐廳裡，突然衝出了一個人。那人穿著雪白的襯衫，藍色的褲子，雪白的襯衫紮在腰裡顯得格外俊挺和幹練。他發瘋般向杜玉嬌衝過來，想把她從齊魯南手裡搶走。

李萬慶一眼就認出了他，正是那個拐走杜玉嬌的小白臉。李萬慶怒火中燒，向小白臉撲去。小白臉雖然身材比不上李萬慶高大，卻很靈活，一下就把李萬慶摔到了地上。只見他再次向杜玉嬌奔過來，拉著她就想走。齊魯南死也不肯放手。三個人撕扯在了一起。

柳依紅沒有上前幫齊魯南，她呆呆地站在一旁，腦子裡很亂。

聽到越來越近的警車聲，杜玉嬌對小白臉說：「你不是在午休嗎？誰讓你出來的，你快走吧！」

小白臉還在拼命地拉杜玉嬌，「我不能讓妳一個人去，要去也要一起去！」

杜玉嬌絕望地大喊，「你快走吧！」

那小白臉突然對緊攥著杜玉嬌手腕的齊魯南的手上猛咬了一口。齊魯南沒有驚叫，也沒有把手鬆開，仍舊死死地抓著杜玉嬌。

這時，警車衝進了院子，幾個持槍員警一下湧了上來。昨天見過面的王警官也在其中。

杜玉嬌和小白臉被戴上了手銬。

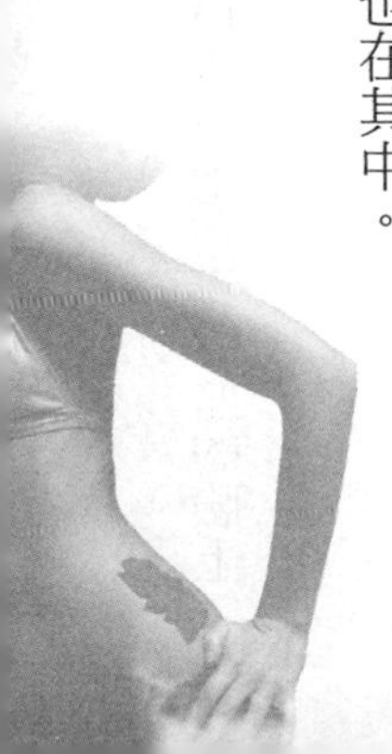

李萬慶還癱坐在地上，柳依紅依然呆呆地站在一旁。有一個瞬間，柳依紅發現齊魯南布滿鮮血的臉上露出一種猙獰和陰鷙。

她的心不明原由的突地一陣急跳，整個人像是要虛脫過去一般。

也就是在這個瞬間，柳依紅回歸了自己，那些被她硬是拋到腦後的煩心事一齊湧上心頭，而齊魯南對杜玉嬌表現出的那種猙獰和陰鷙又加深了她的煩惱。

至此，在柳依紅心中維持了十多天的蜜月感覺，也隨之提前消失了。

回到省城，柳依紅和齊魯南在公安局待了整整一天。柳依紅沒有想到公安局做筆錄會是這麼的繁瑣和複雜。

好不容易了結了這件事，兩個人剛回到家，又傳來了一個意想不到的消息。

柳依紅的詩歌獲大獎了。

知道這個消息時柳依紅和齊魯南正在一樓的客廳裡整理行李箱。他們當時的話題是杜玉嬌。

柳依紅說她很同情杜玉嬌，她說：「我覺得杜玉嬌是個很率直的女人，敢愛敢恨。」

齊魯南說：「什麼敢愛敢恨，我看她水性揚花成性。」

「你看她對那個小白臉多鐵，一個勁的讓他跑，那個小白臉也很仗義，寧肯坐牢也要陪著她。」

「一對男盜女猖的狗男女，哪裡談得上什麼仗義不仗義！」

「當然，他們捲了李萬慶的錢這件事不對，可是我覺得他們之間的感情是真的。」

一提起李萬慶，齊魯南更是有氣，「這個老李，也真是個糊塗蛋，本來一心要報仇的，想不到一見那女人就變了心思。」

齊魯南鼻孔哼了一聲，臉上露出了嘲諷的一笑。

柳依紅說：「那老李也真是夠癡情的，哎，你說當時杜玉嬌要是真的答應了李萬慶，跟著他回來，又會是一種什麼結局，是不是杜玉嬌就不會被判刑了呢？」

齊魯南的眼睛裡又閃過一抹陰鷙，「我是不會同意他那樣做的！杜玉嬌必須要為自己的行為付出代價！」

柳依紅感嘆，「杜玉嬌可真是美啊！說實在的，我如果是個男的，也會被她吸引的。」

「妳瞎說什麼，她的美都是整容整的，這種女人就像罌粟花，越美，毒性就越大！」

那個報告柳依紅獲大獎消息的電話，就是在這個時候打過來的。

來電話的是省電視台「藝術之路」的製片人，名叫賈濤。在省裡獲獎那年，賈濤曾經給柳依紅做過一期節目。

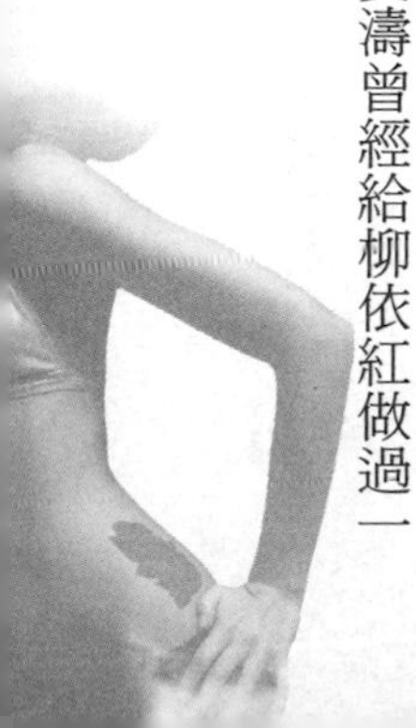

賈濤一開口就說：「柳姐，祝賀妳！」

柳依紅一時沒明白過來，以為賈濤是指她結婚的事情。只聽賈濤又說：「全國一等獎，太不容易了，這回我一定給妳好好做一期節目。」

「你說什麼？一等獎？」

「怎麼？妳還不知道嗎？妳獲全國李白詩歌一等獎了，我在報紙上看到的。」

「是嗎？我最近不在，不知道。」柳依紅淡淡地說。

不知怎麼了，聽到這個消息，柳依紅竟然沒有絲毫的激動和興奮，和當初報獎時的迫切心情完全判若兩人，她隱約覺得這次獲獎也許會成為一個麻煩。現在她只想著和齊魯南在一起過安穩日子，不想被任何事情所攪擾，為了齊魯南，她可以放棄一切，也包括文學。獲獎這件事對韓同軒顯然是火上澆油，她擔心韓同軒會因此鬧出一些事端來。俗話說兔子急了還咬人，那韓同軒雖然是個老實人，但卻難保這次不和她急。自從在成都接到那通電話之後，韓同軒就沒有再和她聯繫。她不知道韓同軒現在是否知道她獲獎的事情。她不得不把韓同軒的這種沉默，看成是一種潛在的隱藏著的危機。

柳依紅忐忑起來。

賈濤的話打斷了柳依紅的這種忐忑，「柳姐，我就喜歡妳的這種淡薄名利和大智若愚，大器！我已經跟我們主任說好了，再給妳上一期『藝術之路』，妳明天來錄節目吧！」

「我看算了吧！」柳依紅躊躇著說。

「柳姐，妳可不能拆我的台呀！我已經給我們主任說了，妳一定要給我這個面子。」

旁邊的齊魯南聽明白了這通電話的意思，他在旁邊小聲說：「要妳做就做唄，謙虛什麼？能上電視是好事！」

「我再考慮一下吧！」柳依紅說。

賈濤說：「妳可千萬別說考慮，就直接答應了我吧！否則我就要挨主任的罵了。」

齊魯南又示意柳依紅，讓她答應。

柳依紅說：「那好吧！明天見。」

放下電話，齊魯南就把柳依紅攬在了懷裡，「以前沒發現，我老婆還挺內秀。」

「上這種節目，有什麼意思？純粹是招搖過市！」

「我老婆能上電視，我高興！別人想上還沒有這個資格呢！」

柳依紅說：「就你嘴貧。」

第二天上午，柳依紅去電視台錄了節目。錄完之後，就直接回家了。休假的時間還沒到，她沒有去公司露面。

回來之後，齊魯南就忙上了事務所裡的事情，天天早出晚歸。柳依紅一個人待在家裡。一天，她忽然覺得該給文青打通電話了。柳依紅端坐在沙發上，想著自己該怎麼開口。

想了許久，她終於鼓起勇氣拿起了話筒。

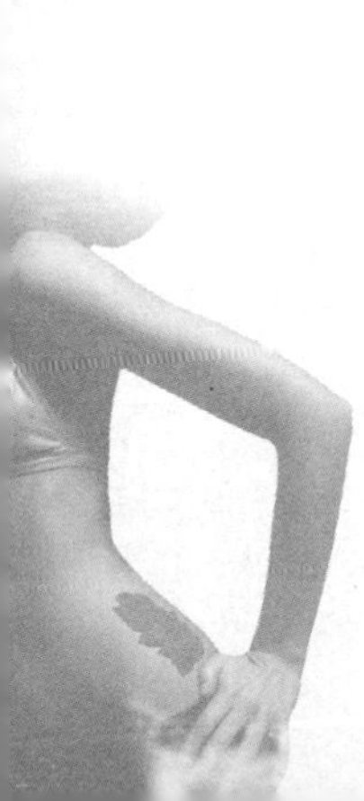

22

韓同軒闖進文青辦公室的時候，滿臉青紫，眼睛像是要從眼眶裡鼓出來一般。

在文青眼裡，韓同軒一向是個溫文爾雅的男人。但此刻的他卻完全像個瘋子。一進門，韓同軒就揮舞著手臂，大著嗓門告訴了文青兩個爆炸性的新聞：一是柳依紅已經和一個叫齊魯南的男人結婚了，二是柳依紅以前的所有作品都是他替她寫的。

文青驚詫得一下就張大了嘴巴。

「我說的絕對都是實話。」韓同軒捶胸頓足地說。

結婚的事情很快就得到了證實。說到作品的事情，文青覺得有些不可思議。柳依紅已經是個很有名氣的詩人，發表的作品也不是一篇、兩篇，怎麼有可能都是別人代筆？但韓同軒卻語氣鑿鑿，讓人不得不信。

如果真的是那樣，柳依紅這個女人就太可怕了！

如今，柳依紅又獲了全國李白詩歌獎。假如韓同軒的話是真的，就是說柳依紅已經成功地製造了中國文壇上的一個彌天大謊！

文青不敢相信她一貫欣賞的女友會是這樣的一個女騙子！知識女騙子！這簡直是太可怕了！

文青不敢相信，也不肯相信！

「你為什麼要這麼做？為什麼要當這個無名英雄？」文青審視著韓同軒問。

「一開始她求我只幫她一次忙。」韓同軒說。

「什麼時候。」

「妳們畢業的時候。」

「你幫她寫了什麼？」

「詩集《偶然》。」

文青一笑，「《偶然》我記得是她自己寫的，不上課花兩週時間躲在宿舍裡寫的。」

「她是寫了，但寫的一團糟，她的手稿還在我那裡保存著，和後來出版的《偶然》根本就不是同個東西，不信妳可以去看。」

文青想到了當時柳依紅出版《偶然》的動機，就試探著問：「她為什麼要找你幫忙寫《偶然》呢？」

「為了進歌劇院創作室，她說是沈院長說的，有一本詩集才好替她說話。」

憑直覺，文青知道韓同軒沒有撒謊，可是她還是不能相信，她直視著韓同軒，接著問：「那後來你幫她是為什麼呢？」

「剛寫完《偶然》，緊接著院裡又向她要兩首歌詞，本來我是不打算再幫她了的，可是……」

「可是什麼？」

「有些事情妳是知道的，我原來和小馮好過，後來她……」

「你是說在那個時候你就和柳依紅好上了，因此也就不好意思拒絕她了？」

「是的，不過最初並不是我主動。後來為這事，小馮和我鬧翻了。」

「你是說是柳依紅主動和你好的，目的就是讓你替她寫詩？」

「當時我以為她是真的喜歡我，現在覺得她只是在利用我。」

「老韓，你也知道，柳依紅的作品也不是一篇、兩篇，我還是不能相信，這麼多年來她的東西都是你寫的，這怎麼可能？」

「天地良心，我絕對沒撒謊，妳知道嗎？就在一個多月前，我還替她又寫過一本書，宣傳部的約稿，為了寫這本書，我買了許多資料，那些資料現在還堆在我家的陽台上，不信你去看，還有，這些年我給她寫的所有東西我都存了檔，妳也可以去看！」

文青很震撼。但她還是不肯相信。

她又問：「那你為什麼要這麼做？為什麼要當這個無名英雄？」

韓同軒把頭低下去，慢慢地說：「我喜歡她，越來越喜歡她！也越來越離不開她！」

突然，韓同軒又把頭抬起來，眼睛裡冒著怒火，「她就是一堆臭狗屎，原本我也打算認了，可是她過河拆橋，竟然這麼沒良心！我現在恨她，我會讓她身敗名裂的！」

韓同軒的這些話充滿了醋意。這些話又讓文青對韓同軒的話產生了懷疑。

韓同軒走的時候，文青追到走廊裡對他說：「老韓，這些話你對我說了就行了，不要再對別人說了，等回頭我問問柳依紅，再和你聯繫。」

韓同軒冷笑一下，走了。韓同軒轉身的時候，文青看見他的牙齒在走廊的燈光下閃著逼人的寒光。

文青在辦公室裡反覆思忖著剛才韓同軒說的那些話。她忽然感到對柳依紅這個人有些陌生了。她和柳依紅是好朋友，和韓同軒也是多年的相識。可以說，這兩個人都是讓她可以信任的朋友。正是由於這樣，她不知道自己究竟該相信誰。

文青在心裡替柳依紅辯解，她認為韓同軒之所以這樣做是因為柳依紅的突然結婚，他是因為吃醋才這樣拼命污蔑詆毀柳依紅的。又一想，也不對，韓同軒平時也不是個不講理的人，單單是因為吃醋，怎麼會編造出如此駭人的謊言。

文青想給柳依紅打通電話問問情況，可是又一想，柳依紅連結婚這樣的大事都不肯向她透漏半點風聲，自己又何必自作多情？

想來想去，文青也就沒有主動和柳依紅聯繫。

韓同軒來文青辦公室後的第三天，文青在電視上看到了柳依紅做的那期「藝術之路」，看著電視上侃侃而談的柳依紅，文青第一次對柳依紅的人品產生了懷疑。

韓同軒也看到了那期節目，又給文青打電話把柳依紅控訴了一番。

這段時間裡，文青曾經給林梅打過一通電話，想側面的瞭解一下柳依紅到底會不會寫詩。林梅的回答模稜兩可。想想也是，有誰寫詩之前和寫詩之後會大聲通報一聲別人呢？

在話筒裡一聽到柳依紅的聲音，文青就感到心裡猛地一緊。她和柳依紅是多年的朋友，彼此之間熟悉和隨意的早已如同家人一般。此刻的這種感覺在她還是頭一次。

「我是找妳請罪的。」柳依紅一開口就說。

文青稍稍愣了一下。

柳依紅接著說：「我想找妳好好談談，妳現在有時間嗎？」

文青答應了。

半個小時後，兩個人在一家咖啡館裡見了面。

一見面，柳依紅就遞上了一遝她和齊魯南旅遊結婚的照片，又拿出了一大包她給文青買的禮物。

文青一旁看照片，一旁指責柳依紅，「妳這傢伙，真不像話，這麼大的事，也不說一聲。」

柳依紅神色有些無奈，「我倒是想跟妳說，可是跟妳說了說不定這個婚就結不成了。」

「此話怎講？」文青問。

「妳想呀！妳和老韓那麼好，還不替他說話！」

文青是個實在人，見柳依紅這麼坦誠，自己也不想再裝作什麼都不知道了，就說：「老韓讓妳氣得夠嗆，你們到底是怎麼了，我一直都以為妳是要和他結婚的，怎麼又突然冒出了這個齊魯南？」

「那是老韓的一廂情願，我可沒有這個想法！」

「不對吧！妳敢說一直都沒有這個想法？」

「有過，但那是很久以前的事情了。」柳依紅說，很坦誠的樣子。

「老韓可一直都以為妳是要和他結婚的，妳可把他坑慘了。」

「怎麼是我坑他？這本來就是兩廂情願的事情，事先不告訴妳就是怕妳這樣說我，勸我和他結婚，看來不告訴妳是對的。」

文青想到了作品的事情，可是又不知道該怎麼開口。

柳依紅說：「老韓以前幫過我，我知道我這樣做老韓肯定會非常恨我，可是我也沒有辦法，我總不能為了感激他就違心的嫁給他吧？如果換成妳，妳會嗎？」

「妳說老韓幫過妳？」

「是啊！他以前幫我改過稿子，憑心而論，應該說對我幫助不小，可是即便是再大感激，也不至於讓我以和他結婚為代價吧！妳是婦聯幹部，更應該明白這一點。」

文青覺得柳依紅說得很對。

文青說：「韓同軒可不是這麼說的，他說妳的作品都是他幫妳寫的。」

柳依紅的眼睛一下睜得很大。

「妳說什麼？」

「老韓說，妳以前的東西都是他給妳寫的！」

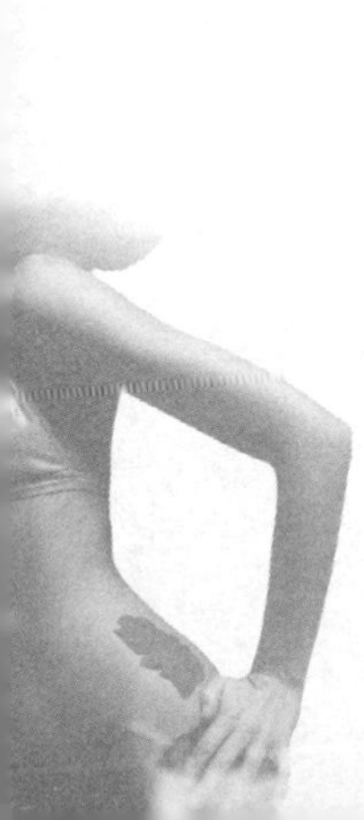

柳依紅先是驚愕的一句話說不出來，接著就是一陣大笑，笑的眼淚都出來了。

「文青，妳是在故意氣我吧？」

文青說：「沒有，他的確是這麼說的。」

柳依紅又是一陣冷笑，「沒有想到，姓韓的會這麼無恥！」

文青說：「他說的不是真的？」

柳依紅說：「文青，妳也是寫過東西的人，妳認為這可能嗎？以前不想和他結婚主要是覺得他太窩囊，沒有一點男人味，想不到他這個人心理這麼陰暗，真是萬幸當初沒有因為一時的惻隱之心嫁給他！」

文青說：「其實，他對我說的時候，我也很懷疑，我想他是因為吃醋才這樣的，你也別生氣，乾屎抹不到身上去，你就當沒有聽過這些話好了，回頭我找他，看他怎麼自圓其說。」

柳依紅的身子在發抖，「如果別人這樣說你，你能不生氣嗎？」

眼淚在柳依紅的眼眶裡打轉，文青看著不忍心，心裡暗罵韓同軒的心胸狹窄和無恥。

柳依紅的眼淚終於流了出來，她哽咽著說：「一輩子就結這麼一次婚，誰不想風風光光的辦個婚禮，可是為了怕他受刺激，只得悄悄的出去旅遊，想不到他還是這麼不依不饒的，還如此血口噴人！」

文青已經完全站到柳依紅這一旁，不停的勸慰柳依紅。

越勸，柳依紅就覺得越委屈，仍在不停地哭泣。

23

和文青分手之後，柳依紅一個人慌亂地走在大街上。剛才文青要開車送她，她沒有同意，她不想現在就回去，她害怕在這個時候看到齊魯南。

韓同軒還是爆發了，以這樣的一種方式。也許他還會爆發，他的下一個爆發點在哪裡？他會以怎樣的方式爆發？這些都不得而知。

驀地，柳依紅的心幾乎停止了跳動，她讓一個突然湧上腦際的想法嚇住了。

假如，假如韓同軒去找齊魯南，那可怎麼辦？他會的，既然他可以去找文青，就可以去找齊魯南。現在看來，他的目的就是要敗壞她，要毀掉她的幸福。柳依紅不敢再往下想了。她像病了一樣扶著牆彎腰站住了，全身虛弱的沒有一絲力氣，眼前竄出一片片的金星。

「阿姨你怎麼了？」一個小朋友上前問她。

柳依紅吃力地抬了抬頭，對小朋友木然地笑了笑，「阿姨沒事的，你去玩吧！」

小朋友跳躍著跑了，柳依紅吃力地站起了身。

不行，她要阻止，阻止韓同軒的破壞！如果他真的是不想讓她過得好，那她乾脆就不打算過了！

想到這裡，她一招手上了計程車，直奔韓同軒家。

一陣瘋狂的敲門之後，門開了。

迎著一臉驚愕的韓同軒，柳依紅大步走了進去。

柳依紅一下坐到沙發上，對站在放置著音響的矮櫃旁邊的韓同軒說：「你說吧！你究竟想要怎麼樣？」

「我要怎麼樣？我要怎麼樣對妳重要嗎？」韓同軒說。

柳依紅說：「反正我現在已經結婚了，該殺該剮你看著辦，不要給我玩陰的，到處敗壞我！」

韓同軒說：「我敗壞妳了嗎？我說的都是事實。」

柳依紅說：「你以為你那樣說別人就會相信嗎？也不看看自己的份量！」

韓同軒說：「我知道，我是個無名小卒，妳是個大詩人！柳大詩人，現在我就告訴妳，別人信不信是別人的事，說不說是我的自由！只要我保證能為自己說出的話負責，別人就無權干涉！」

「你——」

「我怎麼了？你發現我說過有違事實的話了嗎？如果有，妳可以到法院去起訴我！」

「你——」

「妳發表的那些東西都是我替妳寫的，這是一個不爭的事實，難道你對此還有異議嗎？」

「你究竟要怎麼樣？」柳依紅又把話題轉了回來，她的樣子像是完全瘋了。

韓同軒說：「我就是要討個說法明！」

「說吧！要多少錢，開個價，我給你！」

韓同軒像是受到了侮辱，「錢？你以為這一切都是可以用錢買到的嗎？你的詩人頭銜也是可以用錢買到的嗎？」

「那你究竟要什麼？」

「我要的就是個說明，我要看看這個世界究竟還有沒有真理！」

柳依紅覺得韓同軒是在胡攪蠻纏，她大聲說：「真理？什麼叫真理，你的那些破詩是我拿槍逼著你硬要署上我的名字發表的嗎？還不是你色迷心竅為了長期霸佔我所付出的一點小恩小惠？」

韓同軒的臉氣紫了，「既然妳這麼認為，那咱們就沒有什麼可談的了，你就等著吧！實在不行，我將付諸法律途徑來解決此事！」

柳依紅更加瘋狂，她氣急敗壞地吼，「隨你的便，大不了就是一個死，姓韓的，你自己看著辦吧！恕姑奶奶不再奉陪！」

說完，柳依紅就開門衝了出去，她把防盜門關的山響，整個樓道都在打顫。

看著關上了的房門，韓同軒一下癱坐到了沙發上。

這不是他想要的結局。他也不知道事情怎麼就鬧成了這樣。

這些天來，他對柳依紅一直很恨，聽說她獲了獎就更恨，但在這種痛恨之中，他一直盼望著能有奇蹟出現，盼望著能和柳依紅見上一面，和她當面談談。想不到，她來了，卻把不是全推到了他的頭上，竟然

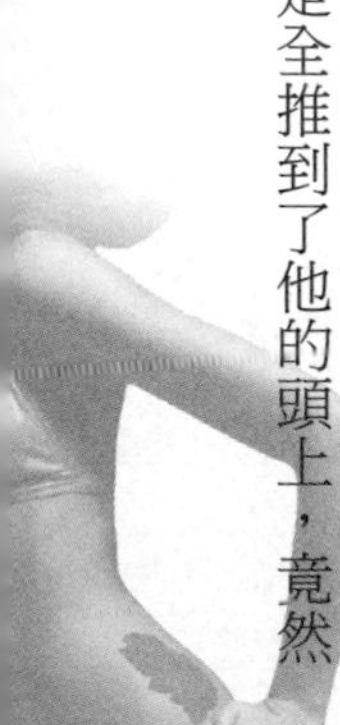

一點都沒有覺得對不起他，真是無恥到了極點。

看來，她是徹底地不在意他的感受了。既然這樣，也就別怪他對她不客氣。

他帶著因仇恨所引起的急促的呼吸一連打了幾通電話。電話裡，他把他和柳依紅的事情講給他們聽。每一個接到電話的人都很震驚。他從頭說起，越說越氣，說到最後，對方就開始勸他不要生氣，要他把這段不愉快的經歷忘了算了。他知道是對方對他的敘述產生了懷疑。於是，在下一通電話中，他會把證據也說出來，說他家裡有他給柳依紅寫的所有作品的存檔。他不停地打著電話，把能想起來的圈子裡的朋友都打了。他甚至也給外地的林梅打了一通電話。林梅驚訝的半天沒有說出話來，後來就一個勁的重複著一句話，「不可能吧！不可能吧！」

韓同軒說：「妳就等著看吧！從此之後，她會在文壇上徹底消失的！」

他一個接一個地打著電話，嘴唇飛快地蠕動著。到後來，他自己也不記得究竟打了多少通電話了。如果不是一個來電及時插進來，他還會一直打個不停。

來電話的是文青。

文青竟然在電話裡婉轉的指責他，說他不該說話那麼不負責任，不該用一些莫須有的事情去攻擊一個弱女子，勸他即便和柳依紅成不了夫妻，也不要成為仇人。

韓同軒又火了，他在電話裡叫喊著要把他說的話證明給文青看，並請求她現在就過來，否則他會馬上去找她。

十幾分鐘後，圍著圍裙的文青來了。

文青剛進門，韓同軒就打開了答錄機。

韓同軒一旁倒帶一旁說：「這是柳依紅一個小時前來我這裡時的談話錄音！」

錄音機裡果然傳來了他們的吵架聲。聽著聽著，文青的臉色就變了。她的驚詫可想而知。

聽完了錄音，韓同軒又瘋了般拉著文青去了電腦旁，他把電腦打開，開機的空檔，他又把放在旁邊的一摞書拿給文青看。

「這是前些天替她寫宣傳部那本書時我去買的參考資料，如果不相信妳可以去她那裡看看，能找到半本參考書才怪？」

電腦啟動了，韓同軒把他替柳依紅寫的所有文章一一調出來。韓同軒拷貝的很仔細，同一份文章的先後幾次修改稿也都一一備份了。

一切已經十分明瞭，文青無法再替柳依紅辯解。

韓同軒像是還不甘休，他又把柳依紅當年寫《偶然》時的手稿拿了出來。

的確是柳依紅的字跡，也的確是些不怎麼樣的語言殘片。

想必，這就是柳依紅詩歌的真實水準了。在鐵的事實面前，文青不得不承認柳依紅這個詩人的確是假的。

柳依紅的確是已經製造了中國文壇上的一個彌天大謊！

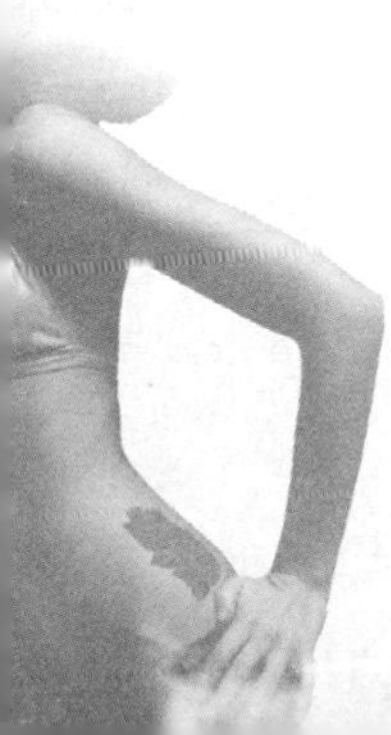

「這是打官司的重要證據，我不會就這麼饒了她的。」

「怎麼，你要和柳依紅打官司？」

韓同軒說：「既然她現在不肯承認，我也只好這樣了。」

處於一種對柳依紅的本能的袒護，文青不想看到韓同軒和柳依紅對簿公堂的那一幕。如果是打官司，柳依紅必輸無疑。

文青一方面不知道怎樣制止韓同軒，一方面又在想，替柳依紅這樣一個假詩人說話值得嗎？是的，柳依紅值得她那樣去做嗎？

正在這時，電話又響了。

韓同軒只看了一眼話機上的來電顯示，就轉身按下了錄音機。

文青知道，一定又是柳依紅的電話。

韓同軒沒有拿話筒，而是迅速按下了免持鍵。

「姓韓的，我告訴你，別把我逼急了，如果你起訴，我就去你家自殺！」

說完，柳依紅就掛了電話。

韓同軒看了一眼文青，猙獰地笑著說：「這是她的性格，她會那麼做的。」

24

從韓同軒家裡跑出來，柳依紅繼續在大街上慌亂地走著。她像是熱鍋上的螞蟻，既焦灼不安又束手無策。

猛然間，她想起了齊魯南。已經七點多了，想必他已經回家了。他一定會為她的不在而感到奇怪。結婚還不到一個月，就出了這樣的事情，她感到痛心和自責。她很珍惜和齊魯南之間的緣分，而韓同軒卻要把這一切全都毀掉。這個該死的韓同軒，他究竟要她怎麼樣他才能滿意？

突然，柳依紅的手機響了，她忐忑地打開了手機的翻蓋。

是齊魯南。柳依紅的心一下懸了起來，猶如夜裡的一個賊人突然被人抓住了後衣領。

「到哪裡瞎跑去了？」齊魯南溫柔的問。

柳依紅盡量把自己的聲音放得平穩和自然，「你不在家陪我，瞎轉唄。」

「在哪裡瞎轉呢？」

柳依紅看了一眼旁邊的建築，見前面不遠就是百貨大樓，順口說：「到百貨大樓這邊轉轉，買點洗滌用品。」

「沒事就早點回去吧！外面那麼熱。」

「知道了，你在哪裡？」柳依紅試探著問。

「正要告訴妳，有個案子，要到外地取證，我和小王要出去幾天，現在我們已經買了晚上的機票，一會兒就得去機場，特向老婆大人告假。」

柳依紅長鬆了一口氣，「你就放心地去吧！自己多注意安全，不用擔心我。」

掛了電話，柳依紅繼續遊蕩在大街上，然而輕鬆的心情只維持了幾分鐘就消失了，韓同軒的那些話在她耳邊迴響。躲得了初一，躲不過十五，這些事情終究要去面對的。

柳依紅又想到了文青。文青是她的好朋友，何不找她商量商量。反正事情已經到了這一步，她也不打算再隱瞞了，索性把事情的原委和盤托出，看她有什麼主意。

想到這裡，柳依紅進了一家酒樓，找了個小包廂坐下來開始給文青打電話。但是，號碼只撥了一半，她又停住了。她忽然覺得自己沒有勇氣向文青承認這一切。這麼多年來，她和文青一直保持著密切的關係。在文青眼裡，她一直都是個出色的詩人，她的一切的一切都是因為女詩人這個光環而生輝。如今，如果毀掉了這個光環，文青還會像以前那樣對待她嗎？

柳依紅猶豫了。

服務生進來點菜，柳依紅放下了手機。她嘴裡點著菜，腦子裡卻權衡著該不該把一切告訴文青，整個人是魂不守舍。

點完了菜，服務生問喝什麼酒，柳依紅毫不猶豫地就點了二鍋頭。

服務生看了一眼柳依紅，「二鍋頭很烈的。」

「就要二鍋頭！拿兩瓶！」柳依紅很乾脆。

柳依紅覺得，此時她和二鍋頭很親近，只有二鍋頭的烈才可以撲滅她心頭的那份漫無邊際的焦灼和憂慮。

菜上來了，酒也上來了。服務生剛出門，柳依紅就把酒瓶一把拿了過來。看了一眼服務生準備的小酒杯，她冷笑了一下，把它推到了一旁。柳依紅把酒瓶晃了晃，然後歪著頭對著裡面的無數小氣泡仔細地觀看，那純真的神情猶如一個頑童。驀地，她的臉又冷峻下來，猶如一個被債務所逼不得不選擇自殺又對人生充滿留戀的人，在打量著她即將要服下的一瓶毒藥。

像是突然想好了，柳依紅打開瓶蓋仰起頭，把瓶口對準自己的嘴巴灌下去。隨著咕咚咕咚的一陣聲響，柳依紅覺得有一道火焰隨著喉嚨湧進了她的身體。她把瓶子放回到桌子上，如同丈量過一般，正好喝掉了一半。

嗓子一陣火辣辣的痛，她趕緊夾了一口菜塞進嘴裡。

這當兒，她覺得像是座位底下有個彈簧把她一下彈到了半空中。她的思維也和身體一同飄了起來，很逍遙、很輕鬆，也很混沌。

柳依紅又摸起了放在一旁的手機。這回，她什麼也沒想，直接就撥了文青的號碼。電話剛通，她便笑著嚷，「快來喝酒，妳要是不來，我就把自己喝死算了！」

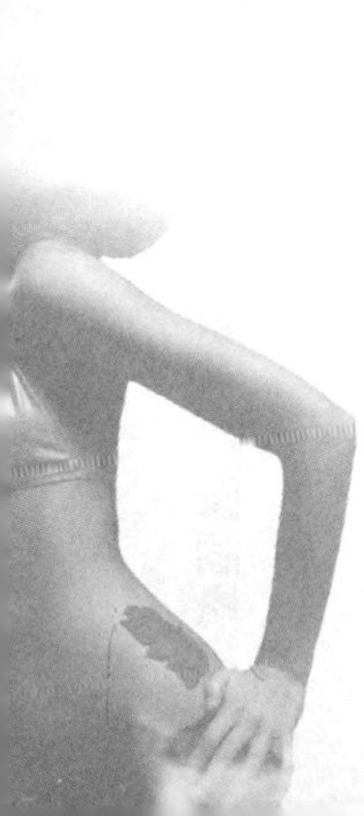

子。

文青趕到酒樓時，柳依紅正喝在興頭上。只見她兩眼冒著亮光，笑得嘎嘎吱吱，整個人灑脫的像個瘋子。

看到文青進來，柳依紅立刻就給她倒了一杯酒，逼她馬上喝下。

文青喝了。

還沒等文青開口，柳依紅就嬉笑著說：「夠哥兒們，沒有因為我是個假詩人而看不起我。」

文青一愣，正不知道怎麼開口的話題，想不到竟然被柳依紅一口就說了出來。

說著，柳依紅又要給文青倒酒，見酒瓶空了，就跌跌撞撞地站起來去牆角的矮櫃上取。

「你喝多了，別喝了。」文青伸手把柳依紅手裡的酒瓶奪了下來。

「我就要喝，酒壯慫人膽，喝了酒我才有膽子把我的秘密告訴妳！」

文青的心一顫。她忽然覺得眼前的柳依紅很可憐。原先對她的那些不好的看法瞬間消失了大半。

自從那天韓同軒跑到文青辦公室說了那一大堆柳依紅的事情後，文青就對柳依紅這個人有了看法。她先是感到吃驚，後來是不相信，直到今天的一切明瞭，在這一次次的遞進過程之中，柳依紅的形象在她心目中一次次坍塌滑落。她無法相信，她一直欣賞並引以為榮的朋友竟然是個騙子。她想起了許多過去的事情，她忽然意識到在柳依紅的影響下她曾經誤解了許多人，這其中就包括馮子竹。事實證明，馮子竹當年並沒有說謊。一想到自己當年對馮子竹的誤解，文青就更加的憎惡柳依紅，覺得她實在是個是非之人。她發誓不再管柳依紅的事情，和她從此斷絕來往。剛才接到柳依紅電話的時候，她壓根兒就沒打算要來，後來完全是處於職業的敏感擔心柳依紅會真的自殺，才促使她來到了這裡。

想不到，看到這樣的柳依紅，她還是心痛了。

「我不許妳喝！」文青把酒瓶緊緊地握在手裡。

柳依紅嬉笑著上來搶，像個頑皮的孩子，「讓我喝，妳讓我喝，不讓我喝我跟你急！」

「妳不想要命了？」文青怒斥，把酒瓶攥得更緊了。

柳依紅突然不搶了，頹然坐回到座位上去。她定定地看著文青，漸漸地，眼睛濕潤了。

「文青，妳真是個好人，我以為妳不會再理了，可是妳還是這樣關心我，有妳這樣一個朋友，我這輩子值了。」

文青向來是聽不得好話的，本來就有些可憐柳依紅，這會兒就更是心軟了。

「好了，別說了，快喝點湯吧！我看妳是醉了。」

「文青，妳說錯了，我沒醉，現在是恰到好處，正是酒後吐真言的時候。先讓我告訴妳一個特大新聞，中午我騙妳了，我說的那些話不是真的，我發表的所有東西，的確都是韓同軒寫的。」

「那中午妳為什麼不這麼說？」

「自尊，女人的最後一點自尊！因為中午我以為我可以說服韓同軒，奢望他會念及一份舊情，畢竟我為他懷過兩個孩子，流產時臉上還為此留下過雀斑，讓他不要把這個事實告訴別人，現在看來我做不到，與其讓他告訴妳，還不如我親自告訴妳，畢竟妳是我最好的朋友。」

「我已經知道了。」文青說。

柳依紅一驚，哈哈大笑，「他還是比我早了一步，我知道他是不會放過我的。」

文青斟酌著說：「我想問妳一個問題。」

「說。」

「妳喜歡過韓同軒嗎？」

「一開始的時候，不是因為喜歡才和他好的，就是想讓他幫忙。可是自從進了歌劇院之後，事情就一件接著一件，根本就離不開他了，應該說在這個過程中，我有過喜歡他的時候，但那個時候他並沒有和我結婚的意思，後來他想結婚，我已經不喜歡他了。之所以還和他保持那種關係，完全是因為我還需要他的幫助。」

「妳是因為真心喜歡齊魯南才和他結婚的嗎？」

「是的，我喜歡他。」

「如果韓同軒不發這麼大的火，妳還會在維持和齊魯南婚姻的前提下和他秘密的保持那種關係嗎？」

「不會了，其實我已經想好了，我可以為了齊魯南放棄一切，包括文學。」

「如果韓同軒不把這個秘密說出去，妳會一直隱瞞下去嗎？」

柳依紅不知什麼時候給自己點燃了一根菸，她吸了一口，說：「那是當然的了！詩人的頭銜畢竟是一頂桂冠，如果他不和我搶，我幹嘛要把它扔掉？」

「為什麼？我問的是妳最初的動機，最初為什麼會選擇文學，既然知道自己沒有這個天賦，去做別的不是更適合嗎？」

「妳很會問問題。」

「回答這個問題讓妳感到為難了，對嗎？」

「如果是別人問，我是不會回答的，但妳問我可以告訴妳。」

柳依紅似乎並不著急回答這個問題，她不停地吸菸，直到菸頭燒了手，才把它扔掉，但她緊接著又給自己點了一根。

「妳知道我母親是做什麼的嗎？」

「妳不是說她退休之前是個圖書管理員嗎？」

「那是她後來的職業，看來我應該問妳知道我母親的出身是什麼？」

「妳母親以前是做什麼的？」文青問。

柳依紅飛快地說：「我母親曾經是一個妓女。」

儘管已經猜到柳依紅的回答可能會不同凡響，但文青還是暗暗吃了一驚。

「我知道妳一定會很吃驚，但這的確是事實。」

文青不知說什麼才好，只是定定地看著柳依紅。

「我知道妳會說我答非所問，別著急，聽我慢慢說來。以前對妳說過，我父親是抗美援朝的老幹部。

他從朝鮮戰場上回來之後就被安排到地方上工作。那時，父親還沒有結婚，在我們那裡的知識局做了個小科長。給父親介紹媳婦的人很多，用他自己的話說，都挑花了眼了。後來父親選擇了在電影院賣票的母親。原因只有一個，母親十分漂亮。結婚之後，父親就利用職權把母親調到了圖書館。但是婚後時間不長，父親就知道了母親以前的經歷。母親是解放前鄰近一個縣城青樓裡的頭牌，解放後從良，之後經人介紹到荷丘找了份工作。父親是眼裡容不下沙子的那種男人，他知道了母親的這些亂七八糟的事情後死也要離婚。母親當然不同意，說要離婚她就死在父親的辦公室裡。離婚的事就一直拖著，但父親有一點做得很絕，堅絕不要孩子。在很多年裡，他每天晚上都要監視著母親把避孕藥服下，然後再上床。我和我哥都是六〇年代出生的，出生的時候我父親已經四十多了，我母親也年近四十。後來時常聽父親罵母親，說被母親騙了，她把避孕藥偷偷換成了維生素C才懷上了我和我哥。」

說到這裡，柳依紅停頓了片刻，她又狠狠地吸了幾口菸。

「現在才切入正題，該回答妳的問題了，前面的都是鋪墊。我問妳，假如妳出生在這樣一個家庭裡，妳時常的一種感受是什麼？」

文青回答不出來，「是什麼？」

「感受到的是所有人對母親的蔑視。這種蔑視也影響到了我和我哥，我倆也對母親很蔑視，以她為恥，以父為榮。在我倆眼裡，父親所做的一切都是正確的，他的喜好就是我們的喜好，他的憎惡就是我們的憎惡。隨著漸漸的長大，我發現，已經做了知識局長的父親喜歡有知識的女人。這方面的例子很多，我只給妳舉個最典型的吧！章顯妳知道吧！就是前不久去世的那個著名女作家，她以前在我們那裡勞動改造過，我們住鄰居。父親對她的那種敬重至今讓我記憶猶新。記得，有一次，我們全家正圍在一起吃飯，是個夏天的中午，天氣很熱，父親只穿了大褲衩和背心。忽然，外面有人敲門，並傳來了章顯的聲音。母親去開門的當兒，父親三步並作兩步跑到裡屋把自己穿戴整齊，像是國家領導人接待外賓一樣從裡屋走了出來。」

文青笑，「別人來，妳父親不那樣嗎？」

「當然不那樣，如果是鄰居家的一般女人來了，父親常常是連屁股都不抬，該摳鼻子摳鼻子，該挖耳朵挖耳朵。」

文青又笑，「男人都這德行。」

柳依紅總結似的說：「父親對有知識的女人肅然起敬，其實，也不僅僅是父親，別人也那樣。發現了這個問題之後，我就想做個有知識的女人。當然，知識是體現在多方面的。至於我為什麼選中了作家來做有三個方面的原因。一是因為在我童年的時候恰巧碰到了章顯，二是後來我又恰巧看到了作家班的招生廣告，三是最初的時候我誤以為我可以成為一個作家。我喜歡文學，真的是喜歡，發自內心的喜歡！這就是我的回答！」

文青說：「可是現在，妳卻不得不把已經到手的詩人的桂冠扔掉。」

柳依紅黯然神傷。她不停地吸菸，把頭縮進雙肩裡。

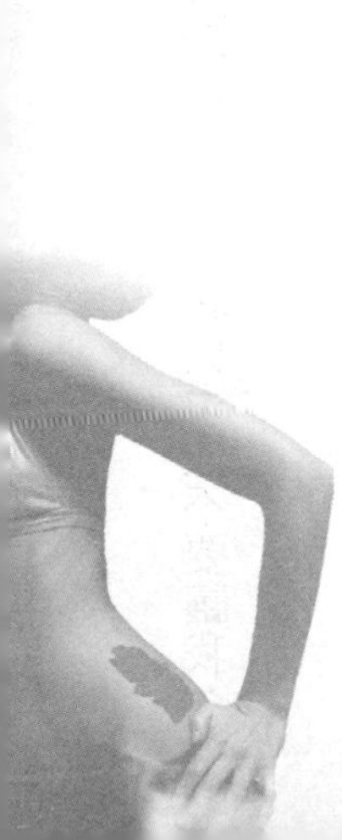

突然，她淒然地笑了，說：「其實，我也不能怪韓同軒，他為我做的已經夠多了。我只求他不要讓我太難堪，我可以把所有的報酬和這次得的獎金都給他。」

「我去和他說說吧！」文青說。說完之後，文青自己也覺得奇怪，她怎麼又站到了柳依紅這旁。

把柳依紅送回家，文青就開車回到院裡，她沒有直接回家，而是先去了韓同軒家。

韓同軒正在準備打官司的證據，各種資料擺了一地。

「老韓，你真的是想置柳依紅於死地嗎？」

韓同軒一愣，說：「她那麼對我，我這樣做覺得過分嗎？」

「我覺得過分了，你如果真的去打官司，我想她會自殺的，這是你希望看到的結局嗎？」

韓同軒沒有說話。

文青接著又說：「畢竟你們好過一場，畢竟那些東西是你自願幫她寫的，畢竟她懷過你的兩個孩子，你就不能放她一馬嗎？」

韓同軒看著地上的那些資料，還是什麼也沒有說。

文青轉身走了。

這個夜晚，柳依紅是一個人在大房子裡度過的。她一次又一次地嘔吐著，右側的肝區一陣又一陣地收縮著痛。

膽囊切除的時候，醫生就告誡過她，不能過量飲酒。她一次次把醫生的話當成耳邊風，又一次次受到報應。記得和郭雄分手的時候，也是因為喝多了酒，右側肝區痛得不行，被送進了醫院。醫院給她打了點滴，還是痛得不行。後來，醫生就破例給她用了一種止痛藥。護士注射完止痛藥，幾乎順間痛痛就止住了。她很好奇，問護士是什麼藥。護士是柳依紅一個高中男同學的女朋友。藉著這層關係，那護士就站在柳依紅的床前和她多聊了會兒，柳依紅知道這種止痛藥叫杜冷丁。想到效果這麼好，柳依紅馬上提出，出院的時候能不能帶上一點，一旦痛了就去衛生所打一支。護士說不行，因為這種藥用多了會成癮，必須在醫生的指導下才能用。柳依紅心裡不服氣，指導不指導不都是一樣嗎？出院以後，柳依紅找熟人在另外一家醫院裡開了一盒杜冷丁，以備急需。但後來，因為沒有再痛，那藥也就一直擱在了那裡。再後來，離開荷丘的時候，她就把那些藥扔了。

這個孤寂而痛苦的夜晚，被痛痛席捲著的柳依紅再一次想起了那種神奇的止痛藥。自從那次用過杜冷丁後，她就沒有再用過，但她卻對杜冷丁這種藥物有了全面的瞭解。那個護士當年說得沒錯，這種藥是不能常用的，因為會成癮。也就是說，杜冷丁是一種軟毒品，使用得當是藥物，過量濫用就是毒品。

柳依紅立刻就做出判斷，現在對她而言杜冷丁就是一種救她於危難之中的藥物，她需要它。她想，即便是去醫院，醫生也是會這麼認為的。

謝天謝地，幾個月前，她陪院裡一個痛經的歌手去看病，醫生給那個歌手開了兩支杜冷丁，她當時鬼使神差地剋扣了一支。而那支杜冷丁此時就藏在那個大箱子的夾層，連同注射器一起。

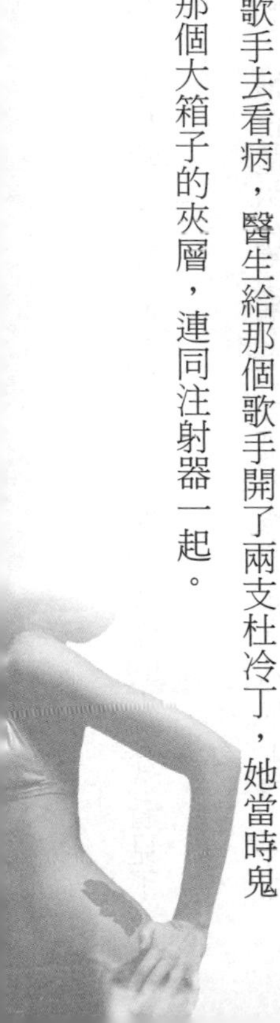

在這個陰沉的夜晚，痛苦難耐的柳依紅一想起那支杜冷丁，如同一個正在苦難中跋涉的人忽然看見了前面的一絲光明。

柳依紅是在嘔吐的空檔忽然想起那支杜冷丁的，她正跪趴在馬桶上，身體痙攣的如同大風中的一片乾枯的樹葉，發出嘩啦嘩啦的聲響。突然出現在腦海中的杜冷丁讓她停止了搖擺。她捂著肚子奔到臥室，瘋了般打開壁櫥，從裡面抽出了那個箱子。噌地一下拉開拉鏈，猛地把手伸進去，手指在最裡面碰到了一個被塑膠袋包裹著的長條形的東西。沒有記錯，的確是在這裡！柳依紅痛苦的臉上露出了一絲欣慰的表情。右側的肝區又是一陣無法忍受的絞痛。她來不及找個地方坐下，就順勢坐到了地上。只見她飛快地拿出注射器，又拿出那支杜冷丁模仿護士的樣子把它小心地敲開，然後一點點吸到針管裡。柳依紅把針管拿在右手裡，左手掐在腰際，擺出一副要給自己打針的樣子。然而，這個時候，她還是猶豫了。那個姿勢她擺了好半天，卻始終沒有勇氣扎下去。

最終，是新的一輪疼痛給了她勇氣，她把針猛地扎了下去。

竟然沒有感覺到痛。把藥液推注到體內的感覺猶如被暖暖的溫水覆蓋。所到之處，疼痛全無，如沐春風。

柳依紅從地上爬起來，一頭栽到了床上。躺在床上的她有一種飄搖感。彷彿是在海上，又彷彿是在空中。不過，她既不擔心船會沉沒，也不擔心飛機失事，因為她實在是太累了。

心累，身也累。她要睡了。

只是瞬間的工夫，柳依紅就睡著了。

25

林梅來省城了。她是來送稿的。上次回去之後，她就一直在折騰宣傳部的那本書。工夫不是白費的，回去的這大半個月，她天天幹得就是這一件事。可以說，這回林梅對稿子胸有成竹，不再擔心會通不過。辛苦了這麼久，也該找同學聊聊天輕鬆輕鬆了。

林梅想到了文青。文青前些天曾經給她打過一通電話，電話裡遮遮掩掩地問了一些柳依紅是否單獨寫過詩的問題，當時她覺得很奇怪。又過了幾天，韓同軒也打來電話，乾脆說柳依紅的那些詩是他寫的，把她辦得莫名其妙。

她想去問問這一切究竟是怎麼回事。

出版社和文青的公司只隔著兩條馬路，林梅幾分鐘就走到了。

看到林梅的第一眼，文青驚叫著說：「妳怎麼瘦了這麼多啊？誰虐待妳了？」

林梅上下打量著自己，「沒有吧！我不還是那樣嗎？」

文青指著放在文件櫃裡側的體重計說：「不信妳上去秤秤，恐怕少了五公斤都不只。」

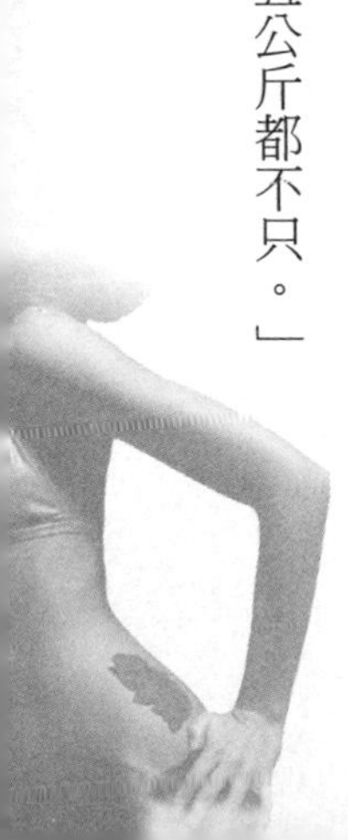

林梅不相信，一下站到體重計上去。

林梅低下頭去看，上面果然顯示的是五十五公斤，果然瘦了四、五公斤。

文青把林梅推下來，自己站上去，「天哪，我又胖了，都快破百了。」

文青上下打量著林梅，「快交代，用了什麼妙招，減肥效果這麼好？」

林梅苦笑一下，說：「哪有什麼妙招，用功用的。一天十幾個小時坐在電腦前，飯又吃不下，不瘦才怪。」

林梅的話讓文青一下想到了柳依紅。柳依紅是從來不用這麼吃苦的。不吃苦，得到的東西卻比吃了苦的人還多。想到這些，文青沒有感到不平衡。她知道，柳依紅這樣的日子過去了，一去不復返了，能保持住現在的名譽就不錯了。做為朋友，文青會盡量的幫她，但柳依紅已經不再是她欣賞的女友。文青現在幫她，念及的只是同學間的一種緣分。

林梅沒有察覺到文青的心思，她說：「怎麼，眼饞我是吧！眼饞我妳就也去用功，堅持兩個月包準見效。」

文青說：「還是讓我胖著吧！我可吃不了妳那苦。」

林梅想起了前幾天韓同軒給她打過的那通電話，就問：「柳依紅是不是和韓同軒鬧翻了？」

文青看著林梅，問：「妳是怎麼知道的？」

林梅說：「韓同軒給我打過電話，還說了些莫名其妙的事情。」

「他說了什麼？」文青不經意的問。

林梅說：「他說柳依紅以前的東西都是他寫的。」

「是嗎？妳是怎麼看待這個問題的？」

「怎麼，他沒有給妳打電話嗎？」

「打了，我是想問妳的看法。」

林梅一笑，「怎麼可能，我看那韓同軒就是吃醋吃的，說幫柳依紅潤潤色我倒是會相信，妳想想，幫一個人寫這麼多年的詩，怎麼可能？」

文青翻閱著桌子上的雜誌，說：「其實，我也是這麼想的。」瞭解真相的文青只能這麼說。因為她不能把柳依紅往死角裡推。

林梅說：「聽說柳依紅和齊魯南結婚了，是真的嗎？」

「也是聽韓同軒說的嗎？」

「除了他還會有誰？」

文青說：「柳依紅是和齊魯南結婚了，我也是剛剛知道，他們度蜜月回來之後柳依紅才告訴我。」

林梅十分驚詫，「原來是真的？我還以為是韓同軒瞎說呢。」

「是真的，這傢伙，事先誰都沒告訴，真不夠意思。」文青故作輕鬆地說。

「就是，應該罰她！」林梅說。

見面。

「現在就聯繫她，罰她中午請客。」文青說。

林梅正想著放鬆自己，當然不會錯過這個機會，當下就聯絡了柳依紅，三個人決定了地芳，約在中午見面。

文青內心是這麼想的。自從那天和柳依紅在酒店裡分手之後，就再也沒見到她，對她有些擔心。但是，發生了這一連串的事情後，文青又不想主動聯繫她，怕讓柳依紅誤解為自己有獵奇心理或者是想看她的笑話。

現在，林梅來了，正好藉著同學聚會見她一面。文青打算利用這個機會告訴柳依紅，韓同軒已經不打算起訴她了，讓她徹底放心，不用再為這事尋死覓活的了。

昨天晚上，文青在院子裡碰到了從外面回來的韓同軒。韓同軒整個人顯得很落寞。文青把他拉到一旁，勸他千萬不要把柳依紅往死路上逼。

韓同軒嘆了一口氣，說：「這個人實在是太可惡！」

文青以為韓同軒還是不肯放過柳依紅，就說：「你就那麼狠得下心？怎麼樣她也是和你好過這麼多年的人……」

韓同軒知道文青又要說什麼，就打斷她說：「我不起訴她了，從此和她一刀兩斷！」

說完之後，韓同軒就轉身走了，很疲憊的樣子。

看著韓同軒的背影，文青很同情他，同時也替柳依紅鬆了一口氣。

柳依紅並不像文青想像的那麼沮喪。相反，她的樣子更像是一個蜜月裡的新娘。情緒飽滿，笑聲朗朗，眉宇間找不到絲毫的陰鬱和惆悵。

文青簡直不敢相信自己的眼睛了。這究竟還是幾天前的那個要死不活的柳依紅嗎？

服務生來點菜，文青一把把菜單搶了過去。今天這個客她不能讓柳依紅請，她要自己請。文青向來豪爽，只要是她請客，又是熟悉的朋友，她就自己點。因為誰喜歡吃什麼她都摸得一清二楚，用不著假客套。文青最怕的就是一桌子生人聚在一起，推來推去的謙讓，不點吧！不夠誠意，點吧！又怕多花了人家的錢。這樣一來，淨挑那些似喜歡似不喜歡的便宜菜點了，到頭來一頓飯吃下來，就跟沒吃似的。

就在文青張羅著點菜的當兒，林梅約了柳依紅去洗手間。

文青本來沒有絲毫偷聽的意思，但一個意外卻給她製造了一個偷聽的機會。剛點完菜，冷盤就開始上了。服務生一不小心，夫妻肺片的醬汁滴到了文青的白裙上。慌忙擦了半天，見還有痕跡，只得到洗手間用水沖一下。

剛來到洗手間門口，文青就聽到柳依紅和林梅在裡面的說話聲。

柳依紅說：「他現在到處造謠，就像一隻瘋狗一樣，說我的東西都是他寫的，我也懶的和他理論，他說他的，我過我的，無所謂！」

「就是，別理他，我看他是吃不到葡萄說葡萄酸。」林梅附和。

「真是讓我感到驚訝，想不到他會這麼無恥！」柳依紅又說。

好像是自己做了什麼虧心事似的，文青沒敢進去就轉頭回到了座位上。她擔心柳依紅出來看到她會不好意思。

遠遠地，見柳依紅和林梅從洗手間裡出來了。柳依紅笑得很燦爛。看著柳依紅的這笑，想著癡情落魄的韓同軒，文青感到心裡不舒服。

林梅並不知曉此時文青的複雜心情，她像以往那樣又扯起了她們之間常聊的情感話題。

「哎，文青，妳不是說四十歲以前一定要找個情人的嗎？有目標了沒有？」

文青故意一驚一乍地說：「早就有了，妳還不知道嗎？」

林梅一聽就知道是個虛張聲勢，笑說：「妳呀！也就是過過嘴癮罷了，妳說這輩子就吊死在周一偉這一棵樹上妳冤不冤？」

柳依紅替文青說道，「好男人有一個就足夠了，要那麼多幹嘛？」

林梅嘆一口氣，說：「哎，關鍵是一個就夠了的這種『好男人』世間是不存在的！」

隱藏在文青腦海深處的那個人又漸漸地明晰起來。文青暗自問自己，這個人能算作是那種有一個就夠了的『好男人』嗎？幾乎是立刻，文青又自嘲地想，好什麼好，連個影子都見不到！儘管有或多或少的不好，但令人奇怪和不解的是這個人卻總能勾起她的一絲絲惦記。

這也算是愛情嗎？文青自問。

飯吃得差不多的時候，林梅的手機響了。是出版社打來的，告訴她稿子已經順利透過，但還有幾個史實方面的地方需要核實，讓她過去一下。

林梅緊吃了幾口，就拎著包走了。臨走的時候，林梅開玩笑的對柳依紅說：「告訴妳柳依紅，我可是你的半個媒人，請轉告你們家齊魯南，改天要好好請我！」

柳依紅笑說：「一定一定！」

剩下兩個人之後，文青看著林梅的背影對柳依紅說：「為了寫這本書，林梅瘦了一大圈。」

柳依紅的臉忽地從燦爛跌回到陰鬱。

柳依紅說：「她是個真正的作家，不像我，是個混子。」

文青說：「昨天碰到韓同軒了，他說不起訴了。」

「謝謝妳，文青！」柳依紅停下手裡的筷子，由衷地說。

在接下來的時間裡，文青想提醒一下柳依紅，不要那麼隨意的詆毀韓同軒，但幾次話到嘴邊都又吞了回去。

出門的時候，柳依紅忽然對著文青淒美地笑了一下，說：「這日子過得好累啊！心裡擔著心，表面上還不得不裝出高興的樣子來。」

柳依紅的話，削弱了文青剛才對柳依紅生出的不好感覺。

看著柳依紅遠去的背影，文青的心緒很複雜。今天出現在她面前的柳依紅，一個歡愉，一個陰鬱，她

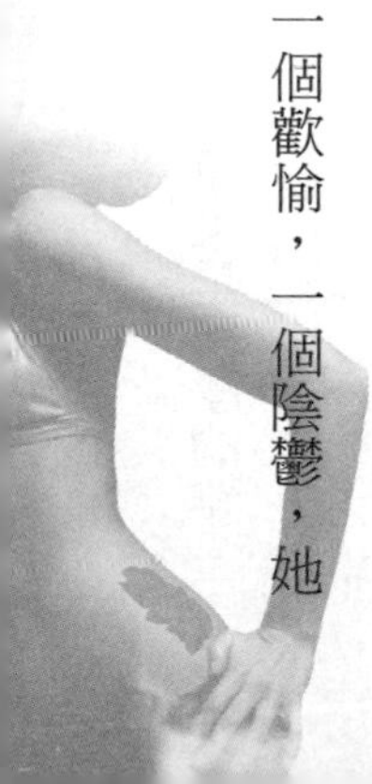

不知道究竟哪一個才是真實的。站在飯館門外的馬路上，她猛然覺得，真正看透一個人原來是那麼的難。

26

蜜月將要結束的前一天，齊魯南早晨出門之前，給柳依紅賣了個關子。

「親愛的，下午別安排活動，在家等我的電話！」

「明天就要上班了，我想下午去一趟公司。」坐在沙發上正在看一本詩集的柳依紅說。

見齊魯南要出門，柳依紅站起來擁抱了他一下。結婚以來，他們之間一直保持著這樣的禮儀，每次分手和見面都要相互擁抱一下。每次擁抱的時候，都能喚起彼此心靈深處的纏綿和繾綣。

齊魯南說：「要不是公司有事，今天真的不想去上班了。」

柳依紅喃喃道，「那就下午早點回來嘛。」

齊魯南甜蜜又詭秘地說：「妳下午一定要在家裡等我的電話。」

柳依紅問：「你這傢伙，又有什麼鬼主意？」

已經走出去半個身子的齊魯南把頭轉過來，神秘地說：「現在保密！」

既然齊魯南下午有安排，柳依紅就打算上午去公司。臨出門的時候，柳依紅拿出來一個大大的塑膠袋，裝了滿滿的一袋糖。她打算今天把自己結婚的事情告訴大家。

柳依紅先去了沈院長的辦公室。沈院長說她來的正是時候，過幾天《七彩花雨》就要進京調演，讓她一起跟著去。

柳依紅答應了。

沈院長又問柳依紅的假休得怎麼樣，柳依紅就把自己已經結婚的消息告訴了他。接著，柳依紅拿出一袋糖和兩條專門給沈院長準備的好菸放到桌上。

沈院長自然是吃了一驚，一個勁的指責柳依紅不該這麼做，讓他連個表示祝賀的機會也沒有。

柳依紅說：「沈院長，我如果是個二十幾歲的黃花大姑娘，結婚一定請你當主婚人，都這麼一大把年紀了，還是低調處理比較好。」

沈院長用手指著柳依紅，「小柳啊!你可真是個古怪的詩人，總是給我來點出其不意的！」

沈院長又問柳依紅夫婿是做什麼的，柳依紅打著哈哈敷衍過去了，沒有把齊魯南的名字和職業說出來。

離開沈院長，柳依紅又逐個辦公室的給大家發了糖，說笑一番，就回了宿舍。宿舍裡已經積了一層厚厚的塵土，柳依紅打算打掃一下再走。她拿起抹布和拖把去了水房。孫麗也在水房裡，她已經知道了柳依紅結婚的消息，嘻嘻哈哈地向她道喜。

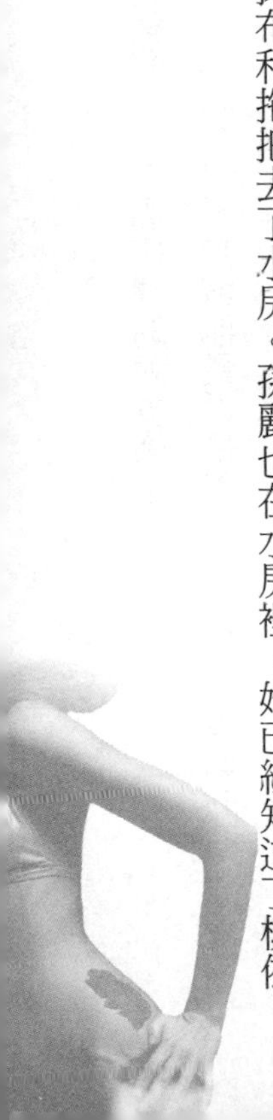

想起孫麗也是《七彩花雨》的演員，柳依紅就問：「你們排練的怎麼樣了？」

孫麗說：「別人都差不多了，就是苗泉還老是忘詞，也不知道他最近是怎麼了，失了魂似的。」

柳依紅心裡一個激靈，許多不好的念頭一齊湧上來，嘴上卻淡淡地說：「是嗎？他不該這樣的！」

柳依紅的心事又沉重起來，她拎著拖把向宿舍走去。剛走到門口，她就呆住了。只見苗泉正站在屋子的中央虎視眈眈地瞪視著她。一股酒氣撲面而來。

「聽說妳結婚了，是真的嗎？」苗泉用平靜而充滿憤怒的聲音問。

柳依紅慌忙進到屋裡，關上門，對苗泉說：「你聽我慢慢對你說。」

苗泉一把推開柳依紅，脹紅著臉大聲說：「告訴我，妳到底是不是結婚了？」

「苗泉，你別激動，你聽我說。」柳依紅小聲安撫。

「幹嘛要小聲？又不是什麼見不得人的事，告訴我，妳是不是已經結婚了？」

「我是結婚了，可是你聽我解釋。」柳依紅乞求地說。

一聽到這個消息，苗泉立刻就翻臉了。「啪」地給了柳依紅一個耳光，一腳把她踢到了地上。柳依紅不敢出聲，倒在地上呻吟著。苗泉見柳依紅沒有求饒的意思，就揪起她的頭髮接著打。他邊打邊罵，最後竟嗚嗚地哭了起來。苗泉的哭聲很大，整個樓道裡都能聽到。柳依紅見自己的無聲已經沒有意義，也實在是堅持不下去了，爬起來披散著頭髮跑了出去。苗泉緊跟了出來，他還在追打柳依紅，下手毫不留情。

聽到聲音的孫麗趕過來勸架，她質問苗泉，「你怎麼打人呀？」

苗泉大聲說：「我打的就是這個女流氓，她玩弄男人，不要臉！」

孫麗上前去拉苗泉，說：「不管怎麼樣，你一個大男人，這麼打一個女人，就是不對！」

柳依紅不說話，苗泉還在追著她打，邊打邊說：「妳說，我為什麼打妳？妳說話！」

柳依紅什麼也不說，抱著頭縮在一個牆角裡。

苗泉還要追過去打，被幾個人攔住了。他們把苗泉拉走了，被拉走的苗泉不服，邊走邊破口大罵，「我讓這個女流氓給耍了，她說要和我結婚的，結果卻甩了我嫁給了別的男人！」

幾個人都勸苗泉，讓他消消火，苗泉又喊叫著罵，「柳依紅，妳這個女流氓，妳等著，我是不會輕易放過妳的！」

打鬧聲驚動了樓下的李大媽，她跑上來詫異地看著這一幕。聽著苗泉罵得那些話，她不相信是的看著縮在牆角的柳依紅。

孫麗把柳依紅攙回到屋裡，她擰了個濕毛巾遞給柳依紅就走了。她不知道該怎麼勸柳依紅，剛才苗泉的那些話讓她感到十分的意外和震驚。

不知在屋子裡待了多久，走廊裡的喳喳聲才平息下來。坐在床上的柳依紅慢慢地抬起了頭，她的臉出現在了書架上掛著的那面鏡子裡。臉微微的有些腫，眼圈也有點紅。

看著鏡子裡的自己，柳依紅神情木然。

這真是自作自受啊！早就預見到的結果，今天終於爆發了。

還好，總算是一切都結束了。柳依紅安慰自己。

一切真的就此結束了嗎？柳依紅又有些不相信。

他還能怎樣呢？都已經這樣了。

柳依紅站起來，拿過鏡子開始整理頭髮。她眨了眨眼睛，又歪了歪嘴巴，發現臉上打鬥的痕跡並不是十分明顯。她想起了齊魯南早晨的話，想到晚上還有活動，就打算著離開。

她還可以堅持。她想。她又想，她必須堅持。為了齊魯南，也為了她自己。一切都會過去的，一切都會好起來的。韓同軒的事不是已經過去了嗎？苗泉的事也會過去。她保證，今後再也不會犯這樣的錯誤了，一定！

來到一樓，柳依紅眼睛的餘光感覺到李大媽正站在房間的門口織毛衣。她沒有像以前那樣轉過頭和李大媽打招呼。李大媽也沒有像以前那樣熱情的叫住她和她說話。柳依紅訕訕地走了。有一個瞬間，她感到自己的後背泛起一陣灼熱。她知道，那是讓李大媽的目光給燙的。

下午四點鐘，齊魯南來電話了，說五點鐘回來接她，讓她在家裡等著。

放了電話，柳依紅就起來裝扮自己。她不知道晚上除了齊魯南還有誰，總之要把自己裝扮的沒有打鬥痕跡了才好。

她跑到洗手間先是對著鏡子看了半天。還好，臉上輕微的腫脹已經基本上看不出來了。柳依紅開始洗臉。她洗得很小心，用的是冷水，生怕刺激了皮膚使其再腫脹起來。先用洗面乳洗了，又小心地拍上了緊膚水。她用手指輕輕地拍打著皮膚，皮膚立刻顯得緊實了不少。柳依紅又開始化妝。今天晚上，她不想把妝化得太濃，銀裝素裹一點較好。此時她的心情不適合濃妝豔抹，銀裝素裹一些更能吻合不經意間流露出來的那種隱隱的憂鬱神態。

化好了妝，柳依紅開始給自己挑衣服。本來，她為自己挑了一套銀灰色的套裙，但剛穿上就覺得不對勁，她的臉色今天太蒼白了，再配上銀灰，不但襯不出典雅，反而使整個人顯得灰暗。翻閱著一件件衣服，她最後選了一件淡粉色的連身裙，上面點綴著一朵朵銀白色的不明顯的小花。不是那種俗豔的粉，是一種很雅致的粉，粉的很不經意，粉的很是含蓄，粉的很是經典溫馨。

一穿上，效果果然很好。柳依紅覺得自己此時的樣子，更像是一個溫婉端莊的小家碧玉。她把髮型也做了調整，更加適合自己這身衣服的氣質。

看著鏡子裡的自己，她很滿意，露出了一種小家碧玉式的節制羞澀的一笑。

五點鐘，齊魯南準時在家門口按響了喇叭，柳依紅帶著節制而喜悅的笑容走了出來。

看見柳依紅的第一眼，齊魯南輕嘆一聲，搖下車窗對著柳依紅說：「老婆，妳真是太美了！」

柳依紅撩起裙子優雅地上了車，說：「今天我把自己打扮的像個村姑。」

「是個純淨而有品味的村姑，我喜歡！」

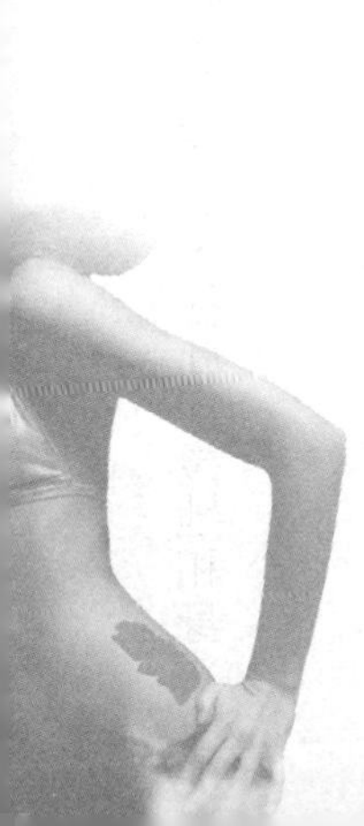

車子啟動的瞬間，柳依紅內心冒出一個感覺，一切不好的事情就此都已經全部過去，從此之後她和身邊的這個男人將要開始一種全新的生活。沒有人能夠阻斷他們的這種幸福生活。

然而，這個甜蜜的念頭還沒有從她的內心完全消失，她的心就被一種突然而至的恐懼掠住了。她看到了苗泉！

苗泉正站在社區大門口的右側，眼睛直視著他們的車子，臉上隱約露出一絲惡毒而嘲諷的笑。正和齊魯南說話的柳依紅趕忙低下頭去，神色瞬間慌張起來。

「有什麼不舒服嗎？」齊魯南關切地問。

「沒有沒有。」柳依紅說。

說話的當兒，車子駛近大門。減速的剎那，柳依紅隔著車窗看到了苗泉的一張離她很近的臉。苗泉並無其他舉動，臉上自始至終都帶著一種惡毒而嘲諷的微笑。

這笑，如同一道帶著巫邪之氣的閃電把柳依紅擊中了。她覺得胸口憋悶，口鼻乾澀，整個身體像是風化了的枯木，一碰就會坍塌潰敗下來。

「妳是不是真的不舒服啊？」齊魯南又問。

柳依紅捂住胸口，無力地說：「胸口有些憋悶，沒關係，以前也經常這樣的。」

齊魯南開了冷氣，又遞給柳依紅一塊巧克力。

「好多了。」柳依紅說。

說這話的時候，柳依紅感到一陣暈眩。這是今天與苗泉打鬥和反覆受到驚嚇的結果，只有充足的睡眠和休息才可以緩解。柳依紅感到十分疲憊，眼眶脹痛、頭腦暈眩、噁心想吐，對晚上的活動完全失去興致。

柳依紅想，如果是只有他們兩個人，那她一定會請求齊魯南帶她回家。她很想問問齊魯南，今天晚上到底辦什麼名堂，但嘴裡卻沒了開口的力氣。

看著兩旁飛速向後閃去的行人、車輛和樹木，柳依紅不得不瞪大呆滯的眼睛硬撐著。

車子開進了一家位於城鄉結合部的飯店。進了大廳，一樓是些零星的散客。

看著四處張望的柳依紅，齊魯南微笑著把她拉上了手扶梯。

「我們在二樓。」齊魯南說。

剛下了手扶梯，柳依紅就看到幾個拿著攝影機和照相機的人，笑瞇瞇地圍上來對著他倆一陣喊裡喀嚓的狂照。

原來，整個二樓都讓齊魯南包了下來，十幾桌客人全是齊魯南的朋友。

柳依紅納悶之際，她和齊魯南就被一群嬉笑著的年輕人簇擁著坐到了最前面的一張桌子旁。

這時，英文版的生日歌像是從牆壁的縫隙裡悄悄滲出，瞬間便瀰漫了整個屋子。

柳依紅剛坐下，同桌的一位年長一些的男士就向她舉起香檳，彬彬有禮地說：「弟妹，祝你生日快樂！」

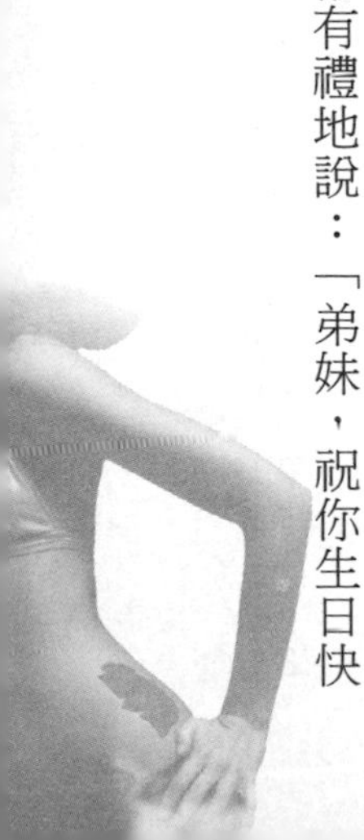

一旁的齊魯南介紹說：「這是律師協會的安會長，我大哥。」

生日？柳依紅的腦子飛快地轉著。八月六日。她的生日是八月六日。今天就是八月六日。的確是她的生日。一陣感動的熱潮湧上心頭，柳依紅的眼睛濕潤了。

一轉頭，她看見了掛在舞台上方的巨大橫幅：祝柳依紅女士生日快樂！紙是紅色的，字是金黃的，喜氣中透著熱烈和華麗。

柳依紅端起酒杯，微笑著向大家說著感謝，心頭滾起陣陣熱浪。

更多的人是把這次聚會當成了柳依紅和齊魯南的婚宴。他們輪流著來向他們表示祝福，一遍遍地起鬨逼著齊魯南和柳依紅講他們的戀愛史。也許是在這種熱烈氣氛的感染下，柳依紅覺得自己的感覺好多了，她甚至和大家開起玩笑來，整個人顯得精神煥發、神采奕奕。

宴會進行到一個多小時後，大家就開始到舞台上唱歌。安會長想起了柳依紅的詩人身分，就提議讓她給大家朗誦一首詩。提議立刻得到了大家的回應，幾個年輕人不容分說就把柳依紅推到前台，把麥克風塞到她的手裡。

剛開始的時候，柳依紅還有些扭捏，等真正站到台上，反而一下找到了感覺。她大方得體地對著大家微笑，既有一種明星的亮麗風采又有一種知識女性的優雅賢淑。

柳依紅給大家鞠了個弓，笑著說：「我今天給大家朗誦一首我最近寫的一首詩，〈一滴水投入另一滴水〉。」

詩歌是結婚前韓同軒給她的，她覺得這首詩很適合在這裡朗誦。為了應景，柳依紅已經下工夫背了幾首詩了，這是其中的一首。

台下響起一陣熱烈的掌聲，之後是一種寂靜的等待。在這種寂靜裡，響起了柳依紅那動聽的聲音。

一滴水投入另一滴水
一條河流入另一條河
用水供養水
用身體供養身體
如此純粹的慾望
讓生命豐滿明亮
澄清慾望的河流
澄清河流的慾望
通天的快樂透心的涼

一棵樹投入另一棵樹
一個身體投入另一個身體

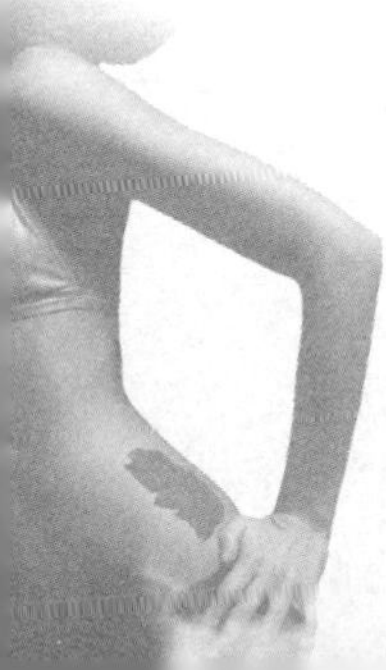

像一粒種子投入一片土地
在慾望中沉睡
在慾望中甦醒
和生命一樣樸素
和生命一樣輝煌
讓生命感到自由的慾望
讓慾望感到自由的生命
樸素的慾望使生命高貴
只有快樂沒有過失

一滴水投入另一滴水
一條河流入另一條河
彼此成為慾望
如此純粹的慾望
在我身上
在你身上

我是你的天堂
你是我的天堂
……

就在柳依紅站在台上動情朗誦的時候，躲在一根柱子後面的苗泉用火辣辣的眼神又仇恨又迷戀地看著台上的柳依紅。他已經來了許久了，一個晚上，都遠遠地躲在暗處觀看著柳依紅的一舉一動。

柳依紅的話音剛落，台下就響起一陣更加猛烈的掌聲，有人大聲提議讓她再來一首。

柳依紅沒有回應，又大方又羞澀地笑著跑下了舞台。

宴會結束的時候，人們還似意猶未盡，柳依紅也心情舒暢，精神煥發，整個人陶醉在一種歡愉的氣氛中。

下手扶梯的時候，驀地，柳依紅像是看到了一個熟悉的背影。那人就站在她的前面。

仔細再看，竟然是苗泉！柳依紅的心頓時又提到了嗓子眼上。她的一隻手正被身後的齊魯南牽著。

齊魯南說：「妳的手好冷啊！又不舒服了嗎？」

「沒有！」柳依紅小聲說。

前面的苗泉回過頭來，對著柳依紅既多情又憂傷地微笑著。柳依紅趕忙低下頭，心中的慌亂難以形容。

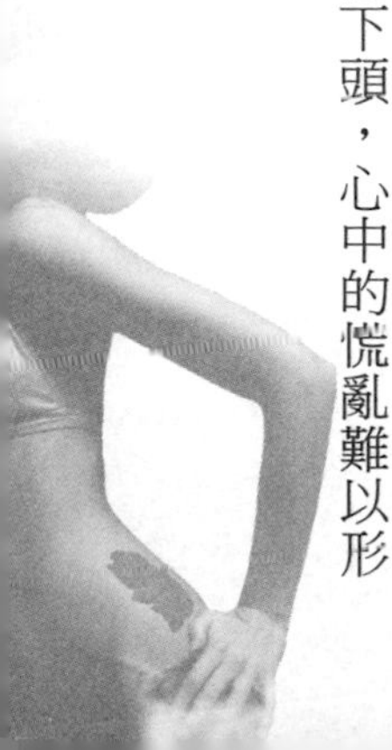

下了手扶梯，苗泉就不見了。

齊魯南問：「剛才的這個人妳認識嗎？」

「你說誰？」

「就是剛才在電梯上對妳笑的那個人。」

「不認識。」柳依紅果決地說。

「像個喝多了的酒鬼！」齊魯南說。

柳依紅的心咚咚地跳著。那片被宴會沖淡了的烏雲再次浮上腦際。在那片烏雲的中心，閃動著苗泉的一張臉，那張臉既多情又憂傷地對著她微笑。

回去的路上，齊魯南提議，抽個時間也請請她的同事和朋友，被柳依紅堅決拒絕了。

柳依紅上班一週之後，劇團進京調演。本來，沈院長是不敢再讓柳依紅跟團的，怕苗泉再和她鬧出什麼麻煩來。可是就在出發的前兩天，苗泉找到沈院長做了檢討，說自己那天喝多了，失去了理智，並表示今後絕不再犯類似的錯誤，還表示要去向柳依紅道歉，請求她大人不計小人過，在今後的工作中密切配合，不能因為這件小事影響了工作。

既然苗泉的態度如此誠懇，沈院長也就沒有什麼可擔憂的了，讓柳依紅也跟著團去了北京。編劇雖然不上台，但跟團演出還是絕對有必要的。

全國有三十多個單位參賽，演出時間為一週。先後演出的順序靠抽籤確定，院裡抽了個十八名，估計要排到第三天了。按規定，別的公司演出，其他參賽公司的演員和相關人員要在現場觀摩。柳依紅沒有這個心思，開賽的第一天她就溜了。

柳依紅打算去看看高大江。

雖然那個獎給她憑添了許多麻煩，可是她覺得還是應該感謝他。

高大江還是那麼的坦蕩和熱情，一看到柳依紅，就大著嗓門把她請到了辦公室。

獲獎的事情，柳依紅向高大江表示了感謝。高大江一再強調說不是他的功勞，是柳依紅的詩歌寫得好。高大江在無意間又提到了韓同軒，說他只差一票就可以獲個三等獎了，並替他表示了遺憾。柳依紅也替「韓老師」表示了惋惜。

臨近中午，柳依紅又提出請高大江出去吃飯，這回高大江一口就答應了，並表示要好好和柳依紅喝一杯。柳依紅在心中暗笑，看來這高大江也不過如此，說不定幾杯酒下肚，也就拜倒在她的石榴裙下了。

「好啊！咱倆比一比，看看誰先醉！」柳依紅向高大江拋出一個眉眼。

高大江竟然沒有反應。他看著眼前的電話機，說：「小柳，我再給妳介紹兩個詩人朋友吧！正好大家

一起聊聊。」

「那好啊！多認識幾個老師，我正求之不得呢。」柳依紅嘴上說著，心裡卻知道自己又把這個高大江給低估了。

另外兩個詩人，一個是男的，一個是女的，都比柳依紅大個幾歲。男詩人姓崔，女詩人姓黎，他們看起來都是高大江的老熟人了，說話十分的隨意。

高大江介紹說崔詩人是《詩天地》的主編，黎詩人則是《詩仙》的主編。兩位詩人主編真是不辱身分，一見面就向柳依紅約稿。柳依紅本來不想答應的，可是又不好回絕高大江在一旁的拼命鼓噪。

高大江說：「小柳，你可不要看不起《詩天地》和《詩仙》，這兩個詩歌刊物可是代表著我們國家詩歌的最高水準，他們兩位的約稿妳是一定要接受的。」

柳依紅不知怎麼解釋才好，就說：「不是，我是說我最近沒有寫詩。」

高大江說：「沒寫怕什麼，妳先答應了，回去再寫不就行了嗎？」

想到自己那裡還有幾首韓同軒以前給她的沒發表過的詩，柳依紅忙說：「我回去就寫，回去就寫。」

黎詩人說：「說話算話噢，下期我給妳留著頁面。」

「算話！」柳依紅說。

真是一個詩人的聚會，大家說的都是詩歌的事情。柳依紅知道的雖然不多，但把韓同軒以前說過的一些話搬過來，也可以應付上一陣子。真遇到了插不上嘴的話題，她就故做謙遜狀，微笑著聽大家說。

談到評獎，柳依紅才如夢方醒，原來，眼前的這兩位也都是李白詩歌獎的評審。柳依紅一再自責有眼不識泰山，向兩位詩人表示了真誠的感謝。

聽說柳依紅是A省的，黎詩人再次提到了韓同軒。

她扶了扶眼鏡，惋惜地說：「你們省的韓同軒挺虧的，就差一票。」

「剛才我聽高老師說了，真替他遺憾。」

崔詩人有些心直口快，他看著柳依紅說：「他虧就虧在和妳的詩風太相似了，妳的票那麼高，他的票就上不去了，因為不可能都評同個詩風的作品。」

柳依紅開玩笑地說：「真替我們韓老師感到遺憾，看來我也負有一定責任。」

高大江說：「你有什麼責任，怪就怪韓同軒的運氣不好，他的詩我就看不上，娘娘腔腔的，不大器。」

柳依紅說：「高老師，你這也是在批評我呢，剛才崔老師還說我和韓老師的詩風很相似。」

高大江說：「那可是不一樣的，男人寫愛情是沒出息，女人寫愛情是天職。」

崔詩人不同意高大江的這個觀點，反駁說：「高老師，你這就是謬論了，我看你這是在替小柳說話。」

柳依紅看一眼高大江，不好意思地說：「高老師，無論崔老師說的對不對，我都敬你一杯。」

高大江拿起酒杯，笑著說：「算他說得對，我就是替妳說話了，我覺得女人的詩歌就應該是這種纏綿

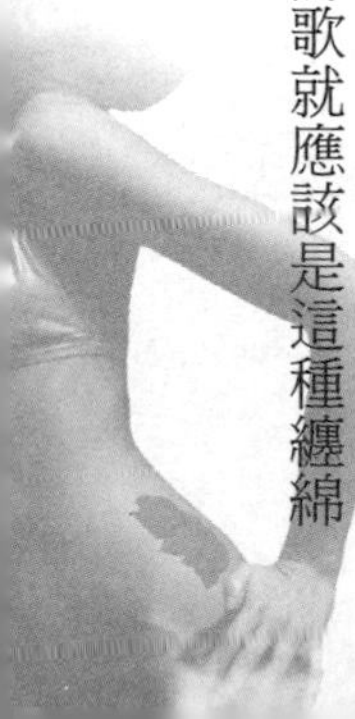

淒美的！」

說著，高大江就把杯裡的酒喝了。

黎詩人接著起鬨，「高老師，酒逢知己千杯少，你只喝一杯不行吧？」

高大江來了興致，「來，小柳，咱們再喝一杯！我敬妳！」

「不敢當，還是我敬你吧！」柳依紅又拿起了酒杯。

到了這會兒，黎詩人才想起來問起柳依紅這次來京的目的。柳依紅如實說了。柳依紅的如實當然是表面上的如實，她說她是歌劇《七彩花雨》的編劇。當初不得已接了這個活，現在又不得已跟著來調演，總之這是個她不喜歡的差事，不過為了飯碗也得硬著頭皮撐著。

想不到，幾個人還都對柳依紅的歌劇有興趣，吵著說等到演出的時候一定過去看。柳依紅當然沒有拒絕的理由，高高興興地答應了。

演出的前一天晚上，已經很晚了，柳依紅睡不著，就一個人在房間裡看電視。有人敲門，柳依紅以為是服務員就起身開了門。

站在門口的是苗泉。

苗泉不好意思地對柳依紅笑笑，問：「可以進去嗎？」

柳依紅本來想把苗泉一把推出去，可是又一想，有些話還是趁這個機會說清楚才好。柳依紅瞪了一眼苗泉，什麼也沒說，就兀自轉身回到房間坐回到沙發上繼續看電視。雙手插在褲子口袋裡，倚在門框上的苗泉一晃一晃地跟了進來，他的頭低著，臉上帶著訕笑。剛走了幾步，苗泉又折回去，把門關了，還刻意上了鎖。

「你要幹什麼？把門打開！」柳依紅從沙發上一下竄起來。

苗泉坐到另一張沙發上，低著頭，悶悶地說：「柳姐，妳就那麼恨我嗎？」

柳依紅站在原處，說：「難道我還不該恨你嗎？」

「柳姐，妳坐下好不好，妳聽我給妳解釋。」

「你解釋吧！我聽著呢！」

「那天是我喝多了，失去了理智，後來我自己也很後悔，我已經去向院長做了檢討。」

「你嫌我丟人丟的還不夠嗎？還要去找院長。」

「反正他已經知道了。」

苗泉抬起頭，含情脈脈地看著柳依紅。

「柳姐，妳坐下好不好，瞧妳這樣居高臨下的，讓我感到壓迫。」

柳依紅一屁股坐到沙發上，瞪著苗泉，說：「到底是誰在壓迫誰？你接著給我解釋，後來為什麼跟蹤我？」

苗泉不說話，只是隔著茶几定定地看著柳依紅，他的眼神始終是溫情的，深情又憂傷。看著看著，苗

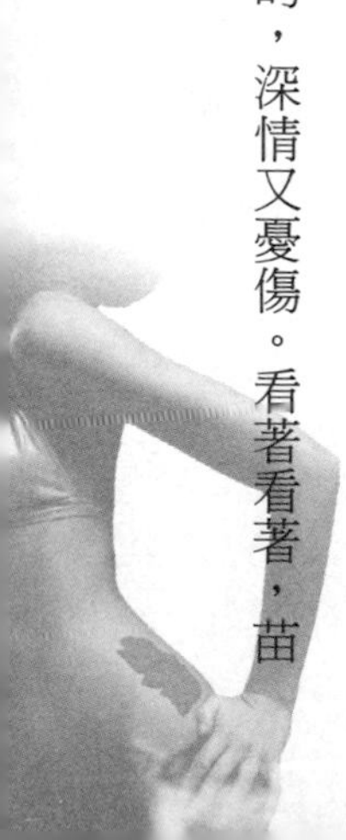

泉的眼眶裡就溢滿了淚水。他哽咽著說：「柳姐，實在是沒有辦法的，我就是喜歡妳。」

柳依紅想反駁他，卻不忍心開口。

眼淚眼看就要流出來了，苗泉使勁睜大眼睛，忍著不讓它流下來，「我也不想這樣，可是沒有辦法。」

柳依紅嘆口氣，說：「我已經結婚了，你以後不能再這樣。」

「我知道。」苗泉把頭低下去，眼淚終於滴落下來，一滴一滴落在手背上。

「我知道他比我優秀，妳選擇他是正確的。」苗泉又說。那手背上的眼淚一滴一滴四散開來，漸漸洇濕了整個手背。

柳依紅從茶几上的紙盒裡抽出一張紙遞給苗泉，「你也找個人結婚吧！別老這樣一個人晃著了。」

接紙的瞬間，苗泉一把就握住了柳依紅的手，「柳姐，我還是忘不了妳，妳就再成全我一次吧！」說著，苗泉就跪到了柳依紅面前，一雙憂傷到了極點的淚眼萬般柔情地看著她。

「你這是做什麼，快起來！」柳依紅掙脫著要站起來，卻被苗泉一下抱住了。

苗泉一旁抱緊柳依紅，一旁不顧一切地，深情地去吻她。柳依紅拼命反抗，嘴裡不停地指責著苗泉。

「你個流氓，你討厭！你給我住手！」

「柳姐，求求妳了，妳就成全我這一次吧！我實在是太想妳了！」

讓柳依紅安靜下來的是苗泉那火熱的唇。一股熱流順著那火熱的唇一下通遍了柳依紅的全身。她被這熱流烘烤著，身體瞬間感到一種飢渴。她瘋狂地喘息著，不再掙扎，也不再咒罵。

苗泉似乎是得到了一張通行證。他就勢打鐵一口氣把柳依紅抱到了床上，先給柳依紅脫了，又脫了自己，之後兩個人便滾作一處。

剛開始的時候，柳依紅完全是被動的，她帶著憤怒，帶著不情願，還帶著幾分同情和憐憫。但隨著局勢的進展，她無法再讓自己保持被動了，因為瘋狂的苗泉已經把她沉睡的身體又喚醒了過來。這個時候，柳依紅的身體衡量出了苗泉和溫文爾雅的齊魯南的不同之處。假如把男人比做飲料，那這苗泉就是一杯冰鎮加冰的雪碧或可樂，刺激、過癮，齊魯南充其量不過是一杯常溫的礦泉水而已。

柳依紅當然知道雪碧或可樂和水的不同功用。雪碧和可樂雖然比水更刺激、更過癮，但卻永遠也替代不了水的位置。人可以沒有雪碧和可樂，但卻不可以沒有水。

喘息片刻，柳依紅坐了起來，她對苗泉說的第一句話就是，「這可是最後一次！你要說話算數！」

苗泉把柳依紅又攬到懷裡，呢喃著問：「姐姐能做到嗎？」

柳依紅直起脖子，「我當然能做到！」

「姐姐能做到，我就能做到。」

「此話當真？」

「當真！」

「這可是你說的，你可記好了。」

「姐姐，我記好了，我要睡了，明天還要演出呢。」

看著已經進入夢鄉的苗泉，柳依紅惱怒地說：「告訴你，這是最後一次！」

演出那天，離開演還有半個多小時，柳依紅就在劇院的大門口等著高大江他們。沈院長看見柳依紅站在那裡，就上前問她在等誰，柳依紅如實說了。這一說不打緊，沈院長一下激動了。他說他們的歌劇高副部長能來看，那是大好事。柳依紅讓沈院長不要聲張，她說高副部長今天來看戲不是工作，只是處於朋友的關係隨意來看看而已。沈院長一再對柳依紅說他不會聲張的，說完，就匆匆地走了。

沈院長剛走，高大江的車子就開進了劇院。高大江從車子上走了下來，崔詩人和黎詩人也從後面的車廂裡出來了。柳依紅忙上前去迎接。除了司機之外，車子上還走下來一個三十多歲的精幹小夥子。小夥子手裡拎著包包，緊跟在高大江身後。柳依紅認出來那是高大江的包包，由此判斷出這個小夥子是高大江的秘書。

只聽高大江對那個小夥說：「小李呀！你就不用進去了，我和兩位詩人朋友去看個歌劇，一會兒就出來，你就自由活動吧！」

小夥子鄭重答應著，停下了腳步，柳依紅上前點頭接過了他手裡的高大江的包包。

一行人進場的時候，前一個曲目剛剛落幕，一陣稀稀疏疏的掌聲正不鹹不淡地響著。柳依紅看到，沈院長正在評審席那邊，逐個俯在評審們的耳朵上嘀咕著什麼，嘀咕過之後，評審們就似不經意地轉過頭來看。他們之中有許多人是認識高大江的，就或擺手或微笑地打個招呼。

剛找個地方坐下，前一個曲目的分數就報出來了：去掉一個最高分90分，去掉一個最低分86分，最後平均得分88分。又是一陣稀稀疏疏的掌聲，看來是成績平平。

幕布再次拉開，《七彩花雨》終於上演了。

也許是由於高大江的到場，也許是因為劇本本身就富有魅力，這場戲大家都看得很投入，一時間，觀眾席上鴉雀無聲。

投入的觀眾像是感染了台上的演員，他們把整個身心都投入到表演之中，收到了非常好的戲劇效果。

柳依紅也是第一次完整地看這個歌劇，也被其中的劇情和優美唱段深深地吸引了。台上苗泉的表演更是令她想入非非。更多的時間裡，她內心根本就不覺得這個東西是自己的，更像是在劇院裡看別人的經典。

一個小時的演出時間很快就過去了，全場響起了經久不息的掌聲。帷幕即將拉上，掌聲的浪潮再次襲來，演員再次謝幕。柳依紅看到，苗泉的目光已經在人群中搜索到了她，向她發出了迷人的微笑。

一旁的高大江這時對柳依紅說：「小柳啊！想不到妳還有這兩下子，劇本也寫得這麼好。」

一旁的崔詩人也說：「分數肯定低不了的。」

柳依紅掩著嘴，小聲說：「應景之作，登不了大雅之堂的。」

黎詩人說：「小柳啊！回頭把劇本傳給我，我給妳往《劇本精選》上推一推。」

「那真是太麻煩妳了！」柳依紅說。

這時，台上的女主持人又開始報分數了。顯然，她的聲音因為激動而有些異樣。只聽她用激昂的聲音播報：「去掉一個最高分99.9分，去掉一個最低分98分，最後平均得分99.6分！這是迄今為止比賽的最高得分！」

又響起一陣密集的掌聲。掌聲中，高大江一行人走出了劇院。

柳依紅跟出來送。分手的時候，兩位主編詩人再次向柳依紅約稿，柳依紅笑著答應了。高大江則鼓勵柳依紅回去多用功，寫出更好的詩歌來。柳依紅也笑著答應了。

一直目送著高大江的車子走遠了，柳依紅才又回到了劇院。剛進門，就碰到了沈院長。沈院長一臉的眉飛色舞。

「小柳，妳真有辦法，多虧妳叫來了高副部長。」

「這與高副部長有什麼關係？」

「怎麼沒有關係，如果那些評審不是看到了高副部長，能打這麼高的分數？」

柳依紅說：「是我們的歌劇本來就好，所以他們才打了高分數，並不僅僅是因為高副部長來，才打的高分。」

沈院長哈哈一笑，說：「好了，我知道了，這回是天時、地利、人和，我們都佔了！」

柳依紅詭譎地笑問：「那院長你給我什麼獎勵？」

沈院長說：「這個嘛，回去再說！」

柳依紅頑皮地對沈院長笑笑，回到了座位上。

心情有時是跟著聲音走的。說話的時候是一種心情，不說話的時候，又是一種心情。此時，沉默著的柳依紅又龜縮到那個自我的小世界裡去了，剛才別人眼中的那個柳依紅彷彿完全是另外的一個人。

後面的一台歌劇已經開始。看著台上晃動著的人影，恍惚之間，柳依紅感到這一切和自己是那麼的遙遠。

28

這是八月裡一個難得的涼爽天。

清晨的時候下了一場雨，到了上班的時候就停了。陽光和晨風都像被雨水洗過一般，清爽極了。

上午八點半，棉紡廠張副總準時來到天龍大廈的一樓門口。昨天，她在電話裡和沈院長約好了，今天一起來向馮子竹彙報進京調演的盛況。

此時，張副總的心情也如這天氣一樣清爽。

《七彩花雨》得了一等獎，張副總感到有些意外和受寵若驚。能取得這樣的成績的確是不容易。以前，對馮總為什麼會掏心掏肺地幫助棉紡廠，張副總一直有些困惑和不解，但有一點是可以肯定的，馮總希望把棉紡廠的企業影響製造出去，特別是希望透過活躍企業知識把棉紡廠的企業影響製造出去。這回算是做到了，不光得了一等獎，還上了足足三十秒的新聞聯播。

憑心而論，以前每次來天龍大廈找馮總，張副總內心都有些不自在，總覺得有種跟人要飯的感覺，有些個低三下四。今天的感覺不一樣。她覺得，今天有一種急於見到馮總有話要和她說的慾望。

沈院長從一輛計程車裡下來了。看來他的心情也不錯，一臉的皺紋笑得跟朵老菊花似的。

兩個人站在向上的電梯裡，張副總說：「沈院長，你們劇院真是有人才，不光是戲演得好，寫得也好，說心裡話，這《七彩花雨》把我都給感動了。」

沈院長含蓄地笑笑，說：「那是，我們柳依紅柳編劇是得過全國詩歌一等獎的，上過『藝術之路』，在全國都是有名的。」

張副總說：「真是女中豪傑，改日一定好好和柳編劇好好聊聊。」

沈院長說：「她呀！瘋丫頭一個，除了寫東西沒話說，其他幹什麼都不著調，前些天結婚了，等度完了蜜月才告訴我們。」

電梯停在了18樓，張副總笑說：「沈院長，這是文人氣質，越是有才的人就越是這樣！」

說著，兩個人就笑呵呵地走出了電梯。兩個人原本就不錯的心情，又因這交談而變得更加不錯。

馮子竹正站在窗前發呆。她的目光恍惚地遊移在大廈下面的那一片茂密的梧桐樹上。八月的樹木，枝葉都長瘋了，韓同軒上班的那棟破舊的三層小樓被徹底掩映在了一片綠色之中。

在那一片混沌的綠裡，馮子竹迷失了自己。

在柳依紅的事情上，馮子竹第一次對自己的判斷產生了懷疑。

棉紡廠第一台節目的不痛不癢，馮子竹把責任歸罪到了自己的頭上。她覺得完全是由於自己的疏忽大意，才得以讓柳依紅矇混過關。兩首歌詞，太容易矇混過去了，現在這歌詞，就是大街上隨便拉過來一個，也能瞎謅上幾句。即便是韓同軒不幫她寫，她也可以很容易矇混過去。

照說，第二次是不應該有問題的。但柳依紅依然過關了。豈止是過關了，還協助她又出了一下名。

偷雞不成反蝕一把米。馮子竹簡直快要瘋掉了。

然而這種痛苦又是不能對任何人說的。因此，這痛苦也就越加名副其實和折磨。

怎麼會出現這種情況呢？這麼多年來，難道真的是自己小看了這個柳依紅？她不光是會寫東西，而且還是個多面手？

馮子竹原來是這樣設想的，不得不接歌劇的柳依紅接了這個歌劇後就會去找韓同軒。同樣沒寫過歌劇的韓同軒即便是想寫也不會寫的那麼順暢。但這個歌劇催得急，沒給他留出來磨蹭的工夫。時間到了，拿不出東西來，身為歌劇院創作員的柳依紅就會出醜，就得現眼。

然而，就在這時，又傳來一個驚人消息，柳依紅捨棄韓同軒和一個叫齊魯南的人結婚了，韓同軒因為

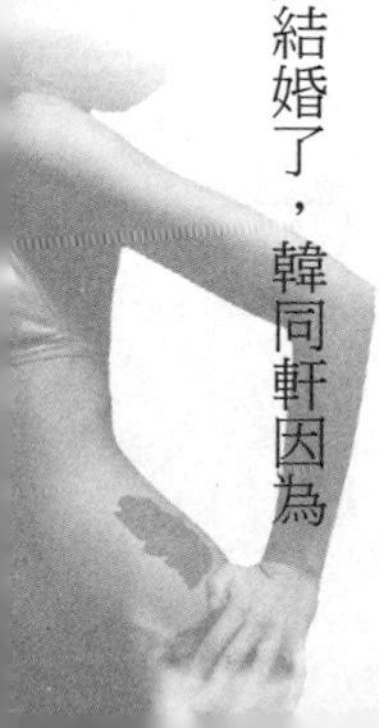

柳依紅的背叛氣得發瘋。這消息是林梅告訴馮子竹的，當時，她吃驚的差點沒背過氣去。緩過神來之後，馮子竹的得意就又進了一步。她認為，這個消息無疑是給自己的報復計畫又上了一道保險。沒有了韓同軒的幫助，柳依紅會跌得更慘。

馮子竹一直在耐心地等待著，等待著柳依紅的出醜，等待著柳依紅的原形畢露。

可是，沈院長卻告訴她，柳依紅的歌劇完成了。

馮子竹無法相信。震驚之餘，她又想當然地認為即便是柳依紅拿出來了，也必定是個糟粕之作，排練出來肯定會讓人貽笑大方。為了證實自己的猜測，馮子竹把劇本要了過去。雖然是不懂歌劇和劇本，但馮子竹也沒有看出太多的破綻和漏洞。

最終，馮子竹又一次失算了。這歌劇不光是排練出來了，而且還到北京獲了一等獎。

獲獎的壞消息馮子竹是從電視上知道的。歡愉的迎賓曲中，柳依紅正站在領獎台上，臉上帶著燦爛嫵媚的笑容，俯瞰眾生，神定氣閒。

馮子竹關了電視，摔了遙控器，端起茶几上的一個茶杯穿窗扔了出去。小保母慧慧被嚇壞了，以為是自己做錯了什麼事，躲到廚房裡半天不敢出來。

馮子竹開始反思自己，她覺得根本就是自己冤枉了柳依紅。柳依紅的確是從她手裡奪走了韓同軒，但柳依紅也的確是個真正的詩人和作家，當年的詩集《偶然》只不過是一次意外和偶然。

馮子竹很懊惱。她以前絞盡腦汁費盡心機要懲罰的是假詩人柳依紅，而如今，事實證明柳依紅是個貨真價實的詩人。如果是這樣，她的那些仇恨和報復還存在嗎？

一時之間，馮子竹好像還回答不了這個問題。懊惱和沮喪也就是在所難免的了。

秘書馮藝進來通報，說是張副總和沈院長來了。一聽到這個消息，馮子竹的頭就過電一般地響了起來。

她真想任著自己的性子，把這兩個人給罵出去了事。但猶豫了一下，還是說了個「請進」。

張副總和沈院長一前一後笑著走了進來。

「馮總，這回咱們可是大獲全勝啊！」一進門，沈院長就說。

馮子竹盡量裝出高興的樣子，指著一旁的沙發，「兩位請坐。」

張副總剛把屁股放到沙發上，就按捺不住內心的激動，說：「這台歌劇可是讓咱們棉紡廠出了名了，省電視台要來和我們聯合做節目，就連幾個群眾演員也讓『明月亮』藝術團給盯上了，說是要請過去給他們當演員。」

沈院長也不甘落後，有節奏地敲打著沙發扶手說：「關鍵是劇本好，外加主要演員詮釋的到位，才會有這麼好的效果。」

張副總看了沈院長一眼，不滿地想，什麼劇本好？什麼主要演員演繹的好？還不是想搶功勞！人家馮總感興趣的是我們棉紡廠，又不是你們歌劇院，如果沒有我們棉紡廠，你們詮釋個啥？想到這裡，張副

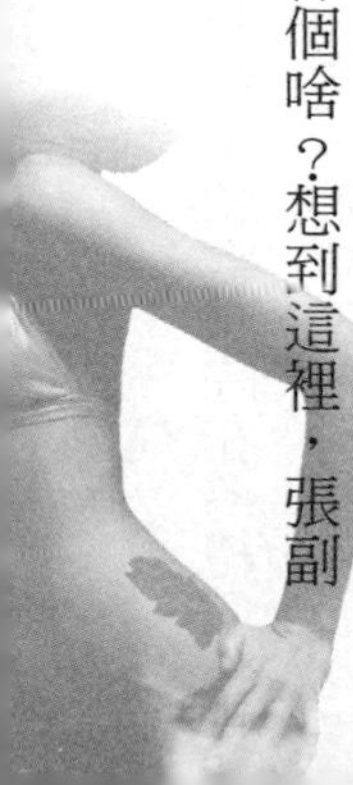

總的眼神裡就帶了一絲輕蔑和不屑。剛想發作，又一想，自己的這種心態也不對，棉紡廠和歌劇院在馮總這裡是一根繩上的兩個螞蚱，一榮俱榮，一損俱損，功勞他就是想爭也爭不到的。於是，張副總便附和著說：「就是啊就是，劇本的確是個好劇本，演員也都很出色！」

馮子竹的笑有點僵硬和勉強，她又指了指秘書放在兩位眼前的水，說：「喝水，兩位喝水！」

沈院長看了一眼張副總，眼神充滿疑惑，奇怪，馮總怎麼不接話呢？難道她不應該感到高興嗎？難道這不是她所一直盼望的結果嗎？

張副總也疑惑，馮總今天是怎麼了？怎麼就沒有了往日的精神呢？難道她是病了？抑或是碰到了什麼不順心的事？

女人是最能理解女人的，這樣一想，張副總就打算把想說的話快點說完，別在這裡佔用馮總太多的時間。

大概沈院長也是這麼想的，他說：「馮總，妳看今後咱們再聯合辦點什麼活動？」

「就是，有了現在的基礎，再辦活動比以前方便多了，省電視台說了，要去我們那裡做幾期反映員工知識生活的節目，妳說這事咱們答應嗎？」張副總誠懇地問。

沈院長忙補充，「電視台做節目，影響面大，我們歌劇院一定全力配合！」

說完，兩個人就都仰著迫切的臉殷切地看著馮子竹。

馮子竹想笑，但卻沒有笑出來，一裂嘴，竟然下意識地皺了一下眉頭。

「馮總，妳是不是不舒服啊？」張副總關切地問。

「是有點不舒服，昨晚睡得有些晚。」馮子竹只好說。

「那妳可得注意休息，身體是最重要的。」沈院長也叮囑。

張副總不甘心就這麼走，又追問了一句，「馮總，妳說咱那事？」

馮子竹已經被逼到了牆腳，也就不得開口了，「最近公司裡的事情有些忙，我身體也不是太好，等過些日子再說吧！」

張副總和沈院長面面相覷，猜不到往日豪爽乾脆的馮總今天究竟是怎麼了。

馮子竹從老闆桌前站了起來，臉上雖然帶著笑，但卻儼然是一副送客的神情。

張副總和沈院長明白事情已經無法再談下去，既失落又滿心狐疑地起身告辭。

剛進電梯，張副總和沈院長就小聲嘀咕起來，兩個人都對馮子竹今天的態度非常不理解。

馮藝送走客人後回到辦公室，見馮子竹正木木地坐在那裡，就說：「馮總，妳這樣做就對了，和他們有什麼合作的？以後就這樣，不要理他們。」

馮子竹說：「妳知道什麼，妳先出去吧！我想清靜會兒。」

馮藝訕笑著退出去，小心地拉緊了門。

馮子竹的確是身體不舒服。不過，她的不舒服不是因為她的晚睡，而是由於她的胃。馮了竹的胃是讓

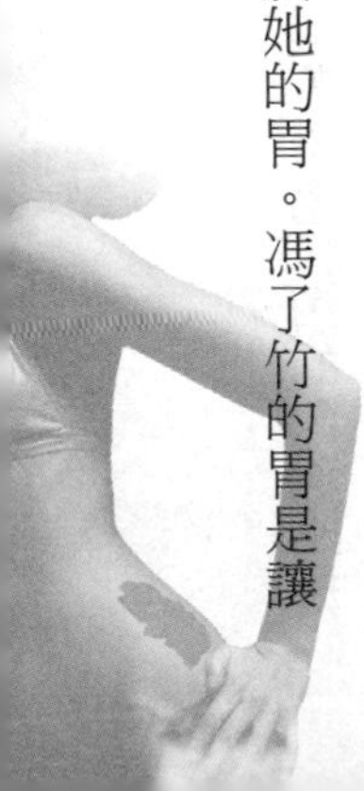

中藥給害的。這種中藥她已經吃了好久了，但她想治的病卻依然沒有絲毫的起色。

保母慧慧不知道女主人為什麼要天天喝這種苦藥湯。每當她看著女主人被這種苦藥湯折磨的面黃肌瘦的時候，就勸她不要再喝了。聞著滿屋子的中藥味，看著馮子竹喝藥時的那種痛苦狀，李曉陽也勸馮子竹不要再作踐自己，說這病咱不治了。

「瞎說，你不想治，我還想治哪！」馮子竹總是兇巴巴地說。

這個下午，馮子竹早早地就離開公司回家了。到了家，就沉著臉把自己關到屋子裡。

五點鐘，慧慧為難了，一看女主人心情這麼不好，她不知今晚的中藥到底是熬還是不熬。因為男主人叮囑過了，如果女主人不舒服就別讓她再喝了。

慧慧拿出一包中藥，把它放在櫥櫃上。她看一眼旁邊的藥壺，又看一眼中藥，實在是拿不定主意。就在這個時候，男主人回來了。慧慧如遇救星，跑上前去問男主人。

「算了，不要熬了。」男主人乾脆地說。

馮子竹的藥都是晚上睡覺前服，晚飯後李曉陽對躺在床上的馮子竹說：「今天我沒讓慧慧熬藥。」

馮子竹一下從床上坐了起來，堅決地說：「那不行！」

李曉陽坐下來，心平氣和地說：「子竹，這孩子咱不要了，妳看妳都讓這中藥給折騰成啥樣了？」

「那不行！」馮子竹還是堅持，她的聲音已經有些異樣。

馮子竹的聲音異樣一半是因為感動，一半是因為想起了柳依紅的事情。她從沒有對李曉陽提起過柳依紅這個人，此刻也不想提，永遠都不會提。

李曉陽試探著說：「其實，我有個想法，一直想對妳說，但一直沒找到機會。」

「什麼想法？」馮子竹問。

「以後就別再吃這藥了，也別再為此煩惱，我們不治了，也不要孩子了，如果妳實在想要，就去領養一個。」

「那是絕對不行的！」馮子竹說。

說著，馮子竹就下床來到了客廳裡，大聲地叫慧慧，讓她現在就去給她熬中藥。

慧慧忙從自己的屋子裡跑出來，匆匆跑進廚房。

馮子竹坐在了沙發上，臉色更加的病態和陰鬱。

恍惚中，她又像看到柳依紅站在領獎台上的情形。

馮子竹又下意識地把手裡的遙控器給扔到了一旁。李曉陽嘆口氣，默默地回到裡屋。

29

歌劇院大門口向東一百多米，是一家小郵局。這天下午，柳依紅去郵局給崔詩人的《詩天地》和黎詩

人的《詩仙》投稿。詩是韓同軒以前幫她寫的，一共是六首。她把這六首詩平均分成了兩組，一家三首，不偏不倚，總算是了卻了一樁心事。

柳依紅知道，這很可能是她最後的一次投稿了，手裡的這六首詩是她最後的庫存。但柳依紅卻沒有為此而感到傷感。她覺得事情發展到如今，已經算得上很完美了，她不再奢求更多。說心裡話，如果不是因為崔詩人和黎詩人向她約稿的時候高大江在場，實在難以推辭，這六首詩她是懶得往外寄的。

就算是個過渡吧！這叫軟著陸，以後再碰到約稿的，她就說已經息筆。息筆也不算個什麼事，不是有很多的大家也都做出過這種決定嗎？

終於等到了柳依紅，她把兩個信封放到台子上。

「都寄掛號。」柳依紅說。

櫃檯裡面的那個女營業員只看了一眼信封，就對柳依紅抱以了一個難得的微笑。

幾年來，柳依紅所有的投稿和稿費幾乎都是從她手上過的，雖然她們之間沒有說過話，但柳依紅心裡清楚這個營業員知道她的詩人身分。

給柳依紅找錢的時候，女營業員又給了柳依紅一個難得的微笑。柳依紅拿過女營業員找的零錢轉身走了。她的一雙穿著奶白色軟牛皮休閒鞋的腳踏在小郵局明亮的水磨石地板上，感到格外的輕鬆和舒適。已經有了些秋天的感覺。走出郵局的柳依紅猛然想到了「秋高氣爽」這個詞。她腳步輕鬆、心情愉快地往回走著。

早晨出門的時候，齊魯南和她說好了，下午四、五點鐘來劇院接她，然後一起去敬老院看望老太太。見時間還早，柳依紅就打算先回劇院喝口水然後去附近的商場轉轉。《七彩花雨》的獎金下來了，身為編劇，她又分得了兩萬元。儘管還沒想好買什麼，但她已經決定要在自己身上花點錢，否則就太對不起自己了。

快到歌劇院大門口時，柳依紅忽然覺得身後颳來一陣涼風，緊接著又傳過來一陣咚咚咚的腳步聲。這陣涼風和這陣急促腳步聲，讓柳依紅有種不好的感覺，直覺到後面這人不是個等閒之輩，必定隱藏著某種危險和殺機。

柳依紅趕忙回過頭。

一個人正對著她怪怪地笑著。

這個人是周炳言。

看見周炳言的第一個瞬間，柳依紅完全沒有反應過來周炳言是來找她的，她驚訝地問：「周老師，你怎麼在這裡？」

周炳言說：「我是來找妳的，你們劇院的人說妳去郵局了，我就在這裡等你。」

「找我？」柳依紅在心裡衡量著這兩個字。忽然之間，她似乎隱約意識到隱匿在這兩個字後面的微妙含義。

「是啊！我就是來找妳的，聽說咱們的《七彩花雨》獲了一等獎了。」周炳言意味深長地說著，又意味深長地看了一眼柳依紅。

原本被隱匿的微妙含意越來越清晰，柳依紅臉上的表情瞬間變得複雜。

「哦，是的，是獲了獎了，你看，我還沒騰出時間告訴你呢！」

周炳言隱晦地一笑，「現在也不晚啊！咱們找個地方談談吧！」

柳依紅有些為難，「今天不行，我老公一會兒來接我，我們有事要出去。」

周炳言當仁不讓，笑著說：「小柳啊！妳光想著妳自己的時間了，也不替我想想，我可就是這會兒有時間。」

「我真的不行，真的一會兒就有事！」柳依紅說。

周炳言的臉嚴肅起來，語調也高昂起來，「如果妳實在沒時間，也不強求妳，我直接找你們沈院長談也不是不可以。」

柳依紅倒吸了一口涼氣，心一下慌起來。

但她馬上就鎮定了自己，不讓絲毫的慌亂表現出來。

一個隨和仁慈的笑突然綻放在柳依紅臉上，她說：「周老師，你是我的老師，既然你的時間這麼緊迫，那我就只好聽你的了！」

周炳言高昂的語調又低沉起來，看著柳依紅問：「去妳宿舍？還是去哪裡？」

「我的宿舍那麼亂，怎麼好請你去？這樣吧！那邊有個小茶館，我們去那裡坐坐。」

「也好。」周炳言說。

為了證明自己沒有撒謊，柳依紅拿出手機給齊魯南打了通電話，讓他晚一點再過來。

剛進茶館坐下，周炳言就直奔主題地說出了自己的目的——柳依紅早就預料到了的目的。

「小柳，妳嫂子病情惡化又住院了，我最近手頭緊，妳得支援支援我。」

剛才往茶館走的路上，柳依紅就想好了，如果周炳言逼得緊，她就把剛拿的那兩萬塊錢的獎金分給他一半，但前提有一個，事情必須到此為止。

雖然是打定了主意要給錢，但柳依紅還是想試試周炳言的深淺，就說：「我最近手頭也緊，剛買了房子，還是貸款的那種。」

周炳言的臉立刻耷拉下來。

「小柳，那是妳自己的事情，我管不了那麼多，我只管要回我的勞動報酬。」

看來是來者不善。柳依紅暗吸一口涼氣。她微微笑著，把內心的不安悄悄壓在心裡。

「周老師，你的報酬不是已經都給你了嗎？」

周炳言就笑，但笑得有點冷。

「小柳呀！咱們都是寫東西的，我也不是那種不講理的人，妳以前是給過我報酬，但那是稿費，現在你應該把獎金付給我。」

看來獎金的事情他已經知道了，是給他一萬呢還是兩萬？柳依紅想。

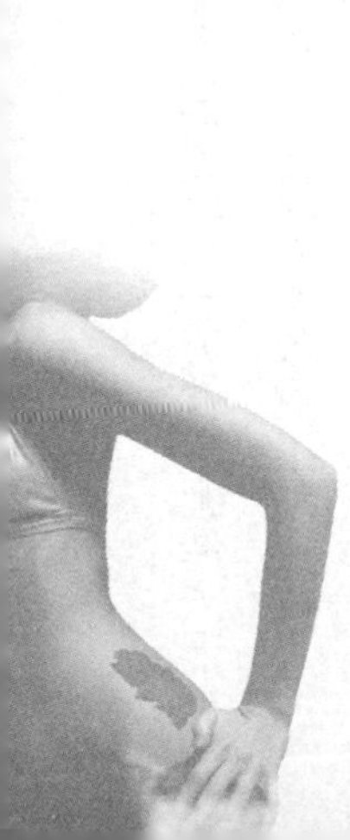

見柳依紅沒回答，周炳言接著說：「我也是沒有辦法，妳嫂子那腎病越來越嚴重，一天就得砸進去千把塊，她原來在企業裡上班，這一得病，公司根本就是撒手不管了，妳說我也不能見死不救啊！畢竟跟了我大半輩子！」

柳依紅從包包裡掏出了一萬塊錢。

「這是今天上午剛發的一萬塊錢的獎金，你拿去吧！」

周炳言看著桌上的一萬塊錢，並不像以前那樣急著去拿。過了片刻，他又把目光從那遝錢上移到柳依紅的臉上。周炳言表情平靜，柳依紅不知道接下來他會說些什麼。

「小柳哪，你們劇院的許多人我都是認識的，這獎金不只這個數吧？」

柳依紅目瞪口呆，一時不知道說什麼才好。

周炳言又說：「妳的情況我也知道一些，說實在的，妳並不稀罕這點錢，給了妳也是穿了、玩了，但對我來說就不一樣了，這錢是救命的錢！」

「你到我們劇院去打聽我？還打聽發了多少獎金？」柳依紅終於沉不住了，聲音有了些異樣。

「也不是刻意打聽妳，都是朋友閒聊天嘛！」

「既然話已經說到了這兒，今天我也給你說個明白話，當初找你的時候，咱們是一次性的——」

柳依紅忽然覺得找不到合適的詞了，周炳言替她說了，「一次性的交易。」

柳依紅尷尬地一笑，接著說：「一次性的交易也行，一次性的買斷也好，反正這事當時就算是了了，以後的事情再也與你沒有任何關係了。」

周炳言像是惱怒了，他剛要開口，又被柳依紅打斷了，「周老師，你先聽我把話說完，照理說這一萬塊錢也是不該給你的，但你知道我是個軟心腸的人，最見不得別人受苦，因此，今天我把獎金的一半拿出來給你，我想你應該感到滿足。」

周炳言看起來並不滿足，他眨著眼睛在心裡想著詞。但想了半天，覺得和柳依紅鬧得太僵也不好，於是就伸手去拿了那一萬塊錢。

「救人要緊，這一萬塊我先拿著，等用完了我會再來找你的。」周炳言說。

「周老師，你以後別再來找我，就是來找我，我也不會再給你了！」

周炳言一旁把那一萬塊錢往包包裡裝，一旁說：「小柳啊！妳太貪了，妳和我這個窮人較個什麼勁啊！我覺得妳只要榮譽就夠了，錢上的小事情妳不應該再和我爭，聽說咱們那個劇本還要發表，到時得了稿費妳也要和我平分嗎？妳總是喜歡平分，棉紡廠給的稿費妳和我平分，上面發的獎金妳又是和我平分，妳知道嗎？這很不公平！」

柳依紅又被氣了個目瞪口呆，不過這次她沒有保持沉默，而是氣呼呼地說：「老周，想不到你這麼不知足，當初也不是我硬逼著你寫的，一切都是你自願的，今天的這一萬塊完全是我出於同情多給你的，所以，我希望這是最後的一次！」

「小柳，妳也別生氣，今天就談到這裡吧！咱們以後有時間再慢慢談，現在我要回去了。」

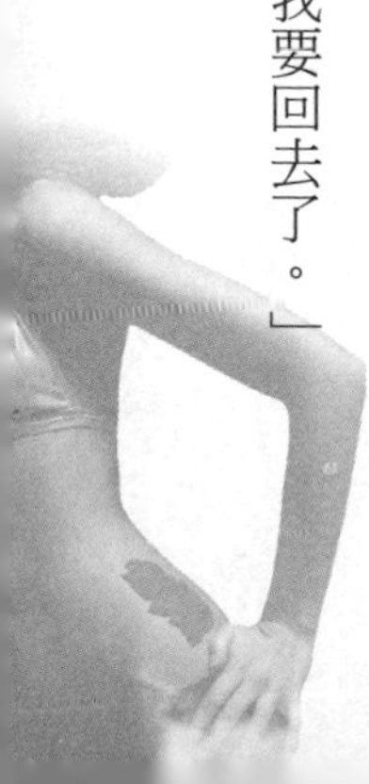

周炳言起身走了。

柳依紅傻在了那裡。

晚上去敬老院的路上，齊魯南問柳依紅下午是誰找她？都談了些什麼？柳依紅說是北京的詩歌刊物來了個編輯，找她約稿的。

齊魯南又問柳依紅給人家了嗎？柳依紅說給了。

齊魯南又問柳依紅是什麼時候寫的詩，怎麼不見她寫就投出去了呢？柳依紅大笑著說難道我寫詩還要向你打報告申請指標嗎？

齊魯南聽後哈哈大笑。

這時，柳依紅突然說她以後不想再寫詩了因為一寫詩就頭痛。齊魯南說不寫就不寫有什麼大不了的只要肯生孩子就行。柳依紅說生就生誰不會生呀！

說著，兩個人又都大笑起來。

笑過之後，齊魯南告訴柳依紅一件事，說是杜玉嬌和她那個小白臉的案子判了，一個十六年，一個十五年。

「是嗎？判得真是不輕啊！」柳依紅感嘆。

「他們是咎由自取！」齊魯南說。

30

「國慶日」之前，韓同軒家裡的小貓生了三個小貓崽。

第一眼看到蠕動在陽台地板上那三隻紅嘟嘟的小貓崽時，韓同軒嚇得差點叫出聲來。他本來是想去陽台吸根菸的，卻被三隻小東西嚇得退了回來。陽台的地上還殘存著一些血跡，已經做了媽媽的貓咪很是無力和茫然地趴在旁邊。看來牠也是經驗不足，不知所措了。

韓同軒事先並不知道小貓懷孕的事情，一直都以為小貓的大肚子是由於吃得好太胖的緣故。看來，這小貓在他收留牠的時候就已經是個懷孕的不良少女了。

看到三隻肉球般肉嘟嘟的小東西，韓同軒束手無策。

這是一個星期天，想到一會兒吳爽也許會來取兒子這個月的生活費，韓同軒心裡的不安減輕了許多。吳爽喜歡小動物，或許能從她那裡討來一些育貓經驗。

自從知道韓同軒和柳依紅分手了之後，吳爽就開始經常上門了。以前的生活費都是韓同軒從卡上打過去，現在不到日子她就上門來取。以前凱凱有了問題，她都是在電話裡跟韓同軒說，現在找上門來直接面談。

每次來的時候，吳爽都不空著手，不是帶點菜就是帶點乾貨什麼的。而且每次吳爽來了還做飯、打掃環境洗衣服。

從吳爽的這些變化中，韓同軒看出了一個苗頭。吳爽是想再婚。

自從被柳依紅狠心地拋棄之後，韓同軒是有趕緊找個女人結婚的念頭，這期間也有幾個朋友給他介紹幫他撮合，可他一直沒有什麼心思。他一時還忘不了柳依紅，既恨又愛！在這種心境下，因此就哪個也沒見。

結果吳爽就趁虛插了進來。

道理上講，對吳爽，韓同軒是不應該有什麼想法的，離都離了這麼年多了，而且離了之後又打打鬧鬧了那麼多次，男女之間的那點感情早就消耗失盡了。但韓同軒又是個懦弱善良的男人，面對吳爽日漸明顯的再婚苗頭，他實在是不忍心打擊她。另外，他也需要女人的關懷，需要親情，他覺得吳爽現在給予他的就是一種割捨不斷的親情。畢竟他們曾經是夫妻，畢竟他們曾經共同孕育過一個兒子……鑑於這種種的畢竟，韓同軒沒有把吳爽拒之門外。但是，他也希望吳爽和他一樣，只是把對方當做一個親人看，彼此之間雖然沒有愛情、沒有衝動、沒有性，但仍保留著親情般的理解、關懷和體貼。

吳爽似乎不是這樣想的，這一點韓同軒也早就感覺到了。

吳爽曾經有過一次很明顯的暗示，但韓同軒的回答卻是模稜兩可。他的模稜兩可並不是內心真的模稜兩可，只是因為表面上的不忍心。

韓同軒知道這樣拖著也不是個辦法，但每次卻都沒有勇氣把話說出口。

此刻，正倚著門框吸菸的韓同軒心中暗自慶幸，上次多虧沒有把話對吳爽說清楚，否則這三隻肉滾滾的小東西靠誰來關照？

果然，九點多，吳爽就又來了，帶著菜、帶著肉，還帶著熱情和歡笑。

韓同軒覺得，自從吳爽進門的那個瞬間，屋子裡空氣的密度都不一樣了，到處充斥著一種熱熱鬧鬧、暖暖哄哄的氣流。

韓同軒剛把小貓下崽的消息告訴給吳爽，她就哎呀哎呀地跑到了陽台上。吳爽俐落地拿過貓窩，在裡面鋪了柔軟的舊衣服，就把那三隻正閉著眼到處亂爬的可憐兮兮的小貓崽撿到了貓窩裡。貓媽媽對吳爽的這個舉動很滿意，輕輕地叫了一聲就鑽進貓窩餵孩子去了。

吳爽又把地上的血跡擦了，擦完後剛直起腰就惦記著要去燉湯。

她說：「中午燉排骨湯吧！正好給小貓喝點好下奶。」

燉好了排骨湯，吳爽先用貓碗盛了半碗端過去。

貓媽媽甜甜美美地吃了一頓，到了下午，果然就有了奶。看著三隻小東西吃奶的香甜樣子，韓同軒感到十分溫馨，就跟他的孩子有了奶吃似的，心頭很踏實。

吃完了奶，三隻小東西就都往一處擠，把個貓媽媽擠得人仰馬翻的。吳爽就充當和解人，伸手把三隻小東西分開。這過程，吳爽用對不聽話的孩子說話的語氣在指責批評著牠們。

看著旁若無人絮絮叨叨的吳爽，一旁的韓同軒就想：女人真是個神奇的東西啊！曾經那麼兇悍霸道的吳爽也能變得這麼溫柔。

但韓同軒並沒有被這個女人所打動，那扇愛情的窗戶永遠對她關上了。在韓同軒的眼裡，此時的吳爽就是一個像母親一樣的大姐。

比韓同軒大一歲的吳爽沒有看透韓同軒的心思，她還在做著再婚的美夢。

收拾東西的時候，吳爽看到了柳依紅穿過的一雙36號的拖鞋。這雙拖鞋讓她想起了柳依紅，以及以往的若干個和韓同軒交往過的別的女人。她說：「我看你呀！早晚要毀在這些壞女人的手裡！」

韓同軒不想聽吳爽提起柳依紅的事，但看在她大半天的辛苦上，又不好頂撞她，只得皺眉忍著。

「你說是不是？這麼些年了，你就不停的瞎折騰，走馬燈似的，換了張三換李四，到頭來沒有一個對你是真心的？」

韓同軒好不容易摸到了一根隱約的稻草，趕忙反擊，「妳不也一樣，當初不也是妳主動提出和我離婚的嗎？」

吳爽一下瞪大了眼，緊盯著韓同軒質問：「你還有臉說這話，當初和你離婚還不是因為你太花？你別以為你做的那些下三濫的事我不知道，說你沒本事不能掙錢只知道寫詩那是說給外人聽的，真正的原因是我丟不起這個人！這一點，你心裡應該是最清楚的！」

韓同軒自討了個沒趣，不說話了。但內心裡卻堅定了不能和吳爽再婚的決定。這個女人實在是太厲害，什麼都瞞不過她，要是和她再婚，還不是又跳進了十八層地獄？

韓同軒不想和吳爽再婚，除了吳爽厲害之外還有一個說不出口的原因，那就是吳爽不漂亮。吳爽年輕的時候就不漂亮，現在恐怕都已經停經了。他無法想像和一個這樣的女人生活在一起，自己的下半輩子該是怎樣的鬱悶。

他曾經聽一個朋友說過，男人只要還有能提桶水的力氣，就還想著幹那事。這話雖然是誇張了些，但說明了一個問題，男人一生都是有慾望的。和吳爽相比，他還年輕，還有慾望，他不能讓自己的後半輩子葬送在了她的手裡。

吳爽沒有猜透韓同軒的心思，只把他看作一個被壞女人甩了的沒有用了的，也就只有她才肯不計前嫌收留的老男人。她以一個不計前嫌具有寬廣胸懷的女人的口氣繼續諄諄教導著韓同軒，「這回老實了吧？誰也不理你了，我早就知道會有這麼一天的！」

韓同軒還是不說話，內心裡想著等過幾天「十一」的時候要不要讓朱婕從安徽趕過來見上一面。朱婕是安徽一個小縣城裡一家醫院的醫生，是個碩士，畢業於北京醫科大學，今年三十七歲，老家是這邊省城遠郊的。朱婕是個老姑娘，成為老姑娘的原因是她一直有調回來的打算，鐵了心不在安徽的那個小縣城裡成家，拖來拖去就把自己拖成了老姑娘。把朱婕介紹給韓同軒的是他大學裡的一個同學，那同學和朱婕的哥哥是同事。韓同軒明顯地感到，朱婕那邊很迫切。如果他同意，估計是問題不大。

這會兒，韓同軒暗暗定了主意，「十一」的時候一定安排時間見見這個叫朱婕的女醫生。

吳爽以為韓同軒的沉默是因為悔恨和內疚，就轉過頭來安慰他，「你也不用再為那些事煩惱，誰都會犯錯的，改了就是好同志！」

要。

韓同軒還是不說話，心裡想著那個叫朱婕的女醫生究竟是漂亮還是不漂亮。韓同軒覺得這一點至關重要。

朱婕不是很漂亮，但看起來比較舒服。這是朱婕給韓同軒的第一印象。

韓同軒是十月二日和朱婕見的面，那個做媒的同學直接就把朱婕從火車站接到了韓同軒的家裡。做媒的同學叫李良。在李良看來，這樁婚事是韓同軒佔便宜，而且便宜佔大了，人家是未婚，又比你小個十來歲，如果人家沒意見，你韓同軒就不該有意見。

所以，自從進門之後，李良就開始觀察朱婕的一舉一動。觀察的結果是，沒問題，朱婕也有這個意思。確定了這一點後，李良就打算撤了，不想在這裡當電燈泡。

李良喝了一口水，站起來說：「你們先聊著，我去公司辦點事。」

韓同軒和朱婕相互看了一眼，同時客套地說：「再坐一會兒吧！」

李良說：「不了，要趕個資料，上了班要用的。」

說著，李良就開了門要走。

韓同軒說：「要不等會兒過來一起出去吃飯吧？」

李良應付地說：「等會兒再聯繫，一會兒再說。」

李良走了之後，屋子裡就剩下了他們兩個人，面對著幾分鐘前還不認識的朱婕，韓同軒感到有點尷尬。

朱婕不覺得。但朱婕表現出的並不是一種時尚女子的張揚和開放。朱婕很溫柔。她展現給韓同軒的是一種如水的溫柔。

朱婕的兩隻手相互揉搓著，溫柔地看著韓同軒，用更加溫柔的語氣說：「聽李大哥說你是寫詩的，發表了很多詩，是真的嗎？」

說完之後，朱婕就微笑地看著韓同軒。韓同軒發現，朱婕微笑的時候，臉上有淺淺的酒窩，很好看。

韓同軒不好意思地說：「寫一點，但寫得不好。」

「你和我還客氣什麼呀！」朱婕又說，說完又覺得這話似乎不妥，羞得把目光移到了別處。

「妳的工作忙嗎？」韓同軒沒話找話地說。

「不忙，那裡很窮，醫院裡基本上沒什麼病人，所以沒事的時候就看些書，有時候也會看一些詩歌。」

「哦，那不錯，看書可以使人充實。」韓同軒說。

朱婕說：「是的，以後也可以看你的詩了。」

「只是我寫的不好。」

「李大哥可不是這麼說的，他說你的詩很有味。」

……

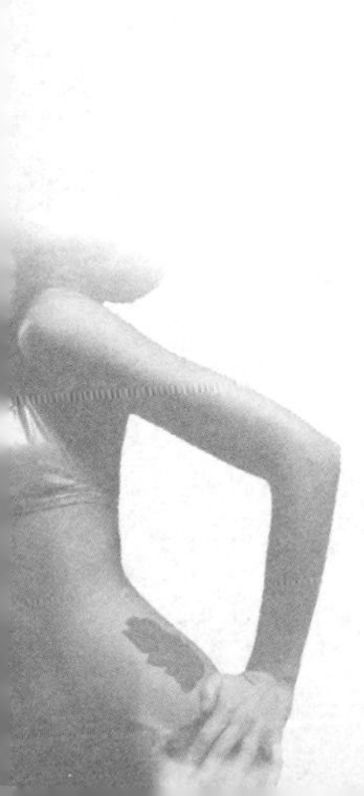

說了半天這樣的車軲轆話，韓同軒忽然想起了一個問題。

「妳是北京醫科大學的碩士，當初怎麼就分到了安徽的一個小縣城裡？」

朱婕的嘴角輕輕地抽了一下，把自己當年的愛情故事告訴了韓同軒。

原來，讀研究所的時候，朱婕和一個安徽籍的男生戀愛了。他們愛得很是熱烈。畢業的時候，那個男生被分到了她現在工作的這個醫院，而她則被分到了河北的石家莊。照說石家莊無論從哪方面講都比安徽的那個小縣城強多了，可是她為了能和那個男生在一起毅然向校方提出了一個要求，自己也去安徽的那個小縣城工作。他們終於被分到了同個醫院。然而好景不常，還沒等到結婚他們的關係就發生了變故。那個男生有一次去合肥的省立醫院開學術研討會，認識了那裡的一個女司藥。女司藥很喜歡那個男生，並表示可以幫他辦調動。為了能進省城，那個男生就義無反顧地把她扔下走了。

「這個人，真是太不像話了！」韓同軒說。

朱婕微笑，笑著笑著眼睛就濕潤了。她並沒有罵那個騙了她的男生，而是溫柔地說：「其實我也理解他，他就是為了離開那裡。」

到了中午，韓同軒就給李良打電話，讓他過來一起出去吃飯。李良自然說忙，來不了，讓他們兩個一起吃。

韓同軒就帶了朱婕出去吃飯，吃完了飯兩個人就又回到家裡接著聊。

一天聊下來，朱婕給韓同軒的感覺是十二個字：溫柔溫和、體貼善良、百依百順。

雖然是具備了這十二個字，但究竟如何定奪，他還是很猶豫。

在心裡，韓同軒悄悄地拿朱婕和柳依紅比，超過了柳依紅就是漂亮，沒超過柳依紅，就是不漂亮。韓同軒認為，朱婕沒有超過柳依紅。得出這個結論後，韓同軒就開始舉棋不定。交往吧！有點不甘心，放棄吧！又怕將來找不到更好的。

五點鐘的時候，韓同軒看了一眼牆上的鐘，逼迫自己做出一個決定。

朱婕的家在遠郊，離市區有將近兩個小時的路程，下午六點以後就沒車了。

朱婕好像沒有時間觀念，還是一味溫柔地和韓同軒說著些不關痛癢的閒話。

到了五點半，韓同軒認為實在是應該問問朱婕今晚的打算了，就問：「妳晚上還回家嗎？如果想回就該走了，如果太晚恐怕就沒有去黃集的公車了。」

朱婕的家在一個叫黃集的地方。

朱婕看著韓同軒說：「回不回都行，待一天也可以，你這裡如果不方便，我可以到我哥家裡住。」

「也沒有什麼不方便的。」韓同軒說。

朱婕說：「既然這樣，那我就住你這裡吧！反正你這房間多，正好我們還可以聊天。」

韓同軒吃了一驚，他原本是隨便說說的，想不到朱婕竟然當真了。但話已出口，也不好收回，就接著說：「就住這裡吧！沒關係。」

決定晚上不走了之後，朱婕就對韓同軒說：「咱們晚上做飯吃吧！出去吃太浪費。」

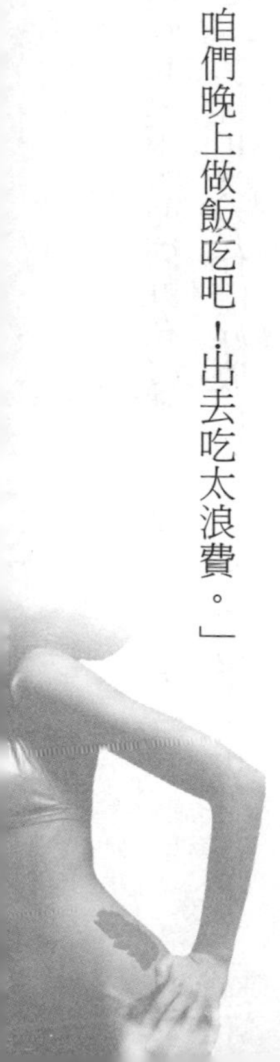

實踐證明，朱婕的廚藝不錯，遠遠超過了柳依紅和吳爽，韓同軒在心裡又給她加了一分。

吃完了飯，韓同軒就給朱婕收拾出了一間房間，其實也沒有什麼好收拾的，都是新房子，也就是換上個乾淨床單而已。

時間還早，兩個人就回到客廳裡又開始閒聊。

聊了一會兒，實在是沒有什麼可聊的了，朱婕就問：「你這裡有光碟嗎？」

「有啊！」說著，韓同軒就走到了矮櫃面前。

「我們看光碟怎麼樣？」朱婕說。

「好啊！」

韓同軒前兩天在影像部裡租了兩片光碟，一個是《純真年代》，一個是《鋼琴課》，原本是打算給自己看的，想不到這會兒卻要和朱婕一起分享。

拿著這兩片光碟，韓同軒隱隱的有些擔憂。雖然這兩部片子都是獲奧斯卡獎的經典影片，但根據以往的經驗，多多少少都會有點男歡女愛的鏡頭。韓同軒儘管並不保守，但和一個基本上還屬於陌生的女人一起看這樣的光碟還是有些不習慣。

韓同軒衡量著手裡的兩片光碟，企圖找一個男歡女愛鏡頭少一些的光碟來看。思量再三，他挑選了《鋼琴課》。

剛一播出片頭，毛病就出來了。亮度太大，無法看。韓同軒調了半天還是不理想，最後只好起身把客廳裡的大燈關了。

瞬間，屋子氤氳在了一種曖昧的光線之中。

事實證明，韓同軒挑選錯了。《鋼琴課》是一部描寫男女之間情愛的電影。影片中的女主角公啞女艾達，背叛了有教養的且有一定經濟實力的丈夫，和富於男性魅力的貝恩斯發生了性關係。透過肉體的交流，兩人產生了肉慾上的強烈渴求，繼而產生了強烈的愛情。換言之，理性的丈夫沒有敲開她的心扉，而那個帶有野性、給人以危險感的男人卻透過性愛成功地走進了她的內心深處。

在這裡，艾達和貝恩斯之間的性愛原始、純真而又熱烈，但看後卻沒有齷齪的感覺。

影片快要結束的時候，韓同軒感到沙發上朱婕的手和他的手靠在了一起。像是經意，又像是不經意。

也許是受了影片中故事情節的影響，韓同軒直覺得自己的身體正被一種慾望鼓噪著，處於一觸即發的邊緣。

朱婕的手沒有移開，韓同軒的手也在頑強地固守著。

終於，在艾達和貝恩斯的又一輪性事中，韓同軒和朱婕幾乎是同時用手握住了對方的手。

韓同軒為朱婕準備的那個小房間沒有派上用場，朱婕直接入住主臥。

上床之前，韓同軒攬著朱婕的肩膀，俯在她耳邊輕聲問：「這麼做，妳不會有什麼心理負荷吧？」

朱婕說：「只要你不把我想像的太壞就行。」

「不會的！」韓同軒忙說。

早晨自然是要睡懶覺的。

沒料到，這一睡竟睡出了麻煩。

八點半剛過，門就被人敲得猛響。

韓同軒慌忙穿上衣服，也讓朱婕迅速穿好衣服。

在一陣緊似一陣的敲門聲裡，韓同軒站在床前猶豫著要不要出去開門。開吧！這麼早，屋裡藏個不明身分的女人，不好交代。不開吧！老這麼敲著，也不是個辦法。

韓同軒聽出來了，外面敲門的是一幫他的哥兒們。這幫有妻室的傢伙一定是想拿他這裡當據點，打牌來了。

韓同軒想先沉默著撐上一會兒再說。

不料，一個哥兒們卻大聲說：「老韓，別裝了！我們知道你在家裡，快開門！」

另一個哥兒們說：「老韓，快開門，再不開，我們就去物業說你家失火了或是洩露了煤氣，讓他們幫著開！」

沒有辦法，韓同軒只得去開門。臨走出臥室的時候，他小聲囑咐朱婕，讓她待在屋子裡千萬不要出去，並讓她從裡面把門反鎖上。

三個哥兒們進了屋子就和睡眼惺忪的韓同軒開起了玩笑。

一個說：「老韓，坦白交代，你是不是金屋藏嬌了，要不怎麼這麼久才開門？」

韓同軒笑笑，說：「瞎說什麼，就是睡了個懶覺，昨晚看光碟看晚了。」

另一個哥兒們說：「柳依紅嫁人了，想必也不會再到你這裡來藏嬌了，是不是你又和吳爽黏上了，聽說她有和你再婚的打算，真的嗎？」

另一個哥兒們又說：「老韓，要我說吳爽這女人還真是不錯，兇了兇了點，但心腸不壞，我看啊！如果人家有再婚這個意思，你也就順水推舟算了。」

「又在瞎說，我怎麼可能和她再婚呢？不可能的！」韓同軒想到裡屋的朱婕，趕忙大聲說。

一個哥兒們說：「怎麼就不可能了？我看可能，最近吳爽不是老往你這裡跑嗎？說不定現在就在裡屋藏著的吧？」說著，就往裡屋張望，無奈門關得緊緊的，什麼也看不見。

韓同軒的心裡很慌，但還在嘴硬，「瞎說什麼呀！吳爽來我這裡只是談孩子的事情，從來不在這裡過夜的。」

韓同軒知道這些話朱婕都能聽得到，也知道她是絕對不會出來的。

但是，韓同軒的判斷出了問題，就在一幫人圍在一起要打撲克牌時，裡屋的門吱地一聲開了，朱婕滿臉帶笑地走了出來。

朱婕邊走邊整理著衣襟，笑說：「不好意思，起晚了，你們先坐著，我給你們燒水去！」

韓同軒的幾個哥兒們都懵了。他們原本只是信口雌黃，根本就沒想到裡屋真的藏了個女人，而且還是

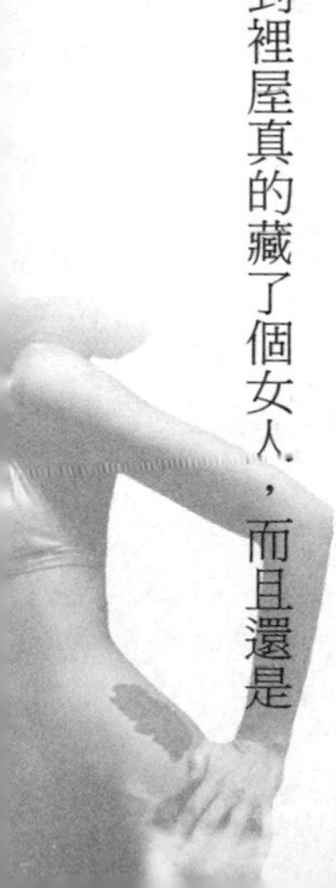

個陌生的女人。幾個人你看看我，我看看你，一時間不知道怎麼反應才好。

韓同軒就更是懵大了。他萬萬沒料到朱婕會這麼走出來，那姿態完全以他妻子的身分自居。剎時，韓同軒尷尬的頭上滲出了豆大的汗珠。

朱婕說：「你們繼續玩，別管我。」

朱婕燒水去了。燒好了水，又泡了茶，給每個人都倒了一杯水。

幾個哥兒們面對朱婕的熱情始終有種如坐針氈的感覺，但又不好馬上走，好不容易堅持了個把小時，還是藉故走了。

幾個人剛走，韓同軒就質問朱婕，為什麼不讓她出來偏出來，給他來了個下不了台。

朱婕並不生氣，低了頭，說：「眼看他們就要闖進來了，如果我再不出來，結果只會更尷尬。」

韓同軒說：「不可能，我們都已經坐下開始打牌了！」

朱婕忽然抬了頭，眼裡含了淚，「我出來，就那麼給你丟人嗎？」

韓同軒說：「不是這個意思，不是這個意思！」

朱婕還是哭，韓同軒忙轉身去給她拿紙擦臉。

又有人敲門。朱婕趕忙把淚擦了。韓同軒轉身去開門。

竟然是李良。大概是李良沒有想到朱婕還在這裡，很是不好意思。但這種不好意思很快就過去了，臉上被一種欣喜所代替。李良意識到，他的這次做媒可以用「速戰速決」這個詞來形容。

31

趴在病床前的周炳言又是一夜沒睡。天快亮的時候，剛打了個盹就被抽血的護士驚醒了。他打了個哆嗦，把掉在地上的衣服撿起來披到了身上。周炳言的妻子季梅也醒了。她看起來更加虛弱和蒼白，手也浮腫的越加厲害。

此時，季梅用渾濁的眼睛無力地看了一眼周炳言，說：「桃子來電話了嗎？」

桃子是他們的女兒，在北京上大二。

「來了，她說挺好的，最近又找了份勤工儉學的工作，連零用錢都不缺了。」

季梅把目光投向了陰沉沉的窗外。

天還沒亮，外面的霧似乎很大。

季梅的眼神呆滯而又無奈，裡面流露出一種對這個世界的留戀和不捨。

周炳言不忍心去看季梅的眼睛，把目光投向了正在給臨床老太太抽血的護士。

「5床抽血嗎？」周炳言問。

季梅住的是5床。

護士看了一眼周炳言，悶悶地說：「不抽。」

繳的押金又花完了，已經兩天沒有任何治療了。周炳言心急如焚。

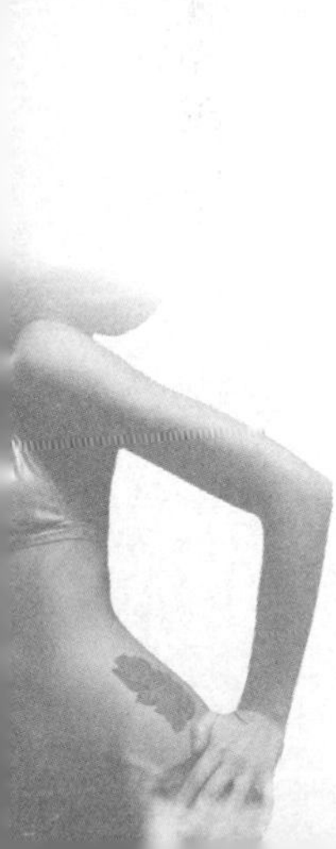

八點剛過，周炳言就到醫生辦公室找醫生。還沒等他開口，主治醫生就先說話了。

「5床的家屬吧！正要找你，你看怎麼辦啊！帳上一點錢都沒有了。」

「醫生，你看，能不能先這樣，該用什麼藥就先用著，我回頭就去籌錢。」周炳言的語氣很迫切，這迫切使他顯得有些結巴。

醫生臉上露出為難神情，「你也知道，這是醫院的規定，我也無能為力。」

「麻煩你再寬限兩天，我等會兒就出去籌錢。」周炳言說。

醫生躊躇了一下，說：「這樣吧！已經三天沒做透析了，今天我再給她做一次，不過你今天必須把錢拿來，否則我不好交差。」

周炳言謝了醫生就要走，但又被醫生叫住了。

醫生看著周炳言，用試探的語氣問：「聽說最近有腎源，配型實驗還做不做了？」

「做啊！有合適的那是最好了，一直等的不就是這個機會嗎！」

「可是——」醫生欲言又止。

「錢的事你不用擔心，我一定會想辦法的。」周炳言說。

醫生說：「如果做移植，那可不是個小數目，手術費怎麼也得十萬。」

「我知道！我會去籌錢的！」周炳言說。

出了醫生的辦公室，周炳言沒有再回病房就直接走出了醫院，很急的樣子。但是，走到醫院門口，他又停住了。周炳言不知道自己要去哪裡了。腦子裡過了一遍，能借的地方都借遍了，實在是沒有可以再去的地方了。

但是，不能借也得借，必須要想出個可以借錢的地方來。

周炳言又想到了柳依紅。

也只有柳依紅了。

周炳言毅然向歌劇院的方向走去。

周炳言來的時候，柳依紅正在排練廳裡和幾個歌手閒聊天。一見周炳言，柳依紅的頭就大了，她覺得眼前的這個男人簡直就是個無賴。

儘管心裡是萬般的詛咒，表面上卻絲毫不敢表露出來，她嘴上熱情地叫著「周老師」，一個箭步衝出來，慌忙把周炳言堵到了門外。

「你怎麼又來了？」剛離開了排練廳一段距離，柳依紅就狠狠地低聲質問周炳言。

周炳言站住，說：「小柳，我今天是來跟妳借錢的，妳嫂子在醫院急著用錢，將來一定還妳！」

柳依紅心想，明明是來敲詐，卻偏偏說成是借，這個窮酸文人實在是無恥！剛要損周炳言幾句，看見苗泉從遠處走來了。

看著他們兩個，苗泉的眼神裡充滿了狐疑。

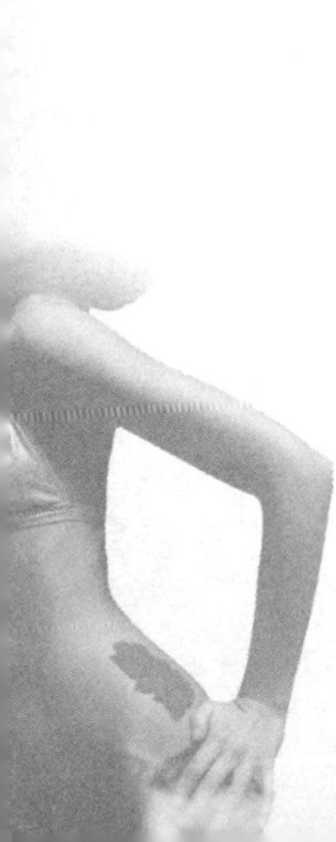

「柳姐，妳去不去排練廳？」苗泉問著柳依紅，眼睛卻在周炳言身上。

「我來了個朋友，一會兒再過去。」柳依紅說著就拉著周炳言走。

周炳言不走，上前對苗泉說：「我知道你，你的歌唱得很好聽。」

苗泉很想知道來找柳依紅的這個中年男人是誰，就問：「這位老師是？」

柳依紅忙說：「這是周老師，他來找我有點事，我們走吧！」說著，就又要去拉周炳言。

周炳言並不急著走，對苗泉笑著說：「我在省歌舞團做編劇，和小柳是同行，我來找她談個合作的事情。」

苗泉覺得這男人很大方，不像是和柳依紅有什麼不正當關係的樣子，也就沒了戒備和興致，隨意寒暄幾句走了。

見苗泉走遠，柳依紅又質問周炳言，「想故意要我出醜嗎？告訴你，如果這樣，你一分錢也休想再拿到！」

周炳言把兩手一攤，大聲說：「我說什麼了，我什麼也沒說呀！」

柳依紅狠不能上前去捂周炳言的嘴，又覺得那樣不妥，轉身兀自往前走了，邊走邊壓低了嗓音警告，「你先給我閉嘴！」

柳依紅把周炳言帶到了宿舍。剛進門，周炳言就又提出了借錢的要求。柳依紅認定了周炳言是要敲詐，就冷冷地說：「說吧！到底給多少你才能滿足？」

周炳言說：「小柳，上次我有些話說得可能有些欠妥，讓妳對我有了誤會，照說當初妳給我一萬塊我也應該知足了，我的確是因為需要錢用，才又來找妳……」

柳依紅冷笑著打斷周炳言，「這個世界上就沒有不需要錢的人，別囉嗦那麼多了，快告訴我，你的胃口究竟有多大？」

周炳言說：「妳嫂子要做腎臟移植，如果有可能，妳最好多借給我點。」

「我還要換肝呢！」柳依紅嘲諷地說。

「小柳，我說的都是真的，我沒有騙妳！」

柳依紅把包包從牆上的掛釘上取下來，一下拍到桌子上，然後指著一旁的椅子，對周炳言說：「老周，你坐下，咱們今天把話徹底說白了！」

周炳言坐下來，眼睛盯著柳依紅的包包。

柳依紅也在桌子對面的椅子上坐下來。

「老周，現在我就把《七彩花雨》的帳目一一算給你聽，你給我聽好了！」

周炳言看著柳依紅，不知道她要說些什麼。

「一開始的稿費是兩萬元，後來又拿了兩萬元的獎金，到目前為止，《七彩花雨》就得了這些錢，你不是說認識劇院裡的好多人嗎？你可以去求證。」說著，柳依紅從包包裡拿出了她本來準備去買裘皮大衣的兩萬塊錢。

「老周，以前給過你兩萬，你不會否認吧！現在我把剩下的這兩萬也全部給你，」看見周炳言要上來拿錢，柳依紅把手縮了回去。「但是，你得保證這是最後一次。」

周炳言說：「好好，我保證！」

「口說無憑，你得寫個字據。」

「好的，我寫！」

周炳言摸過桌子上的紙和筆就要寫字據，又被柳依紅打斷了，「你等等！」

柳依紅又掏出包包裡的錢包數出一千塊錢和那兩萬塊錢一起遞給周炳言。

「《劇本精選》不是還要發表嗎？這麼著，我把這筆錢也提前付給你，劇本也就是一萬多字，按千字五十算，也就是幾百塊錢，我給你一千，你不吃虧吧？」

「不吃虧！不吃虧！」周炳言忙說。

「那好，你寫字據吧！寫了字據，我就把錢給你！」

周炳言開始寫字據。寫完之後，柳依紅拿過去看了一遍，覺得還可以，就把手裡的錢都給了周炳言。

拿到錢的周炳言長長地出了一口氣。他似乎是充滿了歉意，就對柳依紅說：「小柳，我真的是有難處，妳千萬別把我當成個無賴，以後我保證不來麻煩妳了。」

柳依紅不屑地一笑，「沒有啊！怎麼會呢，你是堂堂的大編劇，怎麼會和無賴畫上等號呢？」

「都是因為妳嫂子的病，哎！」周炳言感嘆。

柳依紅冷笑著，希望周炳言快點走。

「小柳啊！別記恨我，以後有什麼活想著我點。」周炳言說。

柳依紅本來什麼都不想說的，但不知怎麼腦子一轉就信口說道，「這活是棉紡廠的，聽說有個女富豪整天閒得沒事就愛掏錢做節目，你可以直接去找她！」

柳依紅漫不經心地說著，一心想讓周炳言快點離開。

「女富豪？她叫什麼名字？」周炳言問。

「叫什麼我就不知道了。」柳依紅敷衍地說。

見周炳言終於走出了屋子，柳依紅趕忙跟出來把門猛地拉上了。

「老周，你慢走，我去排練廳，就不送你了。」柳依紅說。

周炳言還在想著那個女富豪的事，含混地應了一聲走了。

柳依紅站在宿舍的門口，看著昏暗走廊裡周炳言的背影。此時的她一點也沒有料到，她信口說出的一句話，後來竟改變了她一生的命運。

水房裡的水管還在滴滴答答地漏著水，走廊裡很靜。

一縷光線透過布布滿蜘蛛網的水房的窗戶投射在走廊裡。藉著那一縷光，柳依紅又看了一眼手中的字據。

32

周炳言自從拿走了那兩萬一千塊錢後，就再也沒有來找過柳依紅。

所有的麻煩似乎都已經過去了。柳依紅在輕鬆愉快的心情中迎來了和齊魯南結婚之後的第一個國曆新年。

她和齊魯南之間還是那麼的恩愛，彼此間從來都沒有吵過嘴。兩個人都想趕快要個孩子，可是心急吃不得熱豆腐，好幾個月過去了，到現在也還沒懷上。但兩個人都不氣餒，到了一個月中間的那幾天，更是抓得很緊。

自從與韓同軒大鬧了那一場後，文青和柳依紅的關係就不冷不熱的。為了密切和文青的關係，有幾個星期天，柳依紅拋下齊魯南，專門跑到文青家去找她玩。可是，結果卻令柳依紅很是傷心。她從文青臉上再也看不到以前的那種隨意和坦誠，有的只是刻意被誇張了的熱情和在意。

這樣去了幾次，到後來柳依紅就再也鼓不起勇氣堅持了。她覺得這種見面很不舒服，後來索性就不去了。

但她還是會時常給文青打電話的。電話裡說一些家長裡短的事，文青隔三叉五的插上一兩句話，溫溫的很是缺乏熱情。

這樣的電話打了幾次，柳依紅的自尊心受到了挫傷。到後來，就連電話也稀少了。但柳依紅還是堅持著過些日子就給文青打通電話，她的確是不想失去文青這個朋友。但對文青究竟是怎麼看她的，心裡卻是沒了底。

到了元旦的時候，就傳來了韓同軒結婚的消息。新娘是一個叫朱婕的醫生。

消息是文青在電話裡告訴柳依紅的。這是文青第一次主動給柳依紅打電話。一看到文青的電話號碼，柳依紅竟然有種受寵若驚的感覺。後來柳依紅才知道，文青給她打這通電話，就是想告訴她韓同軒的消息。

這通電話與友誼無關。

知道這個消息之後，柳依紅輕輕地笑了一下，心中的最後一點不安和牽掛也隨之消逝了。

文青在電話裡對柳依紅說起了吳爽的事情，替她叫屈，覺得她實在是很冤。

柳依紅不明白文青的意思，就問她是怎麼一回事。

文青說吳爽一直做著再婚的美夢，表現出了這麼多年來少有的溫柔。可是韓同軒卻一直沒把朱婕的事情告訴吳爽，直到辦好了結婚證書，才把實情透漏給她。

「男人啊男人，這就是男人！沒有一個好東西！」柳依紅忍不住感慨。她的內心由韓同軒聯想到了郭雄。

文青說：「那天，我在大門口又碰到了吳爽，她兩眼哭得通紅，手裡挎了個籃子，裡面裝了四隻貓。」

柳依紅忽然想起了那次偷著去韓同軒家拷貝檔案時看到的那隻貓，就問：「哪裡來的那麼多貓？」

文青說：「韓同軒收留的一隻流浪貓生的崽，聽說結婚後朱婕把那些貓都趕到了外面，韓同軒不忍心就打電話讓吳爽來把貓帶走。吳爽來了，把韓同軒和朱婕臭罵一頓，然後就挎著一籃子貓走了。」

柳依紅想起吳爽的那股子潑勁，就嘲諷地說：「罵了人，自己還兩眼通紅？是打人打紅了眼吧？」

文青說：「你不瞭解吳爽，我們以前一起住過筒子樓，其實這個女人心腸不壞，就是沒有什麼知識，脾氣急，有什麼事愛寫在臉上。」

「也許吧！」柳依紅說。

和文青談過這些話的那個晚上，柳依紅睡得格外香甜。韓同軒的感情有了著落，就意味著他不會再來找她的麻煩了。彼此相安無事，是再好不過的結局。從今以後，就可以安下心來踏踏實實的過日子了。太好了！這樣的日子真是太好了！清晨起來，柳依紅站在陽台上悄悄地在心中感嘆。

不知不覺地，柳依紅在陽台上的朝陽裡哼起了小曲。

齊魯南走過來問柳依紅有什麼高興事，柳依紅把頭一歪，詭秘地說：「不知道吧！這是優生計畫的第一步。」

齊魯南面露喜色，以為柳依紅懷孕了，「怎麼，妳懷孕了？」

柳依紅說：「這你就不懂了，現代優生學認為優生要從母親的心情抓起，有良好心情的母親才更有利於孕育出聰明漂亮的寶寶。」

齊魯南抱緊了柳依紅，說：「放心吧！我們的寶寶肯定會聰明漂亮的。」

柳依紅當然也堅信這一點。她把雙手插在自己柔軟的長髮裡，露出了光潔的額頭。

對著落地窗外暖暖的冬日，柳依紅甜美地微笑著。

幸福和平淡是輕鬆的，輕鬆的日子是無味的。而某種隱隱的危機和災難又總是喜歡悄悄地隱匿在這種輕鬆和無味裡。有時，一個偶然的意外事件完全有可能把原有的一切徹底擊碎，讓眼前的一切瞬間變得面目全非。

這偶然的意外事件或許只是一種巧合，或許又是一種必然。在這種或偶然或必然的混沌世界裡，又似乎昭示著某種冥冥之中的天意。

自認為逃過了一劫又一劫，終於過上幸福生活的柳依紅就碰到了一個這樣的意外事件。

這意外的事件無情地改變了一切。

意外事件發生在元月的中旬。

那天，天很冷。早晨，齊魯南照樣還是開著車把柳依紅送到了歌劇院的門口。下車的時候，齊魯南叮囑柳依紅，讓她下午自己搭車回去，因為他要到幾百公里外的一個縣裡辦點事，晚上極有可能趕不回來。

柳依紅撒嬌地說：「盡量趕回來吧！我一個人在家裡會害怕。」

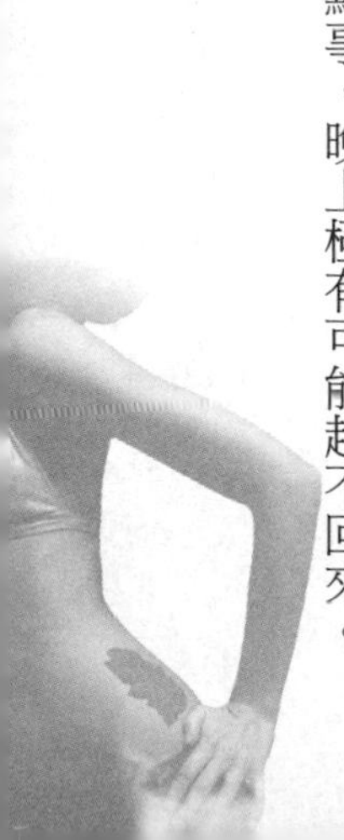

齊魯南說：「我盡量往回趕，實在太晚回不來妳就早早的鎖插上門，誰叫也不開！」

「賊是不用敲門的！」柳依紅說。

齊魯南說：「哪有那麼多的賊？」

「我還是希望你回來！」柳依紅固執地說。

齊魯南說：「我會盡量的！」

上午柳依紅在排練廳裡和歌手們一起排歌。快過年了，劇院在準備一台晚會，裡面用了柳依紅的兩首歌。這兩首歌都是柳依紅自己寫的，葫蘆畫瓢從《歌曲選》上的歌詞裡加工翻新的。兩首歌一首由苗泉唱，一首由孫麗唱，都練得差不多了，柳依紅來這裡只是個工作形式。自從結婚後，柳依紅比以前敬業多了，朝九晚五的作息制度堅持得很好，處處體現了一個職業女人的訓練有素。

一般情況下，柳依紅上午泡在排練廳裡和演員們一起排練，午飯後躲在宿舍裡名曰創作實則睡大覺的度過下半天。

這天下午，柳依紅覺得中午吃多了，想到排練廳裡消消食，就又蹓躂著去了。

大概三點多的時候，柳依紅的手機響了，當時她正在和苗泉說著話。

從北京回來之後，柳依紅和苗泉的關係就緩和了。是柳依紅希望的一種狀態。他不再像以前那樣老是纏著她，也不像剛聽到她結婚消息時那樣劍拔弩張。

電話是齊魯南打來的，他在電話裡說他晚上回不來了，要她一個人多注意安全早點回家。柳依紅臉上露出失落的神色，但見苗泉在面前也就沒有過多地說纏綿話語，同樣叮囑了幾句算是了事。

下午不到五點，柳依紅就搭車回家了。到了家，就倒在沙發上看電視。

柳依紅覺得，她對齊魯南是越來越依賴了。齊魯南在，她會覺得踏實。齊魯南不在，她會感到落寞。

六點多，柳依紅百無聊賴地關了電視。倒在沙發上的柳依紅竟然迷糊著了。不知怎麼了，柳依紅近來總是覺得渾身懶懶的，幹什麼都沒有力氣。

再一睜開眼，就已經是八點多了。想到還沒有吃飯，柳依紅就到廚房裡熱了熱剩飯，隨便吃了幾口。

柳依紅打算沖個澡就上床休息，可是就在她換上浴袍往洗手間裡走的時候門鈴響了。八成又是該死的抄錶員，他們總是喜歡在這個時候上門抄錶。柳依紅不耐煩地走到門口，一下打開了房門。

柳依紅驚訝地張大了嘴巴。

站在門口的竟然是苗泉。

柳依紅本能的想法就是不能讓苗泉進來，可是，就在她發愣的瞬間，苗泉微笑著把身子一側鑽進了屋子。

柳依紅不關門，反而把門徹底敞開了。

「你來這裡幹什麼，快走吧！別在這裡給我添亂！」

苗泉站在客廳的中央，聳聳肩，笑著說：「柳姐，我知道今天來是不會給妳添亂的，姐夫不在。」

柳依紅說：「無論他在不在你都不能來這裡，求求你快走吧！」

苗泉說：「在劇院，妳又不肯理我，不來這裡還能去哪裡？柳姐妳就別攆我了，反正姐夫今天不在，就讓我們好好說會兒話吧！」

柳依紅扶著敞開著的房門，「別廢話了，你快走！」

苗泉不再理會柳依紅的話，東張西望地在屋子裡瞎晃。

「真不愧是豪宅！夠奢侈！我再到樓上參觀參觀！」說著，苗泉就沿著樓梯上了樓。

「你——你給我回來！」柳依紅對著苗泉的背影大喊。

苗泉如同沒有聽見，繼續往樓上走。柳依紅甩手去追苗泉，走了幾步見房門沒關就又轉頭關了房門。

柳依紅追到二樓，見苗泉已經坐到了床上，心中的怒氣又陡增了許多。她暴躁地上前去拉苗泉，吼叫著趕他快點下樓。這個時候的苗泉哪裡聽得進去柳依紅的這些話，他不但沒走，反而一下倒躺到了床上。

柳依紅又氣又急，就上前去拖苗泉。苗泉正求之不得，一下就把柳依紅攬在了懷裡。柳依紅清楚這裡和北京的飯店是不一樣的，苗泉在這裡多待一刻就多隱藏著一分危機。她使勁掙脫了苗泉的擁抱站到了床前。

「你沒有資格待在這裡！你快給我滾！」柳依紅怒吼。

苗泉坐起來，臉上又露出了那種既多情又憂傷的微笑。然而這次柳依紅卻不為所動。她的臉緊繃著，不耐煩地說：「苗泉你少給我來這一套，快給我起來走人！」

苗泉並不在意這些，又沖柳依紅笑了笑。苗泉的笑裡似乎少了些之前的多情和憂傷，多了幾分沉穩和冷靜。

「柳姐，妳別發這麼大火，我待一會就走，咱們來談談愛情這個話題怎麼樣？」

「少囉嗦！快走！」柳依紅說。

苗泉抬起手腕看了一下錶，說：「我只待一個小時，說到做到，現在是八點二十，九點二十我一定下樓走人！」

柳依紅說：「這可是你說的！你要說話算話！」

苗泉說：「柳姐妳放心，我知道強摘的瓜不甜，我不是流氓，不會強迫妳的，既然妳不肯接受我的乞求，那就算了。」

「你能這樣想那是最好。」柳依紅說。

「我們就說一個小時的話，說完就走。」

「那好。」

「柳姐妳也坐下吧！我不會動妳的，妳放心。」

柳依紅遲疑地坐在了床邊上。苗泉又躺了下去。

柳依紅懷疑苗泉是不是又在辦什麼鬼花招，這時躺在床上的苗泉說話了。

「柳姐，妳說愛情和婚姻是一回事嗎？」

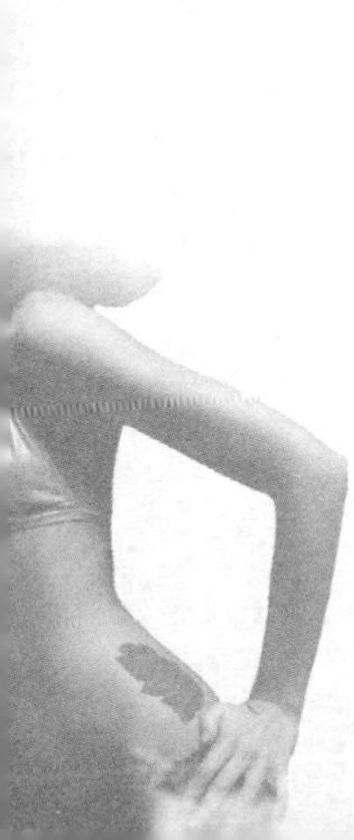

柳依紅說：「別人怎麼樣我不知道，反正我是為了愛情才結婚的。」

「僅僅是因為愛情嗎？這洋房和花園就不是條件嗎？」

「這些當然是條件，但不是主要的條件。」

「那柳姐妳說主要的條件是什麼？」

「當然是人了，是彼此之間的感覺，是緣分。」

苗泉突然坐起來，用手搖著柳依紅的雙肩，惡狠狠地說：「那我們是怎麼回事？難道妳不喜歡我這個人嗎？我們之間就沒有感覺和緣分嗎？」

柳依紅把頭轉到一旁，說：「我們的事情已經過去了。」

苗泉手中的力量沒有了，但他的手還扶在柳依紅的肩上。

「我明白了。」苗泉沮喪地說。

柳依紅說：「明白了就好，你以後不要再來找我了，這樣對誰都不好。」

「我知道了。」苗泉無力地說。

突然地，苗泉又加大了雙手的力度，「告訴我，如果我也有這些的洋房和花園，妳是不是就會和我結婚？」

柳依紅把頭轉過來，瞪著苗泉說：「知道嗎？你提的這個問題沒有任何意義！」

苗泉把頭低下去，苦笑著說：「現在說這些是沒有什麼意義了。」

兩個人就都不再說話。苗泉還是把雙手搭在柳依紅的肩膀上。

屋子裡很靜，似乎能聽到燈光穿越空氣的聲音。

忽然地，就傳來了一陣窸窸窣窣的響動聲。床上正沉浸在某種境界裡的兩個人警覺地抬起了頭。

站在樓梯口的那個人是面帶微笑風塵僕僕的齊魯南。但看到眼前這意外的一幕時，他臉上的笑瞬間就凝固了。

三個人，三種心情，他們都被此時此地彼此的存在推到了一個特殊的人生境界裡。

33

苗泉噌地一下從床邊上站了起來。他表情十分尷尬，想逃走，不敢動，想開口和男主人打招呼，又不知道怎麼開口。他就那麼如坐針氈地傻在了那裡，剛才還扶在柳依紅肩上的兩隻手此時不知道放在哪裡才好。

柳依紅也迅速從床上彈了起來。像是為了證實什麼，她朝離苗泉遠的地方退了幾步，又退了幾步。

此時的三個人站成了一個大大的三角，如果空間允許，柳依紅還想把這個三角無限制地擴大下去。在柳依紅的心目中，似乎這三角越大，就越能證明她的清白似的。

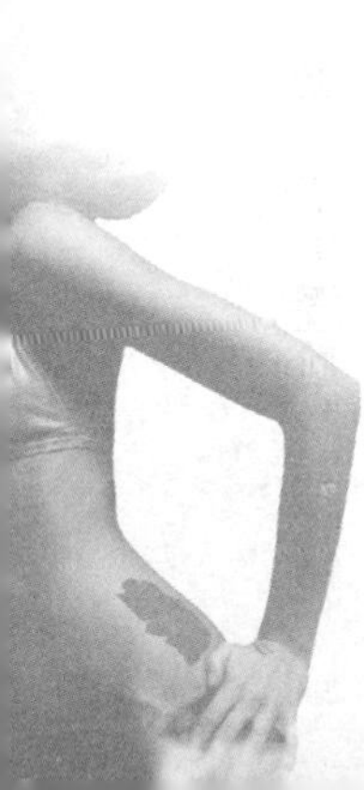

三個人內心都是極度的混亂，但誰都不知道該怎樣打破這種沉寂。最先冷靜下來的是齊魯南，他無意中引用了一個流行段子裡的一句經典句子，做為這場尷尬談話的開場白。

「你們忙完了嗎？」

話一出口，齊魯南就變得格外冷靜了。

柳依紅最擔心出現的結果還是出現了。她的一張原本驚詫的臉，瞬間變得焦灼和不安。

「不是的，不是你想的那樣！我們只是在一起說話！」柳依紅慌不擇言。

齊魯南嘴角露出了一絲不經意的笑，那笑裡滲透著一種冷酷和嘲諷。

「是的，你們是在說話，躺在臥室的床上，一個還穿著睡袍，說話的氛圍不錯。」

「魯南，你一定要相信我！絕對不是你想像的那樣！」柳依紅越加的焦急。

「妳能告訴我，我想像什麼了？」齊魯南看著柳依紅，語氣冷靜得可怕。

齊魯南的眼裡再也沒有了往日的溫情，柳依紅心如刀割。

「你別這樣！我和他之間真的什麼也沒有發生！」柳依紅乞求地說。

齊魯南走近苗泉，圍著他轉了半圈，眼睛始終與他的眼睛對視著，「是嗎？你們之間什麼也沒有發生嗎？」

面對著眼前的這個律師，苗泉徹底慌了，沒了一點往日舞台上的自如和瀟灑。他結結巴巴地說：「今天我們的確是什麼也沒有發生，我們只是在這裡說話。」

齊魯南又露出一個不經意的笑，「呵呵，今天什麼也沒有發生，也就是說以前發生過了？」

苗泉把頭低下去，不知道說什麼才好。

齊魯南又說：「我看不是今天什麼也沒有發生，而是還沒有來得及發生，你說我說的對嗎？」

苗泉還是低著頭。

柳依紅大怒，一下撲向苗泉撕打著他說：「你這個流氓，還不給我滾，還待在這裡幹什麼？！」

苗泉像是得到了某種提示，快著步伐向樓下溜走。

齊魯南想上前去欄苗泉，追了兩步又停住了。他回過頭，看著柳依紅說：「妳的苦肉計成功了，我放他走，但是我要告訴妳，無論怎樣都不會改變我的決定的！」

柳依紅上前一下拉住了齊魯南的手，撒嬌地說：「魯南，你聽我解釋好不好，我和他真的是什麼也沒有——」

不等柳依紅把話說完，齊魯南就猛地甩開了她的手，「妳這個濫女人，妳沒資格碰我，給我滾開！」

柳依紅哪裡肯死心，她又衝上去抱著齊魯南的胳膊撒嬌，「魯南，你別這樣好不好？你聽我——」

此刻，齊魯南臉上終於露出猙獰神情。他一把揪住柳依紅的頭髮，把她的臉拎了起來。齊魯南怒視著柳依紅，臉上帶著壓抑不住的悲憤，一字一頓地說：「妳應該知道我一向痛恨感情混亂的女人，妳為什麼還要這樣？為什麼？」

柳依紅頭皮被揪的生痛，一張充滿驚恐的臉半仰著，由於驚恐嘴巴微微地張開著。齊魯南的話讓她瞬間想起了杜玉嬌，杜玉嬌被捕時的情形在她眼前晃過。柳依紅絕望至極，她知道自己和齊魯南的關係完了。這一切來得太快也太不真實，柳依紅不能夠相信這一切都是真的，她不能放棄，也不甘心放棄！

看著齊魯南的那張悲憤的臉，柳依紅用一種變了調的聲音乞求地說：「魯南，你放開我，聽我慢慢向你坦白好嗎？」

齊魯南並沒有鬆開手，而是一下把柳依紅按跪到了地上，「妳說吧！我聽著！」

柳依紅的頭皮又一陣麻颼颼的痛，但她根本顧不上這些，迅速轉動著腦筋，考慮著要不要把真實的情況告訴齊魯南。臨了，她像個輸瘋了的賭徒一樣帶著最後的一絲希望押上了她僅存的也是唯一的一點賭注。

柳依紅想用自己的真誠打消齊魯南對她的憤恨。

「我以前和他是有過一段交往，但那是很久以前的事情了，我發誓自從我們結婚以後我和他絕對沒有任何關係，今天完全是他來糾纏我。」柳依紅用變了腔調的嗓音　說著她和苗泉的事情。

齊魯南悲憤地聽著，並沒有被柳依紅的真誠所打動。他突然用手猛烈地搖動著柳依紅的頭髮，憤恨地罵到，「你個臭婊子，別想糊弄我，妳告訴我，如果妳不招他來，他怎麼會知道妳住在這裡？」齊魯南又看了一眼被壓得布滿皺摺的床鋪，接著罵，「不光是來了，一對狗男女還滾到了床上，妳是個婊子，這一點妳是抵賴不掉的！」

齊魯南揪著柳依紅頭髮的手瘋狂地搖動著，柳依紅頓覺耳旁響起一陣山呼海嘯，疼痛和羞辱幾乎讓她絕望地昏死過去。

她知道這個時候說什麼都沒有用，她不打算再徒勞地替自己辯解了。柳依紅閉上眼，默默地承受著這一切。

齊魯南繼續瘋狂地搖動著柳依紅的頭髮，柳依紅覺得自己的頭皮快被揭了下來。她頑強堅韌地保持著沉默。由於疼痛，眼角滲出了淚水，但那淚水剛流到臉上，就被灼熱的皮膚給烤乾了。

齊魯南實在是疲勞至極，但又不肯停止對柳依紅的虐待，憤恨之中的他把一口濃痰吐進了柳依紅半張著的嘴裡。

隨著啪的一聲吐痰的聲音，柳依紅被使勁推到了地上。頭髮一下披散下來，癱坐在地上的柳依紅木然地抬起了頭。此刻，那口濃痰正順著她的嘴角緩緩地流下來。

柳依紅看了一眼齊魯南，他正握拳站在一旁，眼裡竟然也流出了眼淚。

兩個人對視了片刻，齊魯南用喘息的聲音問：「說吧！今晚是妳走還是我走？」

一聽到這話，柳依紅的心徹底涼了。就在剛才受虐待的海呼山嘯裡，頭腦一片混亂的柳依紅還心存一種隱隱的僥倖，想著挺過去這一陣就好了，等齊魯南發洩完了之後就會原諒她的。

看來一切都是幻想而已，她和齊魯南之間真的是徹底完了。

柳依紅被這個可怕的現實一下擊垮了，她癡愣在那裡，所有的話都被凍結在心裡。

齊魯南又說：「好，今天晚上我先走，給妳三天的時間，三天後，我不想在這裡再看見妳！」說完，齊魯南就騰騰騰地下了樓，坐在地上的柳依紅一下昏了過去。

第二天下午，齊魯南給柳依紅打來了電話。

當時，柳依紅正抱著被子癡癡地坐在沙發上。自從昨天晚上到現在，柳依紅就沒有出過門，這期間她粒米未吃滴水未進。

齊魯南在電話裡正式向柳依紅提出了離婚。

柳依紅抱著話筒什麼也說不出來。

齊魯南在電話裡催促柳依紅，讓她快點搬出去，並說如果需要幫忙他可以讓小美過來。

柳依紅彷彿做夢一般，覺得眼前的一切都很荒誕。

齊魯南說這件事最好快點解決，越快越好，免得牽扯大家太多的精力。

柳依紅覺得嗓子發乾，眼睛發燙，整個人像是要燃燒了一般。

他怎麼這樣絕情？他為什麼要這樣絕情？柳依紅百思不得其解。

突然，柳依紅對著話筒大吼：「齊魯南你休想要和我離婚！」

齊魯南早已變得十分平靜，他在電話裡說：「我希望好聚好散，我們之間已經沒有任何挽回的餘地。」

「你聽我說——」

「說也沒用，沒有餘地，我已經說了。」

「就為昨天那事？你也太偏執了吧？別說昨天我和他沒什麼，就算有什麼也不至於讓你這樣啊？」

齊魯南發出一聲怪笑，「在別的男人也許可以，在我是堅絕不可以的，我不能容忍女人的背叛！妳就死了這個心吧！」

柳依紅還在想著挽回，就乞求地說：「魯南，我真的沒有背叛你，你看到的不是事情的本質！」

齊魯南諷刺地說：「事情的本質是什麼？妳是說妳的肉體雖然在和他媾和，但靈魂還在愛著我？告訴妳，我要的是肉體和靈魂的高度統一和純潔，這一點結婚的時候就對妳說了，妳不應該忘記的。離婚吧！我們沒有餘地！」

柳依紅覺得解釋不清自己了，就又大吼。「你休想！」

齊魯南說：「不要再糾纏了，我不是個喜歡拖泥帶水的人。」

說完，齊魯南就掛了電話。

柳依紅聽著話筒裡的嘟聲，愣了片刻就開始大哭起來。她的哭聲很大，從未有過的悲傷。

到了第三天的上午，小美開門進來了。

看見沙發上面容呆滯的柳依紅，小美怯怯地問：「要我幫忙嗎？」

兩天兩夜沒吃東西的柳依紅已經十分虛弱，她看了小美一眼，想起了昨天齊魯南在電話裡說過的話。

柳依紅警覺地問：「幫什麼忙？」

小美慢慢地說：「齊哥說你要搬走，讓我來幫忙。」

柳依紅像是忽然有了力氣，她直起身大聲罵：「我們兩口子的事，關妳什麼屁事？難道把我逼走了妳想做小嗎？妳快給我滾！」

小美被罵得打了個激靈。過了片刻，她又說：「嫂子，妳這樣說話就不對了，我是個保母，只是奉主人的意思辦事而已。」

「他是主人我就不是嗎？現在我讓妳滾！妳給我滾！」柳依紅罵。

小美又打了個激靈，說：「我知道了，我現在就走。」

「滾！快滾！」柳依紅又緊跟著罵。

小美轉了身要走，走到門口的時候又回轉身說：「嫂子，妳知道敬老院的阿姨整天要找的阿迪是什麼嗎？」

「是什麼？」這個問題一直是柳依紅在想的一個問題。

小美說：「是齊哥的父親。」

「不是一隻狗嗎？」柳依紅問。

小美說：「阿迪不是一隻狗，他是齊哥的父親，敬老院的人都知道。聽說齊哥小的時候，他的父親就讓一個壞女人給拐跑了，有一次，他父親回來住了幾天，那個壞女人就又來找他。齊哥的父親經不住誘惑，又要跟著那個壞女人走，阿姨跑上去追，想不到過馬路的時候被車給撞了，從那以後，阿姨就變成了現在這個樣子。」

柳依紅呆住了，在這種呆滯裡，她眼前劃過許多細節。從杜玉嬌的被捕，到齊魯南日常的一些言談，許多潛在的疑問似乎都一下找到了答案。

這時，小美又說：「所以，齊哥是最痛恨那種作風不好的壞女人的了。」

柳依紅馬上明白了小美的用意，接著罵道：「你快給我滾！」

小美轉身走了，出門的時候竟然對柳依紅笑了一下。

到了下午的時候，柳依紅就開始嘔吐起來。她覺得自己像是要死了。有一個瞬間，她覺得乾脆就這麼死了算了，死了就可以不被這些事情所煩了。她在這種絕望中昏睡了過去。後來，是胃裡的一陣翻江倒海把她又給攪醒了。她猛然想起了那個叫杜冷丁的藥物。可惜，已經沒有了，唯一的一支讓她在幾個月前使用了。似乎是不甘心，又似乎是懷疑自己的記憶出現了混亂，柳依紅又把那個大箱子拿出來在狂亂中翻騰了一遍。

沒有了，真的是沒有了。眼前的痛苦只有慢慢忍受。

在又一陣因嘔吐帶來的劇烈痙攣中，柳依紅想起了文青。她覺得現在唯有文青是她可以求助的人。

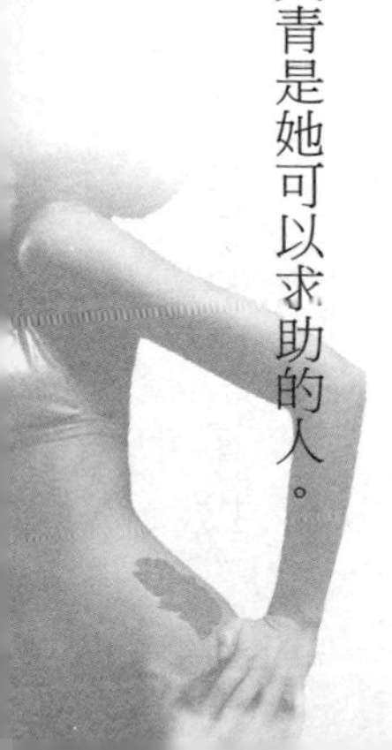

柳依紅用顫抖的手拿過手機撥通了文青的號碼。電話接通了之後只說了句「文青我要死了快來救我」就又昏厥過去。

34

接到柳依紅電話的時候，文青正開車行駛在回家的路上。柳依紅的聲音很不對勁，虛弱細小，像是正處於某種險境裡。文青趕緊把電話打了過去，卻已經沒有人接聽。

文青經過的地方正好離歌劇院不遠，她就掉轉車頭把車開進了歌劇院的院子。已經是下午五點多了，天色暗淡，寒風吹著樹上的枯枝發出吱吱啞啞的響聲。文青在院子裡轉了半天沒見到一個人，就向柳依紅的宿舍奔去。來到門口，見裡面關著燈，就拼命地敲。

正在水房洗碗的孫麗走過來問文青找誰，文青說找柳依紅，孫麗說柳依紅這兩天沒來上班，想必應該是在家裡。

文青再打柳依紅的手機，還是沒有人接。她想問問齊魯南，但又沒有他的號碼，想來想去只得開上車往紫蘆社區奔去。

來到柳依紅的家門口，文青拼命按門鈴，屋子裡亮著燈，但卻沒有任何反應。文青更加堅定了柳依紅出事了的想法，轉身向物業跑去，請求他們幫忙把門打開。

物業幫業主開門是天經地義的事情，但文青不是業主，因此也就多了許多麻煩。幾經交涉，物業終於同意幫著開門，但有一個條件，必須有警方在場。文青只好打了110，聲稱屋子裡有人煤氣中毒生命垂危急需救助。

約莫十分鐘後，一輛警車開過來停在了門口。

門剛打開，文青一眼就看到了半個身子倒在地上的柳依紅。

她急忙跑了過去。

醫生的診斷讓文青大惑不解。他告訴文青說柳依紅的昏厥是由於低血糖所致，而低血糖又是因為絕食所引起。

絕食？柳依紅好端端的為什麼要絕食呢？

醫生是在走廊裡對文青說這番話的。他們正說著話的當兒，一個手裡拿著檢驗單的護士走了過來。護士把檢驗單遞給了醫生，「妊娠檢驗陽性。」

醫生看了一眼檢驗單，對文青說：「沒什麼，看來就是個懷孕反應，吃不下東西引起的血糖過低，吊點滴應該就沒事了。」

原來竟然是懷孕，文青想自己的擔心看來是多餘。

等文青再次來到病房時，柳依紅已經醒了。一看到文青，柳依紅就哭起來。文青走過去，拉著她沒輸液的那隻手說：「哭什麼哭，醫生說了，就是懷孕反應，吊點滴就好了。」

柳依紅一怔，一下從床上坐起來，「你說什麼？」

文青說：「醫生說妳懷孕了，現在的不舒服是懷孕反應，吊點滴就好了，怎麼？妳該不會說妳還不知道這個消息吧？」

柳依紅恍如做夢，用夢一樣恍惚的語氣問：「這是真的嗎？」

「當然是真的了？醫生剛才在走廊裡親口對我說的。」文青說。

聽到這個消息，柳依紅並沒有露出高興的樣子來，她垂下腦袋，眼睛呆呆地看著點滴管。

文青說：「妳和齊魯南不是一直都想要個孩子嗎？應該高興才是啊？」

柳依紅還是不肯說話。

文青又說：「齊魯南哪？他不知道你生病嗎？你為什麼不聯繫他？」

柳依紅不說話，眼淚卻嘩嘩地往外流。

「你們吵架了？」文青問。

柳依紅突然哭出聲來，「齊魯南要和我離婚！」

文青甚是吃驚，「為什麼？」

柳依紅不回答，只是哭。

文青猜測柳依紅一定是和齊魯南吵架，就勸柳依紅，「兩口子沒有隔夜仇，等會兒吊完了點滴，你就給齊魯南打通電話，把懷孕的消息告訴他，他不樂顛樂顛的馬上跑來才怪？」

柳依紅不哭了，發呆的她心裡想著不知道自己懷孕這件事能不能讓齊魯南回心轉意。

醫生來了，說柳依紅這種情況不需要住院，吊完點滴就可以回家，注意多吃點東西就好了。

柳依紅讓文青回去，文青不肯，說等她吊完點滴一起走。

接下來的時間裡文青問柳依紅為什麼和齊魯南吵架，柳依紅當然沒有說實話，只是說齊魯南是個小心眼，心胸狹隘。

吊完點滴已經快九點了，文青把柳依紅送回家。家裡還是空空的，和離開時完全一樣。文青提議柳依紅給齊魯南打通電話，柳依紅拒絕了。柳依紅說齊魯南出差了，人不在市裡，打也是白打。

文青給柳依紅做了個蛋湯，一旁看著她吃，一旁叮囑她為了孩子也不要和齊魯南計較，讓她多吃東西多開心，說這樣才能生出一個聰明健康的孩子來。

柳依紅不說話，心裡又在預測著懷孕這件事會對他們夫妻倆產生什麼樣的影響。她很想把事情的來龍去脈說給文青聽聽，讓她分析分析，但掙扎了半天終也沒說。

文青又提起了韓同軒，說韓同軒的老婆朱婕也懷孕了。這個消息讓柳依紅吃了一驚。看來兩個孩子的月份差不多，就是不知道自己肚子裡的孩子的命運怎麼樣，如果齊魯南鐵了心的要離婚那可怎麼辦？這樣

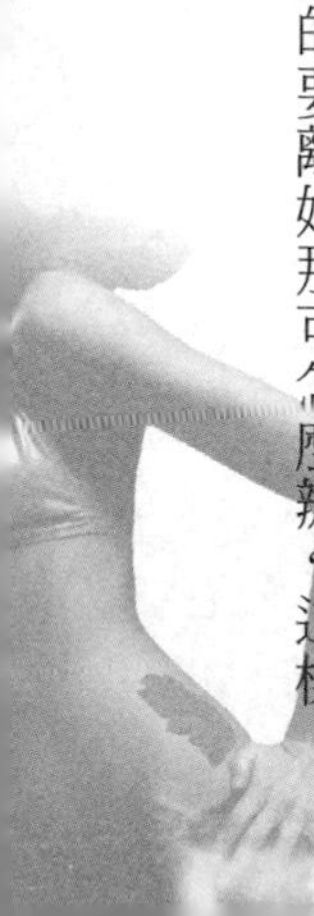

一想，柳依紅心裡就又是七上八下、憂心忡忡的了。

文青十點多走了，柳依紅覺得屋子裡空曠寂靜得可怕。她把所有的燈都打開了，把電視聲音開得很大，企圖用這種方式沖淡心中的陰霾。

夜深了，柳依紅一直坐在沙發上不肯上樓休息。

齊魯南不在，她覺得這屋子充滿了一種鬼魅氣息。她懶得四處走動，彷彿一走動，那鬼魅的氣息也會隨著她的走動而移動。

最後，柳依紅倒在沙發上睡著了。在夢裡，她夢到齊魯南知道她懷孕的消息後喜笑顏開，早把那天的不愉快忘了個一乾二淨，他帶著她去敬老院向老太太報告好消息，又帶著她去買胎教的音像製品，臨了拉上她又跑進商場買了一大堆花花綠綠的小衣服。買的東西實在是太多了，柳依紅拿不了，著急得直跺腳。柳依紅高興的醒了。醒了後才知道只是一個夢。她忽然覺得很冷，忍不住打了個哆嗦，手裡的遙控器也冰得像塊硬鐵一般。

聽著外面呼嘯的寒風，感受著深夜裡這種刻骨的孤獨，柳依紅決定，如果齊魯南明天還不回來，她就去找他。

計程車停在了律師事務所的門口，柳依紅從車上小心翼翼地走了下來。她今天穿很多，裡面穿了兩件毛衣外面套了件大羽絨衣，頭上還戴了個厚厚實實的毛線帽。柳依紅是為了孩子才穿這麼多的。

懷孕的母親不能感冒，一旦感冒孩子必定會受到影響，柳依紅明白這個道理。為了孩子，她情願自己穿得笨點、醜點。

下車的時候，柳依紅的樣子很愚笨，以致讓司機誤以為她的月份很大，一個勁地提醒她小心點。

天有些濛濛黑。若在以往，這個時候他們早已在家裡的廚房裡忙吃的了。傷心的柳依紅不忍再想，吸了吸鼻子來到事務所門口。屋子裡開著燈，她推門走了進去。

剛打開門，就迎頭碰上了小王。小王從後門衝進來，一手端著一個盒飯。看見柳依紅，小王的臉上不經意地怔了一下，含混地叫了聲嫂子就把她請進了屋裡。

柳依紅有種不好的預感。

齊魯南果然在屋子裡。一看到柳依紅，他的臉瞬間就陰沉下來。

小王把一個盒飯放在齊魯南面前的桌子上，就邁著碎步悄悄出去了。連關門的聲音也很小，屋子裡的空氣剎時沉悶壓抑起來。

那種不好的預感更加明顯，柳依紅覺得自己窒息的快要憋過氣去。想想自己對齊魯南的滿腔熱情，一種難言的委屈頃刻湧上心頭，她帶著哭聲說：「你還沒完啊？」

說完，柳依紅的眼淚就不聽話地流下來。

齊魯南陰沉的臉色沒有絲毫變化。他冷漠地看著柳依紅，用低沉的聲音說：「我已經說了，我們之間沒有任何餘地。」

柳依紅看著齊魯南，簡直無法相信他的冷漠，心中的委屈更加洶湧澎湃地氾濫著。柳依紅哭出了聲。她邊哭邊掏出了那張檢驗單，扔到了齊魯南面前的桌子上。

柳依紅哭著說：「難道看在孩子的面上，你也不肯原諒我嗎？」

齊魯南眉頭一緊，肩膀也隨之顫抖了一下。柳依紅似乎看到了希望，她又低聲哭泣著說：「孩子可是你的，你就是不心疼我，也該心疼孩子吧！」

齊魯南不說話，用食指的指尖壓著那張檢驗單把它緩緩移到了自己眼前。他看到了上面的那個大大的用紅色印章刻在上面的「陽」字。他一直就那麼看著，看了很久。

柳依紅以為齊魯南是在懷疑這張檢驗單的真假，就說：「昨天晚上文青陪我去醫院檢查的，錯不了的！」

齊魯南還在盯著檢驗單看，柳依紅不知道他心裡究竟在想些什麼。

忽然地，齊魯南裂開嘴笑了一下，他轉過頭看著柳依紅，表情堅定固執而冷酷地說：「你懷孕了是不假，但未必就一定是我的呀？」

想不到齊魯南竟會說出這樣的話來，柳依紅被氣昏了。

她不明白眼前這個她酷愛的男人為什麼一下變得如此陌生，她很想透過自己的努力把他拉回來，可是她發現這似乎根本就不可能。

絕望、急躁、羞辱、痛恨和種種的不甘一起折磨著柳依紅，她覺得喉嚨發燙，眼冒金星，全身變成個快要燃燒的火球。

柳依紅把羽絨衣的釦子解開，氣喘吁吁地對齊魯南吼：「要不然我們去做個DNA，看看這個孩子到底是不是你的？」

齊魯南抬起雙手做了個靜止的動作，低沉地說：「這不是什麼光彩的事情，能不能別那麼大聲？」

柳依紅猜不透齊魯南的心思，只是覺得自己很委屈，低泣著說：「你不是不相信嗎？」

「我可以相信孩子是我的，或者說相信至少有一半的可能是我的，」齊魯南不急不躁地對柳依紅說：「但這又能說明什麼呢？」

「你無恥！」柳依紅說。

這時，齊魯南臉上露出了一絲微笑。柳依紅被這笑嚇了一大跳。她真的猜不透眼前這個男人的內心究竟是怎樣的一種堅硬和冷酷！

齊魯南說：「即便是那百分之五十的幾率讓我趕上了，妳肚子裡懷的孩子真是我的，那我也照樣會和妳離婚的，」柳依紅驚訝的睜大了眼睛，但齊魯南不容她說什麼就接著說：「道理很簡單，DNA可能是我一個人的，但感情卻不是我一個人的，所以，我依然認定了他是個雜種，感情的雜種！」

齊魯南用犀利的眼神盯著柳依紅，臉上帶著怪異扭曲的笑。

柳依紅呆若木雞，她被這惡毒的語言徹底擊垮了。

齊魯南拿起那張檢驗單，扔給柳依紅，「拿上妳的檢驗單走吧！不要再來找我，也不要再做不切實際

的美夢，至於孩子妳隨便怎麼處理都與我無關，不過，為了妳好，我勸妳最好還是拿掉，做單親母親會很辛苦的！」

柳依紅愣了半天，才沙啞著嗓子說：「姓齊的，你可真夠狠的！」

齊魯南又陰陽怪氣地笑了笑，說：「不是我狠，一切都是妳咎由自取！」

隱隱約約，柳依紅覺得這話有些似曾相識。猛然間想起來這是幾個月前齊魯南罵杜玉嬌的話。柳依紅突然發瘋般指著齊魯南罵：「你這個變態狂！不要以為你父親讓一個壞女人拐跑了，天下女人就都要跟著一起受罪，告訴你，你休想就這樣甩了我，我是不會放過你的！」

齊魯南扭曲的臉上又擠出了一絲可怕的笑，他用一根手指使勁敲擊著桌面，說：「是想繼續住在大房子裡吧？實在想住，不妨讓妳再住上一陣，就是把那個小戲子接過去一起住我也沒有意見，這之前我可以先住到老房子裡，不過，不要住得時間太長，我的忍耐是有限度的。」

「你真無恥！」柳依紅又大罵。

齊魯南輕嘆，「妳不光是個淫婦，現在看來還是個潑婦，以前我真是有眼無珠。」

說完，齊魯南開門揚長而去。

門外響過一陣輕微細碎的腳步聲，一個影子在磨沙玻璃門外停留了片刻又匆匆離去。

屋子裡柳依紅的雙頰一陣陣的發燙，她奮起抓過一個水壺使勁砸在了齊魯南的辦公桌上。頓時，熱水滾滾，桌子上的文案處在一片汪洋之中。

柳依紅奔進黑夜裡，不要命的瘋走著。

不知什麼時候天上飄起了雪花，那像蝴蝶一樣翻飛著的巨大雪花一落到柳依紅的臉上就吱地一聲化了，乾了。

憤怒和羞辱使她的肌膚變成了燃燒中的火碳。

35

時光沒心沒肺地往前走著，人世間的喜怒哀樂阻擋不了它的腳步，惡劣的天氣徵候同樣也阻擋不住它的步伐。它邁著滴滴答答的悠閒小步，冷漠堅毅地向前邁進，最終踏破萬緣塵世，把世間牛靈帶向一個個冥冥之中的已知和未知。

這是個大雪過後的早晨，世界變得貌似寧靜和溫馨，一頂頂潔白的雪帽讓原本堅硬粗糙的世界變得細膩柔軟而富有童趣。

然而，又像是有一道陰鷙的掠過雪面的風，時時拂過人們的心頭，在那風的蠱惑下，一切該發生的事情不可阻擋地繼續發生著。

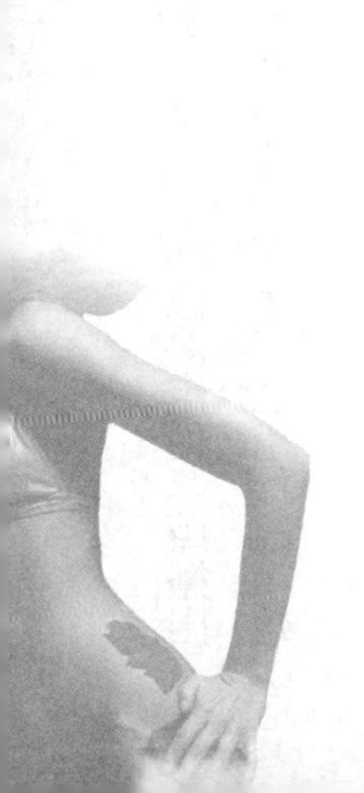

柳依紅昨晚合衣在歌劇院的宿舍裡躺了一夜。清晨一大早就打了個車去了紫蘆。她已決定從紫蘆搬出來，為了自尊，也是為了更好的了斷。既然已經鬧到了這步田地，她沒有必要再去向齊魯南乞求什麼，她把他看透了，對這個男人再也沒有絲毫的留戀，她同意離婚。

其實也沒有什麼好搬的，無非就是一些衣物和化妝品。柳依紅沒有用齊魯南給她買的那個大箱子，她到商場裡又買了個新的。

收拾東西的時候，柳依紅生怕把屋子辦亂了。她想，這大概就是俗話說的好聚好散吧！裝完了箱子，柳依紅又把屋子徹底打掃了，看見茶几上有一層厚厚的塵土，也用抹布輕輕地擦了。

出門的時候，柳依紅又站在門口向屋子裡張望了好一會兒，直到看見哪裡都順眼了才毅然把門關上。

路過大門，物業的小夥子和她打招呼，「大姐，妳這是要出差啊？」

「出差！」柳依紅說。

站在紫蘆的門口，柳依紅給齊魯南打了通電話，讓他在事務所門口等著一會兒給他送鑰匙。

遠遠地，坐在計程車上的柳依紅就看到了齊魯南。他站在離事務所有一段距離的雪地裡，瑟縮著身子。柳依紅第一次對這個男人沒了感覺，她冷漠地看著他，像看著一個陌生人。

現在剩下的只有了斷了。

看到計程車大開著的後車廂和伸出來的半個旅行箱，齊魯南問：「怎麼，想明白了？」

柳依紅把鑰匙遞給齊魯南，說：「想明白了！」

「這是最好不過的了，大家都輕鬆。」齊魯南說。

柳依紅說：「我也是這麼想的。」

「那我們什麼時候去辦手續？」

柳依紅說：「那就看你了」

「看我？」

「是啊！看你能不能答應我的要求。」

齊魯南問：「妳有什麼要求？」

柳依紅低頭沉思片刻，猛然抬頭輕鬆地說：「給我五十萬，不算多吧？」

「妳——」齊魯南大睜著眼睛說：「妳無賴！」

柳依紅笑笑，說：「你有兩棟房子、一台車，這可是咱們夫妻的共同財產，至於存摺上的錢咱們就不說了，因為說也說不清，我要五十萬你覺得過分嗎？」

齊魯南說：「那都是我的婚前財產，與妳沒有任何關係，妳就死了這個心吧！」

柳依紅並不著急，慢悠悠地說：「那我就拖著你，直到拖得你把錢乖乖地拿出來。」

齊魯南臉上扭曲起來，他陰沉地笑著說：「別忘了，咱們離婚妳是有過錯方，有過錯方是沒有資格分得夫妻共同財產的。」

「過錯？我怎麼就不知道我有什麼過錯？證據在哪裡？」柳依紅無辜地說。

「你真是個無賴。」

「謝謝你的誇獎，不過我要告訴你，我這裡倒是有你無法擺脫關係的證據，」柳依紅拍了拍自己的肚子接著說：「證據就在我的肚子裡，這個證據你是毀滅不了的，如果你答應了我的條件，我就把證據毀滅掉，如果你不答應，我就讓他來到這個世界上，煩你一輩子！」

齊魯南的臉更加扭曲。

柳依紅笑著接著說：「你不用為他擔心，你、我都長得不醜，這個證據如果生出來也應該是個漂亮的證據，將來在世上混口飯吃應該不難。」

「柳依紅，我看妳連狗屎都不如，是個十足的下三濫！」齊魯南罵道。

這時，已經等的不耐煩了的計程車司機煩躁地按了幾下喇叭。

柳依紅臉上還保持著輕鬆的微笑，她幾乎用愉悅的口氣說：「好了，我的話說完了，我要走了，你自己衡量著辦吧！最後提醒你一句，別忘了我肚子裡的證據可是會長的！現在要求和你分財產的只有我一個，將來說不定就會是兩個，如果趕巧了，也說不定會是三個。」

「妳這個無賴。」看著柳依紅的背影，齊魯南咬牙切齒地說。

柳依紅回過頭，對齊魯南抱以甜蜜的一笑，然後毅然轉身走了。

司機是個年輕小夥子，柳依紅一上車他就抱怨等的時間太長，又問柳依紅是不是新婚，要不怎麼這麼能黏糊？柳依紅的眼淚嘩嘩地流淌著，根本聽不到司機在說些什麼。

到了歌劇院門口，正碰到從裡面往外走的苗泉。看到柳依紅和她手裡拖著的大箱子，苗泉一愣。苗泉似乎是想走開，但猶豫了一下還是迎了上來，輕輕地說：「柳姐，我來幫妳拿吧！」

柳依紅沒有拒絕，把箱子給了苗泉。

上樓的時候，在樓門口碰到了李大媽。李大媽故意把頭別過去不看他們，等他們上樓梯的時候，李大媽又慌忙把頭轉過來盯著他們的背影看。

來到柳依紅的房間，苗泉把箱子小心地放到椅子上，然後又小心地問：「柳姐，不好意思，這一切是因為我嗎？」

柳依紅直視著苗泉，臉上帶著一股淫褻的笑，「你說呢？」

說完，柳依紅就「啪」地一聲給了苗泉一個耳光。

苗泉沒有還手，驚恐地低下了頭。

柳依紅說：「這回你該滿意了是嗎？」

苗泉沒有回答，捂著臉低著頭走了出去。

柳依紅一點也不覺得餓，因此中午就沒有吃飯。柳依紅打算休息一下就出門，她要去醫院。

柳依紅才不想保留什麼證據呢！那不過是故意說出來氣齊魯南的，她很清楚孩子一旦生下來對她的拖累有多大？昨晚就拿定了主意要把孩子拿掉。

下午一點半，柳依紅準時趕到醫院。

掛了號在婦科門診室外面候診的時候，一個孕婦就和她攀談起來，那個孕婦哪壺不開提哪壺的問柳依紅是不是也是來做產前檢查的。柳依紅極不耐煩地說了個不是，嚇得那個孕婦不敢再問她什麼，轉頭和別人攀談去了。

終於輪到柳依紅，她被護士叫進了屋子。

柳依紅向醫生說了自己要墮胎的想法。醫生問她為什麼要墮胎，柳依紅靈機一動說自己前些天感冒了吃了不少亂七八糟的藥，怕將來孩子生下來不好。

女醫生不再說什麼，埋下頭去開始開單子。

隨著醫生那沙沙的寫字聲，柳依紅感到身體深處泛起一陣涼颼颼的痛，她忍不住打了個哆嗦。

醫生把幾張單子推到柳依紅眼前說：「先去做檢查吧！」

柳依紅不明白，拿出了幾天前的那張妊娠檢驗單，「我都做過檢查了，就是懷孕了。」

醫生解釋說：「不是檢查妳是否懷孕，而是檢查妳適合不適合做墮胎手術。」

柳依紅半信半疑地拿著單子去了化驗室。

半個小時後，柳依紅拿著化驗結果又來到了醫生辦公室。

醫生把單子看了一遍，抬頭對柳依紅說：「妳現在不能動手術，回去養養再來吧！」

「為什麼？」柳依紅著急地問。

「妳的血紅素還不到7克，很容易出問題的，不能做。」

柳依紅想趕快把這個問題解決掉，就說：「醫生，給我做了吧！不會有事的。」

醫生說：「這是規定，我們要按規定辦事，我給妳開點藥帶回去吃，平時注意多吃點營養的東西，等血紅素升上了來再。」

柳依紅憂愁地問：「那得多久才能升上來呢？」

醫生已經有些不耐煩，一旁打手勢通知護士叫號一旁對柳依紅說：「也就是十天半月的吧！過些天妳再來吧！」

拿了藥，柳依紅就從醫院裡走了出來。年關將至，看著雪地裡臉上洋溢著笑容的人們，柳依紅感到從未有過的茫然。路過一家超市，柳依紅跟著人潮進去了。

柳依紅買了很多吃的。她自嘲地想，別的孕婦吃好東西是為了讓孩子長得更好，而她則是為了盡快墮胎。這個想法很悖論，也很殘酷。

路過糖果櫃的時候，柳依紅忽然想起來幾個月前她曾經和齊魯南一起來這裡買過糖果，她還曾經在這裡看到過韓同軒的背影。當時的情形一幕幕出現在柳依紅眼前，有一種恍如隔世的感覺。當時，兩個男人都愛她愛得要死，現在兩個男人都成了她的仇人。這個世界上的事情想想也真的是很有意思。

柳依紅又自嘲地笑笑。她茫然四顧，彷彿是在尋找那兩個男人的身影。然而，浮動在眼前的卻都是些模糊而陌生的面孔。

回到宿舍，柳依紅就開始給自己弄吃的，弄了很多，卻吃不下去，想想醫生的那些話，就又逼著自己吃，直到吃得頭暈噁心冒冷汗，才不得不停下來。

稍有了點力氣，就開始收拾屋子。屋子是怎麼看怎麼都不順眼了，越收拾就越顯得破舊和淒冷。乾脆不收拾了，躺在床上看電視。那29寸的大屁股電視也看著不舒服，怎麼看都是笨頭笨腦的，透著一種貧窮的樸素和呆傻。

聽著電視裡的吵鬧聲，看著窗外晃動著的光禿禿的樹影，柳依紅不知道這樣的日子熬到什麼時候算是盡頭。

36

當柳依紅躺在床上發呆的時候，周炳言正為了給季梅籌集醫療費四處奔走。他踏在積雪的地面上，深一腳淺一腳地走著，手腳凍得冰冷，心裡著急得卻像著了火一般。

有腎源的消息是醫生早晨通知他的。得到這個消息後，他就出了門。

周炳言先是去了他和季梅各自的公司。兩邊的公司都不是去了一次、兩次了，每次都得哭喪一張臉，每次卻都收穫不大。這次唯一不同的是有了新的說詞，要換腎了，是好是壞都是最後的機會了，十萬塊錢的手術費公司裡總該出點吧！治好了算是積德行善讓人感念一輩子，治不好了也不會再有第二次，即便是去了陰曹地府也沒了遺憾。

一上午跑了兩個公司，一套說詞重複了兩遍。終究是看在了換腎的面子上，反應的確是和以前不一樣了，周炳言的公司給了五千，季梅的公司給了六千。錢還是遠遠的不夠，但兩邊卻都如同出了大血一樣，再多拿一分也是不可能了。

從季梅公司出來時快到中午了，周炳言想到了幾個親戚和朋友。這些親戚和朋友也都不是去了一次、兩次了，心裡衡量來衡量去，覺得去找哪個也不好再開口。在街上瞎蹓躂了一陣子，周炳言去了他大哥家。大哥家住在一樓，靠著一條小馬路。大哥和嫂嫂都退休了。平時，大哥在外面跑點生意，經濟上還算是可以。嫂嫂就在家裡利用靠馬路的陽台開了個小賣部。陽台自然是不大，放了貨物就沒有人待的地方了，夏天可以搬個板凳坐在門口，冬天就只好擠在貨堆裡。遠遠地，周炳言看到嫂嫂正坐在一摞可口可樂箱子上抱著電話聊天。嫂嫂正說到興頭上，看到周炳言後臉沉了一下才放了電話。周炳言把季梅要動手術的情況對嫂嫂說了。嫂嫂聽後說：「真的嗎？那是好事啊！動了手術就徹底好了。」嫂嫂的話聽起來像是由衷的但卻總給人一種形式大於內容的感覺。周炳言把話題艱難地轉到了醫療費上，說十萬塊錢籌了還不到一萬真是急死人了。嫂嫂說：「別著急，車到山前必有路，眾人拾柴火焰高，咱怎麼著也得把這十萬塊錢湊齊了給弟妹動手術。」嫂嫂說著就去了屋子裡，一會兒拿出來一本存摺和一遝零錢。嫂嫂一旁把這些錢遞給周炳言一旁說：「小叔你看存摺上是八千五這些零錢是一千五總共一萬這是我家出的，你有五個兄弟姐妹，季梅那邊也有五個兄弟姐妹，一家出一萬這不就夠了嗎？」周炳言明白了嫂嫂的意思，又覺得這

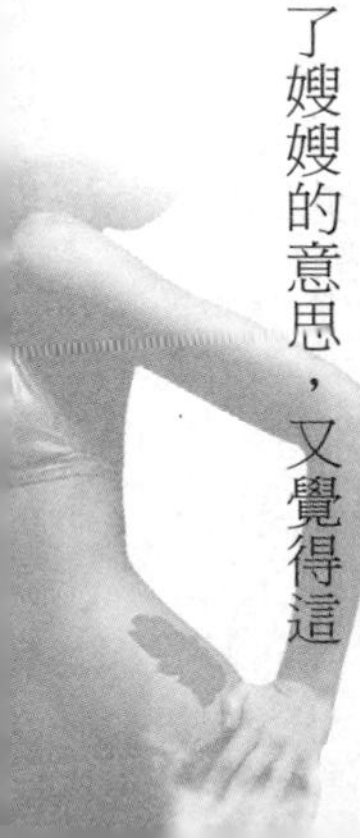

已經不錯了，因此也就沒再多說什麼，接了錢說了一番感謝的話走了。

來到大街上，周炳言又茫然起來。錢還遠遠不夠，不能回去，但想想無論再去哪裡都開不了口。兩邊的兄弟姐妹中大哥家的情況算是好的，來他這裡都已經難以啟齒，更何況是別人。周炳言想到了前些天的一件事，他很後悔自己當時的不開竅和認死理，要不也能掙下不少錢了。前些天，周炳言去找一個中學的同學借錢，錢沒借到，這同學倒是給他指了一條生財之道。同學把他帶到交管所的驗車場。遠遠地，看到院子外面排了一長排車隊，都是來這裡驗車的。同學走上前和一個等得不耐煩了的司機攀談，問他想不想快點驗。司機當然說想，於是同學就大包大攬地說裡面有我一哥兒們把車給我我來幫你驗。司機又問條件是什麼，同學說不多就五十塊錢的辛苦費。看了一眼長龍般的車隊，司機答應了。司機走下車來，給了同學兩百塊錢的驗車費。同學讓司機在外面等，示意周炳言坐到了副駕駛上。周炳言不明白同學到底要幹什麼，剛上了車就驚慌地問他該不會是要搶人家的車吧！同學笑笑說：「那事咱不幹那不是找死嗎？」同學開著車從旁邊的一個小門裡進去，進了院子就停靠在一個角落裡開始吸菸，也扔給周炳言一根，周炳言不吸菸，又扔給了他。院子裡的車隊一直排到視窗，根本就插不進去。周炳言看著車隊納悶地問那同學：「你那哥兒們在哪你怎麼還不找他。」同學說：「不著急，等我抽完這根菸。」好不容易吸完了那根菸，同學就把車子啟動了，順著原路把車子開了出來。正在周炳言納悶的當兒，同學熟練地從包包裡掏出個和交管所發放的一模一樣的「檢」字，「吧唧！」一下貼到了前玻璃上。周炳言驚訝的說不出話來，這當兒車子已經開到了那個司機面前。看到那個嶄新的「檢」字，司機臉上露出了笑容，他痛快地掏出一張五十元的票子塞到同學手裡。見那司機開著車樂滋滋地一溜煙走了，同學把周炳言拉到一旁說：「怎麼樣，看明白了嗎？一根菸的工夫，兩百五十塊錢，就這麼簡單，哥兒們你就大膽地幹吧！」周炳言說：「你這不是騙人嗎？」說完轉身就走，同學一旁追他一旁對他說：「你怎麼這麼不開竅，這年頭不騙人怎麼可以賺到錢。」周炳言還是只顧往前走，同學就停下步伐罵他死心眼活該受窮。

一抬頭，周炳言發現自己到了歌劇院門口。他想起了柳依紅。柳依紅是不能再去找了，但柳依紅無意間給他提供的那個資訊卻在他腦海裡閃現出來。

周炳言轉身向公車站走去。忽然間，他心中有了目標。他要去棉紡廠，去那裡問問那個喜歡掏錢給企業做節目的女富豪究竟是誰，他要給女富豪寫劇本，他要提前拿定金。

到了棉紡廠，周炳言就去找了工會上的一個熟人。那熟人對女富豪投資的事情很清楚，把事情的來龍去脈對周炳言講了。但情況卻並不樂觀，工會的朋友說女富豪馮子竹好像最近不怎麼樂於投資棉紡廠辦節目了，具體原因不太清楚。

興沖沖而來，失落落而歸。

回去的路上，坐在公車上的周炳言儘管很喪氣，但還是打算去找馮子竹試試運氣。不投資棉紡廠，又改投別處也說不定的，只要有一絲希望就不能放棄。

隔著馬路，周炳言遠遠地就看到了天龍大廈的字樣。

來到天龍大廈門口，周炳言撣了撣身上並不存在的雪花，決然走了進去。

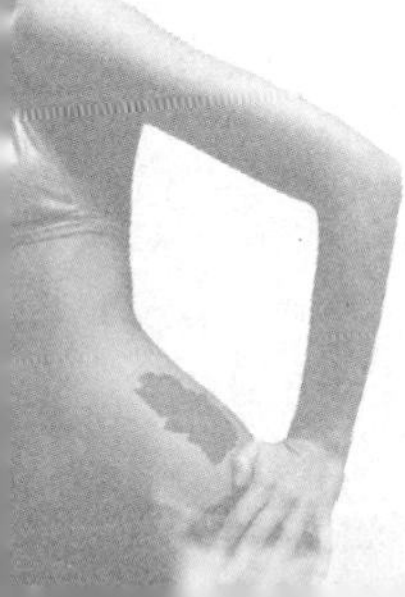

接待周炳言的是秘書馮藝。馮藝一聽周炳言說到棉紡廠和節目什麼的，就微微皺起了眉頭，好不容易堅持著聽完了，馮藝就說：「對不起我們馮總不在。」周炳言不死心，又纏著馮藝對她講那台歌劇的事情，說那台歌劇是他寫的，他想和馮總交流一下，看看能不能再次合作。馮藝早就對表姐馮子竹與棉紡廠的合作看不慣，說她不知抽了哪根筋腦子進水了才會有這種肉包子打狗式的合作。馮藝想，事實證明，表姐馮子竹已經對那次合作後悔了，既然是後悔了，那她身為秘書就有權利和義務拒絕此類合作。

想到這兒，馮藝就直接對周炳言說：「另外，我們馮總現在對這類合作已經沒有興趣了，你還是走吧！」

見不到馮子竹本來就令人惱火，眼前的這個小秘書說話又如此張狂，奔波了一天的周炳言再也忍不住了，他惱羞成怒地說：「我走不走與妳有什麼關係？我又不是來找妳的！」

馮藝想不到這人會這麼大火氣，給了她個當眾下不來台。說是秘書，實際上是親戚，她哪能受得了這個窩囊氣，於是馮藝瞪了眼周炳言回敬他，「我們馮總不在，我是在代她履行職責，現在我的話就是她的話，這回你聽明白了嗎？」

周炳言聲音一下高了八度，「代替你們馮總履行職責？妳的口氣倒是不小，也不看看自己幾斤幾兩！」

馮藝也是惱羞成怒，她高聲說：「我是沒幾斤幾兩，但總比一些喬裝打扮了出來討飯的要強一點！」

周炳言用手指著馮藝聲音異常激動地說：「妳給我嘴裡乾淨點，妳說誰是討飯的？」

看著兩個人越吵越兇，另外一個女孩悄悄出去敲開了馮子竹辦公室的門。

「誰是討飯的誰自己心裡清楚！」馮藝抱著雙臂，眼睛翻閱著天花板。

周炳言更加激動，衝到馮藝面前，顫抖著嘴唇說：「妳——妳侮辱我的人格！」

「誰侮辱我們周老師的人格了？」馮子竹笑盈盈地走過來，語氣婉約輕柔地問。

剛才出去的那個女孩對周炳言說：「這是我們馮總。」

周炳言立刻不好意思起來，「馮總，妳好，我姓周，來找妳有點事情。」

馮子竹說：「周老師，我認識你，你給我們上過課。」

周炳言仔細地打量馮子竹，但他顯然已經想不起來眼前的這個學生了，「妳是——」

「我是師大87屆作家班的，你給我們講過戲劇創作。」

周炳言說：「不好意思，課時不多，妳看我都記不得妳了。」

馮子竹開玩笑地說：「因為我沒有名氣，所以老師才不記得我。」

周炳言說：「妳開了這麼大的公司，名氣夠大的了。」

馮子竹說：「這完全是兩回事啊！」

周炳言說：「經營好一家公司可比寫東西難多了。」

馮子竹說：「周老師是在安慰我，如今我是滿腦子生意經一個字也寫不出來了，一想起這些就感到很

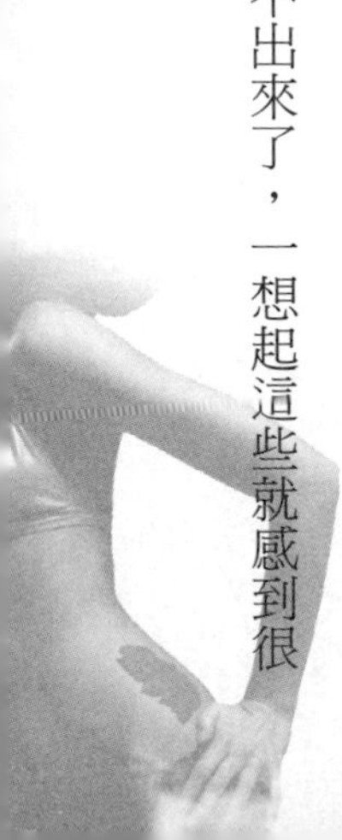

遺憾。」

周炳言說：「其實能好好的生活比什麼都重要。」

馮子竹說：「走，周老師到我辦公室去說吧！」

出門的時候，周炳言又看了一眼馮藝。馮藝又不服氣又不好意思的低下了頭。

馮子竹說：「馮藝，還不快給周老師道歉！」

馮藝不說話，把頭低得更低了。

周炳言說：「算了吧！我剛才的態度也不冷靜。」

說著，兩個人就進了馮子竹的辦公室。馮子竹給周炳言請上坐，又親自給他倒了水。周炳言有點受寵若驚，侷促不安地坐下了。

「周老師，有什麼事你就儘管說吧！只要我能做到的就一定沒問題。」

周炳言忽然不知道怎麼開口了，直接說借錢吧！面子上有些掛不住，繞到棉紡廠吧！彎子又太大，轉動了半天腦筋，他支吾著說出了一句連他自己也覺得不著邊際的話，「妳和柳依紅是同屆的吧？」

一聽到柳依紅的名字，馮子竹的臉不經意地顫了一下，「怎麼，周老師和柳依紅很熟悉嗎？」

「熟悉也談不上，幾個月前，我和她合作過一台歌劇。」

一聽這話，馮子竹的立刻挺直了身子，「是嗎？你們合作的是什麼歌劇？」

「就是你們投資棉紡廠去北京參賽的《七彩花雨》。」周炳言說：「聽說你很樂於投資企業辦一些文藝節目，我今天就是想來問問有沒有什麼劇本可以幫忙的。」

周炳言的話似乎離馮子竹一直疑惑的問題越來越近了，但她卻故意暫時繞開了那個謎底。

「劇本？」馮子竹臉上呈現出一種疑惑。

「是啊！給你們寫劇本可以掙稿費，我現在急需要錢用。」

「急需要錢用？」

「是呀！我老婆換腎，剛對上型號，需要一大筆醫療費。」

「你寫劇本就是為了籌集這筆醫療費？」

「是的，天下沒免費的午餐，有勞才能有所得，如果你們有劇本需要寫可以交給我，最好能預付我一部分稿費。」

「周老師，你現在需要多少醫療費？」

「手術費是十萬，我才籌了兩萬多一點。」

「周老師，這樣吧！我先借給你十萬。」

周炳言有些不相信似的看著馮子竹。

「小馮，妳這裡真的有劇本要寫？」

馮子竹說：「現在沒有要寫的劇本，但救人要緊，誰讓你是我的老師呢？」

周炳言感動的不知說什麼才好，盯著馮子竹看了半天，「小馮，妳真是個善良的好人，如果你們再辦

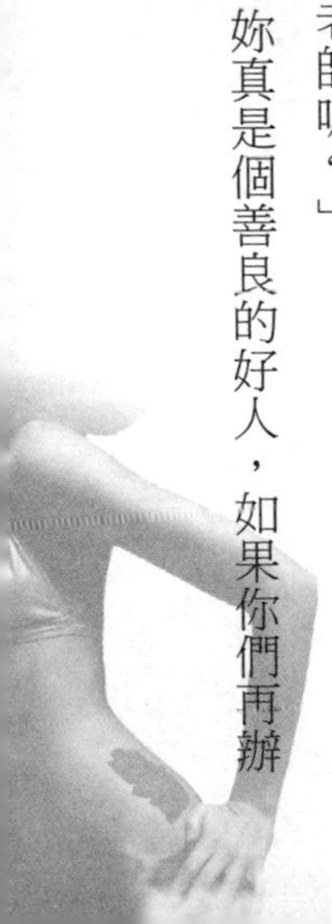

節目，我一定全力以赴的幫忙。」

「你和柳依紅合作的歌劇《七彩花雨》我看了，不錯，想不到我那同學進步這麼大。」

周炳言猶豫了片刻，有些遲疑地說：「其實，那劇本是我一個人寫的。」

既在意料之中又在意料之外，但馮子竹還是大大地吃了一驚，「真的？」

周炳言說：「是的，劇院交給她這個任務時，小柳快要結婚了，時間忙不開，就找到了我。」

馮子竹心中暗自冷笑，柳依紅啊柳依紅啊！看來我並沒有冤枉你，妳的確就是個冒牌貨！

見馮子竹不說話，周炳言以為是她不相信他的話，就又解釋說：「真的是我一個人寫的，不信妳可以去問柳依紅。」

馮子竹笑著說：「周老師，我很相信你的話。」

「相信我就好，需要寫劇本的時候一定要找我。」

「現在沒有劇本要寫，等需要寫的時候，一定請你幫忙，」馮子竹一旁說一旁拿起筆開了一張支票遞給周炳言，「周老師，現在救人要緊，這是十萬塊錢的支票，你先拿去用，如果不夠，再來找我。」

想不到馮子竹如此大方，周炳言簡直不相信自己的眼睛了。他接過馮子竹遞給他的支票，說了一大堆感謝的話才走了。

周炳言剛走，秘書馮藝就進來了。

馮藝對馮子竹說：「姐，我看你是著了魔了，辦那些破節目有什麼用？」

馮子竹說：「這回沒辦節目，我就是借給他十萬塊錢，怎麼樣他也是我老師啊！」

馮藝笑說：「什麼借？我看也是肉包子打狗有去無回，妳吃飽了撐著吧？」

馮藝說完，轉身走了出去。看著馮藝的背影，馮子竹想，我才不是吃飽了撐著呢！十萬塊錢，證明一件事情，值！柳依紅你就等著吧！有妳好看的那一天，我是不會放過妳這個冒牌貨的。

不知不覺間，馮子竹原本陰鬱的心情好了許多。是仇恨讓她抖擻了精神。她吃驚地發現，她已經習慣了柳依紅是個壞女人這種狀態，揭露和戳穿柳依紅是她最大的樂趣。如果柳依紅是個真正的詩人和作家，她會很不適應的。

她不能失去柳依紅這個敵人。

37

《豆蔻年華》叢書的首發式是下午三點，林梅坐早班車趕到省城時還不到九點。前些天，她在電話裡和柳依紅約好了，到時一起去會場。

省出版社又向林梅約了個長篇，她打算利用上午這段時間去和責編聊聊。去出版社之前，林梅想先和柳依紅聯繫一下，把下午見面的時間和地點約好，免得下午臨時聯繫不上。

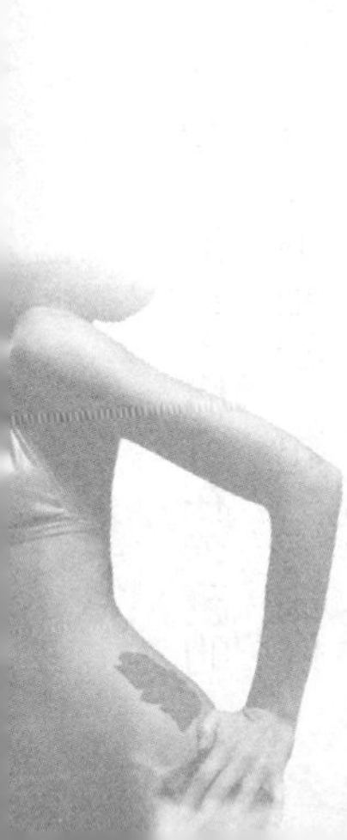

柳依紅卻沒有開機。林梅又打柳依紅歌劇院的宿舍，還是沒有人接。她猜測柳依紅大概是在紫蘆的家裡。林梅不知道柳依紅紫蘆家裡的電話，就打電話問文青。誰知，文青卻在電話裡邀請她一起去看柳依紅。林梅考慮到下午就要見到柳依紅，就說她上午要去出版社談事情先不去了。文青說：「妳這個自私的傢伙，人家柳依紅都快沒命了，妳還想著自己的長篇。」

「她怎麼了？」林梅忙問。

文青說：「柳依紅懷孕了，妊娠反應。」

「這麼快，那是好事啊！」林梅說。

「好事是好事，但反應的很嚴重，走吧！我們去看看她，出版社妳回頭抽空再去。」

敵不住文青的鼓動，林梅答應上午先去看柳依紅。

文青和林梅急匆匆趕到紫蘆，開門的卻是齊魯南。

文青以為齊魯南已經和柳依紅和好了，上前問：「你媳婦呢？」

齊魯南說：「本人現在單身，沒有媳婦。」

文青以為齊魯南是在開玩笑，就說：「齊大律師可真夠沒禮貌的，我們大老遠的來了，也不讓我們進去說話。」

「請進。」齊魯南勉強地說。

兩個人進到屋子裡，還是沒有看到柳依紅，文青就又問：「你媳婦去哪了？」

齊魯南轉過頭，看著文青說：「文部長，我沒有和妳開玩笑，柳依紅已經搬走了，我們很快就會辦理離婚手續。」

「為什麼？」文青吃驚地問，她仔細打量齊魯南，這才發現他臉上的神情很嚴肅，根本就不是開玩笑。

林梅也很吃驚，問齊魯南，「柳依紅懷孕了，你知道嗎？」

「這和我有關係嗎？」齊魯南嘲諷地說。

「她是你老婆，你是她丈夫，她懷孕怎麼能和你沒有關係呢？」林梅說。

齊魯南說：「法律上講，她是我老婆不錯，可是我並不是她唯一的男人，所以這個孩子究竟是誰的還說不定呢！即便是我的，那我也不要，我的孩子不能是感情上的雜種！」

「你怎麼能這麼說話？」林梅說。

「這麼說話當然是要有根據的，捉姦在床的證據還不夠嗎？」齊魯南說。

這時，小美從樓上走下來，她手裡拎著兩個透明塑膠袋，裡面裝的都是女性用品。

小美走到門口，問齊魯南，「齊哥，這些東西真的都不要了嗎？」

齊魯南說：「都不要了，統統扔掉！」

小美忙開門往外走。她兩隻手裡的包擦著門框擠了出去。一隻精巧的鵝黃色棉拖鞋從袋子裡掉出來，小美趕緊彎腰撿起來塞進袋子裡直奔垃圾箱一溜煙跑過去。

文青對齊魯南說：「離婚可不是件小事，你要三思而行。」

齊魯南說：「我早就三思過了，這個婚非離不可，柳依紅根本就是個婊子，妳們應該比我更瞭解她！」

林梅說：「虧你還是個律師呢！怎麼說話這麼難聽？」

齊魯南說：「不是我說話難聽，是柳依紅做的事情太見不得人，妳們最好去問問她自己，究竟是怎麼和那個叫苗泉的小戲子鬼混的？」

文青和林梅剛從屋子裡走出來，就碰到了扔垃圾回來的小美，小美靠在甬道的一旁低著頭給文青和林梅讓路。文青看了一眼小美，走了。

剛走出沒幾步，林梅就追上文青說：「天哪，怎麼會這樣？」

文青打開車門，說：「柳依紅這回的麻煩大了！」

林梅又打柳依紅的手機，還是關機，「柳依紅一直不開機，她不會出什麼問題吧？」

文青說：「我們去歌劇院看看她在不在。」

「好吧！」

出了紫蘆，文青開車向歌劇院駛去。

眼前柳依紅所面臨的情況是文青事先沒有想到的，她感到驚訝和震驚。假如說柳依紅結婚前和哪個男人有這種曖昧關係還可以理解，現在發生這種事情就太不應該了。柳依紅很在意齊魯南，既然是很在意，又怎麼會做出這樣的事情來呢？

「妳說齊魯南說的那些事情會是真的嗎？」一旁的林梅問。

「妳認為呢？」文青問。

「我看不像是假的。」林梅說。

「她可真夠糊塗的！」文青說。

「她真的是懷孕了嗎？」

「那還有假，我親自陪她去醫院檢查的。」

「柳依紅現在也真夠難受的，肚子裡有了孩子，老公又要和她離婚。」林梅說。

「都是她自找的！」文青說。

對柳依紅，文青是既怒其不爭，又對她眼前的處境有些可憐、同情。想想幾個月前柳依紅和韓同軒之間的那場文字醜聞，對柳依紅這個人，她是越加地摸不透了。林梅至今還不知道那些事情，她也不打算對她提起。本以為柳依紅的麻煩已經過去了，想不到如今又惹出了這等事情，真不知道她自己內心究竟是怎麼想的，難道真的是沒有一點道德底線了嗎？嫁給齊魯南只是貪圖他的地位和金錢？

這時，一旁的林梅問：「文青，妳對柳依紅這個人到底是怎麼看的？」

文青猶豫了一下，說：「一言難盡！」

林梅說：「說實在的，對她這個人，我也看不透，一方面是妳的大加讚賞，一方面是馮子竹的危言聳

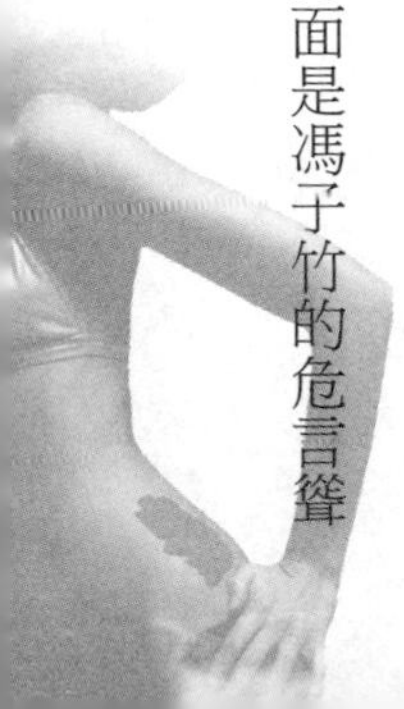

聽，我都被辦糊塗了。」

「馮子竹的危言聳聽？」

「是呀！妳又不是不知道，在馮子竹眼裡，柳依紅簡直是一無是處，不光說作品不是她寫的，感情上更是亂七八糟的沒話說。」

「看來，馮子竹說的也不是沒有道理。」文青像是自言自語。

林梅問：「你是說柳依紅的詩——」

文青說：「算了，那是她的生活方式，我們不說了，在她需要幫助的時候，我們能盡到一份同學之誼就行了。」

林梅說：「也是，哎！文青妳說柳依紅不會想不開做傻事吧？」

文青想到幾個月前的事情，說：「她的心大著呢！妳不用擔心。」

兩個人趕到歌劇院，柳依紅果然在宿舍裡。一看到文青，柳依紅就哭起來，大罵齊魯南心胸狹隘小心眼。文青問柳依紅和苗泉究竟是怎麼回事。柳依紅基本上如實說了。

文青聽得半信半疑，就說柳依紅，「既然妳已經和齊魯南結了婚，就應該懂得珍惜，怎麼能隨便把別的男人帶回家呢？」

柳依紅哭著說：「誰帶他了？是他自己跟蹤我，知道了家門，那天又是突然造訪，根本就沒料到會是他。」

林梅說：「就是不小心讓他進了家，也不能和他死灰復燃啊！」

那個晚上的情形又浮現在柳依紅眼前，她覺得就是身上長上一百張嘴也是說不清楚的。「根本就不是那麼回事！」柳依紅無奈地說。

文青和林梅都對柳依紅的話半信半疑，不過她們也不想探究事情的真偽，只要柳依紅想得開別出什麼意外她們就算是盡了同學的義務。路是自己走出來的，別人是幫不上任何忙的。自己不爭氣，別人又何奈？

想到柳依紅懷孕了，文青又問：「孩子妳打算怎麼辦？」

柳依紅的眼淚又流了出來，「還能怎麼辦？拿掉唄。」

這是文青和林梅都能想到的結果。既然婚姻不復存在，沒有人傻到會把孩子生出來，拿掉孩子是明智的選擇。

這時，文青注意到了桌子上放著的一些滋補品，她猛然聯想到了什麼，「怎麼，妳已經做完了？」

柳依紅的眼淚又嘩嘩地流淌下來。「要是做了就好了，醫生說血紅素太低無法做，要養養身子才能做。」

柳依紅的話聽了讓人辛酸，文青和林梅只得又是一番感慨和勸慰。

又說了會兒話，文青和林梅就打算著要回去。想到了下午的活動，林梅就問柳依紅去不去。她想柳依紅八成是不會去的。想不到柳依紅卻說：「堅持著去吧！」

柳依紅的話讓文青和林梅都很吃驚。

柳依紅說：「妳們也別走了，中午一起吃飯吧！我請客！」

文青看了一眼錶，快十二點了，的確是到了吃飯的時間了，就說：「你是病人，還是我請吧！」

林梅也爭著要請。正在三個人為吃飯的事爭來爭去的時候，外面響起了急促的敲門聲。不等柳依紅走到門口，門就被推開了。

進來的人是韓同軒。

看到韓同軒，幾個人都吃了一驚，猜不到他這個時候來的用意是什麼。

韓同軒的樣子很激動，他說：「正好妳倆都在，妳們來給我評評這個理。」

說著，韓同軒就把幾本雜誌扔到了桌上。一共是三本，一本《詩天地》，一本《詩仙》，還有一本是《詩風》。

文青和林梅沒有明白韓同軒的意思，就把三本雜誌拿起來翻閱。這一看不打緊，她們兩個也都吃了一驚。原來，韓同軒在《詩風》10月號上發表的六首詩又被柳依紅分別在《詩天地》和《詩仙》的12月號上發表了。一家三首，合起來正好和韓同軒的那六首一模一樣，一個字都不差錯的。

詩是一樣的詩，一旁是韓同軒的名字，一旁卻是柳依紅的名字，林梅徹底被辦迷糊了。她似乎忽然想起了一些什麼，但她卻不敢相信自己的推測。

文青當然明白其中的秘密。但她也一時不知道說什麼才好。

柳依紅看著那幾本雜誌，慘白著臉哆嗦著嘴唇，也是什麼都說不出來。

韓同軒仍然很激動。他指著文青和林梅手裡的雜誌對柳依紅說：「《詩風》的主編來電話說許多讀者把電話打到他們編輯部，問是怎麼回事？妳說這是怎麼回事？聽說《詩天地》和《詩仙》也接到了同樣的電話，妳說妳怎麼解釋？這詩究竟是我寫的還是妳寫的？」

柳依紅的臉更加慘白，眼睛呆滯地看著韓同軒。看了許久，她慢慢地說：「是你寫的，也是我寫的。」

「妳說什麼？」韓同軒像是不相信自己耳朵似的看著柳依紅。

柳依紅說：「是我寫的，也是你寫的，就是這樣。」

韓同軒說：「妳無恥！」

柳依紅說：「我無恥？誰能證明我無恥？你說！誰能證明？」

韓同軒說：「文青能證明，文青妳說這事怎麼處理？」

幾個人一起看著文青，文青斟酌了一下，把韓同軒拉到了外面。外面的走廊裡早已站滿了人。見水房裡沒有人，文青又把韓同軒拉進了水房。林梅也跟了出來，她站在水房的門口，看一眼柳依紅的房門，又看一眼水房裡的文青和韓同軒。

文青說：「你就別為難她了，她的日子已經夠難過的了。」

韓同軒說：「文青，最清楚這件事了，妳說究竟是我為難她還是她為難我？本來上次都說清楚了，以前給她寫的那些發表過的東西我也不說什麼了，宣傳部的那本書我也不打算聲張，可是這組詩我已經明確對她說了我要自己拿出去發表，妳說現在是怎麼回事？知道底細的說她抄我的，不知道底細的還以為我抄她的！」

文青說：「不會的，你就原諒她吧！這也是最後一次了，以後你不把自己寫的東西給她不就行了嗎？」

韓同軒說：「說的輕鬆，妳說我這次怎麼向這幾家刊物解釋，她雖然從來一個字不寫名氣卻比我還大，妳說人家是相信我還是相信她？她必須用書面形式向幾家刊物把這件事情徹底解釋清楚！」

這時，柳依紅突然從屋子裡竄出來衝進水房，「姓韓的，有本事你就讓別人都相信你，別人不相信你只能說明是你無能，得了便宜還賣乖，你有什麼資格來找我出氣？」

林梅把柳依紅拉到了走廊上，勸著把她推回到屋裡。

水房裡的文青忙小聲對韓同軒說：「你就別再為難她了，柳依紅現在的日子很不好過，她老公正和她鬧離婚，自己又忙著要去醫院墮胎，光是這些事就夠她受的了，你就念點舊情，別再添亂了，以後只要你不再給她稿子，也就不會再發生這樣的事情了。」

韓同軒一愣，問：「怎麼，她要離婚？」

文青說：「不是她要離，是她老公要和她離，為這事她都快要崩潰了。」

這個消息對韓同軒來說有點意外。他看著文青，沉默下來。

文青趁機勸他，「怎麼樣你們也是好過一場的，這個時候你不體諒她還有誰會體諒她？」

韓同軒心裡翻騰著從未有過的暢快和舒心，他幸災樂禍地說：「活該，這些都是她自找的！」

見韓同軒的火氣小了，文青就把他往外推，「老韓，你就可憐可憐她快點走吧！說實在的她連自殺的心都有了！」

韓同軒走到樓梯口，回過頭，「文青，我是看妳的面子才放她一馬，妳轉告她好自為之，再有這樣的事情發生，我是不會饒了她的！」

文青又是一陣好言相勸，韓同軒這才不情願地走了。

折騰了一番，三個人都沒了吃飯的興致。文青和林梅勸慰了柳依紅幾句也都走了。

出了門，林梅拉著文青驚訝地問：「剛才韓同軒說的那些話都是真的嗎？這些年來，柳依紅發表的那些東西真的都是出自韓同軒之手？」

「真的。」文青說。

「天哪！」林梅感嘆。

下午三點，林梅準時趕到宣傳部設在新華書店的會場。她以為經過了上午的那番折騰，柳依紅是不會來了，於是就沒約她。想不到，剛進會場，就見柳依紅已經先她到了。柳依紅正站在張志和高亞寧中間，和他們火熱地聊著什麼，一點也看不出幾個小時之前的病態和挨罵的狼狽。

看見林梅，柳依紅神采飛揚地向她做了個飛吻。

整個中午林梅都在想，再次和柳依紅見面時彼此會是怎樣的尷尬和不自然，想不到一切都是自己的庸人自擾，人家柳依紅根本就沒把上午的事情當回事。

林梅一旁走近柳依紅，一旁感慨這個女人的心理素質真是過硬。簡直過硬到了一種無恥的地步。

會議開始了，宣傳部副部長張志把十位作者一一表揚了一番。說到柳依紅時，張志的語氣很誠懇。張志說柳依紅是第一個完稿的，又說柳依紅為了完成這個稿子延遲了自己的婚期，把劇院裡的一個歌劇也放到了後面，還說她為了完成這個稿子捨棄了很多東西。

林梅想不出柳依紅捨棄了什麼，倒是覺得她得了不少，三萬塊錢的稿費放在包包裡沉甸甸的，沽名釣譽的目的也達到了。要說捨棄，恐怕就是面對自己內心時的那份不安和心虛了。

然而，柳依紅的神情裡似乎並沒有絲毫的不安和心虛。她嬉皮笑臉地聽著，很不在乎的樣子，還不時地轉頭對兩旁的人調侃上一句，「我有那麼好嗎？」，「我怎麼不知道呀？」，「他說的這人是誰呀？」

以前林梅聽到柳依紅類似這樣的話時，覺得是出自於她大大咧咧的本性和對別人表揚的不好意思，現在這話聽起來卻是這樣的虛偽和令人生厭。

林梅想到了馮子竹，以及馮子竹以前對柳依紅的那些謾罵。她覺得，也許只有馮子竹才是真正瞭解柳依紅的。

簽名贈書開始了，柳依紅興高采烈地在一本本書上寫上自己的名字。她的筆劃很瀟灑也很張揚，讀者們拿到書後無不對她投以崇拜的眼光。一個小夥子問她，「柳老師，我是妳的詩歌讀者，請問妳的下一部詩集什麼時候問世？」

林梅發現柳依紅稍稍思考了一下，說：「我想不會很久的。」

林梅想，不會很久是多久呢？離開了韓同軒，柳依紅真的還會再拿出詩集來嗎？

無意間，林梅的眼神和柳依紅相遇了。林梅發現，柳依紅竟然沒有絲毫的尷尬和不好意思，倒是她慌裡慌張地趕忙把眼神移開了，像是做了什麼虧心事。

剛散會，林梅就接到了馮子竹的電話，馮子竹在電話裡說：「妳知道嗎？柳依紅的那個歌劇根本就不是她寫的！」

「是誰寫的？」林梅問。

「省歌舞團的周炳言，教過我們的周老師。」

林梅沉默。

馮子竹說：「我知道妳還是不相信我，就知道相信柳依紅這個冒牌貨！」

「這回我沒有不相信。」林梅說。

「真的？」

「《勞動是一種生命的狀態》的書她也是找人寫的。」

「找誰？」馮子竹問。

「是韓同軒以前幫她寫的，今天韓同軒找上門了，把一切都說了，我和文青都在場。」

「她是個徹頭徹尾的冒牌貨！」馮子竹說。

38

離歌劇院還有一段距離，坐在計程車後座的柳依紅讓司機停車。由於她的聲音太虛弱，司機沒有聽到。柳依紅實在是太難受了，頭暈、噁心、全身無力，額頭上的冷汗一股一股的往外冒，在車上再多待一分鐘，就有吐出來的可能。

柳依紅用手拍打司機的後椅背，司機這才把車子靠路邊停了下來。

柳依紅塞給司機十塊錢，就捂著嘴跌跌撞撞地下了車。她迫不及待地跑到路邊，扶著樹蹲下嘔吐起來。中午沒吃飯，吐也吐不出什麼來，都是一股一股的酸水。隨著酸水一起流出來的還有柳依紅的眼淚。

嘔吐了半天，胃裡似乎平靜了許多，柳依紅扶著樹站了起來。這一站不打緊，只覺得眼前一黑，整個人像是被拋到了動盪不安的大海裡。柳依紅趕忙又扶著樹蹲下了。

柳依紅蹲在地上養精蓄銳，身上一會兒冒汗一會寒顫。終於覺得好些了，但卻不敢貿然站起來。就在這時，她掐著腰的一隻手隱約感到大衣的口袋裡有個硬硬的東西。柳依紅把手伸進口袋裡。原來是一塊長條型的巧克力。這塊巧克力應該是去年冬天韓同軒放在她口袋裡的。那時，她常常因為低血糖暈厥。每次去韓同軒那裡，他都會把巧克力或糖悄悄塞進她的口袋，覺得不舒服的時候就拿出來吃一塊。這件裘皮大衣她今年第一次穿，想不到裡面還放著韓同軒去年放在裡面的巧克力。

想到現在和韓同軒的關係，柳依紅心裡有一種說不出的滋味。

現在想來，只有韓同軒對自己是最好的，而自己卻總是看不上他，一次次地傷害他，最終把他推到了仇人的境地。如今，這種死心塌地對她好的男人在這個世界上再也找不到了，四周沒有一個男人可以讓她信任和依靠。

想到這些，柳依紅黯然神傷。

柳依紅慢慢地把包在塑膠袋裡的巧克力扒出來吃了。柳依紅眼前又浮現出上午在宿舍裡罵韓同軒的情形。她也就是敢這樣罵韓同軒，換個人她也不敢這麼做，究其原因，是因為她太瞭解韓同軒了，別看他嘴上那麼硬，其實他是不會把她怎麼樣的，因為他除了恨她之外，還愛她。

可惜，她卻不愛他。如果她也愛他，那麼事情就近乎完美了。他們會成為夫妻，他給她寫詩，他的詩就是她的詩。如果那樣，也許韓同軒永遠都不會對別人說出事情的真相，她詩人的桂冠就可以永遠維持下去。可惜，她並不愛他，又不願意遷就，所以他們只能破裂，她也就現了原形。

一想到上午韓同軒的那些話，柳依紅額頭上的汗就又往外冒。這回是徹底敗露了，不光是林梅知道了，連《詩天地》和《詩仙》也都知道了，他們知道了，就意味著高大江知道了。柳依紅簡直是連想都不敢想了。

一塊巧克力吃下去，柳依紅覺得自己似乎是有了些力氣。她扶著樹站起來，感覺竟然好多了，四周的景物不再搖擺，一切都很真實。柳依紅開始一點一點地往回走。她一旁走一旁鼓勵自己，一切都會過去的，我是不會這麼容易就被打垮的！不會！

其實，下午出來的時候，柳依紅就給了自己一番鼓勵了，否則她是沒有勇氣走進會場的。柳依紅怕的倒不是張志、高亞寧和李一悅他們。她和韓同軒的戰爭，他們現在未必知道，將來即便是知道了，她也有話說，她自信有能力、有手腕說服這些男人，讓他們完全相信她的一套說詞。

柳依紅怕的是林梅。林梅和她是同學，這麼多年來，她的文學成績遠在辛勤埋頭苦幹的林梅之上。現在林梅知道了事情的真相，難免會感到不平衡。還有，林梅和馮子竹素有來往，以前林梅可以不相信馮子竹的那些話，這回說不定就相信了。林梅也會把自己知道的事情告訴馮子竹。而馮子竹的那張破嘴很快就會把這些事情說出去的。

後果是可怕的，但光是怕是沒有任何意義的。她必須面對這個現實。解釋、妥協、檢討都是愚蠢的行為，最好的方法就是若無其事、死不認帳。我還是以前的我，韓同軒的那些話全當都是放屁！

說起來容易做起來難，看到林梅的第一眼，柳依紅在心裡就打起了退堂鼓。但是，沒有辦法，她必須演下去。這是唯一的出路。

好累啊！柳依紅又扶著路邊的一棵樹站住了。會場上的打腫臉充胖子讓她累，今後的日子更讓她累。

然而，這又是沒有辦法的事情，堅持吧！熬過一天算一天，事情總會有個轉機的。

剛進了歌劇院的大門，柳依紅就看見苗泉從院子深處的排練廳那邊正往這邊走。想到自己如今落到這步田地都是由於他的原因，柳依紅就忍不住怒火中燒。她想等會兒苗泉走近了，一定先賞他一個巴掌再臭罵他一頓。

柳依紅想錯了，苗泉沒有像以往看見她那樣主動上前黏糊她，反而迅速地轉身轉向別的方向走了。

柳依紅又恨又氣，想追上去找苗泉大鬧一場，但只緊走了兩步就沒了力氣。

柳依紅彎腰休息片刻，慢慢向宿舍樓走去。在一樓，柳依紅看到了正在擇菜的李大媽。李大媽這回沒有像以往那樣迴避她，而是把她叫進了屋。

「小柳，聽說妳要墮胎，是真的嗎？」

柳依紅點了點頭。

李大媽說：「小柳不是我說妳，妳怎麼這麼糊塗呢？這頭胎生的孩子是最最珍貴的，墮不得的，聽大媽一句話，千萬別墮，不然妳將來要後悔的！」

柳依紅的眼睛濕了，「不是我想墮，是不墮不行，齊魯南要和我離婚，妳說我一個人帶著孩子算是怎麼回事？」

「那也不能墮，大小都是條性命，聽大媽一句話，把孩子生下來，生下來就是妳的一個伴，妳將來一定會得這個孩子的回報的。」

柳依紅知道李大媽信佛，老太太的那些老觀點當然無法令她信服，但她也懶的去和老太太理論，任憑老太太嘮叨去。

見柳依紅低頭不語，李大媽以為把她說動了，就興高采烈地從鍋裡盛出來一碗八寶粥端過來，「來，剛熬好的八寶粥，妳吃上一碗，對孩子會有好處的！」

看著香噴噴的八寶粥，柳依紅這才覺出自己的確是餓了。她接過碗，坐在板凳上開始吃起來。李大媽又給她端過來一盤鹹菜絲和一盤涼拌小豆腐，柳依紅吃得十分香甜，竟然一連吃了三碗。

出門的時候，李大媽神秘地問柳依紅，「孩子和妳說話了嗎？」

柳依紅不明白李大媽的意思，就問：「說話？說什麼話？」

李大媽指了指柳依紅的肚子，笑著說：「說話就是用小胳膊、小腿拍打妳的肚子啊！孩子在媽媽肚子裡的時候都是這樣和媽媽說話的，妳可不要以為肚子裡的孩子什麼都不知道，其實他明白著呢！妳的喜怒哀樂他都知道的一清二楚。」

柳依紅聽得渾身茫茫然的，含混地應了一聲趕忙走了。

上樓的時候，柳依紅果決地想，她要把握時間養好身體，盡可能快地把孩子拿掉。

無論從哪個角度說，她都不能生下這個孩子。她不是個喜歡付出的女人，絕不能讓這個孩子拖累了自己。

回到宿舍，柳依紅又開始發瘋般地喝起桌子上放的各種滋補液。為了盡快地拿掉這個孩子，她必須把自己吃壯。

39

年越來越近。年的氣氛也越來越濃。

這期間，柳依紅一直在調養身體，劇院知道了她現在的情況後排練上的事情也就沒再打擾她。

柳依紅輕鬆了，但這種表面上的輕鬆卻隱藏著內心更加深刻的憂慮。對婚姻的破裂她已經沒有什麼可遮掩的了，目前她顧慮最多的是韓同軒來劇院的那次大鬧。她不知道人們是否已經知道真相，更無法斷定人們究竟會怎樣看待那些署著她的名字的作品。以前，柳依紅在劇院裡從來都是以功臣自居的，這種感覺的由來當然來源於那些署著她的名字的作品。她簡直難以想像，人們一旦知道了那些作品不是她的，會在背後對她怎樣的指指點點。

柳依紅的心情矛盾到了極點，她既想看到劇院裡的同事，以探風聲，又擔心事情已經敗露，沒有勇氣面對他們。

在這種極其矛盾的心情中，還是畏懼的心理佔了上風，除了一早一晚的出去買些吃的，柳依紅幾乎足不出戶。實在是寂寞了，她就坐在臨街的宿舍窗前看著大街上的人們發呆。她發現，在這個跨世紀的新年

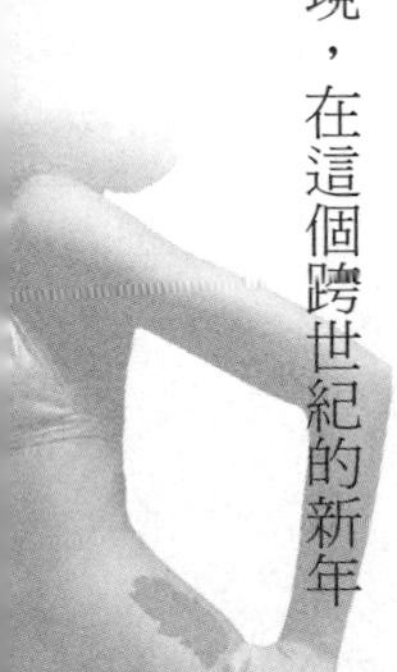

即將來臨之際，人們臉上的笑容似乎格外的燦爛和明媚。

下雪了。在大街上人們笑臉的映襯下，那雪花也似乎是暖洋洋的。

目睹著人們臉上的火熱笑容，屋子裡柳依紅的心情變得更加沉鬱和陰冷。

一天，柳依紅出去買東西時在門口碰到了沈院長。她敏感地發現了沈院長的異樣，和她說話的時候不光是眼神躲躲閃閃的，談話內容也僅是侷限於對她身體的客套性問候，工作上的事情竟然隻字未提。她猜測沈院長八成是知道了事情的真相，心裡還不知道怎麼蔑視她呢！想到這裡，柳依紅的後背忍不住一陣陣發涼，匆匆地和沈院長說了幾句話就趕緊走了。

夜深人靜的時候，柳依紅常常從睡夢中被一場噩夢驚醒。躺在黑暗裡，她往往是一連幾個小時無法入眠。柳依紅在為自己的未來擔憂。她覺得自己是走了步死棋。齊魯南沒抓住，韓同軒也飛了。韓同軒不光是飛了，還順便把她的飯碗也給砸了。她恨齊魯南，也恨韓同軒，但更恨的還是她自己。要不是她當初執意地去追求什麼愛情，離開了韓同軒，怎麼會有今天？一切都是咎由自取，怨不得別人的。回顧和齊魯南的閃電式愛情，柳依紅更是滿腹的悔恨。不是早就不相信這個世界上有愛情嗎？怎麼還是一頭栽了進去？落得如今的結果不是活該還能是什麼？

韓同軒飛了，意味著她的榮譽和飯碗也都跟著飛了。以前有齊魯南的時候，她可以不在乎這些。現在就不一樣了，她必須在乎，因為這關乎到她的生存和未來。這個現實很嚴峻！

這些問題把柳依紅的腦子填滿了，也把她的腦筋累壞了。越是想這些問題，越是覺得沒有臉面出門。

她整日待在屋裡，羞於見人，心情差到了極點。惡劣的心情反過來又影響了身體，柳依紅精神委靡，食慾不振，臉色鐵青。

到了離年關還有十多天的時候，柳依紅又去了一次醫院。她想看看自己的血紅素上去了沒有。一天不拿掉孩子，她就一天不得安寧，也就一天沒有心思去為自己的未來做打算。

該死的血紅素還是沒有上去。令人絕望，也令人發瘋。柳依紅失魂落魄地拖著疲憊的雙腿再次走出了醫院。

路過一樓，李大媽又把柳依紅叫到了她的小屋裡。這回李大媽是做了一鍋菜糰子。蘿蔔絲黃豆粉的。李大媽說這蘿蔔絲黃豆粉的菜糰子比什麼滋補品都好，囑咐柳依紅多吃幾個，對孩子一定有好處。和柳依紅一起吃菜糰子的是李大媽剛生了孩子滿月的閨女。李大媽的閨女在吃菜糰子，懷裡剛滿月的孩子在吃她的奶。好像是奶水不足，懷裡的孩子不停地嘟著小嘴焦躁地哭鬧。孩子一哭鬧，李大媽的閨女就沒有心思吃菜糰子了，忙放下筷子去哄孩子。見閨女不吃了，李大媽不高興了。

李大媽把筷子又塞到了閨女的手裡，說：「妳以為妳是在替自己吃嗎？說不吃就不吃了！妳是在替孩子吃，妳吃了，孩子才能有奶喝！哪個當媽的不是這麼過來的！就是不想吃也要吃！」

聽了李大媽的一番嘮叨，李大媽的閨女又開始吃起來。說來也是奇怪，懷裡的小傢伙似乎是聽明白了外婆的這番話，含著乳頭不作聲了。

李大媽又給柳依紅的碗裡加了幾個菜糰子，說：「咳，做女人的都是這個命！沒有孩子想孩子，孩子生下來就成了妳一輩子的索命鬼！」

內心裡，柳依紅更堅定了把孩子拿掉的決心。她逼迫著自己盡可能多地把碗裡的菜糰子吃下去。目的只有一個，盡可能快地把孩子拿掉。

正在柳依紅這樣想著的時候，李大媽又問：「小柳，妳媽媽生了幾個，她多大歲數了，身體還好吧？」

柳依紅一下支吾起來，她忘記了母親的年齡，母親的身體現在怎麼樣她也不得而知。

看到李大媽一直在看著自己，柳依紅慌亂地說：「我還有個哥哥，他把我媽接到加拿大了，我媽身體很好！」

「妳媽可真是有福氣！生了兩個孩子都這麼有出息！上天是公平的，孩子不是白養的！父母早晚會有回報的！妳看妳媽這不就去了加拿大了嗎？」

柳依紅的心裡泛起一陣難言的慚愧。她說謊了，她的母親並沒有去加拿大，從來都沒有去過。她一直以來都是以自己的母親為恥，也不記得母親的具體年齡。和齊魯南結婚的時候，柳依紅就謊稱母親去了加拿大。那時候，她心中一點愧意都沒有。現在卻不知是怎麼了，面對著眼前的這祖孫三代，聯想到自己的母親，柳依紅內心竟然有了些隱隱的慚愧。

接到老家打來的那通電話時是臘月二十五，當時柳依紅正在去醫院的路上。

昨天下午柳依紅再次去醫院驗了血，血紅素總算是上去了，可是就在柳依紅走進手術室後，醫生又告知她手延後到了第二天，原因很簡單，消毒的手術包已經用完了。

看到是荷丘家裡的電話，柳依紅心裡泛起一種本能的反感。已經形成了一種習慣，只要一看到是家裡的電話，一種無法遏制的厭煩情緒就會湧上心頭，對母親的態度也從未沒好過，每次都是怒氣吼吼的，彷彿上輩子欠了她似的。

這次有些不同，那種本能的反感剛升到嗓子眼就讓她壓了下去。柳依紅打算這次對母親的態度好一些。和顏悅色談不上，起碼要比以往溫和一些。自從在李大媽那裡吃了菜糰子之後，李大媽的那些話就一直在柳依紅心裡翻騰，她一直在思考一個問題，自己這些年來對母親是不是太殘酷了，怎麼樣她也是自己的母親啊！

然而，電話裡的聲音卻不是母親，是姑姑。

姑姑的語氣很急促，姑姑說：「小紅啊！妳媽不行了，妳快回來見她一面吧！」

「她——我媽她怎麼了？」

「還不是癌症末期消耗的，在醫院已經昏迷了三天了，醫生說沒救了，今天早晨醒了一回，睜開眼就說要回家，嘴裡不停地叫著妳和妳哥的名子。」

柳依紅覺得全身很冷，用變了調的聲音問：「我媽現在在哪兒？」

「剛把她給接回來，衣服已經穿好了，就剩一口氣了。」

說不上是由於吃驚還是難過，柳依紅張著嘴半天沒有說出話來。

那頭的姑姑大概是以為柳依紅在猶豫，就冷冷地說：「我看也就是今天晚上的事了，以後妳就是想見也見不著了。」

柳依紅轉過身就往回走，邊走邊對姑姑說：「我回去！」

40

坐了大半天的長途客車，柳依紅趕到荷丘時天已經擦黑了。幾年沒有回來，街道兩邊的店舖顯得既熟悉又陌生。快過年了，許多店舖都黑著燈關張了。偶爾有個開燈的，隔著霧濛濛的窗玻璃，看到裡面晃動的人影，似乎就能感受到那熟悉的鄉音，嗅到只有家鄉的鍋裡才能飄出的飯菜的味道。

撲面而來的家鄉氣息勾起了柳依紅的許多回憶。一時之間，她百感交集。這裡是她生命誕生的地方，這裡留下過她童年和青年時期的印記，這裡有過她最初的愛和恨。然而，在這個寒冷的日子裡，那個給予她生命的女人卻要永遠地離開這個世界了。自從有記憶開始，對那個女人，她一直都是蔑視和排斥的。但此時，她心底深處第一次生出了一絲隱隱的歉疚和不安。

柳依紅的家在老市區的一條胡同深處的一個居民院落裡。房子是父親去世前公司給的，建於八〇年代初期，院裡清一色的水泥兩層小樓，各家各戶都是單門獨院。黃昏中的胡同裡，滲出一種無法掩飾的破落和冷寂。走到胡同盡頭，才忽然發現那片水泥房子早已被一幢幢的高樓包圍了。在四周高樓的襯托下，那片破落的灰濛濛的兩層水泥樓房猶如一個寒風中瑟瑟發抖的衰弱老人。

柳依紅看到自家小院斑駁的鐵門半掩著，幾根枯乾的藤枝從門框上面垂下來，在寒風中搖擺著。她推開門，走了進去。

廚房和正面的四間房子不在一起，是緊靠著院子西牆門朝東的兩間尖頂小屋。此時，廚房裡亮著燈，爐灶裡正發出些叮叮噹噹的響聲，一股豬肉白菜燉粉條子的味道從小窗戶裡冒了出來。

柳依紅正要推門，廚房裡響起了一個聲音，「別玩了，快來吃飯！」

是姑姑的聲音。

隨著姑姑的一聲喊叫，一陣咚咚咚的雜亂腳步聲從樓上跑下來。轉眼間，兩個小學生模樣的男孩相繼從屋子裡跑出來，他們一個手裡拿著水槍，一個手裡握著木棍，在院子裡相互追逐打鬧著，像是完全沒有發現柳依紅的存在。

廚房裡又傳來了姑姑的喊聲，「兩個小祖宗，別打了，快來吃飯！」

矮一點的那個拿著水槍的男孩跑到廚房門前，嘭地一下撞開門說：「姥姥，他打我！」

高一點的那個男孩也跑過來說：「奶奶妳看，他把我的衣服都弄濕了！」

從灶台前端著兩碗米飯的姑姑轉過身剛要訓斥兩個孩子，便發現了站在門口的柳依紅。

「小紅，妳回來啦？」

柳依紅點了點頭。

姑姑忙把米飯放到桌子上，把柳依紅拉進屋裡，熱情地說：「快吃飯吧！坐了一天的車，一定餓壞了吧？」

見兩個孩子都用陌生的眼神打量著柳依紅，姑姑就對柳依紅說：「這是我家妳秀玉哥和秀珍妹的孩子，太淘氣了，天天把我氣個半死！」

姑姑說這話的時候，臉上是帶著笑的，很欣慰、很知足的笑。柳依紅卻笑不起來，臉上帶著疲憊而僵硬的表情。

姑姑趕忙給柳依紅端來一盆熱水，說：「快洗把臉，洗完了好吃飯。」

柳依紅放下包包，開始洗臉。這個時候，兩個孩子已經湧到桌子面前，擠到一處開始狼吞虎嚥地吃起來。柳依紅洗完臉，姑姑就把一條毛巾送到她手上。柳依紅擦臉的工夫，姑姑已經又盛了兩碗米飯。

「小紅，快來吃飯吧！」姑姑把米飯放到桌子上，招呼道。

姑姑率先吃起來，柳依紅卻站在那裡不動。

吃了兩口，姑姑抬起頭，「快來吃吧！再不吃就涼了。」

姑姑拿起一雙筷子遞給柳依紅。柳依紅沒有接。姑姑看著柳依紅，臉上充滿了疑惑。

看著疑惑的姑姑，柳依紅艱難地啟齒，「我想先去看看我媽。」

姑姑先是一愣，滿臉的疑惑瞬間變為驚喜，她放下飯碗，邁著蹣跚的步伐帶著柳依紅來到正屋。

跟在姑姑身後，柳依紅默不作聲地想像著樓上臥室裡躺在床上正處於彌留之際的母親會是一副什麼樣子。

然而，姑姑卻沒有上樓。她伸手推開一樓陰面平時放雜物的那間小屋子，說：「人在這個屋子裡，今天早晨從醫院裡回來的時候，沒往樓上抬。」

雖然姑姑沒說為什麼沒有往樓上抬，但柳依紅知道一定是怕麻煩，還有一個原因，那就是長期以來所有人對母親的那種蔑視和怠慢。其實，這也是柳依紅對母親一貫的態度。要是在平時，別人對母親這樣，她是沒有什麼感覺的。但這會兒卻不知道是怎麼了，一股壓抑不住的怒火從內心噴湧而出。

柳依紅怒氣衝衝地說：「怎麼能把人放到這個屋子裡呢？就是沒病也會被凍死的！」

姑姑轉過身，瞬間收斂了臉上的笑容，「小紅，你要是這麼說話就沒意思了！妳想想，妳媽病了這幾年，除了動手術時妳來過一回，後來妳露過面嗎？妳哥也一樣，除了寄點破錢更是見不到人影！平時什麼事都是我這個六十多歲的老婆子給張羅著，」說著說著，姑姑的眼圈就紅了，她委屈地抹了一把鼻子接著說：「想不到到頭來卻不討好，妳說放著清閒的日子我不過，我跑到這裡來到底是圖個啥了？」

想想姑姑說的也對，柳依紅無言。

姑姑用眼睛瞪著柳依紅又說：「妳說，我到底是圖個啥了？」

柳依紅還是不說話，只顧低著頭往屋裡走。

姑姑搶先一步走進屋，指著昏暗光線下直挺挺躺在床上的母親對柳依紅說：「我可告訴妳，妳媽是病成這樣的，可不是凍成這樣的！」

姑姑的聲音雖然比剛才低了許多，但語氣中卻埋藏著更大的抱怨和不滿。

看到母親，柳依紅急忙衝到床前叫了一聲媽。母親沒有任何反應，只是喉嚨裡像風箱一樣向外出著氣。柳依紅抓起母親的手搖晃著又一連喊了幾聲媽，母親還是沒有任何反應。

柳依紅的眼淚不知不覺地流了下來，她的眼前一片朦朧。

看見柳依紅哭了，姑姑不再說什麼，她順手扯過一張紙巾給床上的將死之人擦了一下嘴角的唾沫。「現在哭有什麼用？早幹什麼去了？妳媽每次住院都眼巴巴地躺在病床上往門口看，她嘴上不說，但我知道她是盼著妳回來，唉，不說了，養兒女到底有什麼用？」

姑姑又扯了紙巾去給母親擦眼角，柳依紅驚訝地發現，母親的眼淚正骨碌骨碌地往外湧。柳依紅忙又哭著一連喊了幾聲媽，心想能把母親叫過來，但母親依然沒有反應。

一旁的姑姑說：「他舅母，我知道妳是覺得委屈，兩個孩子很少回來，現在好了，小紅回來了，妳就安心地走吧！」

姑姑的話讓柳依紅更加悲痛，悔恨和自責猶如萬箭穿心，心頭湧起一陣陣徹骨的痛。

忽然，柳依紅覺得自己的肚子像是被什麼東西捅了一下，胃裡也隨之翻騰起來，她條件反射是的乾嘔了幾聲，一股股的酸水從嘴裡冒出來。

「小紅，妳病了嗎？」姑姑問。

「沒有。」柳依紅抬起頭，聲音艱澀地說。

說著，柳依紅又乾嘔了幾聲。

「小紅，妳該不是懷孕了吧？」姑姑忽然問。

柳依紅說不出話，只好點了點頭。

想不到，姑姑臉上竟然綻放出一絲欣慰的笑，她轉過臉對著床上的人接著說：「他舅母，妳不是總擔心小紅找不到婆家嗎？這下好了，小紅懷孕了，妳就安心吧！」，姑姑忽然想起什麼似的轉過臉問柳依紅，「女婿是做什麼的，他怎麼沒有一起回來？」

柳依紅腦子稍一轉動，就說：「他出國留學去了，趕不回來。」

「他舅母，妳聽到了吧！小紅找的女婿多有出息，這下你總該放心了。」

柳依紅又是一陣低聲的哭泣。這哭泣一方面是因為即將離世的母親，一方面是因為眼前自己的悲淒處境。她沒有勇氣把自己的真實處境告訴姑姑和彌留之際的母親，但謊話似乎又進一步加深了她內心的痛苦。

柳依紅坐在床前的小矮板凳上低泣，任憑姑姑怎麼勸她出去吃飯也紋絲不動。最後，姑姑只得自己開門出去了。過了一會兒，姑姑回來了，又勸柳依紅去吃飯，柳依紅還是不肯去。柳依紅不覺得餓，也絲毫沒有食慾。眼前，她只想靜靜地坐在母親床前，陪她度過這最後的一點時光。她覺得，只有這樣她才能覺

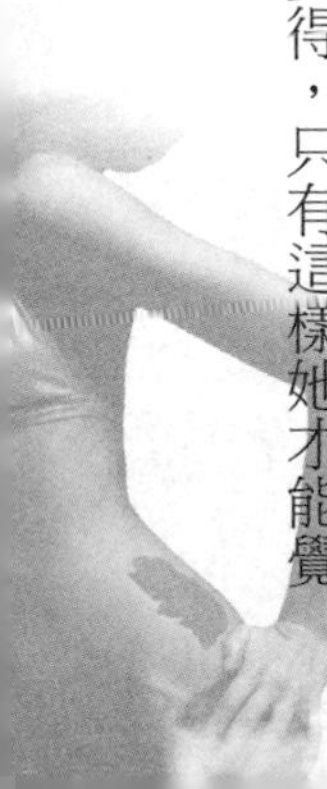

得安心些。

「姑姑，妳去休息吧！我在這裡就行了，有事情我會叫妳的。」

姑姑無言地出去了。過了一會兒，姑姑抱了一把躺椅過來，躺椅上放了一床碎花棉被。姑姑淡淡地說：「懷了孩子，不能太累，覺得累就在上面躺一會兒。」

姑姑又出去了，過了一會兒不知從哪裡找了個布滿蜘蛛網的破電爐子拎進來。姑姑抓過笤帚掃了掃上面的蛛蛛網，放在床前插上電，爐絲慢慢紅起來，屋子裡暖和了許多。

柳依紅又催姑姑去休息，姑姑答應著出去了，可是不一會兒姑姑竟然又端來了三個熱氣騰騰的荷包蛋。姑姑讓柳依紅吃，柳依紅說吃不下，姑姑生氣了，姑姑說：「妳以為妳是在替自己吃嗎？妳是在替孩子吃，妳不餓孩子還餓呢！」

柳依紅覺得這話怎麼這麼耳熟，仔細一想這不是李大媽的話嗎？真是奇怪了，這些老太太怎麼都對孩子這麼感興趣，此時的柳依紅當然不能告訴姑姑她不打算要這個孩子。她不想和姑姑說太多的話，於是就把碗端了起來。

看著柳依紅吃下去一個雞蛋，姑姑出去了。姑姑剛一出去，柳依紅就放下了碗。她實在是沒有食慾。

柳依紅聽到姑姑邁著蹣跚的步伐上了樓。兩個孩子正在樓上嬉鬧著，稚嫩的童音在寒冷寂靜的冬夜裡顯得格外清純。在孩子稚嫩的聲音裡，柳依紅把目光投向了昏暗光線中的母親。她第一次這樣專注地看著母親——不省人事的母親即將離開人世的母親。母親的臉色慘白蠟黃，散亂的頭髮被汗水打濕後緊貼在頭皮上。母親的雙腮已經嚴重下陷，襯得眉骨和鼻子更加高聳，看起來又冷峻又陌生。柳依紅把臉靠在母親耳旁，輕喚了一聲「媽」，母親還是沒有反應。柳依紅知道母親不會有什麼反應才這麼叫的，假如母親是清醒的，她是不會這麼自然順暢地叫她的，對「媽」這個稱呼她有心理障礙，一直以來都是這樣。看著眼前的母親，想著以前的一幕幕往事，陣陣愧疚再次湧上心頭。

像是為了抵消這種內心深處的愧疚，柳依紅一遍接著一遍地輕聲呼喚著母親。

夜深了，柳依紅伏在母親床前漸漸地昏睡了。半睡半醒之際，柳依紅忽然聽到母親在叫她的名字。母親的聲音很含糊，有些斷斷續續，但柳依紅可以肯定母親是在叫她。困頓疲憊的柳依紅先是含混地應著，繼而一個機靈醒了。母親的一隻腳不是已經踏上黃泉路，對這邊的事不再關注了嗎？她怎麼忽然又回來了呢？柳依紅又驚又嚇、又喜又憂地看著母親。母親的確是又回來了，她一旁對柳依紅晃動著枯乾的手臂，一旁混沌而執著地叫著她的名字。

「小紅！小紅！是小紅嗎？」

母親顫抖暗啞的聲音在暗夜裡顯得陰森恐怖。

柳依紅全身滾過一個激靈。

她想，這大概就是人們常說的迴光返照吧！

41

「是我。」柳依紅一旁答應著，一旁接過了母親晃動在半空中的手。

瞬間，躁動的母親安靜了下來。

「是小紅，妳的手還是那麼的柔軟，和我年輕的時候一樣，妳姥姥說女人的手柔軟了才有福氣。」

母親接著說：「妳也快要做媽媽了，女人啊！能做媽就是一種福氣！」

柳依紅大驚，想不到先前信口說出來應付姑姑的話竟然也被母親聽到了。

「聽說女婿出國了，他什麼時候回來呢？」

柳依紅又吃了一驚，忙說：「快了，快了！」

母親說：「快了就好，生孩子的時候身邊可不能沒有男人！」

想想自己的處境，柳依紅的眼淚潸然流下。她使勁咬著嘴唇，強忍著讓自己不出聲。

母親又說：「孩子生下來，無論是男是女，都要好好地疼，長大了就是妳的一個伴。」

柳依紅哽咽地答應著。

母親的思維好像從來沒有這麼敏捷，語言表達也是出奇的到位。柳依紅看著母親，不知道她接下來又會說些什麼。

「小紅，你怎麼哭了，不要哭，這個時候妳能回來見我一面，我就知足了！」

柳依紅握緊了母親的手，眼淚滴落在母親乾枯的手背上。

「小紅，別哭了，哭多了對孩子不好，咱娘倆好好的說會兒話！」

柳依紅起身站起來，對躺在床上的母親說：「媽，妳想吃點什麼，我去幫妳做。」

微光中，母親的眼睛慢慢睜開沖柳依紅勉強地笑了一下，「傻孩子，媽這個時候哪能吃得進什麼東西，妳給媽點水吧！」

柳依紅趕忙站起來去倒水，見桌子上放了袋紅糖又在水裡加了兩勺子糖。她把水端到床前，用勺子餵母親喝。柳依紅從來沒有像此刻這樣關心過母親，她非常希望母親能把這些紅糖水喝下去。她希望這些紅糖水能滋養母親瀕臨衰竭的生命，讓母親起死回生。

然而，母親卻只是象徵性地抿了一下。母親閉著眼，慢慢地說：「不喝了，喝飽了。」

「再喝一點吧！」柳依紅真切地說。

「不喝了，妳把碗放下，我跟妳講講我年輕時候的事吧！」

柳依紅的手在半空中一下停住了。停了一會兒，柳依紅說：「妳還是養養神休息一會兒吧！提那些陳芝麻爛穀子的事幹嘛？」

其實，柳依紅很想聽母親談談她年輕時候的事情。但她同時又知道那是母親的一段不光彩的經歷。她不想讓母親在這種時候提及那些難以啟齒的事情。那樣太殘忍。

一輩子都不曾揭開的傷疤，現在幹嘛要去揭它呢？

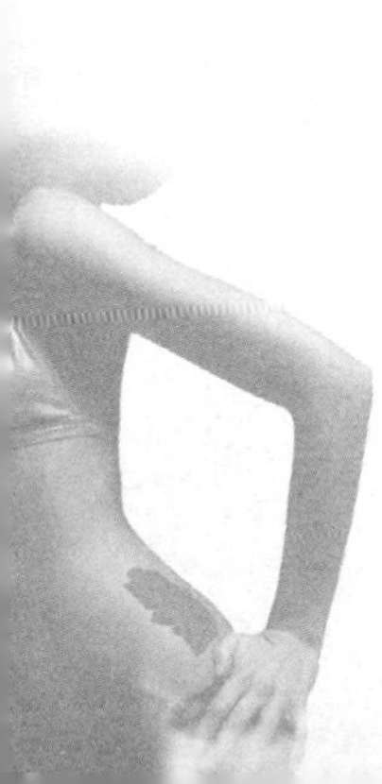

母親卻很固執。她閉著眼卻像是什麼都能看見似的對柳依紅說：「快把碗放下吧！老拿著多累呀！」柳依紅趕忙把碗放下了，這時，母親又說：「沒放好，再往裡推一推。」柳依紅回過頭看桌子上的碗，果然見半個碗底懸空著。柳依紅一旁把碗向裡推了推，一旁回過頭看母親，見母親的眼還是緊閉著的，忍不住倒吸了一口涼氣。這時，只聽母親又說：「這碗放好了，快坐下吧！」

柳依紅坐回到了母親的床前。母親的一隻手又摸索了過來，她把母親的手握緊了。母親的手是溫熱的。母親的確是活著的。

母親閉著眼說：「妳，一定奇怪當年我是怎麼去『大樓』的吧？」

「大樓」是母親老家縣城裡解放前的那個妓院，柳依紅早就諳熟了這個在她心目中充滿了齷齪意味的稱呼。

柳依紅沒有回答，母親似乎也並不等著她的回答，而是接著說：「『大樓』是個熱鬧的地方，好多女孩子都很嚮往那裡。」

柳依紅還是沒有說話，心裡卻忍不住生出了疑問。怎麼可能？那種地方的女人不都是被人賣進去的嗎？怎麼還會有人嚮往？

「妳一定是覺得我在亂說話吧？不是的，真的不是的！『大樓』的確是個令女孩子嚮往的地方。妳知道吧！你姥爺是個做粉條生意的小財主，家裡的日子並不飢荒，去那裡完全是我自己的意願。妳知道我為什麼會嚮往那裡嗎？不是因為我不工作，也不是因為我天生淫蕩，用今天的話說，是那裡的文化氛圍好，把我吸引過去的。」

文化氛圍？柳依紅心裡又生出一個疑問。

「妳又不明白了吧？『大樓』裡有各式各樣的先生，有教樂曲的，有教畫畫的，有教女紅的，還有教作詩的，能進『大樓』的都是遠近有模有樣的才女。我會進『大樓』圖的就是個見世面。妳想啊！那時候，女的又不能進學堂，那裡可不就是個女子學堂嗎？」

妓院就是女子學堂？柳依紅還是第一次聽人這樣說。

「我知道，妳又不明白了。在妳心裡，妳一定覺得妓院是個骯髒的地方，男人在這裡花錢滿足慾望，女人在這裡出賣肉體遭受蹂躪。這裡的男人是邪惡霸道的，這裡的女子是齷齪可悲的。其實妳只看到了事情的一方面。這裡有優秀的男人，也有聰明的女人。那個時代，給女人提供的機會不多，妓院應該算是一個。」

柳依紅的耳朵不知不覺地豎了起來。她忽然覺得躺在床上做過妓女的母親成了一個不折不扣的哲學家。只是，母親的哲學觀點讓她耳目一新。

母親接著又說：「就這樣，十八歲那年帶著一顆不甘寂寞對未來充滿嚮往的心，在一個夏天的黃昏裡，我悄悄離開家聞著田野裡的玉米葉子味去了縣城的『大樓』。我是帶著做『頭牌』的心思去的。『大樓』裡有個不成文的規矩，做了『頭牌』的女子是可以根據自己的喜好選擇男人的。『頭牌』還有一個最大的特權就是可以嫁人，只要男方出的錢夠多，『大樓』是不會阻攔的。妳說這不都是機會嗎？只要妳能

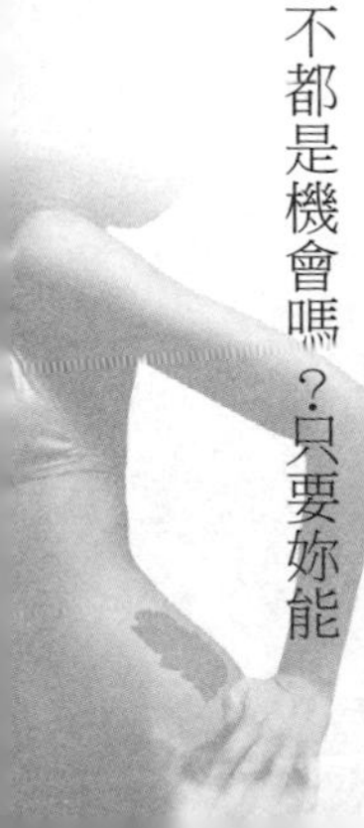

抓得住就不愁不能出人頭地做人上人！」

「妳不是做了『頭牌』嗎？」柳依紅說。

「皇天不負苦心人，經過一番刻苦不懈的努力，我終於按照原先的計畫做了『頭牌』，可是就在我看上一個男人，這個男人也打算娶我的時候，社會變了。後來看這社會是變得越來越好了，可是對我來說卻變得不是時候，眼看就要到手的機遇瞬間消失了，那個男人因為富有被鎮壓了，我也成了人見人罵的『臭婊子』。其實，我是很冤的。說實在的，在『大樓』裡，除了和那個男人好過之外，我沒有別的男人。這當然與我的美貌和聰明有關，也與我那做粉條生意的爹有關，在我成為『頭牌』之前的日子裡，他一次次地去『大樓』用他的錢替我換來了自由。說起來，他的舉動很像今天那些供孩子上大學的父母。」

「那後來呢？」柳依紅問。

「後來妳不是都知道了嗎？解放後，我成了人們心目中最齷齪的女人，為了生存只好離開家鄉來到了沒有人認識我的荷丘。憑著我的素質和外表，很快我就在電影院找到了一份工作。又是憑著我的素質和外表，身為有功之臣的妳父親娶了我。說到底，『大樓』那兩年的生活還是幫了我，它讓我掌握了征服男人的秘訣。有句話早就被別人總結出來了，『男人靠征服世界來征服女人，女人則靠征服男人來征服世界』，這話有道理啊！妳想想，從古至今，哪個成功的女人不是這麼走過來的，慈禧靠降服住了咸豐帝才得到了天下，江青勾引上了毛澤東才做了第一夫人。女人就是這麼的可悲，永遠要依附在男人身上生活。說來我也算是個成功者了，要是不出來闖蕩，也許早就在我父親掛滿粉條的小院裡自生自滅了。所以，儘管妳父親後來有外遇，我也還是覺得這輩子很知足。」

「外遇？妳說我爸有外遇？」柳依紅忙問。

「是啊！這是人盡皆知的事情，也只有妳和妳哥不知道吧！」

「她是誰？」柳依紅問。

「她？妳父親有好幾個她，妳想知道哪個她呢？」

「她們都是誰？」柳依紅又問。

母親鼻孔裡發出一聲笑，說：「如果按順序說，她們是齊貴香、苗小花、章顯、寧亞麗。這是我知道的四個，我不知道的就不好說了。」

另外三個女人的名字柳依紅都很陌生，章顯這個名字卻是如雷灌頂，她一下從床前站了起來，「什麼？妳說我爸和章顯好過？」

母親鼻子裡又哼出一聲不屑的笑，「這有什麼值得大驚小怪的，都是些陳年舊事了。」

「我爸真的和章顯好過？」柳依紅還是不相信。

「這怎麼能辦錯，我堵到過他們兩次，和妳爸過不去的那些造反派們也堵到過他們一次，要不是關鍵時刻我親自出馬妳爸即便是不賠上性命也得丟了官位。」

「怎麼，妳還救過我爸，怎麼沒聽他說呀？」

母親更加鄙夷地說：「他那麼虛偽，怎麼會說這種事，男人都是這樣，遇到威脅到他官運的事了就是把親娘、老子賣了也無所謂，事情過了就翻臉不認人了，什麼自尊呀、榮辱呀、婦道呀這些假道義就統統地出來了！」

「妳是怎麼救我爸的呢？」

「一個女人，還能怎麼救，不過是用了女人的那點可憐的手法。女人活在這個世界上，就是這麼的可悲！她們總是沒有機會透過身體以外的內在實力來證明自己的價值和魅力，這個世界不給她們這樣的機會，在男人眼裡，女人永遠都是個工具而已。」

「妳不試，怎麼會知道這個世界不給女人機會呢？」柳依紅故意問。其實，她只是想聽一聽母親怎麼回答這個問題。

母親說：「我嘗試了無數次，也失敗了無數次，在無數的嘗試和失敗面前，最後我只能絕望的服輸了。」

沉默了一會兒，母親又接著說：「還真是奏效，我去找過那個造反派頭頭的第二天，妳爸就讓放了出來！說起來那個造反派頭頭是我這輩子的第三個男人，我是完全為了這個家才去找他的，是一種犧牲和奉獻，而且我去找他的時候，妳爸也是默許了的。那是個傍晚，我烙了餅出門給妳爸送去。他吃到一半的時候，我從身後拿出了一個小藍包，告訴他我要去找那個造反派頭頭。妳爸裝作沒聽見似的用眼睛盯著那個小藍包繼續吃飯。我知道，他不會不明白我的意思，因為那個小藍包裡裝的是避孕工具，他一直都是知道的！他的眼神是慌亂的，但他終究沒有阻止我的意思，我知道他這是默許了。就這樣，在他嚼著大餅的吧嗒聲中，我拎著那個小藍包心事忡忡地果決地上路了。」

站在那裡的柳依紅完全呆住了，母親的這段話讓父親在她心目中的形象完全變了。

母親總結似的說：「這個社會對女人就是這樣的不公平，假如衡量一個人的貞潔可以用跟幾個人睡過來計算的話，那麼我也並不比妳爸更齷齪，但是在世人的眼裡，他是個好男人，我卻是個壞女人。我並不恨那幾個和他有過曖昧關係的女人，我知道她們都是有求於他。章顯和他好是為了讓自己在荷丘下放的日子好過一點，另外三個女人也都是各有所需。這就是女人的命運，可悲啊！」

母親的話讓柳依紅全身打顫。這倒不是由於驚嚇，而是來自於一種心靈深處的震驚。她忽然發現，原來自己和她一直深惡痛絕和排斥著的母親在骨子裡竟然是如此的相像。

母親似乎耗盡了她所有的力氣，好半天沒有再說話。

過了一個小時，也許是兩個小時或更多，母親終於又開口了。母親的聲音已經空洞了，像是從一架沒有生命氣息的機器裡發出的摩擦聲。柳依紅知道母親的大限已到，她說不清是悲痛還是解脫地把耳朵貼近母親嘴邊。

柳依紅聽到母親用沙啞低沉的聲音斷斷續續地對她說：「我要告訴妳的是，現在的社會比我們年輕時好多了，可時大理兒仍出不了那個圈，所以啊！小紅妳心裡要有個譜，在外面混心眼不能太死！不過妳是我女兒，我相信妳——妳是錯不了的！」

母親的聲音戛然而止。柳依紅知道母親這是走了。她轉過臉，把手放在母親的鼻孔前，果然沒了鼻

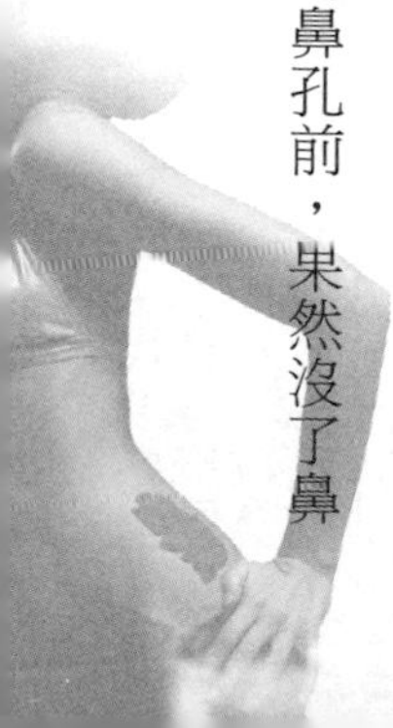

息。

柳依紅在床前默默地站了許久。暗淡昏黃的光線中，看著母親已經失去生命體徵的肉身，柳依紅在內心暗暗感慨著人生的無常。想著母親嚥氣前說過的那些話，她再一次感到冥冥中生命遺傳的不可思議。儘管她對母親是這般的排斥和蔑視，但她終歸是母親的女兒。她和母親太像了。假如讓她早生幾十年，說不定她會做出和母親同樣的事情來。順著這個思維，柳依紅往下想，假如母親是她呢？如果那樣，母親處於她現在的位置，又會怎麼做呢？

柳依紅後悔剛才沒有把自己的真實情況告訴母親。母親永遠都不會知道她的真實處境了。柳依紅嘆了一口氣，踉蹌著開門出去了。

上了樓，柳依紅摸黑敲了敲姑姑睡覺的房間。睡夢中姑姑嗚嚕了一句什麼。這時，柳依紅用異常冷靜的聲音說：「我媽她已經走了！」

「我的個苦命的弟妹哎！妳怎麼連個招呼也不和我打說走就走了呢？」黑暗中，姑姑立刻拖著長音大聲哭道。

柳依紅被姑姑的聲音嚇了一跳，內心卻變得更加冷靜了。下樓的時候，柳依紅心中暗自奇怪，自己怎麼就哭不出來呢？看來真的是鐵石心腸啊！

三天後，也就是年二十八，柳依紅的母親出殯了。在幾個親戚送來的稀稀落落的花圈兩側的挽聯上，柳依紅看到了母親的名字：周婉玉。母親的名字是小家碧玉式的，蘊涵著一種小家碧玉式的節制和婉約，然而母親的一生和這個名字又是多麼的不符啊！

在荷丘有個風俗，長輩去世了，葬禮上要由長子為其頂老盆。沒有長子頂老盆的死者是不圓滿的，到了那邊是不受禮遇的。哪個子女不指望自己的父母到了那邊過上好日子呢？因此，頂老盆也就成了人們最重視的問題。

柳依紅迫切地希望哥哥能夠回來給母親頂老盆。她覺得這是他們兄妹能為母親做的最後一件事了。但是哥哥卻不肯回來。哥哥在越洋電話裡委婉地對柳依紅說，他在做實驗，一週內離不開實驗室半步。柳依紅不好強求，只得忿忿地掛了電話。

看著在為難的柳依紅，姑姑在一旁說：「小紅，妳不用發愁，我讓妳秀玉哥來頂。」

柳依紅看著姑姑說：「還是我來頂吧！」

在荷丘有這樣的習俗，父母去世後，如果是沒有男孩或是男孩不在身邊的，可以由女孩來頂老盆。女孩頂老盆是有要求的，一是要著男裝，二是要紋絲不動的連續頂兩個時辰。

一聽柳依紅要頂老盆，姑姑看了一眼柳依紅的肚子，之後把自己的兒子秀玉從人群裡拉過來，「還是讓妳秀玉哥頂吧！反正也就是個形式。」

柳依紅很固執，「我來頂！」

葬禮上，身穿男裝的柳依紅披麻戴孝地為母親頂了老盆。兩個時辰裡，她跪在寒風中一絲不動，圍觀

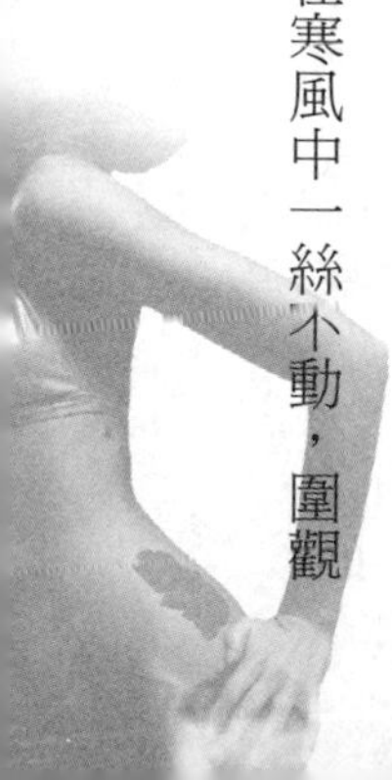

者無不為之動容。

當司儀把柳依紅頭上的老盆拿起來摔到石頭上的那個瞬間，隨著那聲清脆的碎裂，滿臉淚水和冷峻的柳依紅一下昏倒在地。

42

出殯的當天晚上，姑姑沒有離開。姑姑給柳依紅燉了烏雞紅棗湯，又給她做了個漂著菠菜葉的手擀麵。當姑姑把這些吃的用託盤端到柳依紅面前時，躺在床上的柳依紅卻把頭轉到了一旁。柳依紅什麼都不想吃，心裡很煩、很亂。柳依紅內心的這種煩和亂當然不僅僅是因為母親的去世，這個世界上的一切都讓她感到絕望和不順心，母親的去世只不過是個導火線，更加深了她的絕望和悲觀。

姑姑說：「人死不能復活，妳也不要過於傷心，肚子裡的孩子要緊，妳還是將就著吃一點東西吧！」

柳依紅想起了母親去世前說父親和章顯好過的事情，就問姑姑，「我爸以前是和章顯好過嗎？」

「章顯是誰？」姑姑問。

「就是文革時到咱們這裡下放的那個女作家，北京來的。」

「妳說她呀！聽妳媽瞎說。妳媽呀！就是愛亂吃醋，這事我可是最清楚不過的了。妳父親喜歡看章顯寫的書，就常去她那裡借書，有一次妳父親正和章顯在聊天，妳媽就衝進去把他們倆大罵了一頓，把那個章顯辦得很狼狽。為此，妳父親和章顯還都受到了造反派的批判，妳父親也被關了起來。哎！妳那個媽呀！別看她自己是打那種地方出來的，對男人管的比誰都緊，妳說她有什麼資格管？」

柳依紅看著姑姑，「妳是說我父親和章顯沒有那種關係？」

姑姑說：「妳父親有沒有那個心思我不知道，反正人家章顯是沒有的。」

「妳怎麼知道章顯沒有這個心思？」柳依紅問。

姑姑說：「我當然知道了，章顯為了避開男人的騷擾，晚上老是讓我去跟她做伴，晚上所有男人敲門她都是不開的，包括你父親。」

柳依紅不再追問。她忽然覺得老一輩的事情是說不清楚的。

姑姑又把事情扯到了孩子身上，讓柳依紅把手擀麵趁熱吃了。

柳依紅實在是吃不下去任何東西，姑姑又勸，柳依紅只得向姑姑攤了牌，「姑姑，其實我並不打算要這個孩子，過幾天我就去墮胎。」

姑姑很吃驚，顫抖著把碗放在桌子上，「什麼？妳說什麼？妳也三十好幾了，為什麼不想要這個孩子？」

柳依紅索性把一切都說了出來，「因為孩子他爸要和我離婚，我總不能一個人把孩子帶大吧？」

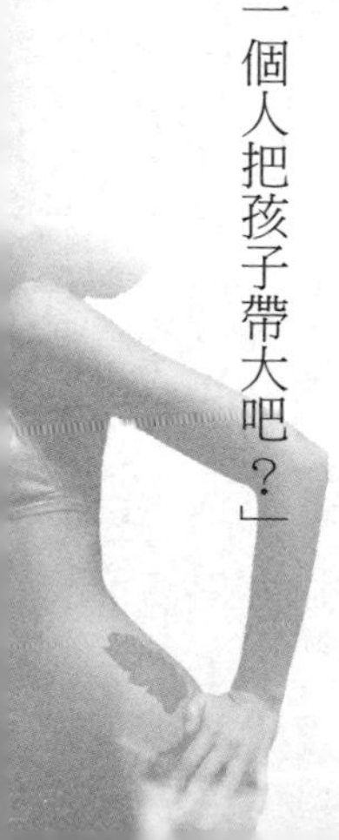

「妳說什麼？妳不是說他出國留學去了嗎？」

「我那是騙妳的！」柳依紅看著姑姑說。

姑姑哭了起來，邊哭邊說：「我的大哥哎！你說你的命怎麼這麼苦哎！至今沒個孫子，怎麼連個外孫也保不住啊！」

柳依紅把頭又轉了過去，姑姑的這種哭唱藝術實在是讓她受不了。

哭罷，姑姑突然板起面孔說：「誰說離婚就不能生孩子了，妳生吧！生出來我替妳帶！」

柳依紅沒料到姑姑會這麼說，心中暗暗有些吃驚，但她知道這是行不通的，一是她不想勞煩姑姑，二是她壓根兒就不想要這個孩子。

「還是等以後再說吧！現在我不想要孩子。」柳依紅說。

姑姑一屁股坐到床邊上，「妳可是答應了妳媽的，難道妳想讓她死不瞑目嗎？」

柳依紅心中一顫。

姑姑又說：「妳想想是不是這個理，妳媽她好不容易閉了眼，妳就忍心讓她在那邊還替妳擔心嗎？」

柳依紅的耳邊又響起了母親的那句話：孩子生下來，無論是男是女，都要好好地疼，長大了就是妳的一個伴。

姑姑又說：「小紅啊！妳就別猶豫了，妳也不想想，過了年妳就三十六了，要是這個孩子妳不要，以後能不能再懷上孩子還很難說呢！」

柳依紅還是不說話。

姑姑又說：「妳就放心地把孩子生下來吧！秀玉哥和秀珍妹的孩子也都大了，我這把老骨頭閒著也是閒著不是？」

柳依紅終於說：「讓我再想想。」

43

柳依紅是在荷丘過的年。一連幾天，對要不要孩子這件事她一直很猶豫。想到姑姑和母親的那些話，她就想把這個孩子生下來，但一想到自己的處境和齊魯南，又恨不能立刻把這個孩子拿掉。齊魯南也真是夠絕的，過年竟然連一通電話都沒有。為這樣一個男人生孩子，太不值得了。最終柳依紅還是決定把孩子拿掉。她打算，等初八醫院上了班，她就去把孩子拿掉，養個十天半月的就回歌劇院上班。班是不能不上的，要養活自己就得去上班。

是一次意外的邂逅讓柳依紅改變了主意。這次邂逅使她不得不把這個孩子生下來。

年初六，柳依紅一個人在荷丘的大街上蹓躂著。已經好多天沒有好好吃飯了，走過一個街角的時候，一股濃濃的四川火鍋味飄了過來，柳依紅喜歡吃火鍋，就順著那味道走進了一家小小的火鍋店。

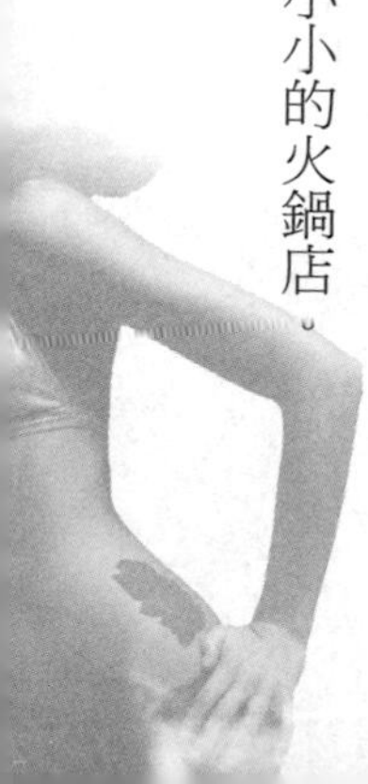

進了店，柳依紅被帶到了靠窗的一個位子上。

「小姐幾個人？」剛坐下，一個穿著藍底細碎白花的小姐走到柳依紅面前操著四川口音問。

「就我一個。」柳依紅說。

「那妳要什麼鍋底呢？」小姐又問。

「鴛鴦的。」柳依紅回答。

這時，柳依紅忽然聽到身後有個聲音在叫她。

「小紅，是小紅嗎？」柳依紅全身一顫。這聲音是如此的熟悉，又是如此的陌生。她又惶惑又驚訝地回過頭，順著那聲音看去。

柳依紅覺得全身的血幾乎就要凝固，站在身後的人竟然是郭雄。和郭雄剛分手的頭幾年，柳依紅曾經設想過多種和郭雄重逢的場面。每一次的設想都大同小異，她事業有成容光煥發，郭雄則年邁老朽一事無成。這樣的郭雄見了這樣的柳依紅自然是慚愧不已悔恨交加。趁著郭雄心情複雜的當兒，她的一個大巴掌已經甩了上去。感覺只有兩個字：解氣！

然而柳依紅卻愣在了那裡。此時感覺自慚形穢的是她自己，身體欠佳使她容顏暗淡，心情不好又使她不修邊幅，在這樣的小吃店裡邂逅更使她覺得身分全無。柳依紅有些不知所措，呆呆地看著郭雄，一句話也說不出來。

「是小紅嗎？」眼前的男人用滄桑沙啞的聲音問。

柳依紅竟然慌亂地點了一下頭，嘴裡含混地說了一聲「是」。她發現，這個被她在詛咒中恨了許多年，讓她成為女人，又無情地拋棄了她的男人此時的樣子也很滄桑。

「小紅，這些年來妳還好嗎？」郭雄又問，顫抖的聲音裡充滿了關切。

「還好。」柳依紅終於艱難地說。

「妳也是一個人嗎？」郭雄看了看柳依紅對面的空座位問。

「是——是的。」柳依紅說。

「那我們就兩個人一起吃吧！我請客，正好說說話。」說著郭雄就在柳依紅對面坐下了。

柳依紅竟然沒有反對。

坐下之後，郭雄就給自己點上了一根菸。看著菸霧籠罩中的郭雄，過去的一幕幕往事在柳依紅眼前劃過。她想起了少女時代的自己和郭雄最初相識時的那份癡情和迷戀，也想起了郭雄和她分手時的突然、果決和無情。柳依紅更多想到的是她自己。為了忘卻這個郭雄，她學會了吸菸、喝酒、打麻將。也是為了忘卻這個郭雄，有一陣子她會隨便的委身於任何一個對她有性表示的男人，記得有一次她差點讓一個有性虐狂傾向的男人活活掐死。總之，是眼前的這個男人把她由一個清純的少女變成了放浪形骸的壞女人。要不是因為他，她就不會和那些亂七八糟的人胡辦，也就不會讓齊魯南抓到把柄，以致落到現在這個田地。想到這裡，柳依紅覺得心中的怒火一個勁的往上竄，她恨不能立刻站起來給郭雄一個耳光，然後拔腿走人。

然而，柳依紅卻遲遲沒有動。郭雄正在點菜，他的左手拿著一根吸了半截的香菸，右手翻動著桌子上

的菜單，淡淡的菸霧在他四周繚繞。隔著菸霧，柳依紅看到郭雄兩鬢的頭髮已經花白了許多，臉色也愈加的灰暗和憔悴。然而，郭雄身上那種憂鬱清高的氣質卻沒有變。想不到，事隔這麼多年，郭雄的這種氣質仍然讓她為之怦然心動。很多年前，這氣質曾經是最吸引柳依紅的東西。記得和郭雄分手後，她找的第一個男人就是個憂鬱型的。那是個深秋的雨天的傍晚，在雨裡騎著自行車滿腦子想著郭雄的柳依紅看到一個臉色憂鬱冷峻的男人在路邊對她招手。看著這份憂鬱，柳依紅停下了。男人用沙啞的語氣對她說，一起喝杯酒吧！柳依紅看了一眼男人的臉，覺得從上面看到了許多和郭雄相似的地方。看著這張臉，柳依紅說：「那好吧！」他們一起進了一家小酒館，三杯酒後，那男人就開始用手去摸柳依紅的大腿。柳依紅發現，這男人的手指也和郭雄的手指很相像，纖細而蒼白，指尖被菸燻的有些微微泛黃。看著這手指，柳依紅沒有反抗。她覺得這就是郭雄的手在摸她。雨越下越大，天也越來越黑，酒館裡已經沒有幾個人了。這時，那幾乎酒醉的男人俯在柳依紅耳邊說：「去我家坐一坐吧！」看著男人冒火的眼睛，柳依紅明白男人說的「坐一坐」的意思。但柳依紅沒有猶豫，她又說了聲：「好吧！」此刻，她急需要和這個神情和手指都酷像郭雄的男人在一起。有人說，一對相愛的男女是彼此的蒙汗藥和解藥。她已經不是郭雄的蒙汗藥了，可是郭雄的陰魂卻死纏著她不放，她需要一劑解藥使自己徹底忘掉郭雄。這解藥雖不是郭雄給的，卻是一個酷像郭雄的人給的。不管是誰給的，只要能解除她的相思之苦就行。

進了門，那男人就把柳依紅給抱緊了。他把柳依紅一下擠在門上，瘋狂地吻著她。那一刻，她覺得和自己緊緊擁抱和親吻的這個男人就是郭雄。然而，情形卻慢慢地有些異樣。男人手上的勁越來越大，大得讓她受不了。而且男人開始罵人，一口一個小婊子地叫著她。

整個做愛過程男人是掐著柳依紅的脖子完成的。男人用力很猛，幾乎要了她的命。有幾次，柳依紅都快支撐不住了，幾乎昏厥過去。等男人全身鬆軟下來之後，才停止了對柳依紅的折磨和虐待。滿臉青紫的柳依紅坐在床上猛烈地咳嗽著，好半天才緩過氣來。她披散著頭髮甩了男人兩個耳光，男人這才清醒過來。清醒過來的男人哭了，他說：「對不起，剛才把妳當成我老婆了，我們剛結婚不到半年，她就跟一個有錢人跑了！」

柳依紅哭笑不得，罵了句「神經病」就爬起來穿上衣服走了。

那個晚上，走在冷冷的雨夜裡，柳依紅就對這個世界上的男人徹底死了心。從那以後她的心裡就對男人沒有愛了，有的只是利益上的利用和算計。齊魯南是個例外，想不到終究他也不是個好東西。

想著這些亂七八糟的往事，柳依紅心裡對眼前的郭雄更加怨恨。

郭雄已經點完菜了，服務員又重複了一遍，柳依紅吃驚地發現，郭雄點的竟然都是她喜歡吃的。

服務員走了之後，郭雄把菸灰輕輕地彈到桌子上的菸灰缸裡。郭雄的手指還是那麼的纖細和蒼白，指尖微微泛著黃。不知是怎麼了，這手指讓柳依紅的心又猛地悸動了一下。像是為了掩飾這份莫名其妙不可饒恕的悸動，柳依紅馬上低下了頭。

「小紅，妳也早就結婚了吧！生活得好嗎？」隔著菸霧，郭雄用他殺傷力極強的憂鬱的眼神看著柳依紅問。

柳依紅稍微猶疑了一下，說：「結了，還不錯。」

郭雄吸了一口菸，又問：「他是做什麼的？」

「律師，出國進修拿博士學位去了，一年後才能回來。」柳依紅說。

「有出息啊！比我強。」郭雄又說。

郭雄忽然想起了什麼似的問：「你們有孩子了嗎？」

柳依紅摸了一下自己的肚子，說：「有了，還沒生哪！在這裡！」

郭雄這才發現柳依紅的腹部有些異樣，一時之間，他的樣子有些恍然。帶著些許失落，郭雄說：「小紅，妳生活的這麼幸福，真為你感到高興！」

柳依紅臉上劃過一絲複雜的神情。她看了一眼窗外，艱難地說：「謝謝！」

柳依紅轉身的當兒，郭雄看到了她胳膊上的黑袖箍。

郭雄問：「妳這是——」

「我母親年前去世了。」柳依紅幽幽地說。

死亡的話題似乎勾起了郭雄的某種聯想。柳依紅不知道這個男人在想什麼，她冷冷地盯了他一眼，問：「你老婆挺好的吧！沒再跟著別人跑啊？」

柳依紅是二十一歲那年認識郭雄的，當時郭雄當電視台主持人的老婆馬雅已經有了外遇，在和一個年輕的畫家同居。每次說到馬雅，郭雄都是一副咬牙切齒的樣子，讓人聽起來沒有任何的挽回餘地。但就在郭雄準備要和柳依紅結婚的時候，馬雅又回來了。時間不久，郭雄就宣布和柳依紅分手了。郭雄的話很堂皇，他對柳依紅說：「妳還年輕我不能耽誤了妳。」柳依紅一下就傻了。這突然的感情變故幾乎讓她瘋掉。

郭雄低著頭悶聲說：「她也去世了，也是這個年前走的。」

沒有想到郭雄剛死了老婆，柳依紅有些愕然。

接下來郭雄說的話更是令柳依紅意想不到。「其實她回來的時候，就已經得了乳腺癌，是那個男人不要她了。」

柳依紅又一次感到震驚和意外。她覺得她內心積攢的那些對這個男人的仇恨悄悄開始融化。但只是瞬間，她就產生了疑問。「是你在寫小說吧！她是公眾人物，得了癌症大家怎麼會不知道？」

「她很好強，也很愛美，她不想把這事聲張出去。她回來的時候已經在北京腫瘤醫院動了手術，又戴了假乳，她要是不說，我都不相信這是真的。」

柳依紅覺得自己像是在聽故事。

「我知道你是不會相信的，但我的確沒有說謊，這些年來，她的所有治療都是在北京腫瘤醫院進行的，那裡有她的所有治療病歷。除了請假出去治病之外，她一直堅持工作，當然，她從來都不說是出去治病，每次都說是出去旅遊。直到去年下半年，她的病進入末期大家才知道她得了癌症。」

郭雄的眼神告訴柳依紅他沒有說謊，但她依然不能接受這種解釋，她嘲諷地說：「看來你很崇高啊？」

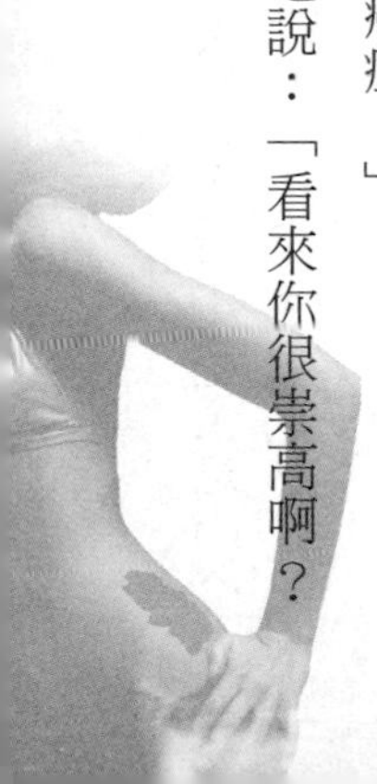

這麼多年來一直陪伴著身患絕症少了一隻乳房的老婆，你不會說你對你老婆一點感情都沒有，完全是出於崇高吧？」

郭雄低下頭，猛吸一口菸，臉上布滿愁容。

郭雄說：「有些事情是說不清楚的，其實，自從她和那個畫家同居後，我心裡就已經沒有她了，但當她可憐兮兮地胸上綁著團滲血的繃帶回來後，我又不忍心把她拒之門外，畢竟她給我生過一個兒子，畢竟我們有過一段血濃於水的過去。愛從來都不是孤立存在的，更多的時候是一種負擔和責任。」

柳依紅冷笑道，「還說什麼責任？你對我負過責任嗎？你對她倒是血濃於水了，對我就是蜻蜓點水了吧？事過境遷！過目就忘！始亂終棄！」她的眼前再次劃過自己這些年來的放浪經歷，眼神裡的仇恨也愈加猛烈。

「小紅，這是我一直以來最遺憾的事情，我知道妳當時對我的感情，其實我對妳也是一樣的，但我畢竟比妳大了個十來歲，考慮問題比妳更實際一些，既然我狠不下心扔下馬雅不管，也就不能再拖累妳，妳當時那麼年輕，任何的開始都為時不晚，長痛不如短痛，當時我是這樣想的。」

「是嗎？」柳依紅冷笑。

服務員把鍋底端上來，點上了火，一股濃濃的誘人的麻辣香味撲鼻而來，柳依紅飢餓的胃裡條件反射似的咕嚕咕嚕地叫起來。這當兒，鍋開了。服務員又把那些柳依紅愛吃的東西一一端上來。

「開了，快吃吧！」郭雄看著柳依紅說。

柳依紅沒有拿筷子，她在猶豫要不要留下來吃這個飯。如果吃了這個飯，就等於是原諒了他。她能原諒他嗎？柳依紅在心裡問自己。考慮再三，柳依紅的決定是不吃這個飯，就是餓死了也不吃！他毀了她的一切，她是絕對不會原諒他的！

柳依紅拿過放在一旁椅子上的包包，平靜而冷漠地對郭雄說：「我還有事，先走了，你自己吃吧！」

郭雄抬起頭，失落至極地看著柳依紅。

柳依紅向門口走去，郭雄傷感地看著她的背影。一對曾經相愛的人事隔多年的第一次邂逅眼看就要落下帷幕。然而，突然發生的一個變故使這次邂逅富有戲劇性地拖延了。

柳依紅剛離開桌子沒幾步，就猛然間被闖到面前的一個男人抓住了手腕。那人三十上下，矬矮身材、微胖、禿頭、圓臉、小眼、齒白膚黑，一副典型的混混模樣。不等柳依紅反應過來，就聽那人說：「姓郭的，看來你也有失手的時候，還沒開席，這小妞怎麼就不理你了？」

郭雄站起來，「你是誰？」

那混混拉著柳依紅的手腕走過來，「別管我是誰，你做事小心點才好！」

郭雄衝過來，「你到底是誰？把她放開！」

混混說：「看來你還真的是愛管閒事，人家這小妞都不理你了，你還惦記著人家，你是腦子進水了吧！今天老子來給你放放水，免得你整天多管閒事！」

說著，那混混就放了柳依紅直奔郭雄過去。他一個掃腿就把郭雄給掃倒了。瘦弱的郭雄仰躺在地上，

眼鏡飛到了一旁，只剩下了挨打的份。那混混下手毫不含糊，先是揪著郭雄的頭髮把他的頭使勁往地上撞了幾下，接著便左右開攻地打起了他的耳光。郭雄悽慘地躺在地上，鼻子、嘴巴一齊向外滲血。

瞬間發生的一切，使柳依紅傻了一樣站在那裡不知所措。

那混混似乎是打累了，他停下手對站在一旁的柳依紅說：「這也算男人？兩巴掌就趴下了，真他媽不耐打！」

說著，那混混就又開始抽打郭雄，「你再多管閒事！看你今後還管不管了？」

郭雄徒勞地掙扎著，樣子十分的無助和狼狽。

「你這個流氓，你給我住手！」柳依紅突然衝到那混混面前，攔著那混混的正在打郭雄的胳膊吼道。

混混看了一眼柳依紅，樂了，他扔下郭雄站起來晃著身子走到柳依紅面前，「呵，小娘兒們，怎麼妳心疼了？」

柳依紅剛才的仗義直言完全是處於本能，這會兒看見這個亡命之徒朝自己走來忍不住有些慌亂，但她很快就鎮定了自己。「光天化日之下，你為什麼平白無故的打人？」

「老子就打了，妳能怎麼樣？妳再多嘴，老子連妳一起揍！」

這時，躺在地上的郭雄爬起來對那混混說：「她有身孕，你打她是要負法律責任的！」

那混混見郭雄又站了起來，就轉過身一個掃腿把他又給掃倒了。「那老子就接著揍你！」說著，就是對郭雄一陣拳打腳踢。

這當兒，服務小姐跑到後堂叫來了老闆娘，兩個廚師也跟著出來了。

老闆娘上前說：「這位兄弟，你怎麼能隨便打人呢？」

「老子打的就是他，誰讓他多事的？」

老闆娘見這人是個亡命之徒，語話也就不敢過於強硬，她又是一番好言相勸，但並沒有阻止他的拳打腳踢。兩個五大三粗的廚師本來是過來打抱不平的，但老闆娘沒發話，也就不敢多事。

柳依紅看在眼裡急在心上，她忽然心生一計，把兩個廚師拉到了一旁，從包包裡掏出　遝鈔票分給了他們倆。「這人是個歹徒，你們一定不能讓他跑了，我去報警！」

兩個廚師一看到錢，眼睛立刻亮了，把錢塞進口袋的同時臉上瞬間凜然正義起來，直奔那混混撲過去。

柳依紅快步走出，拿出手機撥號報警。打電話的時候，她順手把小店的門從外面反鎖上了。

十分鐘後，一輛警車呼嘯而來，老闆娘打開小店的門，兩個廚師把那個混混扭送出來。

手銬喀嚓一聲把那混混的手銬上了。

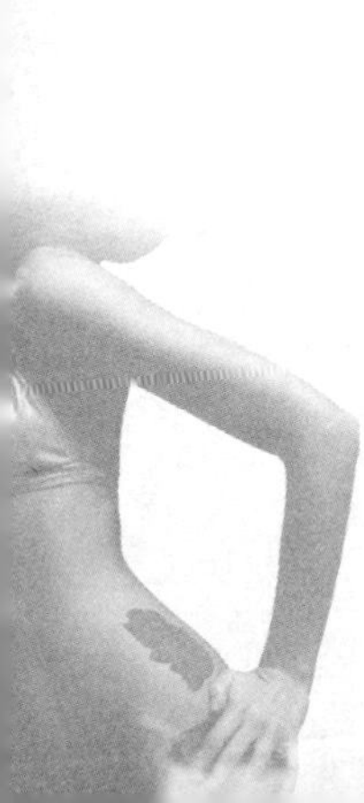

44

柳依紅本來是不打算到醫院看郭雄的，但聽說他生命垂危還是去了。郭雄在昏迷著，醫生說他是顱骨骨折加顱內出血。

郭雄的報社裡派來了個實習記者照顧郭雄。從實習記者那裡，柳依紅知道了郭雄挨打的原因。原來，指使人打郭雄的是個叫王海江的私營企業主。王海江開著一家化肥廠，靠生產假化肥發跡，後來竟然當上了市裡的人大代表，成了遠近聞名的企業家。郭雄最初報導坑農事件的時候並不知道這假化肥是王海江的化肥廠生產的。第一篇稿子出來之後，就有一個人上門來給郭雄送了張五萬塊錢的支票。那人暗示了這五萬塊錢的由來和功用。沒想到，郭雄卻沒收。幾天之後，郭雄的第二篇稿子又出來了。這回，那人又來了，換成了十萬塊的支票。想不到，郭雄不但沒有收，還出言不遜。王海江惱羞成怒，認為錢能擺平一切的他哪裡受得了這個，於是，就發生了小火鍋店裡的一幕。

實習記者是個血氣方剛的小夥子，他對柳依紅說：「柳姐，多虧妳足智多謀，仗義出手，一舉抓住了王海江雇傭的這個小痞子，數罪併罰，這回他王海江是跑不了了！」

柳依紅笑笑，想不到自己一不小心倒成了智拿歹徒的英雄了。

第二次去看郭雄，他已經清醒了。也許是剛剛經歷了一場生死考驗的緣故，郭雄很脆弱，躺在病床上的他竟然哭了。

郭雄生命危在旦夕，柳依紅替他捏了把汗，郭雄醒了，她又變得冷漠。

看見實習記者出去了，郭雄關切地問：「小紅，那天妳沒事吧？」

「我沒事。」柳依紅淡淡地說。

「都是我沒福氣啊！妳看我們總是陰差陽錯，妳對我好的時候，我脫不了身，現在我自由了，妳又有了很好的歸宿，這就是命啊！」

柳依紅什麼也沒說，把頭轉向了窗外。她的處境非但不好，而且還很差，但她卻沒有勇氣把這一切如實的告訴郭雄，在這個她既恨又愛的男人面前她需要靠這虛假的「好歸宿」來維持她最後的一點虛榮和自尊。

「孩子是幾月份出生？到時我可要申請當乾爸噢！」

柳依紅支吾著沒有正面回答。兩個人相對而坐，氣氛一時很僵。

「我走了。」柳依紅突然站起來說。

郭雄的眼裡流露出些許失落，他輕輕地說：「小紅，妳要保重！」

柳依紅頭也不回地走了。從那以後，她再也沒有和郭雄聯繫過。她覺得，她和郭雄之間的愛恨情緣到此徹底結束了。

和郭雄見面之後，柳依紅不得不改變了原來要拿掉孩子的主意。柳依紅在荷丘的幾個同學都和郭雄認

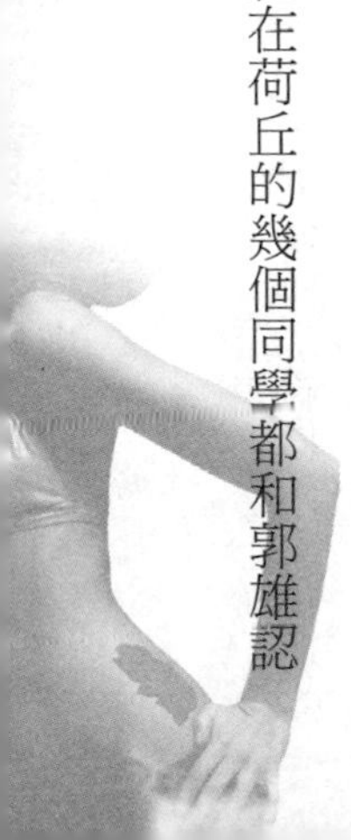

識，要維持住那個「好歸宿」的謊言，她就必須把孩子生下來。

當然，這只是柳依紅決定要生下孩子的原因之一。另外幾個因素交織在一起，促使她最終做出了這個決定。還有，對齊魯南的恨也不能讓她這麼輕而易舉的割斷了和他的關係。她要把孩子生下來，雖然還沒有什麼具體的報復計畫，但她隱約覺得應該讓這個孩子給齊魯南的生活添點亂，她不能就這麼快刀斬亂麻的便宜了他。

姑姑見柳依紅再也沒有提要拿掉孩子的事情，還以為是自己的功勞。老太太為了照顧柳依紅索性搬過來和她一起住。天好的時候，她就把那些不穿的舊衣服撕了洗洗改成尿布。看著院子鐵絲上那些五顏六色的舊布片，柳依紅說：「哪能用這個，上面都是細菌。」

姑姑說：「妳不懂，放鍋裡一煮，什麼細菌都沒有了。用這舊布做尿布是再好不過的了，又柔軟又吸水不說，上面還有家裡人附著在上面的人氣，小孩子用了會長得快的！」

柳依紅悶聲聽著，心思卻不知飛到哪裡去了。

決定了要孩子之後，柳依紅就給劇院請了長假。柳依紅是給沈院長打的電話，沈院長想都沒想就乾脆地准了假。沈院長的這種乾脆讓柳依紅有些不適應。按照常理，他是不應該這麼乾脆的。她猜不透這種乾脆背後的真實原因是什麼。在沈院長眼裡，她從來都是劇院裡不可或缺的人物，這種乾脆讓她很是不安。是不是她的事情沈院長已經知道了？一定是韓同軒辦得鬼，這個自私的男人，一定是把那些事情宣傳的沸沸揚揚了！

柳依紅會夜半突然醒來，輾轉反側，無法入睡。有時，她會在一個人獨處時猛然喊出聲來，「該死！」、「討厭！」、「王八蛋！」

她不知道自己罵的究竟是誰，但就是想罵，彷彿這罵聲本身能釋放一些她內心的不安和憂慮。有一次，柳依紅正一個人在屋子裡惡狠狠地罵著，姑姑無聲息地走了進來。

聽到了她的這種莫名其妙的罵，姑姑問：「小紅，你在罵誰呀？」

柳依紅尷尬地一笑，忙說：「罵肚子裡的小王八羔子呢！又踢我了。」

姑姑聽後嘎嘎大笑，說：「踢得好！小孩子能踢才有旺性！」

柳依紅笑笑，臉上綻放出的卻是苦澀的陰鬱。

一天，柳依紅正在午休，手機忽然響了。自從回到荷丘之後，她就少與外界聯繫。但柳依紅倒是天天開著機，她有一種隱隱的連自己都不肯相信的期盼，那就是齊魯南會突然和她聯繫。每次手機一響，她就懷著這種期盼趕忙去看號碼。然而每次卻都不是他的。她也不理解自己的這種矛盾的心理了，既然那麼恨他，為什麼還盼著他的電話？

那些零零星星的電話大多是雜誌社和出版社的約稿。面對編輯們的謙恭之詞和殷切約稿，柳依紅心底最見不得人的痛處和隱私被一次次地刺痛和提及。她不能迴避也不能發火，只能耐著性子說自己要生孩子了沒時間寫作等以後再說。那些編輯們是不知道柳依紅的心思的，就以為這個「以後」是有期限的，他們說著祝福的話，希望柳依紅早生貴子再度操刀寫出更加深邃優美的詩篇。柳依紅嘴上爽朗地答應著，心裡

卻泛起陣陣苦澀，她知道這個「以後」也許就是永遠的「以後」了。

柳依紅打開手機。這個手機號碼不陌生，是文青的。

「還在荷丘嗎？」文青問。

「在。」柳依紅說。

文青說：「我來荷丘出差，下午沒事，我去看妳。」

一股暖流湧上柳依紅的心頭。「我沒事，妳忙妳的。」

「別和我客氣，快把地址告訴我！」

半個多小時後，文青來到了柳依紅家。一看到柳依紅微微隆起的肚子，文青驚訝地問：「妳還沒去醫院啊？」

柳依紅說出了自己的打算。當然，她並沒有說要拿這個孩子去要脅齊魯南，只是說她年紀不小了，以後不知道還會不會再結婚，身為一個女人她想把這個孩子生下來，否則就枉做一回女人。

「妳想過沒有，那樣妳會很累的。」

「沒關係，我都想過了。」

文青若有所思地說：「妳是不是想著也許等生了孩子，齊魯南就會回心轉意？你要是這樣想就太幼稚了，現在的男人光靠孩子是拴不住的！」

柳依紅怪異地笑了笑，迴避了這個話題。

文青又對柳依紅說起了幾個熟人的近況，她告訴柳依紅說林梅前些天被評為年度最具潛力青年女作家，前些天隨作家代表團出訪歐洲了，又告訴柳依紅說韓同軒天天陪著懷孕的朱婕在院子裡散步。這些消息對柳依紅來說都不是什麼好消息，她酸酸地聽著，想著自己的心事。

文青推掉了荷丘市婦聯的招待晚宴，和柳依紅一起出去吃了個便飯。柳依紅的孤獨無助讓文青心酸，而文青的問候體貼又讓柳依紅感受到了朋友的溫暖。在荷丘的那家清幽的西餐館裡，兩個人先前的那些芥蒂通通化為烏有，她們之間的友情彷彿又回到了從前。

文青走的時候，對柳依紅囑咐了很多，柳依紅乖乖地聽著，內心的感動讓她一次次潮濕了雙眼。

整個孕期柳依紅的心情是沉悶而充滿憂慮的。懷孕七個月，有一次柳依紅去商場買東西。路過一個玻璃窗，她無意間從鏡子裡看到了自己的樣子。柳依紅被鏡子裡的自己嚇了一跳。她想不到自己會變成這個樣子。肥胖的身軀，虛腫蒼白毫無生機的臉龐。面對自己的這副樣子，柳依紅一下癱到了旁邊的座椅上。柳依紅不是為自己的容顏惋惜，她感到的是一種深深的生存壓力。沒有家庭，也沒有關照她的男人，事業也已成為泡影，她不敢想像自己的未來。她忽然感到要這個孩子是個致命的失誤。

柳依紅黯然神傷，臉上一副愁容。

「您需要什麼幫助嗎？」一個商場的女服務員走過來問。

「哦，不需要。」柳依紅掙扎著站起來艱難地離開了。

夏天快要結束的時候，柳依紅終於在鬱悶中等來了預產期。最初有感覺的時候是在早晨。隨著肚子一陣陣的疼痛，柳依紅腦海裡出現了許多可怕的場面，她擔心自己會發生意外死去。她有幾次想給齊魯南打電話把生孩子的消息告訴他，但最終還是忍住了。

在柳依紅一陣接一陣要死要活疼痛著的時候，姑姑卻樂呵呵地為柳依紅的生產做著準備。她一旁嘟囔著要柳依紅忍住疼痛一旁把尿布啊、奶瓶啊、小衣服啊什麼的裝進一個大大的紅布兜。

「不行了，我覺得我要痛死了，快點去醫院動手術吧！」又一陣疼痛襲來，柳依紅咬牙切齒地扶著桌子說。

「別老叫喚，來得急的！頭胎沒有那麼快生的，你就忍住痛放心地蹓躂蹓躂，這樣反而會生得快！」

柳依紅於是便忍住痛在屋子裡蹓躂。一陣接一陣的疼痛使她的身子扭來扭去，不是去拍桌子就是去砸門。

到了過午，見了紅了，姑姑還是不著急，柳依紅只得自己到門口搭車去了醫院。

醫生給柳依紅聽了胎心，臉色馬上嚴肅起來，又急忙帶她到放射科拍了個片，臉色更嚴肅了。醫生告訴柳依紅，說她胎心不好而且產道狹窄，需要馬上實施剖腹產手術，否則孩子的生命有危險。

柳依紅已經痛得說不出話來，「做吧！做吧！快把他給切出來！」

正在醫生找家屬簽字的時候，柳依紅的姑姑拎著大包小包的來了。一聽說要動手術，姑姑不願意，「強摘的瓜不甜，孩子還是自然生的好，做得哪門子手術啊？不就是生個孩子嗎？若在過去，十個八個的不都是自己生嗎？哪有動手術的？」

「別聽她的，快給我動手術！」柳依紅用頭撞著檢查床。

醫生說：「還有別的家屬嗎？動手術必須有家屬的簽字。」

「我來簽字！」一個聲音突然從檢查室的外面傳了過來。接著，郭雄走了進來。

醫生看著郭雄，「你是？」

「我是孩子的父親！」郭雄說。

醫生把一張紙遞到郭雄面前，他拿過筆迅速地在上面簽上了自己的名字。

疼痛幾乎使柳依紅昏厥過去，她的眼裡溢滿了淚水。

當柳依紅被從手術室裡推出來的時候已經是黃昏了。姑姑跟在手術車後面一個勁的問護士是男孩還是女孩。

「是個千金。」護士回答。

姑姑一下就洩了氣，「生了個小ㄚ頭，可真是沒有用！我們老柳家怎麼這麼倒楣啊！」

迷迷糊糊中的柳依紅聽到了姑姑的話，她躺在搖搖晃晃的手術車上看著移動著的天花板眼淚忍不住又流了出來。

一旁的郭雄聽不下去了，他說：「阿姨，你怎麼能這麼說話呢？男孩、女孩不都是一個樣嗎？」

氣頭上的姑姑說：「你是誰呀！鬍子拉茬的還叫我阿姨，我可不敢當！」

半昏半醒的柳依紅又氣又急，本來想說什麼，但頭一歪卻昏厥了過去。

來到病房，幾個人七手八腳的把柳依紅抬到了病床上。之後，姑姑就嘟嘟囔囔地離開了。郭雄一直守在柳依紅的身邊，直到她醒來。

看到郭雄的第一眼，柳依紅什麼也沒說，眼淚就又流了下來。

郭雄拿了床頭的紙巾給柳依紅擦了眼睛，見吊瓶裡的點滴快沒了，又跑出去叫來了值班護士。

等護士換完點滴走了，柳依紅問：「幾點了？」

「還不到十二點呢！妳繼續睡吧！」

「謝謝！」柳依紅啞著嗓子說。

郭雄說：「妳和我客氣什麼，繼續睡吧！」

「傷口痛，睡不著。」

「那麼大一個傷口，能不痛嗎？睡不著我就陪妳說說話吧！」

柳依紅輕點了一下頭。

許多的往事被重新提起，他們彷彿又回到了過去。

下半夜的時候，柳依紅的傷口痛得實在無法忍受，護士給她注射了一支杜冷丁。看到護士手裡那熟悉的裝杜冷丁針劑的紙盒，柳依紅內心有一種莫名的激動。柳依紅再次感受到了杜冷丁那強大而舒適的鎮痛效果，注射後十幾分鐘，她在一種輕鬆飄搖的溫暖裡入睡了。

手術後的第二天下午，護士才把女兒抱過來給柳依紅看。好瘦、好黑、好醜陋的一個小東西，柳依紅被嚇了一大跳。護士把孩子放到柳依紅身子旁，小東西竟然張著小嘴到處搜尋乳頭。孩子的醜陋讓柳依紅感到一種隱隱的失落，母性的本能又讓她生出絲絲憐惜。在一種又拒絕又排斥、又憐惜又心疼的矛盾裡，柳依紅把孩子的小嘴按到了自己的乳頭上。女兒稚嫩的吸吮讓柳依紅一陣暈眩。她在萬般的矛盾中就這樣成為了一個母親。

拆線之前的七天裡，一直都是郭雄在醫院照顧柳依紅，同病房的病友都把他當成了柳依紅的丈夫，柳依紅也懶得去解釋。每天，姑姑都要來上一會兒，她彷彿對什麼都看不慣，郭雄給孩子用紙尿褲她看不慣，護士給孩子洗澡她更看不慣。柳依紅也懶得去搭理她，隨她說去。

拆完了線，柳依紅就要出院了。在醫院的走廊裡，扶著柳依紅回病房的郭雄對柳依紅說：「去我那裡吧！家裡就我一個人，很安靜的。」

柳依紅停下步伐。這曾經是她多麼希望聽到的話啊！可是現在對她來說卻沒有絲毫意義，她回不去了，永遠都回不去了。

「謝謝，不用了！」

郭雄忽然激動起來，「小紅，妳就別瞞我了，妳的情況我都知道了，妳丈夫齊魯南要和妳離婚，你們已經沒有餘地，現在沒有什麼可以阻礙我們了，我不明白妳為什麼還要拒絕我？」

柳依紅眼睛裡已經滿是淚水。她定定地看著郭雄，臉上帶著一絲苦澀的微笑，「你知道感覺這個詞

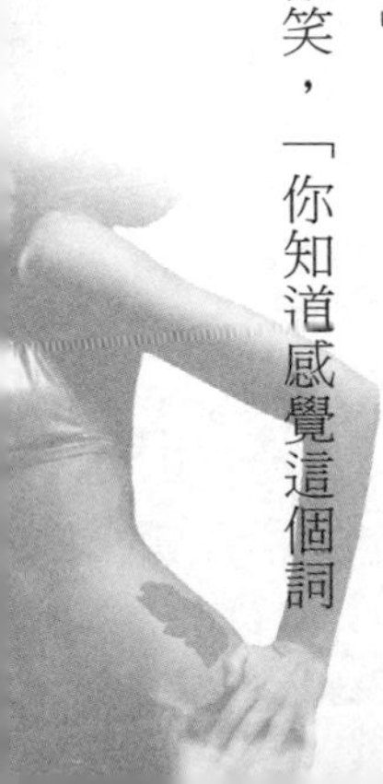

嗎？對你，我已經沒有感覺了，謝謝你這些天對我的幫助，你還是走吧！」

郭雄愣在了那裡。

「那我們也是朋友，我送妳回去。」郭雄吃力地說。

「不用了，我姑姑馬上就會來的。」柳依紅說。

正說著，柳依紅的姑姑就來了。她見柳依紅光著腳穿著拖鞋，就嘮叨說：「這樣會著涼的，快穿上襪子！」

說著，老太太就把柳依紅攙到了病房。郭雄被晾到了走廊上。

柳依紅沒有回頭去看郭雄，她知道她失去了眼前唯一的一個依靠，但這種失去卻讓她覺得暢快。她必須失去。只有失去才能對得起那段刻骨銘心的初戀。

45

柳依紅是在孩子滿兩個月後回到省城的。她覺得不能在荷丘再待下去了，再待下去就要發瘋了。

姑姑也跟著柳依紅去了省城。雖然她對柳依紅生了個丫頭很不滿意，但醜丫畢竟是老柳家唯一的後代，她對柳依紅帶孩子的能力很不放心。

醜丫這稱呼是孩子出生後隨便叫的，後來柳依紅也無心給孩子好好地取個名字，醜丫這名字就一直被叫了下來。幾個月過去，醜丫已經不醜，小鼻子小眼裡處處透著柳依紅和齊魯南的最佳組合。有時看著這張小臉，柳依紅的心情是複雜而微妙的。一次，孩子不知為什麼一直大哭不只，心煩意亂的柳依紅先是抱著孩子哄她，哄了半天見還是大哭就一下把她拋到了床上。孩子被摔痛了，哭得更兇，柳依紅就拿手指戳著她的小臉說：「和妳那個臭爹一個樣，都是索命鬼！」說著說著，柳依紅就來了氣，用手不停的抽打孩子的小臉，邊打邊罵齊魯南。後來多虧姑姑及時發現了制止了她。姑姑說：「有本事找她爹去，拿孩子出什麼氣？」

聽說柳依紅要回省城，姑姑十分支持，她抱著醜丫說：「瞧，我們醜丫長得多美，我就不信妳那個爹會是鐵石心腸不認我們！」

柳依紅沒有把孩子和姑姑帶到歌劇院的宿舍裡，一是因為那裡房子太小條件太差，二是柳依紅也不想讓劇院裡的人看到她現在的這副落魄樣子。

柳依紅住進了一個靠近集貿市場的飯店裡。聽說一天的房費要一百多塊，姑姑立刻就跳了起來。「這不是鋪著錢睡覺嗎？住在這裡我可睡不著！」

「姑姑，妳就不用擔心錢的問題，我有錢！」柳依紅說。

「就是再有錢，也不能這麼個糟蹋法，還是去妳公司住吧！在這裡住我這心裡頭上火！」

柳依紅當然不會同意。姑姑就又催促著柳依紅帶著孩子去找齊魯南。「他還要怎麼樣啊？不用他費半

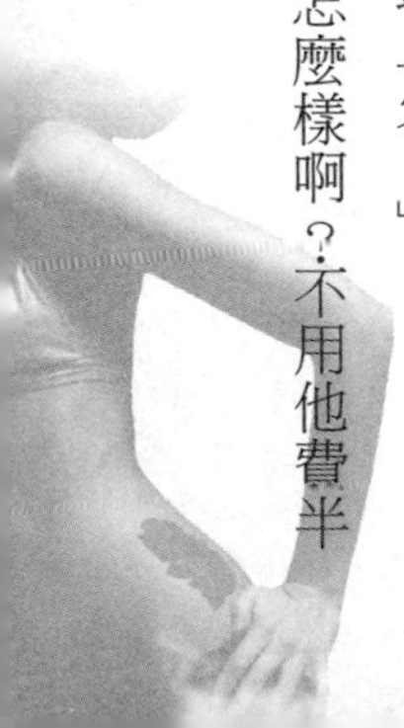

點力氣，這麼好的大閨女就給他生出來了，不找他找誰？」

柳依紅也覺得該帶著孩子去見一面齊魯南，他能不能回心轉意不敢說，但起碼要讓他知道孩子的事情。柳依紅想自己帶著孩子去，但姑姑卻偏要跟著一起去。「我怎麼就去不得了？我是缺鼻子還是少眼了？我替他帶了這麼長時間的孩子就算沒有功勞也還有苦勞！我倒是要見識見識他到底長了幾個鼻子幾個眼！」

柳依紅去找齊魯南之前，沒有給他打電話，她害怕齊魯南會一上來就把她給嗆回去，讓齊魯南看到一個活生生的孩子是最好的和解方式，假如能夠和齊魯南和解的話。

柳依紅去的是紫蘆。

這是個四月初的傍晚，紫蘆院子裡的景色十分迷人。畢竟是高尚住宅區，外面沒長出來的草這裡長出來了，外面沒開的花這裡開了。院子裡的行人很少，除了幾個身穿黃色衣服精心侍候花草的花匠之外，就是些來來往往閃閃發亮的汽車。看著這景、這車，柳依紅發現一直嘮嘮叨叨抱著孩子的姑姑忽然變得緘默無語。孩子突然大哭，姑姑像怕驚著周圍的小草、花朵是的趕緊把孩子哄好了。柳依紅也覺得眼前的一切已經陌生，她在擔心齊魯南的態度。對齊魯南這個讓她反覆失望加絕望恨了又愛愛了又恨但又不肯完全死心的男人她是完全把握不住的。看到長相酷似他的女兒，齊魯南的鐵石心腸會重新溫柔起來嗎？

門還是以前的門。但門上多了過年時的對聯。柳依紅沒有心思去看那對聯的內容，眼睛卻被那一片耀眼的熱熱鬧鬧的紅給刺痛了。門口的腳墊也換了。不是原來的墨綠色膠墊，而是換上了一塊米黃色上面繡著水仙花的小地毯。水仙花乾淨的一塵不染，猶如開在了池塘裡。這一塵不染的水仙花又給了柳依紅一種不好的預感。

按了半天門鈴，沒有動靜，但屋子裡分明又是亮著燈的。

柳依紅又按，帶著一種狂躁和孤注一擲。

門終於開了。開門的是個半老太太。老太太腰裡繫著圍裙，兩隻手上沾著麵粉。

一看到柳依紅，老太太立刻把門縫關小了，警覺地問：「妳找誰？」

柳依紅生氣了。心想，一個保母，竟敢這樣對我說話，於是就說：「難道我不找誰就不能進來嗎？」

「妳等一下！」說著那老保母就把門喀嚓一聲關上了。

柳依紅惱羞成怒，更加起勁的敲門。身後姑姑懷裡的孩子被嚇著了，哇哇大哭起來。姑姑不說話，喘氣的聲音卻粗了許多。

幾分鐘後，門又開了，擋在門前的是齊魯南。齊魯南臉上的表情除了驚訝之外，還是上次分手時的冷漠和憎惡。柳依紅又一次被刺痛了。刺痛柳依紅的還有齊魯南身後的小美。站在客廳輪椅後面的小美不知是哪裡發生了變化，氣質上昇華了。幾個月不見，她看起來已經不像一個保母，全身透著一種女主人的淡定和端莊。此時，推著癡呆老太太的小美用了一種玩味的心情看著柳依紅，嘴角竟然帶了一絲令柳依紅無法忍受的嘲諷。

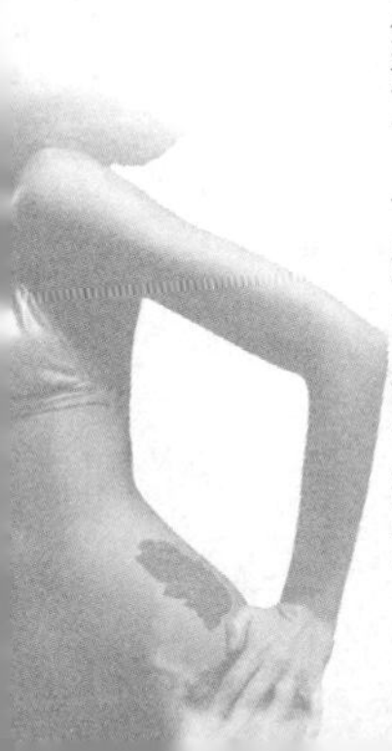

癡呆老太太沒有想起來柳依紅是誰，對她傻傻地笑著。

「魯南，讓她進來說話吧！別老在門口站著了。」小美說。

小美的語氣和口音也變了，連對齊魯南的稱呼也改了。柳依紅的火直往上竄，想都不想的指著小美說：「妳這個小婊子算什麼東西，這裡還輪不到你頤指氣使，我還沒離婚呢！妳給我滾出去！」

小美微微一笑，替輪椅上的老太太理了一下額前的頭髮，款款地說：「柳姐，你別生氣，有話好好說。」

小美對柳依紅的稱呼也改了，不叫嫂子改叫柳姐了。

柳依紅更加惱怒，「我和你這個小婊子有什麼可說的，也不看看你是個什麼貨色？」

小美還在笑著，輪椅上的癡呆老太太也在笑。

柳依紅拉著姑姑就要往屋子裡闖，懷裡的孩子被嚇得哇哇大哭。

突然，齊魯南猛地一下把柳依紅推了出來，他自己也緊跟了出來。還沒等柳依紅反應過來，齊魯南就迅速把門給帶上了，又用鑰匙加了反鎖。

「妳走吧！我不明白妳還要來這裡幹什麼？」齊魯南忿忿地說。

「姓齊的，我們還沒離婚呢！我怎麼就來不得了？」柳依紅說。

齊魯南說：「話我都說了多少遍了，我也不想再重複了，妳還是走吧！免得大家都不冷靜。」

柳依紅的姑姑這時在一旁說：「有什麼不冷靜的，還是看看你的大閨女吧！看看她你就冷靜了！」

「妳是誰？」齊魯南問。

「我是誰？我是你大姑！不說別的，看在我給你帶了這幾個月的孩子，到了家門口都不讓人進門喝口水，你還有點人情味嗎？我們小紅怎麼嫁給了你這麼個沒心肝的東西！」

齊魯南倉皇地看了一眼孩子，但他馬上就鎮定了自己，「我的孩子？妳怎麼知道是我的孩子？究竟是誰的孩子還不知道呢！妳還是回去問她吧！」

所有的幻想又都破滅，所有的努力只不過是自取其辱。絕望如漫天洪水般鋪天蓋地而來。柳依紅感到頭痛欲裂，連撒野的力氣也沒有了。

一旁的姑姑聽齊魯南這麼一說，一時沒了對話。懷裡的孩子又開始大哭。齊魯南皺了一下眉頭，鑽進旁邊的汽車開著車走了。姑姑抱著孩子追了幾步，哪裡還能追得上，只得罵罵咧咧地停下了。

看著齊魯南的車子遠了，柳依紅又一次跌落到絕望裡。

想當初，柳依紅毅然嫁給齊魯南除了看中他的身分和才華，一個重要的原因就是相信他的人品。他的傳統、他的專一都讓她覺得他是一個可以託付終生的男人。

想不到，如今正是這一切害了她。她不明白他的思想為什麼會是這麼的頑固和偏執，對她沒有一點點的理解和通融，死抓著那一點錯處不鬆手，不給她一點喘息的機會。

在飯店裡住了將近一個月，柳依紅的產假眼看就要休完了。這期間，柳依紅沒有再找齊魯南，也沒有

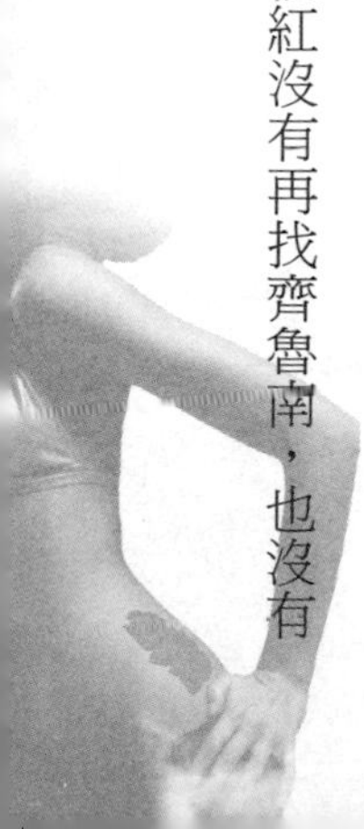

和任何人聯繫。她每天除了帶孩子就是睡覺，整個人很頹廢。

姑姑早在這裡住煩了，一天到晚吆喝著要回去。

「我上輩子造了什麼孽，老天爺這麼懲罰我，讓我一個老婆子有家不能回，在這裡受這種洋罪！」

面對姑姑的嘟囔，柳依紅從來都是沉默的。她還能說什麼呢，又不是自己的親媽，一個姑姑能做到這樣已經不錯了。

終於有一天，柳依紅覺得自己不能再這麼頹廢下去，身上的錢所剩無幾，這飯店就是想住也住不起了。當姑姑又一次嘮叨住夠了飯店的時候，柳依紅就勢說：「要不，明天我給妳去買票吧？」

「妳可要說話算數，我明天就走，再不走我這血壓可就要過200了。」姑姑說著就用手去摸自己的頭。

柳依紅低下頭，不說話。

「怎麼，妳又變卦了？」

柳依紅抬起頭，「姑姑，妳——妳能不能把醜丫也帶走，再過幾天我就要上班了，實在是帶不了她。」

「虧妳想得出來，這麼小的孩子怎麼能離開媽，妳也實在是太狠心了！」

「我有什麼辦法，齊魯南又不管，我總不能不上班吧？」說著，柳依紅的眼眶就紅了。

姑姑從椅子上站起來，向外走去，「我這一把年紀了，還不知道能活到哪一天，我可管不了那麼多！

還是妳自己想辦法吧！」

三個月大的孩子在柳依紅懷裡哭鬧起來。柳依紅厭煩地把她一下拋到了床上。孩子的哭聲越來越大，柳依紅的心也越來越煩躁。她看了一眼窗外，高高的白楊樹的葉子已經伸到了四層樓高的窗前。柳依紅的腦海裡產生了一個念頭，她真想打開窗戶把孩子給扔到樓下。她想像著哭鬧中的孩子向下飛翔的情景。只要一落地就一了百了了。柳依紅看了一眼窗外，又看了一眼四肢舞動哭鬧不只的孩子。突然，柳依紅被自己剛才的念頭嚇了一跳。怎麼會有這樣的念頭呢？真是太可怕了！難道妳真的是個鐵石心腸的壞女人嗎？要不然妳就是個瘋子！

孩子還在哭鬧，窗外白楊樹上的葉子還在搖曳著綠色，柳依紅的心卻帶著她駛進了一種灰色的寧靜。此時，柳依紅思考的問題只有一個：今後的路該怎麼走？

時間一分一秒的過去，當柳依紅從那種灰色的寧靜裡掙脫出來的時候，床上的孩子已經睡著了。房間裡很靜，靜得讓人感到可怕。柳依紅拿過手機，撥通了一個號碼。那是前些天住在隔壁的一對夫妻。這對夫妻是下面一個縣裡來省城看不孕症的，看了半天是男的沒有精子又回去了。有 次閒聊的時候，那女的知道了柳依紅的狀況就開玩笑說要領養醜丫。話是用開玩笑的口氣說的，心思卻是真的，臨走的時候還給柳依紅留了號碼。柳依紅當時當然沒有當真，只不過是當個玩笑隨便聽聽罷了，這會兒卻覺得那也是個不錯的選擇。

此時，柳依紅撥通的正是那個女人的號碼。

正當柳依紅和那女人在電話裡說到一半的時候，門外走廊上的姑姑衝了進來，她一把奪過柳依紅的手機重重地摔到地上，「我們老柳家怎麼出了妳這麼個狠心的東西！」

說著，老太太就一屁股坐到床上哭起來。

柳依紅沒有去撿地上的手機，踉踉蹌蹌地走了出去。

等柳依紅回來的時候，姑姑已經把醜丫的東西全都收拾到一個包包裡去了。

第二天一大早，姑姑就抱著三個月大的醜丫上了回荷丘的長途車。

汽車啟動的那一瞬間，柳依紅的眼睛濕潤了。

46

姑姑和醜丫走後的當天，柳依紅就回到了歌劇院。

也算是巧，柳依紅剛進歌劇院的門，就碰到了迎面走來的苗泉。苗泉幾乎沒有什麼變化，英俊瀟脫裡依然帶著一種舞者的妖嬈。不過苗泉不是一個人，他的身邊還有一個染著一頭黃髮的女孩。女孩青春時尚，亮麗如花。女孩的一隻手緊緊地拉著苗泉的胳膊。看見柳依紅的瞬間，苗泉的臉上有片刻的不自然，但幾乎是馬上就換上了一種禮貌禮節式的微笑。

「柳姐，你休完產假了？」

柳依紅支吾了一下，沒有回答。她覺得她內心的某個角落像是被什麼東西螫了一下，很不爽。

女孩毫不設防地對柳依紅微笑著。

「柳姐，這是我女朋友。」苗泉說。

柳依紅又支吾了一下。

「柳姐，妳剛回來吧！快回去休息吧！我們不打擾妳了。」

說著，苗泉就拉著那個黃髮女孩走了。

柳依紅在原地站了許久，臉色鐵青。

把東西放回到宿舍，柳依紅就去了沈院長的辦公室。沈院長和以前大不一樣了，話裡話外都帶著客氣。

「小柳啊！妳怎麼這麼早就回來了，劇院裡沒什麼事，妳就在家多帶帶孩子吧！」

「產假到了，我哪敢不回來！」

「沒關係，劇院裡現在不忙。」

「院長，你怎麼這麼客氣啊！有什麼活就說啊！我閒的手都癢了。」

「一定，一定！」沈院長的聲音更加乾澀。

出了院長的辦公室，柳依紅又去財務部把工資領了。沒有了獎勵工資，一年的基本工資加起來還不到一萬塊錢，真是少的可憐。

「就這點破錢，怎麼活啊？」柳依紅接過會計大姐遞過來的錢，用以前慣用的語氣說。然而，這次會計大姐卻沒有接話，只是用怪異的眼神看了她一眼就忙別的去了。柳依紅討了個沒趣，走了。

看來韓同軒已經把風吹到院裡了。

柳依紅打了個哆嗦，她忽然感到很冷。

躺在宿舍裡布滿塵土的床上，柳依紅一籌莫展。以後的路怎麼走，靠什麼才能在歌劇院裡站穩腳，這些問題想想都覺得頭痛。

不行，從今以後，要靠自己的真本事活著才行。這樣想著，柳依紅就起身坐在書桌前拿起筆舖開紙開始寫詩。一首詩開了幾個頭卻都寫不下去。不滿意就把稿紙揉成一個團扔在一旁，重新起頭再寫。到後來她也不知道自己究竟起了多少頭揉了多少張稿紙，但卻終究是一首詩也沒有寫出來。

寫不出詩來的柳依紅想到了文青。文青是唯一知道她所有秘密仍然對她表示出友善態度的朋友，也許她應該和文青聊一聊。柳依紅倉忙拿起床頭櫃上的電話，飛速撥了文青的手機。文青沒有接。柳依紅又撥文青的辦公室和家裡，還是沒有人接。

看來文青也對自己厭煩了，不肯接她的電話了。

柳依紅陷入深深的絕望裡。

不知在床上躺了多久，柳依紅爬了起來。夜色悄悄降臨，樓道裡飄來陣陣的飯香味和孩子們的吵鬧嬉戲聲。柳依紅感到胸前一陣漲痛，用手一摸，雙乳漲得不行。柳依紅想到了醜丫，心裡又是一番牽掛。發了半天呆。又前延後尾的想了半天自己的處境。柳依紅是越想越絕望，越想越無奈，越想越覺得人生沒有意思。

肚子裡一陣咕嚕，柳依紅這才想起來已經一天沒吃東西了。她伸手開燈，下了床。拉開窗簾，外面的馬路上已是一片燈火輝煌，人們悠閒地徜徉在春末夏初的夜晚，路邊小店裡雜七雜八的勁歌不時湧過來，頂得人腦仁痛。柳依紅嚓地一聲又拉上窗簾，一頭栽到床上。

不吃了，就他媽餓著吧！柳依紅心裡說。這樣想著的是時候，柳依紅就又關了燈。

黑暗裡，肚子裡的叫聲越來越大，胃也火辣辣地燒起來。柳依紅不得不再次開燈爬起來下了樓。

柳依紅出了歌劇院的大門，走了不多遠就進了一家規模不大的湘菜館。真是冤家路窄，剛進門就又看到苗泉正和那個黃髮女孩在角落裡的一張桌子前旁若無人地纏綿著。柳依紅如遇當頭一棒，趕忙退了出來。

又走了一段路，柳依紅進了一家叫「好熟悉」的家常飯館。說是家常菜，其實裝潢檔次也是滿不錯的。

柳依紅一口氣點了幾個自己愛吃的菜，有夫妻肺片、乾鍋茶樹菇、毛血旺，想了想又加了個蔬菜大豐

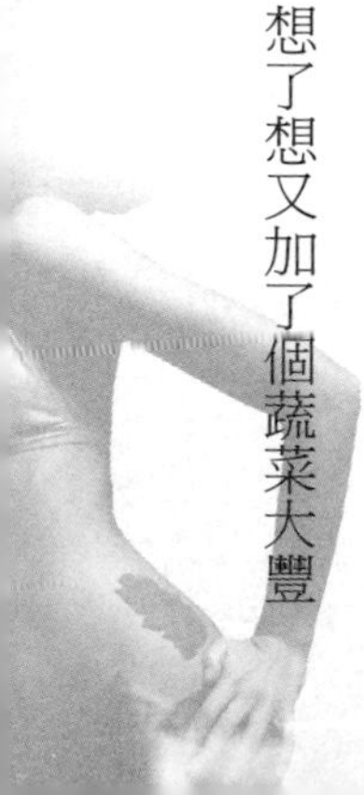

收。

「如果是妳一個人用餐，這些已經不少了。」服務生提醒。

「怎麼，一個人用餐不可以點嗎？」柳依紅又反問。

「不是這個意思，我是怕妳吃不完浪費。」

「我高興。」柳依紅打斷了服務生的話說。

點完了菜，服務生問：「小姐，妳喝什麼飲料？」

「妳怎麼就知道我一定要喝飲料？」

「那妳喝什麼茶水？」

「妳怎麼就知道我要喝茶水？」

「妳一個人也要喝酒嗎？」

「我怎麼就不能喝酒了？給我拿一瓶二鍋頭！」

「二鍋頭？」

「是的，二鍋頭，難道我說的還不夠清楚嗎？」

「清楚清楚！」服務生拿著單子一溜煙地走了。

柳依紅很快就把自己給喝醉了。

在酒精的麻醉下，她的身體飄搖而虛弱，眼前一切有形的東西在二鍋頭的氣息裡變得虛無和朦朧，頑固存在於神志裡的煩惱悄然遁去，腦葉紋理間的思維一片蒼茫，然於這一片蒼茫之中，一個名字漸漸、漸漸地凸露出來：韓同軒。

「韓同軒！」柳依紅把這個名字叫出了聲。她似乎是想不起來這個名字是誰了，又奇怪自己怎麼會突然叫出了這個名字。拿出被姑姑摔得半殘貼了膠布的手機，柳依紅倒在桌子上翻查著通訊錄裡的名字。剛一看到韓同軒的名字，她就毫不猶豫地撥了過去。撥號失敗，半殘的手機罷工了。柳依紅跌跌撞撞來到服務台，拿起了吧台上的話機。按著韓同軒的號碼打過去，話筒裡出現了一個男人的聲音——是韓同軒那特有的帶有濃濃鼻音的聲音。幾乎是與此同時，柳依紅頓時想起了韓同軒是誰，她「咚」地一聲心跳，小心地把嘴巴閉緊了。

韓同軒又「喂喂」了幾聲，說了一聲「莫名其妙」就掛了電話。

幸虧沒用手機，幸虧沒開口說話！略微清醒了一些的柳依紅又害怕又慶幸，但這種清醒只保留了片刻，她就從吧台前溜了下去。

正當飯店裡的服務員們拿這個女酒鬼沒有辦法的時候，柳依紅那半殘的手機突然響了。大廳經理趕忙接聽了這個救命稻草般的電話。

「請問您是機主的朋友嗎？」大廳經理忙問。

「你是誰？柳依紅呢？」對方說。

「這位女士在我們飯店喝多了，現在已經不省人事，如果您是她的朋友，請您來接她回家好嗎？」

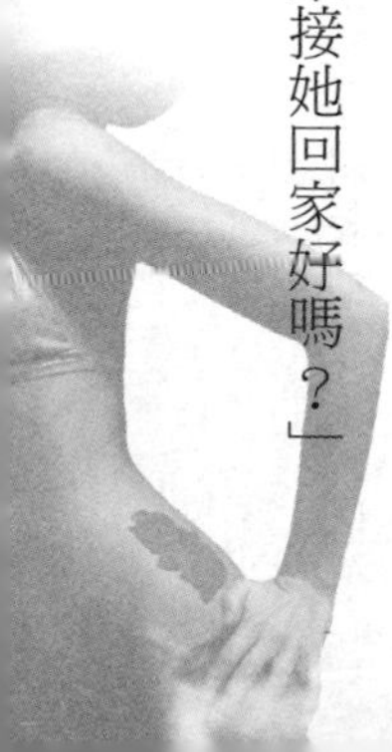

「好吧！你們飯店在哪兒？」

半個小時之後，文青出現在了這家飯店門口。服務員們七手八腳地把嘔吐之後的柳依紅抬到了文青的車上。

文青一開始沒想到事情會那麼嚴重，她先是把柳依紅送到了歌劇院的宿舍裡。柳依紅醉得有點不省人事，剛把她扶到床上，文青就轉身要去給她泡茶解酒。一轉身，文青意外發現了書桌上那些四處散亂著的紙團。那些被揉得張牙舞爪的紙團似乎帶著一種煩躁的情緒。文青撿起一個打開來見是用柳依紅的字體寫的詩，心裡一動就仔細看起來。的確是與柳依紅發表在雜誌上和已經出書的那些詩有著天壤之別。嚴格的說這根本就不是詩，充其量只是一些不著邊際的順口溜。

看著這些順口溜，文青轉頭看了一眼床上的柳依紅。

柳依紅正靜靜地躺著，但文青卻似乎看到了她內心糾結著的煩躁和掙扎。

喝了茶，柳依紅還是絲毫不見好轉，後來竟吐起血來，人似乎進入到一種昏迷中。文青想到前些天聽人說起過有人因酒醉死亡的事情，一下慌張起來，她忙背起柳依紅下樓把她塞進車子直奔醫院而去。

急診醫生看了柳依紅的情況，把文青訓斥了一頓，說怎麼來這麼晚還想不想活命了？文青沒有說話只好悶聲聽著。醫生把柳依紅安排到觀察室裡，又命護士為她吊點滴。

一瓶點滴快滴完的時候，柳依紅醒了過來。一看到坐在床邊的文青，柳依紅就感動的哭了。

「回來了也不和我聯繫，怎麼把自己喝成這個樣子？」文青說。

「活成這個樣子，我哪還有臉和妳聯繫！」柳依紅說。

「哪那麼多廢話，點滴沒了，我叫護士來！」躺在床上，看著文青急匆匆的背影，柳依紅昏沉的腦袋被一種深深的感動包圍著。

在這個世界上，文青是唯一能讓柳依紅感動的女人。

47

接到柳依紅那通不說話的電話的時候，韓同軒正在洗手間裡洗尿布。

韓同軒認定了對方是柳依紅。這靠的是一種感應。

手機是放在客廳裡的茶几上的，鈴聲一響，韓同軒就跑了過去。

一個陌生的號碼，這個時候韓同軒還沒有意識到是柳依紅。

朱婕正在沙發上餵孩子，抬眼漫不經心地看了一眼韓同軒。

「喂？」對方不說話。韓同軒有些納悶。

「喂？」韓同軒又問。對方還是不說話，話筒裡似乎傳遞過來一種熟悉的氣息。那氣息儘管隔著模糊的夜的未知的空間，還是透過無形的電子線路強烈地傳遞過來。韓同軒猛然意識到這通電話是柳依紅的。幾乎是與此同時，他感到自己聲音裡的某種油潤的東西被空氣瞬間吸附掉了。

「喂？喂？」韓同軒聲音乾澀地問道。

「莫名其妙！」韓同軒掛了電話，眼睛正好對上了本來想迴避的朱婕的眼神。

朱婕面無表情定定地看了一會兒韓同軒，抱起孩子默默去了臥室。

從朱婕剛才面無表情的臉上，韓同軒知道接下來的幾天他的日子一定好過不了。

結婚一年來，韓同軒早已明白了一個事實。這個朱婕遠不是他原來想像中的那個朱婕，既不溫柔也不體貼，百依百順的印象更是個天大的笑話。

韓同軒擰出來一塊尿布，長嘆一口氣，伸了伸痠痛的老腰。

憑心而論，朱婕是個優秀的女人。只是，朱婕的這種優秀不是做為丈夫的韓同軒所希求的。結婚之後，朱婕就自然而然地從安徽調了回來，進的是省立醫院。能進省立醫院，應該說是沾了韓同軒的光。省立醫院的一個副院長是個文學愛好者，經常寫些順口溜般的詩歌寄給刊物，韓同軒幾年前曾經給他發過兩首。這位老兄一激動竟然跑到刊物來和韓同軒切磋詩歌。一來二去，兩個人就熟了。聽說韓同軒的老婆要進省立醫院，副院長鼎立相助，很快就把朱婕辦了過來。一個安徽小縣城醫院裡的醫生直接進省立醫院，人們最初是有異議的。但朱婕很快就憑自己的實力站住了腳，成了腫瘤科的主治醫生。朱婕是個極其理性的女人，做事有板有眼，一絲不苟，追求完美的那份執著和堅毅讓人又佩服又畏懼。如果朱婕是他在社會上遇到的一個女人，那他肯定會對其另眼相看。但不幸的是朱婕是他的妻子。朱婕的這種性格給他一種冷冰冰的感覺，和她肌膚相親的時候，她的理性似乎能透過身體投射出一種寒氣，讓他瞬間變得興味索然。這個時候，韓同軒就會想起柳依紅，有時一天能想起來好幾回。他身體的某個地方似乎也在為柳依紅的不在而悄悄地隱痛著，眼前一切的事和物彷彿都離他有著十萬光年的距離似的，包括他剛出生不久的明眉浩齒的三個月大的兒子。

朱婕不光是在醫院裡站穩了腳，也在家裡徹底翻了身。韓同軒感覺得到她在憑自己堅毅的理性一點一點、一步一腳印地掌控著他。以韓同軒的個性，他當然是不肯服從的，但能言善辯的朱婕總是能把道理講到自己那邊。比如，安龍哭了。安龍是韓同軒三個月大的兒子。只要安龍一哭，韓同軒和保母就忍不住要去抱他。常常是安龍剛被抱起來，就讓朱婕接過去又放回到了原處。安龍又哭。在安龍聲嘶力竭的哭聲裡，朱婕就會慢條斯理地大講幼兒哭泣的好處，說這種哭泣是幼兒特有的不可或缺的運動排解方式，對身心俱佳，並引經據典列出證據若干。這時，韓同軒感到自己的頭一下就大了，眼前黑沉沉的。朱婕做事超強的條理性，也讓韓同軒無法忍受。必要的條理性可以體現一個女人的品味和優雅，但事事講究條理，把條理講究到極至就會讓人受不了。由於朱婕的個性，韓同軒和她之間的性事已經不多了，但在不多的性事中，每次都令韓同軒幾乎快要到達發瘋的地步。朱婕以一個醫生的眼光，對男女之間的性事很有一番理性並自認為是十分科學的見解。從兩次的間隔時間到每次的時間長短，都有著嚴格的規定和時限。這樣一來，他們就很難碰到兩個人都有這個想法的時候。偶然碰上一次，韓同軒又會被朱婕那許多的準備工作的

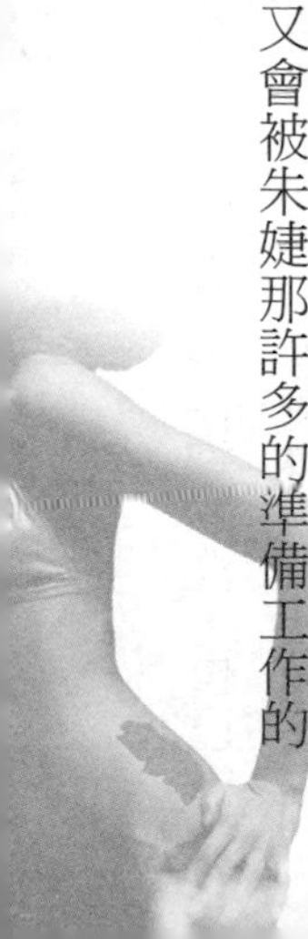

無數細節所累。朱婕是個醫生，有些潔癖，表現在性事上尤其是格外的注意。每次都會很仔細的洗，自己洗了還不算，也要讓韓同軒洗，洗了一遍還不行，還要用各式各樣的消毒液洗。往往是等洗得讓朱婕滿意了，韓同軒身上的那物件也就變了形了。

這樣的時候，韓同軒就會自然而然的想起柳依紅，她的孩子氣的舉動，她的虛榮，甚至她的淫蕩，都是他極其懷念的。不知不覺間，心又隱隱地悵然起來。而這種悵然又只能是隱隱的，不露痕跡的。朱婕是個佔有慾很強的女人，這一點他也是早就領教了的。他不能讓她看出他在想別的女人，否則後果很嚴重。和朱婕結婚之後，前妻吳爽來大鬧過一次。吵鬧之中，吳爽提到了「狐狸精柳依紅」，被朱婕聽到。吵架的當天晚上，她就慢條斯理地審問柳依紅是誰？韓同軒如實說了。但韓同軒說柳依紅是個著名的詩人，隱瞞了自己給她寫詩的事情。

「我和她好的時候，她是單身，我也是離了婚的，那時候妳還不知道在哪裡呢！妳覺得這有什麼問題嗎？」

道理上當然是沒有什麼問題的，但朱婕還是覺得不舒服，特別是聽到柳依紅是個著名詩人的時候，心裡就更是不舒服。

「她怎麼又不和你好了呢？她真是有眼無珠啊！」朱婕慢悠悠地說。

「也不完全像吳爽說的那樣，我們是性格不合，不能簡單的說是誰甩了誰。」

「那這麼說是性格的原因，她是怎樣的性格呢？」

「都是些陳芝麻爛穀子的事情，還提它幹什麼？」

「怎麼，提到這些事情你很心煩是嗎？這說明你心裡還惦記著她！」

韓同軒無言。

韓同軒常常會有愣神的時候，但自從朱婕知道了柳依紅後，他不敢輕易愣神了。有一次，正當韓同軒愣神，朱婕忽然在身後幽幽地說：「是在想柳依紅吧？」韓同軒被嚇了一跳，臉上露出尷尬表情。其實，當時他沒有想柳依紅，可是為什麼會有尷尬表情，他自己也解釋不清。

想柳依紅的時候也是有的，但都是在極其安全的條件下。有時是自己獨處一室，有時是趁朱婕不在。當然，思念一個人這種事情有時是不分時間和場合的，那樣的時候，韓同軒就會格外的謹慎和小心，一般都是在和朱婕的說笑中進行的，堪稱是天衣無縫。

當然，想柳依紅的時候也不都是溫情的思念和懷想，更多的是仇恨和詛咒。這種仇恨和詛咒並沒有完全帶走他對柳依紅的思念和懷想，反而使他陷入更深的思念和懷想之中。

他常常會想，她現在究竟怎麼樣了呢？過得好嗎？那似乎都是些未知，但也透出一些朦朧的答案。想必是好不到哪裡去的。他想起了最後一次去見柳依紅，文青對他說的那些話。聽說柳依紅過得很慘，他會有一種幸災樂禍。過後，又會生出一些憐憫，甚至有過和她聯絡的想法。但這種想法都是一晃而過。那是很不現實的，他馬上告誡自己，繼而感嘆人性的複雜。

現在，接了柳依紅的這通不說話的電話之後，韓同軒更加堅定了她過得很慘的推斷。要不要和她聯絡呢？那個念頭再次冒了出來。他似乎是被這個念頭嚇了一跳，趕緊回頭看了一眼緊閉著的臥室的門。韓同軒又擰出來一塊尿布，轉身把洗手間的門也關了，仔細衡量思考著這個問題。

第二天上午，韓同軒在辦公室裡撥通了柳依紅的手機。柳依紅的聲音聽起來很虛弱。

「昨天晚上打電話了嗎？」

柳依紅那頭不說話，傳遞過來的是那種熟悉的氣息。

看來自己的感應是正確的。韓同軒想。

「有時間一起坐坐吧！已經好久沒見了。」韓同軒不知怎地就說出了他原本並不想說出的話。

「好吧！」柳依紅的聲音依舊很虛弱。一種令韓同軒著迷的東西正透過這虛弱強烈地傳遞過來。他的幸災樂禍的恨意也同時上來了，心裡暗說：我倒是要看看妳這個無恥的女人究竟悽慘到何種地步？這個時候，他覺得和支離破碎的柳依紅相比，他是幸福的，也是美滿的。

和柳依紅是在一家西餐館裡見的面。完全不是事先設想的情形。沒有過多的仇恨，也沒有過多的憐愛，一切竟然都是淡淡的。

是柳依紅先提起的過去，她說：「這一年多的日子簡直就像做夢一樣。」

看來她是真的後悔了。韓同軒快意地想。這種快意竟然也是淡淡的，不如事先想像的那般強烈。

柳依紅的確是後悔了，非常後悔。她時常想，如果自己當初不是那麼注重男女間的感覺，和韓同軒結婚，那她現在依然可以繼續當她的著名女詩人，生活也會很安逸。這也許就是她那天喝醉了酒，神使鬼差給韓同軒打電話想表達的真正潛意識。

此刻，她很想把自己的這種後悔說出來，但終究沒有勇氣開口。說又有什麼用？韓同軒已經結了婚，還有了孩子，說了只能增加他的暢快和得意。

在韓同軒眼裡，柳依紅不如以前漂亮了，身子有些發胖，透著些疲憊與滄桑，臉色暗淡，還出現了輕微的眼袋。韓同軒感到對眼前的這個女人沒有了慾望。一時之間，他很釋然，覺得此後的人生可以不被攪擾地安靜過下去，這一生的激情也會就此打住，從此可以和四平八穩的朱婕相安無事貌似和美地生活下去。

分手的時候，柳依紅的一個眼神讓韓同軒又想起了從前的那個妖豔的充滿了狐媚之態的柳依紅。他的心為之輕輕動了一下，但卻稍縱即逝。他就帶著這樣的遺憾和失望看著風采不再的柳依紅走出了他的視線。

他錯誤地認為，他和這個女人之間的情愛故事會就此打住。儘管以後他們還會因為一些事情見面，但激情和怦然心動是不會再有了的。

後來發生的事情充分說明，韓同軒的這種想法是多麼的幼稚和可笑。他太不瞭解柳依紅了，也太不瞭解自己了。

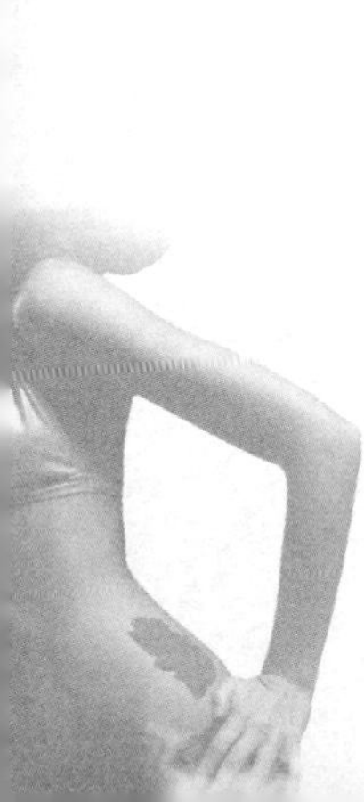

48

三分處於友情，七分處於同情，文青和柳依紅之間的交往又多了起來。許多的飯局和牌局她都會叫上柳依紅。文青向來同情弱者，她不忍心看到柳依紅老是那副悽悽慘慘的樣子。

在柳依紅這邊，她當然很願意和文青交往。發生了那一連串的事情之後，除文青外她幾乎沒有任何朋友。在劇院裡柳依紅也已經成了可有可無的人，被一種失落和羞辱深深籠罩著的她渴望另外有個「快樂的所在」。而文青提供的飯局和牌局正是這樣一個理想的「快樂的所在」。在柳依紅心中，酒精和金錢具有同等的魅力，都可以使她忘記煩惱和憂愁。

柳依紅似乎漸漸地又變回了很久以前的那個柳依紅，風趣、不拘小節、有點孩子氣，口吐帶點髒話的狂言，有時甚至比以前有過之而不不及。在酒後的麻木和持續牌局的疲憊裡，看著這樣的柳依紅，文青恍然忘記了發生在柳依紅身上的那些荒唐事。

對這樣的柳依紅，文青有的只是女人之間的憐惜和同情。也許這是她做為一個婦聯幹部的職業病。

一個週末，家中沒有做飯和帶孩子任務的文青約了柳依紅和馬雲莉出去吃火鍋。涮鍋的時候，馬雲莉就說起自己的老公如何如何的，用的是那種既抱怨又幸福的語氣。文青也沒有及時的顧及到柳依紅的心情，也在抱怨周一偉這樣那樣的。柳依紅突然噌地一下就站了起來，說：「拷，妳倆有完沒完，不就比我多個雞吧老公嗎？有必要這麼老掛在嘴邊上嗎？」文青和馬雲莉都一下笑了。馬雲莉早已適應了柳依紅的這種髒話，覺得她「髒」的很好玩，有點沒心沒肺的。對柳依紅的事情，馬雲莉知道的並不是太詳細，她只是知道柳依紅閃電式的結了婚生了孩子又閃電式的分了居。在她看來，這是文人的灑脫和通病，不落俗套的標誌。

「三條腿的蛤蟆不好找，兩條腿的老公遍地都是，妳再找個不就得了？」馬雲莉笑嘻嘻地說。

「不，我要找個三條腿的老公！」柳依紅開玩笑地說。

說完，三個女人忽然意識到了這句話裡面的話中話，一齊嘎嘎大笑起來，中年女人特有的那種無所顧及的忘了保持優雅姿態的笑。

吃完了火鍋，像是有些意猶未盡，文青就提議找個地方打麻將。馬雲莉和柳依紅都熱烈響應。又是一個三缺一。現實彷彿在默默地重複著以往的什麼似的。

「那個黃良民好久沒見了？要不然叫上他？」文青沒有多想地說。

「好啊！叫誰都行！」馬雲莉說，她又把臉轉向柳依紅，「還記得那個黃良民嗎？給我們三個人一人買過一副眼鏡的那個。」

柳依紅含混地點了一下頭。

柳依紅當然不會忘記那個黃良民，更忘不了被她扔掉的那枚大鑽戒。

「怎麼樣，叫他行嗎？」文青看著柳依紅問。

「無所謂啊！」柳依紅像是心不在焉地回答，心底裡，黃良民那竹竿般的身影如同鑽戒一般鮮明生動

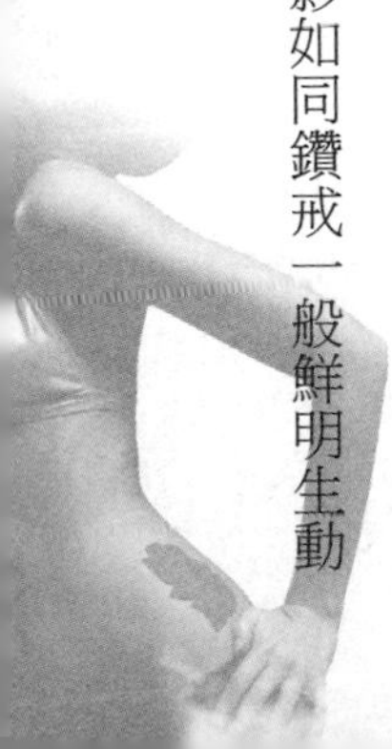

起來。

文青拿出手機來聯繫黃良民。文青又換了手機，三星最新款，寶石藍色，想著自己皮包裡那半殘的早已脫了色的手機，柳依紅忍不住一陣自慚形穢。

「怎麼，你在機場？」文青的眼裡流露出明顯的失望。

失望的不只是文青，還有柳依紅。事先柳依紅想不到自己竟然會有失望的感覺，但失望是的確存在的。與文青明顯的失望不同，柳依紅的失望是默默地隱藏在內心的。那失望猶如一扇漸漸關閉的黑色的門，被關在裡面的是黃良民那越來越模糊的身影，以及越來越璀璨的奕奕生輝的鑽戒。

就在門將要被關上的當兒，柳依紅又聽到文青哈哈大笑起來，「怎麼，你小子是剛下飛機啊！我還以為你是要升空呢！快趕過來吧！這裡三缺一就差你一個了！」

柳依紅也像是聽到了希望，鑽戒在內心裡越加的奕奕生輝，她更加的不動聲色。

邀請成功，文青笑嘻嘻地合上了寶石藍，「我們去哪兒？」

「還是去我那裡吧！家裡有水果。」馬雲莉說。

現實再一次模擬了過去，連場景也是兩年前的場景，但柳依紅在內心已經揭曉了這兩次重複的截然不同。

馬雲莉的家表面上看起來沒有任何的變化，佈局還是以前的佈局，家具還是以前的家具。事隔近兩年，變化的是人的心。

黃良民還是最後一個趕到，這回手裡沒有拿裝滿錢的黑塑膠袋，而是拎了一個小巧精緻的旅行箱，一副風塵僕僕的樣子，難得地透著幾分幹練。

柳依紅感覺到，這個黃良民對她還是有著濃厚的興趣，一進門嘴巴雖然和文青、馬雲莉說著話，X光機般的眼神卻一輪一輪地在偷襲掃射著她。對黃良民的黑瘦樣子她還是有一種無法克服的生理性的厭惡。但柳依紅打定主意，厭惡歸厭惡，這盤臭狗屎她是吃定了，不為別的，就為那熠熠生輝的大鑽戒。克服生理性的厭惡只能是前進道路上小小的代價，算不了什麼的。主意雖然是定了，但柳依紅表面上依舊是按部就班，沒有急功近利的倉促和焦急。「欲擒故縱」的道理她明白。

文青的態度卻有著明顯的傾向性。黃良民輸給柳依紅，她會說：「這可是個單身女人，小黃你不會是故意的吧？」黃良民樂得有人替他說自己的心思來，就附和說：「當然是故意的了！哎呀！文姐，妳真是洞察秋毫！」

要是柳依紅不小心輸給了黃良民，文青就會說：「小黃，這單身女人的錢妳也忍心拿？」

一切都在向著自己希望的方向發展，但柳依紅的嘴上卻滿是抱怨，「單身女人怎麼了，你們就這麼歧視單身女人啊？小心我跳樓給你們看！」

馬雲莉上洗手間，黃良民趁機又去陽台吸菸。文青一旁碼牌一旁轉頭對柳依紅小聲嘀咕，「等和齊魯南離了婚，我看妳可以考慮一下他。」

柳依紅趕忙說：「妳瞎說什麼呀！不可能的！」

「人家不就醜了點嗎？看男人要看內涵！」

柳依紅不好說什麼了，就沒正經起來，「拷，我看他的內涵就剩錢了！」

馬雲莉從洗手間走出來，一驚一乍地嚷：「哎，怎麼在屋子裡吸菸啊？去陽台去陽台！」

柳依紅坐著不動，黠著眼說：「趕明兒不光吸菸，還要在妳家幹點別的！」

三個女人一起壞壞的笑，。

牌打到晚上，四個人又一起出去吃飯。還是黃良民請客，請的是海鮮，這回幾個女人都沒有客氣。喝了點酒，趁著酒勁，文青開玩笑說：「小黃，你小子將來可要好好請我，我可是你的大媒人！」

馬雲莉說：「難道我不是嗎？」

黃良民看了一眼柳依紅，笑說：「都是，都是，兩位姐姐都是我的大媒人！弟弟一定好好感謝兩位姐姐！只是弟弟不知道兩位姐姐給我介紹的是哪家的女子？」

文青和馬雲莉同聲怒說：「你還敢說你不知道？」

黃良民又看一眼柳依紅，笑得全身顫抖。

柳依紅大吐一口菸霧，面帶俏皮神韻罵道，「拷，一幫什麼人啊！合夥欺負我一個人是吧？」

大家一起又笑，其樂融融的樣子。

看著柳依紅那勾人心魂的俏皮樣子，黃良民在心裡想著應該給柳依紅買個什麼禮物比較恰當。這當兒，柳依紅的手機響了。一看到柳依紅那貼著膠布的殘廢手機，黃良民心裡馬上就有了答案。

第二天，黃良民就給柳依紅買了個手機，也是三星的最新款，玫瑰紅色。

手機是直接送到柳依紅宿舍裡的。柳依紅沒有拒絕。但柳依紅是罵著接受這個手機的。

剛把手機放到桌上，黃良民就對柳依紅動手動腳了。「拿上你的破手機快滾！把我當什麼人了？」柳依紅嗔怒。

黃良民以為柳依紅是真的生氣了，忙賠不是，「讓我滾就是了，還拿上手機幹什麼？這麼點破東西還值得一提嗎？」

柳依紅轉嗔為喜，「你呀！就一張嘴還算機靈！」

兩個人又融洽起來，說說笑笑一番。轉眼就到了中午吃飯的時間，兩個人一起出去吃飯。黃良民開的是BMW，行駛在大路上很風光。吃完飯，黃良民要帶柳依紅到一個去處，被柳依紅拒絕了。沒有辦法，黃良民就又開車把柳依紅送回宿舍。在柳依紅的宿舍裡，黃良民又按捺不住了，還是被柳依紅拒絕了。「你快走吧！我要睡覺了。」柳依紅又嗔怒上了。於是，黃良民就笑嘻嘻地走了。黃良民剛一出門，柳依紅就把貼了膠布的破手機裡的卡抽出來，裝到玫瑰紅的新手機裡，然後放在手裡左右把玩，的確是不錯。

收了黃良民的手機，柳依紅就知道離上床不遠了。她在擔心自己腰上的疤痕。以她對黃良民的瞭解，他是不會因為這疤痕而對她心存憐惜的，只怕是這疤痕到頭來還會攪了她的局。

然而，一個意外卻讓柳依紅把腐朽化成了神奇。

柳依紅越來越注意自己的外表了，發現眼角有了第一條皺紋後驚慌的不得了，一週裡雷打不動地要去

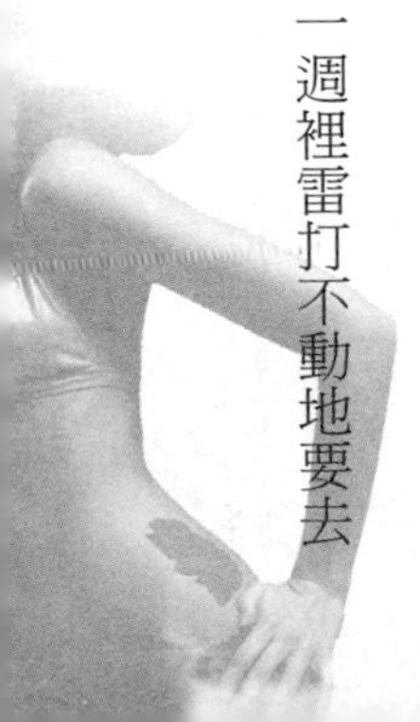

做兩次美容和保健按摩。有一次，一個給她做全身按摩的小姐發現了她身上的那條長長的疤痕，就勸她將計就計在那條疤痕上刺上一串玫瑰花，並說那叫人體刺繡，很時尚的。

「真的會好看嗎？」柳依紅忙問。

「絕對會很好看的，不光好看，還掩蓋了妳原來的疤痕。」小姐信誓旦旦地說。

「那就繡吧！」柳依紅當即決定。

果然就繡了，果然還很好看。那花朵盛開在柳依紅的身體上，豔麗妖豔，散發著啼血般的冷豔！

柳依紅和黃良民的第一次性事發生在一個星期之後，在他們都熟悉的五洲大酒店的一間套房裡。他們到那裡本來是吃飯的，結果都喝點多，黃良民就開了房間休息。假裝喝多了的柳依紅這回沒有拒絕，只是在黃良民進入她的那個瞬間半嗔半怒地又罵了他，「你這個狗東西！」

這個女人的確是和別的女人不一樣，她的身體和她的罵都給了黃良民這樣的感觸，他的興奮無以復加，覺得這個女人找得值。

完事之後，黃良民發現了那串玫瑰花。

「哇塞，好美！」黃良民讚嘆。

第一次因為腰上的疤痕被人稱讚，柳依紅的心裡很樂。腐朽化神奇，缺陷變優點，柳依紅對自己的魅力充滿了自信。

黃良民很快就給柳依紅買了一輛車，白色的，並跑到郊區空曠的地方親自教她開車。柳依紅以頑強的意志克服著對黃良民的生理性厭惡，快樂地、罵罵咧咧地和他交往著。

做企業的黃良民是個務實的男人，講求的效益。兩個人之間有了那層關係之後，他就懶得再去和三個女人一起打麻將了，嫌耽誤時間。每次柳依紅約他，他就把一遝錢直接扔給柳依紅，「妳還是自己去逛街吧！去磨那個洋工幹什麼？」

柳依紅把錢砸在黃良民頭上，罵他沒情趣。黃良民就說：「虧妳還是個詩人，這搓麻將也叫情趣？這是什麼情趣？低級情趣！時間就是金錢妳懂不懂？我可不能像妳們一樣把時間都浪費在搓麻將上！」

畢竟是在社會上混的，必要的面子還是要講的，隔三叉五的，黃良民也會和三個女人一起搓上一場。也看不出是應付，依然的興高采烈，依然的搶著請客。只有柳依紅知道，黃良民的這份興高采烈是硬裝出來的。

一個男人，能做到這樣也不容易了，有時柳依紅想。

早已在歌劇院宿舍裡住膩了的柳依紅也曾想到過房子的事情。但她立刻就明智地打消了自己的這個貪婪的念頭。她想起了一則諺語：一隻羊身上的毛總是有限的。

在黃良民這隻瘦羊身上，她已經得到了不少的羊毛，萬事不可操之過急。

49

運氣和災難一樣，是喜歡紮堆的。柳依紅把搭上黃良民看成是一種運氣。當然這只是一種財運，與愛情無關。男人在柳依紅眼裡早就是一種與愛無關的東西了，齊魯南只是個例外。齊魯南的事情過去之後，柳依紅又回歸和堅定了以前的想法。

一個傍晚，柳依紅正在琢磨著怎麼才能打動沈院長讓她參與一下劇院裡的工作。在劇院裡，柳依紅依然是個可有可無的人，這種狀況已經很久了，她的危機感越來越深。對這種現狀，柳依紅當然是不甘心的。她曾經放下自尊捨棄臉皮去找了幾次沈院長，但都無效。也曾含蓄朦朧但也曾明白無誤地使用了美人計，但被沈院長的軟釘子給碰了回來。這個老狐狸，看來是美女見多了，對她根本沒有什麼感覺。柳依紅只能是自取其辱。還好，一切都是含蓄和朦朧的，畢竟沒有像阿Q對吳媽那樣把話赤裸裸的說出來，一抹臉也就過去了。

究竟怎樣才能打動他呢？柳依紅在苦苦思索。

玫瑰紅的三星手機突然在床上發出了絢麗的光芒，接著響起了浪漫舒緩的《藍色多瑙河》。

「妳在哪？」文青單刀直入地問。

「宿舍。」柳依紅說。

「快過來吧！外地一個朋友來了。」

「誰呀？」

「快來吧！妳認識的。」

「別廢話了，我還得打電話訂餐位，你先到我這裡吧！等會兒一起走！」

「到底是誰呀？」

「劉家正！人家可是點著名的要妳來的！」文青大聲說。

柳依紅的腦海裡立刻就出現了那個大肚子的鄉長出身的副市長。在柳依紅眼裡，劉家正是條脫了鉤的魚。有一件事情柳依紅一直想不明白，那就是他為什麼會自動脫鉤？

帶著這樣的疑問，柳依紅火速趕到了現場。

在一家很高檔的酒樓的大包廂裡，劉家正脫鉤的謎底很快就揭開了。

第一眼看起來，劉家正還是那麼的樸實和老土，身上的「鄉長」遺跡依然濃郁。只昰他的嗓門亮了不少，眼神似乎也亮了。

「柳大詩人，好久不見，你可是更漂亮了！」

「很榮幸，劉副市長還能記得我姓柳！」柳依紅話裡有話地說。

「對我有意見了不是，哎！我這也是身不由己啊！難得來一次省城的！」

一旁的文青馬上糾正說：「人家現在可是名正言順的市長了！」

柳依紅立刻表示了祝賀，脫鉤的謎底瞬間呈現出來：原來是由副市長到市長的關鍵蛻變期啊！情色閉鼓，自私而狡猾的男人！

畢竟是以前有了些鋪墊的，這回劉家正近乎是單刀直入了，散場的時候他趁文青兩口子不注意的時候俯在柳依紅耳邊說：「等會兒我給妳打電話。」柳依紅像是而非地答應了一聲，就跟在文青後面走了。

分工很明確，周一偉開車送劉家正，文青順道送柳依紅。

柳依紅剛回到宿舍不到十分鐘，劉家正的電話就跟了過來。

「柳大詩人，我們去哪兒？」看來劉家正是剛上樓，氣還有些不勻。

「我們去喝茶吧！」柳依紅又開始賣關子，故意說了個純潔地方。

此時，五星級飯店裡的劉家正當然不甘心只是去喝茶。這個女人已經讓她惦記很久了，他不想讓這個夜晚還在貓抓般的惦記中度過。但劉家正也不敢貿然行事，他想起了那些一直想致他於死地的政敵，還想起了上次在樓道裡看見員警押著嫖客的情形。

「那好吧！」劉家正說。

半個小時後，他們兩個在一家叫「名典」的茶館裡見了面。兩個人進了剩下的唯一的一個包廂。是那種日式擺設，一圈的塌塌米，中間有個精緻的小茶几，劉家正叫不上名的一首日本曲子輕輕地迴盪在房間裡。

柳依紅率先走了進去，她對這個房間的第一感覺不錯。

劉家正卻站在門口不肯進來，問服務員，「沒有別的包廂了嗎？」

服務員搖搖頭。

「這裡不是挺好的嗎？」柳依紅說。

「好個球！我頂討厭小日本！」劉家正又問服務員，「大廳裡還有位子嗎？」

「有。」服務員說，她看了一眼這個長相難看的中年男人，強壓著心中的不耐煩說。

「走，我們去大廳！」劉家正不容置疑。

柳依紅有些不耐煩，但只得跟著出來。真他媽老土，也不想想都什麼年代了，難道當年日本人殺你全家了不成？

大廳裡播放的是歡樂的《喜洋洋》，到處都是人們的竊竊私語聲。柳依紅感到全身不舒服，臉不由地拉了下來。

服務員把他們帶到了一個角上，剛坐下，劉家正就說：「柳大詩人，妳沒有不高興吧？」

柳依紅忙說：「沒有啊！其實哪裡都一樣的，這裡也挺好的！」

劉家正憨憨地笑，「這我就放心了，其實——其實我也想單獨和妳在一起好好說說話，可是那小鬼子的曲兒實在讓我受不了，還有那叫塌塌米，總之，我是頂討厭小日本的，沾點日本邊我就不自在！」

「為什麼？」柳依紅問。

「為什麼？這還用問嗎？」劉家正瞪著眼珠子問。

柳依紅笑說：「要是農村七十歲以上的老大爺有這種想法，我理解，可是你是個市長，難道你們那裡

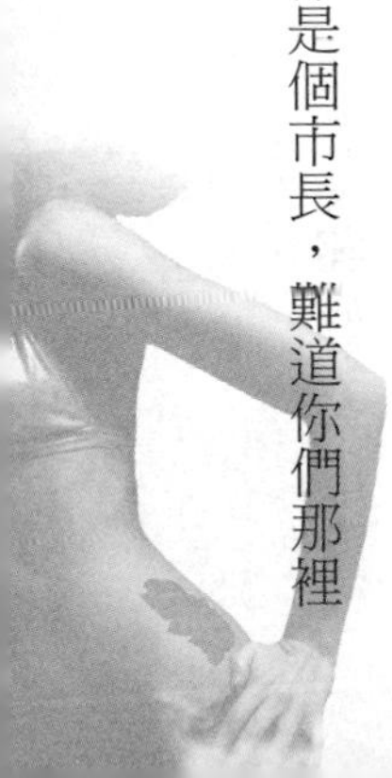

就沒有日資企業嗎？」

「說起道理，我比妳還明白，什麼經濟全球化啦跨國經濟合作了，可是這是一種觀念和思維習慣，恐怕是改不了了。」劉家正說。

「是不是戰爭年代你們那裡的人吃過日本人的苦頭？」柳依紅用半調侃的語氣把剛才的那個疑問說了出來。

不料，劉家正的臉馬上就沉了下來。「我們村就活了我爹一個人。」憋了半天，劉家正悶悶地說。

本來是想調侃一下的，想不到竟然是真的，柳依紅的臉也嚴肅起來。

劉家正自顧自地說下去，「全村人都被趕到村頭的田裡，一人頭上給了一棍子，挖了一個大坑活埋了，我爹埋得淺，又漏了那一棍，因此才撿回了一條命。」

在《喜洋洋》的樂曲中，柳依紅的眼前彷彿出現了那慘烈的一幕幕。她的臉凝重起來。

劉家正的聲音又明朗起來，「聽說我出生的時候，我爹抱著我說：『兒啊！咱這命可是撿來的，怎麼樣也得活出個樣來』！」

柳依紅也輕鬆起來，說：「你活得夠風光的了，又是鄉長又是市長的，下一步說不定還要當省長呢！」

劉家正哈哈大笑，這笑聲立刻引來四周不滿的注目。

「你就不能矜持點？」柳依紅佯裝嗔怒地說。

兩個人迅速進入到一番打情罵俏的境地，離開茶館的時候，已經是纏綿的難解難分了。劉家正一時衝動，忘記了那些一直在暗處侍機進攻他的政客，對柳依紅說：「還是到我那裡去吧？」

「我才不去那，跟做賊似的。」柳依紅很堅決。

劉家正又生出一念，「要不去妳那裡？」

柳依紅依然很堅決，「那我豈不是引火焚身？」

劉家正只得帶著滿腔的遺憾搭車把柳依紅送到歌劇院門口，然後一個人失意而去。

看著那破舊的計程車，柳依紅預感到距離她事先設定的目標為期不遠了。

半個月後，劉家正又來省城了。這一次，劉家正是直接找柳依紅的。套路還是以前的套路，先吃飯，後喝茶，談了詩歌又談情愛。這套路讓柳依紅有點厭煩，但柳依紅還是堅持著，提醒自己不能功虧一簣。

果然，意外的驚喜悄悄地就來了。從茶館裡出來的時候，劉家正輕描淡寫地說：「走吧！買了一間小房子，帶妳過去看看。」

「買房子？你在這裡買了房子？」柳依紅故作驚訝如從夢中剛醒來一般問道。

劉家正笑著說：「妹子，妳可真是傻得可愛！」

「你是辦投資嗎？人家都是到北京或海邊去買房，你怎麼買到這裡來了？」

「每個人的想法不一樣嘛！」劉家正還在賣關子，他想給柳依紅一個驚喜。

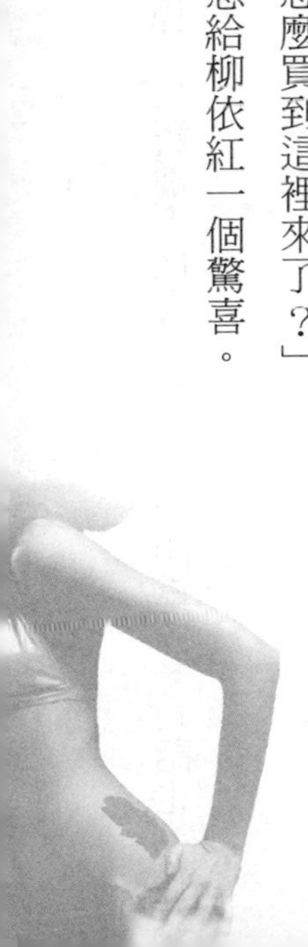

上了計程車，那司機像是洞悉了這一對男女的超常關係，目視前方面容冷峻地只顧開車，一句話也不多說。

在劉家正的指點下，總算是到了要去的地方。當柳依紅走下計程車的時候，她內心湧上一陣竊喜，竟然是市區裡靠近「怡心公園」的一個地方，好環境，好位置，好風水！

聽說這「怡心公園」以前叫「怡心佛堂」，破四舊的時候給拆了。公園裡古樹參天，是個清幽的好去處。

也是內心裡一直渴望的房子，板房小高樓，第八層，很吉利的樓層。進了屋，柳依紅又是一陣驚喜，一百二十平米的大兩房，進口材料精裝修，搬進來就能住。

轉了一圈之後，柳依紅很正式地說：「不錯，過兩年一定能賣個好價錢！」

劉家正忍不住要笑，終於笑出了聲。

「怎麼了？」柳依紅面露不解之色。

「這房子我不賣！」劉家正說。

「出租也錯不了的！」柳依紅又說。

「這房子我也不出租！」劉家正又說。

柳依紅兩手一攤，似乎不知道該說什麼了。劉家正不想再賣關子了，就說：「你這個小傻瓜，這房子是我送給妳的！」

柳依紅把眼睛睜得不能再大，結結巴巴地說：「你，你沒開玩笑吧？」

「開什麼玩笑，妳看我像開玩笑的樣子嗎？這房子就是給妳買的！」

柳依紅一下窘迫起來。這窘迫一半是裝的一半是真的。她有些受不了這份意外驚喜的刺激。柳依紅哭了，很感動的樣子。她搓著雙手哽咽地說：「你幹嘛對我這麼好？」

劉家正上前一下抱緊了柳依紅，聲音低沉而充滿深情地說：「我喜歡妳！」

「我哪兒好了？值得你如此厚愛？」

「妳的一切我都喜歡，真的！」此時的劉家正活脫脫變成了個情種。

劉家正從包包裡拿出了一遝東西，交給柳依紅，「想以妳的身分買，可是又沒有妳的身分證，就先繳了錢，辦了簡單的手續，回頭的正式手續還是妳自己去辦吧！」

柳依紅更感動了，很想一下把那遝東西抓牢在手裡，但想了想卻沒有接。她突然轉身開門走了，出門的時候對劉家正說：「我先回去了，讓我們都再冷靜冷靜吧！」

柳依紅剛下計程車，劉家正的簡訊就來了，是四個四字句：我很冷靜。非常冷靜。冷靜的愛。愛的冷靜。

愛情讓劉家正的知識修養昇華了。

「妳去哪兒了，這麼晚才回來？」一個聲音突然在柳依紅身後說，嚇了她一大跳。

「怎麼了，連我的聲音都聽不出來了，見到鬼了？」原來是黃良民。

柳依紅生氣地說：「還不是因為你像個鬼！有事就不知道打電話？幹嘛在這裡鬼鬼祟祟的？」

黃良民說：「我也是剛到，看到妳下了計程車就想嚇唬妳一下。」

果然，黃良民的BMW還在不遠處打呼似的響動著。

「給誰發簡訊了，精力這麼集中？」黃良民問。

柳依紅瞬間把劉家正剛才的那則簡訊刪了，說：「什麼發簡訊，我在看一則文青發給我的簡訊，要不也發給你看看？」

「那好啊！」黃良民說，正說著，他的手機就呱呱地響了，打開一看，是個很辦笑的段子，立刻便笑了。

那段子的確是文青發給她的，不過不是今天發來的。

「走吧！我們去那邊吧！」黃良民說。

柳依紅略一思忖，說：「那好吧！」說完，就打開上了旁邊BMW的車門，上去了。

第二天，柳依紅又和劉家正見了面。是劉家正主動約她的。他們是在一家茶館裡見的面，並沒有去那間令柳依紅格外心儀的新房子。

劉家正苦口婆心一番，又把那遝東西往柳依紅的手裡塞。這回柳依紅沒有拒絕，很勉強的拿了。不過拿到手裡像是怕被燙了一般，趕緊放到了桌子上。看著柳依紅的這個樣子，劉家正說：「我發現，其實你是個很內秀的人。」

「瞎說，你這不是罵我嗎？」柳依紅飛出一個媚眼，故作惱怒地說。

兩個人一起開心地笑起來。

當天晚上，柳依紅就住進了新房子。

劉家正也是在完事之後發現柳依紅腰上的那串玫瑰花的。登時，劉家正就愣住了，正在柳依紅忐忑之際，劉家正大叫，「妳這個妖精，讓我一下年輕了二十歲！」

說著，劉家正就又雄起勃勃了。

「這花真是太勾人了！」抱緊柳依紅的時候，劉家正在她耳邊低語。

對自己的魅力，柳依紅又增添了一份自信。

睡到半夜，又突然爬起來開門走了。睡得迷迷糊糊的劉家正問：「這麼晚了，還出去幹嘛？」

柳依紅說：「我得回劇院，否則影響不好！」

當然，柳依紅怕的並不是影響不好，她真正擔心的是那個黃良民。摸黑趕到劇院，原來是虛驚一場，那黃良民並沒有像昨天晚上那樣在門口等著她。

在省城住了兩天，劉家正就回去了。臨走的時候，劉家正再次聲明說這房子從今以後就是她柳依紅的了，她可以隨意在這裡居住，並催促她儘管去把正式手續辦了。柳依紅表現出一種淡然的口氣，說她平時還是以住在歌劇院為主，因為那邊工作、生活都很方便。劉家正因此對柳依紅的印象更好了，纏綿悱惻地

和她告了別。

在柳依紅這邊，她想的更多的是怎麼樣才能把這些事情瞞過黃良民。

50

思量權衡再三，柳依紅決定去給沈院長送禮。她先去買了兩條中華菸。光是兩條菸顯然有些單薄，再送點什麼呢？柳依紅一時還沒有想好。就在這個時候，傳來一個消息，沈院長的老伴生病住院了，柳依紅又去買了點水果、滋補品。帶著這些東西柳依紅就去了醫院，走到半路上，她還是覺得這些東西不夠重磅不足以解決問題，就心血來潮地又到銀行領了一萬塊錢裝在了一個信封裡。

時機趕得不錯，沈院長恰巧在醫院裡。沈院長收了東西，很感激的樣子。出醫院的時候柳依紅長出了一口氣，但心裡卻很踏實。

第二天一上班，沈院長就打電話讓柳依紅到他辦公室裡去。柳依紅心情愉悅理直氣壯地趕忙跑了去。錢真是個好東西，果然沈院長就給柳依紅派活了。

沈院長說：「小柳哪！劇院正排著的那個歌劇，演員反應有些地方台詞不順，妳如果沒事就去排練廳幫他們順順。」

那個歌劇柳依紅是知道的，是劇院裡那個姓劉的曾經因孩子出車禍死了患憂鬱症的女編劇寫的，聽說那個女編劇最近又接了別的活了。對這個差使柳依紅顯然有些失望，但也只好謝了應了。柳依紅剛要出門，沈院長又叫住了她。沈院長從抽屜裡拿出了那個信封，沒有任何商量餘地地塞給了柳依紅。

「小柳啊！寫出好東西來對我來說比送我什麼都好，妳也不容易，這錢妳還是留著給孩子買點東西吧！」

柳依紅還想推辭，沈院長的一雙手卻很剛毅和果決，把那信封硬是塞到了柳依紅的手上。柳依紅感到一陣面紅耳赤，倉皇地走了。

回到宿舍，柳依紅還是好一會兒的面紅耳赤，看來這沈院長是什麼都知道了。她又憎恨起韓同軒和周炳言來。在這種羞辱和憎恨裡，時光不知不覺過去了許久。究竟要不要去排練廳呢？柳依紅很矛盾。權衡再三，她還是硬著頭皮去了。

走進排練廳的瞬間，柳依紅明顯的感到有一股寒流向她襲來。她打了個哆嗦，連牙齒也微微地抖了一下。外面六月的陽光熾熱如火。

已經快兩年沒進排練廳了，這裡的一切彷彿都很陌生。

這個歌劇的主角還是由苗泉和孫麗擔當。看到柳依紅，苗泉竟然沒有一絲的尷尬和不好意思，他嬉皮笑臉的，隨意得很。「柳姐，妳可來了，妳不知道我們大家有多想妳！」

柳依紅當然能從苗泉的語氣裡聽出那份不屑和嘲諷，氣得鼻子都快歪了，但柳依紅只好忍著，在忍

耐中說出了院長讓她來幫著順台詞的事情。聽柳依紅這麼一說，苗泉一下樂了，說：「是嗎？那真是太好了，我們真是太需要妳了！」

柳依紅又聽出了明顯的不恭和諷刺，她默默地走到旁邊的桌子上拿起了劇本。看劇本的當兒，那邊的幾個演員就小聲議論起來。

「是嗎？真的啊？太不可思議了！」

「聽說那些詩歌也是……」

「妳小聲一點還不好。」說這話的是一直臉色冷冷的孫麗。

柳依紅又面紅耳赤起來，而且手腳發涼。她覺得在這排練廳裡再也待不下去了，但又不好馬上走，彷彿走本身就是一種莫大的恥辱。柳依紅真正品嚐到了度日如年的滋味。

中午回到宿舍，柳依紅就發起愁來，下午到底還去不去呢？去吧！實在是需要一番勇氣，不去吧！就等於是放棄了在劇院的最後一點位置。萬般為難躊躇之際，外面響起了敲門聲，開門一看，竟然是沈院長。柳依紅想不出此時沈院長來找她的原因，茫然忐忑地看著他。

「哎呀！小柳，你怎麼不開手機呢？高副部長手機都快打爆了也找不到妳。」沈院長著急地說。

「高副部長？」柳依紅一時沒反應過來。

「高副部長妳都忘了，就是上次去北京調演比賽時幫了我們大忙的高大江副部長！」

柳依紅馬上明白過來，「他找我？他在哪裡？」

「高副部長來我們省出差，點名要接見你呢！」

柳依紅心裡感到一絲欣慰，嘴上說：「是嗎？他還記得我啊？」

晚上，沈院長和柳依紅一起出席了省委宣傳部為迎接高大江舉辦的晚宴。宣傳部副部長張志也參加了。張志一見到柳依紅就誇她的文章寫得好。

一旁的高大江說：「我看小柳最大的才華還是表現在詩歌上，她可是咱們省唯一的一個獲過李白詩歌獎的！」

一桌子人都看著柳依紅稱讚有加，柳依紅低了頭，謙虛地淺笑著。

高大江又說：「小柳的劇本寫得也是不錯的，你說是不是啊沈院長？」

沈院長忙說：「是的，柳編劇是我們劇院的骨幹編劇。」說完，沈院長就低了頭用餐巾紙擦手，很執著，像是手上有什麼髒東西。

宴會進行到一半的時候，高大江小聲問柳依紅最近都寫了些什麼，柳依紅非常不好意思地說已經好久沒寫東西了。

「為什麼？」高大江不理解的問。

躊躇片刻，柳依紅憂鬱地說：「結了婚，有了孩子，又遭遇了家庭變故，所以就沒有心情寫東西了。」

「家庭變故？」

「我離婚了。」柳依紅說。

高大江沉默片刻，說：「還是好好寫詩歌吧！《詩天地》的崔主編和《詩仙》的黎主編還經常說起你呢！」

柳依紅眼神一亮，沒說什麼。

高大江俯下頭，小聲對柳依紅說：「小柳，那年妳和韓同軒鬧不愉快的事我也聽說了，」柳依紅心裡一緊，「想不到他挺老實的一個人怎麼會做出這種事情來，為了證實妳的清白妳也不能不寫啊！」

柳依紅鬆了一口氣，原來高大江相信的是她。

「有詩歌嗎？有我給妳帶過去。」高大江又問。

「還真沒有。」柳依紅很是囊中羞澀。

高大江說：「妳還這麼年輕，又那麼有才華，還是要繼續寫東西的。」

「是的，是的！」柳依紅忙說，她看了一眼坐在她另一旁的沈院長，心裡有著許多的不安。

沈院長似乎沒有聽到他們的談話，專心致志的吃菜。

「兩位主編可是讓我找妳幫他們約稿的，妳可得好好寫啊！」分手的時候，高大江又對柳依紅說。

一旁的沈院長無緣無故地咳嗽起來，像是很嚴重的樣子，忙躲到一旁去了。

「好的，好的，有時間我一定會寫的！」柳依紅說。

51

接到柳依紅的那通電話，韓同軒稍稍感到有些驚訝。她會為什麼事情這麼火燒火燎地急著找他呢？

韓同軒本來是不打算去的，不去的原因隨便一數就能數出一大堆，真正的一個罄竹難書。但韓同軒最終還是去了，其原因是早晨他剛剛和朱婕吵了一架，這一天他如果不去見個婚姻以外關係曖昧的女人，他就覺得對不起朱婕那豐富的想像力。

儘管柳依紅現在已經不能算是和他關係曖昧。要說是，那也是個過去式。好歹過去式的關係曖昧那也是關係曖昧。

其實也不能說是吵架，人家朱婕自始至終都是笑著說的，只是韓同軒的感覺上像是在吵架。

吵架的原因說起來很好笑。

出門的時候，韓同軒跑到洗手間的鏡子前梳了幾下頭。一段時間以來，韓同軒悲哀地發現自己頭上的頭髮正以神奇的速度在悄悄減少。他沒有把自己的這種發現告訴朱婕，他覺得這是一個比妻子大十多歲的丈夫不便言說的悲涼之處。韓同軒採用的是許多禿頭男人慣用的方法，把兩邊的頭髮使勁往中間梳。正在韓同軒捉襟見肘地梳著的時候，朱婕進來了。朱婕沒看出韓同軒的頭皮有什麼異樣，倒是覺得韓同軒的這種舉動令人生疑。

朱婕在身後用柔婉的語氣說：「這是要去見誰呀！這麼講究？」

韓同軒像是被人發現了私密的短處，立刻放下梳子，神色尷尬地說：「誰都不見！」

韓同軒本來說的是實話，可是不知怎麼聽起來就帶了幾分的慌張和心虛，反而起了幾分「此地無銀」的效果。

朱婕卻是越加的坦然，款款笑著說：「你慌什麼呀？我看你最近一直很注意保持頭形，很好的習慣！」

「我慌了嗎？」韓同軒說。

「你沒慌嗎？」朱婕越加的坦然了。

「妳有病！」韓同軒有點氣急敗壞，拎著包包就往外走，他極不喜歡朱婕的這種自以為是又陰陽怪氣的樣子。

「我看是你有病，你可要小心點才是！」朱婕扶著門框幾乎是用唱歌般的語氣輕聲說。韓同軒逃也似地衝下了樓去。

眼看就到了約會的時間，韓同軒從辦公桌前站起來。臨出門的時候，他又對著書櫃上的玻璃理了理自己的頭髮。

給韓同軒打完電話，柳依紅就急匆匆地出門了。她要趕在約會前的時間裡去把韓同軒的生日禮物買了。今天是韓同軒的生日，柳依紅記得很清楚。在韓同軒的生日裡去找他談和，勝算的可能性極大。韓同軒的生日是以前記住的，都是因為過去韓同軒每年給她過生日，她也就不得不禮尚往來地記住了他的，想不到如今卻派上了用場。

柳依紅去了世紀百貨，她想給韓同軒買點像樣的禮物。和韓同軒處了那麼多年，她從沒給他買過什麼像樣的禮物，想不到像樣的禮物卻是要在這樣的時候買，內心裡覺得自己實在是扭曲。不過也是沒有辦法的事情，不買不扭曲她就過不了這一關。

想讓韓同軒給她寫詩的想法是昨天晚上夢裡的一個念頭，醒來自己都覺得這個念頭很無恥很沒有可操作性。但這個念頭一經生成，就在腦子裡紮了根了。眼前，發表一組詩歌對她來說是非常非常之有必要的，一切的事情都有待於讓這組詩歌來拯救。沒有這組詩歌，她在劇院裡就抬不起頭。沒有這組詩歌，她就是人們眼裡的女騙子。沒有這組詩歌，她就找不到生活的自尊和自信。總而言之，沒有這組詩歌，她柳依紅就活不成了。介於這組詩歌有著如此的重要性，就是上刀山下火海也在所不辭。況且也不是什麼上刀山下火海，就是去擺平一個韓同軒而已。對韓同軒這個男人她是瞭解的，不說瞭解到了骨子裡，肚子裡有幾條蛔蟲還是能扒拉清楚的。雖然過去鬧得很僵，但只要她肯拉下臉求他，相信是可以讓他回心轉意，重新替她捉刀帶筆的。想著想著，柳依紅突然激動起來。這回和韓同軒的接觸應該是秘密的。這樣一來，詩歌一旦發表出來以前的那些「謠言」就會不攻自破，到那時，她就又成了人們眼中的女詩人了。她不會再輕易地放棄韓同軒了，就讓這種地下合作一直延續下去。內心裡猛地一顫，一個擔憂躍上腦際，韓同軒不會有什麼變化吧！特別是娶了朱婕生了兒子之後，如果他鐵了心的不理她，那可就完了。

不入虎穴，焉得虎子？

好不容易熬到了上午九點，柳依紅撥通了韓同軒辦公室的電話。

「上班了？」柳依紅說。柳依紅的聲音很低，有點沙啞，有點憂傷，有點隨意，還有點淡淡的幽怨。

韓同軒一愣，馬上反應過來是柳依紅。雖然有著很大的意外，可是並沒有從聲音上表現出來。人家一個女人都能那麼的自如隨意，他幹嘛要大驚小怪的。

「上了。」韓同軒說。

「煩死我了，一起喝茶吧？」柳依紅說。

「怎麼了？」韓同軒問。

「人活著真是沒意思，都不想活了？」柳依紅說，聲音裡的憂傷彷彿變成了牆壁上濕漉漉的苔蘚，濃郁而陰沉。

「妳到底是怎麼了？」韓同軒竟然有幾分擔憂了。

「不怎麼！就是不想活了！」柳依紅的聲音驟然大起來，憂傷的情緒似乎被一股孤注一擲的勇氣瞬間驅逐了。

韓同軒更擔憂，擔憂的同時腦海裡又晃過早晨出門時朱婕的嘴臉，「妳說吧！去哪？」

一陣熱流湧上柳依紅心頭，大功告成了一半！

「『名典』知道嗎？」柳依紅不知怎地就說出了以前和劉家正去過的那個茶館。

「知道，幾點到。」韓同軒問。

「十點怎麼樣？」

「好。」

柳依紅是進了世紀百貨之後才突然意識到今天是韓同軒的生日的，滾動顯示幕上的日期字幕提醒了她。意識到今天是韓同軒的生日，她內心一陣歡呼，此乃天助我也！不光意識到今天是韓同軒的生日，還意識到今天是韓同軒的本命年，這雙重的巧合使柳依紅堅定地相信今天就是她的黃道吉日。

本命年的生日禮物是不需要考慮的，一件襯衫，一條紅領帶，一條紅內褲和一條紅腰帶，都是金利來的，總價值五千多元。

急匆匆地要下樓，不料卻在樓梯口碰到了周炳言。認出是周炳言的瞬間，柳依紅心裡猛地岔了一口氣。

不知道這個索命鬼又要提出什麼鬼要求。周炳言是坐在樓梯口旁邊的一排椅子上的，很休閒的樣子。柳依紅警覺地想，他該不會是跟蹤她故意在這裡等候她的吧！這樣一想，心頭就有些慌亂和緊張。她很想裝作沒看見周炳言從他面前快步走過去，不料，周炳言卻開口了。

「小柳，妳好！」

「你好。」柳依紅不得不停下來。

「好久不見，一直想表達對你的感謝但沒有機會。」

又來了，看來今天不破點財是脫不了身了，柳依紅厭煩地想。「不用感謝，如果沒有別的事情我就走了，我還有事。」

周炳言說：「小柳，妳可能是對我有誤會，真的很感謝上次妳給我提供的資訊，得到了馮總的資助，我老婆做了腎臟移植，現在已經恢復得很好了，這不我今天陪她來逛商場。」

「馮總？」柳依紅很是感到疑惑。

「妳同學馮子竹啊！不是妳介紹我去找她的嗎？說她喜歡掏錢做節目，歌劇《七彩花雨》不就是她資助排演的嗎？」周炳言說。

柳依紅的腦子嗡地一聲，她覺得自己像是被什麼東西猛擊了一下。「你說什麼？」

「小柳，妳這是怎麼了？連妳同學馮子竹妳都不記得了嗎？不是妳讓我去找那個投資人的嗎？馮子竹就是歌劇《七彩花雨》的投資人啊！馮總還真是大器，我老婆的手術費也是她資助的。」

一幕幕往事在柳依紅眼前劃過，許多的細節迅速自動地串連在了一起，怪不得有那麼傻的「老總」，怪不得要點名讓她去寫，原來一切都是個陰謀，完全是由馮子竹在幕後策劃指使的陰謀！柳依紅忍不住倒抽了一口涼氣。想到周炳言已經去找過馮子竹的事情，那口涼氣就一直涼到了腳後跟。

但柳依紅的臉上卻露出了笑容，「是啊！子竹向來就是個很樂於助人的人！」

「妳終於想起來了，謝謝妳小柳，要不是妳的這個資訊，我老婆恐怕早就不行了。」

「應該的，應該的，你跟子竹都說了些什麼？」柳依紅問。

聽柳依紅這麼一問，周炳言有些不好意思，「真是對不起了小柳，我把我幫妳寫劇本的事告訴給馮總了，因為當時實在是——」

柳依紅的心一下就沉了下去，嘴上卻依然笑著說：「沒關係的，我和子竹是老同學了，一時忙不過來找個人幫幫忙，她還能不理解嗎？」

「是的，是的！」周炳言忙說。

想到沈院長的態度，柳依紅的臉一下沉下來，冷冷地質問：「老周，這事你除了跟馮子竹說過之外，也和我們沈院長說過吧？」

周炳言又是一個不好意思，「這不都是因為當時的情況特殊嗎？」

「不講信用的無恥之徒！」柳依紅突然罵道，之後揚長而去。柳依紅轉身的時候，看見周炳言做了腎臟移植的老婆正拎著一件新衣服興沖沖地走過來，她的臉色不再蒼白浮腫，上面閃著興奮而紅潤的光。

原來馮子竹一直都在身後悄悄地算計自己，柳依紅一旁走一旁憤怒地想。如果不是後來自己和韓同軒鬧翻了，這個馮子竹恐怕是不會這麼善罷停手的。柳依紅長長地舒了一口氣。但並未等全身放鬆下來，就又開始提心吊膽了。誰能保證馮子竹現在就沒實施報復她的計畫呢？也許只是她沒發現罷了。

一股仇恨和惱怒再次湧上柳依紅心頭，她暗自在心裡把馮子竹罵了個底朝天。

這件事更加堅定了柳依紅去找韓同軒的決心，她要把戲繼續做下去，不光是為了生存，更是為了和馮子竹之間的較量。就憑馮子竹的那副豬腦子，她就不相信自己會輸。

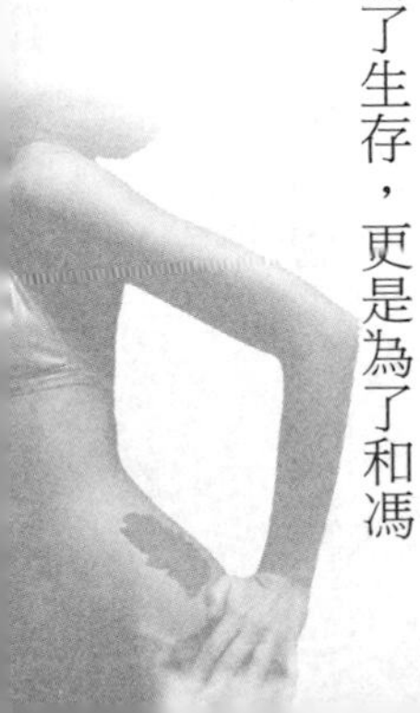

還真是一個巧，名典茶館又只剩下那個日本風格的「櫻花」間了。「櫻花」間裡此刻迴響著的是《櫻花》的曲子，低迴婉轉，堅韌憂傷，猶如柳依紅此時的心情。

韓同軒只比柳依紅晚來了一步。進了門來，他先是被柳依紅的美豔重重地震了一下。女人真是種奇怪的動物，幾個月前的那個殘花敗柳般的柳依紅不見了，一搖身就變成了個風情萬種的妖豔女子，比以往任何時期都更加成熟和迷人。但韓同軒自認為，他已經有足夠的抗體抵抗柳依紅的誘惑了，被柳依紅誘惑的時期已經一去不復返。

正在韓同軒揣摩著柳依紅的時候，她眼光閃閃聲音憂鬱地說：「你能來，我很感動！」

「一日夫妻百日恩嘛！應該的！」韓同軒故作調侃。他不想讓自己的情緒跟著柳依紅的情緒走，儘管現在他還不知道柳依紅今天見他的真正動機是什麼，這是以往屢次失敗給他留下的深刻教訓。柳依紅要營造淒美氛圍，那他就一定要製造陽剛氣息。

「看來你是對我一點都不在意了，人家死的心都有了，你還這麼高興。」柳依紅抱怨地說。

韓同軒想安慰幾句柳依紅，又怕中了她的什麼圈套，於是就開始在屋子裡踱步。屋子裡的音樂和擺設讓他想起了不久前社裡的一個女編輯去日本探親回來講的一件趣聞。他想把這件趣聞講給柳依紅聽，以此來沖淡一下她製造的淒美氛圍。女編輯叫蘭可，柳依紅也是認識的。

「蘭可妳還記得吧？」

柳依紅點了一下頭。

「蘭可的老公是一所大學裡的國學教授，幾年前被日本早稻田大學聘去講《中國知識》。這國學教授的房子竟然是和一個侵華老兵挨著的，兩人還成了要好的朋友。這老兵有個習慣，喜歡吃水餃，過段時間就纏著國學教授給他包水餃吃。一次，蘭可去日本探親，這老兵又來了。聽說他是侵華老兵，蘭可就拉下臉來不高興。水餃包給誰吃不行，偏要包給這些手上沾滿中國人鮮血的鬼子吃？國學教授趕忙解釋，戰爭國家權利掌握者發起的，這些老兵只是服進而已，從一定程度說他們也是受害者，再說了中日戰爭都過去這麼多年了，現在是友好第一。蘭可聽不進去，還在記著舊仇，恨不得在餃子裡放點毒。水餃煮熟了，那侵華老兵樂滋滋地跑到廚房裡來洗筷子。筷子是他自己帶來的，金的，上面還刻著中國字。這筷子引起了蘭可的注意。侵華老兵就主動給她講了這雙筷子的由來。侵華老兵說這筷子是當年河北省交河縣憲兵隊第三中隊的中隊長孫憲章送給他的生日禮物。聽了這身分，蘭可心想，這不整個一大漢奸嗎？侵華老兵又說，剛到中國時，他和那孫憲章是好朋友，他經常去孫憲章家裡吃水餃，還教中國孩子識日文。有一回遇上他過生日，孫憲章就用排車拉著大米、麵粉和豬肉來祝賀，還專門找人製作了這雙筷子贈他，上面刻著『河北省交河縣憲兵隊第三中隊小隊長孫憲章敬贈』。侵華老兵說後來戰爭就殘酷起來，身為軍人的他只有服從上司的命令。你殺過中國人嗎？蘭可插嘴問道。殺過的，下鄉時還把孫憲章的父母給殺了，侵華老兵慚愧地回答。蘭可覺得這事情有點意思，就緊盯著那侵華老兵看。侵華老兵說不久之後就發生了一件事，有天夜裡孫憲章帶上人襲擊了日本小分隊，小分隊全軍覆沒，他是夜裡出去上廁所才逃過那一劫的。

看來這漢奸還算有點中國人的血性——」

說到這，韓同軒喝口茶看了一眼柳依紅，那柳依紅正低眉順眼的，看不出什麼表情來。他接著又說：「蘭可回國時，那侵華老兵委託她幫著辦件事，讓她到河北省交河縣去找孫憲章的後代，說是要免費為孫憲章的後代提供去日本留學的費用。蘭可雖然有點不情願但還是利用一次去河北出差的機會去了。蘭可一到交河縣就去電視台和縣報播報刊發了廣告。妳猜結果怎麼樣？」

韓同軒看著柳依紅問。

柳依紅還在低著頭，悶聲問：「怎麼樣？」

韓同軒說：「廣告發出去的當天晚上，就有幾十個男男女女來飯店找蘭可，有的自稱是孫憲章的孫子、孫女，有的自稱是孫憲章的外孫、外孫女，都說得牛頭不對馬嘴的，把蘭可搞得苦笑不得。蘭可覺得這些所謂的孫憲章的後代一個都不是真的，他們前來冒充孫憲章的後代，目的只有一個，就是想獲得免費去日本留學的資格！蘭可當天晚上換了飯店，才逃脫了那些人的追逐。回到公司，她給老公打了通電話，就說那孫憲章早就去世了，沒留下什麼後代。聽說那日本侵華老兵聽到這個消息後，還黯然神傷了許久。」

說完，見柳依紅還低著頭，韓同軒就問：「妳到底是怎麼了，又有什麼不高興的事情嗎？」

柳依紅抬起頭，眼裡早已含滿了淚，她哽咽幽怨地說：「中國和日本，都早就建了交，你就那麼不肯原諒我？你就那麼恨我嗎？」

說著，柳依紅就哭起來。韓同軒走過來，坐在柳依紅旁邊的塌塌米上，把一隻手伸給她，「小紅，別哭了好嗎？跟我說說到底發生了什麼事情？」

若在以往，柳依紅肯定會就勢俯在韓同軒的肩膀上的，但今天她沒有，不光沒有，還把身子向後移了移。柳依紅哭泣著向韓同軒說了她的處境。她說，如果再拿不出東西，劇院裡就不要她了，還說現在無論走到哪裡都是罵她是個假詩人的聲音。總之，如果再不發點東西，她就活不成了。

韓同軒終於明白了柳依紅的動機。他覺得眼前這個女人實在是很可笑，這個時候了還想讓他再給她寫詩。

「最近我很忙，家裡的事情也多——」

柳依紅哭得更加悲切，「我就知道你會見死不救的，說不定心裡還不知怎麼高興呢？」

「再說，我幫得了妳一時也幫不了妳一世。」

柳依紅忽然抬起淚眼，定定地看著韓同軒，「就幫我這一次，可以嗎？」

面對著柳依紅的眼神，韓同軒沉默了。

柳依紅接著說：「我就是想讓他們知道我還是能寫一點東西的，否則真的是活不成了。」

說完，柳依紅就又哭泣。

不知過了多長時間，韓同軒終於說：「就這一次啊！一言為定！」

52

物質和事業都有了著落之後，日子似乎就平淡起來。雖然韓同軒的詩還沒有交過來，但心裡已經有了底。柳依紅再也不像前段時間那樣憂愁和悲傷了。她知道，揚眉吐氣的日子已經不遠。到那時，排練廳裡的竊竊私語會自動停息，沈院長也會再次對她綻放出欣賞的笑容。柳依紅先前充滿焦慮的心情安靜了下來。她時常會聽聽音樂看看書，做著一些和編劇身分吻合的事情。

劇院裡的人也看到了柳依紅的這種變化，他們在狐疑的沉默中等待著。

其間也是發生了許多故事的，柳依紅都悄悄地應對過去了，神不知鬼不覺的。劉家正來過幾次，每次都是來去匆匆。劉家正真的是喜歡柳依紅。每次都是來得火熱，走得纏綿，浪費掉柳依紅不少的精力和表情。柳依紅對那棟房子的熱情已經過去，這一點劉家正感覺到了。為了博得美人的持久之愛，他又給了柳依紅一張銀行卡，定期往卡上打錢。

有時，柳依紅也會覺得很累。那累多半是來自黃良民。他總是把柳依紅看得很緊，潛意識裡要求她做到隨叫隨到，招之即來揮之即去，稍有差池就臉不是臉鼻子不是鼻子的。

有一次柳依紅去逛街回來晚了，黃良民就對她發起了火，罵得很難聽，要不是有柳依紅這樣超強的心理承受能力，一般人早跳樓不活了。

有一點還好，黃良民自始至終都沒跟她提結婚的事。是一種安慰，同時也是一種羞辱，但柳依紅卻樂得這樣。日子久了，一點又一點的蛛絲馬跡讓柳依紅覺得黃良民這個人應該有秘密。果然有一天，就有一個女人找上門了，那女人還算理智，沒有大嚷大叫，推開門就說是找柳依紅談點私事。這個女人是黃良民的老婆，現任在冊的編制體制以內的名正言順的老婆。柳依紅慶幸遇到了一個如此有修養的女人，同時又感到一種解脫。她早就對黃良民厭了，這正好是個送上門的好藉口。誰知，當柳依紅假裝怒氣衝衝找黃良民把這個藉口說出來之後，黃良民並沒有感到絲毫理虧，他叼著菸翹著二郎腿，理直氣壯地說：「你不是也沒離嗎？大家彼此彼此！」

一句話問得柳依紅沒了話說，不得不把這種秘密關係更加秘密地保持下去。

齊魯南已經許久沒有消息了。剛開始的時候，見和好不成，心高氣盛的柳依紅還想報復他一下給他添點堵。她曾經給齊魯南寄過醜ㄚ的照片。照片是刻意挑選了的，和齊魯南極為相像，能讓人馬上聯想到神奇的人類遺傳基因。但到底是碰到了律師，齊魯南那邊冷靜沉穩，不被任何風吹草動所驚擾。

日子久了，柳依紅也就沒了脾氣。有時，偶然想起齊魯南，柳依紅會好奇地想，她和齊魯南之間究竟會以怎樣的方式結束呢？柳依紅心裡沒有答案。但柳依紅早就想好了，她這一方是不會輕易答應離婚的，如果齊魯南主動提出來就狠敲他一筆，以前定的五十萬已經打不住了，就暫定它一百萬，來個翻番。一百萬拿不來，休想談離婚。反正自己是不打算再和什麼人結婚了，你齊魯南想娶純潔的小保母，對不起，拿錢來！

當然，柳依紅並不是因為缺錢才這麼打算的，她為的是出一口氣。有些時候，出氣比錢更重要。

這樣想著的時候，柳依紅就微微地冷笑。她的眼前劃過齊魯南和那個叫小美的保母的影子。她狠狠地把剛吸了一半的菸頭按滅，目光瞬間變得十分陰冷。

後來的結束方式是柳依紅意想不到的。當事情發生之後，她感慨自己的想像力遠不及齊魯南豐富。事情來的有點迅猛，讓柳依紅充分體味到了什麼叫戲劇般的人生。

齊魯南約見柳依紅的前一天，於她來說是個具有劃時代意義的歷史時刻。

這一天，韓同軒交稿了。

上午九點，韓同軒從辦公室打來了電話，他告訴柳依紅說任務完成了，隨時可以交稿。

柳依紅非常激動，感慨慶幸著自己終於成功地引領著韓同軒邁出了這關鍵性的具有轉折意義的第一步。這絕不是一個簡單的交稿，柳依紅早已有了下一步的打算，她要透過這次交稿進一步推進和韓同軒之間的關係，把韓同軒拉回到過去的狀態裡，不停地給她寫稿，想讓他寫什麼他就會給她寫什麼。

想來想去，柳依紅像黃良民當初約她那樣把韓同軒約到五洲大酒店。那裡有著無可比擬的優點，樓下有像樣的酒店，樓上有像樣的房間，進退自如、遊刃有餘。

「五洲大酒店知道嗎？我們就去那裡吧！」柳依紅用婉約輕鬆的聲音說。

「知道的，但沒有進去過，應該很貴的吧！換個便宜一點的地方吧！沒有必要的。」一慣節制的韓同軒說。

「就去那裡。」柳依紅說。

韓同軒說：「那好吧！就聽妳的吧！」

「這就對了，一會兒見！」柳依紅的語氣裡已經侵潤著一股曖昧隱晦的淫蕩之氣了。

韓同軒當然聽得出來柳依紅語氣裡的那些東西，不過他堅信自己立場堅定意志頑強，絕不會上她的當。

節制的本性一時又被報復的慾望所遮掩。去五洲就去五洲，不宰你一下，豈不白白辜負了我這些日子的辛勞。

這十首詩韓同軒寫得實在不容易。白天在辦公室裡要逃開同事，晚上在家裡要避開朱婕。以前和柳依紅沒鬧翻的時候，誰也不會想到他是在給柳依紅寫詩，因此也就少了許多戒備。經歷了那一番事情之後，許多人都透過他的口知道了事情的真相，如果現在讓人知道他又開始給柳依紅寫詩了，那事情可就大了，光是一個朱婕就夠他受的。

想想都覺得可怕，還是謹慎小心的為妙。

朱婕這一關，還就偏是不好過。朱婕是個十分理性的人，可能是缺什麼補什麼的原因吧！理性的朱婕十分喜歡看韓同軒的詩，這是韓同軒最吸引她的地方。韓同軒無論寫了什麼，她都知道的一清二楚，是個忠實的第一讀者。這個第一讀者除了喜歡詩歌之外，還喜歡詩歌發表之後寄來的稿費單子。自從結婚之後，她就把韓同軒掙的稿費一筆筆記了下來，有時雜誌社寄的不夠及時，她甚至會催促韓同軒過問一下。

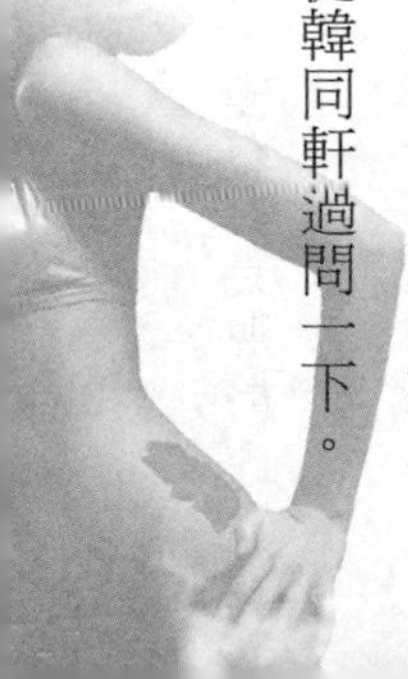

也就是說，要想瞞住給柳依紅寫詩這件事，就必須讓朱婕壓根兒就不知道這些詩的存在，變有形為無形，化腐朽為神奇。

難度當然是有的。寫詩的時候通常是在深夜，悄悄地把書房的門關了，挑燈夜戰。韓同軒寫作有個習慣，寫下一個題目，緊接著就在右下方寫上自己的名字。以前給柳依紅寫那些東西的時候也是這樣。看著自己的名字寫作，他會感到一種踏實和溫暖。現在當然是不能寫了，如果寫上了自己的名字，將來一旦敗露了怎麼辦？無法解釋的！無法解釋就只能不寫，不寫心裡就覺得缺點什麼似的。韓同軒想像著那個地方將來發表出來以後應該是柳依紅的名字。這樣，柳依紅就彷彿是站到他的眼前了。

也真是件很奇怪的事情。當想像中的柳依紅站到他眼前的時候，韓同軒覺得自己十分富有創作熱情，寫出的詩竟然連他自己也覺得吃驚。難道只有給柳依紅寫詩的時候他才是富有熱情和超常才思的嗎？他百思不得其解，並因此而感到鬱悶難耐。

十首詩果然都是精品，其中的一首《愛是一種絕症》，就更是令他愛不釋手。

他在詩中寫道：

此時的天空很古老

地平線上

一頭古怪的牛

和天邊的雲朵一起放牧
可疑的季節
可疑的青草
夕陽輝煌地墮落
如此殘忍的孤獨不容置疑
愛情尤如這傍晚的風
沒有退路
只有絕路

手下的文字在星夜狂奔
詞不達意的表白
讓水著急
失明的肉體
投入鏡子的懷抱
以身相許
盲從的慾望爛醉如泥

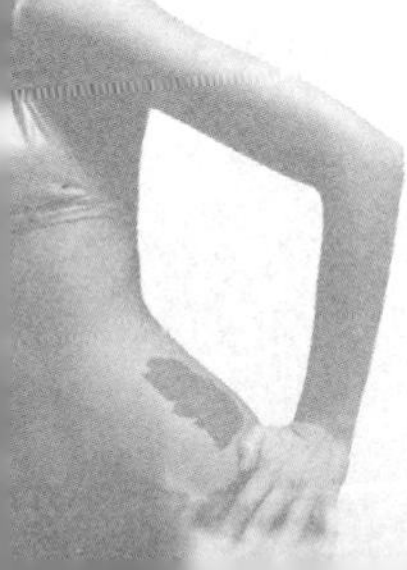

忍受有你和沒有你的日子
讓我說什麼
語言的洞穴吹來涼風
讓我學會忘卻恐懼
愛是一種絕症

韓同軒把這些詩小心地列印出來，悄悄地放進皮包的夾層。這是要送給柳依紅的，儘管有點捨不得但也還是要送。電腦裡也是備份了的，放在一個單獨的設了密碼的檔案裡，沒事的時候就偷偷打開看看，如同是在探望一個出色的私生子。

柳依紅讓韓同軒點菜，韓同軒沒有客氣，魚翅、鮑魚、龍蝦什麼的點了一通。柳依紅微微笑著，並沒有露出心驚肉跳的不安。

「喝點酒吧！」幾個涼菜上來之後，柳依紅對韓同軒溫情地說。

「好啊！」韓同軒表示同意。韓同軒知道柳依紅的酒量，心說，就妳那點破酒量，我還怕妳不成。

柳依紅酒量不大勇氣大，此時酒醉對於她來說是一種絕好的隱秘武器。她找各種理由一杯接一杯地敬韓同軒。韓同軒不甘示弱，勇於迎戰。到後來，兩個人就都醉了。當然，柳依紅比韓同軒醉得要厲害一些。然而，醉了的柳依紅卻始終沒有忘記銘刻在心的一件事，那就是上樓開房。見柳依紅喝得如此之醉，半醉的韓同軒一時性起也就同意了。說來也是好笑，酒醉成全了柳依紅的得逞，半醉造成了韓同軒的中計。

酒醉之中的柳依紅分外清醒，半醉狀態的韓同軒卻是異常的迷糊。

開了房，一切似乎是駕輕就熟和順理成章。柳依紅已經成了一個迷人淫蕩的酒鬼，而韓同軒也成了一個禁不住誘惑的多情公子。

事隔兩年半，在兩個人不管不顧異常匆忙猛烈的媾和中，韓同軒再一次無可救藥地被柳依紅身上的某種特質莫名地誘惑了。他似乎嗅到了一種久違的氣息，並被這氣息所吸引和引領，到達了一個美妙的去處。在那美妙的制高點上，他自責而無法自拔地審視著自己。韓同軒覺得自己又完了，再次陷入到對懷中這個有著魔鬼般蠱惑魅力的女人無法自拔的愛恨中。他知道，此時這個有著魔鬼般蠱惑魅力的女人無論向他發出什麼指令，他都會乖乖地服從。在抗爭中服從，在服從中迷失，韓同軒對自己充滿了痛恨。

完事之後，柳依紅故意把那串玫瑰花裸露出來。韓同軒低頭時無意發現了。當時，他全身被嚇得的一顫。

那是一串開放在腰間的美麗的玫瑰。美的令人心顫。

但瞬間，韓同軒又想起以前的那串疤痕的模樣。

他似乎是產生了一種幻覺。那串美麗的玫瑰又變回了以前的疤痕。

仔細一看，還是一串花朵。但只是瞬間，韓同軒又覺得這花朵不再是玫瑰，而是一串啼血般冷豔的罌

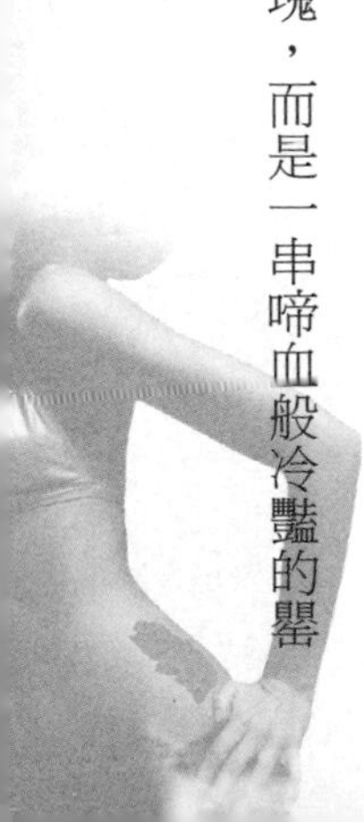

粟花。

嬌豔神秘陰毒的罌粟花。冒著茲茲的寒氣，帶著陣陣的涼意。

韓同軒如同被雷擊了一般僵在那裡，恍惚中覺得一切都是命定的東西，逃不掉的。

他又一次被這個女人誘惑掌控了。這個變幻莫測的女人！這個既是玫瑰又是罌粟的女人！

離開五洲大酒店的時候，柳依紅的頭雖然還有點暈，但內心深處卻是輕鬆愉悅的。韓同軒已經答應了再幫她寫十首詩，有了這二十首詩，再把以前的搬過來一些，她就又可以出個詩集了。這還只是開始，她堅信以後韓同軒會給她寫無數個十首詩的。黑暗已經過去，光明即將到來，這已經成為不爭的事實。怕是個夢，柳依紅把那十首詩從包包裡抽出來又看了一眼。詩也鑿鑿，天也鑿鑿，地也鑿鑿，當真一個光明朗朗的現實！

面對著初冬的陽光，柳依紅臉上露出了久違的笑容。

那笑容幾乎還沒有從柳依紅的臉上消失，包包裡的手機就響了。她趕忙把詩稿放進去，把手機掏出來。

竟然是齊魯南。這個該死的冤家終於冒了出來。

「有什麼事情嗎？」柳依紅問。

齊魯南停頓了一下，問：「妳在哪？」

「外面。」

「看來妳很忙。」齊魯南的語氣冷靜而冰冷。

柳依紅說：「是的，我很忙，有話快點說！」

「想和妳談談。」

「可以，什麼時間？」柳依紅問。

「既然妳今天很忙，那就明天怎麼樣？」

「好的，就明天。」柳依紅說。

齊魯南是第二天中午到歌劇院找柳依紅的。事先，當柳依紅問他去哪裡見面時，齊魯南堅持要把見面的地點訂在了柳依紅的宿舍裡。

齊魯南拎著個黑色的公事包進來了，英俊瀟脫中裹挾著一種冷冷的神情。

柳依紅發現齊魯南的褲子燙的筆挺，襯衫領子也漿的雪白，就連袖口也舒舒服服地服貼著。看來那個升了級的小保母的確是充分發揮了特長，柳依紅充滿醋意地忿忿地想。

見齊魯南進來了，柳依紅不但沒有關門，反倒走到門口伸著脖子誇張地往走廊裡看，「怎麼，就你一個人嗎？沒帶那個升了級的小保母嗎？」

「她不適合來這樣的場所。」齊魯南淡淡地說。

被婉轉惡毒地損了一下，柳依紅十分惱怒，轉身「咯」地一下關上門，「什麼事，快說！」

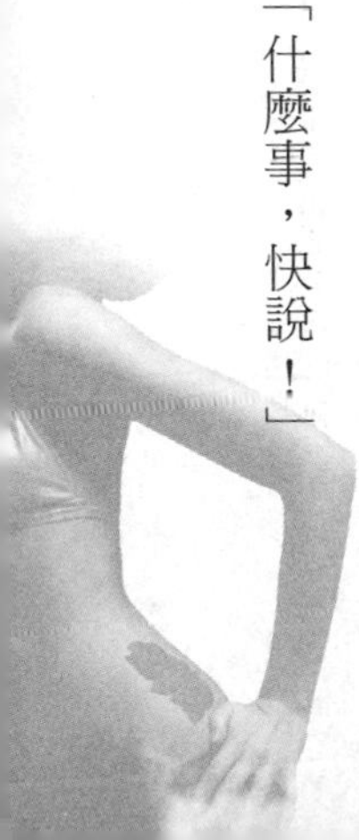

「今天不出去了嗎？」齊魯南用冰冷而嘲諷的語氣問。

柳依紅摸不透這個男人到底要說些什麼，只是一看到他那副傲慢冷漠的樣子就來氣，「那是我的事情，有話你就快說吧！」

「當然有話要說，否則怎麼敢來打擾日理萬機的妳！」齊魯南的嘴角劃過一絲嘲諷。

「別陰陽怪氣的了，有屁快放！」由於對這個陰毒男人的失望、絕望加憎恨，使柳依紅完全拋棄了當初在這個男人面前所保持的那份文雅和端莊。

齊魯南還是不急不躁的陰冷惡毒著，「這就是真實的妳吧！典型的一個淫蕩潑婦！」

「你給我滾！」柳依紅聲嘶力竭起來。

齊魯南陰笑著不急不忙地說：「事還沒談呢！怎麼能走？」

「那就快說，我沒工夫陪你！」柳依紅說。

「那妳有工夫陪誰？」齊魯南似乎是意味深長。

柳依紅沒有意識到齊魯南的伏筆，又催促說：「快點！快點！我還有事！」

齊魯南在桌子前坐下，從包裡拿出一份早已起草好了的離婚協議書遞給柳依紅，讓她在上面簽字。

柳依紅匆匆看了幾眼，就被其中的關鍵的兩條氣懵了。一條是說孩子歸她撫養，每個月齊魯南只給200塊錢的生活費，另一條是強調不存在財產分割，因為所有財產都是齊魯南的婚前財產。

「簽你個鬼！」柳依紅把協議書一下扔到了齊魯南的臉上，口水四濺地罵道：「想這麼便宜的就了結？做你的狗屁美夢！你給我滾！快滾！」

齊魯南依然保持著冷峻的神態，他把已經落到地上的協議書又撿了起來，小心地放到了桌子上，然後拿出一支那種墨水充足的簽字筆放在了一旁。做完這一切，齊魯南幾乎是心平氣和地對柳依紅說：「給你片光碟吧！昨天晚上剛燒的，一次燒了好幾張，這張看完之後可以送給妳留個紀念。」

柳依紅有些摸不著頭緒，不知道這個男人又要出些什麼鬼花招。

齊魯南把光碟放進電視機下面的播放機裡，在冰冷的沉默裡打開了電視。

當第一個畫面出現在電視螢幕上的時候，柳依紅就完全傻掉了，只覺得一陣陣的天旋地轉。那是她昨天下午和韓同軒一起在五洲大酒店裡喝酒時的情形。鏡頭雖然是在遠處拍的，但卻異常清晰。緊接著，又換了鏡頭，是酒醉後東倒西歪的她正和韓同軒相互攙扶著上樓的場景。第三個鏡頭就更是讓柳依紅心驚肉跳了，是她和韓同軒在房間裡鬼混的實錄。最為糟糕的是還不僅是錄影，就連當時他們的談話也都一句不落地被錄了下來。

柳依紅的臉色瞬間變得煞白，心臟幾乎停止了跳動。

這時，齊魯南的聲音猶如畫外音一般在她身旁響起，「真想不到連妳詩人的頭銜也是假的，妳可真是個人渣！」

柳依紅一句話也說不出來，彷彿立刻要背過氣來一般。身邊的齊魯南這時又說：「是個倒敘，慢慢往後看，後面還有精彩的！」

畫面上又依次出現了劉家正和黃良民，柳依紅每次和他們幽會的場面都歷歷在目。柳依紅實在是看不下去了，她猛然瘋狂地跳起來，一下衝過去關了電視。

「還說不簽嗎？」齊魯南溫柔地輕聲問。

柳依紅用眼睛驚恐地瞪視著他。

「還是簽了更好，妳說呢？」齊魯南溫柔地追問。

眼睛裡似乎要流出血來，身體卻虛弱的一句話也說不出來。沉默了許久，柳依紅終於用無力的手拿起筆在那份離婚協議書上簽了字。

齊魯南拿起那份被柳依紅簽了字的離婚協議書，小心地收好，「你是個聰明人，我先走了，妳繼續欣賞那個光碟吧！」

說完，齊魯南就彬彬有禮地開門走了。出門的時候，齊魯南還沒忘了保持自己的形象，把頭髮仔細地向後理了理。

齊魯南剛走，李大媽就開門進來了，她說：「我早就說了吧！孩子是父母的連心線，妳不找他，他來找妳了吧？」

柳依紅還在呆滯著，李大媽仍在一旁自以為是的喋喋不休。

「出去！」柳依紅突然對著李大媽嚎叫。

李大媽被嚇得一個激靈呆在了那裡，停頓了片刻就跌跌撞撞地奔了出去。

世界陷入死一般的寂靜裡。

53

文青相信一切都是有預感的。

這是個星期天。從菜市場買菜回來的路上的文青不知怎地心就一下揪了起來。就在這時，包包裡的手機「滴答」叫了一聲，像是一個來自亙古的呼喚。

幾乎是打開簡訊的瞬間，文青就明白了對方是誰。陸天川——那個讓她隱隱惦記了許多年甚至懷疑是個虛幻的那個人。

陸天川的簡訊極為簡潔：文青，還記得我嗎？如方便下午三點青石路茶齋一坐。

青石路的茶齋是他們很多年前去過的地方，難得現在還存在著。

文青的簡訊只回了兩個字：好的。

文青沒有猶豫，她打算前去赴約。她的心情是複雜的，不知道這消失了多年的陸天川究竟算是她的一個什麼人。說是普通的朋友吧有點假，因為她是用了女人欣賞男人的眼光去看他的，而且一直羞澀地把他密封在心裡，不讓任何人知道他在她心裡的存在。說是情人吧也有點牽強，他們沒有絲毫情人間的實質要

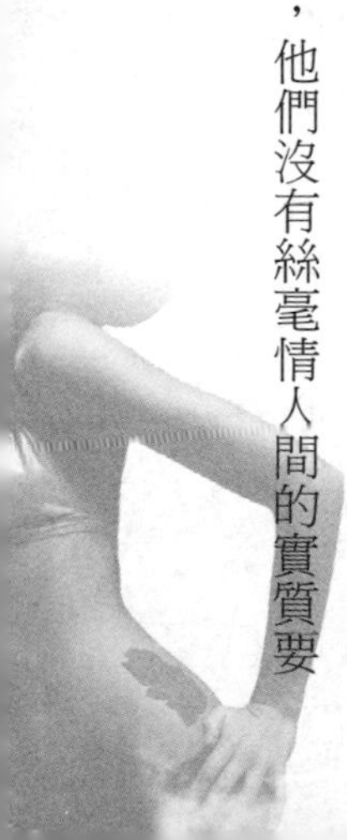

素，更是多年沒有聯繫。

文青迅速回到家，把那些菜淩亂地扔到了廚房。她覺得自己此刻是非同一般的激動，內心裡有一種強烈的期待。幸虧今天周一偉帶兒子爬山去了，否則她的這種興奮非讓他看出破綻不可。文青沒去是因為要加班找個資料，早晨周一偉出門的時候，她還抱怨自己命苦，這會兒卻覺得是一種冥冥中的機緣。

文青是個不注重穿著的女人，此時卻分外講究起來。她把幾套衣服放在床上，終於挑選了一套最滿意的穿在身上。把衣服穿在了身上，卻發現離約定的時間還有兩個小時，真是昏了頭了。

文青並沒把衣服脫下來，打算就這樣等著。她一直坐在沙發上，腦子裡是一片興奮的喧嘩。

終於過了兩點了，文青打算出門，這時她的心又撕扯著痛了一下，與此同時，放在客廳茶几上的手機又「滴答」了一聲。

文青迅速打開那則簡訊，只見上面寫道：真是抱歉了，醫生說是下午有檢查，不讓我出去，妳能來這裡嗎？我在省立醫院外科63床。

文青沒有回這個簡訊，抓起包包就出了門。

時隔十多年，那種強烈的心靈感應依然存在，目光相遇的瞬間仍然是一聲震耳欲聾的怦然心動。

「妳來了，文青。」躺在床上骨瘦如柴的陸天川說。

「來了。」文青回答。

他們的語氣都很淡，淡的彷彿壓根兒就沒有那一系列的內心的驚心動魄。

坐在床前的一個已經白了鬢角的女人站起來，對文青輕聲說了句你們聊我先出去一下，說完那女人就走了，身體柔弱的像是一陣風一樣。

「這是我的前妻。」等那女人的身影在門口消失了，陸天川無力地說道。

對著已經空無一人的門口看了一眼，文青什麼也沒說。面對多年不見的陸天川，她忽然有一種無言的感覺，不知道要說些什麼。

過了許久，文青問：「你怎麼了，要緊嗎？怎麼這麼瘦啊？臉色也不好。」

「沒什麼大事，就是有些肚子不舒服，你能來看我，我很高興。」床上虛弱的男人說。

「應該的。」文青回答，她感到自己似乎也虛弱起來。

「一切還都好吧？」

「還好。」文青又回答。

「其實每次回來都有見妳的想法，但每次都克制住了，怕打擾妳，知道妳生活的很好，悄悄地為妳感到高興。」

「為什麼不和我見面呢？」文青如夢遊一般問道。

床上虛弱的男人淒然一笑，「有些東西，是應該珍藏在心裡的。」

文青很感動。

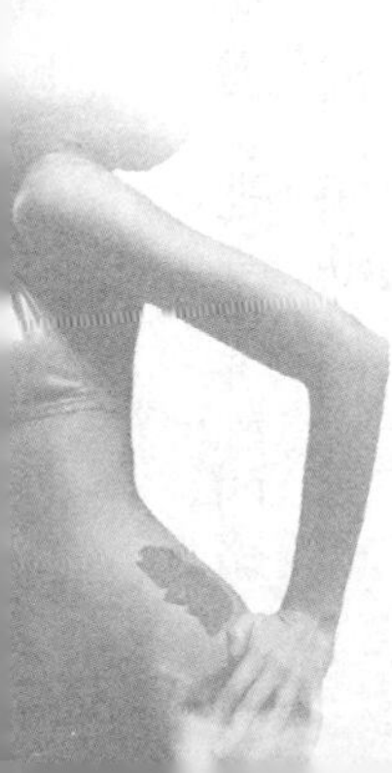

那虛弱的男人又說：「有幾次回來的時候，還去了妳的公司門口，悄悄在收發室裡等待著妳的路過，有一次還真的是看到了妳，手裡拎著一件小孩子的羽絨衣，興高采烈的樣子，大概是去幼稚園接孩子吧！」

文青更加的感動，覺得這是小說裡的情節。

「這次回來其實就是想看看妳和她，對她我是愧疚的，對妳我是無法忘卻！」

文青的感動一點一點往上湧，她不想讓自己一直沉浸在這樣的情境裡，於是就說：「陸詩人，別辦得這麼悲壯好不好？生離死別似的！」

許多年前，文青就是這麼稱呼他為陸詩人的。

這床上的虛弱男人讓她憐憫。瘦弱成這個樣子，一定是吃了許多苦的。忍不住地，文青的眼睛就濕潤了。

「哭什麼呀！我不會有事的。」陸天川說。

文青也覺得自己奇怪，就調侃說：「告訴你，我可是許多年沒流眼淚了，哭出皺紋來找你算帳。」

「女人真正的美麗皺紋是遮蓋不住的。」陸天川又說，很深情的樣子。

話題似乎變得輕鬆起來。他們聊起了以前共同認識的人，也聊起了文學和詩歌。後來不知怎麼就聊到了柳依紅，以及她的獲獎。聽說文青也和柳依紅認識，陸天川眼裡劃過一絲異樣，緊接著眼睛裡就充滿了不屑和嘲笑。文青沒有就柳依紅的獲獎多說什麼，她從來沒有對人說起那些鮮為人知的秘密，這是她的原則。

陸天川還是那麼的憤世嫉俗，做個李白式的浪漫詩人的志向仍在心頭燃燒，只是一提到現實就會現出幾分落寞。

不知不覺時間已經過去了兩個多小時，想到那一直在外面晃蕩的前妻，文青起身告辭。她打算明天抽空再來看望。

陸天川幾乎是不顧一切地把手伸了過來，「再見，文青！」

「再見，我明天再來看你。」

陸天川眼裡劃過一絲感動，「不用了，妳忙妳的。」

握著陸天川手的手並無觸電般的感覺，文青輕輕地把手抽了回來。那一刻，文青想，這個男人和周一偉是沒有可比性的，真的和他待在一起也許會覺得婚姻更加索然無味，說不定一天會打上八回架。想著此刻自己的這些念頭，文青覺得自己的想法真是奇怪和荒誕。

陸天川放下了握著的文青的手，眼神緊盯著她，像是要把她刻在心裡。

走廊上的前妻正愁眉苦臉地坐在長椅上。她的身邊不知什麼時候多了個十多歲的男孩，那男孩清清瘦瘦、懵懵懂懂的，在打著哈欠。文青對前妻打了個招呼就轉身走了。走到走廊盡頭再回頭時，前妻已經不見了。

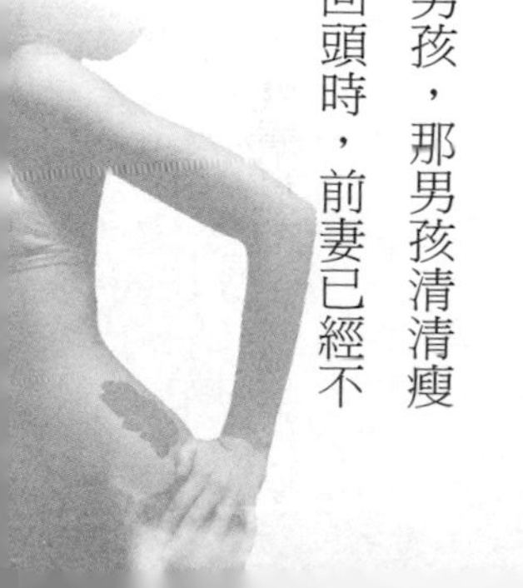

文青是第二天下午又去醫院看望陸天川的，買了不少的水果和滋補品。一走進病房，就看見前妻正坐在床前抽抽搭搭地哭泣，幾個醫生在一旁搖頭，床上的陸天川不見了。

「陸天川哪？」文青問。

「他又走了。」前妻說。

文青大驚。

前妻哭著說：「這回他是不會再回來了。」

「為什麼？」文青不解。

「得了這樣的病，我就知道他是回來看看我們娘倆就走的。」

「他得的是什麼病？」文青發現她一直忽略了一個十分重要的問題。

「肝癌。」一旁的一個醫生說。

文青手裡的水果一下掉到了地上。

出了病房，文青就開始撥打昨天陸天川給她發簡訊的那個手機號碼，但已關機，一連打了許多次，還是關機。

文青知道，這個號碼恐怕是永遠也打不通了。

忽然之間，文青開始懷疑這一切事情的真實性，她懷疑這些事情是不是她自己的想像和幻覺。她慌忙調出了昨天陸天川發給她的兩則簡訊。一切都是真實的，並非虛幻。

她把這兩則簡訊小心地儲存起來，當作永久的紀念。

正在感慨之時，手機裡又來了簡訊，文青打開，原來是周一偉發來的。周一偉問：冰箱裡的饅頭是否還有，沒有我順道買幾個。

文青並不知道冰箱裡還有沒有饅頭，就回復道：買幾個吧！

看著初冬的藍天，想像著冰箱裡的饅頭，文青忽然覺得自己又開始思念起那個只是活在她的想像之中的虛幻的男人了，恬淡而久遠。

54

《詩天地》和《詩仙》柳依紅是同時收到的。看著印有自己名字的詩歌重新出現在雜誌上，她心裡翻滾著陣陣的波濤，激動的情緒甚至超過了當年的處女作發表。

收發室裡，柳依紅激動地把雜誌翻給李大媽看，翻給在場的每一個人看。她雙手顫抖，語氣急促，整個人都有幾分癲狂。被激動的情緒所驅使，她等不到他們完全看仔細，就把雜誌奪過來跑了。跑回宿舍，一關上門柳依紅就激動地哭了。

這是再生之作，這是涅磐之歌！柳依紅實在是沒有辦法不激動。

和齊魯南離婚後的這段時間裡，柳依紅一直很壓抑。如同是被一個毒蠍給狠狠地螫了一下，但又不能與外人明說，只能一個人悄悄地忍受這份創痛與傷害。有時夜深人靜睡不著覺的時候，離婚前後的細枝末節一幕幕出現在眼前。這個時候，柳依紅會一下從床上彈坐起來，巨大的羞辱和仇恨讓她心潮起伏，呼吸急促，再也無法入眠。

活這麼大歲數，她好像從來沒有被人這樣算計過，那種憤怒和不甘像海上的潮水一樣久久不肯退去。和齊魯南離婚後不久，就傳來了齊魯南和保母小美結婚的消息。這消息更加深了柳依紅的仇恨。

我要復仇！柳依紅在內心大喊，整個人幾近瘋狂。

齊魯南所做的一切是那麼的惡毒兇狠，但又萬分周密，讓她沒有絲毫迴旋反擊的餘地。那種就事論事的復仇是不可以的，要想復仇，就要另闢蹊徑。留得青山在，不怕沒柴燒。只要在事業上重新站穩腳跟，就不愁將來找不到復仇的機會。

《詩天地》和《詩仙》上發表的這兩組詩歌給了柳依紅這樣的希望，是出現在她生命低谷中的第一縷曙光。

為了生存，她需要這些詩歌，為了復仇，她更需要這些詩歌！

對著窗戶外面的藍天，柳依紅把《詩天地》和《詩仙》如若神明一般高高地捧起來，深深地鞠了一恭。之後，淚流滿面的她便匍匐在地，把《詩天地》和《詩仙》揣在懷裡，久久地親吻著。

過了幾個月，到了這一年春末夏初的時候，東山再起的柳依紅在文壇上可謂是大紅大紫，達到了她人生中的巔峰時期，成了省城裡的一個炙手可熱的人物。

《詩天地》和《詩仙》同時發出的那兩組詩猶如兩支突圍小分隊把柳依紅從黑暗中迅速引領出來。繼而，那一組組遍地開花的詩歌猶如一枚枚重磅炸彈，把文壇重重地覆蓋了一遍，炸得四處人仰馬翻，喝彩聲不絕於耳。

柳依紅重整旗鼓閃亮登場，帶著無比的妖豔和亮麗，也帶著足夠的沉穩和冷靜。

對於柳依紅的東山再起和大紅大紫，人們的反應是不一樣的。但有一點大家的反應是共同的，那就是所有人都被這個不爭的事實所震驚。

那些原本對柳依紅很感冒的人面對這一現象感到十分的茫然和捉摸不透。怎麼會這樣呢？她不是明明和韓同軒鬧翻了嗎？怎麼又寫出了這麼好的詩？難道在她身邊又出現了第二個韓同軒嗎？這究竟是怎麼回事呢？以前是不是真的冤枉了人家呢？

而對柳依紅本來就抱有同情之心的人們迅速地為柳依紅以前受到的不公正議論打抱不平。誰說人家柳依紅是個假詩人？這不是睜著大眼說瞎話嗎？瞧瞧，離開了韓同軒，人家柳依紅的詩寫得更棒了！這麼陽光的詩歌！怎麼有可能是那陽氣不足的韓同軒所作？這不是擺明了冤枉人嗎？怎麼可以這樣去詆毀一個弱女子？簡直是太不公平太、不負責任了！

在人們的打抱不平中，柳依紅的詩歌越加一天天走紅起來。

到了七月，柳依紅的那首寫秀山的詩就被刻到了秀山的石碑上。一時間，竟然引來了秀山的旅遊熱，大大帶動了當地的經濟發展。有經濟人士預計，說原本貧窮的秀山今年將因為旅遊業的迅猛發展使GDP較上一年提升18個百分點。

因為這首詩，柳依紅結識了省長趙太龍。

趙大龍是那種比較務實的領導，務實的同時也還稍稍有點人文情趣。

事情的經過是這樣的。趙太龍愛好書法，寫的也還算是有那麼幾分意思。如此這般以來，無論趙太龍走到哪裡，人們就把請他寫書法當成了個固定的程式。這個程式是有著好幾層意思的，一是體現了對領導的尊重，二是替領導揚了儒雅之名，三是找了個給領導表示意思的藉口。

趙太龍基本上是屬於那種政治警覺性不是很強的官員，也被世俗的種種歡樂所吸引著，因此也就樂得接受了。再說了，寫書法也的確是他的一大愛好，如果不寫，他還真有點不自在。

七月裡的一天，趙太龍去秀山縣視察。秀山是秀山縣的一座山，秀山縣正是因此而得名。吃過了午飯，縣裡的領導就拿來了早就準備好了的紙和筆，懇請趙太龍給寫幅字。紙和筆都是上好的，精心準備了的，唯獨疏忽的是沒有準備上一本唐詩宋詞。趙太龍寫字有個習慣，每次都是要有一本唐詩宋詞放在一旁的。他喜歡讀詩詞但卻背不下來，如果不看著還真是寫不出來。

發現了這個問題，縣委書記頭上的汗珠就冒了出來。他慌忙命人去書店買。那邊人還沒有出門，這邊卻已經是心急如焚了。在場的有個縣裡的文聯主席，見頂頭上司急成這樣，一時起了救場之心。他把一本《詩天地》從皮包裡抽出來翻閱，以求在上面能找到一篇像樣一點的詩用來應付眼前的緊急場面。《詩天地》是辦公室裡訂的，裝在包包裡倒不是他要看，而是讀高中的女兒要看。裝在包包裡已經好幾天了，天天到了家裡就忘了拿出來，想不到這會派上了用場。

一眼就看到了《秀山》這首詩，竟然是個頭題。最初的感覺是此秀山非彼秀山，直白點說就是紙上的秀山不是離縣城三公里之外的那個秀山。仔細一看，是自己辨錯了，此秀山和彼秀山竟然指的是一個山，詩下面的題記為證。有點意思。再一看，就更是覺得有點意思，詩寫得不錯。文聯主席如獲至寶般把那本《詩天地》拿到縣委書記面前對他嘀咕了半天。縣委書記果然大喜，拿上雜誌就來到了趙太龍面前。

趙太龍果然也對這首詩有了興趣，當下就開始了他的愉快書寫。寫的正是署名為柳依紅的詩歌《秀山》。

這一切發生的時候，柳依紅並不知曉。她真正知道這件事的時候是在三個月之後的金秋了。

趙太龍走了之後，秀山縣裡的領導就找人把他的書法刻在了石頭上，立於秀山半腰。說起來秀山也是個有山有水的秀美之地，之所以沒有成為省裡的旅遊熱線與宣傳力度不夠有一定關係。立石頭書法正是考慮到了這一點。

趙太龍的石頭書法立了不久，人民日報的一個攝影記者到這裡出差，他不光發現了秀山的秀美也發現了那塊刻了趙太龍書法的大石頭。他用極好的角度拍了一張照片，照片上不光有山有水有意境，還有那塊大石頭。沒幾天，這張照片就在全國的幾家報紙上刊登了出來。到了暑假，來秀山旅遊的人猛地就多了起來。那些來自四面八方的人在這裡吃、在這裡喝，當地的經濟很快就有了起色。

十月，秀山縣的縣委書記到省城開會就把這個喜訊告訴了趙太龍。歪打正著，趙太龍自然是十分高興。秀山縣委書記除了告訴趙太龍秀山縣富了之外，還話趕話地順便告訴了趙太龍另外一件事。

「這可不是我一個人的功勞，人家原作者也有一份。」趙太龍說。

「聽我們文聯主席說那首詩是咱們省歌劇院一個叫柳依紅的女編劇寫的，真是有才華啊！」

「是嗎？」趙太龍說。他沉吟著把柳依紅這個名字記在了心裡。

一個星期之後，宣傳部長到趙太龍的辦公室裡彙報工作，其間有幾句提到了歌劇院，還提到了歌劇院新排的歌劇。正在紙上練書法的趙太龍忽然停下筆問道：「歌劇院有個叫柳依紅的女編劇，詩寫得不錯，不知道歌劇編得怎麼樣？」

宣傳部長一愣，馬上說：「是嘛，我去瞭解一下。」

宣傳部長一回到自己的辦公室就給歌劇院沈院長打了電話，向他詢問柳依紅的情況。一聽說是趙省長在過問柳依紅，沈院長當下就來了精神，說柳依紅是劇院裡的骨幹，把她說成了一朵花。

沈院長誇了半天，忽然想起來一件事，就說：「部長，這柳依紅不光是我們劇院的骨幹，也給你們幹過活呢！前年你們不是主編出版了一套《豆蔻年華》的書嗎？那裡面就有一本是她寫的，書名叫《勞動是一種生命的狀態》」。

「是嗎？」那套書就放在部長辦公桌旁邊的書櫃上，聽沈院長這麼一說，趕忙起身去拿，果然就在那套書裡看到了柳依紅的名字。

果然是個有才華的女編劇，看來這趙太龍還真是慧眼識珍珠。

又過了幾天，宣傳部長請趙太龍觀看歌劇院新排的歌劇。看完之後，接見演職人員是個例行的公事。心明眼亮的沈院長當然領會到了宣傳部長的用心良苦，把只是幫著順了順台詞的柳依紅也招了去。只是有一點令沈院長感到意外，原來那趙太龍事先並不認得柳依紅，只是從《詩天地》上看了一首她的詩而已。那詩沈院長也看了，是柳依紅死氣白賴送給他看的。說實在的，他看了之後沒什麼感覺，早不知道扔哪兒去了。嚴峻的知識市場已經不容他對詩歌之類的東西再有親近之感，他眼裡現在只有贏利和演出。柳依紅送詩歌給他看，無非是想證明她是能寫詩的，她的詩不是那個一度傳說的韓什麼軒給她寫的。其實這些都不重要，能不能寫詩他不關心，他最關心的是能不能寫劇本，聽周炳言說歌劇《七彩花雨》是柳依紅雇他寫的，他真的是感到驚訝萬分，並打算從此不再重用她。不過要是趙太龍對她表示出興趣，那就應該另當別論。

想不到，趙太龍還真是對柳依紅有興趣，這一點沈院長從趙太龍的一個一晃而過的眼神裡就看到了。趙太龍看到柳依紅的第一眼時，眼睛裡是放了亮光的。儘管意識到這一點之後，趙太龍幾乎是立刻就隱去了自己火熱的眼神，但還是被能洞察人性秋毫的沈院長捕捉到了。

不光是沈院長捕捉到了這一點，柳依紅也捕捉到了。她當時心頭一亮，覺得自己有救了。

趙太龍和柳依紅見了第一面後，又接二連三地見了好幾次，都是些工作關係，很自然。兩個人都有那個意思但卻都不表示出來，極為的含蓄。在柳依紅這邊，她的含蓄是一種成熟和淡定。她領悟到，以她這樣的年齡和身分，捕獲男人已經不適合再使用以前的那種迅雷不及掩耳之勢的快速攻堅，要循序漸進和春風化雨。而在趙太龍那邊，他的含蓄則是一種運籌帷幄和坦然自如。他和黃良民不一樣，白天給妳餵把糧食，晚上就恨不得讓妳下蛋。趙太龍是有著足夠的耐性的，他的想法是先把你劃拉到我的翅膀底下，大大小小的甜頭給著妳，等到了一定的時候信手拈來就是，一切全不費工夫。

柳依紅得到的第一個好處就是沈院長對她的再度重用，她一連接了劇院裡的幾個活，還都幹得很好。雖然都是請那韓同軒代筆，但絕對是人不知鬼不覺的，給了劇院上上下下又一個驚奇。

這好處在趙太龍那裡是不算數的，完全是個副產品。

說到趙太龍有意給柳依紅的好處就更是多了，比如讓她當上了省裡的青年標兵，還比如讓她獲得了幾次出訪的機會，還比如讓她當了省裡的優秀文藝工作者。這些都讓柳依紅進入一個全新的人生境界，讓人們對她不得不刮目相看。就連那以前對她蔑視嘲諷的苗泉對她也是畢恭畢敬的了，看到她像是看到了領導。

柳依紅得到的一個最大的好處就是即將要被提升，從一個歌劇院的小編劇直接升任為政府官員。不過，眼前這還是趙省長腦海中的一個設想。一般人的設想能否實現不好說，趙省長腦海中的設想那就是方針和藍圖，不存在著能否問題，最多也就是個時間問題。

想換個工作公司的意思，柳依紅早就對趙太龍含蓄地表達過了，趙太龍也表了態，說是找個機會就辦。

趙太龍覺得柳依紅的這個要求可以考慮，他是這樣打算的，把她安插到一個非要害部門的相關公司。文研所啊、電影家協會啊這樣的公司都可以考慮，進去之後，給她個一官半職的也不是不可以，聽說文研所的那個所長快到點了，到時候提前個一年半載的讓他退了算了。長江後浪推前浪嘛！很正常的事。

一切都在有計畫的運作之中，趙太龍胸有成竹，柳依紅氣定神閒。

一顆璀璨的明星即將生起。無論是在劇院還是在社會上，人們都是這樣看的。

面對這樣的大好形勢，柳依紅表現出了出奇的冷靜和謙虛，她比以往任何時候都更加的注意自己的形象，做人低調嚴謹，永遠告別了過去的那個自己。

自從有了秀山的前例，柳依紅的稿約就沒有斷過，許多地方都請她去作詩，而她的詩也的確是給一些地方擴大了影響。

這樣一來，柳依紅就有了一定的政治資本，成了個帶著一層政治面紗的特殊女詩人。

柳依紅的作品討論會召開了。會上，大家對她稱讚有加。專家們把柳依紅的詩歌捧到了一個前所未有的高度。高大江也應邀參加了討論會，他的發言除了肯定柳依紅的詩歌成就外，更著重肯定了她的人品和詩品，說她是個有著強烈社會責任感的詩人，為了寫出有益於人民和社會的詩不怕吃苦、勇於吃苦。在高大江的心目中，柳依紅簡直是高尚到家了。

韓同軒也參加了柳依紅的討論會。他站在一個不起眼的地方，沒有發言，臉色冷冷的。猛地，柳依紅的眼神和韓同軒相遇了，柳依紅打了個激靈。韓同軒事先和她說好不來的，不知為什麼此時又來了。後來，韓同軒又不見了，柳依紅心裡一直隱隱地有些不安。

55

下午，馮子竹交代了一下公司裡的事情，就一個人匆匆地去了書店。馮子竹是要去看看柳依紅新發表的詩。

柳依紅又重新寫詩的消息是聽林梅說的。上午，馮子竹給林梅打電話，在電話裡不知怎麼就又扯到了柳依紅身上，她又開始罵起了柳依紅。

那頭的林梅就說：「說不定妳還真冤枉人家柳依紅了，現在柳依紅和韓同軒掰了，人家不還照樣發表詩歌嗎？」

「真的嗎？在哪裡發的？」馮子竹像是不相信。

「《詩天地》和《詩仙》上都有，聽說她最近發得很火，遍地開花。」林梅說。

這就奇了怪了。馮子竹想。

「她是不是又和韓同軒好上了？」馮子竹問。

林梅說：「怎麼可能？韓同軒讓他這個老婆管得死死的，哪裡還敢，再說了，但凡他還有一點點骨氣也不會吃這個回頭草的。」

想想也是，馮子竹說的有道理。

在很長一段時間裡，馮子竹幾乎是快要把柳依紅給忘記了。忘記柳依紅是因為不斷的聽到柳依紅的倒楣和遭殃。

馮子竹發現，她能習慣和默認柳依紅的倒楣和遭殃，不能接受她的風光和成功。

因此，一聽說柳依紅又發表詩歌了，她就又不舒服了。馮子竹一直都不相信柳依紅發表的詩歌是她自己寫的，因此她要再次一探究竟。

來到書店，馮子竹直奔期刊部，眼睛像掃描器一樣在書架上來回掃射。看到一本《詩天地》，趕忙拿下來，目錄上果真有柳依紅的名字，組詩的題目是《愛是一種絕症》。完全是韓同軒的腔調，再翻閱裡面的詩，韓同軒的氣息撲面而來。

馮子竹大惑不解。

把書架上的詩歌雜誌都翻遍了，果然是遍地開花，七、八本詩歌雜誌上都有柳依紅的詩歌新作。馮子竹把這些雜誌統統買下來，匆匆離開了書店。

回到家剛進門，屋子裡經年累月浸滿中藥味道的空氣一下就把她給包圍了。這頑固的驅逐不走的味道讓馮子竹立刻就想起了自己生活中的不如意。

慧慧正在廚房裡熬中藥，馮子竹走過去叮囑她不要忘了加紅糖。

馮子竹來到臥室關上門，把那些雜誌攤開放在桌子上一一研究。

馮子竹越研究越覺得奇怪，越研究越覺得迷惑。

要說詩風吧！並沒有和原來有多大差別，但卻比以往要硬朗和陽光一些，可以說是以往詩風的一個延伸和提升。

假如說以前的那些詩是韓同軒為她所寫，那就等於是說現在韓同軒又開始替她捉刀代筆了，聽說韓同軒那年為爭版權差點和她鬧到了法庭上，現在又另娶了女人生了孩子，怎麼有可能再幫她？恨都來不及了，不可能的，絕對不可能！

既然不是韓同軒所為，那又怎麼可能會有如此相近的詩風？除非這柳依紅又複製了一個韓同軒，這就更不可能了！難道以前還真是冤枉了她不成？不可能啊！當年的證據是實實在在的，怎麼有可能冤枉她？

還有一個解釋，那就是如今的柳依紅奮發了提升了，撤了枴杖離了槍手也能自己披掛上陣了，那就更不可能了，寫詩又不是幹力氣活，不是靠三天兩日的發奮就能見效的！

馮子竹不肯相信這詩是柳依紅寫的，但又找不出合理的理由推翻。

一段時間裡，這樣的求證推測整天糾纏折磨著馮子竹。為了證實一些問題，她甚至找人打聽韓同軒的家庭狀況，得出的結論是韓同軒是個體貼老婆、心疼孩子的好男人，並無和那柳依紅死灰復燃的跡象。

馮子竹陷入深深的茫然和惶惑裡。

煩惱的同時，馮子竹還在堅持不懈地服用著那味道怪異的中藥湯。不孕的事實，如同柳依紅不能得到懲罰一樣同樣折磨著她。

一個傍晚，就在她艱難地喝著中藥湯的時候，一個絕妙的主意忽然跳上腦際。

她想透過這個方法，再一次對柳依紅一試虛實。

一個下午，打扮的光鮮亮麗的馮子竹驅車到了郊區的鋼廠。鋼廠的總經理楊國昭是馮子竹的中學同學。

馮子竹建議鋼廠請歌劇院辦一台歌劇。

在這件事情上，馮子竹是這樣計畫的：假如柳依紅沒和韓同軒又勾搭上，那麼劇院只要把編劇的任務交給柳依紅，她勢必又要故技重施去找周炳言，只要她去找周炳言，一切就都好辦了，關鍵時候讓周炳言來個釜底抽薪，讓她身敗名裂。假如柳依紅已經又和韓同軒勾搭上了，搬出韓同軒來替她代筆，那她馮子竹就會使用老套路。你韓同軒可以為柳依紅寫詩、寫歌詞，但能寫出來像樣的歌劇劇本嗎？一旦拿出的劇本不好或是延期了，她就會讓楊國昭毫不客氣的撤約，把柳依紅晾在半空中，讓她難受出醜。

馮子竹和楊國昭很熟，從小就經常一起打嘴仗。

聽了馮子竹的建議，楊國昭就說：「馮子竹妳沒發燒吧！怎麼說出的話這麼不著調？」

馮子竹說：「楊國昭你才發燒哪，我說的可都是心裡話，想了好幾天才來找你的！」

楊國昭說：「歌劇那玩意兒誰看呀！一句話在台上哼哼半天，再說了，我們鋼廠是國企，現在日子也還湊合，又不積壓也不虧損，有那個閒錢還不如給工人發點福利呢！用不著整這些虛的。」

馮子竹說：「哎呀！楊國昭，你就幫我這個忙吧！」

楊國昭說：「怎麼又成了幫妳，與妳有什麼關係？」

馮子竹說：「實話說，是幫我一個朋友，她是編劇，但不能讓他們劇院知道這事是我在幕後策劃的。」

楊國昭有些納悶，「怎麼越說我越不明白了，究竟是怎麼回事？」

馮子竹沉思片刻，說：「我看你是在鋼廠待傻了，腦子都成了鐵疙瘩了，實話跟你說，我就是想幫一個朋友，讓她寫出一部像樣的歌劇來，隔行如隔山，行行有競爭，不寫出一部有影響的歌劇她就在劇院裡站不住腳，就會失業，這回你明白了吧？」

楊國昭問：「我有點明白了，是不是就是捧角啊？」

馮子竹說：「有點這個意思吧！」

楊國昭說：「想不到，妳還挺講義氣的。」

馮子竹笑了笑。

楊國昭像是想起什麼，「直接寫你們公司不就得了，繞到我這裡多麻煩！」

馮子竹說：「我們是小廟，哪有你們名氣大，寫我們一定寫不出什麼名堂來，寫你們可就不一樣了，應該說你們是相得益彰！」

楊國昭笑著說：「那倒也是。」

馮子竹問：「怎麼，你答應了？」

楊國昭忙說：「我可沒說答應，替妳捧角，讓我掏錢，我冤不冤啊？」

馮子竹笑了，說：「一切花費都由我來出，你們只管出面聯繫就成，我捧了角，你們鋼廠楊了名，都不吃虧。」

楊國昭說：「天下還有這樣的好事，我該不是做夢吧！」

馮子竹說：「誰讓我好心呢？誰讓我一心想幫這個同學呢？」

楊國昭說：「我明白了，妳這位朋友一定是個男的，快坦白，和他什麼關係？」

馮子竹說：「是個女的，叫柳依紅，是我大學的同學，你要點名要她做編劇，不過你不要跟她提起這件事的來龍去脈，她是個自尊心極強的女人。」

楊國昭說：「老同學，妳這是要做無名英雄啊！啥時候妳能對我這麼好就好了！」

馮子竹對楊國昭含糊地微笑著，心思早已沉浸到自己精心設下的佈局裡面去了。另一個她陰毒地在內心竊竊私語：柳依紅，我就不信妳會不咬鉤？只要咬了鉤就別想再溜掉！

56

在處理好和韓同軒的關係上，柳依紅費了不少心思。她知道，這是她事業輝煌的基石，絕不能輕易撼動。

為了保證安全，柳依紅盡量減少和韓同軒的見面。她把以前的面對面交稿改到了網上的電子信箱。現代ＩＴ技術不僅為她插上了隱秘的翅膀，還裝上了安全防火牆。

韓同軒也是需要回報的，這一點柳依紅知道。每隔個十天半月的，她會秘密約見韓同軒一次。辦得都是實事，不能糊弄人。雖然辦得都是實事，有點急功近利的味道，但形式卻是藝術的，讓追求情趣的韓同軒愉快地接受。除了對韓同軒表示出足夠的溫柔體貼之外，柳依紅習慣把自己扮成一個身處逆境之中，時時面臨生存危機的弱女子。

在市裡約會實在是危險，柳依紅每次都把約會的地點訂在遠郊的縣城裡。韓同軒當然是贊同的，朱婕的那雙火眼金精是容不得沙子的，小心一點不是壞事。

事實證明，柳依紅成功了。韓同軒不僅對她的指令百般服從，還主動說要策劃著給她再出本詩集，書名就叫《愛是一種絕症》。詩集當然不能在韓同軒的社裡出，最好拿到外省出。韓同軒認識一家外省出版社的一個主編，那主編想給自己出本書，找韓同軒幫忙，韓同軒正好也趁機說了自己的私心，兩人一拍即合，做了一次互換的交易。

一切都很順利，柳依紅的運氣好到了極點。

這是一個星期天，兩天前剛和柳依紅見過面的韓同軒早晨一起床就又琢磨著要和柳依紅約會了。韓同軒壓根兒就不想在家裡待。他煩透了朱婕對他煞有其事的監督。

前天和柳依紅去了一個叫香廟的遠郊鄉鎮，晚上回來的晚了些。剛進門，朱婕就走過來繞著他不緊不慢地轉了三圈。

朱婕一旁轉一旁問：「又在辦公室寫詩了？」

「沒有。」韓同軒說。

「那你去哪裡了？」朱婕又問。

「一個作者請客。」

「是哪個作者請客啊？」

「妳不認識的。」

「說了我不就認識了嗎？」

「說了妳也不認識！」韓同軒有些不高興。

「別生氣呀！我也不過是隨便問問。」

韓同軒說：「我沒生氣。」

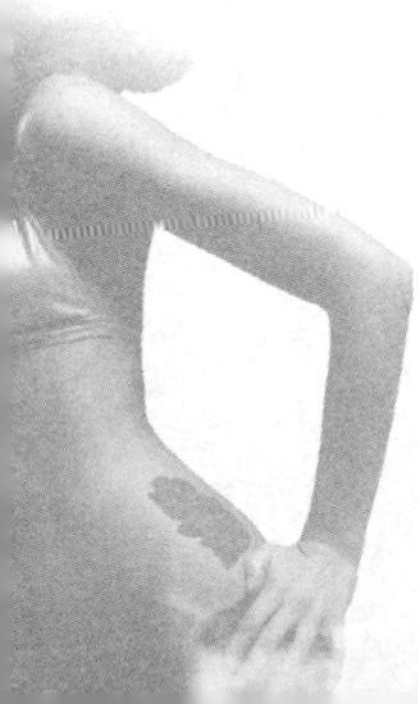

「沒生氣就好，覺得你最近詩寫的少，不應該老出去瞎吃這些飯，沒有絲毫意義的。」

「我在家裡寫詩掙稿費就有意義了？」韓同軒說。

朱婕說：「那是當然了，有詩作發表，還能掙稿費，一舉兩得的事何樂不為？」

「我又不是妳的賺錢工具。」韓同軒嘟囔。

「好了好了，看你又生氣了，我還不是為了這個家好，不早了，快洗漱去吧！」說著，朱婕就軟了下來，扔下韓同軒去裡屋帶孩子去了。

韓同軒一個人站在客廳裡，他感慨萬千地想起了毛主席他老人家1946年對美國記者安娜·路易士·斯特朗說過的一段話，「一切反動派都是紙老虎。看起來，反動派的樣子是可怕的，但是實際上並沒有什麼了不起的力量。從長遠的觀點看問題，真正強大的力量不是屬於反動派，而是屬於人民。」

老人家的話真是放之四海而皆準啊！這樣想著，韓同軒就笑嘻嘻地去了洗手間。

昨天韓同軒在家裡著實寫了一天的詩，一共寫了四首，他已經在心裡分配好了，兩首拿給柳依紅，兩首留著給朱婕掙稿費。

此時想著那已經完工的四首詩，韓同軒的心裡還是忍不住一陣陣的激動。這激動緣於他對詩歌的熱情，也緣於他對柳依紅的激情。在柳依紅的事情上，韓同軒有一百個想不通，他想不通自己為什麼會這麼快的放棄前嫌，也想不通自己為什麼會這樣死心塌地地迷戀她，更想不通柳依紅到底是何方妖孽為什麼會有如此魅力。但是，縱使是有千萬個想不通，韓同軒也打算認了。

這就是命！韓同軒想。

這樣想著，韓同軒的心裡就又蠢蠢欲動了。他要見柳依紅，如果今天不見柳依紅，日子簡直就無法過。

朱婕在廚房裡吆喝吃早飯，吆喝了好幾遍，韓同軒才懶洋洋地走了出來。

吃飯的時候，韓同軒就說：「吃完飯我去書店走走。」

朱婕看了一眼韓同軒，說：「去就去唄，好像誰不讓你去似的。」

出了大門，韓同軒看了看後面沒有人就開始給柳依紅打電話。柳依紅像是沒起床，聲音懶洋洋的。

柳依紅的確沒起床，她正在那個大兩房裡和劉家正同床而眠。看見是韓同軒的號碼，她趕緊下床來到了陽台上。

「我在外面，你能出來嗎？」韓同軒說。

「有什麼急事嗎？」柳依紅看一眼屋裡，小聲問。

「有！」韓同軒說。他覺得今天無論如何也要見到柳依紅，這件事此時對他來說是再重要不過的事情。

「怎麼了？」柳依紅又問。

「見了面再說吧！」怕柳依紅推辭，韓同軒故意在賣關子。

柳依紅又看一眼屋裡，有些為難地說：「我今天還真有點事，能不能改天？」

「不行！」韓同軒說，聲音裡竟然有了些兇狠。

柳依紅遲疑片刻，說：「那你等我簡訊，我安排一下就過去，劇院裡有點事。」

韓同軒說：「我等妳，不見不散！」

柳依紅拿著手機回到屋子裡，劉家正也起來了。

「怎麼，有事了？」劉家正問。

柳依紅聲音很大地說：「真討厭，劇院說是排練要加班，讓我也過去！」

劉家正說：「那就過去吧！我今天早點走。」

「那多不好啊！你好不容易來一回。」柳依紅說。

「這個小傻瓜，日子不還長著嗎？你好好工作吧！別耽誤了排練。」

「那我就走了？」柳依紅很歉疚地說。

劉家正大度地說：「妳走吧！不用管我。」

柳依紅以為是韓同軒的後院起了火，一見面就急吼吼地問：「怎麼了？」

韓同軒說：「沒什麼，就是想妳了。」

柳依紅心裡有些惱怒。透過惱怒，柳依紅又有了一絲驚喜，看來這韓同軒是又離不開自己了。進而柳依紅又想，把他從朱婕手裡奪過來也不是沒有可能。

是完全奪過來好還是這樣半吊著好？這是個複雜的問題，留待以後再說。

「我們去哪兒？」柳依紅問。

韓同軒說：「妳說去哪兒就去哪兒。」

「找個茶館坐一會吧！」

「不去茶館去郊區！」韓同軒的聲音很固執。

「前天不是剛去了嗎？怎麼又去？」

韓同軒仍然很固執，「就是要去，非去不可！」

柳依紅覺得好笑，就說：「你怎麼這樣啊！跟小孩似的！」

韓同軒還在繼續小孩下去，「妳說吧！我們去哪兒？」

「那我們就去運城吧！」柳依紅脫口而出。說出運城這個地方，在柳依紅看來完全是一種地理位置上的排序，別的地方似乎都已經去過了，只有運城還沒有去過，輪也該輪到運城了。

聽到運城這個地方，韓同軒的心裡卻是咯噔了一下。

運城在省城向西四十公里處，是個遠郊縣，省裡最大的化肥廠就坐落在那裡。早年，韓同軒曾在那裡的化肥廠裡做過臨時工。他是在那裡和吳爽結婚的，曾經十分賞識他的吳爽的父母現在還居住在那裡。由於某種說不清楚的原因，一提到運城這個地方，韓同軒心裡就不舒服。不過「想去哪裡就去哪裡」的話已經對柳依紅說了，也就不好改口，去就去吧！其實也沒什麼，就是個心理問題，克服一下就行了。

「好吧！就去運城！」韓同軒說。

運城的變化很大，已經沒有當年的模樣了。

他們在一個叫「運盛」的飯店裡開了房。一進到房間，韓同軒就把柳依紅給抱住了。就在韓同軒異常癡迷的時候，柳依紅說：「要不你跟那朱婕離婚算了。」

韓同軒打了個激靈，一下挺直了身子，看著柳依紅說：「讓我再想想。」

柳依紅哈哈一笑，「跟你開玩笑的。」

韓同軒說：「我可沒有跟你開玩笑，讓我再想想。」

下午三點鐘，韓同軒和柳依紅一起從「運盛」飯店裡走了出來。他們的樣子看起來都有些疲憊，看見門口停著一輛計程車，就招手雙雙上去了。

當時，韓同軒和柳依紅都沒有注意到，這整個過程全都被路過飯店門口的吳爽看到了。

吳爽是回運城來看望父母的。想不到還沒到家就在路上看到了韓同軒和柳依紅正從飯店裡出來。當時，湧上吳爽腦際的第一個念頭就是，韓同軒不是和柳依紅鬧翻了嗎？怎麼又在一起了呢？吳爽想不明白。想不明白也就不去想了，韓同軒這樣的花心男人不是她這樣的人所能想明白的。定定地看著韓同軒和柳依紅的背影裡消失在計程車裡，吳爽轉身走了。

起初吳爽還琢磨了一會兒這事，等到了家就把這事忘到了腦後。

後來間或地想起來，也是一副事不關己高高掛起的心態，反正他又不是我的老公，管他幹嘛？愛花花去，花出個愛滋病來才好！

對吳爽而言，韓同軒這個男人已經和她沒有絲毫的關係，所以，韓同軒的所有事情在她這裡也就成了小事。

至於這件小事能不能對柳依紅的以後造成什麼影響，還是個未知。

57

隔年，柳依紅的詩集《愛是一種絕症》出版了。

這已經是新世紀的第三個年頭——西元2003年。這一年，柳依紅的女兒醜丫已經兩歲多了。醜丫還是姑姑帶著，她只回去看過有限的幾次。那孩子越來越像齊魯南，簡直就是一個翻版。想著齊魯南的種種惡毒，柳依紅一看到那孩子就心裡發堵。堵歸堵，身為母親的她對女兒的惦記也還是有的。她經常給姑姑寄錢，一千一千的寄，一萬一萬的寄，在電話裡千叮嚀萬囑咐的讓姑姑對孩子用心點。每次，姑姑都是在電話裡把她罵一通，說她是那現世的潘金蓮，害苦了她了。

每每這時，柳依紅就不說話，青著一張臉任憑姑姑罵。

書剛出來，柳依紅就給文青送了一本。看到柳依紅的詩集，文青又是一個意想不到。去年柳依紅的詩發出來的時候，文青就驚訝的不行。一次，和柳依紅見面的時候，她曾委婉地問：「怎麼，你們又和好了？」

「可能嗎？」柳依紅反問。

是啊！怎麼可能呢？當初打成那樣，都快上了法庭，怎麼有可能和好，不可能的！文青想。

「是自己寫的嗎？」文青又問。

柳依紅一笑，說：「瞧妳，怎麼這樣說話，好像我一點都寫不出來似的。」

「寫的不錯。」文青說。

「寫的不錯就不是我寫的了？妳什麼邏輯啊！虧我們還是朋友。」

雖然沒有直接說是自己的寫的，但也和說了差不多。

「好了，不說這個了，妳怎麼和審問我似的？」柳依紅抬起頭開始在嬉笑中反擊。

文青忽然不好意思起來。是啊！自己怎麼這樣呢？跟個長舌婦似的，逼著追問人家的家長裡短。

文青想起了韓同軒，就說：「韓同軒現在倒是不怎麼寫詩了，看來家庭真是能消磨一個人的才華啊！」

柳依紅又嬉笑著說：「文青，妳今天故意跟我過不去是吧！怎麼又跟我提起了他，現在我們是井水不犯河水。」

「不說了，不說了。」意識到自己又多嘴了，文青忙說。

柳依紅給文青送書是有目的的，她想透過文青把作協主席高亞寧請出來吃頓飯，今年再把她的詩集報上去，四年一度的李白詩歌獎又要評獎。

柳依紅說了自己的想法，文青答應幫這個忙。

當天晚上就請了高亞寧。

高亞寧對柳依紅比以前客氣多了，一個勁的誇她的詩寫得好。高亞寧是那種厚道人，喜歡就事論事。以前韓同軒和柳依紅鬧糾紛的時候，他曾經接到過韓同軒的電話。韓同軒自然是義憤填膺地說柳依紅的所有詩歌都是他寫的。說實在的，韓同軒的這種說法影響了高亞寧對柳依紅的看法，覺得這個女人身上太多是非，還是躲著點較好。所以，有幾次柳依紅單獨約他出來吃飯，他都沒有答應。現在謠言不攻自破，人家柳依紅離開你韓同軒不僅沒有消沉下去還成就了一番比以前更輝煌的事業，可見以前韓同軒的那些話是不真實的，起碼是有水準的。柳依紅在省內的名氣越來越大，詩歌寫得也不比以前差，報李白詩歌獎當之無愧。

柳依紅不知道高亞寧已經對自己的看法發生了轉變。小心地配合著文青把自己想評獎的事說了出來，說完了之後心裡還有點打鼓，怕他會不同意。高亞寧前一陣對她的迴避，她有所察覺。

誰知，話剛出口，高亞寧就表態了，「妳現在進步這麼大，我哪敢不給妳報，就是報一部作品也得報妳啊！」

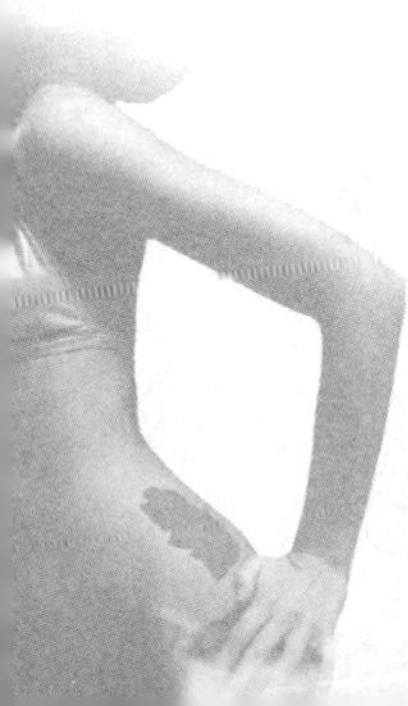

一塊石頭落了地，柳依紅輕鬆起來。

照說柳依紅是不該有什麼擔心的，有趙太龍在後面做後盾，省裡基本沒有什麼擺不平的事情，但現在的柳依紅學會了內斂和謹慎。她不想讓人家知道她和趙首長之間非同一般的關係，一般小事都是自己想辦法處理。如果這樣的小事也去找趙省長，那不是高射炮打蚊子大才小用了嗎?再說了，她也不想讓趙省長覺得她什麼事都是靠自己活動來的，特別是像評獎這樣的事情就更是如此。

要說這次評獎比上次有利多了，省裡這關過了，全國評審會就更是沒有問題，那邊有高大江撐著，一切都是順理成章的事情。

柳依紅也和高大江保持著密切的聯繫。她把精心設計的華麗的一面盡情地展示給高大江看，幾乎每一部作品都要讓高大江感受到她的艱苦創作過程。

最近，由於形勢所致，她的應景山水詩發表了不少。每次發表之前，她都要給高大江打電話說自己去采風是多麼多麼的辛苦。還是冬天的時候，韓同軒給她寫了一首關於山區的一座水電站的詩。看著韓同軒從電子信箱裡發過來的稿子，她坐在有暖氣還開著空調的房間裡心血來潮地給高大江用手機打了通電話。高大江問她在哪裡，她說她正住農村在水庫旁邊的農舍裡，手腳都起了凍瘡了。高大江是個正派的死腦筋，在那邊竟然感動的什麼似的。

後來，那寫水電站的詩歌果然就在雜誌上發表出來，看到詩歌的高大江就覺得柳依紅這個女詩人身上的大器和強烈的社會責任感。在圈子裡的一些場合，他就由衷地有感而發地提到了這一點。

其實，那在大冬天裡去水庫采風的是韓同軒。柳依紅當然也去過那個水庫，只不過是在春暖花開的時候當做春遊的一個景點去的。

柳依紅遊刃有餘地玩弄著這些小把戲，竟然從來沒有被人識破，她很是為此感到得意和竊喜，覺得自己的確是成熟老練了不少。

58

儘管是成熟老練了很多，但偶然破敗的時候也是有的。

一天傍晚，許久沒有露面的劉家正突然地就來了。接到電話後，柳依紅就急匆匆地趕了過去。多日沒見，劉家正看起來有些疲憊，言語不多，上來就幹實的，那勁頭跟玩命似的。

完了事，柳依紅坐起來貌似關切地問：「你怎麼了，是不是碰上了什麼不順心的事？」

劉家正也坐起來嘆口氣，說：「他娘的，這官當得越大，就越沒意思，想想現在，還不如當初在鄉里自在呢！真他媽的累！」

「怎麼了？」柳依紅又問。

「一群小鬼老是和我作對，又不是光明正大真槍實刀的幹，老是在身後捅捅咕咕的讓人心煩！」

柳依紅說：「你是市長，難道你還怕他們不成，看誰不順眼你就撤了他！」

劉家正一摸頭，「不是妳想像的那麼簡單。」

柳依紅又問：「他們怎麼捅咕你了？」

「匿名信一摞一摞的往上寄，屎盆子一個個的往我頭上扣！」

「那你究竟有沒有問題呢？」柳依紅問。

劉家正又嘆口氣，說：「說你有問題就有問題，說你沒問題就沒問題，現在的官不都這樣嗎？你說嚴格起來能有幾個真正沒問題的，沒問題你能幹到這一步嗎？我從鄉長幹到現在，哪一步不是送出來的？關鍵的問題是我送的都是我自己掙出來的，這是我最自豪的事情，可惜這群小人看不到這一點，只顧得上眼紅了！」

「會出問題嗎？」柳依紅像是表示出了極大的擔憂。

「幾個朋友讓我小心點，說是中紀委裡都有告我的信了，真他媽鬱悶！」劉家正鬱憤難平，像是無處發洩這種怨恨，四肢大開著一下倒在了床上。

男人落魄的時候最需要女人的關愛與呵護，柳依紅深知這一點，於是這個晚上她就沒回歌劇院，留在怡心公園旁邊的那個大兩房裡陪劉家正了。

不曾想，第二天就出了差錯。

早晨六點多，送走劉家正後柳依紅就直接回了歌劇院。歌劇院的人都喜歡睡懶覺，柳依紅打算趁沒人的時候趕緊趕回去。

誰知，柳依紅剛走到大門口，就倒吸了一口涼氣。黃良民的BMW正停在大門旁邊。柳依紅想轉頭走掉，那黃良民卻打開車門抱著雙臂出來了。

「去哪了？」黃良民問。

見黃良民一副氣勢洶洶的樣子，柳依紅趕忙轉身就走。

黃良民緊跑幾步，一下拉住了柳依紅的胳膊。

「說，妳去哪兒了？」黃良民惡狠狠地瞪視著柳依紅。

柳依紅不說話，還是掙脫著想走開。

「妳這個婊子，告訴我妳究竟去哪兒賣去了？難道我給妳的還不夠妳花的嗎？」

趁黃良民一時疏忽，柳依紅掙脫開他的手繼續向外奔跑。

黃良民又幾步追上她，繼續追問她究竟去了哪裡。

見街上的人越來越多，柳依紅想趕緊脫身，就說：「我去秀珍那裡了，昨天晚上我們倆聊天，說著說著見太晚了，就在她那裡住下了。」

秀珍是柳依紅的中學同學，開了一家小飯莊，柳依紅有時會她那裡玩。

不解釋還好，聽柳依紅這一解釋，黃良民更是氣不打一處來。「放妳的狗屁，昨天晚上妳不開機，害的我四處找妳，幾乎把能找的地方都找了，秀珍出去旅遊了，這幾天根本就不在家！」

見謊言被戳穿，柳依紅只得央求黃良民，「換個地方說好不好？」

受到欺騙的黃良民憤怒地甩了柳依紅一個耳光，「妳這個婊子昨天晚上究竟去哪兒了？」

柳依紅的嘴角裡流出了血。她瘋了一般向黃良民撲過去，又抓又撕，「我去哪兒是我自己的事你管得著嗎？你有什麼資格管我？你是我什麼人？」

黃良民又給了柳依紅一個耳光，「還反了妳了，老子包了妳，妳就得只和老子一個人睡！」

柳依紅冷笑，「也不撒泡尿照照自己，就憑你那點破錢，還想包我？今天把話給你說明了，你就死心吧！從此以後咱倆沒有任何關係！」

說完，柳依紅就又掙脫著要走，黃良民還想上前去拉，柳依紅轉身對他致命的地方就是一腳，黃良民蹲到了地上。

見柳依紅又要走，黃良民覺得窩氣，站起來半躬著腰捂著肚子又去追。

柳依紅回過頭，「你還不走是吧！不走我報警！」

說著，柳依紅就一旁躲避著黃良民一旁撥打報警電話。

黃良民雖然惱怒，但畢竟不想為這事驚動員警，只好自認倒楣罵罵咧咧地開了車走了。

柳依紅擦擦臉，進了歌劇院的大門。剛走到大門口，就見沈院長從裡面跑了出來。

沈院長說：「小柳啊！聽說有人騷擾妳，沒事吧！」

柳依紅淡定了自己，說：「沒事啊！和一個朋友鬧著玩的。」

當天下午，文青就接到了一通黃良民的電話。黃良民氣急敗壞地在電話裡說了昨天晚上的經過，又把柳依紅罵了一頓，說她夜不歸宿是個臭婊子。

文青一聽就很煩，說：「你有什麼資格管她的事，你是她什麼人？」

想不到文青這麼向著柳依紅，那頭的黃良民更加氣急敗壞，他忽然想起了前段時間柳依紅跟他說的一件事。此時，為了離間文青和柳依紅的關係，就說了出來。

「你不要再替柳依紅說話，說不定哪天她把你的家拆了你都不知道是怎麼拆的？」

「你什麼意思？」文青不解地問。

「柳依紅說妳老公和她一起打牌的時候用腳勾她的腳。」

文青被這話一下氣懵了，她當然不相信周一偉會做出這樣的事來，但這件事的亂七八糟讓她心煩。

「你們的破事和我沒關係，少和我囉嗦！」說完，文青就掛了電話。

文青知道黃良民是個有家室的人後，就勸柳依紅不要再和黃良民來往，柳依紅當時答應的好好的，想不到她不僅瞞著她繼續和黃良民來往，為了在黃良民面前顯示自己的魅力，還編排出桌子底下勾腳的細節。實在是可恥！

掛了電話，文青越想越覺得不對勁，就給柳依紅打了通電話。

「妳和黃良民是怎麼回事啊？」

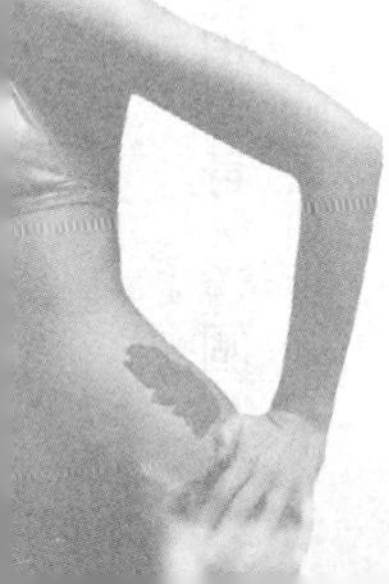

一聽這話，那頭的柳依紅先哭了起來，「剛開始根本就不知道他是有老婆的，知道了就想脫身，這個流氓總是糾纏著我不放，我都快被他煩死了，妳說我該怎麼辦？」

文青知道，這種事情一個巴掌拍不響，和黃良民好，柳依紅一定是有所圖的，再說這是別人的私事，她也管不著。依她的瞭解，那黃良民未必是詭計多端的柳依紅的對手，吃虧的還不知道是誰呢！於是不等柳依紅再往下說，文青就問：「那桌子底下勾腳又是怎麼回事？周一偉什麼時候勾妳的腳了？」

那頭的柳依紅一下啞言。

這件事過去之後，文青好長時間覺得心裡不舒服，和柳依紅的來往也少了。

柳依紅又來找文青，一口咬定是黃良民造謠。文青當然知道不是黃良民造謠，這樣的細節是編不出來的，即便是好的小說家也編不出來，但礙於面子也就不再計較。後來，和柳依紅又開始有了些來往，但卻是一直疙疙瘩瘩的，再也找不回以前的那種隨意和輕鬆。

時隔不久，又發生了一件極其偶然的事情，這件事徹底改變了文青和柳依紅的關係。

文青住的社區門口有個髮廊，髮廊裡有個大工有著一手好手藝，因此這個大工手下就有著一批雷打不動的常客。文青是這個髮廊裡的常客。後來，她又把柳依紅引了來。柳依紅也成了這家髮廊的常客。一個週末的上午，柳依紅來做頭髮。做完頭髮之後，見時間還早，就買了些水果到了文青家。

開門一看見是柳依紅，文青心裡就有些不自在。但見人家柳依紅沒事似的還和以前一樣在和她說笑，就覺得自己有點不大器，於是也就不計前嫌地和柳依紅東拉西扯起來。

兩個人聊了一會兒天，文青忽然想起了一件事，就說：「妳可是該請人家高亞寧吃飯了啊！聽說妳又得了個李白詩歌獎。」

聽到這個消息，柳依紅一愣，納悶著文青怎麼也知道了這件事。她是幾天前從高大江的電話裡知道的。知道了自己獲獎之後，她並沒有對任何人聲張。沒有必要說的，等到了時候，自然就會大張旗鼓的公布的，現在她自己說出來，反而會讓人聯想的太多。

柳依紅佯裝事先並不知道的樣子，異常興奮地說：「是嗎？真的？簡直是不敢相信，妳聽誰說的？」

柳依紅從來都不把自己的關係網暴露給文青，文青壓根就不知道柳依紅認識高大江，也不知道柳依紅的消息遠比她的更靈通。

文青說：「還能聽誰說的，老高唄！妳抽空請人家吃個飯，我作陪。」

柳依紅忙說：「那是當然的，時間你定！」

文青說：「就今晚吧！我正好一個人在家沒事！」

柳依紅為難起來，因為她已經約了人。這個人她是必須要單請的，早就約好了的。

「我外地來了個同學，有幾個同學說是要一起聚一聚，我起的頭，換個時間吧！除了今天，哪天都行。」柳依紅斟酌著說，語速有點慢。

反正不急，文青就說：「那好吧！等妳有時間再說。」

到了下午，柳依紅走了，文青躺在床上看書。剛看了沒一會兒，就接了通電話，老家來人了。這人是她姐姐的朋友，和文青不是很熟。雖是不熟，但既然人家和她聯繫了，就要見個面吃個飯。

文青把吃飯的地點訂在了離她家不遠的一個海鮮店。那店剛開業不久，說是還不錯，聽說院裡的人都喜歡去哪裡，文青也想去嚐嚐。

事先說好了是六點，文青怕遲到，五點半就從家裡出發了。等到了飯店，文青才接到了姐姐那個朋友的電話，說是辦事要晚到一會。文青答應著，從包包裡抽出一本雜誌無聊地翻閱著。看著看著，文青想方便一下，就站起來向走廊盡頭的洗手間走去。通往洗手間的走廊兩邊是一個個的包廂，路過一個包廂的時候，文青忽然聽到一個熟悉的聲音在裡面說話，就忍不住向裡看了一眼。

這一看，文青被嚇壞了。裡面坐著的不是別人，正是柳依紅，而她請的人也不是什麼同學，而是作協主席高亞寧，偌大的房間裡只有他們兩個人。

文青一時懵了，像是自己做了什麼虧心事，洗手間也不敢去了，趕忙轉身回來了。多虧柳依紅和高亞寧都沒有看到她，否則豈不是太尷尬。

回到房間，文青就嚇得趕緊關上了房門，跟拿了人家的東西怕被人發現似的。

害怕了一會兒，文青就開始生氣。生柳依紅的氣，覺得她實在是不厚道。文青不是為柳依紅單獨請高亞寧吃飯這件事本身生氣，令她無法接受的是中午她和柳依紅的那番對話。明明是早就計畫好了要單獨請高亞寧吃飯，為此專門做了頭髮，還臉不紅氣不喘地編謊話說是請同學。這人簡直是太可怕了。柳依紅的目的無非是想拿性別的東西吸引高亞寧，如果她在場勢必會影響她的正常發揮。

晚上到了家，文青越想越生氣，很想打通電話質問一下柳依紅，但猶豫再三還是沒有打。想不到，十點多鐘，柳依紅主動把電話打了過來。

「累死了，這飯吃得一點都沒有意思。」柳依紅說。

「和誰吃的啊？」文青問。

「不是跟妳說了嗎？中學的幾個同學，妳怎麼了，這麼健忘啊？」

文青鼻子都快氣歪了，實在是忍不住了就說：「晚上吃飯的時候，我看到妳了，我也是去的那家海鮮店。」

一頭一下沒了動靜，話筒裡是死一般的寂靜。

過了許久，柳依紅十分虛假地說：「文青，妳聽我解釋。」

文青說：「不用解釋了，我明白妳的心思！」說完，就掛了電話。

文青忽然覺得虛弱起來，她覺得她和柳依紅的交情算是到了盡頭了。

第二天上班，文青在院子裡碰到了高亞寧。

高亞寧一上來就問：「昨天妳瞎忙什麼了，人家柳依紅請妳吃飯為什麼要藉故不去？」

藉故不去？文青整個人傻在了那裡。

「我有點事，老家來了人。」文青只好支吾著說。

女人之間的事情，文青不想說得太明白。

「一看妳就是在撒謊，文青妳不知道吧！一說謊話妳就臉紅，以後最好別在我眼前說謊話。」高亞寧又說。

「真的是老家來了人，我姐的朋友。」

「好了好了，我有事走了，以後再說。」說著，高亞寧就忙著走了。

高亞寧的話排除了高亞寧一方想單獨和柳依紅用餐的嫌疑，也就是說她並沒有冤枉柳依紅。

竟然對高亞寧說她是藉故不去，真是個說謊的頂級高手！

一連許多天，文青不再和柳依紅有過任何聯繫。

沒事的時候，也會想起以前和柳依紅的友情，心裡難免有幾分遺憾。正被這種遺憾嗜咬著有些猶豫要不要與柳依紅和好的時候，又不斷傳遞過來一些不好的信號。

文青有一個明顯的感覺，過去一些很要好的朋友，後來都漸漸地和她疏遠了。自己主動聯絡過去，再也沒有了往日的那種朋友間的隨意和親近，一個個都支支吾吾的正經起來。細究起來，都是找不到原因的無疾而終，又不好主動去問人家，日子久了，彼此的關係就漸漸斷了。再一想，這些朋友都是文青介紹給柳依紅認識過的。人家和自己陌生了，和柳依紅倒是打得火熱。

隱約感到不對勁，但卻是一種很無奈的處境，所以也就只好順其自然地斷了和這些朋友的聯繫。

文青一直想不通，柳依紅究竟是怎樣離間她和朋友們的關係的，讓雙方都保持緘默任憑昔日的友情漸漸冷卻消亡。

文青百思不得其解，但她卻堅定了文青和柳依紅一刀兩斷的決心。

和高亞寧那番對話的十多天後，文青在街上意外遇到了韓同軒的前妻吳爽。兩個老鄰居話起了家常。說到韓同軒，吳爽是一肚子的怨言，一個勁的說他花心，罵他是個活到老花到老的老不正經，當初嫁給他害了她一輩子。

文青替韓同軒打抱不平，說他現在挺踏實的，天天一下了班就知道往家裡跑，被朱婕管得服服貼貼的。

聽到這，那吳爽一跳，說：「踏實個鬼吆，前一陣我還看見他和那個狐狸精柳依紅在運城開房間！」

文青大驚，「開什麼房間？」

吳爽把自己那次看到的一五一十的都對文青講了。文青眼睛發澀頭發昏，柳依紅的複雜程度遠遠超出了她的想像。

總算為柳依紅近期發表的那些詩歌找到了合理的出處，文青的心頭卻是更加的沉重。

怪胎！文青的腦海裡突然冒出了一個詞。眼前，她只能用這個詞來形容柳依紅了。

59

沈院長又在給柳依紅談新歌劇的事，柳依紅心不在焉地聽著。這個歌劇是寫鋼廠的，說是鋼廠出了一大筆錢，劇院把這個歌劇劇本的任務交給了她。

柳依紅很鬱悶。即便是受到了沈院長的重視也還是很鬱悶。

這些日子以來，她總有一種大禍將至的感覺，有時心臟會打鼓似的咚咚地跳上一陣，像是某種兇險即將到來的預兆。這樣的是時候，頭頂上就像是飄過來一片黑雲，籠罩著她，像是要把她帶到某個尚不明晰的兇險境地。

柳依紅的鬱悶是來自多方面的，一句話很難說清楚。柳依紅的鬱悶又是喜憂摻半的，既有大喜又有大憂。

首先是和文青迅速冷卻的關係。文青是自己多年的朋友，對她就像姐姐對妹妹，完全沒有一點外心。失去了和文青的友誼，柳依紅感到非常不開心。細想著那天前後的事情，她後悔莫及。這城裡那麼多的飯店和酒樓，怎麼就巧到碰到一起的程度，這不是命是什麼？看來真的是緣分盡了！

那天柳依紅要單獨請高亞寧是有她自己的小目的的。自從含蓄地向趙太龍表達了自己要調整一下工作的想法之後，她就開始悄悄地在心裡給自己物色公司。柳依紅的想像力遠沒有趙太龍那麼大膽，想來想去，她覺得到作協去當個辦事員比較合適，沒有創作任務、也沒有工作壓力，遠比現在要舒服。既然是打算要去作協，公司主管這一關是要過的，因此也就有必要去和高亞寧單獨接觸一下。事情沒成功之前，柳依紅不想讓文青知道這事，因此也就發生了那天的事情。

也是造化弄人。就在柳依紅單獨請高亞寧吃飯的第三天，趙太龍又單獨約見了她。還沒等柳依紅把自己的想法說出來，趙太龍就把自己的藍圖對柳依紅說了。柳依紅事先怎麼也沒有想到趙太龍的想法會如此超前，直接讓她去文研所當所長。

柳依紅的表現是驚訝之餘的大驚失色，「不行，不行，我怕是不行的！」

趙太龍把一隻手平穩地放在桌子上，「妳取得了那麼多的成績，有什麼不行的，我說妳行妳就行！」

柳依紅不說什麼了，內心裡後悔著前幾天宴請高亞寧的多此一舉。花了不該花的錢不說，關鍵是白白賠上了最好的朋友。

就在柳依紅陶醉在新職位的美夢中時，趙太龍又說話了，「聽說你們劇院又要排一齣歌劇，妳可要積極參與啊！這是妳的告別之作，也是妳去文研所的奠基之作！」

「是的，我一定努力把這個劇本寫好。」柳依紅說。

果然，和趙太龍見面後沒幾天，沈院長就把這個任務交給她。

接了任務之後，柳依紅就去鋼廠體驗生活，一個星期回來之後，圖片、資料、筆記什麼的抱回來一大堆。

帶著那一大包東西，柳依紅又把韓同軒約到了郊區一個小縣城的飯店裡。一聽說是要寫歌劇，韓同軒

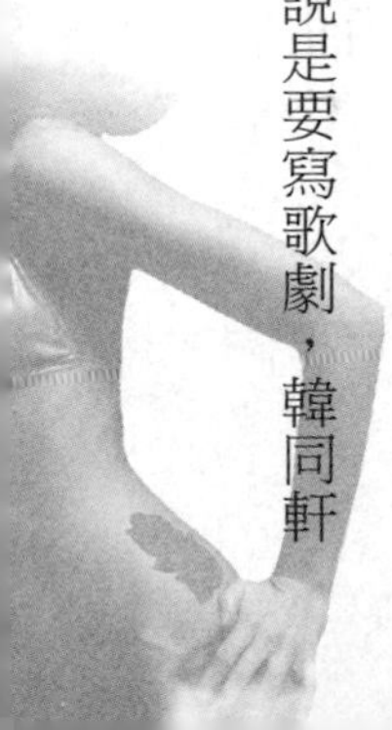

有點鬧情緒。柳依紅使出百般能耐，對其軟磨硬泡一番，韓同軒只好答應試試再說。

「不是我不想幫妳，是我幫不了妳，隔行如隔山！」臨分手的時候，韓同軒為難地說。

「那你總要比我強吧！你就先寫吧！寫出來再說好不好？」柳依紅央求道。

然而，十多天過去了，韓同軒那邊卻什麼動靜也沒有。沈院長這邊催著要提綱，柳依紅實在是不好再拖了，就給韓同軒打電話問他進展的怎麼樣了。

韓同軒一個勁的叫苦，「別催我，我比妳還著急呢！正找來十多個歌劇的劇本在看著，慢慢的找感覺。」

「你快點找好不好，這邊沈院長天天跟催命似的！」

韓同軒說：「我倒是想快，可是快不了啊！妳沉住氣，早晚會拿出來的。」

雖然是形勢不容樂觀，但總算是有了希望。有了希望在沈院長面前就有了底氣，往後的幾天裡，柳依紅見了沈院長是能躲就躲，能藏就藏。今天不走運，一個不小心，被沈院長抓了個正著。

說實在的，這幾年發生在柳依紅身上的這些事，讓沈院長越來越對這個女人摸不透了。他忽兒覺得柳依紅是個才女，忽兒又覺得她是個騙子。按照他前段時間的本意，不論柳依紅是個才女還是個騙子，他都不會再重用她。無奈人家柳依紅有能耐，又和那趙省長有了往來，趙省長透過種種管道替她說話，這種情況下，如果他再不重用柳依紅，就是不長眼色也是和自己過不去了。

在矛盾猶豫中重用，就會在矛盾猶豫中擔憂。這鋼廠的歌劇又是個急活，到時拿不出來會是件很麻煩的事情。如果上次的歌劇《七彩花雨》果真如周炳言所說是他寫的，他擔心沒有寫過歌劇的柳依紅，到時能否真的寫出個歌劇來。

擔心歸擔心，現在的柳依紅又是訓斥不得的，於是只好製造了緊急的氣氛和她一起著急。

此時，沈院長說：「我的小祖宗，妳可別這麼不當回事啊！怎麼樣這幾天也得先拿出個提綱來，我可是快要急死了，人家鋼廠那邊說了，提綱拿不出來，錢就不能匯過來！」

柳依紅心裡比沈院長還急，但表面上卻要裝成一副胸有成竹的樣子，「院長你放心就是了，這幾天我在忙件事，等忙過這幾天，我一定把握時間把提綱拿出來。」

「忙什麼事呀小祖宗？有什麼事還能比投資一百萬的歌劇更重要？」沈院長又拿出了以前的腔調。

柳依紅又心不在焉起來，心不在焉了一會兒又突然說：「趙省長想出個隨筆集，讓我幫他順一順。」

「是嗎？咱們趙省長還有這個雅興？」

柳依紅笑了一下說：「還不是領導人的一種附庸風雅，敘敘叨叨的閒話居多，有哲思的內容很少。」

柳依紅沒有說謊，趙太龍的確有個隨筆要出，也的確是有讓她看看提點意見這個意思，不過那文稿至今還沒到她的手上，只是在電話裡說了說而已。

「小柳啊！這趙省長的隨筆妳得看，鋼廠的劇本妳也得寫，妳可得趕緊啊！」

好不容易找了個逃跑的機會，柳依紅答應著一溜煙走了。

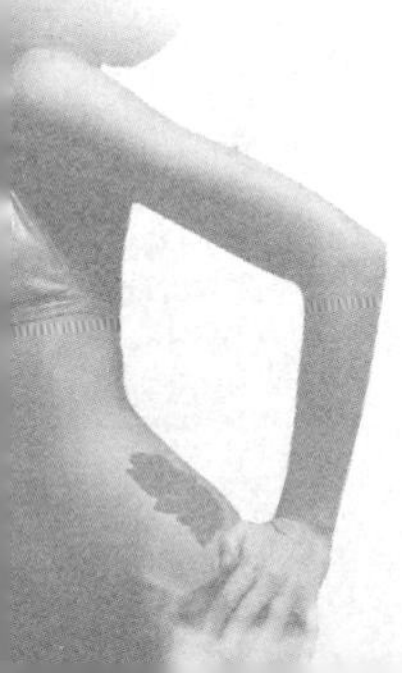

一週後，柳依紅果真把提綱拿出來了，沈院長一看還是那麼回事，心裡總算是鬆了一口氣。

沈院長說：「那就把握時間寫吧！別拖太久。」

柳依紅把提綱過關的消息通報給了韓同軒，韓同軒又開始了新的耕耘。

輕撫一下胸口，柳依紅暗自祈禱韓同軒快點拿出個像樣的歌劇來，好讓她交了在歌劇院的最後一樁差使。

無論從那方面說，這歌劇院她都不想再多待一天。

60

林梅最近在趕個長篇，人瘦了一大圈。這天晚上已經快十一點了，關了電腦的林梅打算去休息，正在這時，文青的電話打了過來。

林梅猜測，一定是又有了什麼柳依紅的爆炸性新聞。

前幾天，也是一個晚上，文青在電話裡把柳依紅單獨請高亞寧吃飯的事情對林梅說了。文青非常生氣，說柳依紅這人太不可交。

林梅也覺得柳依紅做得過分。既然當初是人家文青給妳牽的線，三個人一起吃個飯是很正常的事情，幹嘛非要辦成跟約會似的偷偷摸摸的。單獨請高亞寧吃飯也不是什麼大逆不道的事情，關鍵是有中午文青提議三個人一起吃飯的這個前提。有了這個前提，妳柳依紅就太不應該了。有了這個前提，就讓人覺得很不舒服。

雖然也覺得是柳依紅有問題，但林梅還是勸文青原諒柳依紅。都這麼多年的朋友了，不能說惱就惱。

文青說：「這完全是人品問題，實在是無法再和她相處。」

林梅又提到了馮子竹，勸文青說已經失去了一個朋友，別再和柳依紅鬧的太僵。

文青說：「現在想來，那馮子竹當年一定是吃了柳依紅的冤枉氣才會變成那樣，問題十之八九也是出在柳依紅身上。」

都是些說不清楚的事情，林梅還是勸文青消消氣，說朋友在一起沒有不起衝突的，過些天自然就好了。

文青罵林梅是非不分說她是個沒有原則的和事佬，說完就氣呼呼地掛了電話。

此刻，林梅剛拿起電話就聽文青在電話裡說：「那些詩的確是韓同軒幫她寫的，他們又勾搭上了。」

「是嗎？妳怎麼知道？」林梅也很吃驚。

文青一五一十的把吳爽看見柳依紅又和韓同軒在郊區開房間的事情說了，林梅啞然。在柳依紅的這件事情上，林梅當然也是有看法的。她天天撅著屁股埋頭苦幹，才取得了這點點成績，人家柳依紅只是動動心眼耍耍小聰明就什麼都有了，也的確是太不公平。但這個時候，林梅不想再火上澆油，於是又扮了一回

和事佬。

「你又不是才知道，再說了，每個人的生活方式不一樣，就隨她去吧！」

文青大怒，「林梅，你到底還有沒有是非觀念？就憑你這樣的是非觀，能寫出好東西才怪？」

文青氣呼呼地掛了電話，林梅在半明的光線裡嘿嘿直笑。

她想，過些天等文青的氣消了就好了。都快四十歲的人了，鬧什麼鬧？

林梅對柳依紅急轉直下的仇恨緣於一個男同學的到來。

青水是個小地方，平時同學來的不多。偶爾來個同學，林梅都是熱情的招待。那男同學是來青水探親的，當初他姑姑不知怎麼就陰差陽錯地嫁到了這裡來，如今生了很重的病，所以前來探望。探望之餘，想起這裡還有一個叫林梅的女同學就聯繫上了。

老同學見面話題自然都是圍繞著同學們展開的。那男同學大概也是聽到了關於柳依紅的一些風言風語，就說給林梅聽。想不到柳依紅的事情已經在同學中沸沸揚揚，林梅有些替柳依紅感到惋惜，就說了些很折中的話。

這時，那男同學就無意間說出了那句令林梅匪夷所思的話。

男同學說：「不過，柳依紅對妳還是挺仗義的，當年替妳打抱不平還潑了李志來一臉的酒。」

林梅對這句話不是太理解，「打抱不平？潑了誰一臉酒？」

「李志來，就是教務處的那個老師！」男同學又說。

「哦，想起來了，喜歡背著手走路的那個。」一番苦思冥想，林梅總算對那個人有了點模糊的印象。

林梅又問：「剛才你說什麼，柳依紅潑他酒了？為什麼要潑他酒？」

男同學忽然意識到自己說多了話，忙說：「沒什麼，瞎說著玩的。」

「不對吧！到底是怎麼回事，你說出來讓我聽聽。」

男同學更加堅決，死也一個字不說，一口咬定自己剛才是瞎說著玩的。

林梅越想越覺得奇怪。越想越覺得這其中有什麼不為她所知曉的秘密。

到了家，林梅就給文青打電話，就這件事向她問個究竟。

誰知，那頭的文青一聽林梅這話竟然半天沒有說話。

「妳可急死我了，到底是怎麼回事，柳依紅為什麼要替我潑李志來？」

一聽林梅這麼問，文青的心裡就咯噔了一下。當年柳依紅告訴她的那件關於林梅酒後被李志來灌了迷魂藥強暴的事又浮現在眼前。她像是有了某種預感，急忙試探著問：「妳當初和李志來老師是不是發生過什麼不愉快？」

「你怎麼也說這些莫名其妙的話，我和他能有什麼不愉快，他是老師，我是學生，到底是怎麼回事，快急死我了，趕緊告訴我好不好？」

文青的心裡又咯噔了一下，像是已經預見到了某種可怕的謎底，她趕緊把當年透過柳依紅之口知道的

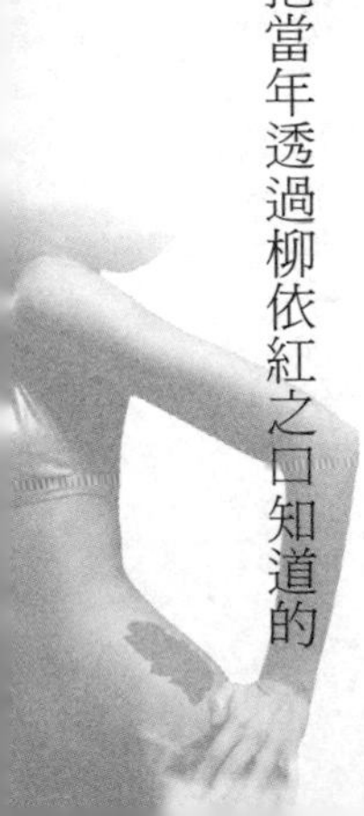

關於這件事情的前前後後都跟林梅說了。

文青說了一半，林梅突然打斷她問：「妳不是在和我開玩笑吧？」由於震驚，她的聲音變得有些飄忽和乾澀。

「不是，臨近畢業的時候柳依紅親口告訴我的。」文青說。

文青緊接著又問：「根本就沒有這回事對嗎？其實妳一問我就已經猜想到了。」

嚇呆了的林梅大叫，「文青，難道妳相信會發生這樣的事情嗎？」

過了許久，文青咬牙切齒地說：「柳依紅這個王八蛋！這個人渣！」

林梅氣的臉上的五官幾乎都要移位了。她想不通柳依紅究竟是處於什麼樣目的才會編造出如此的彌天大謊，話筒裡的她只顧張著大嘴喘粗氣。那天，那個男同學剛提到李志來時，她想了好一會兒才想起這個人來。現在，幾經回想，終於想起來自己當年的確是和李志來一起在學校門口的新疆拉條子小飯館裡吃過幾次飯，但每次都是沾柳依紅的光。李志來真正想請的人是柳依紅，她只不過是跟著蹭飯而已。

怎麼會造出如此惡毒的謠言呢？而且還是多年以前的謠言！而且這謠言還竟然一直都沒有被揭穿！太可怕了！太震驚了！太不可思議了！也太窩囊了！

林梅覺得腦子被氣得發蒙，鼻孔裡往外噴火，整個人處於失控狀態。她對著話筒大叫，「我一定要去找她算帳，把李志來也叫來，和她當面對質。」

「還說我沉不住，妳也沉不住了吧！妳就別把她當人看，把她當成是個怪胎和人渣。」文青說。

「我要先甩她兩個耳光！」林梅用顫抖的聲音吼。

文青說：「我以前一直都以為這件事情是真的，還因此對她更加讚賞，覺得她是個講義氣的人，這個人渣，想不到竟然會造出這樣的謠言。」

林梅氣的說不出話來。

文青又說：「也是我當時太過相信她的信口雌黃，自己不動腦子，怎麼說那李志來也是我們的老師，他又怎麼敢做出那樣的事情來？」

林梅忽然問：「妳說我又沒惹她，她為什麼會這樣對我？把那種想都想不出來的事情往我頭上扣？」

「是啊！完全是損人不利己的事情，我也想不明白。」文青說。

「這個狗女人實在是太可惡了！」林梅罵道。

掛了文青的電話，林梅就把電話又撥到了馮子竹那裡。她把這一切全都告訴了馮子竹。她對馮子竹說，這柳依紅的確是個人渣！這麼多年來她和文青的確是瞎了眼了！

聽著林梅的歇斯底里，電話那端的馮子竹卻是異常的冷靜。她告訴林梅，柳依紅把屎盆子往她頭上扣是為了給自己當年留省城拉票。

馮子竹說：「妳想呀！文青當初只能有選擇的幫一個人，妳們倆都和她關係不錯，柳依紅不往妳身上抹點黑，往她自己臉上貼點金，文青又怎麼肯幫她？」

旁觀者清，馮子竹一語道破天機。

「那她也不能這麼無恥啊！而且還不只把這個謠言告訴文青一個人，還告訴了班上的一些男同學。」林梅說。

「還有一個原因，那就是她自己是黑的，也不能讓妳顯得乾淨了。」馮子竹又說。

在和馮子竹對話的過程中，林梅腦海裡突然想起了當年的一件事。臨畢業的時候，她也曾聯繫了省城的一家公司，是一個區裡的文化館。那文化館一開始說是要她的，還讓她去面試了，可是後來不知為什麼就黃了，要了班上另外的一個條件不如她的女同學。現在想來，也許當年文化館事情的「黃」與這件事情不無關係。終於想起來了，最後一次去文化館的時候，那位年過五十的女館長曾對她說過女孩子要檢點不要經常喝酒之類的話，當時，她還不明白這裡面的話中話，現在終於明白過來，原來都是被柳依紅的那個謠言給害的！

林梅幾乎要爆炸了，她對著話筒大叫，彷彿話筒那頭的不是馮子竹而是柳依紅本人，「我要去找柳依紅算帳，把這個假詩人的面孔徹底扯下來，給她當眾一個好看！」

馮子竹冷靜地說：「怎麼，妳也終於相信那些詩不是她寫的了？」

「當然不是她寫的了，以前是韓同軒替她寫，現在還是那個韓同軒在替她寫，她從來就沒有寫過一首詩！」林梅說。

這回吃驚的換成電話那邊的馮子竹了，她忙問：「怎麼，妳是說韓同軒又開始給她寫詩了？」

林梅說：「當然了，文青親口聽吳爽說她看到柳依紅和韓同軒一起在郊區的縣城裡開房間。」

「真的嗎？」馮子竹用顫抖的聲音問。

「妳看我是說謊的那種人嗎？」林梅說。

61

果然，就出事了。

下半夜的時候，柳依紅聽到放在枕邊的手機響了一下。很含混的感覺，猶如投入夢中的一顆石子。

手機是她前一天剛換的，功能還不怎麼熟悉。和黃良民掰了，再用他買的手機心裡就覺得不舒服，於是就扔了又買一個。出了手機店，抽出卡就把那個玫瑰色的手機扔進了垃圾桶。那一扔，很是有一種解脫的感覺。

這個晚上，柳依紅是在劉家正給她買的新房子裡住的。這也是和黃良民鬧掰了的一個好處，不必再擔心那黃良民會隨時隨地的糾纏她。

聽起來像是個簡訊，可是誰會在這個時候給她發簡訊呢？是誤設置的鬧鐘也未置可否，柳依紅懶得去管它，翻個身打算再繼續睡。想著最近的煩心事種種，睏意就漸漸地淡了。就在這時，那手機又響了一下，很執著的樣子。不再像是夢境中的石子，應該是個什麼不好的兆頭。

柳依紅翻身起床拉開了燈。

兩點過十分。誰會在這個時候接連發來兩則簡訊呢？柳依紅趕忙拿了手機打開看。正在打開的當兒，第三個簡訊就又來了。

聽著這一聲緊似一聲的簡訊提示，柳依紅的睏意沒有了，預感到近日來那不好的預兆終於近在眼前。是個陌生的手機號碼。

第一則簡訊是：不要說那房子是我給妳買的，一定不要說，為我好，更是為妳好！千萬千萬！

第二條是：那卡是我的名字，馬上銷毀，千萬千萬！

第三條是：去妳那裡，被狗日的跟蹤了，我是完了，不想連累妳，只要妳不說那房子是我給妳買的，那房子就是妳的了。至於我，妳就不用擔心了，反正是蝨子多了不咬人，聽天由命了！

這簡訊是劉家正發的！劉家正出事了！這是柳依紅的第一個反應。

他為什麼不用自己的手機發簡訊呢？柳依紅馬上警覺起來。又是個不好的信號。說不定此時他已經處於非自由狀態。

這樣想著的時候，第四則簡訊就又怪叫著來了：把這些簡訊統統刪掉，千萬千萬！

看著這一個又一個的「千萬千萬！」，柳依紅的心一下沉到了海底。

一個猛子，柳依紅從床上竄了起來。她跑到門後拿過皮包從錢夾裡抽出了那張銀行卡。看見桌子上有個打火機，她拿過來打著火就要燒那銀行卡。

眼看火焰就要舔食到銀行卡的邊緣，柳依紅猛地把打火機扔到了地上。

一個直覺閃電般迅速躍上柳依紅的腦際，這卡是不能燒的，既然已經被跟蹤，既然那所有的消費都是她簽的字，那就不能銷毀這張卡。證據如此確鑿，銷毀了也是徒勞，是個拙劣的「此地無銀」。

這樣想著，就想問問劉家正，於是趕忙拿出手機發簡訊，想到發簡訊太慢，乾脆就直接把電話打了過去，沒料到，那號碼竟然已經關機了。

又是一個不好的信號。也許是用別人的手機發的，也許是用一個平時不用的以備非常之需的隱秘手機發的，說完最後想說的幾句話，就讓人沒收了。總之是自由成了問題。

柳依紅越想越覺得可怕，身上的寒毛都豎了起來。

柳依紅替劉家正擔心，更是替自己擔心。銀行卡、房子事小，在這個節骨眼上如果爆出她和劉家正的醜聞，工作調動的事就會泡湯。泡湯了還不算，恐怕還要身敗名裂。柳依紅又後悔又害怕，嘟囔著和這種官員好還不如花黃良民的錢踏實，即便是挨打受罵，起碼也不用擔心受怕。

早晨起來，柳依紅的眼圈就青了，人也憔悴的不成樣子。沈院長又打電話找她，問她歌劇寫的怎麼樣了。柳依紅哪裡還有心思，推辭說自己病了，就又躺回到床上去胡思亂想。

老毛病似乎又犯了，右側的腹部還不時地又在隱隱作痛。冰箱冷藏櫃的低層，有柳依紅想辦法剛拿到

的兩盒杜冷丁，但她卻不想去打。非常時期，她已經顧不上什麼痛不痛的了，大禍將至，就隨它痛去吧！

度日如年地過了幾天，果然電視和報紙上就報導了，劉家正被雙軌了。雙軌的級別還不低，中紀委直接插手。報導中並沒有涉及到具體的事情，只籠統地說是經濟問題，涉及資金數百萬。

果真是蝨子多了不咬人。想不到這劉家正還真是個膽大的人。

一天一天地熬著，柳依紅在煎熬中等待著有關人員找她談話的那個時刻。然而，那個時刻卻遲遲沒來。遲遲沒來不等於是不來，那個黑色的懸念一直沉沉地懸在她的頭上。

有一點是可以肯定的，劉家正沒有主動把她供出來。

想到那天夜裡那些寶貴情報般的簡訊，柳依紅又有一絲絲的感動，覺得這個貪官還算是條漢子。

62

幾天來，林梅電話裡的那個消息一直在折磨著馮子竹。她茶飯不思，整個人被一種強烈的報復慾望煎熬著。

馮子竹更加的乾瘦了。乾瘦的馮子竹雙眼閃爍著復仇的光芒。

前些天，鋼廠和歌劇院接上頭後，馮子竹就三天兩頭地給周炳言打電話，和他閒聊些家常，問他嫂子好了沒有，最近在忙些什麼。然而，卻一直沒有傳來激動人心的消息。

後來，楊國昭告訴她，說是歌劇的提綱拿出來了。看著那份提綱，馮子竹心裡酸溜溜的，說不定這一次又要讓柳依紅溜掉。

馮子竹又一次困惑了，不知道這提綱究竟是出自誰手。

正當馮子竹百思不得其解的時候，林梅就打來了那個幫她解開謎底的電話。

原來柳依紅又一次把韓同軒給迷惑了，他們又和好了，一切疑問瞬間都有了答案，韓同軒再次心甘情願地為其秘密代筆。

馮子竹的惱怒可想而知。一個善於施展妖法，一個甘於為其奉獻。一時間，她彷彿無計可施。

馮子竹並沒有為柳依紅十幾年前在林梅身上造的那個謠言感到吃驚。在她看來，這的確是算不得什麼的，與柳依紅對她的傷害相比，簡直是小巫見大巫。

馮子竹吃驚的是柳依紅又與韓同軒和好這件事。

柳依紅與韓同軒一和好，就意味著韓同軒又成了她駕輕就熟的槍手，也意味著她又可以一路過關獲得本不該屬於她自己的榮譽，自己的那個已經實施了一半的計畫也就又要落空。

難道不是嗎？既然能拿出來提綱，就能把劇本寫出來。想不到這韓同軒還真個萬金油，為了柳依紅這個女人可謂是使出了渾身的解數。

想著幾年來自己這些徒勞無功的鉅額投入，還有挖空心思的種種心機，馮子竹陷入一種深深的無奈和

煩悶。

拿柳依紅這個人渣真是沒有辦法，馮子竹惱羞成怒。

馮子竹又笑，笑的有點怪異。

看來真的是拿她沒有辦法了！妳無法阻止柳依紅的妖法，也無法阻止韓同軒的代筆。馮子竹慨嘆。

馮子竹又笑，那笑依然怪異。

突然地，一個念頭就竄了出來，帶著一道銀色的亮光，猶如一條剛出洞齜著毒牙的小蛇。

既然妳無法阻止韓同軒，但有一個人可以去阻止。

這個人就是朱婕！

失去理智的女人，什麼可怕的事情都有可能做出來。此刻被仇恨和嫉妒之火燃燒著的馮子竹，完全失去了理智。只要是能夠懲罰柳依紅，她不惜使用任何手段，產生任何後果都毫無畏懼之心。

十多年來的仇恨積壓，一次次的復仇落空，讓馮子竹徹底瘋狂了！

晚上八點多，省立醫院的腫瘤科病房裡一如既往地沉寂著。護士站裡值班的是個二十多歲的小護士。這會兒病房裡沒什麼事，她正坐在椅子上修指甲。

突然，桌子上的電話響了，小護士伸手拿起了話筒。

「請問，找誰？」

「朱婕醫生在嗎？」對方是個女的，聲音低沉而壓抑，聲音裡沒有絲毫的輕鬆和快樂，想必是個不幸的癌症患者。在小護士耳朵裡，所有癌症患者的聲音幾乎都是一樣的，沒有生機，沒有快樂，沒有輕鬆，有的只是憂傷和壓抑。

「朱婕醫生不在，她已經下班了，妳明天再打吧！」小護士小心而輕柔地說。

「那好吧！」說完，對方就掛了電話。

打這通電話的人不是什麼癌症患者，而是被復仇之火燒昏了的馮子竹。此刻，馮子竹就站在醫院門口附近的一棵大樹下。

和事先設想的一模一樣，這個時間朱婕不在。

馮子竹把手機合上裝進包包裡，大搖大擺地向醫院裡面走去。

來到腫瘤科病房，馮子竹向護士站走去。此時，她的樣子憂傷而沉鬱，整個人都很消沉。

走廊裡有個櫥窗，裡面張貼著院裡主要醫生的照片、簡介和他們的專長。馮子竹看到朱婕在昏暗的光線裡在對著她冷靜地微笑，微微地露著一點牙齒，眼神裡帶著一種超常的自信和理性。

這個擅長治療消化道腫瘤的朱婕正是她想像中的樣子。

馮子竹離開櫥窗，來到了護士站。

「我找朱醫生，她在嗎？」馮子竹明知故問。

小護士停下手裡的指甲刀，抬頭看著馮子竹，「朱醫生已經下班回家了！」

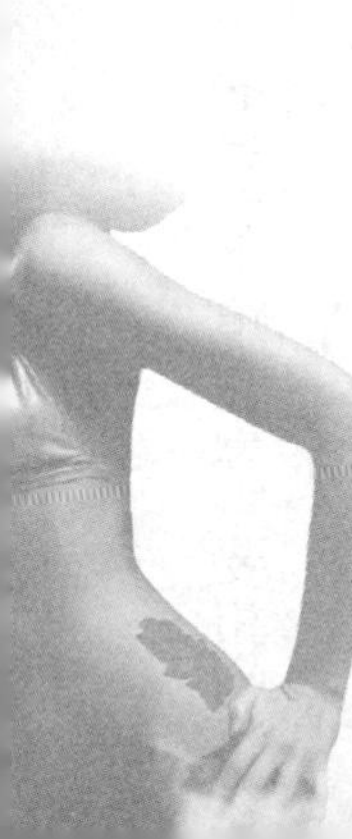

馮子竹臉上立刻露出一種很深的失望來。沉默片刻，她又說：「我是朱婕醫生的患者，現在急需要和她聯繫。」

小護士臉上現出一絲為難，「妳還是明天再來找她吧！」

馮子竹似乎更加的絕望，「我的病情有了變化，我必須今天晚上和朱醫生聯繫上，否則——」

小護士警覺地又看了一眼馮子竹，說：「妳可以到門診掛號找別的醫生看，那裡有值班醫生。」

馮子竹執拗地說：「朱醫生說了，我可以隨時來找她，我只信任她一個人。」

小護士又盯著馮子竹看了一會兒，就把玻璃板上面壓著的一個病歷本移開了，露出了壓在玻璃下面的一張科室裡醫生的聯繫方式。

「妳記一下，這是朱醫生的手機號碼。」小護士抬起頭說。

「好的。」馮子竹像臨死之人看見一根救命的稻草一樣，一下奔了過去。

一分鐘後，手裡攥著寫有朱婕手機號碼病歷紙的馮子竹心花怒放地走出了護士站。走在昏暗、寂靜、充滿死亡氣息的走廊裡，看著牆上櫥窗裡朱婕充滿自信理性的笑臉，馮子竹臉上的神情顯得陰森可恐。

63

這個下午，朱婕調休。調休的朱婕本來是打算出去給自己和韓同軒買幾件內衣的。朱婕有個習慣，內衣不能穿太久。內衣要是穿久了，褪色加上那種洗不掉的積塵會讓人覺得心裡很不舒服，有一種牙縫被塞了的感覺。

朱婕監督著保母餵了孩子，又如此這般那般地囑咐了幾句，就拿上包包準備出門。手剛觸到防盜門的把手，包包裡的手機響了一下，是則簡訊。

朱婕抽回手，把手機拿出來打開看。

一看到那簡訊，朱婕就僵在了那裡，簡訊上說：妳老公是柳依紅的馬子，以前是，現在也是，柳依紅的詩都是妳老公寫的，現在他經常和柳依紅在郊區的小飯店裡約會，妳老公正幫她寫鋼廠的歌劇，不信妳打開電腦去看看。

站在那裡僵了一會兒，朱婕就扔下包包往書房衝過去。路過小保母身邊的時候，小保母被嚇了一跳，以為又是自己做錯了什麼事。

「阿姨，還有什麼要交代的嗎？」

朱婕顧不上回答，一腳踢開了書房的門。

朱婕迅速地打開電腦。電腦啟動的時候，她發現書桌上擺放著幾本最近幾期的《詩天地》和《詩仙》，就抽筋般地抓過來翻閱。完全是憑著一種直覺，她感到這上面應該有柳依紅的名字。翻著翻著，果然在兩本雜誌上都發現了柳依紅的名字。柳依紅的詩所佔篇幅不少，後面還有編者的評論。她冷笑了一下，把雜誌攤放在一旁，開始在電腦的各個槽裡搜索寫鋼廠的歌劇。

歌劇沒有找到，但是卻在D槽裡發現了一個需要輸入密碼才可以打開的檔案。她懷疑這個設了密碼的檔案肯定藏有什麼見不得人的秘密。

朱婕對電腦不是十分精通，對破譯密碼更是一竅不通。

坐在電腦面前，朱婕又嫉憤又無奈。

忽然，朱婕想到了開鎖公司，門打不開了可以找開鎖公司，電腦打不開了不是也可以去找開鎖公司嗎？電腦的開鎖公司應該是電腦維修部。想到這裡，朱婕就足不出戶地高價約了一個上門服務的電腦維修人員。

半個小時之後，一個後背上印著「行天電腦維修」字樣的小夥子上門了。朱婕說自己有份非常重要的論文，忘記了密碼，請求小夥子幫忙。

「是數字密碼還是字母密碼？」小夥子問。

朱婕答不上來，就試探著問：「數字密碼和字母密碼在破譯上有什麼區別？」

「數字密碼有破譯的可能，字母密碼以及字母、數字混雜的密碼幾乎很難被破譯。」

朱婕說：「應該是數位密碼，我通常不習慣用字母做密碼。」

「那我試試吧！」小夥子說。

朱婕的意思也是想讓他試試。

竟然是出奇的順利，沒幾分鐘，那個被設了密碼的檔案就被打開了。文件夾被打開的瞬間，她幾乎看不都不看地就對小夥子說：「謝謝你了，我要打開的正是這份文件。」

打發走了小夥子，朱婕這才把自己關在書房裡，打開那個神秘的文件夾仔細查看。的確是有寫鋼廠內容的歌劇。一份是提綱，一份是剛寫了兩幕的劇本。兩份檔案都沒有署名，並不能判斷就一定是給柳依紅寫的。

又打開一份文件，是詩歌。朱婕的心一下縮緊了，生怕看到自己不願意看到的東西。

果然就感到了一種似曾相識，她用痙攣的手顫抖地抓過放在旁邊的幾本雜誌。有一首叫《愛是一種絕症》的詩對上了，雜誌上署著柳依紅名字的詩竟然和電腦裡的一模一樣，連一個標點都不差的。朱婕覺得這個瞬間她的心像是一下被撕裂了。

《愛是一種絕症》？看來你韓同軒真的是得了這種絕症了！比院裡的那些腫瘤科患者還要嚴重！朱婕猙獰地冷笑。

又有一首對上了。到了最後，朱婕發現柳依紅在雜誌上發表的那些詩歌都能在電腦裡找到，也都是一個標點都不差的。檔案裡還有許多的文稿，她堅信這些東西都是韓同軒在不同時期給柳依紅寫的。

對著眼前這隱藏著天大秘密的電腦，朱婕徹底被嚇呆了，也徹底被激怒了。

然而，最初的不冷靜已經過去，憤怒的朱婕又變得不動聲色。

憤怒的朱婕並沒有大嚷大叫。她按照自己的想法很快就理出了一個思路。她把所有檔案連同那半部劇本全都列印出來，列印過後就把那個檔案複製到了自己的移動硬碟裡，之後就毫不猶豫地把電腦裡的那個檔案刪除了。

做完這一切，朱婕不動聲色地來到了客廳。她告訴小保母說現在要出去買東西了，因為出去的晚可能要晚回來一些，韓同軒回來後讓小保母別忘了告訴他。小保母很聽話地答應了，朱婕這才輕輕地拉開了自家的門，走了出去。

64

這天下午，柳依紅被招到劇院裡的小會議室裡談劇本提綱。小會議室裡準備了水果和茶水，說是請了上面的人和外面的專家來把關。

上面的人是宣傳部副部長張志，外面的專家是作協主席高亞寧。

鋼廠也來了人。總經理楊國昭親自來的。本來楊國昭派個手下辦宣傳的人來就可以了，但他為了一睹柳依紅的風采還是親自來了。遵從馮子竹的叮囑，他沒有在柳依紅面前提及馮子竹半個字，只是在一旁默默地打量著這個馮子竹肯花掉100萬捧的角兒。

因為手裡有了提綱，柳依紅對這件事本身並不驚慌。她隱隱擔憂的是劉家正案件的不可預知的未來。看到高亞寧的第一眼，她立刻聯想到的是，如果將來真的有一天那案件牽扯到了她，那他一定會是很驚訝的吧？這樣一聯想，內心裡就焦躁起來，桌子上的劇本提綱也隨之飄渺和不真實起來，像一片白色的葉子在眼前晃著。

劇院裡也來了不少人，既有方方面面的頭頭，又有尚未確定的演藝人員，好一個龐大陣容。眼睛的餘光裡好像出現了苗泉，他討好地對柳依紅笑著，柳依紅沒有拿正眼看他。

討論開始了，沈院長主持。沈院長說，承蒙上級領導的高度重視，今天我們在這裡召開一個關於歌劇《鋼花飛舞》劇本提綱的論證會。首先，我要感謝宣傳部的張副部長和作協的高主席能在百忙之中親自來指導我們的具體工作，同時也感謝鋼廠的楊總經理對我們歌劇院的充分信任和支持，把這個光榮的任務交給我們。為了宏揚企業光輝業績，謳歌時代精神風貌，使這個劇本更趨完善和完美，我們要樹立精品意識，集思廣議，群策群力，爭取推出一部精品之作。大家手上現在拿到的這個提綱，是我院著名編劇柳依紅同志草擬的一個提綱，現在就請大家針對這個提綱積極發言，多提意見，張副部長和高主席最後做指示。

討論剛要開始，會議室的門輕輕地響了兩下，一個拎著公事包的女人不請自來地推門進來了。

沈院長有些不悅，問：「我們在開會，妳有什麼事？」

看著這個並不認識的女人，柳依紅心裡倒是有幾分高興，看來會議要延遲了，這正是她所希望的。

女人幾步走到方桌圍成的會議現場，把公事包裡的一大摞列印資料倒到了主席台的位置上。

眾人不解，滿臉疑惑地看著這個舉止怪異的女人，只有柳依紅似乎是嗅到了某種異樣的氣息，臉唰地一下白了。

女人把東西放在桌子上之後，就直起了腰。

女人說：「非常抱歉，我身為一個女人，因為不得已的原因要佔用大家幾分鐘的時間，希望領導和大家能夠原諒。」

沈院長本來是打算命人把這個女人請出去的，但聽她這麼一說，又覺不妥，那樣豈不是顯得自己太沒水準和有失紳士風度了嗎？再說了，沈院長也有幾分被這個女人的話所吸引，想知道她究竟要說些什麼，想必一定是些驚世駭俗的東西吧？否則她怎麼會這麼不著調又是這麼心懷坦然地站在這裡。

女人把那些列印出來又一份份裝訂好了的資料一一發給台上的各位領導。那幾本《詩天地》和《詩仙》也混雜其中。

女人最後手裡只剩下了那份《鋼花飛舞》的提綱，她拿著那份提綱說：「我手上的這份提綱，是你們劇院柳依紅最近要寫的一個劇本的提綱。你們肯定會問，這提綱怎麼會在我的手上？我要告訴大家的是這提綱是我丈夫韓同軒寫的，我是在他的電腦裡發現的，正式的劇本已經寫了一部分，也在這裡。」

女人的這一席話把在場的人都嚇呆了。人們摒住呼吸，生怕漏掉一個字。女人停頓的空檔，人們紛紛拿了自己手上的提綱和那女人手裡的那份提綱對照。果然是一模一樣的。一陣陣壓抑著的驚嘆從人群中升起。

坐在那裡慘白著臉的柳依紅彷彿泥塑一樣僵在了那裡，絲毫動彈不得。

女人又拿起那幾本雜誌，說：「這幾本雜誌上以柳依紅的名義發表的詩歌，也都儲存在韓同軒的電腦裡，一個標點都不差的，如果不信就請大家看上一看。」

人群中又是一番躁動，有人去翻閱列印稿，有人去翻閱雜誌。

滑落在張志眼前的一份列印稿引起了他的注意，拿過來一看，竟然是那年他集結作者撰寫出版的《豆蔻年華》裡柳依紅的那本《勞動是一種生命的狀態》。

張志不相信似的趕忙去看柳依紅，柳依紅卻慌忙移開了她的眼神。

女人又說：「這些東西都被拷貝在一個設了密碼的檔案裡，想必都是韓同軒替柳依紅寫的東西，」說到這裡，女人的聲音低沉哀傷下去，「身為一個女人、一個妻子，面對經常和柳依紅在郊區小飯店裡約會的丈夫，我感到深深的悲哀和悲憤，請領導替我做主，告訴我該怎麼辦？」

柳依紅的腦際突然晃過了齊魯南那天去她宿舍的情形，她本能的一個反應就是這個女人手上也有那樣的光碟，想到這裡，她瘋了一樣從桌子前站起來就往外跑。她的腦海裡此時只有一個念頭：她不要看到那些鏡頭！不要！

朱婕像是個老謀深算的獵手，完全是憑著一種直覺和本能，只見她一個箭步衝過去一下就抓緊了柳依

紅的衣領，對著她的臉就是兩記響亮的耳光。

耳光響起的同時，朱婕不緊不慢、滿懷憂傷地說道，「先不要跑好不好，我還沒有說完。」

柳依紅還是掙脫了朱婕，跌跌撞撞地跑了出去。

65

昨晚又和朱婕吵了一架，韓同軒一整天心情都很沉悶。他在猶豫著要不要向朱婕提出離婚。到了下午，韓同軒在辦公室實在坐不住，想約柳依紅見個面。剛要打電話，編輯部小王拿著一張報紙進來了。小王的神色有些異樣，把那張報紙往韓同軒面前一鋪，就用手指定了一則新聞讓他看。

韓同軒定睛一看，心一下提了起來。

那是一份新公布的李白詩歌獎名單，柳依紅又得了一等獎，他的名字則名落孫山。

韓同軒不想讓小王看出自己的詫異，就故作輕鬆地說：「這有什麼好看的？」

小王把用食指指定了報紙上柳依紅的名字。

「這有什麼？」韓同軒又說。

小王不知道韓同軒和柳依紅又有了來往，就說：「這女人是不是又找了別的槍手了？」

韓同軒說：「人家的事，管那麼多幹嘛？」

小王見韓同軒不悅，摸不透他的心思，趕緊開門出去了。

看著那份獲獎名單，韓同軒的心情十分複雜。

照說，依他現在對柳依紅的感情，知道柳依紅獲了獎應該感到高興才是，可是他此時就是高興不起來，心裡酸溜溜的不是滋味。這已經是柳依紅第二次獲全國大獎了，而他卻一直與大獎無緣。想想他寫的詩只要一署上柳依紅的名字就能獲獎，署上自己的名字就與獎無緣，心裡實在不是個滋味。

韓同軒不舒服不光是因為吃醋，也對柳依紅的人品產生了新的懷疑。這個女人裝出一副可憐相讓他幫她，好像他不幫她就不能活了一樣，現在看來這全是假象，她的野心大著呢！他在她眼裡只不過是個棋子罷了！

她一直把他當成個出苦力的傻子來對待，暗地裡一心想著自己成家揚名。不光是報獎的事情瞞著他，獲了獎也不告訴他，實在是太過攻於心計。

這樣想著，韓同軒就不想約見柳依紅了，心情沮喪地熬到了下班。

回到家，見朱婕不在，心裡似乎輕鬆了些。到了吃飯時間，見朱婕還沒回來，韓同軒就問保母，「安龍，媽媽去哪了？」

保母說：「阿姨逛街去了，找人修電腦耽誤了時間，剛出去沒多久。」

「修什麼電腦？」韓同軒問。

保母說：「修書房的電腦啊！電腦公司的一個人來修的。」

韓同軒腦子裡的第一個念頭是完了，接著就不管不顧地衝進了書房。

那份設了密碼的檔案失蹤了，韓同軒愣在了那裡。

愣了片刻，韓同軒就衝回到客廳，穿上鞋就往外跑。

保母呆呆地看著這一切，不明白究竟發生了什麼。一旁的安龍哇哇大哭。

出了門的韓同軒十萬火急地向歌劇院趕去。他知道出事了，出大事了！他要阻止，他不能任憑事情向可怕的方向發展下去。他推測朱婕肯定是去找柳依紅算帳去了。

韓同軒掏出手機給朱婕打電話，她不接。看來一定是在和柳依紅火拼，連電話也懶的接了。想想那次吳爽和柳依紅打架時的情形，韓同軒出了一身冷汗。那次怎麼樣也是在家裡打的，這次可就不好說了，朱婕的道法不知道要高過吳爽多少倍，況且柳依紅又住在筒子樓裡，不鬧的滿城風雨才怪？對了，好像聽柳依紅說今天下午歌劇院開會過提綱，方方面面請了不少人，要是朱婕鬧到會上就更遭了。

朱婕尖酸的嘴臉浮現在眼前，真是連想都不敢往下想了。

到了歌劇院門口，韓同軒心裡打鼓了，要是在這裡和朱婕碰了面，她肯定不會給他留情，不讓他狗血噴頭顏面掃地才怪？

這樣想著，心急火燎的韓同軒又猶豫上了。他在歌劇院門口不遠的地方來回走動著，不知道究竟該怎麼辦？

正躊躇著，忽聽身後有人叫他，回過頭一看，是歌劇院的沈院長。韓同軒和沈院長雖不是很熟悉，但彼此還是認得的。

此時，沈院長臉上帶了百感焦急的神情，說：「老韓，你們怎麼能這麼幹事？」

韓同軒心裡一沉。完了，戰爭還是爆發了。

「沈院長……」韓同軒不知道說什麼才好。

沈院長又說：「你們這不是害我嗎？不光幾十萬的投資泡湯了，還讓歌劇院丟盡了人？」

看來朱婕真是鬧到了會上去。韓同軒機械地叫著「沈院長」，不知說些什麼好。

沈院長說：「你那老婆也真是夠厲害的，我和宣傳部張副部長剛把她勸走，哎！」

「朱婕她……」

「你老婆走了，今天下午她可是沒吃虧，當眾甩了柳依紅兩個耳光，罵的那些話就別提有多難聽了，哎！」

「柳依紅她……」韓同軒支吾道。

「柳依紅被朱婕兩個耳光甩跑了，我也不知道她去哪裡了，幾十萬的投資就這麼跑湯了，真是可惜啊！早只這樣……哎，不說了！」說著，沈院長搖著頭走了。

韓同軒站在那裡呆若木雞。

韓同軒想回家，可是又不敢去面對朱婕。這個女人他太瞭解了，沒事都能生出事來把他折騰得掉層皮，這回有了證據還不知怎麼折騰他呢！不行，不能承認那些事情，承認了就等於是自取滅亡。對朱婕這個女人韓同軒已談不上絲毫愛意。但暫時維持平靜和平的局面是必須的。他這把年紀，已經折騰不起了。韓同軒想，應該穩住柳依紅才是，和她達成一致，死不認帳，讓朱婕沒有辦法。

對，應該馬上和柳依紅聯繫上，見個面商討一下對策。這個女人雖然也不是什麼好東西，不過眼前他們是一根繩上的螞蚱。

66

柳依紅不知道自己要逃往哪裡去，只是沒有目的地在大街上狂奔著。四處的高樓和人群在她的眼裡都是可怕的洪水猛獸。她的內心只有一個離開的念頭。離開這喧嘩的人群，離開這恥辱到了頂點想都不敢去想的糟糕境地。

間或的時間裡，她也想到了剛才自己的不冷靜和不聰明。應該給她來個死不認帳的，電腦裡打出來的東西，怎麼能說是你的就是你的？都怪自己太驚慌了，也都怪那個朱婕太沉著了。

在沉著的朱婕面前，她徹底亂了方寸。

一切已經為時已晚，這回是徹底完了。

等柳依紅能靜下心來看清眼前的景物時，她發現自己已經來到了怡心公園裡。劉家正給她買的那個大兩房就在不遠處的院牆的另一旁。

柳依紅在一張椅子上坐下來，身旁有一棵大樹下和一叢叫不上名字的花草。一開始是在麻木中凝視那些花草的，後來才發現了它們的美麗。柳依紅看得仔細起來，她突然意識到，自己好像從來都沒有騰出心思來欣賞這些花草，現在想來實在是件遺憾的事情。聯想到了生活，又聯想到了自己，她忽地悲哀起來，生活本來是不應該這樣的，她也不明白自己怎麼就把生活辦成了這樣。

微風拂過，陽光穿過大樹的葉片，灑落在腳下。看著地上晃動著的陽光的細碎斑點，以及在斑點四周運動活躍著的螞蟻，柳依紅腦海裡浮動的是一種人生的無常。

她第一次想到了死。

柳依紅當然是不想死的，想到死是因為剛剛蒙受的羞辱讓她感到的絕望和無地自容。幾乎是一觸到關於對死亡的想像，柳依紅的思維就觸電般地彈了回來。真是太沒有出息了，這麼點事就想到了死。你死了不要緊，醜丫怎麼辦？

平時，她是很煩那個孩子的，一年也見不到幾次，這會兒卻不知怎麼就惦記上了。鼻子發酸，心裡一

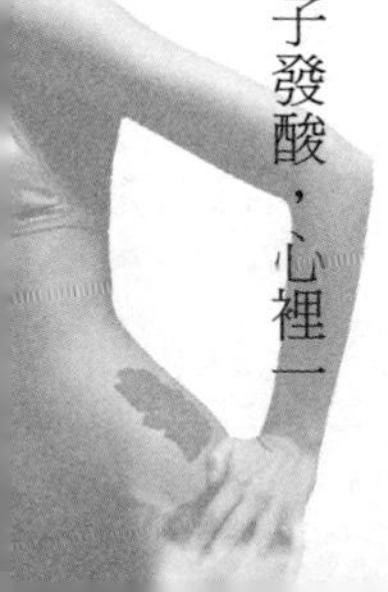

陣陣地痛，恨不能立刻把她摟過來親上一親。

柳依紅想給姑姑打通電話，順便聽一聽醜丫的聲音。她拿出了手機撥號。接電話的竟然是醜丫本人，她已經快三歲了，可以滿地跑了。

「喂，妳是誰呀？」醜丫的聲音竟然是那麼的稚嫩和甜美，柳依紅的眼淚一下就流了出來。

柳依紅很想和女兒說上幾句話，想問問她吃飯了嗎？吃什麼？但顫抖的嘴唇卻讓她張不了嘴。

「喂，妳是媽媽嗎？」女兒用稚嫩甜美的聲音又問。

柳依紅猛地一下合上了手機，眼淚像斷了線的珠子一樣往下流。

不，我不能死，為了女兒也不能死！

母親臨終前的那句話又在她的耳邊響過，「妳是我的女兒，我相信妳——妳是錯不了的！」

然而，怎麼活下去，怎樣面對眼前的殘局？是擺在面前的一件頂頭痛的事情。

想著過去人生的來來往往，想著眼前事情的前前後後，柳依紅視野裡的那些美麗花草就又變得模糊和混沌了。

走到如今這一步，想再找到一條出路又談何容易！

忽然，耳邊飄過來一陣軟綿綿的音樂。仔細一聽，竟是佛樂。順著聲音望去，不遠處不知什麼時候修復起了一座佛堂。佛堂裡的佛像依稀可見，一縷佛香飄忽過來。此刻，佛堂門前並無人潮，顯得十分清幽。

一個無慾無望的男聲隨著音樂唱道：

擁有多少的財富才知足，走過多少人生路才清楚，身邊多少的親友才能算是幸福，冰冷的世界不孤獨。流盡多少的淚珠不再哭，做盡多少的錯誤不盲目，走盡多少輪迴路才能開始領悟，那歡樂的背後也有苦，我曾經嘗盡了孤獨，也在歲月空虛度，卻不曾看清那張智慧的面目，我曾經為青春飛舞，也曾為愛情付出，卻不曾真正找到祥和皈依處。唵嘛呢叭咪吽……我曾經為榮華忙碌，也在紅塵反反覆覆，卻不曾找到一個平靜的歸宿，我曾經是名利的奴，也曾被是非擺布，卻不曾體會內心自在地舒服。唵嘛呢叭咪吽……

柳依紅正聽得癡迷，手機響了。一看是韓同軒。

「妳在哪裡？」韓同軒問。

剛剛有些平緩的心又被一下拉回到一團糟的現實裡。柳依紅覺得這個時候見一面韓同軒也好，和他商量一下對策，就說：「我在怡心公園的佛堂裡。」

「妳等著我。」韓同軒急匆匆地說。看來，他已經知道發生的一切了。

柳依紅向佛堂走去，這時，又一首佛樂傳來，那歌詞猶如朗誦一般清晰：

走在輪迴路，一路要知足，用感謝心去付出，以歡喜心來受苦。走在輪迴路，一路要惜福，用大智慧去領悟，以大慈悲來祝禱。南無阿彌陀佛，如去如來來去自如。南無阿彌陀佛，願將一切眾生渡。

佛堂裡一個拜客也沒有，法師也不知去了哪裡，柳依紅求救般地跪拜在佛像前。

「大慈大悲的佛祖啊！幫幫我吧！」

「佛祖啊！告訴我該怎麼辦，才可以躲過這一劫？」

跪在地上的柳依紅蠕動著嘴唇，在內心大聲詢問。

這時，佛樂裡又悠然唱道：

我從何處來註定接受，紅塵悲哀。
多想給你一點溫暖，讓你承受世間塵埃！
夢裡夢外都是愛，緣來緣去聚又散！
心動一念宇宙在變，我學會了忍耐！
一陣鐘聲誰將我心送上了雲端，
芸芸眾生近現眼前，如何忍心看！
恨了愛了皆是緣，來了去了苦堪言！
六道輪迴尋求解脫，真心念彌陀！
一件袈裟多麼璀燦，誰又知經歷多少苦難！
說盡了禪裡禪外，心曲誰明白！

一件袈裟空性了然，佛心流淚為誰感嘆？
渺渺雲菸中誰能看穿，無慾無求輕身得自在！

柳依紅還跪在地上，整個人一副痛楚癡迷神態。

「大慈大悲的佛祖啊！幫幫我吧！」

「佛祖啊！告訴我該怎麼辦，才可以躲過這一劫？」

韓同軒來到佛堂裡，他一把拉起了柳依紅。

「妳在這裡幹什麼？」

痛楚癡迷之中的柳依紅一個激靈，她站起來看了一眼韓同軒，絕望地說：「都是你老婆幹的好事，這下我是徹底完了！」

「妳承認那些詩是我寫的了嗎？」韓同軒問。

「我怎麼能承認？但她都說了，有那麼多人在場，真是丟死人了！」

「她說了有什麼用，妳就咬定了不承認！」

柳依紅看了一眼韓同軒，不知道他在轉動什麼腦筋，就問：「你是說我咬定了不承認？」

「是的，如果朱婕再去找妳，妳就咬定了不承認，我也不承認，就說是妳寫的拿來給我看的。」

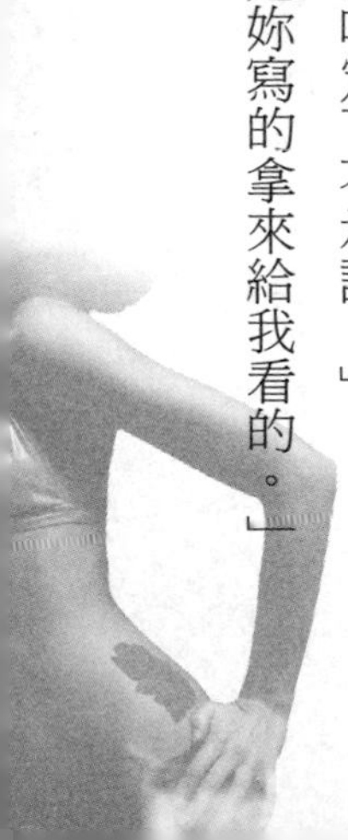

「妳說她還會來找我？」柳依紅大驚。

「會的，我瞭解她，她會拉上我去和妳對質，還會審問我們倆的關係，所以妳不要承認，我也不承認，這樣妳我就都會沒有事的！」

柳依紅忽然覺得韓同軒的話有些費解，想了半天終於明白過來。她張口罵道，「韓同軒，你只想著你自己吧！你這個自私的男人，你滾吧！我的事不用你管！」

韓同軒冷笑一下，說：「是我自私，還是妳自私？口口聲聲說是為了生存，裝出一副可憐相，轉過身來就偷著去評獎，我看妳就是把我當成個傻子來耍！踩著我的肩膀忝不知恥地往上爬！」

柳依紅愕然，但接著臉上就狂暴起來，罵道，「就你好？整天說愛我，為我做一點事情就背地裡算小帳！你以為你是什麼？你不就是一個傻子嗎？你這個傻子這會兒又自作聰明起來，我告訴你，已經晚了，你就等著回去吃苦頭吧！朱婕饒不了我，更饒不了你！」

韓同軒又冷笑，「我是愛過妳，執迷不悟的反覆愛過妳，可是妳摸著良心回答我一句，妳愛過我嗎？」

柳依紅看著韓同軒不語。

韓同軒緊追著問：「妳說，妳愛過我嗎？哪怕是瞬間的愛，有沒有過這樣的時候？」

柳依紅哈哈一笑，兇狠地說：「沒有，我不愛你，從來就沒有愛過你！」

極大的憤怒讓韓同軒的臉扭曲了，「妳，妳真無恥！」

柳依紅當仁不讓，「你這個自私的男人，你給我滾！我不想再看到你！」

兩個人正吵得火熱，一個手持香燭的法師走了進來。他威嚴地低語，「佛門淨地，不得無理，請兩位施主別處去吧！」

柳依紅猛然意識到自己是在佛堂裡，衝出去跑了。

看著越跑越遠的柳依紅，韓同軒也憤憤離去。

67

柳依紅一直在公園深處坐到關園，才被人叫起慢吞吞地回到了那個大兩房。關上房門，喧鬧立刻被關在了外面。想著眼前這房子絲絲縷縷的由來，柳依紅又頓覺壓抑起來。然而眼前她又實在是沒有別的去處，只好在這個能引起她許多不好聯想的地方暫且呆著。

打開窗戶，看著外面的萬家燈火，想像著那燈火下的種種溫馨與和美，孤獨淒涼的心境順著夜色悄悄地潛入內心。

柳依紅想起了趙太龍，猶豫著要不要在張志向他報告今天下午的事情之前先給他說點什麼。但說什麼呢？怎麼說呢？柳依紅第一次在這種問題上打起怵來。實在是不好自圓其說，還是聽天由命吧！

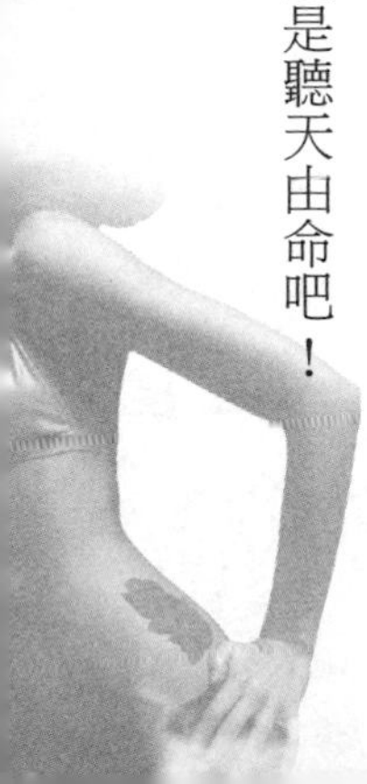

柳依紅煩躁地把放在手裡捂熱了的手機扔在了沙發上。

然而，手機剛一落到沙發上就響了起來。柳依紅奔了過去。是高大江。

顯然，高大江並沒有嗅到A省的異常空氣。他在電話裡告訴給柳依紅一個消息。

「小柳啊！頒獎大會半個月後在湘西舉行，妳可要準備好得獎感言啊！要上電視的！」

柳依紅把正沉浸在苦難之中的心使勁往外拔，原本淒苦的臉上也掛了笑，「高副部長，我可沒哪個膽子發言，我不行的！」

高大江一陣大笑，「小柳啊！這可不行啊！那麼好的詩都寫出來了，怎麼連個言也不敢發？」

「我怯場！」柳依紅笑說。

高大江又是一陣大笑。

兩個人又聊了些別的。高大江鼓勵柳依紅多寫詩，說是幾個月後有個詩歌節在昆明舉行。柳依紅開玩笑說：「除了會寫詩，我都不知道自己還會幹什麼了！」

高大江又笑，之後掛了電話。

屋子又歸於寂靜。沉在沙發裡，柳依紅彷彿覺得剛才和高大江說話的那個人不是她自己。

無邊無際的煩惱洪水般湧上來。

右側的腹部又不知不覺地痛了起來。這一次，她不想忍了，想立刻就給自己打一針，為了止痛，更是為了使自己暫時忘卻那些煩惱，否則，她不知道怎樣才能度過這個漫長的夜晚。

第一個夜晚過去就好了，事情總會有轉機的，這是她以往碰到不順心的事情的一個經驗。第一個夜晚最痛苦，第二天就好多了，以後會一天比一天好起來的，到後來就又回歸到正常了。

只要還活著，一切事情就都會好起來的。事物的規律就是這樣，她堅信這一點。

把第一針打下去的時候，柳依紅覺得等同於已經熬過了半個晚上，心裡覺得一陣欣慰。

果然，就舒服了很多，右側的腹部不再痛了，腦子也消停了許多，不再去想那些煩人的事情。

柳依紅又一次感受到了這杜冷丁的神奇。

好在自己有先見之明，弄到了兩盒杜冷丁。有這兩盒杜冷丁，她堅信自己一定可以度過這個難關的。

強烈的睡意湧了上來，柳依紅想馬上去床上睡覺，然而這時外面卻響起了敲門聲。

也許是藥力發生了作用，此時的柳依紅沒有任何警覺性，上前就把房門打開了。就在房門被打開了的瞬間，放鬆了的警覺性又被喚起，會不會是找上門來算帳的朱婕？

還好，不是什麼朱婕，是身著工裝的一男一女。

「查煤氣。」女的說。

「進來吧！」又一陣睡意襲上來，柳依紅已經有些站不穩了。

一男一女進來後就把房門關了。不等柳依紅反應過來，那男的就把她的雙手扭到背後用繩子綁在一起，女的則迅速用膠帶把她的嘴給貼了。柳依紅本來就身體虛弱，這會兒又剛打了杜冷丁，更是手無縛雞

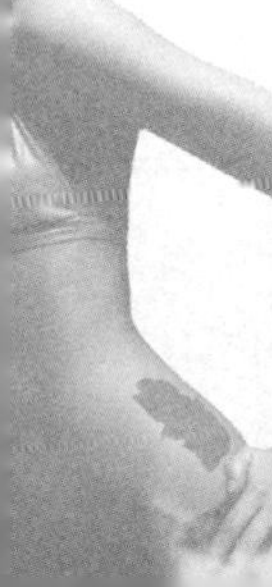

之力，轉眼間就被牢牢地困到了椅子上。

不知道這兩個人究竟要把她怎麼樣，柳依紅內心十分恐懼，她徒勞地在椅子上掙扎著。

「只要妳好好配合，我們不會把妳弄死的！」那男的踢了一腳柳依紅的腿，低聲說。女的拍著柳依紅的肩膀，說：「快說，妳的存摺在哪裡？」

原來是為了錢。

「快說，不說有妳的好受的！」男人吼。

女人從包包裡掏出來一把精緻的小刀和一截皮鞭。

柳依紅的眼神盡量迴避著那小刀和皮鞭。

「說不說？」男人拿過皮鞭在柳依紅眼前晃了晃。

柳依紅把眼神投向了放在沙發上的隨身皮包。

男人繼續晃動著手中的皮鞭，女人奔到沙發前把皮包裡的錢包拿了出來。裡面一共有四張銀行卡，女人拿在手裡一一翻閱著。男人也湊了過去，一旁對柳依紅晃動著皮鞭，一旁看著那幾張銀行卡。

女人最終把劉家正送的那張銀行卡挑出來，遞到男人手上，把剩下的三張銀行卡又放回了皮包。

原來並不是為了錢。柳依紅被藥物麻醉了的腦子，突然想起來劉家正說起過的他的那些無孔不入的政敵。

男人走過來，把那張銀行卡舉在柳依紅眼前說：「這原本就不是妳的錢，我們把它拿走妳不會介意吧？」

女的說：「聰明的話，就不要聲張，聲張了只能對妳更加不利！」

男的問：「密碼？」

女人把柳依紅嘴上的膠帶撕下來。但柳依紅並沒有開口。

女人說：「說吧！不要再給自己添麻煩了，不說或者是故意說錯都是和妳自己過不去！」

柳依紅思考了片刻，說出了密碼：064806。

這個數字是柳依紅的生日。

男的說：「我們是來取證的，明白嗎？是取證，不是搶劫，對不對？」

「如果承認我們是正常的取證，我們就把繩子給妳解了，否則對誰都沒有好處！」

說著，男人就把柳依紅身上的繩子解開了，女人也把拿在手裡的膠帶扔到了垃圾桶裡。

柳依紅默默地站起來，什麼也沒有說。

「柳小姐是個聰明人，再見！」說著，兩個人就大搖大擺地開門走了。

門剛關上，柳依紅就癱到了地板上。

屋漏偏遇連陰雨，劉家正的事情又敗露了，這日子簡直是無法過了。

躺在地板上的柳依紅被這新添的煩惱擠壓著，覺得像是被卡了脖子，喘不過氣來。

她眼前一會兒是朱婕的影子，一會兒又是齊魯南的嘴臉，那多年不見的馮子竹也冒出來湊熱鬧，這會兒又多出來幾個兇神惡煞般法官模樣的人，他們一齊在暗處對著她不停地陰笑。為了遏止這心煩，也為了把朱婕、馮子竹、齊魯南之流徹底趕出去，她決定再給自己打上一針。

柳依紅把已經放進冰箱冷藏櫃的裝著杜冷丁的塑膠袋再次拿出來，又給自己打上一針。打完之後，她把那個塑膠袋凌亂地放在了床的一旁。她想，這個晚上，說不定還要用的。

針剛打上，他們就走了，柳依紅躺在床上又鬆了一口氣。

腦海裡似乎出現了童年時的情形，母親正在家裡挨父親的揍，父親一口一個婊子地在罵她。油菜花田旁是正在看書的章顯，來往的行人都面帶微笑地彎腰和她打招呼。

要當個詩人的夢想就是在那個時候種下的種子。

那一片童年的油菜花好美啊！後來，她一直就沒有見多過那麼美的油菜花。此刻，那油菜花又出現在了她的眼前，栩栩如生，彷彿嗅到了那芬芳的氣息！

為了挽留住那片油菜花，以及那油菜花的芳香，柳依紅又起身給自己打了一針。這次是一起抽了兩支，她覺得如此這般的反覆注射實在是太麻煩，還是一次打兩支效率更高一些。

為了這片童年的油菜花，她覺得值得。

第一首詩是寫給章顯看的。也是在那片油菜花田的旁邊。章顯微微笑著給她做了點評，鼓勵她繼續努力。

柳依紅掙扎著想起來再作一首詩。她已經很多年沒有寫詩了，此刻，她想試著寫一首。

摸過來紙和筆，她喘息著不知道寫什麼才好。

忽然，她有了一個很新的創意。被這個創意所激勵，她微微地笑了。

柳依紅小心地用她的牙齒咬破了一根手指，血一點點地流出來，她打算寫一手血詩，這樣才更有意義，這樣才對得起她對詩的發自生命深處的無限熱愛。

但是，想了半天，實在是想不出可以出口的詩句，心裡就湧上一陣煩惱。最後，柳依紅只得在那紙上畫了一顆心。

一顆鮮紅的心！

想著無意間深藏其間的深刻寓意，柳依紅滿意地笑了。她覺得此刻這鮮紅的心就是她此生最好的、無以倫比的佳作！

那紅紅的心不知什麼時候飄蕩在了童年的油菜花田上空，很美麗深遠的意境。

為了挽留住這奇妙的意境，柳依紅又給自己一連打了好幾針。

那童年的油菜花就一直盛開在了她的心裡，那顆紅紅的心也永遠飄蕩在油菜花田的上空！世界一片芳香四溢！

尾聲

柳依紅的屍體是一週後被發現的。正是盛夏，屍體已經腐爛。

發現柳依紅屍體的是住在樓下的一個老太太。她透過那密密麻麻、嘿嘿鴉鴉穿窗而入的蒼蠅，似乎猜測到柳依紅的屋子裡發生了什麼不尋常的事情，於是就撥打了110。

腐爛的屍體已經醜陋不堪，唯有腰間那串既像玫瑰又酷似罌粟的花朵依然燦然，燦然的刺眼。

警方很快就確認了柳依紅的身分，一時間，輿論譁然。

法醫鑑定也很快出來了，又是譁然一片，柳依紅吸毒過量致死的消息很快出現在各種新聞媒體上。也算是留情，媒體並沒有提及柳依紅多年來作品的出處問題，想必考慮到沒有證據不適合報導的可能性也是有的。

想想也是，只要那韓同軒不出面作證，有誰又敢輕易斷言那些作品就一定不是出自柳依紅之手。再說了，即便韓同軒承認那些作品是他寫的，柳依紅已經離去，事情已經死無對證，說到底也是一筆糊塗帳。如此這般，還是不提的較好。

媒體雖然沒有正面提及，但一些含混而略有含沙射影意味的話語還是有的。這些話語又融合了那天在會議現場一些人的口耳相傳，柳依紅是個地地道道的假詩人的傳言也就不脛而走。

消息傳到趙太龍那裡，他的反應是保持緘默，三緘其口。想必這也是最適合他身分的一種表現。

正在雙軌之中的劉家正的表現是號啕大哭，說對不起柳依紅是他自己害死了她。他的這種勇於承擔責任的精神實在是可佳，只是他的過了頭的自作多情讓人又覺得有點可笑。不過這也不是什麼壞事，在他以後漫長的鐵窗生涯中，柳依紅的「殉情」會成為他的一種強大精神支柱，以此可以抵消一些他獨自面對鐵窗的寂寞和空虛。

北京的高大江是用唁電表示了他對柳依紅離去的哀思之情。一切關於柳依紅的傳言他皆不知情，在他的眼裡，柳依紅依然是個勤奮的有才華的青年女詩人。向這樣一個勤奮的有才華的青年女詩人的猝然離去表示哀思是件十分正常的事情，哪怕她是因為吸毒過量而死。

唁電是幅不錯的輓聯：寶琴無聲弦柱絕，只留詩思在人間。透過這唁電，似乎聽到了高大江因柳依紅的離去而發出的扼腕嘆息之聲。這確是一個心地透明的男人，不知道假如他知道了關於柳依紅的那些傳言會做何感想。如此說來，還是不知道的較好。

柳依紅沒有什麼親人，歌劇院沈院長召集了幾個人以公司的名義給她操辦了後事。

遺體告別儀式那天，人不是很多。不多的人群裡有文青、林梅和馮子竹。別人被告知她們都是柳依紅的大學同學，鐵姐妹。想必她們一定都是很沉痛的，這從她們極度沉鬱的臉上完全可以看得出來。

韓同軒也來了，他縮在人群裡，不與任何人說話，臉上帶著一種凜然的悲苦。柳依紅的離去，似乎讓他冷峻堅毅了許多。

冷漠的齊魯南本來是不打算來的，但是要親眼目睹他所憎恨的女人是如何消亡的慾望讓他最終也來

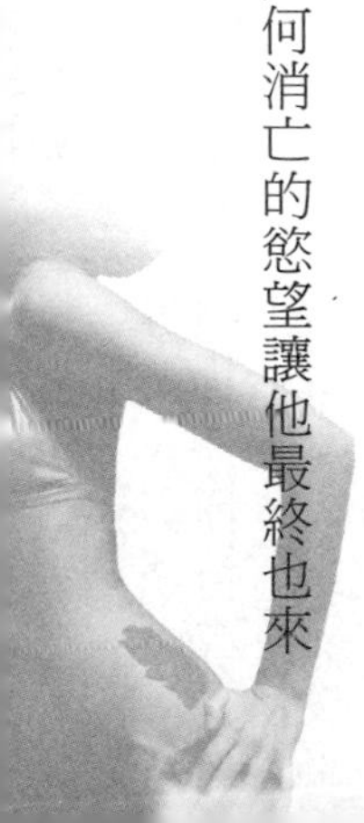

到了葬禮現場。他一直冷冷地站在遠處觀望，只是當他看到那個長相與他酷似的醜丫時，再也無法保持冷靜，衝動地走到了醜丫的面前。

不過，猶豫了半天齊魯南最終也還是沒有上前去抱醜丫，他就那麼定定地看著她。忽然，醜丫那一對亮亮的眼珠和齊魯南對視上了，齊魯南像是被電擊了一般，轉身趕緊走了。醜丫的眼睛讓齊魯南很久難以忘懷，從那雙眼睛裡，他似乎是既看到了他自己同時也看到了柳依紅。

醜丫的眼睛令齊魯南深感不安，恐怕這輩子都不會忘記了。

哀樂響起，抱著醜丫的柳依紅的姑姑唱著哭了起來。只聽她深情地哭唱道，「你這個沒良心的啊！怎麼就搶在了我的前頭！扔下個吃奶的孩子可叫我怎麼辦啊！」

醜丫並不知道發生了什麼，她笑著要掙脫老人的懷抱，似乎是要去棺前看個究竟。

人們的眼淚一下就湧了出來。

三個曾經的女同學也都哭出了聲。

哭聲中，柳依紅的靈棺被工作人員推走了。

儀式結束之後，馮子竹就找到了柳依紅的姑姑，要求收養醜丫。柳依紅的姑姑一下把醜丫攬在懷裡，說：「別人帶，我可不放心，我得自己帶著！」

馮子竹就用低沉的聲音小聲說：「老人家，要是妳哪天帶累了，就和我聯繫，我會把她當做自己的孩子一樣養活的。」

據說自從柳依紅死後，馮子竹每個月都會給柳依紅的姑姑寄錢。齊魯南也寄，把以前每月兩百的撫養費增加到了一千。對於這些錢，柳依紅的姑姑向來是來者不拒、一一笑納了的。

柳依紅死後半年，韓同軒與朱婕離婚了。有人傳言說這可能與柳依紅的死有關，但也未置可否，另有其因也不是不可能。

幾個月後的一天，在林梅的撮合下，文青和馮子竹終於坐到了一起。

三個曾經痛恨柳依紅的女人說起柳依紅來，都懷了一種極其複雜的心情。此時的她們似乎更願意把柳依紅當成一個文學典型形象來分析，而不願意簡單的把她看成一個生活中的壞女人。

面對已經死亡了的柳依紅，她們又回歸了客觀和冷靜。

林梅說：「我們每個人都是在做自己，她卻是一輩子都在扮演詩人，其實很累的。」

馮子竹說：「她要扮演一種她所認為的詩人性格，吸菸、喝酒、罵人、瘋瘋癲癲……」

馮子竹的話讓文青想起了柳依紅過去的種種誇張作風，心裡也替柳依紅覺得累。

感慨唏噓一番，三個女人不知怎麼就說起了夜裡的夢。原來，她們都曾在前一天的晚上夢到過柳依紅。

文青說，在夢裡，柳依紅曾哭著對她說：「文青，我不想失去妳這個朋友，真的不想，妳就不能原諒我嗎？」

林梅說，在夢裡，柳依紅只是對著她笑，笑而不語，充滿了一種禪宗的意味。

馮子竹說，在夢裡，她看到的只是柳依紅的背影，身穿羽紗的柳依紅迎風而立，她的背影顯得飄逸而神秘。

說到最後，三個女人夢中的結尾竟然是出奇的相似。身穿潔白羽紗的柳依紅面戴紫色面紗，仙子一般執著地向一片油菜花田飛去。而那段路程卻似乎永遠也沒有盡頭，到了最後，柳依紅就著急的摘下面紗哭了。然而，面紗摘下的瞬間，她的整個人就風化了，消失了。

想著這三個莫名其妙的結尾雷同的夢，三個女人沉默了許久。

三個女人竟然同時夢到了柳依紅，不知道那已經在陰間的柳依紅是否也願意同時進入到她們的夢境中。

國家圖書館出版品預行編目資料

從油菜花到罌粟 / 張慧敏著.
——第一版——臺北市：知青頻道出版；
紅螞蟻圖書發行，2014.9
面； 公分. ——
ISBN 978-986-5699-31-4（平裝）

857.7 103015032

從油菜花到罌粟

作　　者／張慧敏
發 行 人／賴秀珍
總 編 輯／何南輝
校　　對／周英嬌、賴依蓮
美術構成／Chris' office
出　　版／知青頻道出版有限公司
發　　行／紅螞蟻圖書有限公司
地　　址／台北市內湖區舊宗路二段121巷19號（紅螞蟻資訊大樓）
網　　站／www.e-redant.com
郵撥帳號／1604621-1　紅螞蟻圖書有限公司
電　　話／(02)2795-3656（代表號）
傳　　真／(02)2795-4100
登 記 證／局版北市業字第796號
法律顧問／許晏賓律師
印 刷 廠／卡樂彩色製版印刷有限公司
出版日期／2014年9月　第一版第一刷

定價 350 元　港幣 117 元

ISBN 978-986-5699-31-4　Printed in Taiwan